HEYNE
BÜCHER

Tip des Monats

In derselben Reihe erschienen
außerdem als Heyne-Taschenbücher

Alistair MacLean · Band 23/1
Johannes Mario Simmel · Band 23/2
Sandra Paretti · Band 23/3
Willi Heinrich · Band 23/4
Desmond Bagley · Band 23/5
Victoria Holt · Band 23/6
Michael Burk · Band 23/7
Marie Louise Fischer · Band 23/8
Will Berthold · Band 23/9
Mickey Spillane · Band 23/10
Robert Ludlum · Band 23/11
Susan Howatch · Band 23/12
Hans Hellmut Kirst · Band 23/13
Colin Forbes · 23/14
Barbara Cartland · Band 23/15
Louis L'Amour · Band 23/16
Alistair MacLean · Band 23/17
Victoria Holt · Band 23/18
Jack Higgins · Band 23/19
Utta Danella · Band 23/20
Desmond Bagley · Band 23/21
Caroline Courtney · Band 23/22
Robert Ludlum · Band 23/23
Gwen Bristow · Band 23/24
Heinz G. Konsalik · Band 23/25
Leon Uris · Band 23/26
Susan Howatch · Band 23/27
Colin Forbes · Band 23/28
Utta Danella · Band 23/29
Craig Thomas · Band 23/30
Daphne Du Maurier · Band 23/31
Robin Moore · Band 23/32
Marie Louise Fischer · Band 23/33
Johanna Lindsey · Band 23/34

3 Romane in einem Band

Alistair MacLean

Eisstation Zebra
Circus
Meerhexe

WILHELM HEYNE VERLAG
MÜNCHEN

HEYNE TIP DES MONATS
Nr. 23/35

EISSTATION ZEBRA/ICE STATION ZEBRA
Deutsche Übersetzung von Paul Baudisch

CIRCUS/CIRCUS
Deutsche Übersetzung von Georgette Skalecki

MEERHEXE/SEAWITCH
Deutsche Übersetzung von Georgette Skalecki

Printed in Germany 1988
Umschlagfoto: Artreference/Ruso, Frankfurt
Autorenfoto: dpa, München
Umschlaggestaltung: Atelier Ingrid Schütz, München
Satz: IBV
Gesamtherstellung: Presse-Druck Augsburg

ISBN 3-453-02957-7

Inhalt

Eisstation Zebra

Seite 7

Circus

Seite 249

Meerhexe

Seite 439

Eisstation Zebra

EISSTATION ZEBRA

U S S Dolphin

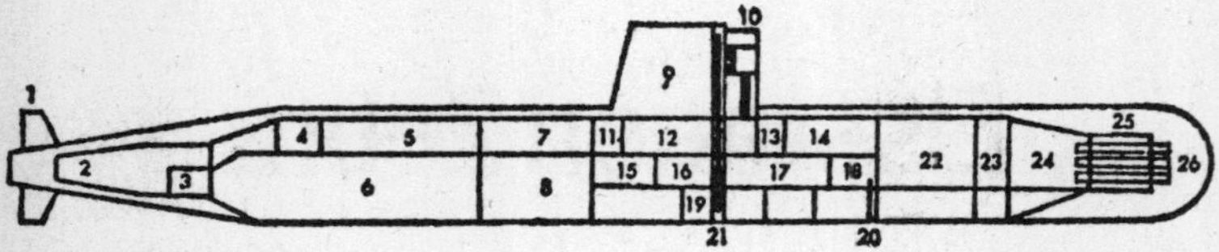

1 Ruder
2 Heckraum
3 Nuklearraum
4 Schaltraum
5 Maschinenleitstand
6 Maschinenraum
7 Gang üb. d. Reaktor
8 Reaktorraum
9 Turm
10 Brücke
11 Funkraum (Backbord)
12 Zentrale
13 Kapitänskajüte (Backbord)
14 Krankenrevier (Steuerbord)
15 Trägheitsnavigierraum
16 Elektronenraum
17 Mannschaftslogis
18 Kombüse
19 Arzneivorräte
20 Müllausstoß
21 Sehrohr (eingefahren)
22 Torpedolagerraum
23 Kollisionskammer
24 Torpedoraum
25 Torpedorohre
26 Klappen der Torpedo-Ausstoß-Rohre

Die Station

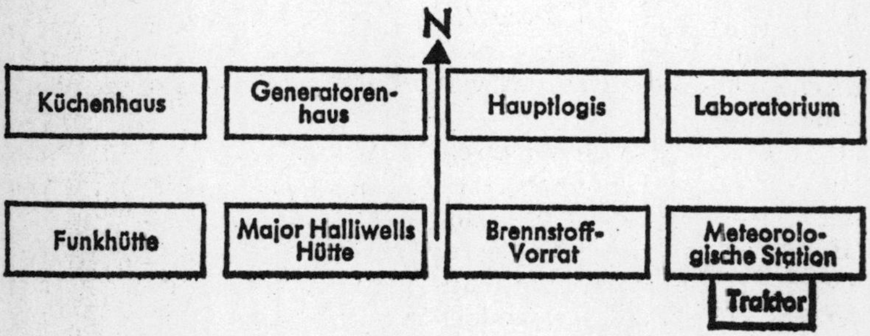

1

Fregattenkapitän James D. Swanson in der Kriegsmarine der Vereinigten Staaten war klein, dicklich und an die Vierzig. Er hatte pechschwarzes Haar über einem rosigen Puttengesicht. Mit den tiefen Lachfältchen, die von seinen Augen ausstrahlten und sich um den Mund schlängelten, war er der lustige, unbekümmerte extrovertierte Draufgänger, wie er im Buche steht, stets die Seele der Gesellschaft.

Diesen Eindruck jedenfalls machte er beim erstenmal auf mich. Aber in der vernünftigen Annahme, es würden doch wohl auch noch andere Qualitäten bei dem Mann zu finden sein, der dazu auserwählt worden war, das modernste und schlagkräftigste Atom-Unterseeboot zu befehligen, betrachtete ich ihn noch einmal genauer. Und jetzt sah ich, was ich gleich hätte sehen müssen, wenn mir nicht der klamme graue Nebel und die Winterdämmerung, die sich auf den Firth of Clyde herabsenkten, die Sicht so sehr erschwert hätten. Seine Augen. Was immer sie ausdrücken mochten – es waren nicht die Augen eines burschikosen und witzelnden Bonvivants. Es waren die kältesten grauen Augen, die ich je gesehen hatte, forschende Augen, messende Augen. Sie musterten zuerst mich, dann das Papier, das er in der Hand hielt, verrieten aber nicht im geringsten die Schlußfolgerungen, die er auf Grund der vorgenommenen Messungen gezogen hatte.

»Bedaure, Doktor Carpenter.« Die Stimme mit dem Südstaatlerakzent klang ruhig und höflich, aber sein Bedauern war, soweit ich es beurteilen konnte, alles andere als echt. Er faltete das Telegramm zusammen, steckte es wieder in den Umschlag und gab es mir zurück. »Ich kann weder dieses Telegramm als ausreichende Vollmacht noch Sie als Passagier akzeptieren. Diese Entscheidung ist nicht persönlich gemeint, das wissen Sie. Aber ich habe meine Weisungen.«

»Keine ausreichende Vollmacht?« Ich zog das Telegramm aus dem Umschlag und deutete auf die Unterschrift. »Wer ist denn der Herr? Fensterputzer bei der Admiralität?«

Es war gar nicht sehr witzig, und als ich ihn im schwindenden Licht ansah, sagte ich mir im stillen, ich hätte vielleicht die Tiefe der Lachfalten in seinem Gesicht überschätzt. Er sagte mit präziser Betonung: »Admiral Hewson befehligt die Ostdivision der NATO. Bei NATO-Manövern unterstehe ich seinem Befehl. Aber zu jeder anderen Zeit bin ich nur Washington verantwortlich. Momentan ist es die andere Zeit. Bedaure... Außerdem muß ich Sie darauf aufmerksam machen, Doktor Carpenter, daß Sie jede beliebige Person in London hätten veranlassen können, dieses Telegramm abzuschicken. Es ist nicht einmal ein Depeschenformular der britischen Kriegsmarine.«

Nichts entging diesen Augen, das war nicht zu bestreiten, aber sein Argwohn war unbegründet. Ich sagte: »Sie könnten ihn ja radiotelefonisch anrufen, Herr Kapitän.«

»Freilich«, sagte er zustimmend. »Aber es würde keine Rolle spielen. Nur bevollmächtigte amerikanische Staatsbürger dürfen an Bord dieses Fahrzeugs gehen – und die Vollmacht muß aus Washington kommen.«

»Vom Leiter der Abteilung für Unterseekriegführung oder vom Befehlshaber der atlantischen U-Boot-Flotte?«

Er nickte langsam und nachdenklich.

Ich fuhr fort: »Bitte, funken Sie die Herren an und bitten Sie sie, sich mit Admiral Hewson in Verbindung zu setzen. Die Zeit drängt, Herr Kapitän!«

Er überlegte eine Weile, nickte, machte kehrt und ging ein paar Schritte zu einem tragbaren Piertelefon, das durch eine Doppelleitung mit dem länglichen, dunklen Schiffsrumpf verbunden war, der zu unseren Füßen im Wasser lag. Er sprach ganz kurz, dämpfte die Stimme, hängte ab. Er hatte kaum Zeit, zu mir zurückzukehren, als drei Gestalten in kurzen dicken Wollmänteln hastig eine benachbarte Gangway heraufkamen, auf uns zusteuerten und dicht vor uns stehenblieben. Der größte von den dreien, ein magerer, schlaksiger Mann mit weizenblondem Haar und dem überzeugenden Aussehen eines Menschen, der eigentlich ein Pferd zwischen den Schenkeln haben müßte, stand einen halben Schritt vor den anderen.

Kapitän Swanson zeigte auf ihn. »Oberleutnant Hansen, mein Erster Offizier. Er wird sich um Sie kümmern, bis ich wiederkomme.«

»Um mich braucht sich niemand zu kümmern«, sagte ich sanft. »Ich bin erwachsen und fühle mich selten einsam.«

»Ich werde mich möglichst beeilen, Doktor Carpenter«, sagte Swanson.

Er lief die Gangway hinunter, und ich sah ihm versonnen nach.

Ich schlug mir alle dummen Gedanken aus dem Kopf – sofern ich mir eingebildet haben sollte, der Befehlshaber der atlantischen U-Boot-Flotte Amerikas hole sich seine Kapitäne von den Bänken im Central Park. Ich hatte versucht, mir Zutritt zu Swansons Fahrzeug zu verschaffen, und für den Fall, daß ich dazu nicht ermächtigt sein sollte, wollte er mich festhalten, bis er meine Gründe und die Hintergründe erfahren hatte. Hansen und seine beiden Begleiter waren vermutlich die drei tüchtigsten Seeleute an Bord.

Das Boot. Ich betrachtete das große, schwarze Gebilde, das fast zu meinen Füßen vertäut lag. Zum erstenmal bekam ich ein Atom-Unterseeboot zu sehen. Die *Dolphin* ähnelte keinem der U-Boote, die ich je gesehen hatte. Sie war ungefähr so lang wie die Hochseeboote mit großem Aktionsradios aus dem Zweiten Weltkrieg, aber damit hörte jede Ähnlichkeit auf. Der Durchmesser war mindestens doppelt so groß wie der eines üblichen U-Bootes. Statt die einigermaßen schiffartigen Umrisse ihrer Vorgänger nachzuahmen, war die *Dolphin* fast zylindrisch geformt, der Bug nicht wie gewöhnlich V-förmig, sondern eine vollkommene Halbkugel. Ein Deck war nicht vorhanden: Die gerundeten, steilen Seiten- und Bugwände fielen glatt ab. Es blieb nur ein schmaler Laufsteg mittschiffs, so gefährlich und tückisch durch seine schlüpfrige Rundung, daß er, wenn das Boot im Hafen lag, mit einem Geländer abgesichert wurde. Etwa dreißig Meter hinter dem Bug erhob sich der schlanke, aber massive Kommandoturm zu einer Höhe von mehr als sieben Metern, der verblüffend an die große Rückenflosse eines ungeheuren Haifisches erinnerte. In halber Höhe der Turmwand ragten waagrecht die plumpen, geschweiften Tiefenruder heraus. Ich versuchte festzustellen, wie es weiter achtern aussah, aber der Nebel und der immer dichter vom Loch Long herabwirbelnde Schnee machten mir einen Strich durch die Rechnung. Übrigens begann ich ohnedies das Interesse zu verlieren. Ich hatte nur einen dünnen Regenmantel an und fühlte, wie sich unter den eisigen Fingern des Wintersturmes auf meinem Körper eine Gänsehaut bildete.

»Es war nicht die Rede davon, daß wir hier erfrieren müssen«, sagte ich zu Hansen. »Die Kantine dort drüben... Würden Ihre Grundsätze Sie daran hindern, sich von Doktor Carpenter, dem bekannten Spion, zu einer Tasse Kaffee einladen zu lassen?«

Lächelnd erwiderte Hansen: »Wenn es sich um Kaffee handelt, lieber Freund, kenne ich keine Grundsätze. Besonders heute abend nicht. Man hätte uns vor dem schottischen Winter warnen sollen.«

Er sah nicht nur aus wie ein Cowboy, er redete auch wie ein Cowboy. »Rawlings, teilen Sie dem Kommandanten mit, daß wir vor den Elementen Zuflucht suchen.«

Während Rawlings sich zu dem Piertelefon begab, ging Hansen voraus in die von Neonröhren erhellte Kantine. An der Tür ließ er mir den Vortritt, steuerte dann auf die Theke zu, während der andere Seemann, ein rotwangiger Bursche mit den Dimensionen eines Eisbären, mich mit sanfter Gewalt auf eine Eckbank in einem Winkel des Raumes bugsierte. Hansen kam heran und setzte sich an meine andere Seite, und als Rawlings zurückkehrte, nahm er breitspurig mir gegenüber Platz.

»Umzingelt und eingepfercht in bester Wildwestmanier«, sagte ich beifällig. »Die Herren haben eine schmutzige und mißtrauische Fantasie.«

»Sie tun uns unrecht«, erwiderte Hansen. »Wir sind nichts weiter als drei freundliche, gesellige Kumpane, die ihre Weisungen durchführen. Die schmutzige, mißtrauische Fantasie gehört Kapitän Swanson, habe ich recht, Rawlings?«

»Ja, allerdings, Herr Oberleutnant«, sagte Rawlings mit ernster Miene. »Er hält sich streng an die Sicherheitsvorschriften, unser Kommandant.«

Ich versuchte es abermals. »Ich denke, alle Mann werden dringend an Bord gebraucht, wenn es in knapp zwei Stunden heißt, auszulaufen. Freuen Sie sich auf den Ausflug ins Packeis?« fragte ich liebenswürdig.

Sie waren alle drei auf die gleiche Wellenlänge eingestellt. Sie sahen einander nicht einmal an. Unisono rückten sie etliche Zentimeter näher an mich heran, und noch nicht einmal auf unmerkliche Weise. Hansen wartete mit einem angenehm entspannten Lächeln, bis die Kellnerin vier dampfende Tassen Kaffee auf den Tisch gestellt hatte, und sagte dann im selben aufmunternden Ton wie zuvor: »Nur weiter in diesem Takt, lieber Freund! Nichts hören wir lieber, als wenn strenggeheime Informationen in Kantinen ausposaunt werden. Woher, zum Teufel, wissen denn Sie, wo wir hin wollen?«

Meine Hand langte ins Jackett und verharrte dort, mein Handgelenk in Hansens rechter Hand verklemmt.

»Wir sind nicht argwöhnisch, keine Spur«, sagte er, um sich zu entschuldigen. »Wir U-Boot-Leute sind bloß besonders nervös, weil wir ein so gefährliches Leben führen. Außerdem haben wir an Bord der *Dolphin* eine sehr schöne Filmbibliothek. Sooft in einem dieser Filme ein Willie in die Jacke langt, geschieht es immer aus dem gleichen Grund, und zwar nicht, weil er nachschauen will, ob die Brieftasche noch da ist.«

Ich nahm mit der freien Hand sein Handgelenk, stieß seinen Arm zurück und drückte ihn auf die Tischplatte nieder. Ich behaupte nicht, daß es leicht ging. Die amerikanische Kriegsmarine verabreicht offensichtlich ihren U-Boot-Leuten eine proteinreiche Kost. Aber ich brachte es fertig, ohne daß ein Blutgefäß platzte. Ich zog eine zusammengefaltete Zeitung aus der inneren Brusttasche und legte sie auf den Tisch.

»Sie wollen wissen, woher, zum Teufel, ich weiß, wo ihr hin wollt!« sagte ich. »Wieso ich es weiß? Weil ich lesen kann. Hier haben wir eine Abendzeitung aus Glasgow, die ich vor einer halben Stunde auf dem Flughafen von Renfrew käuflich erworben habe.«

Hansen rieb sich nachdenklich das Handgelenk. Dann lächelte er. »In welchem Fach haben Sie Ihren Doktor gemacht? Im Gewichtheben? Was die Zeitung betrifft – wie konnten Sie die denn vor einer halben Stunde in Renfrew kaufen?«

»Ich bin hierher geflogen. Mit einem Hubschrauber.«

»Mit einem Schnurrkäfer? Ich habe einen vor einigen Minuten ankommen hören. Aber das war eine unserer Maschinen.«

»Es stand mit meterhohen Lettern draufgeschrieben – *US-Navy*«, sagte ich. »Der Pilot hat die ganze Zeit Gummi gekaut und laut den Himmel um eine baldige Rückkehr nach Kalifornien angefleht.«

Hansen entfaltete die Zeitung und betrachtete die erste Seite. Er brauchte nicht lange zu suchen, um zu finden, was er suchte: Die fünf Zentimeter hohen Schlagzeilen liefen über sieben Spalten.

»Also, schaut euch das an ...« Oberleutnant Hansen versuchte gar nicht erst, seine Gereiztheit und seinen Ärger zu verhehlen. »Da schleichen wir auf Zehenspitzen in diesem gottverlassenen Loch umher, verkleben uns die Mäuler mit Heftpflaster, schwören heilige Eide, unseren Auftrag und unseren Bestimmungsort geheimzuhalten – und was geschieht? Ich nehme dieses beschissene Tommy-Blättchen zur Hand, und da stehen sämtliche strenggeheimen Details schwarz auf weiß quer über die erste Seite hingepfeffert!«

»Machen Sie keine Witze, Herr Oberleutnant«, sagte der Mann mit dem roten Gesicht und dem Aussehen eines Polarbären. Seine Stimme schien aus den Stiefeln zu kommen.

»Es ist kein Witz, Zabrinski«, erwiderte Hansen kalt. »Wenn Sie sich die Mühe gemacht hätten, Lesen und Schreiben zu lernen, würden Sie sich selbst davon überzeugen können. ›Atom-U-Boot im Rettungsdienst‹, steht hier geschrieben. ›Dramatischer Vorstoß zum Nordpol‹. Gott sei uns gnädig – Nordpol! Und ein Bild der *Dolphin*. Und ein Foto des Kommandanten. Du lieber Himmel, auch ich bin abgebildet.«

Rawlings streckte seine haarige Pfote aus und zerrte an der Zeitung, um das verschwommene und fleckige Abbild des Mannes, der ihm gegenübersaß, genauer zu betrachten. »Schau, schau, tatsächlich! Nicht sehr schmeichelhaft, oder wie, Herr Oberleutnant? Aber sprechend ähnlich, wohlgemerkt – sprechend ähnlich! Der Fotograf hat das Wesentliche wirklich perfekt erfaßt.«

»Sie haben nicht die leiseste Ahnung von den Grundbegriffen der Fotografie!« sagte Hansen mit vernichtendem Hohn. »Hören Sie sich das Geschreibsel an... ›Folgende gemeinsame Erklärung wurde gleichzeitig einige Minuten vor zwölf Uhr mittags (Greenwich-Zeit) in London und in Washington abgegeben: Angesichts der kritischen Lage, in der sich die Überlebenden der Treibeis-Station Zebra befinden, hat die Kriegsmarine der Vereinigten Staaten sich bereitgefunden, das Atom-Unterseeboot *Dolphin* schnellstens mit dem Auftrag zu entsenden, den Kontakt mit den Überlebenden herzustellen...

...Heute früh vor Tagesanbruch kehrte die *Dolphin* zu ihrem Stützpunkt in Holy Loch zurück, nachdem sie an ausgedehnten Manövern der NATO-Seestreitkräfte im östlichen Atlantik teilgenommen hatte. Man hofft, die *Dolphin* (Kommandant James D. Swanson, USN) werde abends gegen 7 (Greenwich-Zeit) in See gehen...

Die lakonische Nüchternheit des Kommuniques kündigt den Beginn eines verzweifelten und gefährlichen Rettungsversuches an, der in der Geschichte des Meeres oder der Arktis beispiellos dastehen dürfte. Es ist jetzt sechzig Stunden her...‹«

»Sagten Sie ›verzweifelt‹, Herr Oberleutnant?« Rawlings runzelte finster die Stirn. »Sagten Sie ›gefährlich‹? Wird der Kommandant fragen, wer sich freiwillig meldet?«

»Überflüssig. Ich habe ihm gesagt, daß ich mich bereits bei allen achtundachtzig Besatzungsmitgliedern erkundigt habe und daß sie sich Mann für Mann freiwillig zur Verfügung stellen.«

»Mich haben Sie nicht gefragt.«

»Ich muß Sie übersehen haben. Halten Sie jetzt gefälligst die Klappe – hier spricht Ihr Erster Offizier... ›Es sind jetzt sechzig Stunden vergangen, seit die Welt zu ihrer Bestürzung von der Katastrophe erfuhr, die die Treibeis-Station Zebra befallen hat, die einzige britische meteorologische Station in der Arktis: Ein englisch sprechender Amateurfunker in Bodo in Norwegen hörte das leise SOS vom Gipfel der Welt...

Aus einem weiteren Funkspruch, den vor knapp vierundzwanzig Stunden der britische Fischdampfer *Morning Star* in der Barents-See aufgefangen hat, geht deutlich hervor, daß sich die Überlebenden des Heizölbrandes, der die Treibeis-Station Zebra zum größten Teil vernichtet hat, in einer hoffnungslosen Lage befinden. Da die Heizölreserven und fast sämtliche Lebensmittelvorräte ein Raub der Flammen geworden sind, befürchtet man, daß die Überlebenden sich nicht lange in der momentan dort herrschenden Kälte – fünfzig Minusgrade – werden behaupten können...

Es ist nicht bekannt, ob sämtliche Fertighäuser, in denen die Mitglieder der Expedition untergebracht waren, zerstört worden sind...

Die Treibeis-Station Zebra, die erst im Spätsommer vorigen Jahres eingerichtet wurde, befindet sich gegenwärtig schätzungsweise in der Position 85° 40′, 21° 30′ O also nur etwa dreihundert Meilen vom Nordpol entfernt. Die Position läßt sich mit Sicherheit aus der im Sinne des Uhrzeigers erfolgenden Drift des polaren Packeises ablesen...

Im Lauf der letzten dreißig Stunden haben Überschallbomber und Fernaufklärer der amerikanischen, britischen und russischen Luftwaffe das arktische Packeis erkundet. Da man die genaue Position der Station nicht kennt und da zu dieser Jahreszeit in der Arktis völlig Finsternis herrscht, ganz abgesehen von der äußerst schlechten Wetterlage, ist es bisher nicht geglückt, die Station zu lokalisieren. Die Maschinen mußten unverrichteter Dinge umkehren.‹«

»Sie brauchen sie doch nicht zu lokalisieren«, wandte Rawlings ein. »Jedenfalls nicht visuell. Mit den Instrumenten, über die heutzutage diese Bomber verfügen, können sie auf eine Entfernung von hundert Meilen einen Kolibri ansteuern. Der Funker der Driftstation brauchte nur brav weiterzufunken, und sie hätten die Welle als Lenkstrahl benützen können.«

»Vielleicht ist der Funker tot«, sagte Hansen gewichtig. »Vielleicht hat sein Gerät versagt. Vielleicht war der vernichtete Brennstoff für den Betrieb des Senders nötig. Es kommt darauf an, was für eine Kraftquelle er benützt hat.«

»Einen Dieselgenerator«, sagte ich. »Er besaß außerdem eine Notbatterie – einen Edison-Akkumulator. Vielleicht spart er und benützt die Batterie nur für SOS-Rufe. Schließlich war auch noch ein Handkurbelgenerator vorhanden, der aber eine sehr begrenzte Reichweite hat.«

»Woher wissen Sie das alles?« fragte Hansen ruhig. »Woher wissen Sie, was für eine Antriebskraft der Funker der Zebra verwendet...?«

»Ich muß es irgendwo gelesen haben.«

»Sie müssen es irgendwo gelesen haben.« Er sah mich ausdruckslos an, kehrte dann zu der Zeitung zurück. »›Ein Bericht aus Moskau‹«, las er weiter, »›besagt, daß der kräftigste Eisbrecher der Welt, die atomgetriebene *Dwina*, vor etwa zwanzig Stunden aus Murmansk ausgelaufen ist und mit höchster Geschwindigkeit auf das arktische Packeis zusteuert. Die Sachverständigen machen sich keine großen Hoffnungen, da zu dieser späten Jahreszeit das Packeis sich bereits zu einer festen Masse verdichtet hat, die fast mit Bestimmtheit jeden Versuch eines Fahrzeugs, sich Bahn zu brechen, vereiteln wird...

Der Einsatz des Unterseeboots *Dolphin* scheint für die offenbar zum Tod verurteilten Überlebenden der Station Zebra die einzige schwache Hoffnung zu sein. Aber die Erfolgsaussichten sind als äußerst mäßig zu bewerten. Nicht nur, daß die *Dolphin* getaucht mehrere hundert Meilen unter der polaren Eishaube zurücklegen muß – die Möglichkeit, daß es ihr gelingen wird, an einer gegebenen Stelle die Eisschicht zu durchstoßen oder die Überlebenden zu lokalisieren, ist sehr gering. Aber wenn ein Fahrzeug auf Gottes Erdboden es schaffen kann, dann ist es zweifellos die *Dolphin*, der Stolz der Atom-Untersee-Flotte der amerikanischen Kriegsmarine.‹«

Hansen unterbrach sich und las eine Weile stumm weiter. Dann sagte er: »Das ist so ziemlich alles. Eine Aufzählung aller bekannten Konstruktionsdetails. Außerdem eine Menge lächerliches Gewäsch über die Besatzung der *Dolphin*, die angeblich die Creme der Elite der amerikanischen Kriegsmarine repräsentiert.«

Rawlings sah gekränkt drein. Zabrinski, der Polarbär mit dem roten Gesicht, grinste, zog ein Paket Zigaretten aus der Tasche und reichte es herum. Dann wurde er wieder ernst. »Was treiben denn übrigens diese armen Irren dort auf dem Gipfel der Welt?«

»Meteorologie, Quatschkopf!« erklärte Rawlings.

»Ich behaupte trotzdem, daß es arme Irre sind«, brummte Zabrinski. »Was soll es denn für einen Zweck haben?«

»Ich empfehle Ihnen, sich bei Doktor Carpenter zu erkundigen«, meinte Hansen trocken.

»Einiges weiß ich«, sagte ich, »und es steckt nichts Mysteriöses oder Unheimliches dahinter. Die Meteorologen betrachten heute die Arktis und die Antarktis als die beiden großen Wetterfabriken der Welt, als die Gebiete, die in erster Linie das Wetter verursachen, das in den übrigen Teilen der Hemisphäre herrscht. Wir wissen bereits ziemlich viel über die Verhältnisse in der Antarktis, aber so gut wie nichts über die Arktis. Deshalb suchen wir uns eine passende Eisscholle aus, errichten dort Häuser und Hütten, die mit Technikern und allen möglichen Instrumenten vollgepfropft werden, und lassen sie etwa sechs Monate lang rund um den Gipfel der Welt driften. Eure Leute haben schon zwei oder drei solche Stationen etabliert. Die Russen haben meines Wissens mindestens zehn Stück eingerichtet, die meisten in ostsibirischen Gewässern.«

»Wie richtet man solche Lager ein, Herr Doktor?« fragte Rawlings.

»Auf verschiedene Art. Eure Leute bevorzugen den Winter. Dann ist das Packeis so festgefroren, daß man mit Flugzeugen landen kann. Einer fliegt los – meistens von Point Barrow in Alaska aus – und schnüffelt umher, bis er eine passende Scholle gefunden hat. Dann werden die Hütten, die Ausrüstung, die Vorräte und die Leute mit Kufenflugzeugen hintransportiert und das Lager allmählich aufgebaut...

Die Russen machen es lieber im Sommer – per Schiff. Meistens benützen sie einen mit Kernenergie betriebenen Eisbrecher, die *Lenin*. Er rammt seinen Weg durchs Sommereis, setzt Ladung und Leute ab und fährt davon, bevor der große Frost beginnt. Die gleiche Technik haben wir für die Treibeis-Station Zebra benützt – unsere einzige Polarstation. Die Russen liehen uns die *Lenin* – alle Länder sind mehr als bereit, sich auf meteorologische Studien zu konzentrieren, weil jeder davon profitiert – und beförderten uns ziemlich tief ins Packeis nördlich von Franz-Joseph-Land. Die ›Zebra‹ hat sich bereits ein gutes Stück von der ursprünglichen Position entfernt. Die polare Eishaube, die mitten auf dem Eismeer sitzt, hält nicht genau Schritt mit der West-Ost-Drehung der Erde, so daß sie sich in bezug auf die Erdkruste langsam westwärts verschiebt. Momentan befindet sich die Zebra ungefähr sechshundert Kilometer nördlich von Spitzbergen.«

»Trotzdem sind es arme Irre«, sagte Zabrinski. Er schwieg eine Weile, sah mich dann forschend an. »Sind Sie bei der Tommy-Marine, Doktor?«

»Sie dürfen Zabrinski seine Manieren nicht übelnehmen, Doktor

Carpenter«, sagte Rawlings kühl. »Ihm sind die Vergünstigungen vorenthalten worden, die wir anderen für selbstverständlich halten. Soviel ich weiß, wurde er in der Bronx geboren.«

»Nichts für ungut«, sagte Zabrinski gelassen. »Ich meine die Königlich Britische Kriegsmarine. Also, Doktor?«

»Man könnte sagen – zugeteilt.«

»Zweifellos in sehr losem Verhältnis.« Rawlings nickte. »Warum sind Sie so sehr auf einen Urlaub in der Arktis erpicht, Herr Doktor? Ich kann Ihnen nur sagen, daß es dort verteufelt kalt ist.«

»Weil die Insassen der Treibeis-Station Zebra dringend ärztlichen Beistand brauchen werden. Das heißt, sofern es Überlebende gibt.«

»Wir haben unseren Schiffsarzt an Bord, und er weiß mit dem Stethoskop umzugehen, das habe ich mir von mehreren Personen sagen lassen, die seine Behandlungsmethoden überstanden haben. Ein gutbeleumundeter Feldscher!«

»Davon bin ich überzeugt«, sagte ich lächelnd. »Aber wenn wir Überlebende antreffen, werden sie an schweren Frostschäden und wahrscheinlich an Gangrän leiden. Die Behandlung dieser Schäden ist meine Spezialität.«

»Ach, wirklich?« Rawlings erforschte den Kaffeesatz in seiner Tasse. »Ich möchte nur wissen, wie jemand auf die Idee kommen kann, sich so ein Fach auszusuchen.«

»Doktor Carpenter steht nicht vor Gericht«, sagte Hansen in sanftem Ton. »Der Vertreter der Anklage wird gefälligst einpakken.«

Sie packten ein. Die Atmosphäre lässiger Vertraulichkeit zwischen Offizieren und Matrosen, die gemächliche Kameradschaft, die wechselseitig tolerante Hänselei mit dem trügerisch irreführenden Beiklang possenhafter Clownerie war für mich ein seltenes, wenn auch nicht neuartiges Erlebnis. Ich hatte es schon früher erlebt, bei den Bomberbesatzungen. Es war eine Beziehung, der man nur in einer Gruppe eng miteinander verbundener, eng zusammen lebender hervorragend geschulter Fachleute begegnet, von denen ein jeder genau weiß, wie restlos er von den anderen abhängig ist. Die salopp formlose und familiäre Haltung war nicht ein Zeichen mangelnder Disziplin, sondern des genauen Gegenteils: das Merkmal einer hochgradigen Selbstzucht, der Achtung, die einer dem anderen nicht nur als dem hochqualifizierten Techniker, sondern auch als dem Menschen entgegenbringt. Es lag auch klar auf der Hand, daß ihr Verhalten durch eine Reihe ungeschriebener Regeln bestimmt wurde. So ungezwungen, und oft auch bar jeden äußeren Respekts, Rawlings und Zabrinski in ihrem Benehmen gegenüber Oberleutnant Hansen erscheinen mochten, so war doch eine unsichtbare Grenze des Anstands gezogen, und man konnte sich nicht vorstellen, daß sie sie je überschreiten würden. Hansen seinerseits vermied gewissenhaft jeden Anstrich von Autorität, wenn er sich auf Kosten der beiden Matrosen lustig machte.

Rawlings und Zabrinski stellten ihr hochnotpeinliches Verhör ein und hatten soeben eine begeisterte Diskussion über die Nachteile begonnen, die Holy Loch im besonderen und Schottland im allgemeinen als U-Boot-Stützpunkt aufzuweisen hat, da preschte ein Jeep draußen vor den Kantinenfenstern vorbei. Weiß und dicht wirbelte der Schnee durch die Lichtkegel der Scheinwerfer. Rawlings sprang mitten in einem Satz auf, ließ sich dann langsam und nachdenklich auf seinen Stuhl zurücksinken.

»Der Knoten«, verkündete er, »schürzt sich.«

»Haben Sie gesehen, wer es war?« fragte Hansen.

»Jawohl. Kein Geringerer als Andy Bandy.«

»Ich habe nichts gehört, Rawlings«, sagte Hansen kalt.

»Vizeadmiral John Garvie von der Kriegsmarine der Vereinigten Staaten, Sir.«

»Andy Bandy, so so...«, murmelte Hansen nachdenklich. Lächelnd sah er mich an. »Admiral Gravie befehligt die Seestreitkräfte der Vereinigten Staaten innerhalb der NATO. Ich muß gestehen, daß das sehr interessant ist. Er ist nicht zufällig zusammen mit Ihnen heute nachmittag in dem Heuhupfer aus Renfrew angekommen?«

»Nein.«

»Kennen Sie ihn zufällig?«

»Bis zu diesem Augenblick habe ich nie von ihm gehört.«

»Es wird immer kurioser«, murmelte Hansen.

Einige Minuten verstrichen mit flüchtigem Geplauder, dann fegte ein mit Schnee beladener eisiger Luftzug durch die Kantinentür, die Tür ging weit auf, ein blaujackiger Matrose kam herein und näherte sich eilig unserem Tisch.

»Der Kommandant bittet Sie, Herr Oberleutnant, Doktor Carpenter zum Boot zu bringen.«

Hansen nickte, stand auf und ging voraus ins Freie. Der Schnee begann liegenzubleiben, die Dunkelheit brach rasch herein, der Nordwind war schneidend kalt. Hansen steuerte auf die nächste Gangway zu, blieb stehen, als er Matrosen und Werftarbeiter vorsichtig einen Torpedo in die vordere Ladeluke hinabhieven sah, machte kehrt und begab sich zu der hinteren Laufplanke. Wir kletterten hinunter, und als wir unten angelangt waren, sagte Hansen: »Nehmen Sie sich in acht, Herr Doktor. Es ist hier ein bißchen glatt.«

Er hatte recht. Bei dem Gedanken an das eiskalte Wasser des Holy Loch, das auf mich wartete, wenn ich einen falschen Schritt tat, hütete ich mich, auch nur den kleinsten Fehler zu begehen. Wir duckten uns unter dem auf Reifen gespannten Zeltdach über der Achterluke hindurch und kamen über eine steile Metalleiter in einen warmen, peinlich sauberen und blitzblanken Maschinenraum, der mit einer verwirrenden Fülle graulackierter Maschinerie und komplizierten Schalttafeln vollgepfropft und bis in alle Ecken und Winkel von schattenfreien Leuchtstoffröhren erhellt war.

»Werden Sie mir nicht die Augen verbinden, Herr Oberleutnant?« fragte ich.

»Wozu?« Er lächelte breit. »Wenn Sie in Ordnung sind, ist es nicht nötig. Wenn nicht, ist es gleichfalls nicht nötig, da Sie nicht weitersagen können, was Sie gesehen haben – wenn Sie die nächsten paar Jahre hinter schwedischen Gardinen verbringen.«

Ich mußte ihm recht geben. Ich folgte ihm nach vorn. Geräuschlos bewegten sich unsere Füße über den schwarzen Gummibelag, vorbei an den Kuppen zweier riesiger Maschinen, die sich ohne weiteres als Turbogeneratoren zur Erzeugung elektrischen Stroms identifizieren ließen. Weitere wuchtige Armaturentafeln, eine Tür, dann ein zehn Meter langer, sehr enger Gang. Als wir ihn der Länge nach durchschritten, spürte ich unter meinen Füßen ein dumpfes vibrierendes Surren. Irgendwo mußte der Kernreaktor der *Dolphin* untergebracht sein: wahrscheinlich hier, unmittelbar unter uns. In den Boden des Ganges waren kreisrunde Luken eingelassen. Das waren wohl die Deckel der dicken Bleiglasfenster, der Gucklöcher, die den nächsten und einzigen Zutritt zu der tief unten schwelenden nuklearen Esse offerierten.

Am anderen Ende des Ganges abermals eine schwerbeschlagene Tür. Dann kamen wir in den Befehlsraum – die Zentrale – der *Dolphin*. Links lag ein durch eine Zwischenwand abgeschirmter Funkraum, rechts eine Batterie diverser Apparate und mit Wählerscheiben versehener Schalttafeln, deren Zwecke mir unbegreiflich waren, geradeaus ein großer Kartentisch. Dahinter waren in der Mitte massive Gehäuse und noch weiter hinten die Stände der zwei Sehrohre zu sehen. Die gesamte Zentrale war doppelt so groß, wie ich sie je an Bord eines üblichen Unterseebootes gesehen hatte; trotzdem schien jeder Quadratzentimeter Wandfläche von irgendeiner Art höchst verwickelt aussehender Apparaturen oder von Schaltbrettern beschlagnahmt zu sein. Sogar die Decke war fast unsichtbar, durch dick verstrickte Girlanden verschieden dimensionierter Drähte, Kabel und Rohre den Blicken entzogen.

Die vordere Backbordseite der Zentrale sah um alles in der Welt so aus wie eine Kopie der Kanzel einer modernen, mehrmotorigen Düsenmaschine. Zwei gesonderte Steuerknüppel – und davor riesige Instrumenten- und Schalttafeln. Hinter den Knüppeln zwei gepolsterte Ledersessel, jeder Sessel, wie ich sah, mit Sicherheitsgurten für den Rudergänger versehen. Ich hätte gern gewußt, was für gewaltsame Manöver der *Dolphin* zuzutrauen waren, wenn solche Sicherheitsgurte offenbar als notwendig galten, um den Rudergänger festzuschnallen.

Gegenüber dem Bedienungsstand, an der anderen Seite des Ganges, der von der Zentrale nach vorn führte, lag abermals eine durch eine Zwischenwand abgesonderte Kammer. Nichts deutete darauf hin, was sie enthalten mochte, aber mir blieb keine Zeit, mir den Kopf zu zerbrechen. Hansen eilte den Gang entlang, blieb an der ersten Tür stehen und klopfte an. Die Tür ging auf, Kapitän Swanson erschien auf der Schwelle.

»Ach, da sind Sie ja! Entschuldigen Sie, daß ich Sie warten ließ, Doktor Carpenter. Wir laufen um halb sieben aus, John...« Das galt Hansen. »Können Sie bis dahin alles fix und fertig haben?«

»Es hängt davon ab, wie schnell die Torpedos verladen werden, Herr Kapitän.«

»Wir nehmen nur sechs an Bord.«

Hansen zog eine Braue hoch und ersparte sich jeden Kommentar. Er sagte: »In die Rohre?«

»Auf die Gestelle. Sie müssen nachgesehen werden.«

»Keine Ersatzteile?«

»Keine Ersatzteile.«

Hansen nickte und ging weg. Swanson geleitete mich in seine Kajüte und machte die Tür hinter sich zu.

Kapitän Swansons Kajüte war etwas größer als eine Telefonzelle. Eine eingebaute Koje, ein Klappwaschbecken, ein kleiner Schreibtisch mit Sessel, ein Klappstuhl, ein Schrank, einige Wählscheiben über der Koje, das war alles. Wenn man versucht hätte, Twist zu tanzen, würde man sich ein Dutzend Knochenbrüche zugezogen haben, ohne die Füße aus der Mitte des Fußbodens wegzurühren.

»Doktor Carpenter«, sagte Swanson, »ich möchte Sie mit Admiral Garvie, dem Befehlshaber der amerikanischen Streitkräfte, bekannt machen.«

Admiral Gravie stellte das Glas weg, das er in der Hand hielt, erhob sich aus dem einzigen vorhandenen Sessel und streckte die Hand aus. Wie er so mit geschlossenen Hacken dastand, lieferte die keineswegs beträchtliche Lücke zwischen den Knien eine einleuchtende Erklärung für die zweite Hälfte seines Spitznamens: Andy Krummbein. Genauso wie Hansen wäre er auf der Prärie zu Hause gewesen. Er war ein hochgewachsener Mann mit blühendem Teint und weißem Haar, weißen Brauen und einem Zwinkern in den blauen Augen. Er hatte jenes gewisse, undefinierbare Etwas an sich, das alle rangälteren Marineoffiziere in der ganzen Welt miteinander gemein haben, ohne Rücksicht auf Rasse oder Nationalität.

»Sehr erfreut, Doktor Carpenter. Entschuldigen Sie den – hm – lauen Empfang, den man Ihnen bereitet hat, aber Kapitän Swansons Verhalten war durchaus berechtigt. Haben seine Leute sich Ihrer angenommen?«

»Sie haben mir erlaubt, sie in die Kantine zu einer Tasse Kaffee einzuladen.«

Er lächelte. »Lauter Opportunisten, diese Kernwaffenleute! Ich befürchte, der gute Ruf amerikanischer Gastfreundschaft ist bedroht. Whisky, Doktor Carpenter?«

»Ich dachte, an Bord amerikanischer Schiffe herrsche Alkoholverbot, Sir.«

»Freilich, junger Mann, freilich. Abgesehen natürlich von kleinen medizinischen Dosen. Aus meinem persönlichen Vorrat.« Er zog aus der hinteren Hosentasche eine Schnapsflasche hervor, die so groß war wie eine Feldflasche, und langte nach einem Zahnputzglas. »Der Kluge trifft seine Vorsichtsmaßnahmen, bevor er sich in die abgelegeneren Bergfesten des schottischen Hochlands wagt. Ich muß mich bei Ihnen entschuldigen, Doktor Carpenter. Gestern abend habe ich in London mit Ihrem Admiral Hewson gesprochen und beabsichtigte, heute früh hier zu sein und Kapitän Swanson dazu zu bewegen, daß er Sie mitnimmt. Aber ich wurde aufgehalten.«

»Ihn dazu zu bewegen, Sir?«

»Bewegen...« Er seufzte. »Unsere Atom-U-Boot-Kommandanten, Doktor Carpenter, sind empfindliche und schwierige Herren. Nach den Besitzerallüren zu schließen, die sie ihren Booten gegenüber haben, könnte man meinen, jeder einzelne besitze die Aktienmajorität der Electric Boat Company in Groton, die die meisten dieser Boote baut.« Er hob sein Glas. »Auf einen guten Erfolg für Kapitän Swanson und für Sie. Hoffentlich gelingt es euch, die armen Teufel zu finden. Aber ich halte die Chance für eins zu tausend – im besten Fall.«

»Ich glaube, daß wir sie finden werden, Sir. Vielmehr – daß Kapitän Swanson sie finden wird...«

»Warum sind Sie Ihrer Sache so sicher?« fragte er bedächtig. »Ein dunkles Gefühl...?«

»Man könnte es so nennen.«

Er stellte sein Glas weg, und seine Augen zwinkerten nicht mehr. »Admiral Hewson hat sich in bezug auf Ihre Person sehr ausweichend geäußert, das muß ich schon sagen. Wer sind Sie, Carpenter? Was sind Sie?«

»Das wird er Ihnen doch mitgeteilt haben, Herr Admiral? Nichts weiter als ein der Flotte zugeteilter Arzt, mit dem Auftrag –«

»Marinearzt?«

»Nun – also – nicht eigentlich... Ich –«

»Zivilarzt, ja?«

Ich nickte, und der Admiral und Swanson wechselten Blicke, die sie gar nicht zu vertuschen bemüht waren. Es war ihnen nicht anzumerken, daß sie besonders froh darüber gewesen wären, an Bord des neuesten und geheimsten Atom-U-Bootes der amerikanischen Marine einen Mann zu haben, der nicht nur Ausländer, sondern obendrein noch Zivilist war. Admiral Garvie sagte: »Also – weiter...«

»Mehr ist nicht zu sagen. Ich studiere im Auftrag der Navy die Einwirkungen des Milieus auf den Gesundheitszustand. Wie die Menschen auf extreme Milieubedingungen reagieren, zum Beispiel in der Arktis und in den Tropen, wie sie auf die Gewichtlosigkeit bei simulierten Raumflügen oder auf den Überdruck reagieren, wenn sie gezwungen sind, aus einem U-Boot auszusteigen. Hauptsächlich –«

»U-Boot!« Admiral Garvie stürzte sich auf das Wort. »Sie sind mit U-Booten gefahren, Doktor Carpenter? Ich meine, richtig gefahren?«

»Es blieb mir nichts anderes übrig. Wir hatten festgestellt, daß die Tauchexperimente kein Ersatz für die wirklichen Verhältnisse sind.«

Der Admiral und Swanson sahen noch unglücklicher drein als

zuvor. Ein Ausländer – schlimm. Ein ausländischer Zivilist – schlimmer. Aber ein ausländischer Zivilist, der zumindest eine Ahnung von U-Booten hat – entsetzlich.

»Was interessiert Sie an der Treibeis-Station Zebra, Doktor Carpenter?« fragte Admiral Garvie rundheraus.

»Die Admiralität schickt mich hin, Sir.«

»Das habe ich erfaßt, ja, das habe ich erfaßt«, sagte Garvie verdrossen. »Admiral Hansen hat es mir recht deutlich zu verstehen gegeben. Warum gerade Sie, Carpenter?«

»Ich kenne mich ein wenig in der Arktis aus, Sir. Ich gelte als Spezialist auf dem Gebiet der Frostschäden, des Gangräns und der Folgen langwierigen Aufenthalts im Freien unter ungünstigen klimatischen Bedingungen. Vielleicht würde es mir gelingen, Menschenleben oder Glieder zu retten, Fälle, denen Ihr Schiffsarzt nicht gewachsen wäre.«

»Ich könnte binnen weniger Stunden ein halbes Dutzend solcher Experten zur Stelle haben«, erwiderte Garvie gelassen. »Leute, die noch dazu einen regulären Offiziersrang innerhalb der amerikanischen Kriegsmarine bekleiden. Was Sie mir erzählen, genügt mir nicht, Carpenter.«

Es begann schwierig zu werden. Ich nahm einen neuen Anlauf. »Ich kenne die Station Zebra. Ich habe mitgeholfen, den Standort ausfindig zu machen. Ich habe bei der Errichtung des Lagers mitgeholfen. Der Kommandant, ein gewisser Major Halliwell, war viele Jahre lang mein engster Freund.« Letzteres war nur die halbe Wahrheit, aber ich hatte das Gefühl, es sei weder der rechte Zeitpunkt noch der richtige Ort, allzu ausführlich auf Einzelheiten einzugehen.

»Schau, schau«, sagte Garvie nachdenklich. »Und Sie behaupten nach wie vor, ein ganz gewöhnlicher Arzt zu sein?«

»Meine Pflichten sind dehnbar, Sir.«

»Das kann ich mir vorstellen. Also, Carpenter, wenn Sie ein ganz gewöhnlicher Wald-und-Wiesen-Doktor sind, wie ist das da zu erklären?« Er nahm ein Telegramm vom Tisch und reichte es mir. »Soeben ist die Antwort auf Kapitän Swansons funktelegrafische Anfrage in Washington eingetroffen.«

Ich sah mir den Funkspruch an. Er lautete: »Dr. Neil Carpenter *bona fide* über allen Zweifel erhaben. Sie dürfen ihm Ihr vollstes, ich wiederhole, vollstes Vertrauen schenken. Es ist ihm jede Erleichterung und jede Hilfe zu gewähren, solange nicht die Sicherheit des Fahrzeugs und das Leben der Besatzung gefährdet sind.«

Die Depesche war von dem Leiter der Operationsabteilung unterzeichnet.

»Ich muß sagen, Ihr Operationschef ist ein höflicher Mann.« Ich gab das Formular zurück. »So ein Leumundszeugnis – und Sie machen sich Sorgen? Jeder andere würde befriedigt sein.«

»Ich bin es nicht«, entgegnete Garvie gewichtig. »Und ich bin letzten Endes für die Sicherheit der *Dolphin* verantwortlich. Diese Depesche gibt Ihnen mehr oder weniger *carte blanche*, sich nach Belieben aufzuführen, von Kapitän Swanson zu verlangen, daß er dieses oder jenes wider besseres Wissen unternimmt. Das kann ich nicht dulden.«

»Spielt es eine Rolle, was Sie dulden und was Sie nicht dulden können? Sie haben Ihre Weisungen erhalten. Warum befolgen Sie sie nicht?«

Er schlug nicht zu. Er zuckte nicht einmal mit der Wimper. Ihm ging es nicht darum, daß man ihn nicht in die Hintergründe meiner scheinbar so geheimnisvollen Anwesenheit eingeweiht hatte. Nicht Ärger und Groll erfüllten ihn, sondern nur die ehrliche Besorgnis um die Sicherheit des Unterseebootes.

Er sagte: »Wenn ich es für wichtiger halte, daß die *Dolphin* auf aktivem Kriegsfuß verbleibt, statt einen abenteuerlichen Abstecher in die Arktis zu unternehmen, oder wenn ich der Meinung bin, daß Ihre Anwesenheit eine Gefahr für das Boot bedeutet, kann ich den Befehl des Operationschefs beseite schieben. Ich bin der Höchstkommandierende an Ort und Stelle. Und ich gebe mich nicht zufrieden.«

Das war äußerst peinlich. Was er sagte, war ernst gemeint, und er sah mir nicht danach aus, als würde er sich einen Pfifferling um die Folgen scheren, wenn er im Recht zu sein glaubte. Ich betrachtete die beiden Männer, betrachtete sie langsam und nachdenklich, senkte die Stimme um einige Grade und fragte: »Ist diese Tür schallsicher?«

»Mehr oder weniger«, erwiderte Swanson. Auch er hatte die Stimme gedämpft, um sie der meinen anzupassen.

»Ich will keinen der Herren beleidigen, indem ich Sie zu strengem Stillschweigen verpflichte – oder dergleichen dummes Zeug«, sagte ich. »Ich möchte nur feststellen, daß ich unter Zwang handle. Was ich jetzt sagen werde, sage ich deshalb, weil Admiral Garvie mir droht, mich nicht mitfahren zu lassen, wenn ich ihm nicht seinen Wunsch erfülle.«

»Es wird keinerlei Rückwirkungen haben«, sagte Garvie.

»Woher wissen Sie das? Aber darauf kommt es jetzt nicht an. Also, meine Herren, die Fakten sehen folgendermaßen aus. Die Treibeis-Station Zebra ist offiziell als eine meteorologische Station des Luftfahrtministeriums klassifiziert. Freilich untersteht sie dem Luftfahrtministerium, aber unter dem gesamten Personal befinden sich nicht mehr als zwei qualifizierte Meteorologen. Dagegen wird man dort einige der tüchtigsten Kapazitäten auf verschiedenen anderen Gebieten antreffen – Radar, Radio, Infrarot und elektronische Rechenmaschinen. Sie bedienen die modernsten Apparate, die je in diesen verschiedenen Zweigen verwendet worden sind. Wir kennen heute, egal, wieso, die Reihenfolge der Auszählsignale, die die Russen in der letzten Minute vor dem Abschluß einer Rakete benützen. Die ›Zebra‹ besitzt eine riesige Scheibenantenne, die binnen weniger Sekunden solche Signale auffängt und verstärkt. Dann stellen sich die Fernradar- und Infrarotgeräte auf diese Ortung ein, und drei Minuten nach dem Start der Lenkwaffe haben sie ihre Flughöhe, ihre Geschwindigkeit und ihren Kurs mit einem unendlich kleinen Fehlermarginal errechnet. Das heißt, das Fazit liefern die Rechenmaschinen. Eine Minute später befinden sich die Informationen in den Händen sämtlicher Raketenabwehrstationen zwischen Alaska und Grönland. Abermals eine Minute, und die Lenkwaffenabwehrraketen mit ihrem festen Treibstoff und den Infrarotpeilapparaten sind unterwegs: Dann werden die feindlichen Lenkwaffen abgefangen und vernichtet, ohne Schaden anzurichten, solange sie sich noch hoch über den arktischen Regionen befinden. Wenn Sie einen Blick auf die Karte werfen, werden Sie sehen, daß die Treibeis-Station Zebra so gut wie unmittelbar an der Raketenschwelle Rußlands sitzt, Hunderte von Meilen jenseits der jetzigen DEW-Linie – dem Fernvorwarnungssystem. Auf jeden Fall ist die DEW-Linie bereits veraltet.«

»Ich mache hier nur den Laufburschen«, sagte Garvie unberührt. »Das alles ist mir neu.«

Ich wunderte mich nicht. Auch mir war es neu gewesen, nämlich bis vor wenigen Sekunden, als ich es mir ausgedacht hatte. Falls es uns je beschieden sein sollte, die Treibeis-Station Zebra zu erreichen, würde es interessant sein, Kapitän Swansons Reaktionen zu beobachten. Aber alles zu seiner Zeit. Momentan war mir nur daran gelegen, hinzukommen.

»Ich bezweifle«, sagte ich, »daß es außerhalb der Station ein Dutzend Menschen gibt, die wissen, was dort vorgeht. Jetzt aber wissen Sie Bescheid. Und Sie können beurteilen, wie lebenswichtig es für die freie Welt ist, daß dieser Stützpunkt aufrechterhalten wird. Wenn etwas passiert ist, wollen wir so schnell wie möglich herausbekommen, was passiert ist, damit wir den Betrieb wiederaufnehmen können.«

»Ich behaupte nach wie vor, daß Sie kein gewöhnlicher Arzt sind«, sagte Garvie lächelnd. »Kapitän Swanson, wann können Sie auslaufen?«

»Wir müssen noch mit den Torpedos fertig werden, an der *Hunley* anlegen, den letzten Proviant übernehmen, eine Reserve an Kälteschutzkleidung einladen, dann haben wir es geschafft, Sir.«

»So? Ich dachte, Sie hätten vorgehabt, draußen in der Bucht langsam zu tauchen, um die Stabilisatoren zu überprüfen und das Boot unter Wasser zu trimmen. Wie Sie wissen, wird es etwas ausmachen, daß Sie vorn keine Torpedos haben.«

»Ja – aber da hatte ich noch nicht gehört, was Doktor Carpenter uns soeben erzählt hat. Jetzt habe ich es genauso eilig wie er, Sir. Ich werde sehen, ob sofortige Trimmkontrolle notwendig ist. Wenn nicht, können wir sie auf hoher See durchführen.«

»Es ist Ihr Boot«, sagte Garvie. »Ich würde gern meine letzten Backenzähne opfern, wenn ich mitkommen dürfte, Herr Kapitän. Wo werden Sie Doktor Carpenter unterbringen?«

»In der Kajüte des Ersten Offiziers und des Leitenden Ingenieurs ist Platz für eine Koje.« Er sah mich lächelnd an. »Ich habe bereits Ihren Koffer hinschaffen lassen.«

»Hat Ihnen das Schloß viel Mühe bereitet?« fragte ich.

Er geruhte leicht zu erröten. »Es war das erstemal, daß mir ein Koffer mit einem Kombinationsschloß begegnete. Das war es vor allem – und auch der Umstand, daß wir das Schloß nicht öffnen konnten –, was uns, den Herrn Admiral und mich, mißtrauisch gemacht hat. Ich habe noch einiges mit dem Herrn Admiral zu erörtern, deshalb werde ich Sie jetzt in Ihr Quartier bringen. Heute abend wird um acht Uhr gegessen.«

»Danke, ich möchte das Essen gern überspringen. Ich wäre für die Gelegenheit dankbar, mich auszuschlafen. Ich habe seit fast drei Tagen kein Auge zugetan und war in den letzten fünfzig Stunden pausenlos unterwegs.«

»Eine weite Reise – allerdings.« Swanson lächelte. »Wo waren Sie vor fünfzig Stunden, Herr Doktor?«

»In der Antarktis.«

Admiral Garvie warf mir einen recht mißtrauischen Blick zu, ließ es aber dabei bewenden.

2

Als ich aufwachte, war ich noch sehr schlaftrunken. Es war die Schlaftrunkenheit eines Menschen, der lange geschlafen hat. Auf meiner Uhr war es halb zehn, und ich wußte, es müsse der nächste Morgen sein, nicht derselbe Abend. Ich hatte fünfzehn Stunden lang geschlafen.

In der Kabine war es finster. Ich stand auf, tastete nach dem Lichtschalter, knipste das Licht an und blickte mich um. Weder Hansen noch der Leitende Ingenieur waren zu sehen. Offenbar waren sie gekommen, bevor ich eingeschlafen war, und gegangen, bevor ich aufgewacht war. Ich sah mich genauer um und spitzte die Ohren. Plötzlich fiel mir die fast unheimliche Stille auf. Es war auch keinerlei Bewegung zu spüren. Ich hätte mich ebensogut im Schlafzimmer meiner Stadtwohnung befinden können. War etwas schiefgegangen? Waren wir aufgehalten worden? Warum, um Himmels willen, waren wir nicht unterwegs?

Ich wusch mich hastig in dem herausklappbaren Waschbecken, Modell Schlafwagen, verzichtete darauf, mich zu rasieren, zog Hemd, Hose und Schuhe an und verließ den Raum. In einem Abstand von knapp einem Meter lag an Steuerbord eine Tür. Ich ging hin und trat ein. Zweifellos die Offiziersmesse. Einer saß noch beim Frühstück, mit vollen Backen kauend, über einem riesigen Teller mit Steak, Eiern und Pommes frites, während er gemächlich eine Illustrierte beäugte und durchaus den Eindruck eines Menschen erweckte, der das Leben schwelgerisch genießt. Er war ungefähr in meinem Alter, stämmig, mit leichtem Fettansatz (ein Zustand, der, wie ich später entdeckte, für die gesamte Besatzung kennzeichnend war, weil man zu gut aß und sich zu wenig bewegte). Das kurzgestutzte Haar war an den Schläfen schon angegraut, das Gesicht heiter und intelligent. Er erblickte mich, stand auf und reichte mir die Hand.

»Doktor Carpenter – Sie müssen es wohl sein! Willkommen in unserer Messe. Mein Name ist Benson. Nehmen Sie Platz, nehmen Sie Platz.«

Ich antwortete mit einigen geeigneten Worten, aber recht hastig, und fragte sodann: »Was ist los? Wodurch wurden wir aufgehalten? Warum sind wir nicht unterwegs?«

»Immer mit der Ruhe, Doktor Carpenter. Wir sind auf See. Nehmen Sie Platz.«

»Auf See? Wirklich? Ich spüre nichts.«

»In dreihundert Fuß Tiefe spürt man nichts. Es können auch vierhundert sein. Ich persönlich«, sagte er redselig, »beschäftige mich nicht mit solchen Bagatellen. Ich überlasse sie den Handwerkern.«

»Den Handwerkern?«

»Dem Kommandanten, dem Leitenden Ingenieur und ihresgleichen.«

»Haben wir den Clyde verlassen?«

»Sofern nicht der Clyde ein gutes Stück über die Nordspitze Schottlands hinausreicht, lautet die Antwort auf Ihre Frage: Ja.«

»Wie, bitte?«

Er lächelte. »Bei unserer letzten Positionskontrolle befanden wir uns tief in norwegischen Gewässern, auf der Höhe von Bergen.«

»Und wir haben noch immer Dienstag – Dienstag früh...?« Ich weiß nicht, ob ich dumm dreinsah. Jedenfalls kam, ich mir dumm vor.

»Ja, es ist nach wie vor Dienstag früh.« Er lachte auf. »Und wenn Sie daraus errechnen können, welche Geschwindigkeit wir in den letzten fünfzehn Stunden gelaufen sind, werden wir Ihnen sehr verpflichtet sein, falls Sie es für sich behalten.« Er lehnte sich zurück und rief laut: »Henry!«

Ein Steward in weißer Jacke erschien aus einem Verschlag, der offenbar als Pantry diente. Er war groß und mager, hatte dunklen Teint und das längliche, melancholische Gesicht eines von Verdauungsbeschwerden geplagten Spaniels. Er musterte Benson und fragte in vielsagendem Ton: »Noch einen Teller Pommes frites, Herr Doktor?«

»Sie wissen genau, daß ich nie mehr als eine Portion von diesem kohlehydrierten Mist zu mir nehme«, erwiderte Benson würdevoll. »Wenigstens nicht zum Frühstück. Henry – das ist Doktor Carpenter.«

»Guten Morgen«, sagte Henry freundlich.

»Frühstück, Henry!« sagte Benson. »Und vergessen Sie nicht, Doktor Carpenter ist Brite. Er soll keine schlechte Meinung von der Menage erhalten, die auf den Schiffen der amerikanischen Kriegsmarine serviert wird.«

»Wer hier an Bord eine schlechte Meinung von unserer Kost hat«, sagte Henry mit dunklem Sinn, »versteht es gut, sie zu verheimlichen. Frühstück. Komplett. Sofort.«

»Nicht komplett, um Gottes willen!« warf ich ein. »Es gibt Dinge, denen wir dekadente Briten gleich in aller Frühe nicht gewachsen sind. Zum Beispiel Pommes frites.«

Er nickte zustimmend und verschwand. Ich sagte: »Doktor Benson, wenn ich nicht irre ...?«

»Schiffsarzt an Bord der *Dolphin* – nicht mehr und nicht weniger«, sagte er. »Der Mann, dessen berufliche Kompetenz dadurch in Frage gestellt wird, daß man einen Kollegen und Konkurrenten hinzuzieht.«

»Ich bin Passagier. Glauben Sie mir – ich habe nicht die geringste Absicht, Ihnen Konkurrenz zu machen.«

»Das weiß ich«, antwortete er schnell. Allzu schnell. So schnell, daß ich merkte, Swanson habe seine Hand im Spiel. Lächelnd fuhr Benson fort: »Nicht einmal für einen Medikus gibt es hier an Bord genügend zu tun, geschweige denn für zwei.«

»Sie sind also nicht überanstrengt?«

»Überanstrengt! Einmal am Tag ordiniere ich in der Krankenstube, und keine Menschenseele läßt sich blicken – außer wenn wir am Vorabend nach einer langen Fahrt im Hafen gelandet sind. Dann kommt es vor, daß der eine oder andere einen Brummschädel hat. Oder eine Beule am Kopf. Meine Haupttätigkeit – angeblich meine Spezialität – besteht darin, a) die Strahlungsintensität und b) die eventuelle Verseuchung der Luft zu kontrollieren. In den alten U-Boot-Zeiten war schon nach wenigen Tauchstunden die Atmosphäre ziemlich versaut – wir aber müssen im Notfall monatelang unten bleiben.« Er lächelte. »Beide Aufgaben sind nicht sehr beschwerlich. Jedes Besatzungsmitglied erhält ein Dosimeter, und in periodischen Abständen überprüfen wir die Strahlungsdosis auf dem Filmstreifen: Sie ist allemal geringer als die Dosis, die man erhält, wenn man an einem mäßig warmen Tag auf einer Bank sitzt ...

Das atmosphärische Problem ist noch einfacher. Kohlensäure und Kohlenoxyd sind unsere einzigen Sorgenkinder. Wir haben einen Gaswäscher, der die ausgeatmete Kohlensäure absorbiert und ins Meer hinauspumpt. Das Kohlenoxyd – das wir mehr oder weniger eliminieren könnten, wenn das Zigarettenrauchen verboten würde, aber wir wollen nicht in hundert Meter Tiefe eine Meuterei entfesseln – wird zu Kohlensäure verbrannt und dann wie üblich weggespült. Und auch da brauche ich mir nicht den Kopf zu zerbrechen. Ich habe einen sehr tüchtigen Mechaniker, der diese Apparate prima instand hält.« Er seufzte. »Mein Operationssaal wird Ihr Herz erfreuen, Doktor Carpenter. Operationstisch, Zahnarztstuhl, alles, was gut und teuer ist, und der schwerste Fall, der mir bisher untergekommen ist, war ein Koch, der während eines Vortrags einschlief und sich die Finger an der Zigarette verbrannte.«

»Vortrag?«

»Ich muß etwas tun, wenn ich nicht den Verstand verlieren will. Jeden Tag studiere ich stundenlang die neueste Fachliteratur, aber was nützt mir das, wenn ich keine Praxis habe? Deshalb halte ich Vorträge. Ich informiere mich über die Gegenden, die wir aufsuchen, und alle hören sich gern diese Vorträge an. Ich spreche über Hygiene und allgemeine Gesundheitsregeln. Es gibt welche, die hören sich auch das an. Ich spreche darüber, wie gefährlich es ist, zuviel zu essen und sich zuwenig zu bewegen. Das hört sich keiner an. Ich höre selber nicht hin. Während einer dieser Vorträge hat sich besagter Koch die Finger verbrannt. Deshalb nimmt unser Freund Henry, der Steward, eine so überlegene und kritische Haltung gegenüber den Eßgewohnheiten der Herren ein, die offensichtlich auf ihre Eßgewohnheiten achten sollten. Er ißt so viel wie beliebige zwei Mann an Bord, aber ein metabolischer Defekt ermöglicht ihm, dünn zu bleiben wie eine Hopfenstange. Er behauptet, es sei seiner Diät zu verdanken.«

»Sie scheinen ein bedeutend weniger anstrengendes Leben zu führen als der durchschnittliche praktische Arzt.«

»Und ob – und ob!« Seine Miene erhellte sich. »Aber ich habe eine Beschäftigung – ein Hobby –, das dem durchschnittlichen praktischen Arzt nicht vergönnt ist. Die Eismaschine. Ich habe mich zu einem Fachmann entwickelt.«

»Was sagt Henry dazu?«

»Wie, bitte? Henry?« Er lachte. »Nein, nein – es handelt sich um eine andere Art von Eismaschine. Ich werde sie Ihnen nachher zeigen.«

Henry kam mit dem Essen, und ich bedauerte, daß nicht die Maîtres d'hôtel einiger angeblich fünfsterniger Londoner Hotels anwesend waren, um sich davon zu überzeugen, wie ein Frühstück auszusehen hat. Als ich fertig war und Benson mitgeteilt hatte, daß er meiner Meinung nach mit seinen Vorträgen über die Gefahr der Fettsucht nicht viel erreichen werde, sagte er: »Kapitän Swanson meinte, Sie würden sich umschauen wollen. Ich stehe Ihnen ganz zur Verfügung.«

»Sehr nett von Ihnen beiden. Zuerst aber möchte ich mich rasieren, mich anziehen und ein Wörtchen mit dem Kommandanten reden.«

»Rasieren Sie sich, wenn es Ihnen Spaß macht. Niemand besteht darauf. Was die Kleidung betrifft, so sind hier bei uns untertags Hemd und Hose üblich. Ferner soll ich Ihnen ausrichten, daß der

Kommandant Sie sofort verständigen wird, wenn etwas einläuft, das für Sie von Interesse sein könnte.«

Also rasierte ich mich und ließ mir dann von Benson die Sehenswürdigkeiten dieser versunkenen Stadt zeigen. Ich mußte zugeben, daß im Vergleich zur *Dolphin* sämtliche britischen U-Boote, die ich bis dahin gesehen hatte, wie ehrwürdige Überbleibsel aus der Steinzeit wirkten.

Zuerst einmal war die Größe des Fahrzeugs verblüffend. Um den riesigen Kernreaktor zu beherbergen, mußte der Rumpf so großzügig bemessen sein, daß die inneren Dimensionen denen eines 3000-Tonnen-Dampfers entsprachen, mit drei Decks anstelle des einen Decks und unteren Laderaumes, wie man sie in den herkömmlichen U-Booten gewohnt ist. Die Größe, im Verein mit der geschickten Anwendung freundlicher Pastellfarben in sämtlichen Unterkünften, Arbeitsräumen und Gängen, erweckte einen überwältigenden Eindruck von Helligkeit, Luftigkeit und vor allem von Geräumigkeit.

Zuerst wurde ich – unvermeidlicherweise – in die Krankenstube geführt. Es war die kleinste und zugleich bestausgestattete chirurgische Abteilung, die ich je gesehen hatte. Ob man eine schwere Operation nötig hatte oder sich nur einen Zahn plombieren lassen wollte – hier war man gut aufgehoben. Das Motiv jedoch, das Benson zur Zierde der einzigen, nicht mit diversen chirurgischen oder medizinischen Gerätschaften bepflasterten Wand verwendet hatte, trug weder klinisches noch funktionalistisches Gepräge: eine Reihe bunter Filmfotos mit sämtlichen Zeichenfilmfiguren, die mir je begegnet waren, von Popeye bis Pinocchio, und in der Mitte als Glanzstück, einen halben Quadratmeter groß, der untadelig beschlipste Yogi-Bär, wie er emsig den oberen Rand eines Holzschildes absägt, mit dem ersten Wort einer Aufschrift, die da lautet: ›Nicht die Bären füttern!‹ Vom Boden bis zur Decke war die Wand vollgekleistert.

Aus der Krankenstube begaben wir uns durch die Offiziersmesse und das Offizierslogis ein Deck tiefer ins Mannschaftslogis. Benson führte mich durch die blitzblank gekachelten Waschräume, den tadellos aufgeräumten Schlafraum und dann in die Mannschaftsmesse.

»Hier schlägt das Herz des Schiffes«, erklärte er. »Nicht, wie die Uneingeweihten sich vorstellen, im Kernreaktor, sondern hier. Schauen Sie sich das bloß an! Hi-fi, Musikbox, Plattenspieler, Kaffeemaschine, Eiscreme-Maschine, Kino, Bibliothek und Treffpunkt sämtlicher Kartenspielteufel an Bord. Wie sollte ein Kernreaktor dagegen aufkommen? Wenn die alten U-Boot-Veteranen das sehen könnten, würden sie sich im Grab umdrehen. Im Vergleich zu den prähistorischen Verhältnissen, unter denen sie gelebt haben, würden wir ihnen total verzärtelt und verdorben erscheinen. Vielleicht sind wir es, vielleicht aber auch nicht: Die Braven mußten nicht monatelang hintereinander im getauchten Boot leben... Hier pflege ich auch meine Opfer mit Vorträgen über die bösen Folgen der Völlerei in den Schlaf zu wiegen.« Er erhob die Stimme zu Nutz und Frommen der sieben oder acht Matrosen, die an den Tischen saßen, Kaffee tranken, rauchten, lasen. »Überzeugen Sie sich selbst, Doktor Carpenter, von der Wirksamkeit meiner Predigten. Haben Sie je in Ihrem Leben schlimmere Fettbäuche und Schlappschwänze gesehen?«

Die Leute grienten vergnügt. Sie hatten eine seltsame Ähnlichkeit miteinander, ob groß oder klein, die gleichen Merkmale, die mir an Zabrinski und Rawlings aufgefallen waren – einen Anstrich still gelockerter Kompetenz, eine heitere Gelassenheit, die sie gewissermaßen zu einer Art Ausnahmemenschen stempelte, die sie zweifellos waren.

Benson machte mich gewissenhaft mit allen bekannt, informierte mich getreulich über ihre Funktionen und Aufgaben an Bord der *Dolphin* und teilte ihnen sodann mit, ich sei ein britischer Marinearzt, der die Fahrt mitmachte, um sich zu akklimatisieren. Das hatte ihm wohl Swanson eingetrichtert, es kam der Wahrheit recht nahe und würde allen Grübeleien über meine Anwesenheit einen Riegel vorschieben.

Benson führte mich in eine kleine Kammer, die an die Messe grenzte.

»Die Luftreinigungsanlage. Das ist der Maschinenwärter Harrison. Wie sieht es in unserem Zauberkasten aus, Harrison?«

»Prima, Herr Doktor, prima. Kohlensäurestand permanent dreißig Teile per Million.« Er trug Ziffern ins Logbuch ein, Benson unterzeichnete die Notiz mit einem Schnörkel, die beiden wechselten noch einige Worte miteinander, dann gingen wir weg.

»Das halbe Tagewerk mit einem Federstrich erledigt«, bemerkte er. »Ich nehme an, daß Sie kein Interesse daran haben, Weizensäcke, Speckseiten, Kartoffelsäcke und etwa hundert verschiedene Sorten Konserven zu besichtigen.«

»Kein besonderes Interesse. Warum?«

»Die vordere Hälfte des Decks unter unseren Füßen – eigentlich ein Lagerraum – ist hauptsächlich für diese Zwecke bestimmt. Ich weiß, es sieht nach einer ganzen Menge aus, aber hundert Mann vertilgen schließlich und endlich im Lauf von drei Monaten eine ganze Menge Lebensmittel – und drei Monate auf See sind das Minimum, auf das wir im Notfall gefaßt sein müssen. Wir schenken uns die Inspektion der Vorräte. Schauen wir uns die Zubereitung an.«

Er ging voraus in die Kombüse, einen kleinen, viereckigen Raum voller Kacheln und funkelndem rostfreien Stahl. Ein hochgewachsener, stämmiger Koch in weißer Jacke drehte sich zu uns um und begrüßte Benson mit einem Lächeln. »Haben Sie die Absicht, den heutigen Lunch zu kosten, Herr Doktor?«

»Nein«, erwiderte Benson kühl. »Doktor Carpenter – unser Chefkoch, mein Erzfeind, Sam McGuire. Welche Form erhält das Übermaß an Kalorien, das Sie heute der Besatzung in den Schlund zu stopfen gedenken?«

»Von Stopfen wird nicht die Rede sein«, erwiderte McGuire vergnügt. »Rahmsuppe, Ochsenlende, Bratkartoffeln und so viel Apfelkuchen, wie der einzelne verdrücken kann. Lauter gute, nahrhafte Gerichte.«

Benson schauderte. Er wandte sich zum Gehen, hielt inne und zeigte auf ein dickes, zehnzölliges Bronzerohr, das etwa anderthalb Meter über den Fußboden der Kombüse emporragte und mit einem schweren Deckel versehen war. Der Deckel hing in Scharnieren und war mit Klampen verschraubt. »Das wird Sie interessieren, Doktor Carpenter. Raten Sie mal, was es ist!«

»Ein Druckkocher?«

»Sieht so aus, nicht wahr? Das ist unsere Müllbeseitigungsanlage. Anno dazumal, als ein U-Boot alle paar Stunden auftauchen mußte, war die Müllabfuhr kein Problem, man hat den Mist einfach über Bord geworfen. Wenn man aber wochenlang hintereinander in hundert Meter Tiefe kreuzt, kann man eben nicht aufs Oberdeck hinaufspazieren und Mülleimer ausleeren. Die Abfallbeseitigung wird zu einem Problem. Dieses Rohr reicht bis an den Kiel der *Dolphin* hinunter. Am unteren Ende befindet sich ein schwerer, wasserdichter Verschluß, der diesem Deckel entspricht. Eine Verriegelung sorgt dafür, daß nicht beide Türen gleichzeitig geöffnet werden können – das wäre nämlich das Ende der *Dolphin*. Unser Sam, oder einer seiner Myrmidonen, füllt den Müll in Nylontüten, beschwert sie mit Ziegeln –«

»Sagten Sie Ziegel?«
»Ziegel... Sam, wie viele Ziegel haben wir an Bord?«
»Nach der letzten Zählung etwas über tausend Stück, Herr Doktor.«
»Eine richtige Baustelle, wie?« sagte Benson lächelnd. »Die Ziegel sorgen dafür, daß die Abfalltüten auf den Meeresgrund sinken und nicht an die Oberfläche emporsteigen: Auch in Friedenszeiten wünschen wir unsere Position nicht zu verraten. Drei bis vier Tüten wandern ins Rohr, der obere Deckel wird zugeschraubt, die Tüten werden unter Druck ins Wasser gepumpt. Dann macht man die Außentür wieder zu. Simpel...«
»Ja.« Aus irgendeinem Grund fand ich diese wunderliche Apparatur seltsam faszinierend. Etliche Tage später sollte ich mich an dieses unerklärliche Interesse erinnern und mich fragen, ob ich nicht am Ende in vorgerücktem Alter ein Hellseher geworden sei.
Benson verließ die Kombüse und ging voraus zu einer dicken Stahltür in einem Querschott. Acht massive Greifer mußten gelokkert und dann wieder festgehakt werden, nachdem wir die Schwelle überschritten hatten.
»Der vordere Torpedolagerraum.« Benson hatte die Stimme gesenkt. Mindestens die Hälfte der ungefähr sechzehn Kojen, die an den Wänden entlangliefen oder bis dicht unter die Torpedos und Gestelle hochgetürmt waren, war besetzt, und sämtliche Insassen schlummerten friedlich. »Nur sechs Torpedos, wie Sie sehen. Normalerweise werden zwölf Stück hier verwahrt nebst weiteren sechs Stück, die ständig in den Ausstoßrohren stecken. Momentan haben wir nur diese sechs an Bord. Zwei unserer Torpedos vom neuesten und mehr oder weniger unerprobten funkgesteuerten Modell haben nicht ordentlich funktioniert – während der soeben beendeten NATO-Manöver –, und Admiral Garvie ließ nach unserer Rückkehr nach Holy Loch das ganze Sortiment in die Prüfwerkstatt schicken. Die *Hunley,* unser Mutterschiff, hat entsprechende Fachleute an Bord. Aber kaum hatte man sie gestern früh ausgeladen, da kam uns diese ›Zebra‹-Geschichte dazwischen, und Kapitän Swanson bestand darauf, wenigstens sechs Stück sofort wieder an Bord zu schaffen.« Lächelnd fügte Benson hinzu: »Nichts ist einem U-Boot-Kommandanten verhaßter, als ohne seine Torpedos in See zu gehen. Da hat er das Gefühl, er könnte ebensogut zu Hause bleiben.«
»Und diese Torpedos sind noch immer nicht anwendbar?«
»Ich weiß nicht, ob sie anwendbar sind oder nicht. Unsere

Kriegsmannen, die Sie hier schlummern sehen, werden ihr Bestes tun, um es festzustellen, sobald sie zu sich kommen.«

Benson ging an den blankschimmernden Torpedos entlang und blieb abermals vor einer Stahltür in einem Querschott stehen. Er öffnete sie, und dahinter, in einem Abstand von etwas über einem Meter, lag eine weitere schwere, in eine Querwand eingelassene Tür. Die Schwelle war etwa fünfzig Zentimeter über den Fußboden erhöht.

»Ihr seid darauf aus, jedes Risiko zu vermeiden, wenn ihr eure Boote baut, ja?« sagte ich. »Es ist gerade so, als wollte man in die Bank von England einbrechen.«

»Wir sind zwar ein Atomboot, aber das bedeutet nicht, daß wir nicht unter Wasser den gleichen Gefahren ausgesetzt wären wie die älteren Boote«, sagte Benson. »Wir sind es. Es ist schon vorgekommen, daß Boote verlorengingen, weil das Kollisionsschott nicht standhielt. Der Rumpf der *Dolphin* verträgt einen gewaltigen Druck, aber ein verhältnismäßig geringfügiger Stoß mit einem scharfkantigen Gegenstand kann uns weit aufreißen wie ein Büchsenöffner. Die größte Gefahr ist ein Zusammenstoß über Wasser, der fast immer am Bug passiert. Um also für solche Fälle doppelt gesichert zu sein, haben wir doppelte Kollisionsschotten – das erste Boot, das welche hat. Es macht den Durchgang zwischen Bug und Heck ein wenig beschwerlich, aber Sie haben keine Ahnung, wie viel ruhiger wir nachts schlafen.«

Er machte die achtere Luke hinter sich zu und öffnete die vordere Luke. Wir gelangten in den vorderen Torpedoraum, eine enge, schmale Kammer, gerade so lang, daß man die Torpedos in die Rohre schieben konnte. Diese Rohre, mit ihren in schweren Scharnieren hängenden Verschlüssen, waren dicht nebeneinander in zwei senkrechten Stapeln zu je drei Stück angeordnet. Über unseren Köpfen befanden sich die Ladeschienen mit den schweren Flaschenzügen. Das war alles. Keine Kojen. Und ich wunderte mich nicht. Ich hätte auch nicht gern bugwärts vor den Kollisionsschotten geschlafen.

Wir machten kehrt, um uns achteraus zu begeben, und hatten die Messe erreicht, da kam ein Matrose heran und sagte, der Kommandant wünsche mich zu sprechen. Ich folgte ihm über den breiten Niedergang in die Zentrale, Dr. Benson ein paar Schritte hinter mir, um zu zeigen, daß er nicht aufdringlich sein wolle. Kapitän Swanson erwartete mich an der Tür des Funkraums.

»Guten Morgen, Herr Doktor. Gut geschlafen?«

»Fünfzehn Stunden – und noch besser gefrühstückt. Was ist los, Herr Kapitän?« Es war etwas los, ganz bestimmt: Ausnahmsweise lächelte Kapitän Swanson nicht.

»Wir haben eine Meldung erhalten, die die Treibeis-Station Zebra betrifft. Sie muß erst noch dechiffriert werden, aber das dürfte nur wenige Minuten dauern.«

Entschlüsseln hin, entschlüsseln her – mir kam es so vor, als hätte Swanson bereits einen recht klaren Begriff von dem Inhalt der Meldung.

»Wann sind wir aufgetaucht?« fragte ich. (Sobald ein U-Boot taucht, verliert es den Funkkontakt.)

»Überhaupt nicht mehr, seit wir den Clyde verlassen haben. Momentan befinden wir uns in einer Tiefe von nahezu dreihundert Fuß.«

»Ist es eine Funkmeldung, die Sie erhalten haben?«

»Ja, was denn sonst? Die Zeiten haben sich geändert. Um zu senden, müssen wir nach wie vor auftauchen, aber wir können bis zur Maximaltauchtiefe empfangen. Irgendwo in Connecticut steht der größte Sender der Welt. Er benützt eine sehr lange Welle, die uns bei dieser Tiefe leichter erreicht. Kommen Sie! Während wir warten, werde ich Sie mit unseren Schiffsleuten bekannt machen.«

Er stellte mich einigen Mitgliedern der Besatzung vor (ihm schien es genauso wie Benson völlig egal zu sein, ob es sich um einen Offizier oder um einen Matrosen handelte) und blieb schließlich neben einem Offizier stehen, der dicht hinter dem Sehrohrstand saß, ein junger Bursche, der so aussah, als besuchte er noch die Mittelschule.

»Will Raeburn«, sagte Swanson. »Normalerweise beachten wir ihn kaum, aber sobald wir unter Eis geraten, wird er der wichtigste Mann an Bord. Unser Navigationsoffizier. Haben wir uns verirrt, Will?«

»Momentan sind wir genau hier, Herr Kapitän.« Er zeigte auf ein winziges Lichtpünktchen auf der norwegischen Seekarte, die unter der Glasscheibe auf dem Koppeltisch ausgebreitet war. »Kreisel und Trägheit stimmen haargenau überein.«

»Trägheit?« fragte ich.

»Ihr Erstaunen ist mir verständlich, Doktor Carpenter«, erwiderte Swanson. »Leutnant Raeburn ist noch zu jung und knusprig, um dem Laster der Trägheit verfallen zu sein. Er meint unsere Trägheitsnavigationsanlage, eine Apparatur, die man früher einmal zur Lenkung der Interkontinentalraketen benützte und inzwischen den Bedürfnissen der U-Boote, besonders der Atom-U-Boote angepaßt hat. Es hat keinen Zweck, daß ich mich auf Einzelheiten einlasse – Will ist bereit, Ihnen die Ohren vollzuschwatzen, wenn es ihm glückt, Sie beim Schlafittchen zu erwischen.« Er warf einen Blick auf die Kartenposition. »Sind Sie mit unserer Geschwindigkeit zufrieden, Herr Doktor?«

»Ich kann es immer noch nicht glauben«, sagte ich.

»Wir kamen ein bißchen früher in Gang, als ich berechnet hatte, schon vor sieben«, sagte Swanson. »Ich hatte vorgehabt, einige Tauchmanöver durchzuführen, um die Trimmung herzustellen – aber es war nicht nötig. Selbst mit sechs Torpedos statt achtzehn im Bug ist die *Dolphin* nicht so achterlastig, wie ich befürchtet hatte. Sie ist so verteufelt groß und schwer, daß ihr ein paar Tonnen mehr oder weniger hier oder dort nichts auszumachen scheinen. Also preschten wir ganz einfach drauflos...«

Er unterbrach sich, um sich von einem Matrosen eine Meldung geben zu lassen. Er las sie langsam durch. Dann schüttelte er den Kopf, ging in einen stillen Winkel der Zentrale, und als ich ihm folgte, drehte er sich zu mir um. Er lächelte noch immer nicht.

»Es tut mir leid«, sagte er. »Major Halliwell, der Befehlshaber der Station – Sie erwähnten gestern abend, daß Sie eng mit ihm befreundet sind...?«

Ich fühlte, wie mein Mund auszudorren begann. Mit einem Kopfnicken nahm ich die Meldung in die Hand.

Sie lautete: »Ein weiterer, sehr verstümmelter und schwer zu entziffernder Funkspruch der Treibeis-Station Zebra an den britischen Fischdampfer *Morning Star*, der auch den ersten Funkspruch aufgefangen hatte, wurde um 9.45 Uhr Greenwich-Zeit empfangen. In der Meldung heißt es, der Kommandant, Major Halliwell, und drei andere Personen, deren Namen nicht genannt wurden, seien lebensgefährlich verletzt oder tot, ohne Hinweis darauf, wer oder wie viele unter den vier Personen tot seien. Andere – auch hier wieder ist die Zahl unbekannt – hätten schwere Brandwunden und Witterungsschäden davongetragen. Mitteilungen über Lebensmittel und Brennstoff waren zufolge atmosphärischer Störungen und geringer Sendeenergie nicht zu enträtseln. Aus einer stark verstümmelten Textstelle geht hervor, daß einige Überlebende in einer Hütte sich wegen des Wetters nicht wegrühren können. Das Wort ›Schneesturm‹ deutlich aufgefangen. Anscheinend Einzelheiten über Windgeschwindigkeit und Temperatur, aber unmöglich zu verstehen...

Die *Morning Star* hat kurz darauf mehrere Male versucht, mit der Treibeis-Station Zebra Verbindung zu bekommen. Keine Bestätigung...

Die *Morning Star* hat auf Ersuchen der britischen Admiralität die Fischereigründe verlassen und rückt näher an die Packeisbarriere heran, um als Horchposten zu dienen. Ende...«

Ich faltete das Papier zusammen und gab es Swanson zurück. Abermals sagte er: »Es tut mir leid, Carpenter.«

»Lebensgefährlich verletzt oder tot«, sagte ich. »In einer leergebrannten Station auf der Eishaube zur Winterzeit. Kein Unterschied.« Meine Stimme klang mir wie die Stimme eines Fremden ins Ohr, tonlos und leblos, eine Stimme bar jeden Gefühls. »Johnny Halliwell und drei seiner Leute. Johnny Halliwell. Ein bemerkenswerter Mann. So einem Mann begegnet man nicht oft, Herr Kapitän. Mit fünfzehn Jahren, als seine Eltern starben, verließ er die Schule, um einen um acht Jahre jüngeren Bruder zu ernähren. Er schuftete, er sparte, er opferte, er widmete viele seiner besten Jahren der Sorge um seinen Bruder, ließ ihn sogar sechs Jahre lang an einer Universität studieren. Erst dann dachte er an sich selbst, erst dann heiratete er. Er hinterläßt eine reizende Frau und drei prächtige Kinder. Zwei Nichten und einen noch nicht sechs Monate alten Neffen.«

»Zwei Nichten...« Er unterbrach sich und starrte mich an. »Du lieber Himmel, Ihr Bruder? Ihr Bruder?« Im Augenblick schien er die Verschiedenheit der Zunamen nicht merkwürdig zu finden.

Ich nickte stumm. Der junge Leutnant Raeburn näherte sich uns mit seltsam besorgter Miene. Swanson aber schickte ihn mit einer brüsken Handbewegung weg, anscheinend ohne auch nur hinzuschauen. Langsam schüttelte er den Kopf, hörte nicht auf, ihn zu schütteln, auch als ich sagte: »Er ist sehr zäh. Vielleicht hat er es überlebt. Vielleicht ist er am Leben. Wir müssen die Position der ›Zebra‹ erfahren. Wir müssen sie erfahren.«

»Vielleicht wissen sie sie selber nicht«, sagte Swanson. Man merkte ihm an, daß er froh war, ein Gesprächsthema zu haben. »Wohlgemerkt, es ist eine Treibeis-Station. Bei dem schlechten Wetter sind vielleicht Tage vergangen, seit man zum letztenmal die Position bestimmt hat. Und wer weiß – vielleicht sind die Sextanten, Chronometer und Funkpeilgeräte bei dem Brand verlorengegangen.«

»Die Leute müssen wissen, wie die letzte Peilung ausgesehen hat, auch wenn eine Woche vergangen ist. Sie müssen einen ziemlich genauen Begriff von der Schnelligkeit und Richtung der Abdrift haben. Sie werden uns approximative Daten liefern können. Die *Morning Star* muß Weisung erhalten, pausenlos zu senden und unaufhörlich Positionsangaben zu verlangen. Wenn Sie jetzt auftauchen, können Sie sich dann mit der *Morning Star* in Verbindung setzen?«

»Das bezweifle ich. Die Entfernung zwischen uns und dem Dampfer beträgt an die tausend Meilen. Sein Empfangsgerät wird nicht stark genug sein, um uns zu hören – oder mit anderen Worten, unser Sender ist zu schwach.«

»Die BBC hat massenhaft Sender, die genügend stark sind. Ebenso auch die Admiralität. Bitte, ersuchen Sie die eine oder andere Stelle, sich mit der *Morning Star* in Verbindung zu setzen und sie zu beauftragen, pausenlos die Position der ›Zebra‹ zu verlangen.«

»Wir tauchen jetzt auf«, sagte Swanson mit einem Kopfnicken. Er wandte sich von dem Kartentisch ab, neben dem wir gestanden hatten, und steuerte auf den Tauchstand zu. Als er am Koppeltisch vorbeikam, sagte er zu dem Navigationsoffizier: »Was wollten Sie, Will?«

Leutnant Raeburn kehrte mir den Rücken zu und dämpfte die Stimme, aber mein Gehör war schon immer ein wenig abnorm. Er flüsterte: »Haben Sie sein Gesicht gesehen, Herr Kapitän? Ich dachte, er würde ausholen und Ihnen eine langen.«

»Das habe ich auch gedacht«, murmelte Swanson. »Einen Augenblick lang. Aber ich glaube, ich befand mich gerade nur zufällig in seinem Blickfeld, weiter nichts...«

Ich ging nach vorn in meine Kabine und legte mich auf die Koje.

3

»Also, da sind wir«, sagte Swanson. »Das ist die Barriere.«

Die *Dolphin*, auf nördlichem Kurs, den dicken, zylindrischen Rumpf in der einen Sekunde völlig überschwemmt, in der nächsten deutlich zu sehen, wie sie schwerfällig durch die hohen, von dwars kommenden Wogen schlingerte, legte weniger als drei Knoten in der Stunde zurück. Die großen, mit Kernenergie getriebenen Motoren lieferten den zwei wuchtigen, fast drei Meter hohen Propellern gerade nur so viel Schub, daß es für die Steuerkraft reichte, aber auch nicht mehr. Zehn Meter unter unserem Standplatz auf der Brücke durchforschte unablässig das beste Schallortungsgerät der Welt die Gewässer rund um uns her, aber Kapitän Swanson wollte trotzdem keinen folgenschweren Zusammenstoß mit einem driftenden Eisblock riskieren. Der mittägliche arktische Himmel war so stark bewölkt, daß es kaum heller war als in später Abenddämmerung. Das Brückenthermometer zeigte eine Meerestemperatur von zwei Grad unter Null (Celsius) und eine Lufttemperatur von minus fünfundzwanzig Grad. Der orkanartige Wind aus Nordost fegte die Kämme von den stahlgrau sich dahinwälzenden Wellen und bombardierte die steilen Seitenwände des Kommandoturms, den die Besatzung wegen seiner Silhouette ›Segel‹ nannte, unablässig mit Gischt, der noch im Aufprall zu festem Eis erstarrte. Die Kälte war abscheulich.

Hilflos zitternd, in einen dicken Wollmantel und festes Ölzeug gehüllt, in den illusorischen Schutz des leinenen Windfangs geduckt, folgte ich mit meinem Blick dem ausgestreckten Arm des Kommandanten: durch das hohe, schrille Winseln des Windes und das Trommelfeuer des gegen das Segel schmetternden Gischts hindurch hörte ich seine Zähne klappern. Gegen Norden zu, an der nächstgelegenen Stelle knapp zwei Meilen entfernt, schien sich ein langer, schmaler, grauweißer Strich über die gesamte Weite des Horizonts zu erstrecken. Ich hatte ihn schon früher einmal gesehen, und es war nicht viel zu sehen, aber es ist ein Anblick, an den der Mensch sich nie gewöhnt: Vor allem durch die Vorstellung, daß er der Beginn der polare Eishaube ist, die den Gipfel der Welt bedeckt, zu dieser Jahreszeit eine feste, kompakte Eismasse, die von der Stelle aus, an der wir uns befanden, bis nach Alaska auf der anderen Seite des Globus reicht. Und unter dieser Masse mußten wir unseren Kurs fortsetzen. Wir mußten unter ihr hinwegtauchen, um in einer Entfernung von vielen hundert Meilen Menschen zu suchen, die vielleicht bereits im Sterben lagen, Menschen, die vielleicht schon tot waren.

Die Funknachricht, die vor genau neunundvierzig Stunden an uns weitergeleitet worden war, war die letzte gewesen. Seither: nichts als Schweigen. In den dazwischenliegenden Tagen hatte der Fischdampfer *Morning Star* fast unaufhörlich gefunkt und versucht, die Treibeis-Station Zebra zu erreichen, aber aus der öden Eiswildnis im Norden war nichts als Totenstille gekommen. Kein Wort, kein Signal, nicht der leiseste Ton.

Achtzehn Stunden zuvor hatte der russische, mit Kernenergie

getriebene Eisbrecher *Dwina* die Barriere erreicht und einen verzweifelten Versuch gemacht, in das Innere der Eishaube vorzustoßen. In diesem frühen Stadium des Winters war das Eis weder so dick noch so kompakt wie zur Zeit seiner maximalen Dicke im März, und von der schwer gepanzerten *Dwina* mit ihren kräftigen Motoren hieß es, sie könne eine Eischicht bis zu sechs Metern durchstoßen. Aber der Zustand der Treibeismassen hatte sich als ungewöhnlich widerspenstig und der Durchbruchsversuch als aussichtslos erwiesen. Der *Dwina* war es gelungen, sich vierzig Meilen weit in die Eishaube hineinzubohren, bevor sie endgültig durch eine dicke Packeismauer aufgehalten worden war, die über sieben Meter hoch war und wahrscheinlich dreißig Meter ins Wasser hinabreichte. Nach den vorliegenden Berichten hatte die *Dwina* am Bug schwere Schäden davongetragen und war jetzt noch damit beschäftigt, sich mit Mühe und Not aus dem Packeis zu befreien. Ein tapferer Vorstoß hatte nichts erzielt außer einer Verbesserung der ostwestlichen Beziehungen in einem Ausmaß, wie man es sich seit vielen Jahren nicht hatte träumen lassen.

Damit waren übrigens die Bemühungen der Russen nicht zu Ende gewesen. Ebenso wie die Amerikaner hatten sie mit Fernbombern mehrere Erkundungsflüge durchgeführt. Hundertmal waren diese Maschinen durch das dichte Gewölk und die peitschenden mit Eis und Schnee beladenen Winde kreuz und quer über das in Betracht kommende Gebiet geflogen und hatten es mit ihren fantastisch genauen Radargeräten abgetastet. Aber kein einziger Ortungserfolg war gemeldet worden. Die Treibeis-Station Zebra blieb so stumm, als hätte dort nie Leben geherrscht, so verloren, als hätte sie nie existiert.

»Es lohnt sich nicht, hier oben herumzustehen und zu erfrieren«, sagte Kapitän Swanson fast schreiend; anders hätte er sich nicht verständlich machen können. »Wenn wir unters Eis müssen, dann lieber gleich.« Er kehrte dem Wind den Rücken und blickte nach Westen, wo in einem Abstand von knapp einer Viertelmeile ein großer Fischdampfer mit breitem Bug schwerfällig und plump auf den Wellen schaukelte. Die *Morning Star,* die sich in den letzten zwei Tagen ganz dicht an den Rand des Packeises herangepirscht hatte, lauschend, wartend, und zwar vergebens, schickte sich an, nach Hull zurückzukehren. Ihre Treibstoffreserven gingen zu Ende.

»Geben Sie eine Blinkmeldung«, sagte Swanson zu dem Matrosen, der neben ihm stand. »Wir sind im Begriff, zu tauchen und unter dem Eis weiterzulaufen. Wir rechnen nicht damit, vor mindestens vier Tagen aufzutauchen, und sind bereit, höchstens vierzehn Tage unten zu bleiben.« Er wandte sich mir zu und fügte hinzu: »Wenn wir sie bis dahin nicht gefunden haben...« Er ließ den Satz unvollendet.

Ich nickte, und er fuhr, zum Signalgast gewandt, fort: »Vielen Dank für die großzügige Hilfe. Wir wünschen Ihnen Glück und eine gute Heimfahrt.«

Als der Handscheinwerfer des Signalgasts zu schnattern begann, sagte er in verwundertem Ton: »Gehen diese Leute den ganzen Winter in der Arktis auf Fischfang?«

»Ja.«

»Den ganzen Winter! Fünfzehn Minuten, und ich bin halb tot. Dekadente Tommys, alle miteinander!«

Ein paar Sekunden lang flackerte ein Licht an Bord der *Morning Star*. Swanson fragte: »Was antworten sie?«

»Achtet auf eure Köpfe unterm Eis. Viel Glück und gute Fahrt.«

»Alle Mann unter Deck!« gefahl Swanson.

Während der Signalgast den Leinwandschutz abzumontieren begann, kletterte ich über eine Leiter in eine enge Kammer hinunter, zwängte mich durch eine Luke und sodann über eine zweite Leiter durch die Druckhülle des U-Bootes. Abermals eine Luke, eine dritte Leiter, und ich befand mich im Steuerdeck der *Dolphin*. Swanson und der Signalgast kamen hinterher, als letzter Hansen, der die beiden schweren, wasserdichten Deckel zu schließen hatte.

Wer mit der Kost der U-Boot-Filme aufgepäppelt ist, wäre von Kapitän Swansons Tauchtechnik bitter enttäuscht gewesen. Kein frenetisches Getue, niemand, der sich nervös und mit stählernem Blick über die Schalter beugt, keine Lautsprecherbefehle: »Tauchen! Tauchen! Tauchen!«, kein Gehupe, Swanson zog ein an einer Spiralfeder befestigtes Mikrofon zu sich heran, sagte in ruhigem Ton: »Hier spricht der Kommandant. Wir begeben uns jetzt unters Eis. Tauchen!« ließ das Mikrofon los und sagte: »Dreihundert Fuß.«

Der Chef-Elektronentechniker kontrollierte gemächlich die reihenweise angeordneten Lämpchen, die anzeigten, daß sämtliche Luken und Ventile geschlossen waren. Die Drehscheibenlichter waren erloschen, die Schlitzlichter brannten hell. Eine zweite ebenso gemächliche Kontrolle. Dann blickte er zu Swanson auf und sagte: »Alles dicht, Sir.«

Swanson nickte. Laut zischte Luft aus den Tauchtanks, und damit war es getan. Wir waren unterwegs. Es war ungefähr so aufregend, wie wenn man jemanden einen Schubkarren schieben sieht. Und irgendwie seltsam beruhigend.

Zehn Minuten später kam Swanson zu mir herauf. In den vergangenen zwei Tagen hatte ich ihn recht gut kennen, ihn sehr schätzen und enorm achten gelernt. Die Besatzung hegte restloses und stillschweigendes Vertrauen zu ihm. Mir ging es genauso. Er war ein gutherziger, freundlicher Mann mit einem ungeheuren Wissen, das sich auf alle Aspekte der Unterseebootfahrt erstreckte, einem bemerkenswerten Blick für Details, einem noch bemerkenswerteren Scharfsinn und einer unerschütterlichen Ruhe, die sich unter allen Umständen behauptete.

»Wir sind im Begriff, unters Eis zu tauchen, Doktor Carpenter. Wie ist Ihnen zumute?«

»Mir wäre wohler, wenn ich sehen könnte, wo es hingeht.«

»Wir können es sehen«, erwiderte er. »Wir haben die besten Augen der Welt an Bord der *Dolphin.* Wir haben Augen, die nach unten, nach oben, nach vorn, nach allen Seiten schauen. Unser abwärts gerichtetes Auge ist der Tiefenmesser, das Echolot, das uns genau sagt, wie tief das Wasser unter dem Kiel ist – und da wir momentan etwa fünftausend Fuß Wasser unter unserem Kiel haben, laufen wir keine Gefahr, gegen unterseeische Felsvorsprünge zu stoßen. Daß wir das Lot benützen, ist eine reine Formalität. Aber kein verantwortungsbewußter Navigationsoffizier würde je daran denken, es auszuschalten. Wir haben zwei Schallortungsaugen, die nach vorn und in die Runde blicken. Das eine bestreicht den Horizont, das andere erkundet einen fünfzehngradigen Pfad zu beiden Seiten des Buges. Sieht alles, hört alles. Wenn jemand an Bord eines zwanzig Meilen entfernten Kriegsschiffs einen Schraubenzieher fallen läßt, erfahren wir es sofort. Faktum. Und wieder scheinbar nur eine Formalität. Das Sonargerät hält nach Unterwasserstalaktiten Ausschau, die durch den Druck des Packeises nach unten getrieben werden, aber auf fünf Fahrten unter dem Eis und zwei Polarfahrten habe ich nie Stalaktiten oder Grate in einer Tiefe von mehr als zweihundert Fuß gesehen, und wir befinden uns jetzt in einer Tiefe von dreihundert Fuß. Trotzdem lassen wir auch die Schallortungsgeräte arbeiten.«

»Könnte man nicht mit einem Walfisch kollidieren?« fragte ich.

»Wir könnten mit einem anderen U-Boot kollidieren.« Er lächelte nicht. »Das würde uns beiden den Garaus machen. Wenn man bedenkt, wie die Russen und unsere eigenen Atom-Unterseeboote fleißig über den Gipfel der Welt hin und her flitzen, ähnelt die Unterseite der Polareishaube von Tag zu Tag mehr dem Times Square.«

»Aber die Chancen sind doch wohl –«

»Wie groß ist die Chance, daß die einzigen zwei Flugzeuge in einem Umkreis von zehntausend Quadratkilometern mitten in der Luft zusammenstoßen? Auf dem Papier existiert sie überhaupt nicht. In diesem Jahr ist es schon dreimal passiert. Also lassen wir das Sonar pfeifen. Am wichtigsten aber – wenn man sich unter dem Eis befindet – ist das Auge, das nach oben schaut. Kommen Sie, sehen Sie sich's an...«

Er ging voraus ans hintere Steuerbordende der Zentrale, wo Dr. Benson und ein anderer Mann eifrig damit beschäftigt waren, einen eingeglasten, in Augenhöhe montierten Apparat zu studieren, der nach außen hin aus einem breiten, rollenden Papierband und einem mit Tinte getränkten Griffel bestand, der einen schmalen, schnurgeraden schwarzen Strich auf das Papier malte. Benson drehte gerade an einigen Schaltknöpfen.

»Das Oberflächen-Echolot«, sagte Swanson. »Die sogenannte ›Eismaschine‹. Eigentlich hat Doktor Benson mit dieser Apparatur nicht das geringste zu tun, wir haben zwei geschulte Maschinisten an Bord, aber da wir keine Möglichkeit sehen, ihn wegzulotsen, es sei denn, wir stellen ihn vor ein Kriegsgericht, wählen wir den bequemsten Ausweg und lassen ihn machen.« Benson griente, aber sein Blick verließ keine Sekunde lang den von dem Griffel gezogenen Strich. »Dieser Apparat arbeitet genauso wie das übliche Echolot. Er registriert das Echo, das die Eisfläche über dem Boot zurückwirft – wenn Eis vorhanden ist. Der dünne schwarze Strich, den Sie hier sehen, bedeutet, daß wir offenes Gewässer über uns haben. Wenn wir uns unter dem Eis befinden, rutscht der Stift nach oben und meldet uns nicht nur das Vorhandensein einer Eisschicht, sondern auch ihre Dicke.«

»Eine sinnreiche Einrichtung«, sagte ich.

»Mehr als sinnreich. Sowie wir unters Eis kommen, kann dieser Apparat für die *Dolphin* Leben oder Tod bedeuten. Und wenn nicht für die *Dolphin*, dann bestimmt für die Treibeis-Station Zebra. Wenn es uns je gelingen sollte, ihre Position zu ermitteln, können wir sie nur erreichen, wenn wir das Eis durchstoßen – und nur dieser Apparat wird uns verraten, wo das Eis am dünnsten ist.«

»Gibt es zu dieser Jahreszeit kein offenes Gewässer – keine Lagunen?«

»Wir nennen sie Polynyas. Es gibt keine. Wohlgemerkt – das Eis ist nie statisch, auch nicht im Winter. Gelegentlich, sogar recht oft, zerreißt der Oberflächendruck das Eis und läßt offenes Wasser zutage treten. Bei den Temperaturen, die der Winter mit sich bringt, können Sie sich vorstellen, wie lange das offene Wasser den flüssigen Zustand beibehält. In fünf Minuten ist eine Eishaut da, in einer Stunde sind es zwei Zoll, binnen zwei Tagen dreißig Zentimeter. Wenn wir innerhalb einer, sagen wir, Dreitagefrist eine dieser zugefrorenen Polynyas erreichen, haben wir eine recht gute Chance, nach oben durchzustoßen.«

»Mit dem Kommandoturm?«

»Richtig. Mit dem Segel. Alle neuen Atom-Unterseeboote haben besonders verstärkte Segel nur zu diesem einen Zweck – das arktische Eis zu durchstoßen. Trotzdem müssen wir uns vorsehen, weil der Anprall sich natürlich auch auf den Rumpf überträgt.«

Ich dachte eine Weile nach, sagte dann: »Was passiert, wenn Sie zu schnell nach oben gehen – das kann, soviel ich weiß, der Fall sein, wenn der Salzgehalt und die Temperatur des Meerwassers sich plötzlich ändern – und Sie im letzten Augenblick merken, daß Sie von der dünnen Stelle abgetrieben worden sind und drei Meter solides Eis über sich haben?«

»Das ist es eben!« sagte er. »Wie gesagt – es handelt sich um die letzte Minute. Darüber darf man gar nicht nachdenken – nicht einmal davon reden. Ich kann mir keine Alpträume leisten.« Ich sah ihn forschend an. Er hatte das Lächeln verloren. Er dämpfte die Stimme. »Ehrlich gestanden, ich glaube nicht, daß es einen einzigen Menschen an Bord der *Dolphin* gibt, der sich nicht ein klein wenig ängstigt, wenn wir unters Eis tauchen. Von mir weiß ich es. Meiner Meinung nach ist die *Dolphin* das beste Fahrzeug der Welt, Doktor Carpenter, aber es gibt trotzdem hundert Details, die schiefgehen können. Es braucht nur etwas mit dem Reaktor oder mit den Dampfturbinen oder mit den elektrischen Generatoren nicht in Ordnung zu sein – dann sind wir schon tot und begraben. Das Packeis ist unser Sargdeckel. In offenen Gewässern spielt das alles keine so große Rolle. Wir tauchen auf oder gehen auf Schnorcheltiefe und benützen unsere Dieselmotoren. Für die Diesel aber braucht man Luft – und unter dem Packeis gibt es keine Luft. Wenn also etwas passiert, müssen wir entweder eine Polynya finden, um aufzutauchen, bevor unsere Reservebatterie erschöpft ist – zu dieser Jahreszeit ist die Chance eins zu zehntausend – oder ... Na ja, so sieht es aus ...«

»Das klingt sehr heiter«, sagte ich.

»Nicht wahr?« Jetzt lächelte er. »Es wird nicht passieren... Warum macht denn unser wertgeschätzter Benson solchen Krach?«

»Da haben wir's!« rief Benson aus. »Die erste Scholle. Und eine zweite. Und noch eine! Kommen Sie, Herr Kollege, schauen Sie sich das an.«

Ich sah es mir an. Der Stift, der ein leises Zischen von sich gab, zeichnete nicht mehr eine kontinuierliche waagrechte Linie aufs Papier, sondern bewegte sich hastig auf und ab und registrierte die Umrisse der Eisscholle, die über uns achteraus vorbeidriftete. Wieder der gerade Strich, abermals lebhafte Aufwärtsbewegungen des Griffels – ein weiterer Eisblock war vorbeigezogen. Während ich zusah, wurden die dünnen, horizontalen Striche immer spärlicher und immer kürzer, bis sie allmählich ganz verschwanden.

»Nun ist es soweit.« Swanson nickte. »Jetzt gehen wir tiefer, ganz tief, und spielen auf allen Registern.«

Am nächsten Tag, zu früher Stunde, wurde ich durch eine schwere Hand, die sich auf meine Schulter legte, aus dem Schlaf geweckt. Ich öffnete die Augen, kniff sie zusammen, weil mich das Licht der Deckenlampe blendete, und erblickte dann Oberleutnant Hansen.

»Entschuldigen Sie, daß ich Ihren Schönheitsschlaf störe, Herr Doktor«, sagte er vergnügt. »Aber es ist soweit.«

»Was ist soweit?« fragte ich gereizt.

»Fünfundachtzig Grad fünfunddreißig Minuten Nord – einundzwanzig Grad zwanzig Minuten Ost – schätzungsweise die letzte Position der Treibeis-Station Zebra: zumindest insofern schätzungsweise, als wir die Polardrift einkalkuliert haben.«

»Schon?« Ich wollte es nicht glauben, sah auf die Uhr. »Wir sind schon da?«

»Wir waren nicht untätig«, sagte Hansen bescheiden. »Der Herr Kapitän schlägt Ihnen vor, mit mir zu kommen und uns bei der Arbeit zuzuschauen.«

»Sofort...«

Falls es der *Dolphin* glücken sollte, das Eis zu durchstoßen, und sie den Versuch machte, mit der Treibeis-Station Zebra Kontakt aufzunehmen, wollte ich mit dabeisein.

Wir verließen Hansens Kabine und hatten fast schon die Zentrale erreicht, als ich taumelte, stolperte und hingefallen wäre, wenn ich mich nicht schnell an einem Geländer festgehalten hätte, das an der einen Seite des Ganges entlanglief. Ich klammerte mich an, während die *Dolphin* sich heftig auf die Seite legte und eine Schleife zog, wie ein Jagdflugzeug, das hastig wendet. Nie hatte ich erlebt, daß ein Unterseeboot sich auch nur im entferntesten so benommen hätte. Jetzt wurde mir klar, warum die Tauchbedienungssitze mit Sicherheitsgurten versehen waren.

»Was, zum Teufel, ist denn da los?« fragte ich Hansen. »Sind wir einem Hindernis ausgewichen?«

»Es muß eine eventuelle Polynya sein. Auf jeden Fall eine Stelle, wo das Eis dünn ist. Sobald wir eine solche Eventualität wittern, drehen wir uns im Kreis, um sie ja nicht zu verpassen. Das macht uns bei den Leuten sehr beliebt, besonders, wenn sie gerade Kaffee trinken oder Suppe essen.«

Wir kamen in die Zentrale. Kapitän Swanson, flankiert von dem Navigationsoffizier und einem anderen Mann, beugte sich über den Koppeltisch und studierte irgend etwas mit äußerster Aufmerksamkeit. Weiter hinten stand ein Mann am Oberflächenlot und las mit ruhiger, leidenschaftsloser Stimme die Ziffern ab, die die Dicke der Eisschicht angaben.

Kapitän Swanson blickte von der Karte auf.

»Guten Morgen, Herr Doktor... John, ich glaube, hier könnten wir Glück haben.«

Hansen ging hin und sah sich das Diagramm an. Es war scheinbar nicht viel zu sehen – ein winziges Lichtpünktchen, das durch die Glasplatte leuchtete, und ein viereckiges Stück Millimeterpapier mit einer Reihe gewellter schwarzer Striche, die ein Mann mit einem Bleistift, den Wanderungen des kleinen beweglichen Lichtleins folgend, eingezeichnet hatte. Drei rote Kreuze waren hinzugefügt worden, zwei davon dicht nebeneinander, und gerade, als Hansen das Papier betrachtete, rief der Matrose, der die ›Eismaschine‹ betreute (Dr. Bensons Begeisterung für sein Spielzeug schien nicht bis mitten in die Nacht hinein anzuhalten), mit lauter Stimme: »Markierung!« Sogleich wurde der schwarze Bleistift mit einem roten vertauscht und ein viertes Kreuz hinzugemalt.

»›Glauben‹ und ›Glück‹ dürften die richtigen Wörter sein«, sagte Hansen. »Kommt mir sehr schmal vor...«

»Mir auch«, sagte Swanson. »Aber es ist die erste Lücke im schweren Eis, die uns seit fast einer Stunde begegnet. Und je weiter wir nach Norden kommen, desto geringer werden die Chancen. Versuchen wir's! Geschwindigkeit?«

»Ein Knoten«, erwiderte Raeburn.

»Alle Maschinen langsame Fahrt zurück«, sagte Swanson.

Swansons Art, seine Befehle zu erteilen, hatte nichts Scharfes, nichts Herrisches, es klang mehr nach einem hingeplauderten Vorschlag, aber es war nichts an der Schnelligkeit auszusetzen, mit der einer der Besatzungsleute sich im Sessel des Tauchstandes festschnallte und sich vorbeugte, um den Befehl in den Maschinenraum weiterzugeben.

»Ruder hart Backbord.«

Swanson neigte sich vor, um das Diagramm zu kontrollieren. Aufmerksam beobachtete er das winzige Lichtpünktchen und der Zeichenstift, wie sie zu dem ungefähren Mittelpunkt des durch die vier roten Kreuze markierten länglichen Dreiecks zurückkehrten.

»Alle Maschinen stopp«, fuhr er fort. »Ruder mittschiffs.« Eine Pause, dann: »Alle Maschinen langsame Fahrt voraus. So... Alle Maschinen stopp!«

»Geschwindigkeit null«, sagte Raeburn.

»Zweitausendeinhundertzwanzig Fuß«, sagte Swanson zu dem Tauchoffizier. »Aber sachte – sachte...«

Das Echo eines kräftigen, steten Surrens lief durch den Bedienungsraum. Ich fragte Hansen: »Wird Ballast ausgeblasen?«

Er schüttelte den Kopf. »Gepumpt. Das ermöglicht uns, die Auftriebsgeschwindigkeit exakter zu regeln, und erleichtert es uns, das Boot auf ebenem Kiel zu halten. Ein stillstehendes U-Boot völlig gleichlastig nach oben zu drücken, ist nichts für Anfänger. Die gewöhnlichen Boote wagen sich an so etwas gar nicht heran.«

Die Pumpen wurden abgestellt. Man hörte das Wasser in die Tanks zurückströmen, während der Tauchoffizier die Aufstiegsgeschwindigkeit verminderte. Das Geräusch verstummte.

»Flutklappen schließen!« sagte der Tauchoffizier. »Auf hundert Fuß bleiben.«

»Sehrohr ausfahren!« sagte Swanson zu dem Mann an seiner Seite. Ein Hebel an der Decke wurde betätigt, und wir hörten das Zischen des Öls, als der hydraulische Kolben das Steuerbordperiskop emporzustemmen begann. Langsam schob sich der blanke Zylinder höher, bis schließlich das untere Ende des Sehrohrs aus dem Sehrohrschacht auftauchte. Swanson klappte die Griffe heraus und blickte durchs Okular.

»Was erwartet er, mitten in der Nacht in dieser Tiefe zu sehen?« fragte ich Hansen.

»Man kann nie wissen... Wie Ihnen bekannt sein dürfte, ist es selten ganz finster. Vielleicht der Mond, vielleicht nur die Sterne –

aber auch Sternenlicht macht sich durchs Eis als ein matter Schimmer bemerkbar –, wenn das Eis dünn genug ist...«

»Wie dick ist das Eis in diesem Rechteck?«

»Eine Quizfrage«, sagte Hansen. »Die Antwort lautet: Wir wissen es nicht. Um die ›Eismaschine‹ auf erträgliche Dimensionen zu beschränken, muß der Kurvenmaßstab sehr klein sein. Zwischen zehn und hundert Zentimetern. Zehn Zentimeter, und wir stoßen durch wie durch die Glasur einer Hochzeitstorte. Ein Meter, und wir holen uns eine schöne Beule am Kopf.« Er deutete mit einem Kopfnicken auf Swanson. »Es schaut nicht besonders gut aus. Der Griff, an dem er dreht, dient dazu, die Sehrohrlinsen nach oben zu richten, und der Knopf reguliert die Scharfeinstellung. Das bedeutet, daß es ihm schwerfällt, etwas zu finden.«

Swanson richtete sich auf. »Schwarz wie die Weste des Höllenbarons«, sagte er in gemütlichem Ton. »Rumpf- und Segelscheinwerfer einschalten!«

Er bückte sich abermals und blickte durchs Okular. Nur ein paar Sekunden lang. »Erbsensuppe. Dick, gelb und kleistrig. Nichts zu sehen. Nehmen wir die Kamera, ja?«

Ich sah Hansen an, der mit einem Kopfnicken auf eine weiße Leinwand deutete, die soeben an der gegenüberliegenden Wand freigelegt worden war. »Lauter moderne Mätzchen, Herr Doktor. TV mit geschlossenem Stromkreis. Die Kamera ist an Deck montiert – unter armiertem Glas – und kann durch Fernsteuerung nach oben oder in die Runde gedreht werden.«

»Eine neue Kamera würde nicht schaden, nein?« Der Bildschirm war grau, fusselig, verschwommen.

»Eine bessere ist für Geld und gute Worte nicht zu haben«, erwiderte Hansen. »Es liegt am Wasser. Bei einer bestimmten Temperatur und einem bestimmten Salzgehalt wird es im Scheinwerferlicht fast völlig undurchsichtig. Ein Auto, das mit voll eingeschalteten Scheinwerfern durch dicken Nebel fährt.«

»Scheinwerfer ausschalten!« Das gleiche treibende neblige Grau wie zuvor.

Seufzend drehte Swanson sich zu seinem Ersten Offizier um. »Na, John?«

»Wenn man nicht dafür bezahlte, daß ich mir allerlei einbilde«, sagte Hansen behutsam, »könnte ich mir einbilden, daß ich in der linken Ecke den oberen Rand des Segels sehe. Es ist recht finster dort oben, Herr Kapitän. Ahoi, Blindekuh, nein?«

»Ich nenne es lieber russisches Roulett.« Swansons Miene war so hell und unbekümmert wie die eines Menschen, der sich auf einen Sonntagnachmittag im Liegestuhl freut. »Halten wir unsere Position?«

»Ich weiß es nicht.« Rawlings blickte von dem Diagramm auf. »Schwer zu sagen.«

»Sanders?« Er fragte den Mann, der das Eisecholot bediente.

»Dünnes Eis, Sir. Nach wie vor dünnes Eis.«

»Weitermachen. Sehrohr einfahren.« Er klappte die Griffe hoch und wandte sich zu dem Tauchoffizier. »Langsam nach oben gehen, so als hätten wir eine Kiste mit Eiern auf dem Segel und möchten kein einziges kaputtmachen.«

Wieder setzten die Pumpen ein. Ich sah mich um. Mit Ausnahme Swansons waren nun alle sehr still und steif geworden. Raeburns Gesicht war schweißbedeckt, und Sanders' Stimme klang viel zu ruhig und sachlich, während er leise und monoton unaufhörlich wiederholte: »Dünnes Eis... Dünnes Eis...« Man hätte die Spannung mit den Händen greifen können.

»Deckscheinwerfer ausschalten, Segelscheinwerfer brennen lassen«, befahl Swanson. »Und die Kamera schwenken! Sonar?«

»Alles klar!« meldete der Sonarmaschinist. »Ringsumher alles klar.« Nach einer Pause: »Nein, halt! Halt! Kontakt dicht achteraus.«

»Wie dicht?« fragte Swanson hastig.

»Zu dicht, um es feststellen zu können. Sehr dicht.«

»Sie springt!« rief der Tauchoffizier in scharfem Ton. »Achtzig – fünfundsiebzig...«

Die *Dolphin* war auf eine Schicht kälteren oder besonders salzhaltigen Wassers gestoßen.

»Dickes Eis... Dickes Eis...!« rief Sanders warnend.

»Fluten!« befahl Swanson – und diesmal war es ein Befehl.

Ich fühlte die plötzliche Steigerung des Luftdrucks, als der Tauchoffizier das Meerwasser tonnenweise in die Schnelltauchtanks strömen ließ, aber es war zu spät. Zitternd und knirschend, so heftig, daß wir gegen die Wände taumelten, stieß die *Dolphin* gegen die Eisdecke. Glasscherben klirrten, Lichter erloschen, das Boot begann wie ein Stein zu sinken.

»Tauchtank bis zur Markierung ausblasen!« rief der Tauchoffizier.

Preßluft zischte in den Tauchtank – bei unserer Fallgeschwindigkeit würde uns der Wasserdruck plattgedrückt haben, bevor die

Pumpen auch nur angefangen hätten, mit dem riesigen Zusatzballast fertig zu werden, den wir binnen weniger Sekunden an Bord genommen hatten. Zweihundert Fuß, zweihundertfünfzig – und wir sanken noch immer. Keiner sagte ein Wort, alle saßen oder standen wie erstarrt umher und hielten den Blick auf den Tiefenmesser geheftet. Offenbar war die *Dolphin* in dem Augenblick, da das Segel gegen die dicke Eisdecke gestoßen war, achtern von einem unterseeischen Druckkamm getroffen worden. Wenn die *Dolphin* leckte, würde unsere Tiefenfahrt nicht eher enden, als bis der Druck einer Million Tonnen Wasser den Rumpf des Bootes zerschmettert und plattgedrückt und uns allen im Nu den Garaus gemacht hatte.

»Dreihundert Fuß!« rief der Tauchoffizier aus. »Dreihundertfünfzig. Es geht langsamer... Es geht langsamer...«

Die *Dolphin* sank noch immer. Schwerfällig überschritt sie die Vierhundertfußgrenze, da erschien Rawlings, in der einen Hand einen Werkzeugkasten, in der anderen einen Korb mit diversen Glühbirnen.

»Es ist wider die Natur«, sagte er. Er schien seine Worte an die zertrümmerte Lampe über dem Koppeltisch zu richten, die er sogleich zu reparieren begonnen hatte. »Es widerspricht den Naturgesetzen – das behaupte ich seit eh und je. Der Menschheit war es nie bestimmt, die Tiefen des Ozeans zu erforschen. Paßt auf, was ich sage – diese neumodischen Erfindungen werden ein böses Ende nehmen.«

»Und Sie gleichfalls, wenn Sie nicht den Mund halten«, sagte Kapitän Swanson in schneidendem Ton. Aber in seiner Miene lag kein Vorwurf, er wußte genauso wie wir alle den heilsam frischen Luftzug zu schätzen, den Rawlings in die spannungsgeladene Atmosphäre mitgebracht hatte. »Liegen wir still?« fuhr er fort, zu dem Tauchoffizier gewandt.

Der Tauchoffizier hob den Zeigefinger hoch und lächelte. Swanson nickte, zog das Spiralfedermikrofon zu sich heran.

»Hier spricht der Kommandant«, sagte er gelassen. »Ich bedaure den Zwischenfall. Bitte, sofort eventuelle Schäden zu melden.«

Auf einem Schaltbrett flammte ein grünes Licht auf. Swanson berührte einen Schaltknopf, ein Lautsprecher an der Decke begann zu knistern.

»Hier ist der Schaltraum.«

Der Schaltraum lag am hinteren Ende des oberen Maschinenraums.

»Der Aufprall erfolgte direkt über uns. Wir könnten eine Schachtel Kerzen gebrauchen. Einige Drehscheiben und Manometer sind aus dem Leim gegangen. Aber wir haben noch immer ein Dach über dem Kopf.«

»Danke, Herr Oberleutnant. Können Sie es schaffen?«

»Freilich.«

Swanson drückte auf einen anderen Knopf. »Heckraum?«

»Hängen wir noch hinten dran?« fragte eine zaghafte Stimme.

»Ihr hängt noch dran«, versicherte Swanson. »Haben Sie etwas zu melden?«

»Nur, daß wir einen Berg Schmutzwäsche nach Schottland mitbringen werden. Die Waschmaschine hat einen Tobsuchtsanfall erlitten.«

Lächelnd schaltete Swanson ab. Er machte einen unberührten Eindruck. Er mußte einen speziellen schweißabsorbierenden Mechanismus in sein Gesicht eingebaut haben. Ich hatte das Bedürfnis nach einem Badetuch.

Swanson sagte zu Hansen: »Das nennt man Pech. Was für eine schöne Kombination: eine Strömung dort, wo sie von Rechts wegen nicht hingehört, ein Temperaturumschwung, wo er von Rechts wegen nicht stattzufinden hat, und ein Druckkamm, wo wir ihn am wenigsten erwarteten. Ganz zu schweigen von der gottverdammten Undurchsichtigkeit des Wassers. Was uns jetzt fehlt? Einige Runden, bis wir diese Polynya so genau kennen wie unsere Westentasche, eine kleine Versetzung, um die Abdrift zu berücksichtigen, und vorsichtshalber etwas Wasser in die Tanks, bevor wir uns der Neunzigfußgrenze nähern.«

»Ja, Sir. Das fehlt uns. Die Frage ist nur: Was machen wir?«

»Was ich eben gesagt habe... Nach oben gehen und es noch einmal versuchen...«

Ich hatte meinen Stolz, deshalb verzichtete ich darauf, mir die Stirn abzuwischen. Man ging nach oben und versuchte es noch einmal. In einer Tiefe von 200 Fuß jonglierte Swanson fünfzehn Minuten lang mit den Propellern und dem Steuer, bis er die Umrisse der zugefrorenen Polynya so genau auf das Millimeterpapier hingezaubert hatte, wie er es sich nicht besser hätte wünschen können. Dann placierte er die *Dolphin* unmittelbar neben eine der Grenzlinien und befahl, langsam in die Höhe zu steigen.

»Einhundertzwanzig Fuß«, sagte der Tauchoffizier. »Einhundertzehn.«

»Dickes Eis...«, sagte Sanders. »Noch immer dickes Eis...«

Swanson sagte: »Wenn wir die Geschwindigkeit der Abdrift überschätzt haben, wird es leider wieder einen Stoß geben.« Er wandte sich an Rawlings, der eifrig damit beschäftigt war, neue Glühbirnen einzuschrauben. »An Ihrer Stelle würde ich erst einmal eine Pause machen. Vielleicht werden Sie in der nächsten Minute von vorn anfangen müssen, und so viele Reservelampen haben wir nicht an Bord.«

»Einhundert Fuß«, sagte der Tauchoffizier. Es klang nicht so kläglich, wie seine Miene aussah.

»Das Wasser wird klarer«, sagte Hansen plötzlich. »Da...!«

Ja, es war klarer geworden, zwar nicht auf besonders drastische Weise, aber in ausreichendem Grad. Auf dem Fernsehbildschirm zeichneten sich in der oberen Ecke deutlich die Konturen des Segels ab. Und dann sahen wir plötzlich noch etwas: dickes, häßlich zerfurchtes Eis keine fünf Meter oberhalb des Segels.

Wasser strömte in die Tanks. Dem Tauchoffizier brauchte man nicht zu sagen, was er zu tun hatte. Als wir beim erstenmal in eine andere Wasserschicht gerieten, waren wir wie in einem Expreßfahrstuhl hochgeschossen, und einmal so etwas zu erleben, reicht einem U-Boot-Mann bis ans Ende seiner Tage.

»Neunzig Fuß«, meldete er. »Wir steigen immer noch.« Noch mehr Wasser in die Tanks, dann verstummte das Geräusch. »Wir liegen still. Bei knapp neunzig Fuß.«

»Lage beibehalten!« Swanson betrachtete den Fernsehbildschirm. »Wir treiben in die Polynya – hoffentlich...«

»Ja, hoffentlich«, sagte Hansen. »Es können nicht mehr als zwei Fuß zwischen dem oberen Rand des Segels und diesem scheußlichen Zeug liegen.«

»Viel Platz haben wir nicht«, sagte Swanson zustimmend. »Sanders?«

»Einen Augenblick, Sir... Die Kurve kommt mir sonderbar vor. Nein, wir sind klar.« Er konnte die Erregung in seiner Stimme nicht beherrschen. »Dünnes Eis!«

Ich warf einen Blick auf den Bildschirm. Er hatte recht. Ich sah die senkrechte Kante einer Eismauer langsam über den Schirm wandern. Dann wurde offenes Wasser sichtbar.

»Sachte jetzt, sachte!« sagte Swanson. »Kamera auf die Eismauer an der Seite, dann gradaus nach oben und schwenken.«

Wieder begannen die Pumpen zu pochen. Die Eismauer, knappe zehn Meter von uns entfernt, begann langsam an uns vorbeizutreiben.

»Fünfundachtzig Fuß«, meldete der Tauchoffizier. »Achtzig.«

»Keine Eile«, sagte Swanson. »Jetzt sind wir gedeckt.«

»Fünfundsiebzig Fuß.« Die Pumpen hielten inne, Wasser begann in die Tanks zu strömen. »Siebzig.« Die *Dolphin* lag fast still und trieb wie Distelflaum nach oben. Die Kamera schwenkte hoch. Wir sahen deutlich die Umrisse der oberen Segelkante mit einer glatten Eisdecke, die ihr entgegenkam. Wieder floß gurgelnd Wasser in die Tanks, die obere Kante des Segels stieß mit einem spürbaren Ruck gegen das Eis, und die *Dolphin* lag still.

»Gut gemacht«, sagte Swanson herzlich zu dem Tauchoffizier. »Versuchen wir, dem Eis einen Puff zu versetzen. Trudeln wir?«

»Kurs unverändert.«

Swanson nickte. Die Pumpen surrten, schöpften Wasser, verminderten das Gewicht des Bootes, erhöhten ständig die Auftriebskraft. Das Eis rührte sich nicht vom Fleck. Noch mehr Zeit verging, noch mehr Wasser wurde ausgepumpt, und nach wie vor ereignete sich nichts.

Ich flüsterte Hansen zu: »Warum bläst er nicht den Hauptballast aus? Im Nu würden man ein paar hundert Tonnen Auftrieb haben, und selbst wenn das Eis einen Meter dick ist, kann es diesem konzentrischen Druck an einem Punkt nicht standhalten.«

»Ebensowenig wie die *Dolphin*. Wenn sie mit einem so plötzlich gesteigerten Auftrieb durchs Eis stößt, schießt sie hoch wie der Korken aus einer Champagnerflasche. Die Druckhülle würde es vielleicht aushalten – ich weiß es nicht –, aber so wahr ich hier stehe, würde das Steuer plattgedrückt werden wie ein Stück Blech. Wollen Sie den kleinen Rest Ihres Lebens damit verbringen, in ständig engeren Kreisen unter der Polareishaube umherzusegeln?«

Ich wollte keineswegs den kleinen Rest meines Lebens damit verbringen, in ständig engeren Kreisen unter der Eishaube umherzusegeln, also hielt ich den Mund. Ich sah Swanson zu, wie er zum Tauchstand ging und einige Sekunden lang stumm die schrägen Rundskalen betrachtete.

»Das reicht aus«, sagte er zu dem Tauchoffizier. »Wenn wir jetzt mit so viel Druck durchstoßen, fliegen wir wie ein Ballon in die Luft. Das Eis ist dicker, als wir dachten. Wir haben es auf die sachte Tour versucht, und es ist nicht geglückt. Offenbar müssen wir ordentlich zuschlagen. Gehen wir auf etwa achtzig Fuß hinunter, aber vorsichtig; dann einen scharfen Luftstoß in die Ballasttanks, und wir präsentieren unsere berühmte Imitation eines Stiers vor dem Gattertor.«

Den Mann, der für die Installierung der 240 Tonnen schweren Klimaanlage verantwortlich war, hätte man vor Gericht stellen müssen. Sie funktionierte ganz einfach nicht mehr. Die Luft war heiß und stickig – das heißt, das bißchen Luft, das uns geblieben war. Vorsichtig sah ich mich um. Alle anderen schienen gleichfalls unter Luftmangel zu leiden, alle bis auf Swanson, der einen eingebauten Sauerstoffzylinder bei sich zu tragen schien. Hoffentlich dachte Swanson daran, daß die *Dolphin* 120 Millionen Dollar gekostet hatte. In Hansens verkniffenen Augen saß ganz entschieden die Sorge, und sogar der sonst so unerschütterliche Rawlings rieb sich das stopplig blaue Kinn mit einer Hand von der Größe und Form einer Schaufel. In der tiefen Stille, die eintrat, nachdem Swanson zu Ende geredet hatte, war das scharrende Geräusch ungewöhnlich laut zu vernehmen, wurde dann aber von dem Lärm des in die Tanks einströmenden Wassers übertönt.

Wir starrten den Bildschirm an. Wasser ergoß sich in die Tanks, bis wir zwischen dem oberen Rand des Segels und dem Eis einen Spalt klaffen sahen. Langsam setzten die Pumpen ein, um die Geschwindigkeit des Abstiegs zu regulieren. Auf dem Bildschirm wurde der Lichtkegel, den der Scheinwerfer gegen die Unterseite der Eisschicht warf, matter und breiter, blieb dann unverändert, ohne sich zu bewegen oder an Umfang zuzunehmen. Wir lagen still.

»Jetzt!« sagte Swanson. »Bevor uns wieder die Strömung erwischt.«

Ein wildes Zischen: Unter hohem Druck drang die Preßluft in die Ballasttanks ein. Träge begann die *Dolphin* hochzusteigen, während der Lichtkegel auf dem Bildschirm langsam schmaler und heller wurde.

»Mehr Luft!« sagte Swanson.

Wir stiegen schneller. Die Lücke zum Eis schloß sich für meinen Geschmack zu schnell. Fünfzehn Fuß, zwölf Fuß, zehn Fuß.

»Mehr Luft!« sagte Swanson.

Ich nahm mich zusammen, die eine Hand auf dem Koppeltisch, die andere an einem über meinem Kopf angebrachten Haltegriff. Auf dem Bildschirm raste uns das Eis entgegen. Plötzlich fing das Bild zu zittern und zu tanzen an, ein Schauder lief durch die *Dolphin*, jagte ein knirschendes, hohles Echo vom Bug bis ans Heck, abermals erloschen die Lichter, auf dem Schirm kehrte das Bild zurück, das Segel saß noch immer im Eis, dann zuckte die *Dolphin* und krängte, und das Deck drückte gegen unsere Sohlen wie ein aufwärtsfahrender Aufzug. Auf dem Schirm verschwand das Segel, an seiner Stelle war nichts zu sehen als ein undurchsichtiges Weiß. Der Tauchoffizier, die Stimme schrill von innerer Spannung, die noch kein Ventil gefunden hatte, rief aus: »Vierzig Fuß... Vierzig Fuß...«

Wir hatten das Eis durchstoßen.

»Na also«, sagte Swanson sanft. »Man darf nur nicht lockerlassen.«

Ich betrachtete die untersetzte, dickliche Gestalt, das runde, gutmütige Gesicht und fragte mich zum hundertstenmal, warum es den stahlharten Burschen, die keine Nerven haben, nie anzusehen ist, daß sie keine haben.

Ich gönnte meinem Stolz einen kleinen Urlaub, zog das Taschentuch aus der Tasche, wischte mir das Gesicht ab und sagte zu Swanson: »Kommt so etwas häufig vor?«

»Nein – Gott sei Dank nicht...« Er lächelte. Er drehte sich zu dem Tauchoffizier um. »Wir haben festen Fuß gefaßt. Sorgen wir dafür, daß wir gut belegt sind.«

Wieder wurde ein paar Sekunden lang Druckluft in die Tanks geblasen, dann sagte der Tauchoffizier: »Keine Gefahr mehr, daß wir absinken, Herr Kapitän.«

»Sehrohr ausfahren!«

Abermals zischte das lange, funkelnde Rohr aus seinem Gehäuse hoch. Swanson warf einen kurzen Blick ins Okular, richtete sich dann auf.

»Sehrohr einfahren!«

»Recht kalt dort oben?« fragte Hansen.

Swanson nickte. »Das Wasser auf den Linsen muß in dem Augenblick gefroren sein, als sie mit der Luft in Berührung kamen. Ich kann nichts sehen.« Er wandte sich zu dem Tauchoffizier: »Konstant bei vierzig?«

»Garantiert. Und genügend Auftrieb.«

»Nicht schlecht...« Swanson sah den Steuermannsmaat an, der in einen schweren Schafspelzmantel schlüpfte. »Ein bißchen frische Luft, Ellis, meinen Sie nicht?«

»Sofort, Sir.« Ellis knöpfte den Mantel zu und fuhr fort: »Es wird vielleicht ein Weilchen dauern.«

»Das glaube ich kaum«, erwiderte Swanson. »Vielleicht sind Brücke und Luken mit Eisbrocken verstopft, aber ich bezweifle es. Ich nehme an, das Eis ist so dick, daß es in große Stücke zerfallen und an der Brücke vorbeigerutscht ist.«

Ich spürte einen Knall in den Ohren, von der jähen Luftdruckveränderung, als der Lukendeckel nach oben schwenkte und dann in den Riegel zurückfiel. Abermals ein Geräusch – aus etwas größerer Entfernung. Der zweite Lukendeckel. Dann hörten wir Ellis' Stimme aus dem Sprachrohr.

»Hier oben alles klar.«

»Hissen Sie die Antenne!« befahl Swanson. »John, die Herrschaften sollen zu senden beginnen und weitersenden, bis ihnen die Finger abfallen. Hier sind wir, hier bleiben wir – bis wir die Treibeis-Station Zebra erreicht haben.«

»Falls dort noch eine Menschenseele lebt«, fügte ich hinzu.

»Freilich – darauf kommt es an«, sagte Swanson. Er wich meinem Blick aus. »Darauf kommt es allemal an...«

4

Dies, überlegte ich mir, dieser fürchterliche Todesgriff einer fürchterlichen Welt, muß es gewesen sein, der die Herzen und Seelen unserer fernen nordischen Ahnen erstarren ließ, wenn die letzte Lebensflut langsam verebbte und sie ihr erlahmendes Hirn mit schrecklichen Vorstellungen von einer düsteren und bitteren Hölle ewiger Kälte zermarterten. Aber sie hatten es leicht gehabt, die alten Herren, sie brauchten es sich ja nur einzubilden, während wir es am eigenen Leibe erlebten.

Ausgeschlossen, sich hier auch nur einigermaßen warmzuhalten, hier auf der Brücke der *Dolphin*, wo Rawlings und ich eine halbstündige Wache schoben und langsam zu Eisklumpen erstarrten.

Es war zur Gänze meine Schuld gewesen, daß unsere Zähne wie rasende Kastagnetten klapperten. Eine halbe Stunde, nachdem der Funkraum auf der Wellenlänge der Treibeis-Station Zebra zu senden begonnen hatte, ohne auch nur das leiseste Echo einer Antwort oder Empfangsbestätigung auszulösen, wies ich Kapitän Swanson auf die Möglichkeit hin, daß die ›Zebra‹ uns hörte, aber nicht genug Strom besaß, um zu antworten: Vielleicht würden sie sich auf eine andere Weise zu erkennen geben – vielleicht. Ich betonte, daß Treibeis-Stationen meistens mit Leuchtraketen ausgerüstet sind, außerdem auch mit Funksonden und Funkraketen. Die Sonden sind kleine, mit Sendegeräten ausgerüstete Ballons, die bis in eine Höhe von dreißig Kilometern aufsteigen, um Wetterdaten zu sammeln. Die Funkraketen werden aus Ballons abgefeuert und erreichen noch größere Höhen. In einer mondhellen Nacht wie der heutigen müßten diese Ballons, falls man sie losgeschickt hätte, auf eine Entfernung von mindestens dreißig Kilometern sichtbar sein – doppelt so weit, wenn sie mit Leuchtkugeln versehen waren.

Swanson hatte sich durch mein Argument überzeugen lassen und Freiwillige für die erste Wache aufgerufen. Unter den gegebenen Umständen blieb mir keine Wahl. Rawlings hatte sich bereit erklärt, mich zu begleiten.

Es war eine Landschaft (sofern man eine finstere, kahle und monotone Einöde als Landschaft bezeichnen darf) aus einer anderen und uralten Welt, unheimlich, fremdartig und seltsam beängstigend. Am Himmel keine Wolken, aber auch keine Sterne: Das konnte ich nicht begreifen. Tief am südlichen Horizont warf ein milchig umnebelter Mond sein mysteriöses Licht auf die schwarze Totenstarre der arktischen Eishaube. Schwarz, nicht weiß. Man hätte erwartet, mondbeglänztes Eis würde leuchten, funkeln und glitzern – aber es war schwarz. Der Mond hing so tief am Himmel, daß die vorherrschende Farbe der Eishaube durch die langen Schatten der fantastisch zerfurchten und buckligen Kruste bedingt war. Und dort, wo der Mondschein unmittelbar auffiel, war das Eis durch die Wucht der tausend Schneestürme dermaßen zerschürft und aufgerauht worden, daß es beinahe das Vermögen eingebüßt hatte, Licht zu reflektieren.

Diese zerfurchte und bucklige Eishaube hatte etwas sonderbar Ungreifbares, Unbeständiges, Flüchtiges: in der einen Minute hart, grell, abstoßend mit dem kalten Kontrast zwischen Schwarz und Weiß – in der nächsten geisterhaft verschwommen, verwischt, geronnen und zuletzt entschwindend, verebbend, erlöschend wie eine schimmernde Fata Morgana der Eiswüste. Aber das war keine Sinnestäuschung und auch kein Spiel der Fantasie, sondern das Resultat einer auf dem Boden dahinrasenden Eisdrift, deren Wirbel stiegen und fielen je nach dem Diktat eines eisigen Windes, der keinen Augenblick lang nachließ und zuweilen Orkanstärke erreichte. Er jagte eine wirbelnde, peitschende Nebelmasse vor sich her, die aus Milliarden spitzer Eisnadeln bestand. Meistens befanden wir uns, da wir auf der Brücke etwa sieben Meter über dem Niveau der Eisfläche standen, oberhalb dieser wogenden Dünung. Gelegentlich aber setzte ein jäher, noch kräftigerer Windstoß ein, die Eisnadeln wurden emporgetragen, trommelten dämonisch gegen die bereits vereiste Steuerbordseite des Segels, trafen die wenigen entblößten Quadratzentimeter unserer Haut mit der schmerzhaft stechenden Wucht eines auf Armeslänge gezielten Sandstrahlgebläses. Anders als beim Sandstrahlgebläse aber war der Schmerz nur momentan, da jeder dieser Wespenstachel sein eigenes schmerzbetäubendes Vereisungsmittel mit sich führte und die Hautnerven sogleich lähmte. Dann legte sich der Wind, das wütende Geprassel ließ nach, und in dem momentanen Kontrast zwischen Sturmgetöse und relativer Stille hörten wir ein verstohlenes Rascheln wie von einer Million dahinhuschender Ratten, das Geräusch der blindlings über die stahlharte Fläche der Polarhaube dahinfegenden Eisnadeln. Das Brückenthermometer zeigte minus 21° Fahrenheit – 53 Kältegrade – mehr als minus 30° Celsius.

Rawlings und ich stampften mit den Füßen auf, wir schlugen die Arme vor die Brust, wir zitterten unaufhörlich, wir duckten uns, so gut es ging, hinter das ausgespannte Segeltuch, das als Windschutz diente, rieben ständig unsere Brillengläser, damit sie nicht anliefen, und hörten nicht auf, sämtliche vier Himmelsrichtungen zu durchforschen. Irgendwo dort draußen in der frostigen Einöde befand sich eine verirrte, vom Tod umwitterte Schar, deren Leben von einer Bagatelle abhängen mochte, zum Beispiel davon, daß unsere Brillengläser sich im unrechten Augenblick trübten. Wir starrten auf die driftenden Eisdünen hinaus, bis uns die Augen weh taten. Aber das war alles, was es uns einbrachte – Augenschmerzen. Nichts war zu sehen, gar nichts. Kein Lebenszeichen weit und breit. Tot.

Als wir abgelöst wurden, begaben wir uns nach unten, so schnell unsere steifgefrorenen Glieder es erlaubten. Kapitän Swanson saß auf einem Feldstuhl vor dem Funkraum. Ich legte die Überkleider, den Gesichtsschutz und die Schneebrille ab, griff nach einem dampfenden Becher Kaffee, der von irgendwoher aufgetaucht war, und versuchte, nicht allzuviel herumzuhopsen, als das Blut pochend in die Arme und Beine zurückströmte.

»Wo haben Sie sich denn die Schramme geholt?« fragte Swanson in besorgtem Ton. »Eine zwei Zentimeter dicke Blutkruste quer über die Stirn, Mann...«

»Umherfliegendes Eis – es sieht nur schlimm aus...« Ich war müde und sehr deprimiert. »Wir vergeuden unsere Zeit mit der Funkerei. Wenn die Leute keinen Unterschlupf mehr hatten, ist es kein Wunder, daß die Signale längst verstummt sind. Ohne Nahrung und Unterkunft hält es kein Mensch länger als ein paar Stunden aus. Rawlings und ich, wir sind beide keine halb verwelkten Treibhauspflanzen, aber eine halbe Stunde dort oben ist schon zu lang. Eine Viertelstunde genügt.«

»Dann sagen wir: eine Viertelstunde.« Er blickte zu mir auf, mit geflissentlich ausdrucksloser Miene. »Sie machen sich keine großen Hoffnungen mehr?«

»Gar keine – wenn sie ohne Unterkunft sind.«

»Sie haben mir erzählt, sie hätten eine Notpackung Nife-Zellen bei sich – um den Sender zu speisen«, murmelte Swanson. »Sie behaupteten ferner, diese Batterien behielten ihre Ladung unabhängig von den Witterungsverhältnissen sehr lange bei, eventuell viele Jahre lang. Als sie vor ein paar Tagen ihr erstes SOS sendeten, müssen sie sich dieser Batterie bedient haben. Sie kann noch nicht erschöpft sein.«

Diese Schlußfolgerung war so selbstverständlich, daß ich nichts dazu sagte. Nicht mit der Batterie, mit den Menschen war es aus.

»Ich gebe Ihnen recht«, fuhr er hastig fort. »Wir vergeuden unsere Zeit. Vielleicht sollten wir einfach einpacken und umkehren. Wenn wir keinen Kontakt mit ihnen bekommen, werden wir sie nicht finden.«

»Möglich. Aber Sie vergessen die Direktiven, die Sie aus Washington erhalten haben, Herr Kapitän.«

»Was soll das heißen?«

»Erinnern Sie sich nicht mehr? Sie haben mir jede Erleichterung und jede Hilfe zu gewährleisten, solange nicht die Sicherheit des Bootes und das Leben der Besatzung gefährdet sind. Momentan ist beides nicht der Fall. Wenn es uns nicht gelingt, Funkkontakt herzustellen, bin ich bereit, zu Fuß einen Umkreis von dreißig Kilometern abzuklappern, in der Hoffnung, sie zu finden. Wenn auch das mißglückt, können wir uns zu einer anderen Polynya begeben und dort die Suchaktion wiederholen. Das in Betracht kommende Areal ist nicht gar so groß, es gibt eine Chance, eine leidliche Chance, daß wir mit der Zeit die Station entdecken. Ich bin bereit, den ganzen Winter hier zu verbringen, so lange, bis wir sie gefunden haben.«

»Und das nennen Sie, das Leben meiner Leute nicht gefährden? Mitten im Winter, zu Fuß, kilometerweit auf dem Polareis herumzuirren?«

»Es war nicht davon die Rede, das Leben Ihrer Leute zu gefährden.«

»Soll das heißen, daß Sie die Absicht haben, sich allein auf die

Beine zu machen...?« Swanson starrte zu Boden und schüttelte den Kopf. »Ich weiß nicht, was ich denken soll. Soll ich Sie für verrückt halten – oder soll ich mir sagen, daß ich allmählich zu verstehen beginne, warum man – wer immer ›man‹ sein mag – Sie für diese Aufgabe gewählt hat, Doktor Carpenter...?« Er seufzte, musterte mich sodann aufmerksam. »In der einen Sekunde erklären Sie, Sie hätten jede Hoffnung aufgegeben, in der nächsten sind Sie bereit, den ganzen Winter hier zu verbringen. Wenn Sie gestatten, Herr Doktor, kommt mir das ungereimt vor.«

»Halsstarriger Stolz«, erwiderte ich. »Ich will nicht die Flinte ins Korn werfen, bevor ich so recht angefangen habe. Ich weiß nicht, wie die Kriegsmarine der Vereinigten Staaten sich zu dieser Frage stellt.«

Wieder sah er mich forschend an. Ich merkte, daß er ungefähr so viel Vertrauen zu mir hatte wie eine Fliege zu der Spinne, die ihr soeben ihr Netz als bequemes Nachtquartier angeboten hat. Er lächelte. Er sagte: »Die Kriegsmarine der Vereinigten Staaten ist nicht gleich beleidigt, Doktor Carpenter. Ich schlage Ihnen vor, sich für ein paar Stunden aufs Ohr zu legen. Sie werden viel Schlaf brauchen, wenn Sie vorhaben, zu Fuß zum Nordpol zu wandern.«

»Und Sie? Sie haben die ganze Nacht kein Auge zugemacht.«

»Ich werde wohl noch eine Weile warten.« Er deutete mit einen Kopfnicken auf die Tür des Funkraums. »Für den Fall, daß doch etwas ankommt...«

»Was senden Sie? Nur das Rufzeichen?«

»Plus der Bitte um Positionsangaben und eine Leuchtrakete, falls welche vorhanden sind. Gute Nacht, Doktor Carpenter. Oder vielmehr – guten Morgen.«

Ich erhob mich schwerfällig und begab mich in Hansens Kabine.

Die Atmosphäre um acht Uhr morgens rund um den Frühstückstisch in der Offiziersmesse war alles andere als festlich. Bis auf den Deckoffizier und den wachhabenden Ingenieur-Leutnant waren sämtliche Offiziere der *Dolphin* versammelt. Einige waren soeben aus ihren Kojen gekrochen, andere waren auf dem Weg in die Federn, keiner äußerte sich anders als mit einsilbigem Gebrumm. Sogar der überschwengliche Dr. Benson war zerstreut und in sich versunken. Die Frage, ob man mit der Treibeis-Station Zebra Verbindung erhalten habe, wäre offensichtlich sinnlos gewesen. Die schmerzliche Wahrheit stand in allen Gesichtern geschrieben. Dabei hatte man fünf Stunden lang unaufhörlich drauflosgefunkt.

Eine Stimmung der Niedergeschlagenheit und Niederlage, die stillschweigende Gewißheit, daß den Überlebenden der Treibeis-Station Zebra die Stunde geschlagen habe, lastete schwer über der Messe.

Niemand beeilte sich mit seiner Mahlzeit – warum sich beeilen? –, aber einer nach dem anderen stand auf und wanderte davon, Doktor Benson zu seiner Revierstunde, der junge Torpedooffizier, Oberleutnant Mills, um die Bemühungen seiner Leute zu überwachen, die in den letzten zwei Tagen täglich zwölf Stunden gearbeitet hatten, um die Mängel an den suspekten Torpedos zu beseitigen, ein dritter, um Hansen abzulösen, der die Wache hatte, und drei andere, um sich in ihre Kojen zu verkriechen. Nun blieben nur noch Swanson, Raeburn und ich zurück. Swanson war, wie ich wußte, die ganze vorige Nacht nicht zu Bett gegangen. Trotzdem machte er den ausgeruhten, kläräugigen Eindruck eines Menschen, der acht solide Stunden Schlaf hinter sich hat.

Der Steward Henry hatte soeben eine frisch gefüllte Kaffeekanne auf den Tisch gestellt, als wir draußen Schritte durch den Gang laufen hörten und der Steuermannsmaat hereingestürzt kam.

»Wir haben es geschafft!« rief er aus. Dann fiel ihm vielleicht ein, daß Matrosen sich in der Offiziersmesse mit etwas mehr Anstand aufzuführen haben, und er fuhr fort: »Wir haben Kontakt bekommen, Herr Kapitän – wir haben Kontakt bekommen.«

»Wie, bitte?« Swanson war doppelt so flink wie seine recht korpulente Figur es hätte vermuten lassen, und er hatte sich bereits zur Hälfte aus seinem Sessel erhoben.

»Wir haben Funkverbindung mit der Treibeis-Station Zebra, Sir«, sagte Ellis formell.

Kapitän Swanson kam als erster in den Funkraum, aber nur, weil er einen Vorsprung vor Raeburn und mir besessen hatte. Zwei Funker waren im Dienst, beide beugten sich über ihre Geräte, der eine mit gesenktem Kopf, der andere mit leicht zur Seite geneigtem Kopf. Der eine kritzelte mechanisch auf einem Schreiblock drauflos. DSY notierte er – DSY – immer wieder... Das Antwortzeichen der Treibeis-Station Zebra. Als er aus dem Augenwinkel Swanson erblickte, hörte er endlich zu kritzeln auf.

»Wir haben sie erwischt, Herr Kapitän, kein Zweifel. Das Zeichen ist sehr schwach und setzt zeitweilig aus, aber –«

»Egal!« Es war Raeburn, der ihm ins Wort fiel, ohne Swanson um Erlaubnis zu fragen. Er versuchte, die wachsende Erregung in seiner Stimme zu beherrschen, aber es gelang ihm nicht, und er sah mehr denn je wie ein Gymnasiast aus, der die Schule schwänzt. »Die Peilung! Haben Sie die Peilung? Nur darauf kommt es an!«

Der andere Funker schwenkte seinen Sessel herum, und ich erkannte meinen früheren Wächter, Zabrinski, wieder. Er richtete einen melancholischen und vorwurfsvollen Blick auf Raeburn.

»Natürlich haben wir gepeilt, Herr Leutnant. Das war das allererste. Null fünfundvierzig, um ein Jota mehr oder weniger. Das heißt, Nordost.«

»Besten Dank, Zabrinski«, sagte Swanson trocken, »Null fünfundvierzig ist Nordost. Das hätten der Navigationsoffizier und ich nicht gewußt. Position?«

Zabrinski wandte sich schulterzuckend an seinen Wachekameraden, einen Mann mit rotem Gesicht, Ledernacken und einer blankpolierten Kuppel an Stelle der Frisur. »Was hörst du, Curly?«

»Nichts. Einfach nichts.« Curly sah Swanson an. »Zwanzigmal habe ich nach der Position gefragt. Zwecklos. Er funkt immerzu nur das Rufzeichen. Ich glaube, er hört uns gar nicht, er sendet immer wieder sein Rufzeichen. Vielleicht hat er die Antenne nicht auf Empfang umgeschaltet.«

»Ausgeschlossen!« sagte Swanson.

»Nicht bei diesem Funker«, erwiderte Zabrinski. »Zuerst dachten wir, das Zeichen sei schwach, dann, daß der Funker schwach oder krank ist, aber wir haben uns geirrt, wir haben es ganz einfach mit einem unbeholfenen Dilettanten zu tun.«

»So etwas merkt man?« fragte Swanson.

»Allemal. Man merkt –« Er unterbrach sich, zuckte zusammen und berührte den Arm seines Wachekameraden.

Curly nickte. »Ich hab's«, sagte er sachlich. »Position unbekannt, teilt er uns mit.«

Im Augenblick sagte keiner ein Wort. Es erschien uns nicht wichtig, daß der Mann uns die Position nicht angeben konnte – es kam nur darauf an, daß wir direkten Kontakt hergestellt hatten. Raeburn machte kehrt und lief in die Zentrale. Ich hörte ihn hastig mit der Brücke telefonieren. Swanson wandte sich an mich.

»Die Ballons, von denen Sie sprachen ... Sind es freischwebende oder Fesselballons?«

»Beide Sorten.«

»Wie funktionieren die Fesselballons?«

»Freilaufwinde, Nylonschnur, in hundert und tausend Fuß eingeteilt.«

»Wir werden sie ersuchen, einen Fesselballon in eine Höhe von fünftausend Fuß hinaufzuschicken«, sagte Swanson. »Mit Leuchtkugeln. Wenn sie sich in einem Abstand von höchstens dreißig bis vierzig Meilen befinden, müssen wir ihn sehen, und wenn wir die Höhe kennen und die Einwirkung des Windes berücksichtigen, können wir die Entfernung einigermaßen genau abschätzen... Was ist los, Brown?« Die Frage war an den Mann gerichtet, den Zabrinski ›Curly‹ nannte.

»Jetzt senden sie wieder«, erwiderte Curly. »Sehr unregelmäßig, viel Fading. ›... Gottes willen... beeilen...‹ Zweimal hintereinander. ›... Gottes willen... beeilen‹«

»Funken Sie folgendes«, befahl Swanson. Er diktierte eine kurze Mitteilung in bezug auf die Ballons. »Und senden Sie es recht langsam.«

Curly nickte und begann zu senden. Raeburn kehrte im Laufschritt zurück.

»Der Mond ist noch nicht untergegangen«, sagte er hastig zu Swanson. »Nach wie vor ein paar Grade über dem Horizont. Ich nehme einen Sextanten mit hinauf und peile den Mond an. Ersuchen Sie sie, das gleiche zu tun. Dann haben wir den Breitenunterschied. Wenn wir wissen, daß sie Null fünfundvierzig liegen, können wir den Abstand bis auf eine Meile genau berechnen.«

»Ein Versuch kann nicht schaden«, sagte Swanson und diktierte eine weitere Meldung, die Brown unmittelbar hinter der ersten herschickte.

Wir warteten auf Antwort. Volle zehn Minuten lang warteten wir. Ich betrachtete die im Funkraum versammelten Männer, alle hatten den gleichen geistesabwesenden Ausdruck, wie Menschen ihn haben, die nur physisch zur Stelle sind, deren Gedanken aber in weiter Ferne weilen. Alle waren sie dort, wo auch ich mich befand, dort, wo die Treibeis-Station Zebra sich befinden mochte.

Wieder begann Brown mitzuschreiben, aber nicht sehr lange. Diesmal klang seine Stimme noch immer sachlich, aber mit einem hohlen Beiklang.

Er sagte: »Alle Ballons geplatzt. Kein Mond.«

»Kein Mond.« Raeborn konnte die Bitterkeit, die Schärfe seiner Enttäuschung nicht verhehlen. »Gott verdamm mich! Es muß dort schwer bewölkt sein. Oder stürmisch.«

»Nein«, warf ich ein. »Solche lokalen Witterungsunterschiede gibt es auf der Polarhaube nicht. In einem Umkreis von etwa fünfzigtausend Quadratmeilen dürften die gleichen Bedingungen gelten. Der Mond ist untergegangen. Für sie ist der Mond bereits untergegangen. Ihre letzte Positionsangabe muß reine Vermutung gewesen sein, und noch dazu eine recht unsichere Vermutung. Sie müssen sich mindestens hundert Meilen weiter nordöstlich befinden, als wir angenommen haben.«

»Fragen Sie sie, ob sie Raketen haben«, sagte Swanson zu Brown.

»Sie können es ja versuchen«, sagte ich, »aber es ist pure Zeitvergeudung. Wenn sie so weit sind, wie ich glaube, werden ihre Raketen nicht über unseren Horizont emporreichen. Und wenn auch – wir würden sie nicht sehen.«

»Ich fange an, den Kontakt zu verlieren, Sir«, meldete Brown. »Es handelte von Lebensmitteln, war aber gleich wieder weg.«

»Fragen Sie an, ob sie Raketen besitzen, die sie sofort losschicken könnten«, befahl Swanson. »Schnell, schnell, bevor wir den Kontakt verloren haben.«

Viermal im ganzen funkte Brown die Mitteilung in den Äther, bevor es ihm gelang, eine Antwort aufzufangen.

Dann sagte er: »Der Funkspruch lautet: ›Zwei Minuten.‹ Weiter nichts als: ›Zwei Minuten‹...«

Swanson nickte wortlos und verließ den Raum. Ich folgte ihm. Wir nahmen unsere Mäntel und Ferngläser und kletterten auf die Brücke hinauf. Nach der Wärme und dem Komfort der Zentrale kam uns die Kälte eisig vor, und die umherfliegenden Eisnadeln waren spitzer denn je. Swanson schlug den Deckel des Peilkompasses hoch, stellte ihn auf Strich Null fünfundvierzig und sagte den beiden Matrosen, die Wache gehalten hatten, wo und wonach sie sich umzusehen hätten.

Eine Minute verstrich, zwei Minuten verstrichen, fünf Minuten. Ich starrte in die eisige Finsternis hinaus, bis mir die Augen weh taten, der ungeschützte Teil meines Gesichts war völlig steif geworden, und ich wußte, wenn ich das Fernglas absetzte, würde es ein schönes Stück Haut mitnehmen.

Ein Telefon klingelte. Swanson ließ das Glas sinken, ohne zu merken, daß rund um seine Augen zwei blutig geschälte Ringe zurückblieben (die Schmerzen würden sich erst später bemerkbar machen), und griff nach dem Hörer. Er hörte kurz zu, legte dann auf.

»Funkraum«, sagte er. »Gehen wir nach unten. Alle Mann. Die Raketen wurden vor drei Minuten abgefeuert.«

Wir gingen hinunter. Swanson erblickte sein Gesicht in der Glashülle eines Manometers und schüttelte den Kopf.

»Sie müssen einen Unterschlupf haben«, sagte er ruhig. »Unbedingt. Eine Hütte, die erhalten geblieben ist. Sonst wären sie schon längst umgekommen.« Er ging in den Funkraum. »Haben wir noch immer Kontakt?«

»Ja«, antwortete Zabrinski. »Ab und zu. Es ist merkwürdig. Wenn bei einer so losen Verbindung das Fading einsetzt, ist sie meistens weg und bleibt weg. Unser Mann aber kommt immer wieder. Merkwürdig.«

»Vielleicht hat er nicht einmal mehr eine Batterie übrig«, sagte ich. »Vielleicht nur einen Handkurbelgenerator. Vielleicht ist keiner mehr am Leben, der die Kraft besitzt, die Kurbel jeweils für länger als ein paar Sekunden zu betätigen.«

»Möglich«, sagte Zabrinski. »Lies dem Herrn Kapitän die letzte Mitteilung vor, Curly.«

Brown las: »›Nicht mehr viele Stunden.‹ Der Text ist verstümmelt, aber so muß er wohl lauten.«

Swanson sah mich kurz an, blickte weg. Ich hatte niemandem außer ihm erzählt, daß der Befehlshaber des Stützpunkts mein Bruder war, und ich wußte, daß auch er es nicht weitererzählt hatte.

Er sagte zu Brown: »Geben Sie die Zeit durch. Ersuchen Sie sie, jede Stunde fünf Minuten lang ihr Rufzeichen zu senden. Teilen Sie ihnen mit, daß wir in spätestens sechs, vielleicht auch schon in vier Stunden den Kontakt wiederaufnehmen werden. Zabrinski, wie exakt war die Peilung?«

»Hundertprozentig exakt, Herr Kapitän. Ich habe sie mehrmals kontrolliert. Genau Null fünfundvierzig.«

Swanson begab sich in den Bedienungsraum.

»Die Treibeis-Station Zebra kann den Mond nicht sehen. Wenn wir uns auf Doktor Carpenters Behauptung verlassen, daß die Witterungsverhältnisse überall so ziemlich gleich seien, muß der Mond bereits hinter ihrem Horizont verschwunden sein. In Anbetracht der Mondhöhe und der Peilung – wie groß ist die Mindestdistanz?«

»Hundert Meilen, wie Doktor Carpenter bereits gesagt hat«, bekräftigte Raeburn nach einer kurzen Kalkulation. »Mindestens.«

»Also... Wir segeln los. Kurs Null vierzig. Das wird uns nicht allzu weit von der allgemeinen Richtung abbringen, aber uns genug Ordinate geben, um nach einiger Zeit eine gute Kreuzpeilung vorzunehmen. Wir legen genau hundert Meilen zurück und schauen uns nach einer anderen Polynya um. Verständigen Sie den Ersten Offizier – alles tauchklar machen.« Er sah mich lächelnd an. »Mit zwei Kreuzpeilungen und einer exakt gemessenen Grundlinie können wir sie bis auf hundert Meter festnageln.«

»Wie wollen Sie hundert Meilen unter dem Eis messen? Ich meine, exakt?«

»Das besorgt mir unser Trägheitsnavigationsgerät. Es ist äußerst zuverlässig, Sie würden nicht glauben, wie exakt. Ich kann an der Ostküste der Vereinigten Staaten tauchen und im Mittelmeer keine fünfhundert Meter von dem berechneten Ziel entfernt wieder auftauchen. Wenn es sich um hundert Meilen handelt, rechne ich mit einem Marginal von kaum zwanzig Metern.«

Die Funkantennen wurden eingezogen, die Lukendeckel festgeschraubt, binnen fünf Minuten hatte sich die *Dolphin* aus ihrem Eisloch in die Tiefe gesenkt und war unterwegs. Die beiden Rudergänger am Tauchstand saßen gemächlich rauchend da und rührten keinen Finger. Die Steuerknüppel waren automatisch mit dem Trägheitsnavigationsgerät gekoppelt, welches das Boot mit einem Ausmaß an Genauigkeit und Feinfühligkeit steuerte, das der Menschenhand versagt ist.

Ich rührte mich an diesem Morgen nicht aus der Zentrale weg. Die meiste Zeit verbrachte ich damit, Dr. Benson über die Schulter zu gucken. Er hatte wie üblich in der Krankenstube fünf Minuten auf die Patienten gewartet, die sich nicht blicken ließen, und war dann schleunigst zu seinem Platz vor der Eismaschine zurückgekehrt. Die Angaben dieses Apparats bedeuteten für die Überlebenden der Zebra Rettung oder Untergang. Wir mußten wieder eine Polynya finden, um eine Kreuzpeilung vornehmen zu können. Keine Polynya – keine Kreuzpeilung. Keine Kreuzpeilung – keine Hoffnung. Ich fragte mich zum hundertstenmal, wie viele, die den Brand überlebt hatten, jetzt noch am Leben sein mochten. Nach der stillen Verzweiflung zu schließen, die aus den Meldungen sprach, konnte ich mir nicht vorstellen, daß sie sehr zahlreich sein würden.

Die Kurve, die der zischende Griffel auf das Millimeterpapier malte, war kein sehr ermutigender Anblick. Die meiste Zeit zeigte sie an, daß das Eis über unseren Köpfen eine Dicke von drei und noch mehr Metern hatte. Zuweilen senkte sich die Nadel nach unten, um eine Dicke von zehn bis fünfzehn Metern zu melden, und einmal wäre sie fast über den unteren Rand des Bandes gerutscht: ein gewaltiger, umgestülpter, mindestens fünfzig Meter tief herabreichender Grat.

Nur zweimal auf einer Strecke von achtzig Meilen bekamen wir den schmalen, schwarzen Strich zu sehen, der dünnes Eis bedeutet. Die erste dieser Polynyas hätte für ein kleines Ruderboot gereicht, die zweite war kaum größer.

Kurz vor zwölf Uhr mittags hörte der Rumpf zu vibrieren auf. Swanson hatte befohlen, auf langsame Marschgeschwindigkeit herunterzugehen.

»Wie sieht es aus?« fragte er Benson.

»Schrecklich. Immerzu dickes Eis.«

»Na ja, wir dürfen nicht erwarten, daß uns sofort eine Polynya in den Schoß fällt«, sagte Swanson vernünftig. »Wir sind fast schon da. Wir werden uns jetzt systematisch umschauen. Fünf Meilen nach Osten, fünf Meilen nach Westen, jedesmal eine Viertelmeile weiter nordwärts.«

Die Suche begann. Eine Stunde verstrich. Dann wurden es zwei und drei Stunden. Raeburn und sein Assistent hoben kaum eine Sekunde lang die Köpfe vom Koppeltisch, auf dem sie gewissenhaft jede Bewegung der *Dolphin* auf ihrer Zickzackfahrt unter dem Eisdach verzeichneten.

Vier Uhr nachmittags.

Das übliche Stimmengewirr im Hintergrund, das gelegentliche Geplauder einzelner Gruppen in der Zentrale verstummte restlos. Besons sporadischer Ausruf: »Dickes Eis, nach wie vor dickes Eis...«, wurde immer stiller, immer mutloser und diente nur dazu, die schwere, dumpfe Stille zu unterstreichen und zu vertiefen.

Fünf Uhr nachmittags.

Keiner sah den anderen mehr an, geschweige denn, daß er mit ihm ein Wort gewechselt hätte. Dickes Eis, nach wie vor dickes Eis. Niederlage, Verzweiflung hingen schwer in der Luft. Dickes Eis, nach wie vor dickes Eis. Sogar Swanson hatte aufgehört zu lächeln. Ob auch er vor einem inneren Auge das gleiche sah wie ich – einen verhärmten, ausgemergelten bärtigen Mann, dessen Gesicht durch die Frostschäden fast völlig zerstört ist, einen halb erfrorenen, halb verhungerten, halb toten Mann, der die letzten paar Unzen seiner versiegenden Kräfte aufzehrt, indem er mit leblosen Fingern die Kurbel seines Generators betätigt und das Rufzeichen klopft, den Kopf gesenkt, die Ohren gespitzt, um über dem Geheul des Eissturms die Verheißung des Beistands zu hören, der nicht kommen will...

Um halb sechs ging Kapitän Swanson zur Eismaschine hin und blickte Benson über die Schulter. Er fragte: »Wie dick ist das Zeug dort oben im Durchschnitt?«

»Zwölf bis fünfzehn Fuß«, erwiderte Benson mit leiser, müder Stimme. »Eher fünfzehn.«

Swanson griff nach einem Telefonhörer.

»Oberleutnant Mill? Hier spricht der Kommandant. Wie weit sind die Torpedos in Ordnung, an denen gearbeitet wird? Vier Stück? Anwendbar? Gut. Höchste Ladebereitschaft. Ich werde die Suche noch dreißig Minuten lang fortsetzen, dann liegt es an Ihnen... Richtig. Wir wollen versuchen, ein Loch ins Eis zu sprengen.« Er legte den Hörer auf.

Hansen sagte nachdenklich: »Fünfzehn Fuß Eis sind eine ganze Masse Eis. Und dieses Eis wird verdämmend wirken und neunzig Prozent der Sprengkraft nach unten lenken. Halten Sie es für möglich, ein Loch in eine fünfzehn Fuß dicke Eisschicht zu sprengen, Herr Kapitän?«

»Keine Ahnung«, erwiderte Swanson. »Wie soll man das wissen, bevor man's versucht hat?«

»Muß man nicht mit Unterwasserdruckwellen rechnen, die das Boot beschädigen könnten?« fragte ich. Mir gefiel der Plan ganz und gar nicht.

»In diesem Fall müßte sich die Electric Boat Company auf ein recht saftiges Beschwerdeschreiben gefaßt machen. Erst nachdem der Torpedo tausend Meter zurückgelegt hat, bringen wir den Sprengstoff auf elektronischem Wege zur Explosion. Wir werden der Detonation mit dem Bug begegnen – und wenn man bedenkt, für welche Druckbelastungen dieser Schiffsrumpf konstruiert ist, dürfte die Druckwirkung unbeträchtlich sein.«

»Sehr dickes Eis«, leierte Benson. »Dreißig Fuß, vierzig Fuß, fünfzig Fuß. Sehr, sehr dickes Eis.«

»Ein Jammer, wenn der Torpedo unter eine Kruste gerät, wie wir sie jetzt über uns haben«, sagte ich. »Ich bezweifle, daß es dann auch nur die unterste Schicht wegbläst.«

»Wir werden dafür sorgen, daß so etwas nicht passiert. Wir suchen uns eine ausreichend große Eisschicht von normaler Dicke aus, retirieren etwa tausend Meter weit und schicken den Torpedo los.«

»Dünnes Eis!« Es war kein Ausruf, es war ein Aufschrei. »Dünnes Eis! Nein – bei Gott – offenes Wasser! Offenes Wasser! Herrliches offenes, schönes Wasser...!«

Meine unmittelbare Reaktion war: Entweder ist in der Eismaschine oder in Bensons Kopf eine Sicherung durchgebrannt. Aber der Offizier am Tauchstand schien keine solchen Zweifel zu hegen. Ich mußte mich schnell festhalten, als sich die *Dolphin* heftig nach Backbord überlegte und mit gedrosselten Motoren einen engen Kreis beschrieb, um zu der Stelle zurückzukehren, an der Benson die frohe Botschaft verkündet hatte. Swanson betrachtete das Kursdiagramm, sagte gelassen ein paar Worte, die schweren Bronzepropeller wechselten die Drehrichtung und verbissen sich ins Wasser, um die *Dolphin* zu stoppen.

»Wie sieht es jetzt aus, Doktor?« rief Swanson.

»Freies, freies Wasser«, erwiderte Benson geradezu ehrfürchtig. »Ich sehe es deutlich. Ziemlich schmal, aber für uns breit genug. Langgestreckt, mit einer scharfen Linkskurve, denn es ist uns bei den ersten fünfundvierzig Grad unserer Schwenkung gefolgt.«

»Eins fünfzig«, befahl Swanson.

Die Pumpen surrten. Die *Dolphin* trieb sachte nach oben wie ein aufsteigendes Luftschiff. Ganz kurz flutete Wasser in die Tanks zurück. Die *Dolphin* blieb regungslos hängen.

»Sehrohr ausfahren!« befahl Swanson.

Das Periskop stieß langsam hoch. Swanson warf einen schnellen Blick durchs Okular, winkte mich zu sich heran.

»Schauen Sie sich das an«, sagte er. »Etwas Schöneres haben Sie noch nie gesehen.«

Ich sah es mir an. Hätte man das Bild, das sich dort oben entfaltete, auf die Leinwand gebracht und eingerahmt, wäre es auch dann unverkäuflich gewesen, wenn man es mit Picassos Signatur versehen hätte – ich verstand, was Swanson gemeint hatte. Zu beiden Seiten feste, schwarze Massen und dazwischen parallel zur Längsrichtung des U-Bootes ein kaum etwas hellerer dschungelgrüner Steifen. Eine offene Rinne im Polareis.

Drei Minuten später lagen wir auf der Oberfläche des Nördlichen Eismeers, knappe zweihundertfünfzig Seemeilen vom Pol entfernt.

Das gestaffelte, zerspellte Packeis türmte sich in zwanzig Meter hohen, verzwirbelten Kämmen empor, hing etwa sieben Meter hoch über dem Segel, so nahe, daß man es fast mit ausgestreckter Hand anfassen konnte. Drei oder vier dieser zackigen und fantastisch buckligen Eisgipfel erstreckten sich westwärts, so weit das Licht des Scheinwerfers reichte. Darüber hinaus war nichts zu sehen. Dort herrschte pechschwarze Nacht.

Gegen Osten zu konnten wir überhaupt nichts sehen. Hätte man es gewagt, mit offenen Augen nach Osten zu blicken, wäre man binnen weniger Sekunden für immer erblindet. Sogar die Schneebrillen waren im Nu beschlagen und zerkratzt. Dicht an der Flanke des Bootes konnte man mit gesenktem Kopf und abgeschirmten

Augen flüchtig das schwarze Wasser sehen, das bereits wieder zuzufrieren begann. Aber man ahnte es mehr, als man's sah.

Heulend und wimmernd fegte der Wind über die Brücke und durch die ausgespannte Antenne. Das Brückenmanometer zeigte eine ständige Windstärke von mehr als hundert Stundenkilometern. Der Eissturm war nicht mehr, so wie frühmorgens, eine wirbelnde Nebelmasse, sondern eine dahintreibende Mauer aus spitzen Dolchen, fast tödlich in ihrer Wucht. Die mit großer Geschwindigkeit durch die Luft sausenden Eisnadeln oder Eislanzen hätten die dickste Pappe durchbohrt und im Bruchteil einer Sekunde ein Trinkglas in den Fingern zerschmettert. Den wogenden Klagegesang des Windes übertönend, ließ sich ein fast unaufhörliches Knirschen, ein Prasseln, ein gutturales Dröhnen vernehmen, während Millionen Tonnen zersplittertes, zermartertes Eis unter dem Einfluß des Windes und eines gewaltigen, wer weiß wie viele Hunderte von Kilometern entfernten Druckzentrums sich aufbäumten, sich krümmten, zerbrachen, zerbarsten: In der einen Sekunde bildeten sie eine neue Schollenpyramide, da eine vielleicht drei Meter dicke Eisplatte sich über die nächste und übernächste schob – eine Sekunde später öffnete sich mit unbeschreiblich heftiger Kakophonie eine neue Rinne schwarzen, windgepeitschten Gewässers, die sich, kaum war sie entstanden, fast sogleich mit einer Eishaut überzog.

»Sind wir denn beide wahnsinnig? Gehen wir schleunigst nach unten!« Swanson schrie es mir ins Ohr, die gewölbten Hände am Mund. Trotzdem konnte ich es in dem irren Höllenlärm kaum hören.

Wir kletterten in die verhältnismäßig jähe Stille der Zentrale hinunter. Swanson knüpfte die Kapuze seiner Parka auf, legte den Schal und die Brille ab, die sein Gesicht völlig maskiert hatten. Mit verwundertem Kopfschütteln sah er mich an.

»Und da gibt es Leute, die reden von dem weißen Schweigen der Arktis. Mein Gott, eine Kesselmacherwerkstatt ist im Vergleich dazu der Lesesaal einer Bibliothek. Jetzt weiß ich, warum Kapitän Scott sterben mußte.«

»Ich gebe zu, daß es ziemlich unangenehm ist«, sagte ich. »Wie weit dürfen wir uns hier sicher fühlen, Herr Kapitän?«

»Das zu erraten, bleibt jedem einzelnen überlassen.« Er zuckte die Schultern. »Der Wind drückt uns gegen den Westrand der Polynya. An Steuerbord haben wir etwa fünfzig Meter offenes Wasser. Im Augenblick kann uns nichts passieren. Aber man hört und sieht, wie das Packeis wandert und nicht einmal sehr langsam. Die Rinne, in der wir liegen, ist eine knappe Stunde alt. Wie lange? Das hängt von der Struktur der Eismassen ab. Aber diese Polynyas schließen sich oft verteufelt schnell. Der Rumpf der *Dolphin* hält allerhand aus, aber nicht das Gewicht einer Million Tonnen Eis, die sich an ihn anlehnen. Vielleicht können wir stundenlang hier liegen bleiben, vielleicht nur noch einige Minuten. Wie dem auch sei, sobald diese Ostwand sich unserer Steuerbordseite bis auf drei Meter genähert hat, tauchen wir. Sie wissen, was geschieht, wenn ein Boot im Eis stecken bleibt.«

»Ich weiß es. Es wird plattgedrückt, ein paar Jahre lang rund um den Gipfel der Welt getragen und dann eines Tages schnurgerade in die Tiefe des Ozeans versenkt. Das würde der Regierung der Vereinigten Staaten aber nicht recht sein, Herr Kapitän.«

»He!« Eine Stimme kam aus dem Funkraum. »He – schnell mal herkommen!«

»Ich habe den Eindruck, daß Zabrinski mit mir zu sprechen wünscht«, murmelte Swanson.

Er marschierte los, und ich folgte ihm in den Funkraum.

Zabrinski saß halb zur Tür gekehrt in seinem Sessel, mit einem breiten Grinsen auf dem Gesicht, den Kopfhörer in der ausgestreckten linken Hand. Swanson nahm den Hörer, lauschte kurz, nickte sodann.

»DSY«, sagte er leise. »DSY, Doktor Carpenter. Wir haben Kontakt. Die Peilung? Gut...« Er sah den Steuermannsmaat auf der Schwelle stehen. »Ellis, bitten Sie den Navigationsoffizier, so schnell wie möglich hierherzukommen.«

»Wir holen sie alle weg, Herr Kapitän«, sagte Zabrinski jovial. »Es müssen recht zähe Burschen sein.«

»Sehr zäh, Zabrinski«, erwiderte Swanson zerstreut. »Sehr zäh... Haben wir Wechselverbindung?«

Zabrinski schüttelte den Kopf und wandte sich ab. Sein Lächeln war erloschen.

Raeburn kam herein, nahm ein Blatt Papier in Empfang und entfernte sich, um sich an seinen Koppeltisch zu begeben. Wir begleiteten ihn.

Nach ein paar Minuten blickte er auf und sagte: »Wenn jemand auf eine kleine Sonntagspromenade Lust hat – jetzt ist die Gelegenheit da.«

»So nahe?« fragte Swanson.

»So überaus nahe. Fünf Meilen genau östlich, eine halbe Meile mehr oder weniger. Wir sind doch recht brave Spürhunde, nein?«

»Wir haben Glück gehabt«, sagte Swanson schroff. Er kehrte in den Funkraum zurück. »Sind sie noch da?«

»Total weg.«

»Total?«

»Es hat nur eine Minute gedauert, Herr Kapitän, dann wurde es schwächer und immer schwächer. Ich glaube, Doktor Carpenter hat recht – sie benützen einen Kurbelgenerator.« Nach einer Pause fuhr er wie nebenbei fort: »Meine sechsjährige Tochter könnte so eine Maschine fünf Minuten lang mühelos bedienen.«

Swanson sah mich an, wandte sich dann wortlos ab. Ich folgte ihm zu dem unbesetzten Tauchstand. Von der Brückenausstiegsluke her war das Heulen des Sturmes zu hören, das Dröhnen und Kreischen der Eismühle, das die ganze Spannweite des Menschengehörs durchlief.

Swanson sagte: »Zabrinski hat es gut formuliert... Ich möchte nur wissen, wie lange dieser verdammte Sturm anhalten wird.«

»Viel zu lange... Ich habe in meiner Kabine eine Arzneiflasche mit Alkohol und Winterkleider. Könnten Sie mir eine Dreißigpfundpackung mit eisernen Rationen zur Verfügung stellen – stark proteinhaltige, kalorienreiche Konzentrate – Benson wird wissen, was ich meine...?«

»Habe ich Sie richtig verstanden?« sagte Swanson langsam. »Oder bin ich im Begriff, den Verstand zu verlieren?«

»Was höre ich? Wer verliert den Verstand...?« Hansen erschien in der Tür. »Eine ernste Angelegenheit, wenn der Kommandant den Verstand verliert. Ich werde das Kommando übernehmen und Sie in Eisen legen müssen, Herr Kapitän. Es gibt wohl einen entsprechenden Passus im Reglement.«

»Doktor Carpenter beabsichtigt, einen Proviantsack auf den Rücken zu nehmen und zu Fuß zur Treibeis-Station Zebra zu wandern.«

»Ist die Verbindung wieder da?« Im Augenblick hatte er mich ganz vergessen. »Wirklich? Und eine Kreuzpeilung?«

»Vor einer knappen Minute. Wir haben es fast haargenau getroffen. Fünf Meilen, sagt Junker Raeburn.«

»Mein Gott – fünf Meilen! Nur fünf Meilen!« Dann verschwand der Jubel aus seiner Stimme und seiner Miene, als hätte man in seinem Innern einen Schalthebel betätigt. »Bei diesem Wetter könnten es ebensogut fünfhundert sein. Nicht einmal der gute

Amundsen hätte sich zehn Meter weit durch diese Sauerei durchgekämpft.«

»Doktor Carpenter traut sich offenbar zu, Amundsens Rekord schlagen zu können«, bemerkte Swanson trocken.

Hansen sah mich lange und forschend an, wandte sich dann wieder seinem Vorgesetzten zu. »Vielleicht wäre es ratsam, unseren lieben Doktor Carpenter in Eisen zu legen?«

»Vielleicht«, sagte Swanson.

»Hören Sie zu«, sagte ich. »Dort draußen am Standort der Treibeis-Station Zebra befinden sich Menschen. Vielleicht nicht viele – jetzt nicht mehr viele –, aber einige. Auf jeden Fall einer. Menschen, die über das Krankheitsstadium längst hinaus sind. Sterbende. Für einen Sterbenden kann die kleinste Kleinigkeit den Unterschied zwischen Leben und Tod bedeuten. Ich bin Arzt, ich weiß es. Die kleinste Kleinigkeit. Ein paar Tropfen Alkohol, ein paar Gramm Nahrung, ein Schluck warmen Getränks, etwas Medizin. Und er bleibt am Leben. Ohne diese Bagatelle stirbt er. Sterbende haben ein Anrecht auf jede, auch die geringste Hilfe, und ich bin berechtigt, jedes beliebige Risiko auf mich zu nehmen, um dafür zu sorgen, daß ihnen diese Hilfe zuteil wird. Ich bitte niemanden, mich zu begleiten, ich verlange nur, daß man sich an den Wortlaut der Weisung aus Washington hält und mir jede Unterstützung gewährt, ohne die *Dolphin* oder ihre Besatzung zu gefährden. Ich finde nicht, daß von Unterstützung die Rede sein kann, wenn man mir droht, mich mit Gewalt zurückzuhalten. Und ich verlange nicht von Ihnen, daß Sie das Unterseeboot oder das Leben Ihrer Leute aufs Spiel setzen.«

Swanson starrte zu Boden. Ich hätte gern gewußt, was ihm durch den Kopf ging: die beste Methode, mich an meinem Vorhaben zu hindern – die Weisungen aus Washington – oder die Tatsache, daß er als einziger wußte, daß der Befehlshaber der Zebra mein Bruder war... Er schwieg.

»Sie dürfen es nicht zulassen, Herr Kapitän«, sagte Hansen eindringlich. »Wenn Sie sehen, daß ein Mensch sich eine Pistolenmündung an die Schläfe setzt oder ein Rasiermesser an die Gurgel, werden Sie ihn daran hindern. Das ist das gleiche. Er ist nicht bei Trost, er will Selbstmord begehen.«

»Wir könnten jetzt tauchen«, sagte Swanson. »Wir kennen die Position. Vielleicht finden wir eine Polynya, die nur eine Meile, eine halbe Meile von der ›Zebra‹ entfernt ist. Das wäre dann etwas anderes.«

»Vielleicht würde es uns auch gelingen, eine Nadel in einem Heuschober zu finden«, sagte ich. »Sechs Stunden haben Sie gebraucht, um diese Stelle zu finden, und dabei haben wir noch Glück gehabt. Vielleicht würde es zwölf Stunden, vielleicht Tage dauern, bis wir wieder Gelegenheit hätten, durchzubrechen. Ich aber werde in zwei bis drei Stunden dasein.«

»Falls Sie nicht bereits auf der ersten Fünfhundertmeterstrecke erfrieren«, entgegnete Hansen. »Falls Sie nicht einen Abhang hinunterpurzeln und sich ein Bein brechen ... Falls Sie nicht nach fünf Minuten erblindet sind ... Falls Sie nicht in eine Polynya stürzen, die sich soeben erst gebildet hat und die Sie nicht gesehen haben: Dann werden Sie entweder ertrinken oder, wenn es Ihnen gelingt, sich herauszustrampeln, binnen dreißig Sekunden zu einem Eisklumpen erstarren ... Und selbst gesetzt den Fall, daß Sie das alles überleben, wäre ich Ihnen dankbar, wenn Sie mir genau erklären würden, wie Sie blindlings zu einem fünf Meilen entfernten Ziel hinfinden wollen. Sie können nicht einen Kreiselkompaß mitschleppen, der eine halbe Tonne wiegt, und ein magnetischer Kompaß ist in diesen Breiten nutzlos. Der magnetische Nordpol liegt ein gutes Stück weiter südwestlich von hier. Selbst wenn Ihnen der Kompaß einen ungefähren Kurs angeben könnte, würden Sie trotzdem riskieren, in der Finsternis und bei diesem Unwetter das Lager – oder die Reste des Lagers – zu verfehlen – vielleicht nur um hundert Meter, ohne es zu ahnen. Und selbst wenn es Ihnen durch Zufall – die Chance ist eins zu einer Million – glücken sollte, hinzufinden – wie um Gottes willen wollen Sie zurückfinden?«

»Es könnte passieren, daß ich mir ein Bein breche, daß ich erfriere oder ertrinke«, antwortete ich. »Dieses Risiko nehme ich auf mich. Den Weg zu finden – hin und zurück – ist kein Kunststück. Sie haben eine Funkpeilung vorgenommen und wissen genau, wo die Station liegt. Sie können jeden Sender anpeilen. Ich brauche nur ein Empfangs- und Sendegerät mitzunehmen, mit Ihnen Kontakt zu halten, und Sie steuern mich auf die Zebra zu. Ganz einfach.«

»Ja, es wäre einfach«, erwiderte Hansen, »bis auf eine Kleinigkeit. Wir haben kein solches Gerät an Bord.«

»Ich habe in meinem Koffer ein Walkie-Talkie mit einem Bereich von zwanzig Meilen«, sagte ich.

»Zufall, Zufall!« murmelte Hansen. »Zweifellos haben Sie es rein zufällig mit eingepackt. Ich möchte geradezu wetten, daß Ihr Koffer alle möglichen wunderlichen Sachen enthält, Herr Doktor.«

»Was Doktor Carpenter in seinem Koffer hat, geht uns nichts

an«, sagte Swanson mit sanfter Zurechtweisung. Früher war er anderer Meinung gewesen. »Was uns angeht, ist seine Absicht, sich das Leben zu nehmen. Sie können doch nicht ernsthaft von uns erwarten, daß wir diesem lächerlichen Vorschlag zustimmen, Doktor Carpenter?«

»Niemand verlangt von Ihnen, daß Sie diesem oder jenem Vorschlag zustimmen«, antwortete ich. »Ihre Zustimmung ist überflüssig. Ich ersuche Sie nur, mir nicht im Wege zu stehen. Und mir den Proviant zurechtzumachen. Wenn Sie sich weigern, muß ich mich ohne Lebensmittel behelfen.«

Ich ließ die beiden stehen und ging in meine Kabine. Vielmehr in Hansens Kabine. Doch obwohl es nicht meine Kabine war, ließ ich mich nicht davon abhalten, den Schlüssel im Schloß umzudrehen, sobald ich die Tür hinter mir zugemacht hatte.

Von der wahrscheinlichen Annahme ausgehend, daß Hansen, wenn er bald erscheine, nicht gerade sehr erfreut sein würde, die Tür seiner eigenen Kabine versperrt vorzufinden, vergeudete ich keine Zeit, Ich drehte an dem Zifferschloß des Koffers und schlug den Deckel zurück. Mindestens drei Viertel des verfügbaren Raumes waren mit Polarkleidung vollgestopft, den besten Erzeugnissen, die für Geld zu haben waren. Sie waren nicht mit meinem Geld eingekauft worden.

Ich zog meine Überkleider aus, schlüpfte in eine lange, weitmaschige Unterhose, ein Wollhemd, Kordbreeches und dann in eine mit reiner Seide gefütterte, dreifachgestrickte Wollparka. Es war kein Standardmodell, hatte eine sonderbar geformte, mit Wildleder gefütterte Tasche etwas links unterhalb der Armhöhle und eine anders geformte, gleichfalls mit Wildleder gefütterte Tasche an der rechten Seite. Schnell fischte ich aus der Tiefe des Koffers drei verschiedene Gegenstände hervor. Der eine – eine Mannlicher-Schoenauer Neun-Millimeter-Pistole – paßte so genau und sicher in die linke Innentasche, als wäre die Tasche eigens für die Waffe gefertigt worden, was ja schließlich auch der Fall war. Die beiden übrigen Gegenstände, zwei Reserveladestreifen, waren ebenso präzise in der rechten Tasche unterzubringen.

Meine restliche Toilette brauchte nicht mehr viel Zeit. Zwei Paar dicke Wollsocken, Filzunterschuhe und dann das Pelzwerk, Karibu für die äußerste Parka und die Hose, Vielfraß für die Kapuze, Seehundsfell für die Stiefel, Rentier für die Handschuhe, die über Seidenhandschuhen und Wollfäustlingen angezogen werden. Ein Eisbär würde vielleicht ein weniges vor mir voraus gehabt haben, wenn es sich darum handelte, einen arktischen Blizzard zu überleben, aber der Vorsprung wäre nicht sehr groß gewesen.

Ich hängte mir die Schneemaske und die Schneebrille um den Hals, steckte eine mit Gummi verkleidete, wasserdichte Stablampe in die Innentasche der Pelzparka, kramte mein Walkie-talkie hervor und machte den Koffer zu. Ich stellte die Kombination wieder ein. Eigentlich wäre das gar nicht mehr nötig gewesen, nun, da ich die Pistole unterm Arm hatte, aber Swanson sollte Beschäftigung haben, während ich weg war. Ich steckte den Verbandskasten und eine Stahlflasche mit Alkohol in einen Rucksack und sperrte die Tür auf.

Swanson befand sich in der Zentrale genau dort, wo ich ihn zurückgelassen hatte. Ebenso Hansen. Ebenso zwei weitere Personen, die nicht zugegen gewesen waren, als ich wegging, nämlich Rawlings und Zabrinski.

Hansen, Rawlings und Zabrinski, die drei stärksten Männer an Bord. Zum letztenmal hatte ich sie beisammen gesehen, als Kapitän Swanson sie im Holy Loch aus der *Dolphin* heraufpfiff, um dafür zu sorgen, daß ich keinen Unfug anrichtete.

Ich sagte zu Swanson: »Bekomme ich die eisernen Rationen oder nicht?«

»Eine letzte formelle Erklärung...«, sagte Swanson. »Der Ordnung halber. Ihr Vorhaben ist selbstmörderisch, Ihre Chancen sind gleich Null. Ich kann meine Zustimmung nicht erteilen.«

»Schön, Ihre Erklärung ist zur Kenntnis genommen, vor Zeugen und in aller Form. Die eisernen Rationen...«

»Vor allem zwingt mich ein äußerst bedrohlicher Zwischenfall, meine Zustimmung zu verweigern. Einer unserer Elektronentechniker hat soeben an der Eismaschine eine übliche Eichungskontrolle vorgenommen. Eine Überlastungsspule funktioniert nicht. Kurzschluß im Elektromotor. Wir haben kein Ersatzteil, sie muß neu gewickelt werden. Sie begreifen, was das bedeutet. Wenn wir gezwungen sind, zu tauchen, kann ich nicht wieder nach oben gehen. Dann ist es aus – das heißt, für alle, die sich oben auf dem Eis befinden.«

Ich konnte ihm den Versuch nicht übelnehmen, war aber ein wenig enttäuscht. Er hatte Zeit genug gehabt, sich etwas Besseres auszudenken.

Ich sagte: »Eiserne Rationen, Herr Kapitän – bekomme ich sie?«

»Soll das heißen, daß Sie an Ihrem Entschluß festhalten? Auch jetzt noch, nachdem Sie gehört haben, was ich sagte?«

»Ach, um Gottes willen – dann muß es ohne die Rationen gehen.«

»Meinem Ersten Offizier, dem Torpedomatrosen Rawlings und dem Bordfunker Zabrinski«, sagte Swanson in offiziösem Ton, »gefällt es nicht.«

»Ob es ihnen gefällt oder nicht – ich kann es nicht ändern.«

»Sie sind der Meinung, daß sie es nicht zulassen dürfen.«

Es waren nicht nur drei starke Männer, es waren drei Riesen. Ich hätte ihnen ebenso entwischen können wie ein Lamm einem Löwen.

»Sie werden es nicht zulassen«, fuhr Swanson fort, »es sei denn, daß Sie ihnen erlauben, Sie zu begleiten. Sie haben sich freiwillig dazu bereit erklärt.«

»Freiwillig«, näselte Rawlings. »Ich und du und Müllers Kuh.«

»Ich will nicht, daß sie mich begleiten«, sagte ich.

»Ein lieber Mensch, was?« Rawlings' Frage war an keine bestimmte Adresse gerichtet. »Sie könnten sich doch wenigstens bedanken, Herr Doktor.«

»Sie gefährden das Leben Ihrer Leute, Herr Kapitän. Sie wissen, wie Ihre Weisungen lauten.«

»Ja. Ich weiß auch, daß in der Arktis genauso wie bei Bergbesteigungen und Entdeckungsreisen eine Gruppe größere Chancen hat als der einzelne. Ich weiß auch, was geschehen würde, wenn es sich herumspräche, daß wir einem Zivilarzt erlaubt haben, auf eigene Faust zur Treibeis-Station Zebra zu marschieren, während wir alle nicht den Mut hatten, uns aus unserem komfortablen warmen U-Boot wegzurühren: Der gute Ruf der amerikanischen Kriegsmarine würde recht schön bekleckert sein.«

»Was sagen Ihre Leute dazu, daß sie ihr Leben aufs Spiel setzen wollen, um den guten Ruf der U-Boot-Waffe zu schützen?«

»Sie haben gehört, was der Herr Kapitän gesagt hat«, warf Rawlings ein. »Wir haben uns freiwillig gemeldet. Schauen Sie sich unseren Zabrinski an. Jeder sieht sofort, daß er aus dem Holz geschnitzt ist, aus dem man Helden schnitzt.«

»Habt ihr euch überlegt«, sagte ich, »was geschieht, wenn das Eis sich während unserer Abwesenheit schließt und der Kapitän gezwungen ist, zu tauchen?«

»Nur nicht davon reden!« erwiderte Zabrinski mit Nachdruck. »So heldenhaft bin ich nun auch wieder nicht...«

Ich gab es auf. Mir blieb nichts übrig, als mich zu fügen. Außerdem war ich, genauso wie Zabrinski, nicht gar so heldenhaft und recht froh, diese drei Männer an meiner Seite zu wissen.

5

Oberleutnant Hansen war der erste, der schlappmachte. ›Schlappmachen‹ ist vielleicht nicht der richtige Ausdruck, das Wort war ihm unbekannt und der Gedanke völlig fremd. Es wäre angebrachter, zu betonen, daß er der erste unter uns war, der einen Schimmer gesunden Menschenverstandes an den Tag legte.

Er packte mich beim Arm, schob den Kopf dicht an mich heran, zog die Schneemaske nach unten und schrie: »Keinen Schritt weiter, Doktor! Wir müssen haltmachen.«

»Bis zum nächsten Kamm!« schrie ich zurück.

Ich wußte nicht, ob er mich gehört hatte. Er hatte sofort wieder die Schneemaske hochgezogen, um die sekundenlang entblößte Haut vor dem waagrecht dahintreibenden Eissturm zu schützen, aber er schien mich zu verstehen, denn er lockerte den Griff an dem um meine Hüfte geschlungenen Seil und ließ mich weitermarschieren.

Während der letzten anderthalb Stunden hatten Hansen, Rawlings und ich einander als führender Mann am Ende des Seils abgelöst, während die anderen drei etwa zehn Meter weiter hinten das Seil festhielten. Es war nicht beabsichtigt, daß der Mann an der Spitze die anderen führen sollte, sondern daß die anderen im Notfall dem Spitzenmann das Leben retteten. Und der Notfall hatte sich bereits ereignet – ein einzigesmal. Hansen, auf allen vieren über eine zerklüftete, steile und schlüpfrige Eisscholle bergan kriechend, hatte mit seinen Armen blindlings ins nächtliche Dunkel getastet, und ins Leere gegriffen. Er war drei Meter tief senkrecht abgestürzt, bevor das Seil ihn mit einem heftigen Ruck gestoppt hatte. Fast zwei Minuten lang hatte er über dem windgepeitschten, schwarzen Wasser einer frisch aufgeplatzten Rinne gebaumelt, bevor es uns gelungen war, ihn hochzuziehen und in Sicherheit zu bringen. Um ein Haar wäre es schiefgegangen, wirklich um ein Haar. Bei schwerer Kälte und heftigem Orkan bedeutet auch ein sekundenlanger Aufenthalt im Wasser den sicheren Tod, einen Auflösungsprozeß, der ebenso rasch wie unaufhaltsam ist. Unter solchen Umständen verwandelt sich die Kleidung eines aus dem Wasser gezogenen Menschen binnen Sekunden in einen undurchdringlichen Panzer, der sich weder entfernen, noch abschaben läßt. Der Mensch, in diesen Eissarg eingeschlossen, erfriert ganz einfach – unter der unwahrscheinlichen Voraussetzung, daß sein Herz den Thermalschock ausgehalten hat, den die Berührung der Körperwärme mit einem fast augenblicklichen Temperatursturz um etliche zwanzig Grad bedeutet.

Ich bewegte mich also sehr vorsichtig, ja, fast ängstlich voran und prüfte das Eis mit einer Sonde, die wir uns nach dem Mißgeschick, das Hansen widerfuhr, ausgedacht hatten: Wir tauchten ein zwei Meter langes, von unserem Seil abgeschnittenes Ende ins Wasser der Rinne und setzten es dann der Luft aus, bis es so starr geworden war wie eine Stahlstange. Zuweilen ging ich Schritt für Schritt voran, zuweilen stolperte ich dahin, zuweilen fiel ich einfach vornüber und kroch auf Händen und Knien weiter, denn so schaffte ich es ebenso leicht. Gerade während einer dieser Perioden, da ich mich blindlings auf allen vieren dahinschleppte, merkte ich, daß der orkanartige Wind momentan fast seine ganze Wucht eingebüßt hatte und daß ich nicht länger durch den waagrecht dahinjagenden Hagel fliegender Eisnadeln bombardiert wurde. Sekunden später geriet meine Wegsonde mit einem festen Gegenstand in Berührung: Es war die senkrechte Wand einer gestaffelten Eiskuppe. Dankbar kroch ich in den willkommenen Windschutz, schob die Brille hoch, holte die Stablampe aus der Tasche und knipste sie an, als die anderen sich blindlings zu mir herantasteten.

Blindlings. Mit ausgestreckten Armen tappten sie ins Leere wie Menschen, die das Augenlicht verloren haben, und das waren sie ja denn auch in den letzten anderthalb Stunden gewesen. Wenig hatten die Schneebrillen genützt – wir hätten ebensogut unsere Köpfe in Jutesäcke stecken können, bevor wir die *Dolphin* verließen. Ich sah Hansen an, der als erster herankam. Brille, Schneemaske, Kapuze, Parka, das gesamte Vorderteil seines Körpers von Kopf bis Fuß war tief und solide mit einer dicken, glitzernden Eisschicht überzogen, bis auf einige schmale Risse, die durch die Arm- und Beinbewegungen verursacht worden waren. Als er sich näherte, hörte ich ihn bereits auf eine Entfernung von gut zwei Metern knistern und klirren. Lange Eisfedern strebten von seinem Kopf, den Schultern und Ellbogen rückwärts – in einem Gruselfilm hätte er als außerirdisches Monstrum von einem kälteren Planeten, wie zum Beispiel der Venus, Furore gemacht. Ich dürfte wohl genauso ausgesehen haben.

Wir kuschelten uns eng nebeneinander gegen die Wand. Knappe anderthalb Meter über unseren Köpfen fegte der Eissturm in einem grauweiß schimmernden Strom vorbei. Rawlings, der links von mir saß, schob die Brille hoch, blickte auf sein vereistes Pelzwerk hinunter und begann, sich mit den Fäusten gegen die Brust zu trommeln, um die Kruste zu zertrümmern. Ich streckte die Hand aus und packte ihn beim Arm.

»Nicht kaputtmachen!« sagte ich.

»Nicht kaputtmachen? Die verdammte Ritterrüstung wiegt eine halbe Tonne. Ich bin für diese Art Schwerathletik nicht mehr genügend trainiert, Herr Doktor.«

»Ohne diesen Eispanzer wären Sie bereits erfroren. Er isoliert Sie gegen den Wind und die Eisnadeln. Zeigen Sie mir den Rest Ihres Gesichts. Und Ihre Hände.«

Ich untersuchte ihn und die beiden anderen nach Frostschäden, während Hansen meinen Zustand kontrollierte. Wir hatten nach wie vor Glück gehabt. Blau, fleckig, zitternd vor Kälte – aber keine Erfrierungen. Das Pelzwerk der drei anderen mochte nicht ganz so schick aussehen wie meines, war aber durchaus zweckentsprechend. Atom-Unterseeboote bekommen immer das Beste vom Besten, und bei der Polarkleidung wird keine Ausnahme gemacht. Obwohl sie also nicht gerade Gefahr liefen, zu erfrieren, merkte ich an ihren Mienen und ihrem Atem, daß sie schon recht erschöpft waren. Gegen die Wucht dieses Eissturmes anzukämpfen, war, als watete man stromaufwärts durch einen Melassefluß, und das zehrte bereits in ausreichendem Maße an den Kräften. Aber daß wir noch außerdem fast unaufhörlich, schlitternd, stolpernd, stürzend, über zerklüftetes Eis klettern oder unbezwingliche Klippen umgehen mußten, beladen mit zwanzig Kilo Rückenpackung und, Gott weiß wie vielen, zusätzlichen Pfunden Eiskruste vorn an unserem Pelzwerk, hatte unseren Treck über das trügerische Eis in einen finsteren, eisigen Alptraum verwandelt.

»Bis hierher und nicht weiter«, sagte Hansen. Sein Atem ging hastig, sehr flach, fast japsend. Das galt auch für Rawlings. »Ich glaube, sehr viel mehr halten wir nicht aus, Doktor.«

»Sie sollten mehr auf Doktor Bensons Ermahnungen hören«, erwiderte ich vorwurfsvoll. »Lauter Eiscreme und Kuchen, und in den Kojen herumlungern – nein, das hält einen nicht in Form, das verweichlicht.«

»Ach nee...« Er musterte mich. »Wie fühlen denn Sie sich?«

»Ein kleines bißchen müde. Nicht der Rede wert.« Nicht der Rede wert: Ich hatte das Gefühl, daß mir die Beine abfielen, weiter nichts, aber es ist allemal gut, wenn man den Ansporn des Stolzes zur Hand hat. Ich nahm den Rucksack ab und holte den Alkohol heraus. »Ich schlage eine Pause von fünfzehn Minuten vor. Nicht länger – sonst werden wir total steif. Inzwischen wird ein kleiner Tropfen vom Allerbesten die braven Blutkörperchen auf Trab bringen.«

»Ich dachte, die Ärzte seien dagegen, bei niedrigen Temperaturen Alkohol zu verabreichen«, sagte Hansen skeptisch. »Öffnet die Poren – oder so ähnlich...«

»Nennen Sie mir irgendeine Form menschlicher Betätigung«, entgegnete ich, »und ich werde ein Ärzteteam ausfindig machen, das dagegen ist. Spielverderber. Außerdem ist das kein Alkohol, sondern ausgezeichneter schottischer Whisky.«

»Das hätten Sie gleich sagen sollen. Her mit der Flasche! Rawlings und Zabrinski dürfen nicht zuviel bekommen, sie sind das Zeug nicht gewöhnt... Ist was zu hören, Zabrinski?«

Zabrinski, der die Antenne des Walkie-Talkie ausgezogen und den einen Kopfhörer unter die Kapuze seiner Parka geschoben hatte, sprach durch die Wölbung der Hände ins Mikrofon. Als Sachverständiger war Zabrinski der gegebene Mann für die Bedienung des Walkie-Talkie gewesen, und ich hatte ihm den Apparat anvertraut, bevor wir an Land gingen. Das war auch der Grund, warum wir Zabrinski nie an die Spitze unserer Marschkolonne gestellt hatten. Ein schwerer Sturz, vielleicht gar ins Wasser, hätte dem Funkgerät, das er auf den Rücken geschnallt hatte, den Garaus gemacht, und wenn das Funkgerät zum Teufel ging, dann gingen auch wir zum Teufel. Ohne Radio müßten wir nicht nur die Hoffnung aufgeben, die Treibeis-Station Zebra zu finden – wir hätten auch kaum noch eine Chance von eins zu tausend, je wieder an Bord der *Dolphin* zurückzukehren.

»Schwierig...«, sagte Zabrinski. »Das Radio ist okay, aber der Sturm verursacht so viele Störungen und Nebengeräusche – nein, eine Sekunde – jetzt – eine Sekunde...!«

Er beugte sich über das Mikrofon, schirmte es gegen das Heulen des Windes ab und legte abermals die gewölbten Hände an den Mund. »Hier spricht Zabrinski... Zabrinski... Ja, wir sind alle ziemlich ausgepumpt, aber der Herr Doktor scheint der Meinung zu sein, daß wir es schaffen werden... Bleiben Sie am Apparat, ich werde ihn fragen.«

Er drehte sich zu mir um. »Wie weit wir Ihrer Schätzung nach gekommen sind, will man wissen...«

»Vier Meilen. Dreieinhalb – viereinhalb. Raten Sie selbst.«

Wieder sprach Zabrinski ins Mikrofon, sah Hansen und mich fragend an, sah unser Kopfschütteln und meldete sich ab.

Dann sagte er: »Der Navigationsoffizier meint, daß wir uns vier bis fünf Grad nördlich von der Stelle befinden, an der wir uns befinden sollten, und daß wir einen südlichen Kurs einschlagen müssen, wenn wir nicht unser Ziel um ein paar hundert Meter verfehlen wollen.«

Es hätte schlimmer sein können. Über eine Stunde war verstrichen, seit uns die *Dolphin* die letzten Peilungsdaten durchgegeben hatte, und in den Pausen zwischen den Funkmeldungen hatten wir unseren Kurs nach der Stärke und Richtung des Windes bestimmen müssen, der uns ins Gesicht wehte. Wenn aber das Gesicht völlig vermummt und zum größten Teil erstarrt ist, ist es nicht gerade ein besonders empfindliches Instrument zur Messung der Windrichtung – und wer weiß, vielleicht änderte der Wind seine Richtung, vielleicht schlug er sogar in die entgegengesetzte Richtung um. Es hätte bedeutend schlimmer sein können, das sagte ich zu Hansen.

»Es könnte schlimmer sein«, erwiderte er. »Wir könnten uns im Kreis gedreht haben – wir könnten auch schon tot sein. Davon abgesehen aber, wüßte ich nicht, inwiefern es schlimmer sein könnte.« Er schluckte seinen Whisky, hustete, gab mir den Schraubdeckel zurück. »Jetzt sieht es bedeutend rosiger aus. Glauben Sie wirklich, wir können es schaffen?«

»Ein wenig Glück – mehr brauchen wir nicht. Meinen Sie vielleicht, daß unser Gepäck zu schwer ist? Daß wir etwas hier zurücklassen sollten?«

Nichts hätte ich so ungern getan wie auch nur einen Teil der Vorräte preiszugeben, die wir mitschleppten: vierzig Kilo Lebensmittel, einen Ofen, fünfzehn Kilo Heiztabletten, drei Liter Alkohol, ein Zelt und einen sehr gut ausgestatteten Arzneikasten. Wenn aber etwas preisgegeben werden mußte, dann sollten sie es vorschlagen, und ich war überzeugt, sie würden es nicht vorschlagen.

»Nichts wird zurückgelassen«, erklärte Hansen. Entweder hatte die Ruhe ihm gutgetan oder der Alkohol: Seine Stimme klang kräftiger, seine Zähne klapperten fast nicht mehr.

»Lassen wir diesen Gedanken im Keim erstickt sein«, sagte Zabrinski. »Die Last auf meinen gebeugten Schultern ist wie ein krankes Bein: ein guter Freund, der mir weh tut, aber den ich nicht missen möchte.«

»Und Sie?« fragte ich Rawlings.

»Ich halte mit meinen Kräften Haus«, erklärte Rawlings. »Ich rechne damit, später Zabrinski tragen zu müssen.«

Wir zogen die zerkratzten, zersplitterten und völlig nutzlosen Schneebrillen über die Augen herab, rappelten uns mit steifen Beinen hoch und machten uns in südlicher Richtung auf den Weg, um das Ende des hohen Kammes zu erreichen, der uns den Weg versperrte. Nach etwa vierhundert Metern hörte die Eiswand plötzlich auf, und wir sahen uns so unerwarteterweise der heulenden Wut des Eissturms preisgegeben, daß ich glatt umgeworfen wurde. Ich hielt mich mit einer Hand am Seil fest, richtete mich mit Hilfe der anderen Hand unter vielem Gezappel und Gestrampel auf, rief den anderen eine Warnung zu, und dann hieß es wieder schön gegen den Wind steuern, mit seiner vollen Wucht im Gesicht, vornübergebeugt, um nicht das Gleichgewicht zu verlieren.

Die nächsten anderthalb Kilometer legten wir in weniger als einer halben Stunde zurück. Wir kamen jetzt leichter voran, viel leichter als zuvor, obwohl wir noch immer hie und da einen kleinen Umweg um die kompakten, zerklüfteten Eistürme machen mußten und obwohl wir alle, bis auf Zabrinski, sehr erschöpft waren. Wir stolperten und stürzten weit häufiger, als das Terrain und die Stärke des Orkans gerechtfertigt hätten. Was mich betrifft, so brannten meine bleischweren Beine wie Feuer, bei jedem Schritt durchzuckte mich ein stechender Schmerz von den Fußknöcheln bis in den Hüftknochen. Trotzdem hätte ich, glaube ich, länger durchgehalten als irgendeiner meiner Gefährten, länger selbst als Zabrinski, weil ich ein Motiv, eine treibende Kraft besaß, die mich noch stundenlang aufrechterhalten haben würde, nachdem schon längst meine Beine mir mitgeteilt hätten, sie könnten mich keinen Schritt weiter tragen.

Major John Halliwell. Mein älterer, mein einziger Bruder. Lebend oder tot. Lebte er oder war er tot, der einzige Mensch auf Gottes Erdboden, dem ich alles verdanke, was ich besitze oder geworden bin? Lag er im Sterben, just in dieser Sekunde, da ich an ihn dachte – lag er im Sterben?... Lebend oder tot?... Ich mußte die Wahrheit erfahren, ich mußte sie erfahren...

Und über die nagende Angst und Besorgnis um das Schicksal meines Bruders hinaus hatte ich noch ein zweites, gewaltiges Motiv, ein Motiv, das in den Augen der Welt unendlich wichtiger sein würde als die Frage nach dem Leben oder Tod eines Stationskommandanten, bedeutend wichtiger als das Leben oder Sterben der anderthalb Dutzend Menschen, die diesen öden arktischen Vorposten bemannten. Zumindest würde die Welt es behaupten...

Das irrsinnige Getrommel der Eisnadeln an meiner Maske und

dem verkrusteten Pelzwerk hörte jählings auf, der Orkan legte sich, und ich befand mich im willkommenen Schutz einer Eismauer, noch höher als die, welche uns zuvor Schutz gewährt hatte. Ich wartete, bis die anderen herangekommen waren, bat Zabrinski, sich bei der *Dolphin* nach unserer Position zu erkundigen, und verteilte eine weitere Dosis Alkohol. Eine größere Dosis als beim letztenmal. Wir hatten sie nötig. Hansen und Rawlings waren beide recht übel dran, pfeifend kam und ging der Atem in ihren Lungen mit dem schnellen, rasselnden, flachen Keuchen eines Langstrekkenläufers in den letzten qualvollen Augenblicken kurz vor dem endgültigen Zusammenbruch. Allmählich merkte ich, daß mein Atem fast genau das gleiche Tempo hatte wie der ihre. Ich mußte gewaltsam alle meine Willenskraft aufbieten, um den Atem auch nur die paar Sekunden anzuhalten, die ich brauchte, um meinen Whisky zu schlucken.

Zabrinski sprach bereits durch die Wölbung der Hände ins Mikrofon. Nach etwa einer Minute zog er den Kopfhörer unter der Parka hervor und verstaute das Walkie-Talkie.

Dann sagte er: »Entweder sind wir tüchtig oder vom Glück gesegnet oder beides. Die *Dolphin* sagt, daß wir uns genau auf dem vorgeschriebenen Kurs befinden.« Er leerte den Becher, den ich ihm reichte und seufzte befriedigt. »Also, das war die gute Nachricht. Jetzt kommt die schlechte. Die Polynya, in der die *Dolphin* liegt, beginnt enger zu werden – und zwar in ziemlich schnellem Tempo. Der Kommandant rechnet damit, daß er in etwa zwei Stunden abhauen muß. In höchstens zwei Stunden.« Er hielt inne, fügte langsam hinzu: »Und die Eismaschine ist noch immer kaputt.«

»Die Eismaschine?« sagte ich belämmert. Jedenfalls kam ich mir belämmert vor. »Ist die Eismaschine...?«

»Freilich, Bruderherz«, sagte Zabrinski mit verdrossener Stimme. »Aber Sie wollten es dem Kommandanten nicht glauben, nein, Doktor Carpenter? Sie waren viel zu schlau dazu.«

»Na, das ist ein wahrer Segen«, sagte Hansen dumpf. »Jetzt sehen wir schön aus. Die *Dolphin* taucht, das Eis schließt sich, wir sind oben, die *Dolphin* ist unten, und zwischen uns haben wir die ganze Polarhaube. Auch wenn es ihnen glückt, die Eismaschine zu reparieren, ist es ziemlich sicher, daß sie uns nicht finden werden. Sollen wir uns gleich hinlegen und sterben, oder sollen wir zuerst noch ein paar Stunden lang im Kreis herumwackeln und uns dann zum Sterben hinlegen?«

»Es ist geradezu tragisch«, sagte Rawlings düster. »Nicht die Personalfrage: Ich meine den Verlust, den die Kriegsmarine der Vereinigten Staaten erleidet. Ich glaube mit Recht sagen zu dürfen, Herr Oberleutnant, daß wir drei vielversprechende junge Männer sind – oder waren. Also, zumindest Sie und ich. Ich glaube, Zabrinski hat seine Möglichkeiten ausgeschöpft. Schon längst.«

Das alles brabbelte Rawlings unter lautem Zähneklappern und qualvollem Japsen hervor. Rawlings (überlegte ich mir), war durchaus der Typ, den ich mir als Kameraden wünschte, wenn es schiefginge, und es sah ganz so aus, als würde es schiefgehen, richtig schief. Er und Zabrinski hatten sich, wie sich herausstellte, als die hausbackenen Humoristen und Spaßvögel an Bord der *Dolphin* etabliert. Aus Gründen, die nur ihnen selber bekannt waren, versteckten sie beide gewohnheitsmäßig einen erstklassigen Verstand und eine vorgeschrittene Bildung unter dem Deckmantel freundlicher Hanswursterei.

»Noch zwei Stunden«, sagte ich. »Da wir den Wind im Rücken haben, können wir binnen einer knappen Stunde an Bord der *Dolphin* sein. Es wird uns sozusagen hinwehen.«

»Und die Leute von der ›Zebra‹?« fragte Zabrinski.

»Wir haben getan, was wir konnten. So was kommt vor.«

»Wir sind äußerst schockiert, Doktor Carpenter«, sagte Rawlings. Die freundliche Clownerie war weniger merkbar als sonst.

»Schon der bloße Gedanke«, fügte Zabrinski hinzu, »erfüllt uns mit tiefer Bestürzung.«

»Schockierend ist nur das Intelligenzniveau gewisser Matrosenhirne«, sagte Hansen. »Freilich ist Doktor Carpenter der Meinung, daß wir umkehren sollten. Aber ohne ihn. Nicht um alles Gold in Fort Knox würde Doktor Carpenter umkehren.« Mühsam rappelte er sich hoch. »Es kann jetzt im schlimmsten Fall nur noch eine halbe Meile sein. Bringen wir sie hinter uns...«

Im Lichtschein meiner Stablampe sah ich, wie Rawlings und Zabrinski einen Blick wechselten, dann hatten sie sich erhoben, und wir waren wieder unterwegs.

Drei Minuten später brach sich Zabrinski das rechte Fußgelenk.

Es passierte auf eine absurd einfache Weise, aber trotz der Einfachheit war es ein Wunder, daß keinem von uns in den vergangenen drei Stunden etwas Ähnliches passiert war. Nachdem wir aufgebrochen waren, beschlossen wir, über die Eismauer, die uns den Weg versperrte, hinwegzuklettern, statt sie zu umgehen und dabei vielleicht aus dem Kurs zu kommen. Die Wand war gut ihre drei Meter hoch, aber indem wir einander emporstemmten und hinaufzerrten, erreichten wir ohne allzuviel Mühe den oberen Rand. Mit Hilfe der Eissonde tastete ich mich behutsam voran. Die Stablampe war in diesem Eissturm unbrauchbar und meine Brille völlig undurchsichtig. Nachdem ich etwa fünf bis sechs Meter über den steilen Hang bergab gekrochen war, erreichte ich die gegenüberliebende Kante des Kamms und sondierte die Tiefe.

»Fünf Fuß!« rief ich den anderen zu, als sie herankamen. »Nur fünf Fuß...«

Ich schwang mich über den Rand, ließ mich fallen und wartete auf meine Gefährten. Hansen kam als erster, dann Rawlings. Beide landeten gemächlich neben mir. Was mit Zabrinski geschah, konnten wir nicht sehen; entweder hatte er die Entfernung falsch eingeschätzt, oder er war unter dem Anprall des Orkans ausgerutscht. Was immer der Grund gewesen sein mochte, ich hörte ihn, als er heruntersprang, etwas rufen. Der Wind verwehte die Worte. Er schien glatt und recht elastisch mit beiden Beinen zu landen, dann aber stieß er einen schrillen Schrei aus und fiel schwerfällig zu Boden.

Ich kehrte dem Eissturm den Rücken, schob die nutzlose Schneebrille hoch und zog die Lampe hervor. Zabrinski lag halb sitzend auf dem Eis, auf den rechten Ellbogen gestützt, und schimpfte vor sich hin, einen Fluch nach dem anderen ausspuckend. Seine rechte Ferse war in einer zehn Zentimeter breiten Eisritze festgeklemmt, einer unter tausend solcher Spalten und Sprünge, die den Druckbereich des Packeises kreuz und quer durchzogen. Das rechte Bein war nach außen gekrümmt, in einem Winkel, wie ihn normalerweise kein Bein erzielen kann. Ich brauchte mir kein ärztliches Diplom um den Hals hängen, um zu wissen, daß der Knöchel kaputt war – entweder der Knöchel oder der unterste Teil des Schienbeins. Hoffentlich war es kein komplizierter Bruch: Aber ich machte mir keine allzu große Hoffnung. Übrigens – ob kompliziert oder nicht: Im Augenblick spielte das kaum eine Rolle. Ich dachte nicht daran, den Schaden zu untersuchen. Zabrinskis Unterschenkel bei dieser Temperatur auch nur ein paar Minuten lang zu entblößen, wäre geradezu eine Garantie dafür gewesen, daß er bis an sein Lebensende auf einem Fuß herumhumpeln würde.

Wir hoben seinen massigen Körper hoch, befreiten seinen unbrauchbaren Fuß aus der Klemme und setzten ihn behutsam aufs Eis. Ich schnallte meinen Verbandkasten los, kniete neben Zabrinski nieder und fragte: »Tut es sehr weh?«

»Nein, der Fuß ist gefühllos, ich spürte fast nichts.« Er fluchte wütend. »So ein Wahnsinn! Eine kleine Ritze! Wie kann ein Mensch so dumm sein!«

»Ihr wolltet es nicht glauben«, sagte Rawlings säuerlich. »Ich habe es prophezeit – ich habe es prophezeit. Ich habe gesagt, es wird damit enden, daß ich diesen Gorilla tragen muß.«

Ich schiente das verletzte Bein und pflasterte die Schienen so fest wie nur möglich an den Stiefel und das Pelzwerk. Ich bemühte mich, nicht an das Ausmaß der Katastrophe zu denken, die uns befallen hatte. Zwei schwere Schläge auf einmal. Wir hatten nicht nur die unentbehrlichen Dienste des stärksten Mannes in unserer kleinen Schar verloren – wir mußten nun auch noch zusätzlich 120 Kilogramm (mindestens) toten Gewichts mitschleppen. Ganz zu schweigen von seiner Vierzigpfundpackung. Es sah fast so aus, als hätte Zabrinski meine Gedanken erraten.

»Sie müssen mich hier zurücklassen, Herr Oberleutnant«, sagte er zu Hansen. Seine Zähne klapperten vor Kälte und Schock. »Wir sind jetzt fast schon am Ziel. Sie können mich auf dem Rückweg mitnehmen.«

»Reden Sie kein dummes Zeug«, erwiderte Hansen schroff. »Sie wissen, daß wir Sie nicht wiederfinden würden.«

»Genau«, sagte Rawlings. Seinen Zähnen erging es genauso wie den Zähnen Zabrinskis; sie stotterten ruckweise drauflos wie ein asthmatisches Maschinengewehr. Er kniete nieder, um das Gewicht des Verletzten zu stützen. »Wer an Schwachsinn leidet, wird nicht dekoriert. So steht es im Reglement.«

Zabrinski protestierte. »Ihr schafft es nicht. Wenn ihr mich tragen müßt –«

Hansen fiel ihm ins Wort. »Sie haben gehört, was ich sagte. Wir lassen Sie nicht zurück.«

»Der Herr Oberleutnant hat völlig recht«, sagte Rawlings. »Halten Sie jetzt gefälligst die Klappe, während ich Ihnen einen Teil Ihrer Last abnehme.«

Ich war mit dem Schienen fertig, zog Fäustlinge und Pelzhandschuhe über meine in Seide gehüllten, aber bereits steifgefrorenen Hände. Wir verteilten Zabrinskis Gepäck unter uns drei, schoben Brillen und Masken wieder zurecht, hievten Zabrinski auf das gesunde Bein hoch, wandten uns dem Wind zu und machten uns auf den Weg. Besser gesagt – wir stolperten weiter.

Nun aber, da wir es am nötigsten hatten, lächelte uns das Glück. Glatt und eben wie die Oberfläche eines zugefrorenen Stromes erstreckte sich unter unseren Füßen das Eis. Keine Kämme, keine Buckel, keine Spalten, nicht einmal schmale Ritzen, in denen die Ferse steckenbleiben kann. Eis, flach wie ein Billardtisch, nicht einmal glitschig. Der Eissturm hatte die Fläche gehobelt und abgeschmirgelt.

Jeder von uns dreien übernahm der Reihe nach die Führung, während die beiden anderen einen lahmen Zabrinski stützten, der stumm, und ohne zu klagen, auf einem Fuß dahinhopste. Nachdem wir etwa dreihundert Meter auf dieser glatten Eisfläche zurückgelegt hatten, blieb Hansen, der an der Spitze war, so jählings und unerwarteterweise stehen, daß wir fast auf ihn aufrannten.

»Wir sind da!« schrie er, den Wind übertönend. »Wir haben es geschafft! Wir sind da! Riecht ihr es nicht?«

»Was denn?«

»Verbranntes Heizöl. Verbrannter Gummi. Spürt ihr es nicht?«

Ich zog die Schneemaske herab, hielt die gewölbten Hände ans Gesicht und schnupperte vorsichtig. Ein Ruch genügte. Ich schob die Maske wieder hoch, legte Zabrinskis Arm fester über meine Schulter und stapfte hinter Hansen her.

Nach ein paar Metern war das glatte Eis zu Ende. In scharfer Steigung ging es zu einem Plateau bergan, und wir mußten alle drei den kläglichen Rest unserer Kräfte aufbieten, um Zabrinski hinaufzuschleifen. Mit jedem Schritt schien der scharfe Brandgeruch stärker zu werden. Ich ging ein Stück voraus, kehrte dem Wind den Rücken, schob die Brille nach oben und beleuchtete das Eis mit halbkreisförmigen Bewegungen meiner Lampe. Der Geruch war jetzt so stark geworden, daß sich meine Nase unter der Maske zusammenzog. Er schien uns direkt entgegenzukommen. Ich drehte mich um, legte schützend die Hand über die Augen, und dabei stieß meine Stablampe gegen etwas Hartes, Metallisches. Ich richtete den Lichtstrahl empor und konnte im Eistreiben mit knapper Not das Stahlgerüst erkennen – das Skelett, das einmal eine Art Wellblechbaracke gewesen war.

Wir hatten die Treibeis-Station gefunden.

Ich wartete auf meine Gefährten, führte sie an dem kahlen, ausgebrannten Gebäude vorbei, forderte sie dann auf, dem Wind den Rücken zu kehren und die Brille hochzuschieben. Etwa zehn Sekunden lang studierten wir die Ruinen im Lichtschein meiner Lampe. Keiner sagte ein Wort.

Die Treibeis-Station Zebra hatte aus acht gesonderten Hütten bestanden, je vier in zwei parallelen Reihen mit einem Abstand von zehn Metern zwischen den Reihen und von etwa sieben Metern zwischen den Hütten – um das Risiko zu mindern, daß ein Schadenfeuer von einer Hütte auf die andere überspringe. Aber das Risiko war nicht genügend herabgemindert worden. Daraus konnte man niemandem einen Vorwurf machen. Niemand hätte sich vorstellen können, was sich tatsächlich abgespielt haben mußte: explodierende Tanks und Tausende von Litern brennenden Öls, das ein orkanartiger Wind durch die Nacht peitschte. Und eine zweifach unausweichliche Ironie hatte es so gefügt, daß in der Arktis, auf dem Polareis, das Feuer, ohne das Menschen dort nicht leben können, zugleich ihr allergefürchtetster Feind ist. Obwohl die gesamte Polarhaube aus Wasser, gefrorenem Wasser, besteht, gibt es keine Möglichkeit, dieses Wasser in den flüssigen Aggregatzustand zu versetzen, um mit seiner Hilfe einen Brand zu löschen.

Acht Baracken, vier in jeder Reihe. Die beiden ersten in beiden Reihen waren restlos abgebrannt. Spurlos waren die Wände verschwunden, nicht einmal von den mit Aluminiumblech beschlagenen Dächern war etwas übriggeblieben. In einer der Hütten sahen wir eine zerstörte, rußgeschwärzte Generatorenanlage, an der Windseite mit Eis verkrustet, so verkrümmt, verbogen und zerschmolzen, daß sie kaum wiederzuerkennen war: Man konnte sich nur über die unheimliche Hochofenglut wundern, die so etwas zustande gebracht hatte.

Die fünfte Hütte – die dritte rechter Hand – war eine Kopie der vier anderen, das tragende Gerüst noch schlimmer zugerichtet. Gerade wollten wir uns abwenden, so tief erschüttert, daß wir nicht ein einziges Wort miteinander wechselten, da rief uns Rawlings etwas Unverständliches zu. Ich beugte mich zu ihm und streifte die Kapuze zurück.

»Ein Licht!« schrie er. »Ein Licht! Dort drüben, Doktor...«

Ja, ein Licht: ein länglicher, schmaler, seltsam weißer, senkrechter Lichtstreifen aus der Hütte gegenüber dem verkohlten Wrack, neben dem wir standen. Uns seitlich in den Wind lehnend, schleppten wir Zabrinski mit uns über die dazwischenliegende Lücke. Zum erstenmal zeigte uns meine Lampe etwas mehr als ein kahles Stahlgerüst. Es war eine Hütte. Eine rußgeschwärzte, versengte und aus den Fugen geratene Hütte mit einer schlampig festgenagelten Sperrholzplatte an Stelle des Fensters, aber dennoch eine Hütte. Das Licht fiel durch den Spalt einer angelehnten Tür am geschützten Ende. Ich legte die Hand gegen die Tür – sie gab nach.

Wir traten ein.

Von der Decke hing an einem Haken eine zischende Petroleumdrucklampe und warf ihr grelles, durch die glitzernde Aluminiumdecke verstärktes Licht in jeden Winkel und auf jedes Detail in dieser Baracke, die etwa sechs mal drei Meter maß. Eine dicke, aber durchsichtige Eisdecke bedeckte die Aluminiumdecke bis auf einen meterbreiten Kreis dicht über der Lampe. Das Eis erstreckte sich von der Decke aus an den Sperrholzwänden entlang bis zum Fußboden. Auch der Bretterboden war mit Eis überzogen, mit Ausnahme der Stelle, wo die Männer lagen. Vielleicht lagen auch sie auf einer Eisschicht – wer konnte das wissen...

Mein erster Gedanke war, wir seien zu spät gekommen. Ich hatte in meinem Leben viele Tote gesehen, ich wußte, wie Tote aussehen, und nun glaubte ich wieder so und so viele vor mir liegen zu sehen. Unförmige, zusammengekauerte, leblose Gestalten unter einer unförmigen Masse von Decken, Mänteln, Pelerinen und Pelzen. Ich hätte keinen Cent für die Chance gegeben, auch nur einen einzigen Pulsschlag bei ihnen allen zu entdecken. In einem ungefähren Halbkreis an der dem Eingang gegenüberliegenden Wand dicht aneinandergepackt, lagen sie regungslos da, so still, als hätten sie schon eine frostige Ewigkeit lang dort gelegen.

Zabrinski setzten wir auf den Boden mit dem Rücken zur Wand. Rawlings entledigte sich seiner schweren Last, wickelte den Ofen aus, streifte die Fäustlinge ab und begann nach den Heiztabletten umherzufummeln. Hansen machte die Tür hinter sich zu, lockerte die Schnallen seines Rucksacks und ließ die Last der Konservendosen müde auf den Boden der Baracke fallen.

Aus irgendeinem Grunde hatten die Stimme des Sturms dort draußen und das Zischen der Lampe hier drinnen die in der Hütte herrschende Totenstille nur noch unterstrichen. Als die Dosen mit einem unerwarteten blechernen Klirren auf die Bretter fielen, zuckte ich zusammen, und ich war nicht der einzige. Auch einer der vermeintlichen Toten fuhr zusammen. Der Mann, der an der linken Wand mir am nächsten war, rührte sich plötzlich, wälzte sich zur Seite und setzte sich auf. Blutunterlaufene, halb erloschene Augen blickten fassungslos aus einem erfrorenen, hageren, grausam verbrannten Gesicht. Die Brandwunden waren stellenweise durch lange, schwarze Bartstoppeln verdeckt. Mehrere Sekunden lang starrte er uns an, dann stemmte er sich zitternd hoch und kam unter sichtlichen Qualen auf die Beine. Seine aufgesprungenen und schuppigen Lippen verzerrten sich zu einem Lächeln.

»Ihr habt aber verdammt lange gebraucht, um herzufinden!« Die

Stimme war heiser und matt und so unverfälscht londonerisch wie die Glocken von St. Mary. »Mein Name ist Kinnaird. Funker.«

»Whisky?« fragte ich.

Er griente abermals, versuchte, sich die rissigen Lippen zu lekken, und nickte. Der kräftige Schluck Whisky schoß durch seine Gurgel wie ein Mann in einem Faß über den Niagarafall – in dem einen Augenblick noch da, im nächsten für immer dahin. Er krümmte sich, hustete heftig, bis ihm die Tränen kamen, aber als er sich aufrichtete, kehrte Leben in die glanzlosen Augen und eine leichte Röte in die blassen, ausgemergelten Wangen zurück.

»Wenn Sie Ihr Leben lang«, bemerkte er, »jeden, der Ihnen begegnet, auf diese Weise begrüßen, Herr Kamerad, wird es Ihnen nie an guten Freunden mangeln.« Er bückte sich und rüttelte den Mann, neben dem er gelegen hatte. »Los, Jolly, old Boy, wo bleiben Ihre Manieren? Wir haben Besuch.«

Es dauerte eine ganze Weile, bevor Jolly, old Boy, erwachte, aber als er wieder zu sich kam, war er bei völlig klarem Bewußtsein und auf den Beinen – in dem einen Fall mit bemerkenswerter Schnelligkeit, im anderen mit ebenso bemerkenswerter Gewandtheit.

Jolly, old Boy, war ein kleiner, dicklicher Mann mit porzellanblauen Augen. Obwohl er genauso unrasiert war wie der Funker Kinnaird, hatte er noch etwas Farbe in den Wangen, und das runde, gutmütige Gesicht war bei weitem nicht ausgemergelt: Aber die Frostschäden hatten Mund und Nase übel zugerichtet. Die porzellanblauen Augen, rot gefleckt und momentan von Erstaunen geweitet, runzelten sich zu einem Begrüßungslächeln.

»Besuch, ja?« Die tiefe Stimme hatte einen dicken irischen Akzent. »Und das freut einen denn auch... Bitte, die Honneurs zu machen, Jeff.«

»Wir haben uns noch nicht vorgestellt«, sagte ich. »Ich bin Doktor Carpenter, und diese Herren –«

»Jahrestagung des britischen Ärztevereins, old Boy!« warf Jolly ein. Später stellte sich heraus, daß er die Phrase ›Old Boy‹ in jedem zweiten oder dritten Satz verwendete, eine Eigenheit, die so gar nicht zu seinem irischen Akzent paßte.

»Doktor Jolly?«

»In höchsteigener Person, Stationsarzt, old Boy.«

»Aha... Das ist Mr. Hansen vom U-Boot *Dolphin*, Oberleutnant in der Kriegsmarine der Vereinigten Staaten.«

»U-Boot?« Jolly und Kinnaird wechselten einen Blick, starrten dann uns an. »Sagten Sie ›U-Boot‹, Verehrtester?«

»Nähere Erklärungen heben wir uns für später auf. Torpedomatrose Rawlings. Funker Zabrinski.« Ich betrachtete die auf dem Boden zusammengekauerten Männer. Einige hatten sich bei dem Klang unserer Stimmen zu rühren begonnen, der eine oder andere richtete sich auf dem Ellbogen hoch. »Wie geht es ihnen?«

»Zwei, drei recht schlimme Verbrennungsfälle«, erwiderte Dr. Jolly. »Einige sind vor Kälte und Erschöpfung übel dran, aber nicht so übel, daß man sie nicht mit Nahrung und Wärme in ein paar Tagen wieder frisch und kregel machen könnte.«

Ich zählte sie. Einschließlich Jollys und Kinnairds waren es alles in allem zwölf Mann.

Ich fragte: »Wo sind die anderen?«

»Die anderen?« Kinnaird sah mich verwundert an, dann wurde seine Miene finster. Er deutete mit dem Daumen über die Schulter. »In der benachbarten Hütte, Herr Kamerad.«

»Warum?«

»Warum?« Er fuhr sich mit dem Unterarm über die blutunterlaufenen Augen. »Weil wir nicht gern mit einem Haufen Leichen unter einem Dach schlafen, darum.«

»Weil ihr nicht –«

Ich verstummte. Ich starrte die Männer zu meinen Füßen an. Sieben von ihnen waren inzwischen erwacht, drei hatten sich auf dem Ellbogen hochgestemmt, vier lagen still auf dem Rücken, alle sieben sahen mehr oder weniger verwirrt und betäubt drein. Die drei, die noch schliefen – oder bewußtlos waren –, hatten die Gesichter mit Decken verhüllt.

Ich sagte langsam: »Anfangs waren es neunzehn Mann.«

»Neunzehn Mann«, wiederholte Kinnaird dumpft. »Die anderen – na ja, es war aussichtslos.«

Ich schwieg. Sorgfältig musterte ich die Gesichter der Männer, die bei Bewußtsein waren, und hoffte, das eine Gesicht zu finden, das ich sehen wollte, hoffte, ich hätte es vielleicht nicht sofort wiedererkannt, weil es durch Frostschäden, durch den Hunger, durch Brandwunden vorübergehend entstellt war. Ich gab mir wirklich Mühe, und ich wurde mir darüber klar, daß ich alle diese Gesichter noch nie in meinem Leben gesehen hatte.

Ich ging zu dem ersten der drei schlafenden Gestalten hin und schlug die Decke zurück, mit der das Gesicht zugedeckt war. Ein fremdes Gesicht.

Ich ließ die Decke herabfallen.

Jolly fragte verdutzt: »Was ist denn los? Was suchen Sie?«

Ich antwortete nicht. Ich machte einen Bogen um die ausgestreckten Männer, die mich verständnislos anstarrten, und lüftete die Decke von dem Gesicht des zweiten Schläfers.

Wieder ließ ich die Decke fallen. Ich spürte, wie mein Mund ausdorrte und das Herz langsamer, schwerer schlug. Ich ging zu dem dritten, blieb dann zögernd stehen. Ich wußte, nun würde ich die Wahrheit erfahren, und ich zitterte vor der Wahrheit.

Dann bückte ich mich schnell und schlug die Decke zurück.

Ein Mann mit dick bandagiertem Gesicht. Ein Mann mit geknicktem Nasenbein und einem dichten blonden Bart. Ein Mann, den ich noch nie gesehen hatte.

Behutsam breitete ich die Decke über sein Gesicht und richtete mich auf. Rawlings hatte, wie ich sah, den mit festem Brennstoff beheizten Ofen schon in Gang gebracht.

»Damit dürften wir die Temperatur bis dicht an den Gefrierpunkt steigern«, sagte ich zu Dr. Jolly. »Wir haben eine Menge Brennstoff. Außerdem haben wir Lebensmittel, Alkohol und einen kompletten Verbandkasten mitgebracht. Wenn Sie und Kinnaird sich gleich an die Arbeit machen wollen, werde ich Ihnen in ein paar Minuten zur Hand gehen ... Herr Oberleutnant, war das eine Polynya, die glatte Fläche, die wir überquert haben, kurz bevor wir hier ankamen? Eine zugefrorene Wasserrinne?«

»Es kann wohl nichts anderes gewesen sein.« Hansen sah mich mit merkwürdig nachdenklicher Miene an. »Diese Leute sind sichtlich nicht imstande, auch nur zweihundert Meter zurückzulegen, geschweige denn, vier bis fünf Meilen. Außerdem rechnet Kapitän Swanson damit, daß er sehr bald gezwungen sein wird, zu tauchen. Ist es nicht am besten, wenn wir die *Dolphin* heranpfeifen? Dann kann sie dicht an unserer Hintertür auftauchen.«

»Wird man die Polynya finden – ich meine ohne Eismaschine?«

»Nichts ist einfacher. Ich nehme Zabrinskis Radio, gehe zweihundert Meter nach Norden, sende ein Peilzeichen, marschiere zweihundert Meter nach Süden und wiederholte das Manöver. Dann haben sie an Bord der *Dolphin* unseren Radius auf den Meter genau. Zweihundert Meter abgerechnet, und die *Dolphin* landet bums mitten in der Polynya.«

»Aber noch immer unter dem Eis. Wer weiß, wie dick es ist ...«

»Kapitän Swanson war schon immer darauf versessen, seine Torpedos loszulassen.« Hansen wandte sich an Zabrinski. »Sind Sie imstande, das Radio zu bedienen?«

Ich überließ sie ihrem Geschäft. Ich hatte ohnedies kaum gewußt, was ich sagte. Ich fühlte mich krank, alt, leer, traurig und todmüde.

Nun war meine Frage beantwortet. 20000 Kilometer hatte ich zurückgelegt, um die Antwort zu finden. Eine Million Kilometer hätte ich zurückgelegt, um ihr zu entrinnen. Aber es war eine unausweichliche Tatsache, an der sich nichts mehr ändern ließ. Mary, meine Schwägerin, und ihre drei prächtigen Kinder – sie würden den Mann und den Vater nie mehr wiedersehen. Mein Bruder war tot. Kein Mensch würde ihn jemals wiedersehen. Bis auf mich. Ich würde ihn jetzt zu sehen bekommen.

Ich ging hinaus, machte die Tür hinter mir zu, ging um die Ecke der Hütte und duckte den Kopf in den Sturmwind. Zehn Sekunden später war ich vor der letzten Hütte in dieser Reihe angelangt. Ich benützte meine Stablampe, um die Klinke zu finden, drückte sie nieder, stieß die Tür auf und trat ein.

Früher war es ein Laboratorium gewesen, jetzt war es ein Totenhaus. Die Laboratoriumsgeräte hatte man zur Seite geschoben und den freigelegten Bodenraum mit den Leichen bedeckt. Ich wußte, daß es Leichen waren, weil Kinnaird es mir gesagt hatte: Diese verkohlten, grauenhaft verkrümmten Klumpen, rußgeschwärzt und grotesk verunstaltet, hätten jede beliebige Daseinsform oder überhaupt keine Daseinsform repräsentieren mögen. Der Gestank verbrannten Fleisches und Dieselöls war fürchterlich. Ich fragte mich, wer unter den Männern in der benachbarten Hütte den Mut, die eiserne Willenskraft besessen hatte, diese schaurige Bürde, die entstellten Reste der früheren Kameraden in diese Hütte zu tragen. Dazu gehörte ein starker Magen.

Der Tod mußte sie alle schnell ereilt haben. Sie waren nicht durch die Flammen in eine tödliche Falle getrieben worden, sie hatten selber in Flammen gestanden. Von einer sturmgepeitschten lodernden Ölflut überschwemmt und durchtränkt, mußten sie die letzten paar Sekunden ihres Lebens als grell leuchtende Fackeln verbracht haben, bevor sie in irrer Qual laut schreiend zugrunde gingen. Sie mußten einen Tod erlitten haben, wie ihn Menschen schrecklicher nicht erleiden können.

Etwas an einer der Leichen in meiner Nähe erregte meine Aufmerksamkeit. Ich bückte mich und richtete den Strahl der Stablampe auf eine Klaue, die einmal eine rechte Hand gewesen war, eine rußgeschwärzte Klaue, deren Knochen zu sehen waren. So kräftig war die Hitze gewesen, daß der eigenartig geformte Goldring am dritten Finger zwar nicht geschmolzen war, aber sich geworfen hatte. Ich erkannte den Ring wieder, ich war mit dabeigewesen, als meine Schwägerin ihn kaufte.

Ich spürte keinen Kummer, keinen Schmerz, keinen Abscheu. Vielleicht, dachte ich dumpf, würde das alles hinterherkommen, sobald der anfängliche Schock sich gelegt hatte. Aber ich glaubte es nicht recht. Das war nicht der Mensch, an den ich mich so gut erinnerte, der Bruder, dem ich alles verdankte – eine Schuld, die ich jetzt nie mehr zurückzuzahlen vermochte. Dieser verkohlte Körper, der da vor mir lag, war mir fremd, so völlig verschieden von dem Menschen, der in meiner Erinnerung fortlebte, so bis ins Unkenntliche verändert, daß das gelähmte Hirn in meinem erschöpften Leib die Kluft ganz einfach nicht überbrücken konnte.

Wie ich so dastand und vor mich hinstarrte, erregte eine fast unmerkliche Eigentümlichkeit in der Lage des Leichnams mein berufliches Interesse. Ich bückte mich tief, sehr tief, und es schien lange zu dauern, bevor ich mich langsam wieder aufrichtete. Da hörte ich hinter mir die Tür gehen. Ich fuhr herum und sah, daß es Oberleutnant Hansen war.

Er zog die Schneemaske vom Gesicht, hob die Brille hoch, betrachtete zuerst mich und dann den Mann zu meinen Füßen. Ich sah, wie die Bestürzung Farbe und Ausdruck aus seinen Zügen verjagte. Dann blickte er zu mir auf.

»Sie haben also das Spiel verloren, Doktor...« Das heisere Flüstern, durch das Heulen des Windes übertönt, war kaum zu hören. »Mein Gott – wie bitter...«

»Was soll das heißen?«

Er deutete mit einem Kopfnicken auf den Toten zu meinen Füßen. »Ihr Bruder?«

»Hat Kapitän Swanson es Ihnen gesagt?«

»Ja. Kurz bevor wir aufbrachen. Das war der Grund, warum wir Sie begleitet haben.« Sein Blick wanderte entsetzt und fasziniert über den Fußboden der Hütte, sein Gesicht war grau wie altes Pergament. »Eine Sekunde, Doktor, eine Sekunde nur.«

Als er zurückkehrte, sah er ein wenig, aber nicht sehr viel besser aus.

Er sagte: »Nur deshalb hat Kapitän Swanson Sie nicht mit Gewalt zurückgehalten.«

»Wer weiß es außerdem noch?«

»Niemand außer mir und dem Kommandanten.«

»Lassen Sie es dabei bewenden, ja! Mir zuliebe.«

»Wie Sie wünschen, Doktor.« Jetzt lagen Neugier und Verwunderung in seiner Miene, aber das Grauen war noch immer vorherrschend. »Mein Gott, hat man je etwas Ähnliches gesehen?«

»Kehren wir zu den anderen zurück«, sagte ich. »Niemand hat etwas davon, wenn wir hier herumstehen.«

Er nickte wortlos. Gemeinsam begaben wir uns in die Nachbarhütte. Abgesehen von Dr. Jolly und Kinnaird waren jetzt auch noch drei andere auf den Beinen: Kapitän Folsom, ein ungewöhnlich hochgewachsener, magerer Mann mit schweren Brandwunden im Gesicht und an den Händen, Stellvertreter des Kommandanten Hewson, ein schwarzäugiger, wortkarger Geselle, der als Traktorfahrer und Mechaniker für die Dieselgeneratoren verantwortlich gewesen war, und ein lustiger Mann aus Yorkshire, Naseby, der Lagerkoch. Jolly, der meinen Verbandkasten geöffnet hatte und einem der Männer, die liegen geblieben waren, die Arme frisch bandagierte, stellte mich vor, widmete sich dann wieder seiner Arbeit.

Ich hörte Hansen zu Zabrinski sagen: »Haben wir Verbindung mit der *Dolphin*?«

»Nein.« Zabrinski hörte auf, sein Rufzeichen zu senden, und setzte sich anders zurecht, um das gebrochene Fußgelenk zu entlasten. »Ich weiß nicht recht, was ich sagen soll, Herr Oberleutnant, aber es scheint in dem kleinen braven Kasten eine Sicherung durchgebrannt zu sein.«

»Schau, schau«, erwiderte Hansen dumpf. »Das haben Sie wirklich schlau eingefädelt, Zabrinski. Sie können also keine Verbindung bekommen?«

»Ich höre sie – sie hören mich nicht.« Verlegen zuckte er die Schultern. »Ich mit meinen Klumpfüßen! Wahrscheinlich hat eben nicht nur der Knöchel dran glauben müssen, als ich auf die Nase fiel.«

»Können Sie das verdammte Ding nicht reparieren?«

»Schwerlich, Herr Oberleutnant.«

»Zum Donnerwetter, Sie gelten als sachverständig!«

»Ja, freilich«, sagte Zabrinski. »Aber ich kann nicht zaubern.«

»Läßt es sich reparieren?« fragte Hansen hartnäckig.

»Es ist ein Transistorgerät. Keine zerbrechlichen Röhren. Ich nehme an, daß es zu reparieren wäre. Aber das könnte Stunden dauern, Herr Oberleutnant. Ich müßte mir sogar zuerst eine Werkzeuggarnitur zurechtmurksen.«

»Vorwärts, murksen Sie! Machen Sie, was Sie wollen – aber bringen Sie mir dieses Gerät wieder in Gang.«

Zabrinski schwieg. Er hielt Hansen den Kopfhörer hin. Hansen sah zuerst Zabrinski, dann den Kopfhörer an, nahm ihn wortlos zur Hand und horchte kurz: Dann gab er den Kopfhörer mit einem Schulterzucken zurück und sagte: »Also schön, ich glaube, es hat keine Eile mit der Reparatur.«

»Hm«, sagte Zabrinski. »Peinlich – sozusagen – Herr Oberleutnant.«

»Was ist peinlich?« fragte ich.

»Es sieht so aus, als würden wir die nächsten sein, hinter denen man eine Rettungsexpedition herschickt«, erwiderte Hansen bedächtig. »Sie funken mehr oder weniger kontinuierlich: ›Eis schließt sich schnell, sofort zurückkehren.‹«

»Ich war von allem Anfang an gegen diesen Wahnsinn«, sagte Rawlings, der auf dem Fußboden hockte. Er betrachtete die bereits halb geschmolzenen Klumpen gefrorener Büchsensuppe und rührte verdrossen mit einer Gabel um. »Ein kühnes Wagnis, Leute, aber zum Scheitern verurteilt.«

»Fassen Sie nicht mit Ihren schmutzigen Fingern in die Suppe und halten Sie gefälligst den Mund«, erwiderte Hansen kalt. Plötzlich wandte er sich an Kinnaird. »Wie sieht es denn mit Ihrem Radio aus? Natürlich – das ist die Lösung. Wir haben kräftige Hände, die Ihren Generator ankurbeln und –«

»Bedaure sehr.« Kinnaird lächelte, wie Gespenster lächeln mögen. »Es ist kein Generator mit Handbetrieb, den hat das Feuer zerstört. Es ist ein Batteriegerät. Die Batterien sind erschöpft.«

»Ein Batteriegerät?« Zabrinski sah ihn leicht verwundert an. »Warum hat denn aber die Sendestärke geschwankt?«

»Wir tauschten immerzu die Nickel-Kadmium-Zellen miteinander aus, um aus der kleinen Kraftreserve möglichst viel herauszuholen. Es waren uns nur fünfzehn Zellen geblieben – die anderen gingen bei dem Brand verloren. Aber auch Nife-Zellen halten nicht ewig. Sie sind erschöpft, Herr Kamerad. Die gesamte Kraft, die noch in diesen Zellen steckte, würde nicht einmal für eine Taschenlampe ausreichen.«

Zabrinski sagte kein Wort mehr. Niemand sagte ein Wort. Unablässig trommelten die Eisnadeln gegen die Ostwand, die Drucklampe zischte, der Ofen schnurrte leise, aber diese drei Geräusche trugen nur dazu bei, die Stille im Raum zu vertiefen. Keiner sah den Nachbarn an, jeder blickte zu Boden.

Nachdem das Schweigen grade ein bißchen zu lange gedauert hatte, sagte ich zu Hansen: »So also sieht es aus. Wir brauchen kein Elektronenhirn zu mieten, um dieses Rechenexempel zu lösen. Jemand muß zur *Dolphin* zurückkehren – und zwar sofort. Ich nominiere mich selbst.«

»Nein!« entgegnete Hansen in heftigem Ton, fügte dann ruhiger hinzu: »Bedaure, lieber Freund, die Weisungen, die der Kommandant erteilt hat, berechtigen mich nicht, die Erlaubnis zum Selbstmord zu erteilen. Sie bleiben hier.«

Es war nicht der richtige Zeitpunkt, ihm mitzuteilen, daß ich niemanden um Erlaubnis zu fragen brauchte, und schon gar nicht der richtige Zeitpunkt, mit der Mannlicher-Schoenauer herumzufuchteln.

»Wir bleiben alle schön beisammen. Und dann sterben wir alle miteinander. Still und leise, ohne uns zu wehren, ohne viel Getue, wir legen uns einfach hin und sterben. Ich nehme an, daß das in Ihren Augen das anfeuernde Beispiel ist, das eine Führernatur ihrem Gefolge zu bieten hat. Amundsen wäre entzückt gewesen.«

Das war ungerecht, aber mir war in diesem Augenblick nicht sehr salomonisch zumute.

»Niemand rührt sich von hier weg«, erwiderte Hansen. »Der Teufel soll mich holen, wenn ich zulasse, daß Sie sich das Genick brechen. Sie sind nicht in Form, keiner von uns ist in Form, um den Rückweg zur *Dolphin* zu bewältigen – nach allem, was wir soeben durchgemacht haben. Das ist das eine. Zweitens können wir ohne Sendegerät, das die *Dolphin* anpeilt, ihren Standort unter keinen Umständen finden. Drittens wird das Eis wahrscheinlich die *Dolphin* zum Tauchen gezwungen haben, bevor wir den halben Weg zurückgelegt haben. Und zu guter Letzt: Wenn es uns nicht gelingt, die *Dolphin* zu finden – entweder weil wir sie verfehlen oder weil sie weg ist –, können wir auch nicht mehr zur ›Zebra‹ zurückfinden. Wir hätten nicht mehr die Kraft dazu, und es würde uns auch niemand den Weg weisen.«

»Ich gebe zu, daß die Aussichten nicht sehr reizvoll sind. Wie hoch schätzen Sie die Chance ein, daß es glückt, die Eismaschine zu reparieren?«

Hansen schüttelte stumm den Kopf. Rawlings fing wieder an, seine Suppe umzurühren. Er hütete sich, aufzuschauen, er wollte ebensowenig wie ich den ängstlichen, verzweifelten Blicken in dem Kreis verhärmter und vom Frost zerfressener Gesichter begegnen. Aber er blickte auf, als Kapitän Folsom sich von der Wand löste und ein paar unsichere Schritte auf uns zu tat. Es bedurfte keines Stethoskops, um zu merken, daß Folsom sich in einem recht üblen Zustand befand.

»Ich verstehe leider nicht, wovon die Rede ist«, sagte er. Seine Stimme war schleppend und undeutlich, die verschwollenen, verkrampften Lippen wurden durch die schweren Brandwunden behindert. Ich fragte mich finsteren Sinnes, wie viele qualvolle Monate, wie viele Besuche im Operationssaal erforderlich sein würden, bevor sich Folsom wieder mit diesem Gesicht vor der Welt blicken lassen konnte: unter der vagen Voraussetzung, daß es uns überhaupt glückte, ihn in ein Krankenhaus zu schaffen. »Darf ich um eine Erklärung bitten? Wo liegt die Schwierigkeit?«

»Es handelt sich um folgendes«, erwiderte ich. »Die *Dolphin* hat ein Eislot, einen Apparat, der die Dicke der oberhalb befindlichen Eisdecke mißt. Normalerweise dürften wir Kapitän Swanson – den Kommandanten der *Dolphin,* – auch wenn er nichts von uns hört, binnen weniger Stunden an unserer Schwelle erwarten. Er kennt unsere Position ziemlich genau. Er müßte lediglich tauchen, unter dem Eis hierherlaufen, mit seinem Eislot das Terrain erkunden, und es wurde nur Minuten dauern, bis er das verhältnismäßig dünne Eis dort draußen in der erst vor kurzem zugefrorenen Rinne entdeckt. Aber die Lage ist eben nicht normal. Die Eismaschine ist kaputt, und solange sie kaputt ist, wird er die Rinne, die sogenannte Polynya, nicht finden. Deshalb will ich zur *Dolphin* zurückkehren. Sofort. Bevor Swanson durch das heranrückende Eis gezwungen wird, zu tauchen.«

»Ich begreife das nicht, old Boy«, sagte Dr. Jolly. »Was soll es für einen Zweck haben? Können Sie dieses Eis-Dingsda flicken?«

»Das ist nicht nötig. Kapitän Swanson kennt die Entfernung zwischen der *Dolphin* und diesem Lager bis auf hundert Meter genau. Ich brauche ihn nur zu ersuchen, diese Entfernung minus eine Viertelmeile zurückzulegen und dann einen Torpedo abzufeuern. Damit müßte –«

»Einen Torpedo?« fragte Dr. Jolly. »Einen Torpedo? Um von unten her das Eis zu durchstoßen?«

»Richtig. Es ist noch nie versucht worden. Ich sehe keinen Grund, warum es nicht gelingen sollte, wenn das Eis dünn genug ist – und dort draußen über der Rinne wird es nicht allzu dick sein. Ich weiß es wirklich nicht.«

»Man wird Flugzeuge schicken, Herr Doktor«, sagte Zabrinski gelassen. »Sowie wir nach oben stießen, fingen wir an, die Nachricht in die Welt zu funken. Jetzt weiß man bereits überall, daß wir die ›Zebra‹ gefunden haben – zumindest kennt man ihren Standort. In ein paar Stunden haben wir die schweren Bomber über uns.«

»Und was machen die Bomber?« fragte ich. »Sinnlos in der Finsternis umherschwirren? Auch wenn sie die exakten Daten haben, werden sie in der Dunkelheit und im Schneesturm die Überreste des Lagers nicht ausmachen können. Wenn wir uns hier verschanzen und keinen Versuch machen, uns selber zu helfen, und die Eismaschine bleibt unbrauchbar, dann sind wir alle miteinander tot. Alle sechzehn Mann. Glückt es mir, mit heilen Gliedern hinzukommen, sind wir alle gerettet. Auch wenn es mir nicht glückt, wird vielleicht die Eismaschine repariert werden, und dann ist nur ein Menschenleben verlorengegangen.« Ich begann meine Fäustlinge anzuziehen. »Sechzehn ist mehr als eins.«

»Dann wollen wir lieber zwei sagen.« Seufzend griff Hansen nach seinem Handschuh.

Das wunderte mich kaum. Aus welchen Gründen auch immer die Wahl auf Männer wie Hansen fallen mag – bestimmt nicht deshalb, weil sie dazu neigen, in kniffligen Situationen die Last auf andere abzuwälzen.

Ich vergeudete keine Zeit mit nutzlosen Einwänden.

Rawlings stand auf.

»Wer meldet sich freiwillig zum Suppenrühren?« sagte er. »Eine geschulte Kraft, wenn ich bitten darf. Diese beiden Herren würden nicht einmal zur Tür hinausfinden, wenn ich sie nicht am Händchen führte. Wahrscheinlich bekomme ich dafür eine Tapferkeitsmedaille. Welches ist die höchste Auszeichnung, Herr Oberleutnant, die in Friedenszeiten verliehen wird?«

»Fürs Suppenrühren wird man nicht dekoriert, Rawlings«, erwiderte Hansen, »und dieser Beschäftigung werden Sie sich auch weiterhin widmen. Sie bleiben hier.«

»Mhm ...« Rawlings schüttelte den Kopf. »Machen Sie sich auf die erste Meuterei in Ihrem Leben gefaßt, Herr Oberleutnant. Ich komme mit. Ich habe nichts zu verlieren. Wenn wir die *Dolphin* erreichen, werden Sie viel zu froh und glücklich sein, daß wir es geschafft haben, und nicht im Traum daran denken, mich anzuzeigen.« Er lächelte breit. »Und wenn wir es nicht schaffen – na, dann können Sie mich nicht anzeigen, habe ich recht, Herr Oberleutnant?«

Hansen ging zu ihm hin. Er sagte ruhig: »Sie wissen, es ist mehr als unsicher, daß wir die *Dolphin* erreichen. Dann bleiben hier zwölf kranke Menschen zurück, ganz zu schweigen von Zabrinski mit seinem gebrochenen Fuß – und niemand ist da, der sich ihrer annimmt. Ein gesunder Mensch muß dasein und sich um sie kümmern, einer mindestens. Sie wollen doch nicht so egoistisch sein, Rawlings, nein? Bleiben Sie hier. Mir zuliebe.«

Rawlings sah ihn lange an, hockte sich dann hin und begann wieder die Suppe umzurühren.

»Sie meinen, mir zuliebe«, sagte er erbittert. »Okay, ich bleibe – mir zuliebe. Also, worauf warten die Herren? Jeden Augenblick kann der Kommandant sich entschließen, zu tauchen.«

Da hatte er recht.

Wir schoben die Proteste Kapitän Folsoms und Dr. Jollys und ihre Versuche, uns zurückzuhalten, beiseite und waren bereit, in dreißig Sekunden aufzubrechen. Hansen ging als erster zur Tür hinaus. Ich drehte mich um und betrachtete die kranken, ausgemergelten und verletzten Überlebenden der Treibeis-Station Zebra, Folsom, Jolly, Kinnaird, Hewson, Naseby und sieben andere. Alles in allem zwölf Mann. Sie konnten nicht alle unter einer Decke stecken, also mußte es ein einzelner sein, vielleicht zwei, die Hand in Hand arbeiteten. Ich hätte gern gewußt, wer diese Leute waren, die ich würde umbringen müssen, diese Person oder diese Personen, die meinen Bruder und sechs andere Insassen der Treibeis-Station Zebra ermordet hatten.

Ich zog die Tür hinter mir zu und folgte Hansen in die fürchterliche Nacht hinaus.

6

Noch bevor wir uns auf den Weg machten, waren wir müde, mehr als müde gewesen, müde bis ins Mark der Knochen, nur eine Handbreit von der totalen Erschöpfung entfernt. Trotzdem huschten wir durch die heulende Finsternis dieser Nacht wie zwei große, weiße Gespenster durch die trübweiße Mondlandschaft eines Alptraums. Wir ächzten nicht mehr unter der Last schweren Gepäcks. Wir kehrten dem Orkan den Rücken, und für jeden mühsam stolpernden Schritt, den wir auf dem Wege zur Zebra geschafft hatten, legten wir jetzt ihrer fünf zurück, mit einem so geringen Bruchteil der früheren Plage, daß es uns anfangs beinahe mühelos vorkam. Wir sahen deutlich unseren Weg vor uns, wir brauchten nicht zu befürchten, in eine offene Rinne zu fallen oder uns an einem unerwarteten Hindernis ein Bein zu brechen. Nun, da wir die Brillen abgenommen hatten und die kräftigen Lichtstrahlen unserer Stablampen vor uns hertanzen ließen, während wir uns im Trab fortbewegten, betrug die Sicht selten weniger als fünf, weit häufiger an die zehn Meter. Das waren die physischen Vorteile, die uns weiterhalfen; aber ein noch härterer Ansporn, der unsere schmerzenden Beine vorwärtspeitschte, war die in unseren Köpfen spukende Angst, Kapitän Swanson hätte vielleicht schon tauchen müssen, und wir würden in dieser gellenden Wüste dem sicheren Tod preisgegeben sein.

Wir liefen, aber wir liefen nicht allzu schnell, sonst hätte uns nämlich der alte Herr, der Sensenmann, in kürzester Frist auf die Schulter geklopft. Wenn die Temperatur tief unter den Nullpunkt sinkt, vermeidet der Eskimo eines wie die Pest – Überanstrengung, die in diesen Breiten sogar noch tödlicher ist als die Pest. Steckt man in dicken Pelzen und bewegte sich heftig, fängt man unweigerlich zu schwitzen an; hört die Anstrengung auf – schließlich muß sie einmal aufhören –, dann gefriert der Schweiß auf der Haut. Um diese Eiskruste zu beseitigen, gibt es nur ein Mittel, nämlich eine neuerliche Anstrengung, die noch mehr Schweiß treibt. Das ist der Beginn eines *circulus vitiosus,* der immer enger wird und nur auf eine Weise enden kann. Obgleich wir uns also im Laufschritt fortbewegten, war es nur ein gelinder Trott, kaum mehr als ein rascher Marsch. Wir hüteten uns auf jede nur erdenkliche Weise, uns zu überhitzen.

Nach einer halben Stunde, vielleicht etwas später, machten wir einen kurzen Aufenthalt im Schutz einer steilen Felswand. Zweimal im Lauf der letzten zwei Minuten war Hansen gestolpert und hingefallen, ohne daß er einen ersichtlichen Grund gehabt hätte, zu stolpern und hinzufallen, und ich hatte gemerkt, daß meine Beine unsicherer waren, als das Terrain es gerechtfertigt hätte.

»Wie fühlen Sie sich?« fragte ich.

»Ziemlich mau, Doktor.« Es klang auch danach. Sein Atem ging hastig, flach und keuchend. »Aber schreiben Sie mich noch nicht ab. Was glauben Sie, wie weit wir vorangekommen sind?«

»Ungefähr drei Meilen.« Ich tätschelte die Eiswand hinter uns. »Nachdem wir uns ein paar Minuten ausgeruht haben, wollen wir versuchen, hier hinaufzuklettern. Es scheint ein recht hoher Buckel zu sein.«

»Um über den Eisturm hinaus ins Freie zu kommen?« Ich nickte, und er schüttelte den Kopf. »Es wird keinen Zweck haben, Doktor. Dieser Eisturm muß mindestens sieben bis zehn Meter dick sein, und auch wenn wir über ihn hinauskommen, wird die *Dolphin* nach wie vor in ihm drinstecken. Nur die Spitze ihres Segels ragt über das Eis hinaus.«

»Ich habe es mir überlegt«, erwiderte ich. »Wir waren dermaßen in unsere eigenen Sorgen und Leiden versunken, daß wir Kapitän Swanson vergessen haben. Ich glaube, wir haben den Fehler begangen, ihn gründlich zu unterschätzen.«

»Höchstwahrscheinlich. Momentan bin ich vollauf damit beschäftigt, mir um Oberleutnant Hansen Sorgen zu machen. Was geht in Ihrem Kopf vor?«

»Folgendes... Meiner Meinung nach muß Kapitän Swanson damit rechnen, daß wir uns auf dem Rückweg zur *Dolphin* befinden. Schließlich hat er uns schon vor geraumer Zeit befohlen, zurückzukehren. Und wenn er annimmt, daß wir den Befehl nicht gehört haben, weil uns oder dem Radio etwas passiert ist, wird er trotzdem mit unserer Rückkehr rechnen und eine Lampe ins Fenster stellen, um das verirrte Schäflein in den heimischen Pferch zu lotsen.«

»Mein Gott, Doktor, ich glaube, Sie haben recht. Natürlich – natürlich! Menschenskind, Menschenskind, was habe ich im Kopf? Stroh?«

Er richtete sich auf und wandte sich der Eiswand zu.

Mit Mühe und Not kletterten wir nach oben, der eine stemmte und zog den anderen hoch. Der Gipfel der Eisschollenkuppe lag kaum sieben Meter über dem Niveau des Packeises, nicht hoch genug. Wir befanden uns noch immer unter der Oberfläche des vom Wind vorangepeitschten Eisnadelstromes. Ab und zu, jeweils einen kurzen Moment lang, ließ die Windstärke ruckweise nach und zeigte uns den klaren Himmel über unseren Köpfen, aber nur gelegentlich und für den Bruchteil einer Sekunde. Und falls in dieser knapp bemessenen Frist etwas zu sehen war, konnten wir es nicht sehen.

»Es wird andere Hügel geben«, schrie ich Hansen ins Ohr. »Höhere...«

Er nickte stumm. Ich konnte seine Miene nicht sehen, aber ich brauchte sie auch nicht zu sehen. Der gleiche Gedanke schoß uns beiden durch den Kopf: Wir sahen nichts, weil es nichts zu sehen gab. Kapitän Swanson hatte keine Lampe ins Fenster gestellt, weil kein Fenster mehr da war. Die *Dolphin* hatte tauchen müssen, um nicht vom Eis zerdrückt zu werden.

Fünfmal im Lauf der nächsten zwanzig Minuten kletterten wir auf Eishügel hinauf, fünfmal kletterten wir wieder hinunter, jedesmal um eine Spur niedergeschlagener und enttäuschter. Inzwischen war ich bereits in einen recht üblen Zustand geraten. Ich bewegte mich durch ein quälendes Inferno. Hansen war noch schlimmer daran, er torkelte und stolperte umher wie ein Betrunkener. Als Arzt kannte ich sehr gut die verborgenen und ungeahnten Kraftreserven, die ein erschöpfter Mensch in einer verzweifelten Notlage zu mobilisieren vermag, aber ich wußte auch, daß diese Reserven nicht unbegrenzt sind und daß wir uns dem Ende näherten. Und wenn das Ende kam, würden wir uns ganz einfach an der windgeschützten Seite einer Eiswand hinlegen und auf den alten Herrn warten: Er würde uns nicht lange warten lassen.

Der sechste Hügel hätte uns beinahe den Garaus gemacht. Er war nicht etwa besonders schwer zu bewältigen, aber die rein physische Belastung wurde uns beinahe zuviel.

Und dann begann ich dunkel zu begreifen, warum uns der Anstieg gar so schwerfiel: Es war der bei weitem höchste Hügel, den wir bisher angetroffen hatten. Kolossale Druckkomponenten hatten sich auf diese eine Stelle konzentriert, die Schollen zusammengetrieben und übereinandergetürmt, bis das Packeis sich volle zehn Meter über das Grundniveau erhob: Der gigantische Unterwasserkamm mußte wohl an die siebzig Meter in die schwarzen Tiefen des Eismeeres hinabreichen.

Zwei Meter unterhalb des Gipfels stießen unsere Köpfe ins Freie: Auf dem Gipfel selbst stützten wir einander gegen den Orkan und blickten auf den Eisstrom hinunter, der dicht unter unseren Füßen dahinwirbelte: ein fantastischer Augenblick, ein gewaltiges, grauweißes, wildwogendes Meer, eine gigantische Sturzflut, die von einem Horizont bis an den anderen reichte. Wie so vieles in der Arktis hatte auch diese Szenerie etwas gespenstisch und erschreckend Fremdartiges, sie war von einer sinnlosen Öde, die nicht auf die Erde, sondern auf einen fernen, längst erloschenen Planeten gehörte.

Wir durchforschten den Horizont im Westen, bis uns die Augen schmerzten. Nichts. Nur die endlose Wüste. Von genau Nord bis genau Süd, die vollen 180 Grad hindurch, erkundeten wir die Oberfläche dieses mächtigen Stromes und sahen noch immer nichts. Drei Minuten verstrichen. Noch immer nichts. Ich fühlte das Blut in meinen Adern zu Eis erstarren.

Auf die minimale Chance hin, daß wir bereits nördlich oder südlich an der *Dolphin* vorbeigekommen waren, drehte ich mich um und blickte nach Osten. Das war nicht leicht, weil der Wind mir sogleich die Tränen in die Augen jagte, aber es war doch wenigstens nicht unmöglich. Langsam ließ ich meine Blicke in einem Winkel von 180 Grad am östlichen Horizont entlangwandern, noch einmal und abermals. Dann packte ich Hansen beim Arm.

»Dort!« sagte ich. »In nordöstlicher Richtung. Vielleicht eine Viertelmeile, vielleicht eine halbe Meile entfernt. Können Sie dort etwas sehen?«

Mehrere Sekunden lang folgte Hansen mit zusammengekniffenen Augen der Richtung meiner ausgestreckten Hand, dann schüttelte er den Kopf. »Ich sehe nichts. Was glauben Sie zu sehen?«

»Ich weiß es nicht. Ich bin meiner Sache nicht sicher. Ich bilde mir ein, dort auf der Oberfläche des Eisstroms einen äußerst matten Lichtschimmer zu sehen.«

Eine volle halbe Minute lang starrte Hansen durch die Wölbung der Hände. Schließlich sagte er: »Es nützt nichts – ich sehe es nicht. Aber meine Augen machen mir schon seit einer halben Stunde zu schaffen. Ich kann mir nicht einmal einbilden, etwas zu sehen.«

Ich wandte mich ab, um den triefenden Augen ein wenig Ruhe zu gönnen, sah dann wieder hin.

»Gott verdamm mich«, sagte ich, »ich bin nicht sicher, daß dort etwas zu sehen ist – aber ich bin auch nicht sicher, daß nichts zu sehen ist.«

»Was stellen Sie sich vor? Ein Licht?«

»Einen Scheinwerfer, dessen Strahl senkrecht nach oben gerichtet ist.«

»Sie machen sich selber etwas vor, Doktor«, sagte Hansen verdrossen. »Der Wunsch ist der Vater des Gedankens. Außerdem würde das bedeuten, daß wir die *Dolphin* schon passiert haben. Das halte ich für ausgeschlossen.«

»Es ist nicht ausgeschlossen. Seit wir angefangen haben, auf die beschissenen Eishügel zu klettern, habe ich jedes Zeit- und Raumgefühl verloren. Es wäre denkbar...«

»Vorwärts, Doktor, gehen wir...«

»Wohin?«

»Ich weiß es nicht.« Seine Zähne klapperten so unbeherrscht, daß ich seinen Worten kaum folgen konnte. »Es spielt wohl keine große Rolle, wohin...«

Mit atemberaubender Plötzlichkeit durchstieß mitten in dem mattschimmernden Fleck, den ich zu sehen glaubte, und nicht weiter als vierhundert Meter entfernt, eine rasch emporsteigende

Leuchtrakete den dahinjagenden Eisnadelstrom und kletterte hoch am klaren Himmel hinauf, einen Schweif rotglühender Funken hinter sich herziehend.

Hundertfünfzig, vielleicht zweihundert Meter stieg sie nach oben, zerbarst dann mit einem grell strahlenden Schauer scharlachroter Sterne, die gemächlich zur Erde hinabsanken, auf den Schwingen des Sturmwindes westwärts entführt wurden und allmählich erloschen, bis der Himmel kälter und leerer war als zuvor.

»Behaupten Sie noch immer, daß es keine große Rolle spielt, wo wir hingehen?« fragte ich Hansen. »Oder haben Sie vielleicht das kleine Feuerwerk nicht gesehen?«

»Was ich soeben gesehen habe«, erwiderte er in ehrfürchtigem Ton, »war das Schönste, das Mama Hansens kleiner Junge je gesehen hat – oder je zu sehen bekommen wird.«

Er schlug mir auf die Schulter, so heftig, daß ich mich an ihm festhalten mußte, um nicht das Gleichgewicht zu verlieren.

»Wir haben es geschafft, Doktor!« schrie er. »Wir haben es geschafft! Plötzlich fühle ich mich so stark wie zehn. Trautes Heim, Glück allein – da sind wir...«

Zehn Minuten später waren wir zu Hause.

»Mein Gott, ist das herrlich!« seufzte Hansen.

Selig verdutzt wanderte sein Blick vom Kapitän zu mir, zu dem Glas in seiner Hand, zu dem Schmelzwasser, das von seinem Pelzwerk auf die Kunststoff-Fliesen in der winzigen Kajüte des Kapitäns tropfte.

»Die Wärme, das Licht, der Komfort – trautes Heim, Glück allein. Ich hätte nicht gedacht, daß ich das alles noch einmal wiedersehen würde. Als die Rakete hochging, Herr Kapitän, hatte ich mich grade nach einer Stelle umgesehen, wo ich mich zum Sterben hinlegen könnte. Und glauben Sie ja nicht, daß das ein Scherz ist. Es ist mein voller Ernst.«

»Und Doktor Carpenter?« Swanson lächelte.

»Er muß irgendwo einen geistigen Defekt haben«, sagte Hansen. »Er scheint nicht zu wissen, wie man es anstellt, das Spiel verloren zu geben. Meiner Meinung nach ein Fall von sturem Eigensinn. Es gibt solche Leute.«

Hansen etwas wunderlich wirres, leicht absurdes Geschwätz hatte nichts mit der überwältigenden Erleichterung zu tun, die nach Augenblicken großer Belastung und Spannung einsetzt. Dazu war Hansen viel zu hart. Das wußte ich, das wußte auch Swanson. Wir waren nun schon seit fast zwanzig Minuten wieder zurück, wir hatten Bericht erstattet, der Druck war weg, allen Beteiligten schien ein Happy-End zu winken, und das Leben sollte endlich wieder in seine normalen Bahnen zurückkehren. Aber wenn die Last von den Schultern gewichen ist und normale Zustände eintreten, hat der Mensch Zeit zum Nachdenken. Ich wußte nur zu gut, was Hansen mit seinem inneren Auge vor sich sah – jenen verkohlten, verkrümmten, ungestalten Klumpen, der einmal mein Bruder gewesen war. Er wollte nicht, daß ich darauf zu sprechen käme, und das konnte ich ihm nicht übelnehmen. Ich sollte nicht einmal daran denken, obwohl er gewußt haben muß, daß das einfach nicht möglich war.

»Wie dem auch sei –«, Swanson lächelte wieder, »– es gibt wohl kaum zwei Menschen auf Gottes Erdboden, die so viel Glück hatten wie ihr beiden. Die Rakete, die ihr gesehen habt, war die drittletzte aus unserem Vorrat. Und Ihrer Meinung nach sind Rawlings, Zabrinski und die Überlebenden der Zebra momentan nicht gefährdet?«

Hansen nickte. »Ein paar Tage lang brauchen wir uns keine Sorgen um sie zu machen. Natürlich leiden sie unter der Kälte, und die gute Hälfte von ihnen braucht dringend klinische Behandlung, aber sie werden mit dem Leben davonkommen.«

»Gut... Also, es sieht folgendermaßen aus. Die Rinne hat vor etwa einer halben Stunde aufgehört, sich zu schließen, aber das spielt jetzt keine Rolle mehr. Wir können jederzeit tauchen und trotzdem unsere Position halten. Entscheidend ist, daß wir den Schaden in der Eismaschine gefunden haben. Es ist eine verdammt knifflige und komplizierte Arbeit. Sie wird mehrere Stunden dauern. Aber da wir es nicht so furchtbar eilig haben, möchte ich zuwarten, bis das Eislot wieder funktioniert, dann die Polynya exakt vermessen und einen Torpedo durch die Mitte jagen. Wenn das Eis dort nicht dicker ist als vier bis fünf Fuß, dürfte es nicht schwerfallen, ein Loch zu sprengen.«

Hansen stimmte zu. »Das wäre das vernünftigste.« Er trank seine Arznei aus – einen ausgezeichneten Bourbon –, erhob sich steifbeinig und räkelte sich. »Na, nun ist man in die alte Tretmühle zurückgekehrt. Wie viele brauchbare Torpedos haben wir zur Verfügung?«

»Nach der letzten Zählung vier.«

»Ich will mal lieber dem kleinen Mills beim Laden behilflich sein. Falls Sie einverstanden sind, Herr Kapitän.«

»Ich bin nicht einverstanden«, erwiderte Swanson sanft, »und wenn Sie mal schnell einen Blick in den Spiegel werfen wollten, würden Sie verstehen, warum. Sie sind nicht fähig, ein Luftgewehr zu laden, geschweige denn, einen Torpedo ins Rohr zu schieben. Ein paar Stunden Schlaf, John, dann wollen wir weitersehen.«

Hansen widersprach nicht. Ich konnte mir nicht vorstellen, daß jemand Kapitän Swanson zu widersprechen gewagt hätte. Er ging zur Tür. »Kommen Sie mit, Doktor?«

»Ich komme gleich nach. Schlafen Sie gut.«

»Ja. Danke ...« Er berührte leicht meine Schulter und lächelte mit blutunterlaufenen, erschöpften Augen. »Schönen Dank für alles. Gute Nacht, die Herren.«

Als er zur Tür draußen war, sagte Swanson: »Es muß recht bitter gewesen sein.«

»Nicht gerade ein Ausflug ins Grüne.«

»Oberleutnant Hansen scheint sich einzubilden, in Ihrer Schuld zu stehen«, fuhr Swanson etwas zusammenhanglos fort.

»Einbildung, wie Sie mit Recht sagen. Nichts geht über diesen Mann. Sie dürfen sich glücklich schätzen, daß Sie so einen Ersten Offizier haben.«

»Das weiß ich.« Er zögerte, fuhr dann fort: »Ich verspreche Ihnen, es nie mehr zu erwähnen – aber – also, es geht mir sehr nahe, Doktor.«

Ich sah ihn an und nickte langsam. Ich wußte, es war aufrichtig gemeint, ich wußte, daß er es nicht für sich behalten konnte, aber in so einer Situation gibt es nicht viel zu erwidern.

Ich sagte: »Sechs andere sind zugleich mit ihm gestorben, Herr Kapitän.«

Wieder zögerte er. »Nehmen wir die – die Toten nach England mit?«

»Dürfte ich noch um einen Tropfen von diesem ausgezeichneten Bourbon bitten?« Ich wartete, bis er mein Glas gefüllt hatte, und fuhr dann fort: »Wir nehmen sie nicht mit. Es sind keine Toten, sondern unkenntliche unidentifizierbare verkohlte Klumpen. Lassen wir sie, wo sie sind.«

Er atmete sichtlich auf, und war sich dessen bewußt, als er hastig erwiderte, nur um etwas zu sagen: »Die gesamte Ausrüstung, die dazu dienen sollte, russische Fernlenkgeschosse zu lokalisieren und zu verfolgen – ist alles vernichtet?«

»Ich habe nicht nachgesehen.«

Er würde bald genug erfahren, daß die ›Zebra‹ keine solche Ausrüstung besessen hatte. Wie er reagieren würde, wenn das Seemannsgarn ans Licht kam, das ich ihm und Admiral Garvie im Holy Loch vorgesponnen hatte, mochte der Himmel wissen. Im Augenblick war es mir völlig egal. Es kam mir unwichtig vor, nichts kam mir wichtig vor, überhaupt nichts mehr. Mit einemmal war ich müde, nicht schläfrig, einfach todmüde, also rappelte ich mich mühsam und steifbeinig hoch, sagte gute Nacht und ging weg.

Als ich in Hansens Kabine kam, lag er im Bett. Sein Pelzwerk hatte er glatt auf den Boden fallen lassen. Ich stellte fest, daß er schon schlief, zog meine Pelze aus, hängte sie auf und verstaute die Pistole im Koffer. Dann legte ich mich in meine Koje, konnte aber nicht einschlafen. So erschöpft ich auch war, nie in meinem Leben hatte ich weniger Lust gehabt, zu schlafen.

Ich war viel zu unruhig und aus der Bahn gerissen, allzu viele Probleme, die alle auf einmal über mich hereinbrachen, verstopften mir das Gehirn. Ich stand auf, zog Hemd und Baumwollhose an und begab mich in die Zentrale. Dort verbrachte ich zum größten Teil die restlichen Nachtstunden, ging auf und ab, sah den zwei Mechanikern zu, die die ungeheuerlich komplizierten Eingeweide der Eismaschine reparierten, las die Glückwunschtelegramme, die noch immer herbeiströmten, wechselte gelegentlich ein paar Worte mit dem Deckoffizier und trank zahllose Tassen Kaffee. So verging mir die Nacht, und als der Morgen kam, fühlte ich mich frisch und fast entspannt, obwohl ich kein Auge zugetan hatte.

Am Frühstückstisch in der Offiziersmesse machten an diesem Morgen alle einen stillvergnügten Eindruck. Sie wußten, daß sie gute Arbeit geleistet hatten, die ganze Welt erklärte, sie hätten Großartiges geleistet, und man sah ihnen an, daß sie diese Arbeit für so gut wie beendet hielten. Niemand schien daran zu zweifeln, daß Swanson es fertigbringen würde, ein Loch ins Eis zu sprengen. Hätte nicht ein Gespenst mit am Tisch gesessen, nämlich ich, wären sie entschieden noch munterer und vergnügter gewesen.

»Wir schenken uns heute die zweite Tasse Kaffee, meine Herren«, sagte Swanson. »Die Zebra wartet auf uns, und obwohl man mir versichert, daß für die Überlebenden keine Gefahr mehr besteht, müssen sie trotzdem frieren und dürften sich elend fühlen. Die Eismaschine arbeitet bereits seit einer Stunde, zumindest wollen wir hoffen, daß sie funktioniert. Wir tauchen jetzt, prüfen die Apparatur, und nachdem wir die Torpedos in die Rohre geladen haben – zwei glaube ich, werden genügen –, schlagen wir eine Bresche in die Rinne neben der ›Zebra‹.«

Zwanzig Minuten später war die *Dolphin* wieder dort, wo sie hingehörte, fünfzig Meter unter der Meeresoberfläche – oder vielmehr dem Packeis. Nach einem zehn Minuten langen Manöver war es klar, daß die Eismaschine sich einwandfrei verhielt und mit ihrer üblichen magischen Genauigkeit die umgekehrten Kuppen und Täler registrierte. Kapitän Swanson nickte befriedigt.

»Nun ist es soweit.« Er wandte sich an Hansen und den Torpedooffizier Mills. »Machen Sie sich an die Arbeit. Vielleicht möchten Sie mitkommen, Doktor Carpenter. Oder sind das für Sie olle Kamellen?«

»Ich habe noch nie mitangesehen, wie die Torpedos in die Rohre geschoben werden«, sagte ich wahrheitsgemäß. »Danke, ich komme gern mit...«

Swanson behandelte Menschen genauso rücksichtsvoll wie seine geliebte *Dolphin*. Deshalb hielten alle Mann an Bord so große Stücke auf ihn. Er wußte oder vermutete, daß mich, abgesehen von dem Tod meines Bruders, auch noch andere Probleme quälten. Er mußte gehört haben, daß ich die Nacht in der Zentrale verbracht hatte, ziellos und rastlos umherwandernd. Er wußte, ich würde für jede Ablenkung dankbar sein, für alles, das mir auch nur vorübergehend die Sorgen aus dem Kopf verscheuchen würde.

Ich hätte gern gewußt, wie viel dieses außerordentlich scharfe Hirn erraten hatte. Aber das waren unnütze Gedankengänge, also schob ich sie beiseite und folgte Hansen und Mills.

Mills war ein zweiter Raeburn (der Navigationsoffizier). Er kam mir mehr wie ein junger Hochschulstudent vor als wie der hochqualifizierte Offizier, der er zweifellos war.

Hansen ging zu einem Armaturenbrett neben der Tauchkonsole und studierte einige Lämpchen. Der Nachtschlaf hatte ihm gutgetan. Abgesehen von den Schürfwunden auf der Stirn und an den Backenknochen, die er den Eisnadeln zu verdanken hatte, war er wieder der alte, heiter-zynisch wie immer, frisch, ausgeruht, in bester Form. Er deutete auf das Armaturenbrett.

»Die Torpedosicherungslampen, Doktor Carpenter! Jedes grüne Licht bedeutet eine geschlossene Torpedorohrtür. Sechs Türen, die sich ins Meer öffnen – wir nennen sie Bugkappen –, sechs rückwärtige Türen, durch die man die Torpedos schiebt. Nur zwölf Lämpchen, aber wir studieren sie sehr, sehr aufmerksam – nur um sicher zu sein, daß sie alle grün leuchten. Wenn nämlich eines rot leuchtete – das heißt, eines der oberen sechs, die die Wasserdeckel repräsentieren –, na, das wäre nicht sehr erhebend, nein?« Er sah Mills an. »Alles grün?«

»Alles grün«, wiederholte Mills.

Wir gingen durch den Messegang nach vorn und kletterten über die breite Treppe in die Mannschaftsmesse hinunter. Von dort aus begaben wir uns in den vorderen Torpedoraum. Als ich das letztemal hier gewesen war, am Morgen nach unserer Abfahrt aus dem Clyde, hatten neun oder zehn Mann in ihren Kojen geschlafen. Jetzt waren sämtliche Kojen leer. Fünf Mann erwarteten uns. Vier Matrosen und ein Maat namens Bowen, den Hansen mit Charlie anredete.

»Sie werden jetzt sehen«, bemerkte Hansen zu mir, »warum Offiziere besser bezahlt werden als Matrosen. Sie verdienen es. Während Charlie mit seinen tapferen Myrmidonen hier hinter doppeltem Kollisionsschott hockt, müssen wir hingehen und die Zuverlässigkeit der Rohre prüfen. Vorschriftsmäßig. Aber – kühler Kopf und eiserne Nerven! Wir tun es gern für unsere Leute.«

Bowen lächelte und entriegelte die erste Kollisionstür. Wir stiegen über die sechzig Zentimeter hohe Schwelle weg und warteten, bis die Tür wieder zugeriegelt worden war, bevor wir die vordere Kollisionstür öffneten und über die zweite Schwelle in den engen Torpedoraum gelangten. Diesmal blieb die Tür weit offen und wurde an einem schweren Pfosten festgehakt.

»Alles, wie es im Buch steht«, sagte Hansen. »Die beiden Türen dürfen nur dann gleichzeitig geöffnet werden, wenn wir die Torpedos in die Rohre schieben.«

Er kontrollierte die Position der Metallgriffe an der Rückseite der Rohre, streckte die Hand nach oben aus, holte ein Stahlfedermikrofon zu sich herunter und betätigte einen Schalter.

»Klar, die Rohre zu prüfen. Alle Handhebel geschlossen. Sind alle Lichter grün?«

»Alle Lichter grün.« Die Antwort, die aus dem oben an der Decke befestigten Lautsprecher kam, klang hohl, blechern, merkwürdig unpersönlich.

»Sie haben es doch schon kontrolliert«, bemerkte ich sanft.

»Also wird es noch einmal kontrolliert. Immer laut Vorschrift.« Er lächelte breit. »Ich will nichts riskieren – Sie sollen nichts riskieren. Welche sollen es sein, George?«

»Drei und vier.« Ich sah die Messingtäfelchen an den kreisrunden Türen der Rohre: 2, 4, und 6 an Backbord, 1, 3, und 5 an Steuerbord. Oberleutnant Mills wollte die mittleren Rohre an beiden Seiten benützen.

Mills hakte eine Gummistablampe von der Wand los und näherte sich zuerst Nummer 3.

Hansen sagte: »Nach wie vor jedes Risiko eliminieren! Zuerst einmal öffnet George den Prüfhahn an der rückwärtigen Tür, um zu sehen, ob Wasser im Rohr ist. Es soll nicht sein, aber manchmal sickert eine kleine Menge an den Bugkappen vorbei. Wenn der Prüfhahn nichts meldet, öffnet George die Tür, beleuchtet mit seiner Lampe die Bugkappe und schaut nach, ob sich kein Hindernis im Rohr befindet. Wie sieht es aus, George?«

»Nummer drei ist okay.« Dreimal drehte Mills an dem Prüfhahn. Kein Tropfen Wasser kam zum Vorschein. »Jetzt öffne ich die Tür.«

Er lockerte den dicken Hebel und ließ die schwere, kreisrunde Tür zurückschwenken. Er richtete den Strahl seiner Lampe ins schimmernde Innere des Rohrs, richtete sich dann auf.

»Blitzsauber und strohtrocken.«

»So hat man es ihm nicht beigebracht«, sagte Hansen bekümmert. »Ich weiß nicht, was heutzutage aus den jungen Offizieren geworden ist. Schön, George, Nummer vier.«

Mills lächelte, verriegelte die rückwärtige Tür von Nummer 3 und begab sich zu Nummer 4 hinüber. Er drehte den Griff des Prüfhahns und sagte: »Oh ...«

»Was denn?« fragte Hansen.

»Wasser«, erwiderte Mills schroff.

»Viel? Mal sehen ...«

»Nur ein paar Tropfen.«

»Ist das schlimm?« fragte ich.

»Es kommt vor«, erwiderte Hansen kurz. Er drehte den Griff hin und her. Abermals rann ein Löffel voll Wasser heraus. »Die Bugkappe ist vielleicht nicht ganz einwandfrei. Wenn man dann sehr tief taucht, kann der äußere Druck etwas Wasser durch die Ritzen pressen. Das dürfte hier der Fall gewesen sein. Wenn die Bugkappe bei dieser Tiefe offen stünde, lieber Freund, würde das Wasser wie ein Geschoß aus dem Hahn hervorbrechen. Aber nur nichts riskieren – nur nichts riskieren!« Wieder griff er nach dem Mikrofon. »Bugkappe Nummer vier noch immer grün? Wir haben ein bißchen Wasser.«

»Noch immer grün.«

Hansen sah Mills an. »Wie läuft es?«

»Nicht mehr so viel.«

»Zentrale!« sagte Hansen ins Mikrofon. »Der Sicherheit halber den Trimmzettel kontrollieren.«

Nach einer Pause fing das Kästchen wieder zu knistern an.

»Hier spricht der Kapitän. Alle Rohre leer. Unterzeichnet von Oberleutnant Hansen und dem Ersten Maschinisten.«

»Danke, Sir.« Hansen schaltete aus und lächelte. »Oberleutnant Hansens Wort genügte mir allemal. Wie sieht es jetzt aus?«

»Nichts mehr.«

»Öffnen.«

Mills zerrte an dem schweren Hebel. Er bewegte sich ein wenig, blieb dann stecken.

»Ungewöhnlich steif«, bemerkte er.

»Habt ihr Torpedoleute noch nie etwas von einem sogenannten Schmieröl gehört?« fragte Hansen. »Fester, George, fester!«

Mills drückte fester auf den Hebel, der sich abermals um einige Zentimeter nach oben bewegte. Mills runzelte die Stirn, wechselte die Stellung, um ein Maximum an Wirkung zu erzielen, und stieß zu, gerade als Hansen ausrief: »Nein! Halt! Um Gottes willen – halt!«

Er kam zu spät. Er kam um ein Menschenleben zu spät. Der Hebel schnappte aus der Klammer, die schwere kreisrunde Tür wurde so heftig aufgestoßen, als wäre sie von einem gigantischen Sturmbock getroffen worden, und eine tosende Flut ergoß sich in den vorderen Torpedoraum. Der schiere Umfang, die gewaltige Kraft und erschreckende Schnelligkeit der fast waagrecht dahinschießenden Wassersäule waren verblüffend – wie der Strahl aus einem riesenhaften Feuerwehrschlauch oder aus einem der Abflußrohre eines Stausees.

Er traf Oberleutnant Mills, der bereits durch den Schwung der aufspringenden Tür schwer verletzt worden war, fegte ihn durch den Torpedoraum und schmetterte ihn gegen die hintere Wand. Eine Sekunde lang stand er aufrecht da, durch die Kraft des ungeheuren Strahls festgenagelt, dann sank er schlaff zu Boden.

»Allen Hauptballast ausblasen!« schrie Hansen ins Mikrofon. Er hielt sich an einer Torpedotür fest, um nicht mitgerissen zu werden. Seine Stimme übertönte sogar das donnernde Rauschen des Wassers. »Alarm! Allen Hauptballast ausblasen!« Er ließ die Tür los und taumelte übers Deck, bemüht, in den bereits fußtiefen Wasserwirbeln nicht das Gleichgewicht zu verlieren. »Raus hier – um Gottes willen ...!«

Er hätte sich die Energie und den Atem sparen können. Ich war bereits unterwegs. Ich hatte Mills unterm Arm und versuchte ihn über die hohe Schwelle der vorderen Kollisionswand zu schleifen, aber ich kam einfach nicht voran. Ein U-Boot exakt im Trimm zu halten, ist auch unter normalen Umständen eine heikle Aufgabe. Schon nach diesen wenigen Sekunden begann der Bug der *Dolphin*, durch die Tonnen Wassers belastet, die bereits hereingeströmt waren, sich scharf nach unten zu senken. Mills mitzuschleifen und gleichzeitig nicht die Balance zu verlieren auf dem schrägen Deck, umschäumt von knietiefem Wasser, ging über meine Kräfte. Plötzlich aber hatte Hansen Mills bei den Füßen gepackt. Ich verlor das Gleichgewicht, stolperte über die hohe Schwelle und fiel, Mills hinter mir herzerrend, rücklings in den engen Raum zwischen den beiden Kollisionswänden.

Hansen befand sich noch an der anderen Seite der Wand. Ich hörte ihn fluchen, während er sich bemühte, die schwere Tür von dem Pfosten loszuhaken. Da das Deck sich steil nach unten neigte, mußte er sich mit seinem vollen Gewicht gegen die massive Stahltür stemmen, um den Haken loszumachen, und das bereitete ihm offenbar unüberwindliche Schwierigkeiten.

Ich ließ Mills los, sprang über die Schwelle, warf mich mit der Schulter gegen die Tür, und durch den plötzlich gesteigerten Druck löste sich der Haken. Die schwere Tür fiel sogleich halb zu, riß uns beide mit und schleuderte uns in den peitschenden Schwall, der nach wie vor aus dem Rohr Nummer vier strömte. Hustend und prustend rappelten wir uns hoch, stiegen über die Schwelle weg, klammerten uns jeder an einem der Griffe an und versuchten, die Tür zuzuziehen.

Zweimal versuchten wir es, zweimal mißglückte es. Das Wasser schäumte durchs Rohr herein und überspülte fast schon den oberen Rand der Schwelle. Mit jeder Sekunde, die verstrich, wuchs der Neigungswinkel des Bootes, und mit jedem zusätzlichen Steilheitsgrad wurde es immer schwieriger, die Tür gegen die ständig zunehmende Schwerkraft hochzuziehen.

Das Wasser begann über die Schwelle bis an unsere Füße heranzusickern.

Hansen überschrie das Tosen des Wassers: »Jetzt oder nie...!«

Ein schlagendes Argument. Es hieß allerdings: jetzt oder nie. Auf ein Zeichen Hansens zerrten wir mit vereinten Kräften an den Griffen, die eine Hand am Griff, die anderen gegen die Wand gestemmt, um ein Höchstmaß an Wirkung zu erzielen. Bis auf zehn Zentimeter brachten wir die Tür heran. Dann fiel sie zurück. Wir versuchten es abermals. Noch immer ein zehn Zentimeter breiter Spalt – und ich wußte, daß wir diesmal alles aus uns herausgeholt hatten, dessen wir fähig waren.

»Können Sie sie einen Augenblick festhalten?« schrie ich.

Er nickte. Ich packte mit beiden Händen den Griff in der unteren Ecke, ließ mich aufs Deck fallen, stemmte die Füße gegen die Schwelle und straffte mit einem krampfartigen Ruck beide Beine.

Krachend fiel die Tür zu, Hansen schob seinen Riegel vor, ich schob meinen vor, und wir waren in Sicherheit.

Ich überließ es Hansen, die restlichen Riegel zu befestigen, und machte mich über die Tür in der hinteren Kollisionswand her. Ich kam nur bis zum ersten Riegel, da begannen die anderen von selber aufzuschnappen.

Maat Bowen und seine Leute hinter der Wand hatten längst begriffen, daß wir so schnell wie möglich hier rauswollten. Die Tür wurde aufgerissen, und meine Trommelfelle knallten in dem jähen Fall des Luftdrucks. Ich hörte das brausende Echo der Luft, die unter Hochdruck in die Ballasttanks eingeblasen wurde. Ich hißte Mills an den Achseln hoch, starke, tüchtige Hände hoben ihn über die Schwelle, und eine Sekunde später standen Hansen und ich neben ihm.

»Um Gottes willen!« sagte Maat Bowen zu Hansen. »Was ist denn passiert?«

»Rohr Nummer vier nach dem Meer zu offen.«

»Jesus Maria!«

»Die Tür verriegeln!« befahl Hansen. »Aber ordentlich...«

Er rannte los, das steil geneigte Deck des Torpedolagerraums hinankrabbelnd. Ich warf einen Blick auf Oberleutnant Mills (dieser eine Blick genügte mir) und folgte Hansen.

Das Heulen der Druckluft erfüllte das Fahrzeug, die Ballasttanks entleerten sich rasch, aber die *Dolphin* setzte ihre tödliche Tauchfahrt fort, pfeilgerade in die dunklen Tiefen des Eismeeres hinab. Nicht einmal die massiven Druckluftbatterien des U-Boots konnten so rasch mit den Auswirkungen der Wassermassen fertig werden, die bereits tonnenweise den vorderen Torpedoraum überflutet hatten. Ich fragte mich düster, ob sie es überhaupt schaffen würden. Während ich durch den Messegang ging und das Geländer benützte, um mich auf dem irrsinnig krängenden Deck hochzuhissen, fühlte ich, wie das ganze Boot unter meinen Füßen schauderte. Swanson hatte die großen Turbinen auf höchste Umdrehungsgeschwindigkeit gebracht. Die schweren Bronzepropeller droschen im Gegenlauf drauflos, verbissen sich tief ins Wasser, um das tauchende Boot zu bremsen.

Angst kann man riechen. Man wittert sie, man sieht sie, und

beides war nun der Fall, als ich jetzt in die Zentrale der *Dolphin* kam.

Keiner gönnte mir auch nur den flüchtigsten Blick, als ich am Sonarraum vorbeikletterte. Sie sahen mich nicht, sie sahen niemanden mehr, sie sahen nur noch eines – regungslos, in äußerster Spannung, mit gehetzten Mienen: die stürzende Nadel des Tiefenmessers.

Die Nadel passierte den Sechshundertfußstrich. Sechshundert Fuß. Kein herkömmliches U-Boot hätte in dieser Tiefe manövrieren können – hätte sich in dieser Tiefe behaupten können. Ich dachte an den fantastischen Außendruck, dem wir preisgegeben waren, und fühlte mich weiß Gott nicht sehr wohl. Auch ein anderer dicht neben mir fühlte sich alles andere als wohl, nämlich der junge Matrose am Innenbord-Tauchsitz. Er ballte die Fäuste, bis die Knöchel hervortraten, ein Muskel zuckte in seiner Wange, ein Nerv in seinem Hals, und in seinen Zügen lag der Ausdruck eines Menschen, der den knochigen Finger des Todes winken sieht.

Sechshundertneunzig Fuß. Siebenhundertfünfzig. Siebenhundertneunzig: Achthundert Fuß. Ich hatte noch nie von einem Unterseeboot gehört, das solche Tiefen erreicht hätte, ohne zugrunde zu gehen. Allem Anschein nach auch Kapitän Swanson nicht.

»Leute, wir haben soeben einen neuen Rekord aufgestellt«, sagte er. Seine Stimme klang ruhig und entspannt, und obwohl er viel zu klug war, um sich nicht zu fürchten, war weder seinem Ton noch seiner Haltung auch nur das geringste anzumerken. »Soviel ich weiß, wurde noch nie eine so große Tiefe registriert. Tauchgeschwindigkeit?«

»Unverändert.«

»Sie wird sich bald ändern. Der Torpedoraum muß jetzt so ziemlich gefüllt sein – bis auf die Tasche mit Druckluft.« Er warf einen Blick auf die Skala und klopfte nachdenklich mit dem Daumennagel gegen die Zähne: Für Swanson war das wahrscheinlich das Äquivalent eines hysterischen Anfalls. »Die Dieseltanks ausblasen... Die Frischwassertanks ausblasen...« So unerschütterlich es klang: Swanson war am Rande der Verzweiflung angelangt, denn diesen Rat hatte ihm die Verzweiflung eingeflüstert: Tausende Meilen von der Heimat und jeglichem Nachschub entfernt das gesamte Dieselöl und Frischwasser über Bord zu werfen, zwei kostbare Vorräte, die gegebenenfalls den Unterschied zwischen Leben und Tod bedeuten mochten... In diesem Augenblick spielte das keine Rolle. Jetzt ging es nur darum, das Boot zu erleichtern.

»Hauptballasttanks leer!« meldete der Tauchoffizier. Seine Stimme klang heiser und gepreßt.

Swanson nickte stumm. Die Lautstärke der Preßluft war um mindestens fünfundsiebzig Prozent gesunken, und die jähe Stille wirkte unheimlich, beängstigend. Nun konnten uns nur noch die mäßigen Dieselöl- und Frischwasserreserven retten. Angesichts der Geschwindigkeit, mit der die *Dolphin* nach unten raste, war es mir unvorstellbar.

Hansen stand neben mir. Ich sah von seiner linken Hand Blut auf den Boden tropfen, und als ich näher hinsah, merkte ich, daß er sich zwei Finger gebrochen hatte. Es mußte im Torpedoraum geschehen sein. Im Augenblick kam es mir unwichtig vor. Sicherlich kam es ihm selber unwichtig vor. Er hatte es total vergessen.

Die Nadel des Manometers sank immer tiefer. Jetzt glaubte ich zu wissen, daß die *Dolphin* nicht mehr zu retten sei.

Eine Glocke ertönte. Swanson holte ein Mikrofon zu sich herab und drückte auf einen Knopf.

»Hier spricht der Maschinenraum«, ertönte eine blecherne Stimme. »Wir müssen die Geschwindigkeit herabsetzen. Die Hauptlager beginnen zu rauchen – jeden Augenblick können sie sich festfressen.«

»Umdrehungsgeschwindigkeit beibehalten...« Swanson ließ das Mikrofon zurückschnellen.

Der junge Bursche am Tauchstand, der mit dem zuckenden Wangenmuskel und dem Nerventick, begann zu murmeln: »Oh, du lieber Gott – oh, du lieber Gott« – immer wieder, zuerst leise, dann mit einer Stimme, die die Skala zur Hysterie entlanglief. Swanson machte zwei Schritte und berührte seine Schulter. »Wenn ich bitten dürfte, junger Mann... Ich kann kaum meine eigenen Gedanken hören.« Das Gemurmel verstummte, der junge Bursche saß still da, das Gesicht aus grauem Granit gemeißelt. Der Nerv in seinem Hals pochte wie ein Hämmerchen.

»Wie lange wird sie das noch aushalten?« fragte ich unbeschwert. Zumindest hätte es unbeschwert klingen sollen, aber es klang wie das Quaken eines asthmatischen Riesenfroschs.

»Leider bewegen wir uns jetzt in unbekannten Regionen«, erwiderte Swanson gelassen. »Über tausend Fuß. – Wenn diese Skala stimmt, haben wir den theoretischen Implosionspunkt – den

Punkt, wo der Rumpf in sich zusammenfällt – bereits um fünfzig Fuß überschritten. Momentan sind wir einem Druck von mehr als einer Million Tonnen ausgesetzt.«

Swansons Gelassenheit, seine eiskalte Ruhe waren verblüffend. Wenn es je den rechten Mann zur rechten Zeit am rechten Platz gegeben hat, dann war es Kapitän Swanson in der Zentrale eines durchgegangenen Unterseebootes, das in Tiefen hinabstieß, wie ein U-Boot sie noch nie erreicht hatte.

»Es geht langsamer«, flüsterte Hansen.

Swanson nickte. »Es geht langsamer.«

Wieder ertönte die Glocke aus dem Maschinenraum. Diesmal klang die Stimme flehend und desperat.

»Wir müssen bremsen, Herr Kapitän! Das Schaltgestänge läuft heiß. Wir sehen es glühen.«

»Warten Sie, bis es die Weißglut erreicht hat, dann dürfen Sie sich beklagen«, erwiderte Swanson barsch.

Wenn die Motoren zusammenbrechen, na, dann brechen sie eben zusammen. Aber bis dahin würde er ihnen den letzten Lebensfunken entreißen, um womöglich die *Dolphin* zu retten.

Wieder ertönte eine Glocke.

»Zentrale?« Die Stimme klang rauh und schrill. »Hier spricht die Mannschaftsmesse. Wasser beginnt hereinzusickern.«

Zum erstenmal verließen sämtliche Blicke den Tiefenmesser und richteten sich auf den Lautsprecher. Endlich gab der Rumpf unter dem phantastischen Druck, dem zermalmenden Gewicht nach. Ein einziges kleines Loch, ein winziger, fadendünner Riß als Ausgangspunkt, und die Druckhülle würde zerplatzen, zerspringen und platt werden wie ein Blechspielzeug unter einem Dampfhammer. Ein schneller Blick auf die entsetzten Gesichter verriet mit, daß allen dieser gleiche Gedanke durch den Kopf ging.

»Wo?« fragte Swanson.

»Steuerbordwand.«

»Wieviel?«

»Ein oder zwei Liter – es rieselt gerade nur an der Wand entlang. Aber es wird immerzu schlimmer. Um Gottes willen, Herr Kapitän, was sollen wir tun?«

»Was ihr tun sollt?« wiederholte Swanson. »Natürlich die verdammte Schweinerei aufwischen. Ihr wollte doch wohl nicht in einem schmutzigen Boot fahren, nein?« Er schaltete ab.

»Sie steht still – sie steht still...«

Sechs Wörter und ein Gebet. Ich hatte mich geirrt, als ich annahm, daß sämtliche Blicke am Lautsprecher hingen. Ein Augenpaar hatte keine Sekunde lang den Tiefenmesser verlassen, und diese Augen gehörten dem jungen Burschen am Tauchstand.

»Sie steht still«, bekräftigte der Tauchoffizier. Seine Stimme zitterte.

Schweigen ringsumher. Unbeachtet träufelte das Blut von Hansens zerschmetterten Fingern. Ich glaubte zum erstenmal auf Swansons Stirn einen matten Schweißglanz zu sehen, war aber meiner Sache nicht sicher. Noch immer schauderte unter unseren Füßen das Deck, während die gigantischen Motoren sich Mühe gaben, die *Dolphin* aus dieser tödlichen Tiefe emporzuheben, noch immer strömte die Druckluft zischend in die Diesel- und Frischwassertanks. Ich konnte den Tiefenmesser nicht mehr sehen, der Tauchoffizier war so nahe herangerückt, daß er ihn zum größten Teil verdeckte.

Neunzig Sekunden verstrichen, neunzig endlose Sekunden, während wir darauf warteten, daß das Meer in den Schiffsrumpf hereinbräche und uns zu sich holte. Dann sagte der Tauchoffizier: »Zehn Fuß. Aufwärts.«

»Bestimmt?« sagte Swanson.

»Einen Jahressold...«

»Wir sind noch nicht überm Berg«, sagte Swanson in sanftem Ton. »Wir laufen noch immer Gefahr, daß die Druckhülle platzt – sie hätte schon vor geraumer Zeit platzen müssen. Noch hundert Fuß – das bedeutet zwei Tonnen weniger Druck auf dem Quadratfuß –, und wir haben meiner Meinung nach eine Chance, mit heiler Haut davonzukommen. Zumindest eine Chance von fünfzig zu fünfzig. Nachher steigt die Chance mit jedem Fuß Höhe, den wir gewinnen.«

»Wir steigen noch immer«, sagte der Tauchoffizier. »Wir steigen. Geschwindigkeit unbekannt.«

Swanson ging zum Tauchstand hin und studierte die langsame Bewegung der Tiefenmesserscheibe. »Wieviel Frischwasser ist übriggeblieben?«

»Dreißig Prozent.«

»Frischwasserballastklappen schließen. Alle Maschinen halbe Fahrt zurück.«

Das Dröhnen der Preßluft verhallte, und die Deckschwingungen legten sich fast zur Gänze, während die Umdrehungsgeschwindigkeit der Motoren von ›Äußerster Kraft‹ auf ›Halbe Fahrt‹ zurückging.

»Aufstiegsgeschwindigkeit unbekannt«, meldete der Tauchoffizier. »Hundert Fuß aufwärts.«

»Dieselölklappen schließen«. Das Dröhnen der Preßluft verstummte völlig. »Alle Maschinen langsame Fahrt zurück.«

»Wir steigen noch immer. Wir steigen.«

Swanson zog ein seidenes Taschentuch hervor und wischte sich das Gesicht und den Hals ab.

»Ich war doch ein bißchen besorgt«, sagte er, ohne sich an eine bestimmte Adresse zu wenden, »– meinetwegen soll man es wissen...« Er griff nach einem Mikrofon, und ich hörte seine Stimme leise durchs Boot dröhnen.

»Hier spricht der Kapitän. Also – ihr könnt alle wieder Atem holen. Wir beherrschen die Situation. Es geht aufwärts. Des Interesses halber will ich erwähnen, daß wir noch immer mehr als dreihundert Fuß unterhalb der untersten Grenze liegen, die bisher ein U-Boot offiziell erreicht hat.«

Mir war zumute, als hätte man mich soeben durch die Walzen einer riesenhaften Mangel gezogen. Wir sahen alle so aus, als hätte man uns soeben durch die Walzen einer riesenhaften Mangel gezogen.

Hansen sagte: »Wenn wir erst einmal wieder in den Staaten sind – wissen Sie, was ich dann mache?«

»Ja«, erwiderte Swanson. »Sie scharren den letzten Cent zusammen, fahren nach Groton und veranstalten ein kolossales, verschwenderisches Fest zu Ehren der Leute, die dieses Boot gebaut haben. Aber Sie kommen zu spät, Herr Oberleutnant. Mir ist es zuerst eingefallen.« Er verstummte jäh und fuhr in scharfem Ton fort: »Was haben Sie denn an der Hand?«

Hansen hob die linke Hand und betrachtete sie verwundert. »Ich wußte nicht einmal, daß ich mich gekratzt hatte. Es muß die verdammte Tür im Torpedoraum gewesen sein. Herr Doktor, wir besitzen einen Verbandkasten. Würden Sie die Güte haben, mich zu behandeln?«

»Das haben Sie gut gemacht, John«, sagte Swanson mit Wärme. »Ich meine, daß Sie die Tür zugekriegt haben. Es wird nicht einfach gewesen sein.«

»Das war es bei Gott nicht. Aber die Ehre gebührt unserem Freund Carpenter«, erwiderte Hansen. »Ihm hat man auf die Schulter zu klopfen. Er hat die Tür zugekriegt, nicht ich. Und wenn wir sie nicht zugekriegt hätten –«

»– Oder wenn ich Ihnen erlaubt hätte, die Rohre zu laden, als Sie gestern abend zurückgekehrt waren...«, fügte Swanson grimmig hinzu, »...als wir mit weitgeöffneten Luken auf dem Wasser lagen... Wir würden jetzt in achttausend Fuß Tiefe gelandet und mausetot sein.«

Hansen zog plötzlich die Hand zurück.

»Mein Gott!« sagte er zerknirscht. »Ich hatte vergessen. Kümmern Sie sich nicht um die dumme Hand. George Mills, unser Torpedooffizier – es hat ihn ordentlich erwischt. Behandeln Sie ihn zuerst. Oder schicken wir Doktor Benson zu ihm.«

Ich nahm seine Hand. »Es hat keine Eile. Zuerst Ihre Finger. Mills spürt nichts mehr.«

»Du lieber Himmel!« Verwunderung lag in Hansens Miene, vielleicht Empörung über meine Kaltschnäuzigkeit. »Wenn er wieder zu sich kommt –«

Ich unterbrach ihn. »Er wird nicht mehr zu sich kommen. Oberleutnant Mills ist tot.«

»Wie?« Swansons Finger vergruben sich tief, schmerzhaft in meinem Arm. »Sagten Sie ›tot‹?«

»Die Wassersäule aus dem Rohr Nummer vier kam wie ein Schnellzug angebraust«, sagte ich müde. »Sie hat ihn gegen die Wand geschleudert und ihm den Hinterkopf wie eine Eierschale zerschmettert. Er muß auf der Stelle tot gewesen sein.«

»Junker George Mills«, murmelte Swanson. Er war sehr blaß geworden. »Armer Teufel. Seine erste Fahrt mit der *Dolphin*. Und jetzt – einfach ausgelöscht.«

»Ermordet«, sagte ich.

»Wie...? Was haben Sie gesagt?«

»Ermordet«, antwortete ich. »Und damit meine ich ›ermordet‹.«

Swanson starrte mich lange an, mit völlig ausdrucksloser Miene, aber seine Augen sahen trüb, verhärmt und plötzlich irgendwie alt aus. Er drehte sich hastig um, ging zu dem Tauchoffizier hin, sagte ein paar Worte zu ihm und kehrte zurück.

»Kommen Sie«, sagte er unvermittelt. »Sie können Hansens Hand in meiner Kabine verbinden.«

7

»Sind Sie sich über den Ernst Ihrer Behauptung im klaren?« fragte mich Swanson. »Sie erheben eine schwere Anklage...«

»Ach, lassen wir das sein«, antwortete ich unhöflich. »wir sind nicht im Gerichtssaal, und ich klage niemanden an. Ich behaupte nur, daß ein Mord begangen worden ist. Wer die Bugklappentür offengelassen hat, ist unmittelbar für den Tod des Torpedooffiziers verantwortlich.«

»Was soll das heißen: ›Wer die Tür offengelassen hat‹? Es könnte natürliche Ursachen gehabt haben. Und sogar wenn jemand die Tür offengelassen hat, dürfen Sie nicht einen Menschen als Mörder hinstellen, nur weil er nachlässig oder vergeßlich war oder weil –«

»Herr Kapitän«, sagte ich, »ich gebe feierlich zu Protokoll, daß Sie meiner Meinung nach und aller Wahrscheinlichkeit nach der beste Marineoffizier sind, dem ich je begegnet bin. Aber in dieser Hinsicht der beste sein, heißt noch lange nicht, in jeder Hinsicht der beste sein. In Ihrer Bildung klaffen erhebliche Lücken, Herr Kapitän, besonders, wenn es sich um die subtileren Nuancen menschlicher Niedertracht handelt. Dazu gehört eine besonders niedrige und listige Denkungsart, die Sie leider nicht besitzen. Sie sagen – ›eine durch natürliche Ursachen geöffnete Tür...‹ Was für natürliche Ursachen?«

»Wir sind einige Male heftig gegen das Eis angerannt«, erwiderte Swanson langsam. »Dabei könnte die Tür aufgesprungen sein...«

»Die Kontrollampen zeigten grünes Licht.«

»Eine Tür kann ein wenig offenstehen, ohne den Sicherheitskontakt zu unterbrechen.«

»Ein wenig offenstehen! Warum, glauben Sie, ist Mills tot? Wenn Sie je den Wasserdruck gesehen haben, der in einem Wasserkraftwerk die Turbinenschaufeln trifft, dann wissen Sie, wie das Wasser hereinschoß. Ein wenig offen? Du lieber Gott! Wie werden diese Türen betätigt?«

»Auf zweifache Art. Fernsteuerung, hydraulisch – man drückt auf einen Knopf. Im Torpedoraum selbst befinden sich Hebel, die mit der Hand betätigt werden.«

Ich wandte mich an Hansen. Er saß neben mir auf der Koje. Sein Gesicht war blaß, während ich seine gebrochenen Finger schiente.

Ich sagte: »Die Handhebel... Standen sie auf ›Zu‹?«

»Sie haben selber gehört, wie ich es festgestellt habe. Natürlich! Das wird zuallererst kontrolliert.«

»Jemand kann Sie nicht leiden«, sagte ich zu Swanson. »Oder er kann die *Dolphin* nicht leiden. Oder er wußte, daß die *Dolphin* auf der Suche nach den Überlebenden der ›Zebra‹ ist, und das konnte er nicht leiden. Deshalb wurde Sabotage verübt. Erinnern Sie sich: Sie waren ziemlich verwundert, weil Sie den Trimm der *Dolphin* nicht zu korrigieren brauchten. Sie hatten die Absicht gehabt, langsam zu tauchen, um die Gleichgewichtslage unter Wasser zu kontrollieren, weil Sie annahmen, sie würde dadurch beeinträchtigt sein, daß in den vorderen Rohren keine Torpedos steckten. Aber welche Überraschung? Es bedurfte keiner Korrektur.«

»Ich höre«, sagte Swanson gelassen. Jetzt hatte er sich zu meinem Standpunkt bekehrt. Restlos. Er zog die eine Braue hoch, während wir das Wasser in die Tanks zurückrauschen hörten. Der Tochtertiefenmesser in der Kapitänskajüte registrierte 200 Fuß. Swanson mußte dem Tauchoffizier befohlen haben, in dieser Tiefe das Boot abzufangen. Der Bug war noch immer in einem Winkel von etwa 25° nach unten gerichtet.

»Die Korrektur erwies sich als überflüssig, weil einige Rohre bereits mit Wasser gefüllt waren. Wer weiß, vielleicht ist Nummer drei, das Rohr, das wir geprüft und in Ordnung befunden haben, das einzige, das nicht voller Wasser ist. Unser schlauer kleiner Liebling ließ die Türen offen, schaltete die Handhebel aus, so daß sie auf ›Zu‹ standen, obwohl die Türen offen waren, und vertauschte ein paar Drähte in einem Abzweigkasten, so daß die Kontrollampen bei offenen Türen grünes und bei geschlossenen Türen rotes Licht zeigten. Einer, der Bescheid weiß, kann das in wenigen Minuten deichseln. Zwei Mann, die Bescheid wissen, schaffen es im Handumdrehen. Ich wette, was Sie wollen: Sobald Sie Gelegenheit haben, eine Kontrolle durchzuführen, wird sich herausstellen, daß die Handhebel ausgeschaltet, die Drähte vertauscht und die Einläufe der Prüfhähne mit Siegelwachs, schnelltrocknender Farbe oder vielleicht sogar mit Kaugummi verstopft sind, damit, wenn man sie öffnet, nicht zu merken ist und man annehmen muß, die Rohre seien leer.«

»So ein Schwein«, sagte Swanson ruhig. »Um ein Haar wären wir alle diesem Mörder zum Opfer gefallen. Ja, wären uns nicht der liebe Gott und die Schiffsbauer der Groton-Werft gnädig gewesen, hätte er uns alle umgebracht.«

»Das hatte er nicht beabsichtigt«, entgegnete ich. »Er wollte niemanden umbringen. Sie hatten vorgehabt, in Holy Loch, bevor Sie absegelten, ein langsames Tauchmanöver durchzuführen, um den

Trimm zu kontrollieren. Das haben Sie mir selber erzählt. Hatten Sie es der Besatzung mitgeteilt, im Tagesbefehl an der Anschlagtafel oder auf andere Weise?«

»Mündlich und schriftlich.«

»Also wußte unser Liebling Bescheid. Er wußte auch, daß diese Kontrollen durchgeführt werden, solange das Boot noch obenauf schwimmt oder knapp unters Wasser getaucht ist. Hätten Sie die Rohre geprüft, wäre Wasser hereingeströmt, gerade so viel, daß man die hinteren Türen nicht mehr aufgekriegt hätte, aber nicht unter so hohem Druck, daß Sie nicht Zeit gehabt hätten, die Tür im vorderen Kollisionsschott zu schließen und einen geordneten Rückzug anzutreten. Was wäre passiert? Nicht viel. Im schlimmsten Fall wären Sie langsam auf den Boden hinuntergesunken und dort liegen geblieben – in einer für die *Dolphin* durchaus ungefährlichen Tiefe. Bei einem der U-Boote, wie sie vor zehn Jahren üblich waren, hätte es eine Katastrophe bedeutet – wegen der geringen Luftzufuhr: Heute nicht mehr, weil Ihnen heute Ihre Luftreinigungsaggregate erlauben, monatelang unten zu bleiben. Sie schikken lediglich Ihre Alarmboje nach oben, melden telefonisch den Vorfall, setzen sich hin und trinken Kaffee, bis ein Marinetaucher erscheint und die Bugklappen schließt. Dann wird der Torpedoraum leergepumpt, und man taucht wieder auf. Unser unbekannter Freund – oder, sagen wir, unsere Freunde – wollten keinem Menschen auch nur ein Haar krümmen. Sie wollten nur Ihre Abfahrt verzögern. Und es wäre ihnen gelungen. Wir wissen jetzt, daß die *Dolphin* aus eigener Kraft hochgekommen wäre, aber Ihre Vorgesetzten würden trotzdem darauf bestanden haben, daß sie ins Dock wandert und zwei Tag lang auf Herz und Nieren geprüft wird.«

»Warum sollte jemand ein Interesse daran gehabt haben, unsere Abfahrt zu verzögern?« fragte Swanson.

Ich glaube, in seiner Miene einen unnötigen nachdenklichen Ausdruck festzustellen, aber das war schwer zu entscheiden, weil Kapitän Swansons Miene immer genau das verriet, was er verraten wollte, aber kein Jota mehr.

»Ja, du lieber Gott, bilden Sie sich ein, daß ich diese Frage beantworten kann?« sagte ich gereizt.

»Nein, nein – das bilde ich mir nicht ein.« Er hätte es nachdrücklicher betonen können. »Sagen Sie mal, Doktor Carpenter, glauben Sie, daß der Schuldige unter den Mitgliedern meiner Besatzung zu suchen ist?«

»Brauche ich wirklich darauf zu antworten?«

»Wohl kaum...« Er seufzte. »Auf dem Boden des Nördlichen Eismeers zu landen ist keine sehr reizvolle Methode, Selbstmord zu begehen. Wenn einer meiner Leute das Ding gedreht hätte, würde er die Sache schleunigst wieder geordnet haben, sobald er merkte, daß wir darauf verzichteten, in seichten Gewässern eine Gleichgewichtsprobe durchzuführen. Es bleiben also nur die schottischen Werftarbeiter übrig. – Jeder einzelne ist dreifach, zehnfach überprüft und als hundertprozentig zuverlässig abgestempelt worden.«

»Das bedeutet nichts. In Moskauer Luxushotels und in englischen und amerikanischen Zuchthäusern wimmelt es von Leuten, die als hundertprozentig zuverlässig galten... Was gedenken Sie jetzt zu tun, Herr Kapitän? Ich meine – in bezug auf die *Dolphin?*«

»Ich habe es mir überlegt. Unter normalen Umständen würde man die Bugkappe von Nummer vier schließen, den Torpedoraum leerpumpen, dann hineingehen und die hintere Tür schließen. Aber die Bugkappentür geht nicht zu. Eine Sekunde, nachdem John uns mitgeteilt hatte, daß Nummer vier nach dem Meer zu offen ist, drückte der Tauchoffizier auf den hydraulischen Knopf, der die Fernsteuerung auslöst. Sie haben selber gesehen, daß nichts geschah. Die Tür muß verklemmt sein.«

»Darauf können Sie Gift nehmen«, erwiderte ich finster. »Mit einem Schmiedehammer könnte man vielleicht etwas ausrichten, aber nicht mit Schaltknöpfen!«

»Ich könnte in die Rinne zurückkehren, die wir soeben verlassen haben, auftauchen und einen Taucher unters Eis schicken, damit er den Schaden untersucht und nachschaut, was sich machen ließe, aber ich will von niemandem verlangen, daß er sein Leben aufs Spiel setzt. Ich könnte ins offene Meer retirieren, auftauchen und dort den Schaden beheben, aber das wäre nicht nur eine verteufelt langsame und unbehagliche Fahrt, solange die *Dolphin* schief liegt – es würde außerdem mehrere Tage dauern, bevor wir wieder hier angedampft kämen. Einige der Überlebenden der Zebra sind übel dran. Vielleicht würde es zu spät sein.«

»Also, Herr Kapitän«, sagte ich, »der Mann, den Sie brauchen, steht vor Ihnen. Ich sagte Ihnen gleich bei unserer ersten Begegnung, daß Milieustudien meine Spezialität sind, besonders, wenn es sich um den extremen Druck handelt, dem Menschen ausgesetzt sind, die aus einem U-Boot flüchten. Ich habe eine ganze Reihe exakt simulierter Manöver mitgemacht, Herr Kapitän. Ich verstehe recht viel von anomalen Druckverhältnissen, ich weiß, wie man sie zu bewältigen hat, und ich weiß, wie ich auf sie reagiere.«

»Was schwebt Ihnen vor?«

»Sie wissen sehr genau, was mir vorschwebt«, erwiderte ich ungeduldig. »Man bohrt ein Loch in die Tür der hinteren Kollisionswand, schraubt einen Hochdruckschlauch ein, öffnet die Tür, schiebt jemanden in den engen Zwischenraum zwischen den beiden Kollisionsschotts und betätigt den Schlauch, bis der Druck zwischen den beiden Kollisionswänden dem im Torpedoraum herrschenden Druck angepaßt ist. Die vordere Kollisionstür ist nicht verriegelt. Sowie die Druckbalance hergestellt ist, läßt sie sich mit dem kleinen Finger öffnen. Man geht in den Torpedoraum, schließt die Rohrtür Nummer vier und spaziert davon. Das hat Ihnen vorgeschwebt, nicht wahr?«

»Mehr oder weniger. Abgesehen davon, daß Sie nichts damit zu tun haben. Jeder einzelne Mann an Bord der *Dolphin* hat Ausstiegsmanöver mitgemacht. Alle kennen die Wirkung des Wasserdrucks. Und die meisten sind bedeutend jünger als Sie.«

»Wie Sie wollen«, erwiderte ich. »Aber das Alter hat mit der Widerstandskraft wenig zu tun. Ich habe junge Männer, kräftige, harte, gut durchtrainierte junge Burschen unter ähnlichen Bedingungen völlig zusammenbrechen sehen, ich habe erlebt, wie sie fast wahnsinnig wurden und um jeden Preis raus wollten, nur raus... Es handelt sich um eine sehr heikle Kombination physischer und psychischer Faktoren.«

»Lieber Herr Doktor«, sagte Swanson bedächtig, »ich wüßte niemanden, auf den ich mich lieber verließe als auf Sie. Aber Sie haben eine Kleinigkeit übersehen. Was wird der Chef der Atlantischen Unterseebootflotte dazu sagen, wenn er erfährt, daß ich an Stelle eines meiner eigenen Matrosen einen Zivilisten losgeschickt habe.«

»Ich weiß, was er sagen wird, wenn Sie mich zurückhalten. Er wird sagen: ›Wir müssen Fregattenkapitän Swanson zum Leutnant degradieren, weil er einen anerkannten Experten an Bord der *Dolphin* hatte und sich aus sturem Stolz weigerte, die Sachkenntnis dieses Mannes auszunützen, wodurch er das Leben seiner Besatzung und die Sicherheit des Bootes aufs Spiel setzte.‹«

Swanson sah Hansen an. »Was meinen Sie, John?«

»Ich habe schon weniger tüchtige Leute getroffen als Doktor Carpenter«, erwiderte Hansen. »Außerdem dürfte seine Nervosität, sein Hang, in Panik zu geraten, mit einem Sack Portland-Zement konkurrieren können.«

»Er besitzt Qualifikationen, die man nicht von einem durchschnittlichen Arzt erwartet«, sagte Swanson zustimmend. »Ich akzeptiere dankbar Ihr Anerbieten. Einer meiner Leute wird Sie begleiten. Damit ist sowohl dem Gebot des gesunden Menschenverstandes als auch dem der Ehre Genüge getan.«

Gar so angenehm war es nicht, bei weitem nicht, aber auch nicht gar so schrecklich. Es verlief genauso, wie man es hätte voraussagen können. Vorsichtig schob Swanson die *Dolphin* nach oben, bis ihr Heck sich knapp einen Meter unter dem Eis befand. Damit wurde der Druck im Torpedoraum auf ein Minimum herabgemindert. Trotzdem befand sich der Bug noch immer in einer Tiefe von etwa dreißig Metern.

Ein Loch wurde in die Tür der hinteren Kollisionswand gebohrt und ein armierter Hochdruckschlauch eingeschraubt. Ein junger Torpedomatrose und ich – in porösen Gummianzügen, mit je einem Atmungsgerät versehen – begaben uns in die enge Lücke zwischen den beiden Kollisionsschotts. Preßluft strömte zischend zu uns herein. Langsam nahm der Druck zu: anderthalb, zwei, zweieinhalb, drei Atmosphären. Ich spürte die Belastung der Lungen und Ohren, den Schmerz hinter den Augäpfeln, die leichte Benommenheit, verursacht durch die Giftwirkung des reinen Sauerstoffs, den man bei solchem Druck einatmet. Aber ich war daran gewöhnt, ich wußte, es würde mir nicht den Garaus machen. Ich fragte mich, ob auch Murphy sich darüber im klaren sei. Das war das Stadium, da die meisten Menschen der vereinten physischen und seelischen Belastung nicht mehr gewachsen sind. Wenn aber Murphy Angst hatte oder unter körperlichen Beschwerden litt, wußte er es gut zu vertuschen. Swanson hatte sich natürlich den besten Mann ausgesucht, und um in solcher Gesellschaft der Beste zu sein, mußte Murphy schon etwas ganz Besonderes sein.

Wir lockerten die Riegel an der Tür im vorderen Kollisionsschott, und als der Druck sich auszugleichen begann, klappten wir sie vorsichtig hoch. Im Torpedoraum stand das Wasser ungefähr einen halben Meter über der Schwelle. Als die Tür aufging, schäumte es weißlich gischtend in die Kollisionskammer, während hinter uns komprimierte Luft hervorzischte, um den herabgeminderten Luftdruck im Torpedoraum zu balancieren. Etwa zehn Sekunden lang mußten wir uns verzweifelt anklammern, um die Tür festzuhalten und nicht das Gleichgewicht zu verlieren, während Wasser und Luft in einem siedenden Mahlstrom miteinander kämpften und rangen, um ihr natürliches Niveau zu erreichen. Die Tür wurde weit aufgerissen. Am Kollisionsschott stand das Wasser nun etwa fünfundsiebzig Zentimeter hoch und erstreckte sich bis zum oberen Rande der Bugwand. Wir stiegen über die Schwelle weg, knipsten unsere wasserdichen Stablampen an und tauchten unter.

Die Temperatur betrug etwa 28° Fahrenheit – etwa minus 2° Celsius. Unsere porösen Gummianzüge waren eigens für den Aufenthalt in eiskaltem Wasser konstruiert, trotzdem japste ich nach Luft – soweit man japsen kann, wenn man unter schwerem Druck reinen Sauerstoff einatmet. Aber wir beeilten uns. Je länger wir uns dort aufhielten, desto länger würde nachher der Prozeß der Druckverminderung dauern. Halb wateten, halb schwammen wir ans Bugende des Raumes, fanden die hintere Tür des Rohres Nummer vier und machten sie zu, aber erst, nachdem ich schnell einen Blick ins Innere des Druckhahns geworfen hatte. Die Tür selbst schien unbeschädigt zu sein: Der arme Mills hatte mit seinem Körper ihre Pendelwucht aufgefangen und verhindert, daß sie aus den Angeln gerissen wurde. Sie war in keiner Weise verbogen und paßte exakt in die Fugen. Wir befestigten den Sperriegel und kehrten um.

Als wir wieder in der Kollisionskammer angelangt waren, meldeten wir uns mit dem verabredeten Klopfzeichen. Fast sogleich ließ sich das gedämpfte Surren der mit Höchstgeschwindigkeit arbeitenden Saugpumpen vernehmen, die im Torpedoraum zu arbeiten begannen und das Wasser entfernten. Langsam fiel der Pegel, und damit nahm auch ebenso langsam der Luftdruck ab. Grad um Grad begann die *Dolphin* wieder gleichlastig zu werden. Nachdem das Wasser schließlich unter das Niveau der vorderen Schwelle gesunken war, gaben wir abermals ein Signal, und die restliche Preßluft wurde sachte durch den Schlauch abgesaugt.

Als ich ein paar Minuten später den Gummianzug ablegte, fragte Swanson: »Ist alles glattgegangen?«

»Ja. Sie haben sich einen tüchtigen Mann ausgesucht. Ich meine Murphy.«

»Ich kenne keinen tüchtigeren. Vielen Dank, Herr Doktor.« Er senkte die Stimme. »Sie haben nicht zufällig –«

»Das wissen Sie ganz genau. Natürlich habe ich zufällig... Nicht Wachs, nicht Lack, nicht Kaugummi... Leim, Herr Kapitän. Mit Leim hat man den Zulauf zu dem Prüfhahn abgedichtet.«

Die *Dolphin* erzitterte zum Bug bis ans Heck, als der Torpedo aus seinem Rohr hervorzischte: Rohr Nummer drei, das einzige, auf das Swanson sich unbesorgt verlassen durfte.

»Auszählen«, sagte Swanson zu Hansen. »Sagen Sie mir, wann es treffen soll – sagen Sie mir, wann wir es hören sollen.«

Hansen betrachtete die Stoppuhr in seiner bandagierten Hand und nickte. Langsam verstrichen die Sekunden. Ich sah, wie Hansens Lippen sich stumm bewegten, dann sagte er: »Es müßte aufschlagen – jetzt...« Und zwei bis drei Sekunden später: »Wir müßten es hören – jetzt...«

Der Mann, der für die Einstellung und die Zeitberechnung verantwortlich war, hatte sein Handwerk verstanden. Gerade bei Hansens zweitem ›Jetzt!‹ hörten und spürten wir gleichzeitig die klingenden Vibrationen des Bootsrumpfes, welche die durch die Explosion des Sprengkopfes ausgelösten Stoßwellen erzeugten. Nur ganz kurz erbebte das Deck unter unseren Füßen. Es war bei weitem nicht so schlimm, wie ich befürchtet hatte. Ich atmete auf. Ich brauchte kein Hellseher zu sein, um zu wissen, daß alle aufatmeten. Noch nie hatte ein U-Boot sich in der Nähe eines unter dem Packeis detonierenden Torpedos befunden. Niemand hatte gewußt, bis zu welchem Grade die dämpfende Wirkung der Eisschicht den Druck und die Zerstörungskraft der seitlichen Stoßwellen steigern würde.

»Hübsch«, murmelte Swanson. »Wirklich sehr hübsch gemacht. ...Beide Maschinen kleine Fahrt voraus! Hoffentlich hat das Eis mehr abbekommen als wir.«

Er wandte sich zu Benson, der vor der Eismaschine saß.

»Verständigen Sie uns, sowie wir die Rinne erreicht haben, ja?«

Dann begab er sich an den Koppeltisch.

Raeburn blickte auf und sagte: »Fünfhundert Meter haben wir hinter uns – fünfhundert haben wir noch zurückzulegen.«

»Alle Maschinen stopp!« befahl Swanson.

Das leise Vibrieren der Motoren hörte auf.

»Wir werden uns sehr vorsichtig heranschleichen. Die Explosion könnten tonnenschwere Eisblöcke ziemlich tief ins Meer geschleudert haben. Ich möchte möglichst gar keine Fahrt haben, wenn wir einem dieser Brocken auf seinem Weg nach oben begegnen.«

»Noch dreihundert Meter«, sagte Raeburn.

»Alles klar! Ringsum alles klar!« meldete der Sonarraum.

»Noch immer dünnes Eis!« rief Benson. »Ah – jetzt haben wir's. Wir befinden uns unter der Rinne. Dünnes Eis. Etwa fünf bis sechs Fuß.«

»Zweihundert Meter«, sagte Raeburn. »Es stimmt.«

Langsam glitten wir weiter. Auf Swansons Befehl drehten sich die Propeller einige Male, standen dann wieder still.

»Fünfzig Meter«, sagte Raeburn. »Genügend nahe.«

»Eisdicke?«

»Unverändert. Ungefähr fünf Fuß.«

»Geschwindigkeit?«

»Ein Knoten.«

»Position?«

»Genau eintausend Meter. Direkt unter dem Zielbereich.«

»Und nichts auf der Eismaschine? Gar nichts?«

»Nichts.« Benson zuckte die Schultern und sah Swanson an. Der Kapitän ging zu ihm hin und sah zu, wie der mit Tinte getränkte Griffel seine waagrechten Striche auf das Papier ätzte.

»Eigenartig, gelinde gesagt«, murmelte Swanson. »Siebenhundert Pfund hochgradiges Amatol. Das Eis muß in diesen Gegenden besonders zäh sein. Abermals gelinde gesagt. Wir gehen bis zu neunzig Fuß hoch und kreuzen eine Weile unter dem Bereich. Scheinwerfer einschalten – Fernsehgeräte einschalten!«

Wir gingen also bis zu neunzig Fuß hoch und kreuzten eine Weile, und nichts kam dabei heraus. Das Wasser war völlig undurchsichtig. Scheinwerfer und Fernsehkamera konnten nichts ausrichten. Die Eismaschine verzeichnete hartnäckig vier bis sechs Fuß (exakter ließ es sich nicht messen).

»Also, da ist offenbar nichts mehr zu erwarten«, sagte Hansen. »Wollen wir umkehren und noch einmal rangehen?«

»Ich weiß nicht recht«, murmelte Swanson nachdenklich. »Was meinen Sie dazu, wenn wir versuchen, uns durchzuboxen?«

»Uns durchboxen? Durch fünf Fuß dickes Eis?«

»Ich schwanke. Wir sind von unbewiesenen Annahmen ausgegangen, und das ist immer gefährlich. Wir haben angenommen, daß der Torpedo, wenn er das Eis nicht in Stücke schlägt, zumindest eine Bresche öffnen wird. Vielleicht geht es ganz anders zu. Vielleicht entsteht nur ein starker Druck, der sich über einen ziemlich großen Bereich verteilt, das Eis emporstößt und in recht umfangreiche Brocken zerbricht, die dann ganz einfach wieder ins Wasser zurücksinken und ihre ursprüngliche Lage einnehmen nach dem Muster eines ausgetrockneten Schlammtrichters mit winzigen Rissen rund um die einzelnen Teile. Ja, mit Rissen. Es sind schmale Risse, aber Risse, so schmal, daß die Eismaschine sie auch bei unserer langsamen Fahrt nicht registrieren kann.« Er wandte sich an Raeburn. »Unsere Position?«

»Immer noch im Zentrum des Zielbereichs, Sir.«
»Gehen wir nach oben, bis wir das Eis berühren.«
Er brauchte nicht hinzuzufügen, daß Vorsicht geboten sei. Der Tauchoffizier führte das Boot wie treibenden Distelflaum nach oben, bis wir einen sachten Stoß verspürten.
»Still liegen«, befahl Swanson. Er musterte den Bildschirm des Fernsehgeräts, aber das Wasser war so undurchsichtig, daß bereits in halber Höhe des Segels alle Konturen verschwammen. Er nickte dem Tauchoffizier zu. »Nach oben stoßen – fest!«
Preßluft zischte in die Ballasttanks, Sekunden verstrichen, ohne daß etwas geschah. Dann erzitterte die *Dolphin* urplötzlich. Etwas sehr Schweres und sehr Massives schien gegen den Rumpf zu prallen. Eine kurze Pause, abermals ein Stoß, dann sahen wir die Kante einer gewaltigen Eisscholle über den Bildschirm herabgleiten.
»Also, jetzt glaube ich fast, daß ich recht behalten habe«, bemerkte Swanson. »Wir scheinen einen Riß zwischen zwei Eisbrokken fast genau in der Mitte erwischt zu haben. Tiefe?«
»Fünfundvierzig.«
»Fünfzehn Fuß hoch aus dem Wasser. Und ich glaube nicht, daß wir damit rechnen dürfen, die vielen Tonnen Eis zu bewältigen, die auf dem übrigen Teil des Rumpfes lasten. Reichlich Auftrieb?«
»Mehr als genug.«
»Dann lassen wir es dabei bewenden. Steuermann, Sie gehen sofort nach oben und berichten, wie das Wetter ist.«
Ich wartete nicht auf den Wetterbericht. Freilich interessierte er mich sehr, aber noch mehr lag mir daran, mich nicht von Hansen in seiner Kabine dabei ertappen zu lassen, wie ich nicht nur mein Pelzwerk anzog, sondern auch die Mannlicher-Schoenauer zu mir steckte. Diesmal aber verstaute ich sie nicht in dem Spezialfutteral, sondern in der Außentasche meiner Karibu-Hose. Ich dachte, dort würde sie mir bequemer zur Hand sein.

Es war Punkt zwölf Uhr mittags, als ich über den Rand der Brücke kletterte und ein lose baumelndes Seil benützte, um an einer großen Eisscholle entlangzuschlittern, die steil bis fast zur Spitze des Segels anstieg. Am Himmel war es ungefähr so hell wie in später Winterdämmerung, wenn er mit grauen, schweren Wolken bedeckt ist. Die Luft war so bitterkalt wie nur je; trotzdem hatte das Wetter sich gebessert. Der Wind hatte sich nach Nordost gedreht und ordentlich nachgelassen. Seine Geschwindigkeit betrug nur noch selten mehr als dreißig Stundenkilometer, und die Eisnadeln erhoben sich kaum einen halben oder höchstens einen Meter über das Packeis. Sie kratzten einem nicht mehr die Augen aus.

Wir waren insgesamt elf Personen: Kapitän Swanson, Dr. Benson, acht Matrosen und ich. Vier Mann hatten Tragbahren mit.

Sogar die siebenhundert Pfund des kräftigen Sprengstoffs, der für Geld zu haben ist, hatten der Eisschicht keinen sehr großen Schaden zuzufügen vermocht. In einem Umkreis von etwa hundert Quadratmetern war das Eis in große, seltsam einheitlich geformte, ungefähr sechseckige Bruchstücke zerborsten, die sich aber wieder so exakt zusammengelegt hatten, daß man in die meisten Spalten zwischen benachbarten Eisbrocken nicht einmal eine Hand hätte hineinzwängen können. Viele dieser Risse begannen sich sogar schon wieder zu schließen. Eine recht klägliche Leistung für einen Torpedosprengkopf – aber vielleicht durften wir von Glück sagen, daß wir so viel erreicht hatten.

Wir marschierten an den Ostrand der Rinne, kletterten auf das eigentliche Packeis hinauf und drehten uns um, um uns nach dem starr in den düsteren Himmel emporgereckten weißen Finger des Scheinwerfers zu orientieren. Diesmal liefen wir keine Gefahr, uns zu verirren. Solange der Wind sich ruhig verhielt und die Eisnadeln am Boden entlangkrochen, war die Lampe im Fenster auf eine Entfernung von zehn Kilometern zu sehen.

Wir brauchten nicht einmal zu peilen. Ein paar Schritte weiter, ein paar Schritte bergan, und da lag sie vor uns: die Treibeis-Station Zebra. Drei Hütten, eine davon halb verkohlt, fünf geschwärzte Skelette, die früher einmal Baracken gewesen waren. Ein Bild der Verwüstung.

»Das also ist die ›Zebra‹ «, sagte Swanson mir ins Ohr. »Vielmehr der traurige Rest. Ich habe einen langen Weg zurückgelegt, um dieses Bild zu sehen.«

»Beinahe hätten Sie einen noch weiteren Weg zurückgelegt, ohne es jemals zu sehen«, erwiderte ich leise. »Ich meine, bis auf den Grund des Nördlichen Eismeeres. Ein erfreulicher Anblick, nein?«

Langsam den Kopf schüttelnd, ging er weiter. Wir hatten nur noch hundert Meter zu bewältigen. Ich ging zu der nächstgelegenen unversehrten Hütte voraus, öffnete die Tür und trat ein.

Drin war es um etwa zwanzig Grad wärmer als beim letztenmal, aber noch immer schneidend kalt. Nur Zabrinski und Rawlings waren wach. Es roch nach Ofenrauch, Desinfektionsmitteln, Jod, Morphium und nach dem eigenartigen Aroma eines besonders widerlich aussehenden Ragouts, das in einer Blechschale auf dem niedrigen Öfchen brutzelte und in dem Rawlings eifrig umherstocherte.

»Ach, da seid ihr ja«, sagte Rawlings in lässigem Gesprächston. »Der Zeitpunkt ist gut gewählt – gleich klingelt es zu Tisch, Herr Kapitän. Eine Portion Hühnerragout à la Maryland gefällig?«

»Danke, im Augenblick nicht, Rawlings«, antwortete Swanson höflich. »Die Sache mit dem Knöchel tut mir leid, Zabrinski. Wie geht es denn?«

»Ausgezeichnet, Herr Kapitän, ausgezeichnet. Im Gipsverband.« Er streckte steif den kranken Fuß von sich. »Doktor Jolly hat sich sehr um mich bemüht... Hatten Sie es gestern nacht sehr schwer?« Diese Frage war an mich gerichtet.

»Doktor Carpenter hat gestern nacht viel mitgemacht«, sagte Swanson. »Und nachher haben wir alle miteinander nichts zu lachen gehabt. Aber davon später. Her mit den Tragen! Zabrinski, Sie als erster. Und Sie, Rawlings, können aufhören, Escoffier zu mimen. Bis zur *Dolphin* sind es keine zweihundert Meter. In einer halben Stunde seid ihr, alle Mann hoch, an Bord.«

Ich hörte hinter mir ein schlurfendes Geräusch. Dr. Jolly war aufgestanden und half Kapitän Folsom auf die Beine. Folsom machte einen noch geschwächteren Eindruck als am Vortage. Sein Gesicht war zwar bandagiert, aber die Brandschäden schienen sich verschlimmert zu haben.

Ich stellte vor. »Kapitän Folsom... Doktor Jolly... Dies ist Fregattenkapitän Swanson, Kommandant der *Dolphin*... Doktor Benson.«

»Doktor Benson? Sagten Sie ›Doktor‹, old Boy?« Jolly zog die Brauen hoch. »Bei allen Göttern, was für eine Konkurrenz der Pillendreher! Und Kapitäne! Aber wir freuen uns, die Herren begrüßen zu dürfen.«

»Das kann ich verstehen«, erwiderte Swanson mit seinem gewohnten Lächeln. Er betrachtete die regungslos auf dem Fußboden ausgestreckten Männer, die man für tot hätte halten können, hätte sich nicht ihr flacher Atem in der Kälte sogleich zu weißem Dunst verdichtet, und sein Lächeln erlosch.

Er sagte zu Kapitän Folsom: »Ich finde keine Worte, um Ihnen mein Beileid auszudrücken. Es ist einfach entsetzlich.«

Folsom murmelte etwas in sich hinein. Wir konnten ihn nicht verstehen. Obwohl die Brandwunden in seinem Gesicht behandelt worden waren, schien er sich seit dem vorigenmal keineswegs erholt zu haben. Wange und Lippen waren gelähmt, so daß die Worte, die sich in seinem Mund bildeten, keinen Weg zu uns fanden. Die gesunde Gesichtshälfte, die linke, war verzerrt und zerfurcht und das Auge fast geschlossen. Das hatte aber nichts mit einer durch die arg verbrannte rechte Wange ausgelösten sympathisch neuro-muskularen Reaktion zu tun. Der Mann litt Höllenqualen.

Ich sagte zu Jolly: »Haben Sie kein Morphium mehr?« Meiner Meinung nach hatte ich ihm mehr als genug dagelassen.

»Es ist kein Körnchen übriggeblieben«, erwiderte er verdrossen. »Ich habe alles aufgebraucht. Alles.«

»Doktor Jolly hat die ganze Nacht durchgearbeitet«, bemerkte Zabrinski still. »Acht Stunden hintereinander. Rawlings, er und Kinnaird. Sie haben nicht ein einzigesmal Pause gemacht.«

Benson hatte seinen Verbandkasten geöffnet. Jolly lächelte, ein Lächeln der Erleichterung, ein Lächeln der Erschöpfung. Er befand sich in einem viel übleren Zustand als am Vortag. Schon als er anfing, war er nicht allzu gut beisammen gewesen. Aber er hatte gearbeitet. Er hatte solide acht Stunden gearbeitet. Er hatte sogar Zabrinskis Knöchel behandelt. Ein tüchtiger Arzt. Auf jeden Fall gewissenhaft – hippokratisch. Er hatte ein Anrecht auf Ruhe. Nun, da andere Ärzte zur Stelle waren, würde er sich Ruhe gönnen. Aber keinen Augenblick früher.

Er begann Folsom behutsam hinzusetzen, und ich half ihm dabei. Er selber sackte mit dem Rücken an der Wand in sich zusammen.

»Jetzt dürfen Sie alles uns überlassen, Doktor Jolly«, sagte Swanson ruhig. »Nur eines: Sind alle die Leute transportfähig?«

»Ich weiß es nicht.« Jolly fuhr sich mit dem Arm über die blutunterlaufenen, verschmutzten Augen. »Bei manchen hat sich der Zustand nachts wieder verschlimmert. Es liegt an der Kälte. Diese beiden zum Beispiel – ich glaube, sie haben Lungenentzündung. Hier kann zuweilen eine Kleinigkeit tödlich wirken, die der Kranke zu Hause in ein paar Tagen überwinden würde.«

»Also, dann schön mit der Ruhe«, sagte Swanson. »Vielleicht sollten wir es uns überlegen, ob wir alle Mann binnen einer halben Stunde an Bord schaffen. Wer kommt zuerst an die Reihe, Doktor Benson?«

Nicht ›Carpenter‹, sondern ›Benson‹. Na ja, Benson war sein Schiffsarzt. Trotzdem hatte es eine Spitze. In seiner Haltung mir gegenüber zeigte sich, ebenso plötzlich wie deutlich, eine bedauerliche Kühle, und man brauchte mir nicht mit dem Holzhammer auf den Kopf zu hauen, damit ich den Grund dieser abrupten Sinnesänderung erriet.

»Zabrinski, Doktor Jolly, Kapitän Folsom und dieser Mann«, antwortete Benson ohne Zögern.

»Kinnaird, Funker«, sagte Kinnaird. »... Wir hätten nie gedacht, daß Sie es schaffen, Herr Kamerad.« Das galt mir. Er rappelte sich mühsam hoch und blieb auf unsicheren Beinen stehen. »Ich kann gehen.«

»Keine Widerrede!« befahl Swanson schroff. »Rawlings, hören Sie auf, in dem scheußlichen Brei herumzurühren, und begleiten Sie die Träger. Wie lange würde es dauern, ein Kabel hierherzuziehen und ein paar Heizöfen und Lampen zu installieren?«

»Wenn ich es allein mache?«

»Sie bekommen so viel Hilfe, wie Sie nur wollen, Mann.«

»Fünfzehn Minuten. Ich könnte auch eine Telefonleitung legen, Sir.«

»Das wäre nicht schlecht. Die Träger sollen Decken, Laken, warmes Wasser mitbringen. Wickelt die Wasserbehälter in die Decken ein. Sonst noch etwas, Doktor Benson?«

»Moment nicht, Sir.«

»Dann also – marsch!«

Rawlings zog den Löffel aus dem Topf und marschierte hinter den Krankenträgern her.

Von den acht Mann, die auf dem Boden lagen, waren vier bei Bewußtsein: Hewson, der Traktorfahrer, Naseby, der Koch, und zwei andere, die sich unter dem Namen Harrington vorstellten, Zwillinge. Sie sahen einander so ähnlich wie zwei frischgemünzte Groschen, sie hatten sogar ihre Brandwunden und Frostschäden an den gleichen Stellen erlitten. Die übrigen vier schliefen entweder, oder sie lagen im Koma. Benson und ich begannen sie zu untersuchen, Benson weit sorgfältiger als ich, äußerst geschäftig mit Thermometer und Stethoskop. Meiner Meinung nach brauchte er nicht lange herumzusuchen, um Lungenentzündung zu diagnostizieren.

Kapitän Swanson sah sich forschend in der Hütte um. Hier und da warf er mir einen sehr merkwürdigen Blick zu, hier und da schlug er die Arme vor die Brust, um den Blutkreislauf in Gang zu halten. Er war dazu gezwungen. Er war nicht wie ich in kostbares Pelzwerk gehüllt, und trotz des Ofens war der Raum ein Kühlschrank.

Der erste Patient, den ich mir ansah, lag auf der Seite im äußersten rechten Winkel. Er hatte die Augen halb offen, so daß grade nur die untere Wölbung der Pupillen zu sehen war, eingesunkene Schläfen, marmorweiße Stirn, und der einzige Teil des Gesichts, der nicht bandagiert war, fühlte sich so kalt an wie der Marmor in einem verschneiten Friedhof.

Ich fragte: »Wer ist das?«

»Grant, John Grant.« Hewson, der schwarzhaarige, stille Traktorfahrer, hatte meine Frage beantwortet. »Funker, Kinnairds Kumpel. Wie geht es ihm denn?«

»Er ist tot. Schon seit einiger Zeit.«

»Tot?« sagte Swanson in scharfem Ton. »Bestimmt?« Ich beehrte ihn mit dem hochmütigen Blick des Fachmanns und schwieg. Er drehte sich zu Benson um. »Sind welche so krank, daß man sie nicht transportieren kann?«

»Ich glaube, diese beiden«, erwiderte Benson. Er hatte die Reihe wunderlicher Blicke nicht bemerkt, die Swanson mir bescherte, also reichte er mir sein Stethoskop. Nach einer Weile richtete ich mich auf und nickte.

»Brandwunden dritten Grades«, sagte Benson zu Swanson. »Das heißt, soweit sie zu sehen sind. Beide haben hohes Fieber, einen sehr schnellen, sehr schwachen und unregelmäßigen Puls, beide haben Wasser in der Lunge.«

»An Bord der *Dolphin* würden sie besser aufgehoben sein«, sagte Swanson.

»Sie sterben uns unterwegs«, warf ich ein. »Selbst wenn man sie warm genug einpacken könnte. – Sie aufs Segel hinaufzuhissen und dann senkrecht durch die Luken hinunterzulassen, würde ihnen den Garaus machen.«

»Wir können nicht ewig in der Rinne liegen bleiben«, entgegnete Swanson. »Ich übernehme die Verantwortung für den Transport.«

»Bedaure, Herr Kapitän.« Benson schüttelte mit ernster Miene den Kopf. »Ich stimme Doktor Carpenter zu.«

Swanson zuckte wortlos die Schultern.

Kurze Zeit später waren die Träger wieder da, gleich darauf folgten ihnen Rawlings und drei andere Matrosen mit Kabeln, Heizöfen, Lampen und einem Telefonapparat. Die Heizöfen und die Lampen an das Kabel anzuschließen, dauerte nur einige Minuten. Rawlings kurbelte den Anrufgenerator seines Feldtelefons an und sagte ein paar kurze Worte ins Mikrofon. Helle Glühbirnen flammten auf, die Heizöfen begannen zu knistern und nach ein paar Sekunden zu glühen.

Hewson, Naseby und die Zwillinge Harrington wurden abtransportiert. Als sie weg waren, hakte ich die Coleman-Laterne von der Decke los.

»Ihr braucht sie jetzt nicht mehr«, sagte ich. »Ich bleibe nicht lange weg.«

»Wo wollen Sie denn hin?« Swansons Stimme klang ruhig.

»Ich bleibe nicht lange weg«, wiederholte ich. »Ich will mich nur umschauen.«

Er zögerte, trat dann zur Seite. Ich verließ den Raum, ging um die Ecke der Hütte und blieb stehen. Ich hörte das Surren der Anrufklingel, eine Stimme am Telefon. In meinen Ohren war es nur ein Gemurmel, ich konnte die Worte nicht verstehen. Aber ich hatte damit gerechnet.

Die Coleman-Sturmlaterne flackerte und verblaßte im Wind, ohne jedoch zu erlöschen. Verirrte Eisnadeln schlugen gegen das Glas, aber es zerbrach nicht.

Ich ging diagonal zu der einzigen Hütte hinüber, die an der Südwestseite übriggeblieben war. An den Außenwänden waren keine Brand- oder auch nur Rußspuren zu sehen. Der Brennstoffvorrat mußte sich dicht neben ihr befunden haben, an derselben Seite, gegen Westen zu, dem Wind ausgesetzt, sonst hätte man sich die Zerstörung der anderen Hütten nicht erklären können. Die grotesk verkrümmten Traversen, die stehengeblieben waren, machten diese starke Wahrscheinlichkeit zur Gewißheit. Hier war der Brandherd gewesen.

An der Seitenwand der unbeschädigten Hütte lehnte ein solid gebauter Schuppen, zwei Meter hoch, zwei Meter tief, drei Meter lang. Die Tür ließ sich unschwer öffnen. Bretterboden, blankes Aluminium an den Wänden und an der Decke, dicke, schwarze Heizrohre an den Innen- und Außenwänden. Leitungsdrähte hingen an diesen Heizelementen, und man brauchte kein Einstein zu sein, um zu erraten, daß sie zu dem jetzt völlig zerstörten Generatorenhaus führten – oder geführt hatten. Dieser Anbau war Tag und Nacht geheizt worden. Der gedrungene, niedrige Traktor, der fast den ganzen Fußbodenraum einnahm, konnte jederzeit durch einen Fingerdruck auf den Starthebel in Gang gesetzt werden. Jetzt aber würde ein Druck auf den Hebel nicht mehr genügen, jetzt würden drei bis vier Schweißbrenner und ebenso viele starke Männer erforderlich sein, um den Motor auch nur zu einer einzigen Umdrehung zu veranlassen.

Ich machte die Tür zu und betrat die Haupthütte.

Sie war vollgestopft mit Metalltischen, Arbeitsbänken, Apparaturen und allen möglichen modernen Geräten für die automatische Aufzeichnung und Deutung aller nur erdenklichen arktischen Witterungsdaten. Bei den meisten Apparaten wußte ich nicht, wozu sie dienten, und es interessierte mich auch nicht. Das war die meteorologische Station, mehr wollte ich nicht wissen. Ich untersuchte die Hütte mit äußerster Sorgfalt, aber möglichst schnell. Soweit ich es beurteilen konnte, schien nichts in Unordnung oder auffällig zu sein. In einer Ecke stand auf einer leeren Holzkiste ein transportabler Funksender mit Kopfhörer. Daneben, in einem Kasten aus ölgetränktem Holz, waren fünfzehn Nife-Zellen serienweise miteinander gekoppelt. An einem Wandhaken hing eine Zwei-Volt-Prüflampe. Ich berührte die nackten Drähte, die zu den äußersten Klemmschrauben der durch die Zellen gebildeten Batterie führten. Hätten diese Zeilen auch nur noch einen Bruchteil der ursprünglichen Kraft in sich gehabt, wäre die Prüflampe mit einem weißen Blitz ausgebrannt. Sie fing nicht einmal zu glimmen an. Ich riß ein Stück Leitungsdraht von einer Wandlamie ab und hielt die beiden Enden an die Klemmen. Nicht der kleinste Funke. Kinnaird hatte nicht gelogen, als er sagte, seine Batterie sei völlig erschöpft. Ich hatte es auch nicht eine Sekunde lang angenommen.

Ich begab mich zur letzten Hütte – der Hütte, die die verkohlten Reste der sieben, in der Feuersbrunst umgekommenen Männer enthielt. Der Gestank nach verbranntem Fleisch und Dieselöl kam mir noch stärker, noch ekelerregender vor als beim erstenmal. Ich blieb auf der Schwelle stehen, und alles in mir sträubte sich dagegen, auch nur zwei Zentimeter weiterzugehen. Ich zog die Pelzhandschuhe und die Wollfäustlinge aus, stellte die Laterne auf den Tisch, zog die Stablampe aus der Tasche und kniete neben dem ersten Toten nieder.

Zehn Minuten verstrichen, und ich hatte nur den einen Wunsch: weg, weg... Es gibt Dinge, denen die Ärzte, selbst abgehärtete Pathologen, in weitem Bogen aus dem Weg gehen. Erstens Leichen, die zu lange im Wasser gelegen haben – zweitens Leichen, die sich in unmittelbarer Nähe einer Untersee-Explosion befunden haben – drittens Menschen, die buchstäblich lebend verbrannt sind. Mir wurde allmählich recht übel, aber ich war entschlossen, mich nicht von der Stelle zu rühren, bis ich mein Vorhaben durchgeführt hatte.

Knarrend ging die Tür auf. Ich drehte mich um und sah Kapitän Swanson eintreten. Er hatte sich Zeit gelassen, ich hatte ihn schon früher erwartet. Ihm folgte Oberleutnant Hansen, die verletzte linke Hand in ein dickes Wolltuch eingewickelt. Darum hatte sich der Anruf gedreht: Kapitän Swanson hatte Verstärkung angefordert. Swanson knipste die Stablampe aus, schob die Schneebrille hoch und zog die Maske nach unten. Als er sah, was da vor ihm lag, kniff er die Augen zusammen, rümpfte mit unwillkürlichem Abscheu die Nase, und die Farbe wich hastig aus seinen roten Wangen. Hansen und ich, wir hatten ihn beide auf den schrecklichen Anblick vorbereitet, aber darauf war er doch nicht gefaßt gewesen: Nicht oft vermag die Einbildungskraft mit der Wirklichkeit Schritt zu halten. Einen Augenblick lang dachte ich, er würde sich übergeben, dann aber sah ich ein bißchen rosa Farbe in seine Backenknochen zurückkehren und war beruhigt.

»Doktor Carpenter«, sagte er mit einer Stimme, deren unsichere Heiserkeit die gestelzte Förmlichkeit nur noch zu unterstreichen schien, »ich wünsche, daß Sie sofort an Bord der *Dolphin* zurückkehren und dort Ihr Quartier nicht mehr verlassen. Mir wäre es lieber, Sie würden freiwillig mitkommen – in Begleitung Oberleutnant Hansens. Ich möchte Unannehmlichkeiten vermeiden. Genauso wie Sie, nehme ich an. Wenn nicht, stehen wir gern zu Diensten. Draußen vor der Tür warten Rawlings und Murphy.«

»Das ist eine Kampfansage, Herr Kapitän«, erwiderte ich, »eine sehr unfreundliche Haltung. Rawlings und Murphy werden schrecklich frieren.« Ich steckte die rechte Hand in die Tasche der Karibu-Hose – die Tasche, in der die Pistole lag – und musterte ihn gemächlich. »Ist Ihnen denn plötzlich etwas aufgefallen?«

Swanson sah Hansen an und deutete mit einem Kopfnicken auf die Tür. Hansen drehte sich halb um, hielt dann inne, als ich sagte: »Wir sind aber sehr hochfahrend, nein? Würdigt man mich nicht einmal einer Erklärung?«

Hansen sah bedrückt aus. Das alles behagte ihm ganz und gar nicht. Ich vermute, daß auch Swanson sich nicht wohl in seiner Haut fühlte, aber er war entschlossen, seine Pflicht zu tun und seine Gefühle auszuschalten.

»Sofern Sie nicht bedeutend weniger intelligent sind, als ich glaube – und ich halte Sie für hochintelligent –, ist Ihnen die Erklärung bekannt. Als Sie in Holy Loch an Bord der *Dolphin* kamen, waren wir beide, Admiral Garvie und ich, äußerst mißtrauisch. Sie erzählten uns allerhand – Sie seien Fachmann in Fragen arktischer Verhältnisse und hätten mitgeholfen, diese Station einzurichten. Als wir das nicht als ausreichende Vollmacht oder als Grund, Sie mitzunehmen, gelten lassen wollten, tischten Sie uns eine glaubhafte Geschichte auf. Sie behaupteten, es handle sich um einen weit vorgeschobenen Raketenwarnungsposten. Wir fügten uns, obwohl wir es merkwürdig fanden, daß Admiral Garvie nie etwas von diesem Posten gehört hatte. Die große Scheibenantenne, von der Sie sprachen, die Radarmasten, die elektronischen Rechenmaschinen – was ist aus ihnen geworden, Doktor Carpenter?«

Ich betrachtete ihn nachdenklich, ohne ihn zu unterbrechen.

»Das alles hat nie existiert. Sie sind bis an die Ohren in eine recht finstere Angelegenheit verwickelt, lieber Freund. Worum es sich handelt, weiß ich nicht, und momentan ist es mir egal. Mir geht es nur um die Sicherheit des Bootes, das Wohl der Besatzung und die Aufgabe, die Überlebenden der ›Zebra‹ heil in die Heimat zu befördern, und ich gedenke mich auf keinerlei Risiko einzulassen.«

»Die Wünsche der britischen Admiralität, die Weisungen Ihres höchsten Chefs aus Washington bedeuten Ihnen nichts?«

»Ich fange an, die Art und Weise, wie diese Befehle zustande kamen, mit einigem Vorbehalt zu betrachten«, sagte Swanson streng. »Für meinen Geschmack sind Sie mir viel zu mysteriös, Herr Doktor – ganz abgesehen davon, daß Sie lügen wie gedruckt.«

»Das sind harte, sehr harte Worte, Herr Kapitän.«

»Nicht selten klingt die Wahrheit hart. Wollen Sie, bitte, mitkommen?«

»Bedaure. Ich bin hier noch nicht fertig.«

»Mhm... John, würden Sie –«

»Ich kann Ihnen eine Erklärung geben. Ich sehe, daß ich dazu gezwungen bin. Sind Sie bereit, mich anzuhören?«

»Ein drittes Ammenmärchen?« Kopfschütteln. »Nein, wirklich nicht.«

»Und ich bin nicht bereit, mich von hier wegzurühren. Sackgasse.«

Swanson sah Hansen an, der sich zum Gehen wandte.

Ich sagte: »Schön, wenn Sie zu eigensinnig sind, um mich anzuhören, dann rufen Sie Ihre Bluthunde herein. Ist es nicht ein wahres Glück, daß wir momentan über drei vollausgebildete Ärzte verfügen?«

»Was soll das heißen?«

»Folgendes...«

Schußwaffen sehen verschiedenartig aus. Manche verhältnismäßig harmlos, manche häßlich, manche sachlich, manche böse. Die Mannlicher-Schoenauer in meiner Hand sah rundweg böse aus. Sogar sehr böse.

»Sie werden sich hüten…«, sagte Swanson tonlos.

»Ich habe das Geschwätz satt. Ich habe es satt, Sie um ein geneigtes Ohr zu bitten. Für mich steht zu viel auf dem Spiel, als daß ich es nicht wagen sollte. Überzeugen Sie sich doch selbst. Seien Sie nicht so feig. Verstecken Sie sich nicht hinter dem Rücken Ihrer Matrosen. Befehlen Sie nicht den Armen, sich totschießen zu lassen.« Ich entsicherte die Waffe. »Los, nehmen Sie sie mir weg.«

»Bleiben Sie stehen, John!« befahl Swanson scharf. »Er meint es ernst. Ich nehme an, Sie haben ein ganzes Arsenal an Ihrem mit Ziffernschloß versehenen Koffer bei sich«, fügte er erbittert hinzu.

»Sehr wahr. Werden Sie mich jetzt anhören?«

»Bitte…«

»Schicken Sie Rawlings und Murphy weg. Ich will nicht, daß jemand zuhört. Außerdem werden sie draußen erfrieren.«

Swanson nickte. Hansen ging zur Tür, öffnete sie, sagte ein paar Worte und kehrte zurück.

Ich legte die Pistole auf den Tisch, nahm meine Stablampe und trat einige Schritte beiseite. Ich sagte: »Kommen Sie, ich will Ihnen etwas zeigen.«

Sie kamen heran. Beide gingen an dem Tisch vorbei, auf dem die Pistole lag, ohne ihr einen Blick zu gönnen. Ich blieb vor einem der grotesk verunstalteten, verkohlten Klumpen stehen. Swanson trat dicht heran und starrte zu Boden. Das bißchen Farbe, das in seine Wangen zurückgekehrt war, verschwand wieder. Ein sonderbarer Laut kam aus seiner Kehle.

»Der Ring – der goldene Ring –«, begann er und verstummte dann jählings.

»Es war keine Lüge.«

»Nein, es war keine Lüge. Ich weiß nicht, was ich sagen soll. Ich bin –«

Ich fiel ihm grob ins Wort. »Egal… Schauen Sie sich das an – den Nacken. Ich mußte etwas Kohle wegkratzen.«

»Der Nacken«, flüsterte Swanson. »Er ist gebrochen.«

»Meinen Sie?«

»Etwas Schweres muß heruntergefallen sein, vielleicht ein Dachbalken…«

»Sie haben soeben eine der Hütten gesehen. Keine Dachbalken. Anderthalb Zoll Wirbelsäule fehlen. Wenn ihn ein Gegenstand getroffen hätte, der so schwer war, daß er anderthalb Zoll Wirbelsäule zerschmetterte, würde das Knochenstück in den Nacken eingebettet sein. Es ist aber nicht da. Es wurde weggefegt. Der Mann wurde erschossen, von vorn, durch den Hals. Das Geschoß kam am Nakken heraus. Ein Dumdumgeschoß – das ist aus dem Umfang der Ausschußöffnung zu ersehen –, aus einer schweren Waffe, etwa achtunddreißig Colt oder Luger oder Mauser.«

»Allmächtiger Gott im Himmel!« Zum erstenmal war Swanson tief erschüttert. Er starrte das Ding auf dem Boden, dann mich an. »Ermordet... Sie meinen, er wurde ermordet?«

»Wer macht so etwas?« sagte Hansen heiser. »Wer, Mann, wer? Und um Gottes willen, warum?«

»Ich weiß nicht, wer es war.«

Swanson musterte mich mit seltsamer Miene. »Sie haben es soeben erst entdeckt?«

»Ich habe es gestern nacht entdeckt.«

»Sie haben es gestern nacht entdeckt.« Die Worte kamen langsam, in weiten Abständen. »Und die ganze Zeit seither – an Bord – sagten Sie kein Wort. Sie ließen sich nichts anmerken. Mein Gott, Carpenter, Sie sind ein Unmensch.«

»Sicher«, sagte ich. »Schauen Sie sich diese Pistole an. Sie macht einen lauten Knall, und wenn ich sie benütze, um den Mann zu erschießen, der das getan hat, werde ich nicht einmal mit der Wimper zucken. Ja, ich bin eben ein Unmensch.«

»Was ich sagte, war unangebracht. Verzeihung.« Swanson strengte sich sichtlich an, seine normale Fassung zurückzugewinnen. Er sah die Pistole an, dann mich, dann wieder die Pistole. »Privatrecht kommt nicht in Frage, Carpenter. Niemand wird das Recht in seine eigenen Hände nehmen.«

»Daß ich nicht lache! Ein Leichenschauhaus ist nicht der passende Ort dafür. Außerdem habe ich Ihnen noch nicht alles gezeigt. Es gibt mehr zu besichtigen. Etwas, das ich soeben erst gefunden habe – nicht schon gestern nacht.« Ich deutete auf eine zweite zusammengekauerte, schwarze Gestalt auf dem Fußboden. »Möchten Sie sich diesen Mann ansehen?«

»Lieber nicht«, erwiderte Swanson. »Vielleicht sagen Sie uns Bescheid.«

»Sie können es von Ihrem Platz aus sehen. Der Kopf. Ich habe ihn gesäubert. Vorn eine kleine Schußwunde, im Gesicht, etwas rechts von der Mitte – im Hinterkopf eine größere Ausschußöffnung. Dieselbe Waffe. Derselbe Schütze.«

Keiner sagte einen Ton. Die beiden waren viel zu erschüttert, viel zu angewidert, um den Mund aufzumachen.

»Die Flugbahn des Geschosses ist merkwürdig«, fuhr ich fort. »Steil nach oben. Als ob der Mann, der geschossen hat, gelegen oder gesessen hätte, während sein Opfer sich über ihn beugte.«

»Ja...« Swanson schien nicht zugehört zu haben. »Mord. Zwei Morde. Das ist Sache der Behörden, der Polizei.«

»Freilich«, sagte ich. »Polizei. Rufen wir man schnell im Revier an und fragen wir den Sergeanten, ob er so freundlich sein wollte, für ein paar Minuten hier vorbeizuschauen.«

»Es ist nicht unsere Angelegenheit«, erklärte Swanson hartnäkkig. »Als Befehlshaber eines amerikanischen Kriegsfahrzeugs, der einen Auftrag durchzuführen hat, bin ich in erster Linie daran interessiert, mein Boot und die Überlebenden der ›Zebra‹ nach Schottland zu bringen.«

»Ohne das Boot zu gefährden!« warf ich ein. »Würde das Boot nicht durch die Anwesenheit eines Mörders an Bord gefährdet sein?«

»Wir wissen nicht, ob er an Bord ist – oder an Bord sein wird.«

»Das glauben Sie aber selbst nicht, Herr Kapitän. Sie wissen, daß er an Bord sein wird. Sie wissen genausogut wie ich, warum der Brand ausgebrochen ist, Sie wissen genau, daß es kein Unglück war. Wenn etwas daran zufällig war, dann nur der Umfang und das Ausmaß des Brandes. Da könnte der Mörder sich verrechnet haben. Aber nur durch einen genügend kräftigen Brand konnte er die Spuren seines Verbrechens verwischen. Und es wäre ihm auch geglückt, wenn ich nicht zur Stelle gewesen wäre, wenn ich nicht schon vor der Abfahrt überzeugt gewesen wäre, daß es hier nicht mit rechten Dingen zugegangen sei. Aber er wird dafür gesorgt haben, daß er dabei nicht selber ins Gras beißen mußte. Ob es Ihnen paßt oder nicht, Herr Kapitän, Sie werden einen Mörder an Bord Ihres Fahrzeugs haben.«

»Aber alle haben sie Brandwunden davongetragen, manche sehr schwere Brandwunden...«

»Ja, was zum Donnerwetter, hätten Sie denn erwartet? Daß der große Unbekannte ohne einen Kratzer herumspaziert, ohne auch nur die Spuren einer brennenden Zigarette am Leib zu tragen, um hinauszuposaunen, daß er es gewesen ist, der mit brennenden Streichhölzern um sich geschmissen und dann abseits gestanden hat? Er mußte sich einige Brandwunden holen.«

»Das ist keine bindende Schlußfolgerung«, sagte Hansen. »Er

konnte nicht wissen, daß jemand mißtrauisch werden und eine Untersuchung einleiten würde.«

»Sie würden gut daran tun, gemeinsam mit Ihrem Kommandanten die Finger von kriminalistischen Problemen zu lassen«, erwiderte ich schroff. »Die Personen, die hier dahinterstecken, sind erstklassige Fachleute mit weitreichenden Beziehungen – Glieder eines kriminellen Seepolypen, dessen Greifarme so lang sind, daß sie bis in den Holy Loch reichen, um Ihr Boot zu sabotieren. Warum das geschehen ist, weiß ich nicht. Entscheidend ist, daß solche Spitzenleute nie ein Risiko eingehen! Sie setzen immer voraus, daß die Gefahr besteht entlarvt zu werden. Deshalb war der Mörder, als das Feuer am schlimmsten wütete – diesen Ablauf kennen wir noch nicht –, gezwungen, mit zuzugreifen und sich an der Rettungsaktion zu beteiligen. Hätte er es nicht getan, wäre das sehr seltsam gewesen. Und dabei hat er sich Brandwunden zugezogen.«

»Du lieber Gott...« Swansons Zähne begannen vor Kälte zu klappern, aber er schien es nicht zu merken. »Was für ein teufliches Arrangement.«

»Ja, nicht wahr? Ich glaube behaupten zu dürfen, daß Ihre Dienstvorschriften keine einschlägigen Paragraphen enthalten.«

»Aber was machen wir denn jetzt?«

»Wir ziehen die Polizei hinzu. Nämlich mich.«

»Was soll das heißen?«

»Was ich sage. Noch nie sind Sie einem Polizeibeamten begegnet, der mehr Vollmachen, mehr offizielle Unterstützung, mehr Autorität und Handlungsfreiheit besessen hätte als ich. Das müssen Sie mir glauben. Was ich sage, ist die reine Wahrheit.«

»Allmählich beginnt es mir einzuleuchten«, sagte Swanson langsam und nachdenklich. »In den letzten vierundzwanzig Stunden habe ich mich immer mehr über Sie gewundert. Ich sagte mir immerzu, ich müsse mich irren – noch vor zehn Minuten. Sie sind Polizeibeamter? Kriminalbeamter?«

»Flottenoffizier, Nachrichtendienst. Ich habe Beglaubigungsschreiben in meinem Koffer, die ich im Notfall vorzeigen darf.« Mir schien es nicht an der Zeit, ihm zu sagen, wie groß die Auswahl meiner Beglaubigungsschreiben war. »Der Notfall ist da.«

»Aber – Sie sind Arzt?«

»Allerdings. Schiffsarzt. Nebenbei. Meine Spezialität ist die Untersuchung von Sabotagefällen innerhalb der britischen Streitkräfte. Die ideale Verkleidung ist die eines medizinischen Forschers. Meine Pflichten sind absichtlich nicht genau definiert, ich bin ermächtigt, die Nase in alle Winkel, in alle Ereignisse zu stecken und mich mit allen möglichen Leuten unter dem Vorwand zu unterhalten, daß ich psychologische Studien treibe. Ein durchschnittlicher Agent könnte sich so etwas nicht leisten.«

Nach einer langen Pause sagte Swanson verärgert: »Das hätten Sie uns früher mitteilen sollen.«

»Ich hätte es über Ihre Lautsprecheranlage durchgeben können. Ja, warum denn, zum Donnerwetter? Ich will nicht auf Schritt und Tritt über stümperhafte Dilettanten stolpern. Fragen Sie einen beliebigen Polizeibeamten. Nichts fürchtet er mehr als den selbsternannten Sherlock Holmes. Außerdem durfte ich mich nicht auf Sie verlassen, und bevor Sie aufbrausen, möchte ich hinzufügen, daß damit nicht gemeint ist, Sie würden mich absichtlich verraten. Aber es bestand die Gefahr, daß Sie mich unabsichtlich verraten. Jetzt bleibt mir nichts übrig, als die Karten auf den Tisch zu legen und die Folgen in Kauf zu nehmen. Warum haben Sie sich nicht ganz einfach an die Weisungen des Chefs Ihrer Operationsabteilung gehalten?«

»Weisungen?« Hansen sah Swanson an. »Was für Weisungen?«

»Befehl aus Washington, Doktor Carpenter so ziemlich in jeder Hinsicht *carte blanche* zu geben. Seien Sie vernünftig, Carpenter! Ich tappe nicht gern im dunkeln, und ich bin von Natur aus mißtrauisch. Sie sind unter höchst fragwürdigen Umständen an Bord gekommen. Sie verstanden viel zuviel von U-Booten. Sie machten lauter Ausflüchte. Die Sabotagehypothese haben Sie mir fix und fertig auf den Tisch des Hauses gelegt. Gott verdamm mich, Mann, natürlich hatte ich meine Zweifel! Wäre es Ihnen an meiner Stelle anders ergangen?«

»Vermutlich nicht. Ich weiß es nicht. Ich pflege Weisungen zu befolgen.«

»Mhm. Und wie lauten in diesem Fall Ihre Weisungen? Ich meine, was ist denn eigentlich los?«

»Es hat wohl so kommen müssen«, sagte ich seufzend. »Sie müssen es erfahren – und dann werden Sie verstehen, warum der Chef Ihrer Operationsabteilung Sie so dringend ersucht hat, mir auf jede mögliche Weise behilflich zu sein.«

»Dürfen wir Ihnen diese Version glauben?«

»Diese Version dürfen Sie mir glauben. Die Geschichte, die ich Ihnen in Holy Loch aufgetischt habe, war nicht lauter Flunkerei – ich habe sie nur ein wenig ausgeschmückt, damit Sie mich mitnehmen. Man hatte wirklich ein ganz besonderes Gerät hier installiert, ein elektronisches Wunderwerk, das dazu dient, die Auszählung russischer Fernlenkgeschosse abzuhören und ihre Standorte zu erkunden. Dieser Apparat wurde in einer der durch das Feuer zerstörten Hütten aufbewahrt – der zweiten von West in der südlichen Reihe. Tag und Nacht hing ein riesiger Fesselballon – eine Radiosonde – zehntausend Meter hoch am Himmel, aber ohne Funkverbindung. Er fungierte als Antenne. Übrigens glaube ich, daß deshalb das Heizöl über eine so weite Fläche geschleudert wurde. Die Wasserstoffzylinder, die zur Füllung der Ballons benötigt wurden, sind explodiert. Sie waren in der Treibstoffhütte untergebracht.«

»Wußten alle Mann von der Existenz dieses Abhörgeräts?«

»Nein. Die meisten hielten es für einen Apparat zur Untersuchung kosmischer Strahlen. Nur vier Personen wußten, was es eigentlich für eine Funktion hatte – mein Bruder und seine drei Schlafgenossen in der Hütte, in der die Apparatur untergebracht war. Die Hütte ist ein Raub der Flammen geworden. Der äußerste Vorposten der freien Welt. Wundern Sie sich noch immer über die Dringlichkeit, mit der Washington den Fall behandelt hat?«

Swanson betrachtete die Toten, wandte schnell den Blick ab.

Er sagte: »Sie erwähnten, schon vor der Abfahrt seien Sie überzeugt gewesen, daß es hier nicht mit rechten Dingen zugegangen sei. Warum?«

»Mein Bruder besaß eine streng geheime Chiffre. Wir erhielten Mitteilungen, die er selber gefunkt hatte – er war ein geschulter Funker. In einer der Mitteilungen hieß es, zweimal sei versucht worden, das Abhörgerät zu zerstören. Er ließ sich auf keine Einzelheiten ein. In einer weiteren Mitteilung hieß es, er sei überfallen und bewußtlos geschlagen worden, als er um Mitternacht eine Kontrolle vornahm und jemanden dabei ertappte, wie er das Gas aus den Wasserstoffzylindern ausströmen ließ – ohne die die Radiosondenantenne des Abhörgeräts nicht mehr verwendbar gewesen wäre. Er habe Glück gehabt, sei nur wenige Minuten weggewesen – noch ein paar Minuten länger, und er wäre erfroren. Sollte ich unter diesen Umständen annehmen, der Brand habe nichts mit den Versuchen zu tun, das Abhörgerät zu sabotieren?«

»Aber wie sollte denn jemand wissen, wozu das Gerät diente?« wandte Hansen ein. »Das heißt, mit Ausnahme Ihres Bruders und der drei anderen Eingeweihten?« Ebenso wie Swanson sah er die Toten an – ebenso wie Swanson blickte er hastig weg. »Wenn Sie mich fragen, handelt es sich um die Tat eines Wahnsinnigen.«

»Vor drei Stunden«, sagte ich, »bevor Sie den Torpedo ins Rohr

Nummer drei schoben, kontrollierten Sie die mit der Hand zu betätigenden Sperrhebel und die Warnlampen. In dem einen Fall stellte sich heraus, daß die Hebel bei geöffneten Bugkappen ausgekoppelt waren – in dem anderen, daß die Drähte in einer Abzweigdose gekreuzt waren. Halten Sie das für das Werk eines Psychopathen? Eines zweiten Geisteskranken?«

Er schwieg. Swanson sagte: »In welcher Weise kann ich Ihnen behilflich sein, Doktor Carpenter?«

»Wie weit sind Sie bereit zu gehen, Herr Kapitän?«

»Ich bin nicht bereit, Ihnen den Befehl der *Dolphin* zu übergeben.« Er lächelte, aber es war ihm nicht danach zumute. »Davon abgesehen, stehen wir – ich und die Besatzung der *Dolphin* – restlos zu Ihrer Verfügung. Sie brauchen sich nur zu äußern, Doktor Carpenter.«

8

Als wir in die Hütte zurückkehrten, in der wir die Überlebenden der ›Zebra‹ dicht zusammengedrängt angetroffen hatten, war sie fast leer – nur Dr. Benson und die beiden Schwerkranken waren noch da. Kleidungsstücke, Bettzeug, ausgefranste und zerfetzte Decken, Handschuhe, Teller, Besteck und allerlei Kleinigkeiten aus persönlichem Besitz lagen umhergestreut. Die Kranken waren zu krank gewesen – und viel zu froh, hier wegzukommen –, um sich allzusehr um verschiedenen Kram zu kümmern, den sie vielleicht unter anderen Umständen nicht gern zurückgelassen hätten. Nur sich selber wollten sie möglichst schnell abtransportiert sehen. Ich konnte es ihnen nicht verdenken.

Die beiden bewußtlosen Männer kehrten uns ihre zernarbten und erfrorenen Gesichter zu. Entweder schliefen sie, oder sie lagen im Koma. Aber ich wollte nichts riskieren. Ich winkte Benson heraus, und wir stellten uns an die windgeschützte Westwand.

Ich erzählte Benson, was ich dem Kapitän und seinem Ersten Offizier erzählt hatte. Er mußte es erfahren. Als der Mann, der mit den Kranken den engsten und häufigsten Kontakt aufrechterhalten würde, mußte er alles erfahren.

Ich nehme an, daß er sehr verwundert und betroffen war, aber er ließ es sich nicht anmerken.

Nun kannten drei Mann an Bord der *Dolphin* das bisherige Fazit –

wenigstens zur Hälfte. Drei genügten mir. Hoffentlich waren es nicht zu viele.

Alle weiteren Dispositionen überließ ich Swanson. Er würde bei Benson mehr Gehör finden als ich.

Swanson fragte: »Wo beabsichtigen Sie die Kranken unterzubringen, die wir an Bord befördert haben?«

»In den bequemsten Unterkünften, die sich auftreiben lassen. Im Offizierslogis, im Mannschaftslogis, ziemlich verstreut, damit niemand allzusehr belästigt wird. Sozusagen die Last verteilen...« Benson hielt inne. »Da wußte ich aber noch nichts von der neuesten – hm – Wendung. Jetzt sieht alles ganz anders aus.«

»Richtig. Die Hälfte in die Offiziersmesse, die andere Hälfte in die Mannschaftsmesse – nein, ins Mannschaftslogis. Kein Grund, warum man sie nicht bequem unterbringen sollte. Wenn sie sich darüber wundern, können Sie behaupten, es erleichtere die ärztliche Behandlung, und sie würden ständig unter Aufsicht sein wie die Herzleidenden in einem Krankensaal. Sichern Sie sich Doktor Jollys Beistand, er macht einen sehr zugänglichen Eindruck. Und ich bezweifle nicht, daß er auch Ihren nächsten Schritt billigen wird: daß sämtliche Patienten ausgezogen, gebadet und mit sauberen Pyjamas versehen werden. Wenn sie so krank sind, daß man sie nicht in die Badewanne befördern kann, werden sie im Bett gewaschen. Doktor Carpenter meint, bei schweren Verbrennungsfällen sei es äußerst wichtig, Infektionen zu verhüten.«

»Und die Kleidung?«

»Sie sind rascher im Bild als ich«, brummte Swanson. »Sämtliche Kleidungsstücke werden eingesammelt und registriert. Der Inhalt der Taschen wird registriert. Es wird allgemein bekanntgegeben, daß die Kleidungsstücke desinfiziert und dann gewaschen werden müssen.«

»Es würde vielleicht nicht schaden, wenn ich erfahren dürfte, was wir suchen«, sagte Benson.

»Das mag der Himmel wissen«, erwiderte ich. »Alles und jedes. Eines ist sicher: Sie werden keine Waffe finden. Die Handschuhe sind besonders sorgfältig zu etikettieren. Wenn wir erst wieder in England sind, lassen wir sie durch Sachverständige auf Nitratspuren prüfen, die aus der Mordwaffe herrühren.«

»Wenn jemand etwas an Bord mitgenommen hat, das größer ist als eine Briefmarke, werde ich es finden«, versicherte Dr. Benson.

»Bestimmt?« fragte ich. »Aber wenn Sie selber es mitgebracht haben?«

»Wie, bitte? Ich? Was, zum Teufel, soll das heißen?«

»Das soll heißen: Jemand könnte, als Sie grade nicht hinsahen, etwas in Ihren Verbandskasten oder sogar in Ihre Tasche gestopft haben.«

»Du lieber Gott.« Er durchwühlte mit fieberhafter Eile seine Taschen. »Auf diesen Gedanken wäre ich nie verfallen.«

»Ihnen fehlt die rechte Sorte mißtrauischer und schmutziger Fantasie«, sagte Swanson trocken. »Machen Sie, daß Sie wegkommen. Sie auch, John.«

Sie entfernten sich, Swanson und ich betraten die Hütte. Nachdem ich mich vergewissert hatte, daß die beiden Kranken wirklich bewußtlos waren, machten wir uns an die Arbeit. Es mußte viele Jahre her gewesen sein, seit Swanson ein Deck oder einen Paradeplatz inspiziert, geschweige denn einen Lumpensammler vertreten hatte, aber er legte los, als hätte er es mit der Muttermilch eingesogen. Er war emsig, gewissenhaft und ließ sich nichts entgehen. Ebensowenig wie ich.

Wir säuberten einen Winkel des Raumes. Dort stapelten wir sämtliche Sachen auf, die entweder auf dem Fußboden umherlagen oder an den noch immer mit Eis verkrusteten Wänden hingen. Nichts blieb unbeachtet. Jeder einzelne Gegenstand wurde geschüttelt, umgestülpt oder ausgeleert, je nachdem, was es war. Fünfzehn Minuten, und wir waren fertig. Wenn in diesem Raum etwas zu finden gewesen wäre, das größer war als ein Streichholz, wir hätten es gefunden. Aber wir fanden nichts. Dann verstreuten wir den ganzen Krempel über den Fußboden, bis es in der Hütte mehr oder weniger wieder so aussah wie vor unserer Haussuchung.

»Wir sind keine Meisterdetektive«, sagte Swanson. Er sah ein wenig enttäuscht drein.

»Wo nichts zu holen ist, ist nichts zu holen. Und daß wir nicht wissen, was wir suchen, ist auch nicht grade erbaulich. Schauen wir uns jetzt nach der Waffe um. Wo? Beliebig. Vielleicht hat er sie sogar weggeworfen. Aber das halte ich nicht für wahrscheinlich. Der Mörder entledigt sich nicht gern seiner Waffe – und er wußte ja nicht, ob er sie nicht noch einmal brauchen würde. Gar so viele Verstecke gibt es nun wieder nicht. Hier wird er sie nicht versteckt haben, es ist das Hauptlogis und ständig benützt. Bleiben also die meteorologische Station und das Laboratorium übrig, in dem die Toten liegen.«

Wir begannen mit der meteorologischen Station. Wir durchsuchten jedes Regal, jede Kiste, jeden Schrank und wollten soeben die Hinterwände der Blechgehäuse entfernen, in denen die meteorologischen Geräte untergebracht waren, als Swanson unvermittelt sagte: »Ich habe eine Idee. In ein paar Minuten bin ich wieder da.«

Er hielt nicht nur Wort, er kehrte sogar binnen einer knappen Minute zurück – mit vier Gegenständen, die im Lampenlicht feucht glänzten und stark nach Benzin rochen: eine Pistole – eine Mauser –, Griff und abgebrochene Klinge eines Messers und zwei in Gummituch eingewickelte Pakete, die sich als die Reservemagazine der Mauser entpuppten.

Swanson sagte: »Das da haben Sie gesucht, nicht wahr?«

»Wo haben Sie es gefunden?«

»Im Benzintank des Traktors.«

»Wie kamen Sie auf den Gedanken, dort nachzuschauen?«

»Zufall. Mir ging Ihre Bemerkung im Kopf herum, daß der Mann, der die Waffe benützt hatte, vielleicht mit der Möglichkeit rechnete, sie noch einmal anwenden zu müssen. Im Freien wäre sie durch die Eisnadeln verstopft worden. Außerdem hätte die Gefahr bestanden, daß das Metall sich zusammenzog, so daß die Patronen nicht mehr in den Lauf gepaßt hätten, oder daß das Schmieröl gefroren wäre. Nur zweierlei Stoffe gefrieren auch bei diesen tiefen Temperaturen nicht: Alkohol und Benzin. Aber in einer Flasche Gin läßt sich eine Pistole nicht verstecken.«

»Es hätte ihm nichts genützt«, sagte ich. »Das Metall wird sich trotzdem zusammengezogen haben, weil das Benzin genauso kalt ist wie die Umgebung.«

»Das wußte er vielleicht nicht. Oder er überlegte sich nur, daß es ein bequemes Versteck sei – leicht zugänglich.« Nachdenklich sah er mir zu, wie ich den Kolben öffnete und den leeren Ladestreifen betrachtete, dann sagte er in scharfem Ton: »Sehen Sie sich vor. Fingerabdrücke!«

»Ach wo. Die Waffe hat in Benzin gelegen. Und höchstwahrscheinlich hat er Handschuhe angehabt.«

»Wozu brauchen Sie sie dann überhaupt?«

»Wegen der Seriennummer. Vielleicht können wir feststellen, wo sie herstammt. Es ist sogar möglich, daß der Mörder einen Waffenschein besitzt. So etwas ist schon vorgekommen – ob Sie es glauben oder nicht. Und Sie dürfen nicht vergessen, daß der Täter überzeugt war, niemand würde Unrat wittern, geschweige denn eine Suche nach seiner Pistole veranstalten...

Jedenfalls liefert uns das Messer die Erklärung dafür, warum die

Pistole benützt wurde. Schüsse knallen, und ich wundere mich, daß der Mörder ein so großes Risiko einging. Er hätte das ganze Lager aufwecken können. Aber er mußte das Risiko auf sich nehmen, weil ihm die Spitze seines kleinen Messerchens abgebrochen war. Wahrscheinlich stieß er auf eine Rippe, oder die Klinge brach ab, als er sie herausziehen wollte.«

»Soll das heißen – soll das heißen, daß der Mörder ein drittes Opfer auf dem Gewissen hat?« fragte Swanson zögernd.

»Ein drittes Opfer – aber das erste in der Reihe. Die fehlende Hälfte der Klinge steckt in der Brust eines der Toten. Aber ich beabsichtige nicht, sie zu suchen – es wäre zwecklos und viel zu zeitraubend.«

Swanson schüttelte den Kopf. »Kehren wir in die andere Hütte zurück. Ich werde telefonieren und jemanden kommen lassen, der auf die beiden Patienten aufpaßt. Ich weiß nicht, wie Sie sich fühlen. Ich bin halb erfroren. Und dabei haben Sie vorige Nacht nicht geschlafen.«

»Ich passe inzwischen auf die beiden auf«, erwiderte ich. »Ungefähr eine Stunde lang. Ich muß mir etwas überlegen, genau überlegen.«

»Sie haben nicht sehr viele Anhaltspunkte, nein?«

»Deshalb ist es so schwierig.«

Ich hatte zu Swanson gesagt, daß die Anhaltspunkte spärlich seien. Das stimmte nicht ganz. Ich hatte überhaupt keine. Also vergeudete ich keine Zeit mit unnützen Grübeleien. Statt dessen nahm ich eine Laterne und ging wieder ins Labor, wo die Toten lagen. Ich fror, ich war müde und einsam, die Dunkelheit brach herein, und ich hatte wenig Lust, mich dorthin zu begeben. Niemand hätte Lust gehabt, diesen Raum zu betreten; eine Gruft, eine Leichenhalle, der jeder halbwegs vernünftige Mensch ausgewichen wäre – es sei denn, er hätte ein Motiv, zum Beispiel die Absicht, etwas Wichtiges wegzuholen, das er dort versteckt hatte, in der nahezu hundertprozentigen Gewißheit, kein anderer würde sich auch nur in die Nähe wagen.

Die Wände des Laboratoriums waren mit Regalen und Schränken bedeckt, die alle möglichen Flaschen, Tiegel, Retorten, Eprouvetten und dergleichen chemischen Kram enthielten, aber ich gönnte ihnen kaum einen Blick. Ich begab mich in die Ecke, in der die Toten am dichtesten beisammenlagen, leuchtete mit der Stablampe umher und fand binnen Sekunden, was ich gesucht hatte –

ein Fußbodenbrett, das ein wenig über die benachbarten Bretter hinausragte. Zwei der geschwärzten Klumpen, die früher einmal Menschen gewesen waren, lagen quer über diesem Brett. Ich schob sie beiseite, so weit es nötig war, nur mühsam meinen Ekel bezwingend, und hob dann das eine Ende der losen Planke hoch.

Es sah aus, als hätte jemand vorgehabt, einen Supermarkt zu eröffnen. In dem fünfzehn Zentimeter tiefen Zwischenraum zwischen Fundament und Fußboden waren zu Dutzenden Konservendosen aufgestapelt – Suppen, Fleisch, Obst, Gemüse, eine abwechslungsreiche Diät mit allen Proteinen und Vitaminen, die ein Mensch sich nur wünschen kann. Jemand war fest entschlossen gewesen, nicht zu verhungern. Es waren sogar ein kleines Druckgasöfchen und zwei Liter Petroleum vorhanden, um die Dosen aufzutauen. Und an der einen Seite, flach aneinandergereiht, zwei Reihen schimmernder Nife-Zellen: es mußten alles in allem etwa vierzig Stück sein.

Ich legte das Brett zurecht, verließ das Laboratorium und begab mich wieder in die meteorologische Hütte. Dort verbrachte ich über eine Stunde, schraubte die Hinterwände der Blechgehäuse los und durchforschte ihre Eingeweide, konnte aber nichts finden. Jedenfalls nicht das, was ich zu finden gehofft hatte. Aber ich stieß auf einen recht merkwürdigen Gegenstand, ein kleines grünes Blechkästchen, im Format fünfzehn mal zehn mal fünf Zentimeter, mit einem Knopf in der Mitte, der gleichzeitig als Schalter und Abstimmvorrichtung diente, nebst zwei eingeglasten Scheiben ohne Ziffern und Markierungen. An der Seitenwand befand sich ein mit einem Messingring versehenes Loch.

Ich schaltete ein, und eine der Scheiben leuchtete grün, ein magisches Auge mit recht weit ausgebreiteten Fächern. Die andere Scheibe blieb dunkel. Ich drehte an dem Abstimmknopf, aber es rührte sich nichts. Sowohl das magische Auge, als auch die zweite Scheibe brauchten einen Anstoß, der sie in Gang setzte – zum Beispiel ein vereinbartes Funkzeichen. Das Loch in der Seitenwand würde zu dem Stöpsel jedes Standardtelefons passen. Nicht viele Leute würden gewußt haben, was das für ein Ding sei, ich aber hatte schon einmal eines gesehen – ein Transistorpeilgerät, das dazu dient, die Richtung festzustellen, aus der ein Funksignal kommt, wie es zum Beispiel das ›Sarah‹-Gerät in amerikanischen Weltraumkapseln sendet, um damit seinen Standort bekanntzugeben, nachdem es im Meer gelandet ist.

Was für legale Zwecke hätte ein solches Gerät auf der Treibeis-

Station Zebra zu erfüllen gehabt? Als ich Swanson und Hansen von einer Abhörapparatur erzählte, welche die Raketenabschußsignale aus Sibirien auffängt, war meine Behauptung insofern richtig, als derartige Apparaturen existieren. Dazu aber wäre eine gigantische Antenne erforderlich gewesen, die bis in den Himmel hinaufreichte. Das kleine Spielzeug in meiner Hand würde kaum ein Zwanzigstel der Entfernung bis Sibirien bewältigt haben.

Ich warf abermals einen Blick auf den transportablen Sender und die erschöpfte Nife-Batterie, die ihn gespeist hatte. Die Drehscheibe war noch auf die Wellenlänge eingestellt, auf der die *Dolphin* die Hilferufe aufgefangen hatte. Hier war für mich nichts zu holen. Ich sah mir die Nickel-Kadmium-Zellen näher an. Sie waren miteinander und mit dem Funkgerät durch Gummikabel verbunden und mit kräftigen, gezahnten und gefederten Klammern an den Klemmen befestigt, Klammern, die einen vollkommenen elektrischen Kontakt gewährleisteten und außerdem sehr handlich waren. Ich entfernte zwei dieser Klammern, nahm meine Lampe und untersuchte die Klemmen. Die durch die scharfe Zahnung verursachten Kerben waren zwar undeutlich, aber unverkennbar zu sehen.

Ich kehrte in die Laboratoriumshütte zurück, hob abermals das lockere Bodenbrett hoch und beleuchtete die dort verstauten Nife-Zellen. Mindestens die Hälfte dieser Zellen wiesen die gleichen charakteristischen Spuren auf, Zellen, die frisch und unbenützt aussahen und ganz bestimmt funkelnagelneu gewesen waren, als die Treibeis-Station Zebra hier etabliert wurde. Ich zog sie heraus und glaubte in der dunklen Höhlung einen schwärzlich matten, metallischen Gegenstand zu sehen.

Was es sei, konnte ich nicht sogleich ausnehmen, aber nachdem ich zwei weitere Bodenbretter hochgestemmt hatte, war es mühelos zu sehen: ein etwa fünfundsiebzig Meter langer Zylinder mit einem Durchmesser von fünfzehn Zentimetern, einem Messinghahn und einem einmontierten Manometer, dessen Zeiger auf ›Voll‹ zeigte. Dicht daneben lag ein Paket, das etwa einen halben Meter im Geviert maß, fünfzehn Zentimeter dick war und die Aufschrift trug: ›Funksondenballons‹.

Wasserstoff, Batterien, Ballons, Corned beef und Gemüsesuppe: ein rechtes Kunterbunt. Aber die Auswahl dieser diversen Artikel würde nicht aufs Geratewohl erfolgt sein.

Als ich ins Logis kam, atmeten die beiden Kranken noch. Mehr war auch von mir nicht zu behaupten. Ich zitterte vor Kälte, und auch wenn ich die Zähne zusammenbiß, hörten sie nicht zu klappern auf. In der Wärme, welche die großen elektrischen Heizöfen ausstrahlten, taute ich auf, bis ich nur noch halb erfroren war. Da nahm ich meine Lampe und wagte mich von neuem in den Wind, in die Kälte, in die Finsternis hinaus.

Im Lauf der nächsten zwanzig Minuten machte ich ein dutzendmal einen geschlossenen Rundgang durchs Lager, jedesmal den Radius um ein paar Meter verlängernd. Alles in allem muß ich fast an die zwei Kilometer zurückgelegt haben, und mehr kam nicht dabei heraus, nur die Promenade und eine leichte Erfrierung oben an den Backenknochen, der einzigen Stelle in meinem Gesicht außer den Augen, die der bitteren Kälte ausgesetzt waren. Ich wußte, daß es eine Erfrierung war, und steuerte ins Lager zurück.

Ich befand mich gerade zwischen der meteorologischen Hütte und dem Laboratorium, in gleicher Höhe wie die östliche Kante des Logis, als ich aus dem Augenwinkel etwas Sonderbares mehr spürte als erblickte. Ich richtete den Strahl der Stablampe auf die Ostwand und musterte eingehend die Eiskruste, die der Orkan im Lauf der Tage dort abgelagert hatte.

Diese Kruste bestand zum größten Teil aus einer homogenen, grauweißen, glattpolierten Masse, die aber nicht durchwegs homogen, sondern hier und dort mit Dutzenden schwarzer Flecken gesprenkelt war, Flecken von unterschiedlicher Form und Größe, keiner jedoch viel größer als fünf Quadratzentimeter. Ich versuchte sie anzufassen, aber sie waren tief eingebettet und nur durchs blanke Eis hindurch zu sehen. Ich untersuchte die Ostwand der meteorologischen Hütte, aber sie wies keinerlei schwarze Flecken auf, ebensowenig wie die Ostwand des Laboratoriums.

Nach kurzer Zeit hatte ich in der meteorologischen Hütte einen Hammer und einen Schraubenzieher aufgetrieben. Ich meißelte einen Teil der schwarzgefleckten Eiskruste los, nahm ihn ins Logis mit und legte ihn vor einem der großen, elektrischen Heizöfen auf den Fußboden. Zehn Minuten später lagen in einer Pfütze die nassen Überreste verbrannter Papierfetzen. Das war nun wirklich recht sonderbar. Es bedeutete, daß in der Ostwand des Logisgebäudes Dutzende verbrannter Papierreste eingebettet waren. Nur dort – nirgendwo sonst.

Ich warf noch einmal einen Blick auf die beiden bewußtlosen Männer. Sie hatten es warm und bequem, mehr aber war nicht zu sagen. Ich konnte mir nicht vorstellen, daß sie innerhalb der nächsten vierundzwanzig Stunden transportfähig sein würden.

Ich hob den Telefonhörer ab und ersuchte um Ablösung, und als zwei Matrosen erschienen, machte ich mich auf den Rückweg zur *Dolphin*.

An diesem Nachmittag herrschte an Bord eine ungewöhnliche Atmosphäre, still und gedrückt und fast wie bei einem Leichenbegängnis. Für die Besatzung der *Dolphin* waren die Menschen, welche die ›Zebra‹ bemannten, weiter nichts als Nullen gewesen, nicht einmal Namen, Unbekannte. Nun aber waren die ausgemergelten Überlebenden an Bord gekommen, kranke, leidende Menschen, jeder mit seinem Eigenleben und seiner individuellen Persönlichkeit, und der Augenblick dieser abgezehrten Gestalten, die noch ihren acht toten Kameraden nachtrauerten, brachte sämtlichen Leuten im U-Boot zu Bewußtsein, was für eine grauenhafte Katastrophe sich auf dem Packeis abgespielt hatte. Und schließlich waren erst sieben Stunden verstrichen, seit ihr eigener Torpedooffizier, Oberleutnant Mills, den Tod gefunden hatte.

Hansen traf ich in seiner Kabine an. Er saß auf der Kante seines Schlafwagenbetts, hatte noch die Pelzhose an. Sein Gesicht war finster, hart, verfroren. Stumm sah er mir zu, wie ich meine Parka ablegte, das leere Futteral, das an meiner Brust hing, losschnallte, an die Wand hängte und die Pistole hineinschob, die ich aus der Tasche der Karibu-Hose hervorgeholt hatte.

Dann sagte er plötzlich: »Ich würde nicht alles ausziehen, Doktor. Das heißt, falls Sie die Absicht haben mitzukommen.« Er blickte an seinem eigenen Pelzwerk hinab und verzog den Mund zu einer bitteren Grimasse. »Nicht gerade die vorschriftsmäßige Kluft für ein Begräbnis.«

»Sie meinen –«

»Swanson sitzt in seiner Kajüte und ochst die Grabrede. Tom Mills und der Funker – Grant heißt er, nicht wahr –, der heute gestorben ist... Ein Doppelbegräbnis. Draußen auf dem Eis. Es sind bereits einige Mann am Fuß eines Hügels damit beschäftigt, mit Brecheisen und Schlaghämmern eine Grube herzurichten.«

»Ich hätte gedacht, Swanson würde Mills in die Staaten mitnehmen – oder nach Schottland.«

»Zu weit. Und es hat seinen psychologischen Haken. Die Moral unserer Leute ist zwar durch nichts zu erschüttern, aber einen Toten an Bord zu haben, gilt als unheilvoll. Er hat in Washington angefragt und die Erlaubnis erhalten...«

Er unterbrach sich zögernd, blickte hastig zu mir auf und dann ebenso schnell wieder weg. Ich brauchte keine telepathischen Fähigkeiten zu besitzen, um zu erraten, was in seinem Kopf vorging.

»Die sieben Mann auf der ›Zebra‹?« Ich schüttelte den Kopf. »Nein, da müssen wir auf ein Begräbnis verzichten. Notgedrungen. Ich werde ihnen auf eine andere Art die letzte Ehre erweisen.«

Seine Blicke irrten zu der Mannlicher-Schoenauer, die in ihrem Halfter hing. Er sagte still und böse: »So ein Teufel. Und er ist unter uns. Hier an Bord.« Er knallte die Faust gegen die flache Hand. »Haben Sie keine Ahnung, Doktor, was dahintersteckt? Keine Ahnung, wer der Schuldige sein mag?«

»Wenn ich eine Ahnung hätte, würde ich nicht hier herumstehen. Aber haben Sie eine Ahnung, wieweit Benson mit den Kranken und Verletzten vorangekommen ist?«

»Er ist fertig. Ich habe mich soeben von ihm getrennt.«

Ich nickte, griff nach der Pistole und steckte sie wieder in die Tasche meiner Karibu-Hose.

Hansen fragte leise: »Selbst hier an Bord?«

»Besonders hier an Bord.«

Ich verließ ihn und begab mich in die Krankenstube. Benson saß an seinem Tisch, mit dem Rücken zu der Galerie bunter Serienzeichnungen, und trug etwas in ein Journal ein. Als ich die Tür hinter mir zumachte, blickte er auf.

»Etwas gefunden?« fragte ich.

»Nichts, das ich für interessant halten würde. Die meisten Sachen hat Hansen sortiert. Vielleicht finden Sie etwas.«

Er deutete auf ein ordentlich geschichtetes Kleiderbündel, mehrere kleine Aktenmappen und ein paar Kunststoffbeutel, alle säuberlich mit Zetteln versehen.

»Schauen Sie selber nach. Wie geht es den beiden, die wir zurückgelassen haben?«

»Nicht besser, nicht schlechter. Meiner Meinung nach werden sie es überstehen, aber es ist noch zu früh, um es mit Sicherheit sagen zu können.«

Ich hockte mich auf den Boden, durchsuchte gewissenhaft sämtliche Taschen der Kleidungsstücke und fand erwartungsgemäß nichts. Hansen war nicht der Mann dazu, sich etwas entgehen zu lassen. Ich fragte Benson: »Hat Doktor Jolly seinen Verbandkasten mitgebracht?«

»Sie trauen nicht einmal Ihrem Kollegen, wie?«

»Nein.«

»Ich würde es auch nicht tun.« Er lächelte, aber nur mit den Lippen. »Das macht Ihr verderblicher Einfluß... Ich habe den Kasten genau durchsucht. Nichts. Ich habe sogar die Dicke des Bodens gemessen. Abermals nichts.«

»Das genügt mir. Wie geht es Ihren Patienten?«

»Neun Mann«, erwiderte Benson. »Das psychologische Moment – das Bewußtsein, daß sie gerettet sind – hat ihnen mehr genützt als alle Arzneien.« Er zog die Karteikarten auf seinem Schreibtisch zu Rate. »Kapitän Folsom ist am schlimmsten dran. Keine Lebensgefahr, aber recht schwere Verbrennungen im Gesicht. Wir haben dafür gesorgt, daß uns in Glasgow ein Hautchirurg erwartet. Die Zwillinge Harrington, Meteorologen, sind weniger schwer verletzt, aber sehr entkräftet, sowohl durch Hunger wie durch Kälte. Essen, Wärme, Ruhe – dann werden sie in ein paar Tagen wieder auf den Beinen sein. Hassard, gleichfalls Meteorologe, und Jeremy, ein Laborant: mäßige Brandwunden, mäßige Frostschäden, ansonsten die gesündesten. Es ist sonderbar, wie verschiedenartig Menschen auf Hunger und Kälte reagieren. Die übrigen vier – Kinnaird, der Erste Funker, Doktor Jolly, Naseby, der Koch, und Hewson, der Traktorfahrer, ferner ein Mann, der den Generator zu betreuen hatte – sind so ziemlich über einen Kamm zu scheren: am schlimmsten leiden sie unter den Frostschäden, besonders Kinnaird, alle haben sie mäßige Verbrennungen davongetragen, sind natürlich geschwächt, erholen sich aber schnell. Nur Folsom und die Zwillinge Harrington haben eingewilligt, im Bett zu bleiben. Die anderen haben wir irgendwie eingekleidet. Natürlich müssen auch sie liegen, aber nicht ständig, und nicht lange.«

Es wurde an die Tür geklopft, und Swanson steckte den Kopf herein.

Er sagte zu mir: »Hallo, wieder an Bord?« – dann zu Benson: »Es hat sich ein kleines Disziplinarproblem ergeben, das in Ihr Ressort fällt, Doktor.« Er trat zur Seite, so daß Naseby, der Stationskoch, sichtbar wurde, der dicht hinter ihm stand, in der Uniform eines Maates der amerikanischen Kriegsmarine. »Ihre Patienten haben offenbar von dem bevorstehenden Begräbnis Wind bekommen. Sie wollen daran teilnehmen – das heißt, diejenigen, die dazu fähig sind –, um ihren Kameraden die letzte Ehre zu erweisen. Das kann ich verstehen, und ich finde es sympathisch, aber der Gesundheitszustand...«

»Ich würde abraten, Sir«, erwiderte Benson. »Dringend.«

»Sie dürfen abraten, solange Sie wollen, Herr Kamerad«, ertönte eine Stimme hinter Nasebys Rücken. Es war Kinnaird, der Funker, das waschechte Londoner Kind, gleichfalls in blaues Tuch gekleidet. »Nichts für ungut. Wir möchten nicht unhöflich oder undankbar sein. Jimmy Grant war mein Kumpel.«

»Ich kann es Ihnen nachfühlen«, sagte Benson. »Aber ich weiß auch, in welchem Zustand Sie sich befinden. Sie taugen zu nichts anderem, als sich brav hinzulegen. Sie machen es mir sehr schwer.«

»Ich befehlige dieses Boot«, warf Swanson ohne jede Schärfe ein. »Sie wissen, ich kann es euch verbieten. Ich kann ›Nein‹ sagen, und damit basta.«

»Und Sie machen es uns schwer, Sir«, erwiderte Kinnaird. »Ich glaube nicht, daß es die Sache anglo-amerikanischer Verbrüderung fördern würde, wenn wir uns mit unseren Rettern prügeln, kaum daß sie uns vor dem sicheren Tod errettet haben.«

Swanson sah mich mit hochgezogener Braue an. »Also – es sind Ihre Landsleute, Herr Doktor.«

»Doktor Benson hat völlig recht«, antwortete ich. »Aber es lohnt sich nicht, einen Bürgerkrieg heraufzubeschwören. Wenn sie fünf bis sechs Tage in dieser Eishölle überstanden haben, werden ein paar Minuten mehr ihnen auch nicht den Garaus machen.«

»Schön«, sagte Swanson bedächtig, »andernfalls werden wir Sie zur Verantwortung ziehen.«

Nach zehn Minuten im Freien waren alle meine Zweifel zerstreut. Die arktische Eishaube war bei Gott nicht der geeignete Ort für ein feierliches Begräbnis, aber ein Leichenbestatter, der die Reklametrommel zu rühren wünscht, könnte sich keine eindrucksvollere Kulisse vorstellen. Nach der Wärme an Bord der *Dolphin* wirkte die Kälte besonders bitter, und es dauerte keine fünf Minuten, da zitterten wir wie Espenlaub. Die Finsternis war undurchdringlich, der Wind war wieder aufgesprungen, dünne Schneeböen kamen durch die Nacht gewirbelt. Der einsame Scheinwerfer diente nur dazu, die gespenstische Unwirklichkeit der Szene zu betonen: den engen Kreis der Leidtragenden, die sich mit gesenkten Köpfen aneinander schmiegten, die beiden unförmigen, in Teerleinwand gehülten Gestalten am Fuß eines Eisbuckels, Kapitän Swanson, über sein Buch gebeugt, wie er in aller Hast die Grabrede hielt. Der Wind und der Schnee verwehten die hingemurmelten, kaum verständlichen Worte. Nur jedes zehnte Worte konnte ich aufschnappen, und dann war es vorbei. Keine sinnlosen Gewehrsalven, keine leeren Fanfaren, nur die Grabrede und die Stille und die dunklen Silhouetten umherstolpender Männer, die kleine Eisbrocken auf die vermummten Toten streuten. Binnen vierundzwanzig Stunden würden die ewig dahindriftenden Eisnadeln und der Treibschnee das eisige Grab für immer versiegelt haben, und dort würden die beiden ruhen, endlos um den Nordpol kreisend – es war ein makabrer Gedanke.

Die Köpfe in den Schnee- und Eiswind geduckt, kehrten wir schleunigst in die Geborgenheit der *Dolphin* zurück. Vom Eis bis zur Spitze des Segels ging es etwa sieben bis zehn Meter bergan, über fast senkrechte, riesige Eisplatten, die das U-Boot emporgetrieben und zur Seite gewälzt hatte, als es sich einen Weg nach oben erzwang. Man hatte von der Spitze des Segels aus Seile gespannt. Trotzdem war es eine recht gefährliche Kletterpartie. Glatter Eishang, schlüpfrige Seile, Finsternis und das die Augen blendende Schnee- und Eisgestöber: nur allzuleicht mochte ein Unglück passieren. Und es ließ auch nicht auf sich warten.

Ich befand mich in einer Höhe von ungefähr zwei Metern und war Jeremy, dem Laboranten, behilflich, dem seine arg verbrannten Hände kaum erlaubt hätten, allein hinaufzuklettern, da hörte ich über meinem Kopf einen gedämpften Aufschrei. Ich blickte nach oben und hatte den dunklen Eindruck, daß jemand auf der Kante des Segels mit den Armen um sich schlug, als kämpfte er um sein Gleichgewicht. Dann riß ich Jeremy gewaltsam zu mir heran, damit er nicht mitgefegt würde, als die taumelnde Gestalt dort oben den Halt verlor und rücklings an uns vorbei in die Tiefe stürzte. Ich zuckte zusammen, als ich den Aufprall hörte, eigentlich ein zweifaches Geräusch, das eine dumpfe, gedämpft, das andere schärfer, fast wie ein Knall. Zuerst der Körper, dann der Kopf. Ich bildete mir halb und halb ein, nachher noch ein Geräusch gehört zu haben, war aber meiner Sache nicht völlig sicher. Ich übergab Jeremy der Obhut eines anderen und schlitterte an einem vereisten Seil hinunter, nicht sehr erpicht auf den Anblick, auf den ich mich gefaßt machen mußte. Es war mit einem Sturz aus sieben bis zehn Metern Höhe auf einen Betonboden zu vergleichen.

Hansen war mir vorausgeeilt und richtete den Strahl seiner Stablampe nicht, wie ich erwartet hatte, auf eine hingestreckte Gestalt, sondern auf zwei Gestalten. Benson und Jolly, beide bewußtlos.

Ich fragte Hansen: »Haben Sie vielleicht gesehen, wie es passiert ist?«

»Nein. Es ging zu schnell. Ich weiß nur, daß Benson es war, der abstürzte, während Jolly ihn auffing. Wenige Sekunden vor dem Sturz war Jolly neben mir.«

»Wenn das stimmt, dann hat Jolly wahrscheinlich eurem Arzt das Leben gerettet. Wir müssen sie auf Tragbahren schnallen und hinaufhissen. Wir dürfen sie keine Minute länger hier liegen lassen.«

»Tragbahren? Ja, wenn Sie meinen... Aber vielleicht werden sie schnell wieder zu sich kommen.«

»Der eine vielleicht – der andere aber noch lange nicht – wenn überhaupt. Haben Sie nicht den Knall gehört, als der Kopf gegen das Eis schlug? Als ob man jemandem eins mit einem Zaunpfahl auf den Schädel versetzt hätte.«

Hansen ging weg. Ich beugte mich über Benson und schob die Kapuze des Wollmantels zurück, den er anhatte. Zaunpfahl war das richtige Wort gewesen. Die eine Schläfe, ein paar Zentimeter über dem rechten Ohr, war eine einzige blutige Masse. Aus einem sieben Zentimeter langen Riß in dem purpurn verfärbten Fleisch quoll das Blut, das in der bitteren Kälte bereits gerann.

Fünf Zentimeter weiter vorn gegen die Stirn zu, und er wäre ein Mann des Todes gewesen. Der dünne Knochen hinter der Schläfe wäre durch den Aufprall glatt zerschmettert worden. Zweifellos war das das scharfe, fast wie ein Hammerschlag klingende Geräusch gewesen, das ich gehört hatte.

Bensons Atem war flach, die Bewegung seiner Brust kaum merkbar. Jolly dagegen atmete ziemlich tief und regelmäßig. Ich schlug seine Anorakkapuze zurück, tastete vorsichtig seinen Kopf ab und fand weit hinten, nahe dem Scheitel an der linken Seite eine leichte Schwellung. Der Zusammenhang lag auf der Hand. Ich hatte mich nicht getäuscht, als ich ein drittes Geräusch zu hören glaubte, nachdem Benson mit dem Kopf auf das harte Eis gefallen war. Jolly mußte ihm im Weg gestanden haben, nicht so unmittelbar, daß er den Sturz bremsen konnte, aber doch so nah, daß er umgeworfen wurde und mit dem Hinterkopf gegen das Eis schlug.

Es dauerte zehn Minuten, bevor wir sie auf den Tragbahren festgeschnallt, an Bord geschafft und in der Krankenstube auf zwei improvisierten Pritschen zurechtgebettet hatten. Während Swanson besorgt zusah, bemühte ich mich zuerst um Benson, obwohl ich wenig tun konnte. Grade hatte ich begonnen, mich mit Jolly zu beschäftigen, da zuckten seine Augenlider, und das Bewußtsein kehrte langsam zurück. Er stöhnte leise und wollte sich an den Hinterkopf fassen. Außerdem versuchte er, sich aufzusetzen, aber ich hielt ihn zurück.

»Oh, du lieber Gott, mein Schädel!« Mehrere Male kniff er die

Augen fest zusammen, riß sie weit auf, konzentrierte mit Mühe seinen Blick auf die mit den grellbunten Farben der Witzbilder besäte Wand, sah dann weg, als wollte er es nicht wahrhaben. »Meiner Seel', das muß ein Klaps gewesen sein. Wer hat es mir denn angetan, old Boy?«

»Was?« fragte Swanson.

»Mir eins auf den ollen Deez versetzt. Wer? Äh?«

»Heißt das, daß Sie sich an nichts mehr erinnern?«

»Erinnern?« sagte Jolly gereizt. »Wie, zum Teufel, sollte ich mich...« Er unterbrach sich, als er Benson auf der benachbarten Pritsche liegen sah, eine zusammengekauerte Gestalt unter den Decken. Nur der Hinterkopf und ein dicker Gazebausch, der die Wunde bedeckte, waren zu sehen. »Ach ja, freilich, freilich. Ja, jetzt erinnere ich mich. Er fiel auf mich drauf, oder wie?«

»Genau«, sagte ich. »Haben Sie versucht, ihn aufzufangen?«

»Ihn aufzufangen? Nein, ich habe nicht versucht, ihn aufzufangen. Ich habe auch gar nicht versucht, ihm auszuweichen. In einer halben Sekunde war alles vorbei.« Er stöhnte in sich hinein, dann betrachtete er Benson. »Muß ein schöner Purzelbaum gewesen sein, oder wie?«

»Allem Anschein nach. Er hat eine schwere Gehirnerschütterung davongetragen. Wir haben ein Röntgengerät an Bord. Ich werde mal seinen Kopf ansehen. Aber auch Sie haben Pech gehabt, Jolly.«

»Ich werde es überleben«, brummte er. Er stieß meine Hand weg und setzte sich auf. »Kann ich Ihnen behilflich sein?«

»Ausgeschlossen!« sagte Swanson. »Ein frühes Abendessen, dann zwölf Stunden Schlaf für Sie, Doktor, und die anderen acht Patienten – das ist mein Rezept. Das Essen ist bereits in der Offiziersmesse serviert.«

»Aye, aye, Sir.« Jolly lächelte ein geisterhaftes Lächeln und rappelte sich mühsam hoch. »Das mit den zwölf Stunden klingt mir köstlich ins Ohr.«

Nach ein paar Minuten, als er wieder fester auf den Beinen stand, entfernte er sich.

Swanson fragte: »Was nun?«

»Sie sollten versuchen, festzustellen, wer sich in unmittelbarer Nähe Bensons befunden hat, als er ausrutschte. Aber sehr diskret. Es wird vielleicht nicht schaden, wenn Sie gleichzeitig andeuten, Benson könnte ganz einfach einen Schwächeanfall erlitten haben.«

»Und was belieben Sie anzudeuten?« fragte mich Swanson langsam.

»Ist er gestürzt oder wurde er gestoßen? Darauf will ich hinaus.«

»Ist er gestürzt oder...« Er unterbrach sich, fuhr dann zögernd fort: »Warum sollte jemand ein Interesse daran gehabt haben, Doktor Benson einen Stoß zu versetzen?«

»Warum sollte jemand ein Interesse daran gehabt haben, sieben – jetzt sind es acht – Mitglieder der ›Zebra‹-Mannschaft zu ermorden?«

»Sie haben recht«, sagte Swanson gelassen. Er ging weg.

Röntgenaufnahmen zu machen, fiel nicht grade in mein Fach, war aber anscheinend auch nicht Bensons Stärke gewesen. Er hatte für sich selber eine ausführliche Gebrauchsanweisung zusammengestellt, wie man Röntgenbilder aufnimmt und entwickelt. Ich fragte mich, wie ihm zumute gewesen wäre, wenn er gewußt hätte, daß er selber der erste sein würde, dem seine gewissenhafte Gründlichkeit zugute kam.

Die beiden Negative, die ich zustande brachte, würden in der Royal Photography Society kein Furore gemacht haben, aber sie genügten meinen Bedürfnissen.

Nach einer Weile kehrte Kapitän Swanson zurück und schloß die Tür hinter sich.

Ich sagte: »Zehn zu eins, daß Sie nichts herausbekommen haben.«

»Sie würden nicht als armer Mann in die Grube fahren. Nichts ist das richtige Wort. Jedenfalls behauptet es Patterson, unser Torpedomaat, und Sie kennen ihn ja.«

Ich kannte ihn. Patterson war für alle disziplinaren und organisatorischen Fragen unter den Matrosen verantwortlich, und Swanson hatte mir gegenüber erklärt, er betrachte nicht sich selber, sondern Patterson als den unentbehrlichsten Mann an Bord.

»Patterson kam unmittelbar vor Benson auf der Brücke an«, sagte Swanson. »Er berichtet, er hätte Benson aufschreien hören, fuhr herum und sah ihn bereits nach hinten taumeln. Er wußte nicht, wer es war, dazu war es zu dunkel und verschneit. Er meint, er hätte den Eindruck gehabt, Benson habe, bevor er rücklings in die Tiefe stürzte, bereits die eine Hand und das eine Knie auf den Brükkensüll gestützt.«

»Eine sonderbare Stellung für einen Menschen, der nach hinten taumelt«, sagte ich. »Sein Körpergewicht muß sich zum größten Teil innenbords befunden haben. Und auch wenn er aus irgendeinem Grund nach hinten kippte, hatte er genügend Zeit, sich mit beiden Händen an dem Süll festzuhalten. Ist Patterson, als Benson verschwand, sofort hingelaufen, um nachzusehen, was aus ihm geworden ist?«

»Ja«, erwiderte Swanson verdrossen. »Und er erklärte, als Benson abstürzte, habe sich niemand in der Nähe der Brückenkante befunden, jedenfalls nicht in einem Umkreis von drei Metern.«

»Und wer hat sich drei Meter weiter unten befunden?«

»Das weiß Patterson nicht. Vergessen Sie nicht, wie finster es war. Außerdem begnügte er sich mit einem flüchtigen Blick. Noch bevor Sie und Hansen bei Benson angelangt waren, hatte er sich bereits davongemacht, um eine Tragbahre zu holen. Patterson gehört nicht zu den Leuten, denen man erst lange sagen muß, was sie zu tun haben.«

»Also sind wir wieder in eine Sackgasse geraten.«

»Ja, in eine Sackgasse.«

Ich nickte, ging zu einem Schrank und kehrte mit zwei Röntgenfotos zurück, die, noch feucht, in den Metallklammern hingen. Ich hielt sie ans Licht.

»Benson?« fragte Swanson, und als ich nickte, betrachtete er sie genauer. Schließlich fügte er hinzu: »Der Strich. Ist das ein Bruch?«

»Ein Bruch. Und auch nicht gerade haardünn, wie Sie sehen. Es hat ihn ordentlich erwischt.«

»Ist es sehr schlimm? Wie schlimm? Wie lange wird es dauern, bevor er aus dem Koma erwacht? Er befindet sich doch in einem Komazustand, ja?«

»Ja, und ob! Wie lange ...? Wenn ich gerade erst meinen Doktor gemacht hätte, würde ich Ihnen eine recht freche Schätzung auf den Tisch legen. Wenn ich ein erstklassiger Hirnchirurg wäre, würde ich sagen, etwa von einer halben Stunde bis zu ein oder zwei Jahren. Wer versteht, wovon die Rede ist, weiß nur zu gut, daß wir im dunkeln tappen, wenn es sich um das Gehirn handelt. Da ich weder das eine noch das andere bin, tippe ich auf zwei bis drei Tage. Vielleicht irre ich mich katastrophal. Es könnte eine Gehirnblutung stattgefunden haben. Ich weiß es nicht, glaube es aber nicht. Blutdruck, Atmung und Temperatur lassen nicht auf einen organischen Schaden schließen. Nun wissen Sie genausoviel wie ich.«

»Ihren Kollegen würde das gar nicht gefallen.« Swanson lächelte matt. »Dieses muntere Armutszeugnis trägt nicht dazu bei, den mystischen Nimbus Ihres Berufs zu verstärken. Wie geht es Ihren übrigen Patienten – und den beiden, die auf der Zebra zurückgeblieben sind?«

»Ich werde sie mir nach dem Essen anschauen. Vielleicht sind sie morgen soweit, daß wir sie abtransportieren können. Inzwischen möchte ich Sie um einen Gefallen bitten. Könnten Sie mir die Dienste Ihres Torpedomatrosen Rawlings leihen? Und hätten Sie etwas dagegen, daß wir ihn ins Vertrauen ziehen?«

»Rawlings? Ich weiß nicht, wozu Sie ihn brauchen, aber warum Rawlings? Die Offiziere und Maate an Bord der *Dolphin* sind die Elite der amerikanischen Kriegsmarine. Warum nicht einen aus ihrer Mitte wählen? Außerdem weiß ich nicht recht, ob es mir paßt, einem Matrosen Geheimnisse mitzuteilen, die ich meinen Offizieren vorenthalte.«

»Es handelt sich um Geheimnisse, die mit der Marine nichts zu tun haben. Also spielt hier die Frage der Rangordnung keine Rolle. Rawlings ist der Mann, den ich brauche. Er hat einen schnellen Verstand, schnelle Reflexe und eine stoische, undurchsichtige Miene, die bei dem Spiel, das wir spielen, geradezu unschätzbar ist. Ferner: Für den Fall, daß der Mörder befürchtet, wir könnten ihm auf die Schliche gekommen sein, würde er sich durch einen Matrosen nicht bedroht fühlen, weil er überzeugt sein würde, einen Matrosen würden wir nicht einweihen.«

»Wozu brauchen Sie ihn?«

»Er soll die ganze Nacht an Bensons Bett Wache halten.«

»An Bensons Bett...« Für den Bruchteil einer Sekunde kniff er die Augen zusammen, sonst rührte sich nichts in Swansons starrem Gesicht. »Sie sind also der festen Überzeugung, daß es kein Unglücksfall war.«

»Ich weiß es wirklich nicht. Aber mir geht es wie Ihnen, wenn Sie, bevor Sie in See stechen, hunderterlei verschiedene Kontrollmaßnahmen durchführen, die Sie fast alle für überflüssig halten. Ich will nichts riskieren. Wenn es kein Unglücksfall war, könnte jemand ein Interesse daran haben, beim nächstenmal gründlichere Arbeit zu leisten. Deshalb möchte ich gern Rawlings bei Benson wissen.«

»Sie sollen Ihren Willen haben.« Lächelnd stand Swanson auf. »Ich möchte nicht, daß Sie mir wieder die Direktion aus Washington unter die Nase reiben.«

Zwei Minuten später war Rawlings zur Stelle. Er trug ein hellbraunes Hemd und einen Overall, und zum erstenmal, seit ich ihn kannte, begrüßte er mich nicht mit einem Lächeln. Er warf nicht einmal einen Blick auf Benson und das Bett. Seine Züge waren still und beherrscht, völlig ausdruckslos.

»Sie haben mich rufen lassen, Sir?« Nicht ›Doktor‹, sondern ›Sir‹.

»Nehmen Sie Platz, Rawlings.« Er setzte sich, und da merkte ich den dicken Buckel in der dreißig Zentimeter langen Hüfttasche an der Seite des Overalls. Ich nickte und sagte: »Was haben Sie denn in der Tasche? Es ist nicht gerade vorteilhaft für den Schnitt Ihrer schmucken Kluft.«

Er verzog keine Miene. »Ich habe immer ein paar Werkzeuge bei mir. Dazu ist die Tasche da.«

»Zeigen Sie mir mal das Werkzeug, das Sie momentan bei sich haben.«

Nach kurzem Zögern zuckte er die Schultern und zog, nicht ohne Mühe, eine schwere, blitzblanke, geschmiedete Rohrzange aus der Tasche. Ich wog sie in der Hand.

»Ich wundere mich über Sie, Rawlings«, sagte ich. »Was glauben Sie denn, woraus ein durchschnittlicher Menschenschädel besteht? Aus Beton? Ein kleiner Klaps mit diesem Ding, und Sie stehen wegen Mord oder Totschlag vor Gericht.« Ich griff nach einer Verbandzeugrolle. »Zehn Meter um das Schlagende gewickelt, und die Anklage reduziert sich automatisch auf tätliche Mißhandlung.«

»Ich kann mir nicht denken, was das heißen soll«, erwiderte er mechanisch.

»Das soll heißen, daß Sie, als Kapitän Swanson, Oberleutnant Hansen und ich uns im Laboratorium befanden, während Sie und Murphy draußen vor der Tür standen, offenbar das Ohr ans Schlüsselloch gelegt und etwas gehört haben, mehr, als Ihnen bekömmlich ist. Sie wissen, daß etwas los ist, und obwohl Sie nicht wissen was, ist Ihr Motto ›Allezeit bereit‹. Daher der Knüppel. Richtig?«

»Richtig.«

»Weiß Murphy Bescheid?«

»Nein.«

»Ich arbeite für den Nachrichtendienst der britischen Kriegsmarine. Washington kennt mich. Soll Kapitän Swanson sich für mich verbürgen?«

»Iwo!« Die ersten schwachen Anzeichen eines Lächelns. »Ich habe gehört, wie Sie Ihre Pistole zückten, aber Sie laufen noch immer frei herum. Also müssen Sie eine weiße Weste haben.«

»Sie haben gehört, wie ich den Kapitän und Oberleutnant Hansen mit meiner Pistole bedrohte? Dann aber wurden Sie weggeschickt. Nachher haben Sie also nichts mehr gehört, nein?«

»Nichts.«

»Drei Mitglieder der ›Zebra‹-Station sind ermordet worden.

Zwei wurden erschossen, einer erstochen. Ihre Leichen hat man verbrannt, um alle Spuren zu verwischen. Vier andere sind bei dem Brand umgekommen. Der Mörder befindet sich an Bord der *Dolphin.*«

Rawlings schwieg. Seine Augen waren geweitet, sein Gesicht bleich und entsetzt. Ich erzählte ihm alles, was ich Swanson und Hansen erzählt hatte, und betonte, er müsse es für sich behalten.

Zuletzt fügte ich hinzu: »Doktor Benson ist schwer verletzt. Vielleicht wurde aus Gott weiß welchen Gründen ein Anschlag auf sein Leben verübt. Wir wissen es nicht. Aber wenn es ein vorbedachter Anschlag war, ist er mißglückt – bis auf weiteres.«

Rawlings hatte sich gefaßt. Seine Stimme war so ausdruckslos wie seine Miene. »Unser Freundchen könnte noch einmal vorsprechen.«

»Möglich. Kein Mitglied der Besatzung außer dem Kapitän, dem Ersten Offizier oder mir hat hier etwas zu suchen. Wenn jemand anderer sich blicken läßt – na, dann können Sie ihn ausfragen, nachdem er wieder zu sich gekommen ist.«

»Sie haben mir zehn Meter Verbandzeug empfohlen, Herr Doktor?«

»Es dürfte genügen. Und um Gottes willen, nur einen sanften Klaps! Über und hinter dem Ohr. Setzen Sie sich hinter den Vorhang, damit man Sie nicht sieht.«

Hier verließ ich ihn. Ich hegte ein gewisses Bedauern für den eventuellen Besucher, Mörder hin, Mörder her. Ich hatte auch das Gefühl, jede nur erdenkliche Vorsichtsmaßnahme getroffen zu haben. Aber als ich Rawlings als Wachtposten an Bensons Bett zurückließ, beging ich einen kleinen Fehler. Einen einzigen Fehler. Ich ließ den Falschen bewachen.

Der zweite ›Unfall‹ an diesem Tag ereignete sich so schnell, so mühelos, so unausweichlich, daß es beinahe nicht anders aussah als eben – ein Unfall.

Beim Abendessen schlug ich vor, am nächsten Morgen um neun – mit Kapitän Swansons Erlaubnis – eine Operation vorzunehmen. Die notgedrungen vernachlässigten Brandwunden hatten zu eitern begonnen, ständig mußte man die Verbände säubern und erneuern. Meiner Meinung nach war es auch höchste Zeit, Zabrinskis gebrochenes Fußgelenk zu röntgen. Die Arzneivorräte in der Krankenstube gingen zu Ende. Wo bewahrte Benson seine Hauptvorräte auf? Swanson sagte es mir und beauftragte Henry, den Steward, mich hinzuführen.

Kurz nach zehn Uhr abends, nachdem ich mir die beiden Kranken draußen auf der Zebra angesehen hatte, führte mich Henry durch die menschenleere Zentrale und über die Leiter in den Trägheitsnavigationsraum hinunter, an den der Elektronenraum grenzte. Er lockerte die kräftige Klampe des vierkantigen, stählernen Lukendeckels in einer Ecke des Elektronenraums, stemmte ihn mit meiner Hilfe hoch – er muß an die fünfundsiebzig Kilo gewogen haben – und schlug ihn zurück, bis der Riegel einschnappte.

Drei an der Innenseite des Lukendeckels festgeschweißte Sprossen führten zu der senkrechten Stahlleiter, die ihrerseits zum unteren Deck führte. Henry kletterte voraus, knipste dabei das Licht an, und ich folgte ihm.

Der Lagerraum, in dem die medizinischen Vorräte verstaut waren, war zwar winzig klein, aber nicht weniger verschwenderisch und großzügig ausgestattet als alles an Bord der *Dolphin*. Benson – in diesem Punkte genauso gewissenhaft wie in seiner Schilderung der Röntgenprozedur – hatte überall Zettel angebracht und alles so sauber und logisch geordnet, daß ich keine drei Minuten brauchte, um zu finden, was ich suchte. Ich kletterte als erster die Leiter hinauf, hielt auf den letzten Sprossen inne, langte nach unten und ließ mir von Henry den Beutel mit den Arzneien geben, schwenkte ihn aufs Deck hinauf, streckte dann schnell die freie Hand aus, um die mittlere der drei an der Unterseite des Lukendeckels festgeschweißten Sprossen zu packen und mich in den Elektronenraum hinaufzuhissen. Aber es gelang mir nicht. Statt dessen klappte der Decken nach unten. Der Riegel hatte sich gelöst, und die fünfundsiebzig Kilogramm totes Gewicht senkten sich auf mich herab, bevor ich überhaupt merkte, was da vorging.

Ich fiel halb zur Seite, halb nach hinten und zerrte den Deckel mit. Mein Kopf schlug gegen den Lukensüll. Verzweifelt duckte ich mich nach vorn und versuchte, auch meinen linken Arm zurückzuziehen. Mit dem Kopf hatte ich einigermaßen Glück – der Anprall des Deckels genügte grade nur, um hinterher leichte Kopfschmerzen zurückzulassen –, aber mein linker Arm hatte Pech. Beinahe hätte ich ihn gerettet – aber nur beinahe. Wenn eine linke Hand und das Handgelenk an einem Stahlblock festgeschnallt gewesen wären und ein Gorilla sie mit einem Schmiedehammer bearbeitet hätte – der Schmerz hätte nicht schlimmer sein können. Ein paar Sekunden lang baumelte ich hilflos an meiner linken Hand, dann riß das Gewicht meines Körpers das mißhandelte Handgelenk und die Hand durch den Spalt, und ich landete mit einem Krach auf dem unteren Deck. Der Gorilla schien abermals mit dem Hammer zuzuschlagen. Dann verlor ich das Bewußtsein.

»Ich will nicht erst wie die Katze um den heißen Brei herumgehen, old Boy«, sagte Dr. Jolly. »Bei einem Kollegen Pillendreher hätte das keinen Zweck. Ihr Handgelenk ist zermatscht – ich mußte die Hälfte Ihrer Armbanduhr herauspuhlen. Der mittlere und der kleine Finger sind gebrochen, der mittlere an zwei Stellen. Aber am schlimmsten ist leider der Handrücken beschädigt: die Sehnen des mittleren und des kleinen Fingers sind zerrissen.«

»Was bedeutet das?« fragte Swanson.

»Es bedeutet, daß er sich an der linken Hand zeit seines Lebens mit zwei Fingern und dem Daumen behelfen muß«, erwiderte Dr. Jolly rundheraus.

Swanson fluchte in sich hinein, wandte sich dann an Henry. »Wie konnten Sie bloß, um Gottes willen, so nachlässig sein? Ein erfahrener U-Boot-Mann wie Sie! Sie wissen genau, daß Sie jedesmal eine Kontrolle vorzunehmen haben, ob der Lukendeckel am Pfostenriegel befestigt ist. Davon haben Sie sich mit eigenen Augen zu überzeugen. Warum haben Sie das unterlassen?«

»Es war nicht nötig, Sir.« Henry sah noch grünlich und unglückseliger aus denn je. »Ich hörte es knacken und zerrte an dem Dekkel. Er saß fest. Das kann ich beschwören, Sir.«

»Wie kann er denn festgesessen haben? Schauen Sie sich Doktor Carpenters Hand an! Sitzt der Deckel lose, dann genügt der geringste zusätzliche Druck... Zum Donnerwetter, warum könnt ihr Leute euch nicht an die Vorschriften halten?«

Henry starrte stumm zu Boden. Dr. Jolly, der begreiflicherweise genauso mitgenommen aussah, wie ich mich fühlte, packte sein Handwerkszeug weg, empfahl mir zwei Tage Ruhe, gab mir eine Handvoll Tabletten zum Einnehmen, wünschte mir mit müder Stimme eine gute Nacht und kletterte über die Leiter aus dem Elektronenraum, in dem er mir die Hand verbunden hatte.

Swanson sagte zu Henry: »Sie können jetzt gehen, Baker.« Zum erstenmal hörte ich jemanden Henry mit seinem Zunamen anreden: ein deutliches Zeichen dafür, wie ernst sein Vergehen beurteilt wurde. »Morgen früh werde ich beschließen, was zu geschehen hat.«

»Wer weiß, ob morgen früh!« sagte ich, nachdem Henry sich entfernt hatte. »Vielleicht übermorgen. Oder überübermorgen. Dann dürfen Sie sich bei ihm entschuldigen. Wir beide dürfen uns bei ihm entschuldigen. Der Lukendeckel saß fest. Ich habe mich mit meinen eigenen Augen davon überzeugt, Herr Kapitän.«

Swanson sah mich mit seiner gewohnten kalten, starren Miene an. Nach einer Weile fragte er ruhig: »Habe ich Ihre Andeutung richtig verstanden?«

»Jemand hat es riskiert«, antwortete ich. »Aber es war kein gar so großes Risiko. Die meisten schliefen bereits, und die Zentrale war im entscheidenden Augenblick leer. Jemand hat heute abend in der Messe gehört, wie ich Sie um Erlaubnis bat, dem Arzneivorrat einen Besuch abstatten zu dürfen, und wie Sie mir die Erlaubnis erteilten. Kurz darauf gingen fast alle Mann zu Bett. Bis auf einen, der wach blieb und geduldig wartete, bis ich von draußen zurückkam. Er folgte uns nach unten. Er hatte Glück. Oberleutnant Sims, der Deckoffizier, befand sich mit dem Quadranten auf der Brücke, um die Sterne anzupeilen. Die Zentrale war leer. Unser Freund hakte den Deckel los, ohne ihn zuzuklappen. Er wußte nicht genau, ob ich als erster die Leiter heraufkommen würde, aber dieser Unsicherheitsfaktor war recht gering. Zweifellos würde Henry mir aus purer Höflichkeit den Vortritt lassen. Jedenfalls gewann er auch dieses Spielchen, obwohl der Einsatz nicht hoch war. Nachher hatte unser unbekannter Freund Pech. Er dürfte mit einem permanenten Ergebnis gerechnet haben.«

»Ich werde sofort Erkundigungen einziehen«, sagte Swanson. »Wer auch immer es gewesen sein mag – jemand muß ihn gesehen haben. Jemand muß bemerkt haben, wie er seine Koje verließ.«

»Vergeuden Sie nicht Ihre Zeit, Herr Kapitän. Wir haben es mit einem sehr intelligenten Burschen zu tun, der keine Selbstverständlichkeiten übersieht. Darüber hinaus würde er sofort erfahren, daß man sich nach ihm umschaut, und sich verkriechen, so daß ich keine Gelegenheit mehr haben würde, an ihn heranzukommen.«

»Dann werde ich eben die ganze Bande hinter Schloß und Riegel setzen, bis wir wieder in Schottland sind«, sagte Swanson ingrimmig. »Auf diese Weise werden uns weitere Unannehmlichkeiten erspart bleiben.«

»Und auf diese Weise werden wir nie erfahren, wer meinen Bruder und die anderen ins Jenseits befördert hat. Man muß ihm genügend Spielraum lassen, damit er sich in seiner eigenen Schlinge fängt.«

»Du lieber Gott, Mann, wir können uns doch nicht einfach hinsetzen und alles ruhig über uns ergehen lassen?« Swansons Stimme klang ein wenig gereizt. »Was schlagen Sie vor?«

»Wir fangen von vorn an. Morgen früh werden wir mit den Überlebenden ein Verhör veranstalten und uns einen möglichst ausführlichen Bericht über den Verlauf der Feuersbrunst geben lassen. Es muß harmlos aussehen. Als handelte es sich nur darum, Tatsachen zu protokollieren – im Auftrag, sagen wir, der Nachschubintendantur. Ich habe das dunkle Gefühl, daß es uns gelingen könnte, etwas Interessantes zu erfahren.«

»Meinen Sie?« Swanson schüttelte den Kopf. »Ich glaube es nicht. Ich glaube es keine Sekunde lang. Bedenken Sie doch, was Ihnen passiert ist. Es liegt auf der Hand, Mann – jemand weiß oder vermutet, daß Sie hinter ihm her sind. Man wird sich hüten, etwas zu verraten.«

»Sie meinen, deshalb hat man mich heute nacht überfallen?«

»Was sollte es sonst für einen Grund haben?«

»Warum hat man versucht, Benson zu beseitigen?«

»Wir wissen nichts Genaues. Es könnte ja doch ein reiner Zufall gewesen sein.«

»Vielleicht. Vielleicht aber auch nicht! Auf jeden Fall wollen wir abwarten, was uns der morgige Tag bringt!«

Es wurde Mitternacht, bevor ich in meine Kabine zurückkehrte. Der Leitende Ingenieur hatte die Wache, und Hansen schlief, also machte ich kein Licht, um ihn nicht zu stören. Ich zog mich nicht aus, streifte nur die Schuhe ab, legte mich in die Koje und schlüpfte unter die Decke.

Ich schlief nicht ein. Ich konnte nicht einschlafen. Der linke Arm – vom Ellbogen abwärts – fühlte sich noch immer so an, als steckte er in einer Bärenfalle. Zweimal holte ich die schmerzstillenden Tabletten und die Schlafmittel, die Dr. Jolly mir gegeben hatte, aus der Tasche hervor, zweimal steckte ich sie wieder ein.

Statt dessen blieb ich regungslos liegen und grübelte, und nach einer Weile gelangte ich erst einmal zu einer einleuchtenden Schlußfolgerung: An Bord der *Dolphin* befand sich eine Person, die nicht sehr viel für die Vertreter des ärztlichen Berufes übrig hatte. Dann begann ich mir zu überlegen, warum dieser Beruf so unbeliebt sein mochte. Nachdem ich eine halbe Stunde lang meine müden Gehirnzellen umhergeschubst hatte, erhob ich mich geräuschlos und begab mich auf bestrumpften Sohlen zur Krankenstube.

Ich trat ein, machte leise die Tür hinter mir zu. Ein rotes Nachtlicht brannte trüb in einer Ecke, sein Schein genügte grade, um mir die zusammengekauerte Gestalt Bensons auf dem Feldbett zu zeigen. Ich knipste die Deckenbeleuchtung an, kniff die Augen zusammen, die durch das jähe grelle Licht geblendet wurden, und betrachtete den Vorhang am anderen Ende des Raumes.

Ich sagte: »Legen Sie die Rohrzange weg, Rawlings, auch wenn es noch so sehr in den Fingern jucken sollte. Ich bin es, Carpenter.«

Der Vorhang wurde zur Seite geschoben, und Rawlings kam zum Vorschein. In seiner rechten Hand baumelte die Rohrzange mit dem umwickelten Ende. Er sah enttäuscht drein.

»Ich habe jemand anderen erwartet«, sagte er vorwurfsvoll. »Ich hatte gehofft – mein Gott, Herr Doktor, was ist denn mit Ihrem Arm passiert?«

»Ja, fragen Sie mich nur, Rawlings! Unser Freundchen hat es heute nacht mit mir versucht. Ich glaube, er wollte mich aus dem Weg räumen. Ob für ewige Zeiten oder nur vorübergehend, weiß ich nicht, aber es wäre ihm um ein Haar geglückt.« Ich berichtete kurz, was sich abgespielt hatte, fragte ihn sodann: »Gibt es an Bord einen Menschen, zu dem Sie restloses Vertrauen haben?« Ich kannte die Antwort, bevor ich die Frage stellte.

»Zabrinski«, erwiderte er ohne Zögern.

»Glauben Sie, daß Sie imstande wären, sich zu ihm hinzuschleichen und ihn herzuholen, ohne jemanden aufzuwecken?«

Er stellte keine Fragen. Er sagte nur: »Er kann nicht gehen, Herr Doktor, das wissen Sie doch.«

»Tragen Sie ihn. Sie sind stark genug dazu.«

Er grinste und ging weg. Binnen drei Minuten war er mit Zabrinski wieder da. Eine Dreiviertelstunde später – nachdem ich Rawlings gesagt hatte, er brauchte nicht länger aufzupassen – befand ich mich wieder in meiner Kabine.

Hansen schlief noch immer. Selbst als ich eine Wandlampe anknipste, wachte er nicht auf. Langsam, schwerfällig, unter Schmerzen zog ich das Pelzwerk an, sperrte den Koffer auf, nahm das zerbrochene Messer, die Mauser und die beiden in Gummi gehüllten Ladestreifen heraus, die Kapitän Swanson im Benzintank des Traktors gefunden hatte, steckte sie ein und verließ die Kabine.

Als ich durch die Zentrale kam, teilte ich dem Deckoffizier mit, ich beabsichtige, mir die beiden Patienten anzuschauen, die im Lager zurückgeblieben waren. Da ich an meiner verletzten Hand einen Pelzfäustling trug, war er nicht erstaunt. In seinen Augen war ich weiter nichts als der gute Samariter, der sich auf den Weg macht, um die Kranken zu trösten und zu heilen.

Freilich sah ich mir die beiden Patienten gründlich an – beide schienen sich rasch zu erholen – und verabschiedete mich sodann von den Matrosen, die Nachtwache hielten. Aber ich kehrte nicht sogleich zur *Dolphin* zurück. Erst einmal begab ich mich zu dem Schuppen und legte Pistole, Messer, Ladestreifen wieder in den Benzintank des Traktors. Dann erst kehrte ich an Bord zurück.

9

»Ich bedaure, daß ich Sie mit all diesen Fragen belästigen muß«, sagte ich in freundlichem Ton. »Aber das ist nun einmal die bürokratische Mühle. Tausend Fragen in vierfacher Ausfertigung, eine sinnloser und irritierender als die andere. Aber ich habe meine Weisungen durchzuführen und den Bericht so schnell wie möglich funktelegrafisch an die Intendantur zu senden. Ich wäre Ihnen für jede Auskunft und Mitarbeit dankbar. Nummer eins: Hat jemand unter Ihnen auch nur die leiseste Ahnung, wie dieses gottverdammte Feuer entstanden ist?«

Ich hoffte sehr, den richtigen Beamtenton getroffen zu haben – als angeblicher Vertreter der Generalintendantur, die den Nachschubdienst der britischen Streitkräfte leitet. Ferner betonte ich, um jeden Argwohl im Keim zu ersticken, daß es üblich sei, in Fällen, da es sich um Verluste an Menschenleben handelt, einen Arzt hinzuschicken.

»Also«, sagte Naseby, der Lagerkoch, zögernd, »ich glaube, ich war der erste, der den Brand gemerkt hat.« Er war noch immer kein Urbild der Kraft und Gesundheit, sah aber doch hundertprozentig wohler aus als am Tag zuvor. Genauso wie bei den übrigen acht – vielmehr sieben – Überlebenden der Treibeis-Station Zebra hatten ein ausgiebiger Nachtschlaf in warmen Kissen und das gute Essen eine merkliche Wendung zum Besseren herbeigeführt. Kapitän Folsoms Gesicht war so fürchterlich verbrannt, daß man schwer feststellen konnte, wie weit auch er Fortschritte gemacht hatte, obwohl ihm vor einer knappen halben Stunde ein reichliches Frühstück, fast zur Gänze aus flüssiger Nahrung bestehend, serviert worden war.

»Es muß gegen zwei Uhr morgens gewesen sein«, fuhr Naseby fort. »Also, um zwei herum. Die Hütte stand schon in Flammen. Lichterloh. Ich –«

Ich unterbrach ihn. »Welche Hütte? Wo schliefen Sie?«

»Im Küchenhaus. Dort wurde auch gegessen. Die am weitesten nach Westen zu gelegene Hütte in der nördlichen Reihe.«

»Haben Sie allein dort geschlafen?«

»Nein. Hewson – er sitzt neben mir –, Flanders und Bryce haben auch im Küchenhaus geschlafen. Flanders und Bryce sind – waren – im Laboratorium beschäftigt. Hewson und ich lagen ganz hinten, dann kamen zwei große Wandschränke, die unsere gesamten Lebensmittel enthielten, einer links, einer rechts. Im eigentlichen Eßraum neben der Kombüse schliefen Flanders und Bryce.«

»Sie befanden sich der Tür am nächsten?«

»Richtig. Ich stand auf, hustend und halb vom Rauch erstickt ganz schwindlig im Kopf, und da sah ich, wie die Flammen schon anfingen, sich durch die Ostwand durchzufressen. Ich rüttelte Hewson, lief dann den Feuerlöscher holen – er hing neben der Tür. Er funktionierte nicht. Vielleicht war er in der Kälte erstarrt. Ich weiß es nicht. Ich lief zurück, inzwischen war ich schon blind, so viel Rauch habe ich in meinem ganzen Leben noch nicht gesehen. Ich rüttelte Flanders und Bryce und schrie ihnen zu, ins Freie zu laufen, dann stieß ich mit Hewson zusammen und forderte ihn auf, Kapitän Folsom zu wecken.«

Ich sah Hewson an. »Sie haben Kapitän Folsom geweckt?«

»Ich lief hin, um ihn zu wecken. Aber nicht direkt. Das ganze Lager brannte wie ein tolles Sonnwendfeuer, zehn Meter hohe Flammen rasten durch die Gasse zwischen den beiden Hüttenreihen. Überall spritzte das Öl umher, zum Teil brennend. Ich mußte einen weiten Bogen nach Norden zu machen, um den Flammen und dem Öl auszuweichen.«

»Der Wind kam vom Osten her?«

»Nicht genau östlich. Ich würde eher sagen, Ost-Süd-Ost. Jedenfalls machte ich einen weiten Bogen um das Generatorenhaus – es lag neben dem Küchenhaus in der nördlichen Reihe – und kam zum Hauptlogis. Das war die Hütte, in der Sie uns angetroffen haben.«

»Dann weckten Sie Kapitän Folsom.«

»Er war bereits verschwunden. Kurz nachdem ich den Eßraum verlassen hatte, begannen die Brennstoffkanister im Brennstofflager – das war die Hütte genau südlich vom Hauptlogis – zu explodieren. Wie lauter schwere Bomben, so hat es geknallt. Es hätte die Toten aufgeweckt. Jedenfalls hat es Kapitän Folsom aufgeweckt. Er und Jeremy –«, er deutete auf einen Mann, der ihm gegenüber am Tisch saß, »– hatten den Feuerlöscher aus dem Logis genommen und versucht, sich Major Halliwells Hütte zu nähern.«

»Sie lag doch unmittelbar westlich neben dem Brennstoffvorrat?«

»Richtig. Ein Inferno. Kapitän Folsoms Feuerlöscher funktionierte ausgezeichnet, aber man konnte nicht nahe genug herankommen, um etwas auszurichten. Es hing so viel Öl in der Luft, daß selbst der Löschschaum zu brennen schien.«

»Eine Sekunde...«, sagte ich. »Ich möchte wieder auf meine ursprüngliche Frage zurückkommen. Wie hat das Feuer begonnen?«

»Das haben wir hundertmal unter uns besprochen«, antwortete Dr. Jolly verdrossen. »Die Sache ist die, old Boy: Wir haben nicht den geringsten Anhaltspunkt. Wir wissen nur, wo es angefangen hat: Wenn man die zerstörten Hütten und die damals herrschende Windrichtung bedenkt, dann kann es nur im Brennstoffvorrat gewesen sein. Aber wie? Da sind wir auf Vermutungen angewiesen. Hewson, Sie hatten den Brennstoffvorrat und das Generatorenhaus zu betreuen. Können Sie sich gar keinen Begriff machen?«

»Nein. Es muß eine elektrische Zündung gewesen sein, aber das Wie ist mir schleierhaft. Möglicherweise hatte einer der Kanister eine undichte Stelle, und es hing Öldunst in der Luft. In der Brennstoffvorratshütte standen zwei schwarze Heizöfen, um die Temperatur bei etwa zehn Grad unter Null zu erhalten, damit das Öl immer schön flüssig blieb. Ein Überschlag im Unterbrechungskontakt des Thermostats könnte das Gas angezündet haben. Aber das ist natürlich nur eine vage Vermutung.«

»Ausgeschlossen, daß schwelende Putzwolle oder Zigarettenstummel die Ursache waren?«

Hewsons Gesicht färbte sich dunkelrot.

»Hören Sie zu, Herr, ich verstehe mein Handwerk. Schwelende Putzwolle, Zigarettenstummel – ich weiß, wie man so einen Scheißvorrat...«

Ich fiel ihm ins Wort. »Nichts für ungut. Nur nicht gleich aus der Haut fahren! Ich habe meine Aufgabe durchzuführen.« Ich wandte mich wieder an Naseby. »Nachdem Sie Hewson zu Kapitän Folsom geschickt hatten – was dann?«

»Ich lief zum Funkraum hinüber – das war die Hütte genau südlich vom Küchenhaus, westlich von Major Halliwells Hütte.«

»Aber die beiden Laboranten – Flanders und Bryce –: Sie haben doch wohl nachgesehen, ob sie wach geworden waren und sich in Sicherheit gebracht hatten, bevor Sie den Eßraum verließen.«

»Gott sei mir gnädig – ich habe nicht nachgeschaut.« Mit hängenden Schultern und finsterer Miene starrte Naseby zu Boden. »Sie sind tot. Ich bin daran schuld. Aber Sie ahnen nicht, wie es dort ausgesehen hat! Durch die Ostwand schlugen die Flammen herein, die Hütte war voller Öl und stickigem Rauch, ich konnte nichts sehen, ich konnte kaum atmen. Ich rüttelte die beiden und rief ihnen zu, ins Freie zu laufen. Ich habe sie kräftig gerüttelt, und ich habe auch laut genug gerufen...«

»Das kann ich bestätigen«, sagte Hewson ruhig. »Ich war dicht neben ihm.«

»Ich bin gleich weitergerannt«, fuhr Naseby fort. »Es ging mir nicht darum, die eigene Haut zu retten. Ich dachte, Flanders und Bryce würden mir auf den Fersen sein. Ich wollte die anderen warnen. Erst – erst mehrere Minuten später merkte ich, daß keine Spur von ihnen zu sehen war. Und da – ja, da war es zu spät.«

»Sie liefen zum Funkraum hinüber. Dort schliefen Sie, Kinnaird, nicht wahr?«

»Ja, dort schlief ich.« Sein Mund zuckte. »Zusammen mit dem Zweiten Funker Grant, der gestern gestorben ist. Doktor Jolly schlief an der durch eine Zwischenwand abgetrennten Ostseite der Hütte. Dort hatte er seine Krankenstube und den kleinen Verschlag eingerichtet, in dem er mit seinen Eisproben experimentierte.«

»Ihre Ecke dürfte also zuerst in Brand geraten sein?« sagte ich zu Jolly.

»Allem Anschein nach«, erwiderte er. »Offen gestanden, old Boy, in der Erinnerung kommt es mir wie ein Traum vor – wie ein Alptraum. Ich glaube, ich war im Schlaf schon halb erstickt. Ich erinnere mich nur, daß Grant sich über mich beugte, mich rüttelte und mir etwas ins Ohr schrie. Ich weiß auch nicht mehr, was ich sagte oder tat. Das nächste, woran ich mich erinnere, ist, daß ich links und rechts geohrfeigt wurde – ziemlich unsanft noch dazu. Aber bei allen Göttern, es wirkte! Ich stand auf, und er schleifte mich aus meinem Ordinationsraum in den Funkraum. Ich verdanke mein Leben dem armen jungen Grant. Ich war gerade noch soweit bei Besinnung, daß ich den Erste-Hilfe-Kasten mitnahm, den ich immer fertiggepackt neben mir liegen hatte.«

»Wer oder was hatte Grant geweckt?«

»Naseby hatte ihn geweckt«, sagte Kinnaird. »Er weckte uns beide, schrie und hämmerte gegen die Tür. Ohne ihn wären Doktor Jolly und ich erledigt gewesen, wären wir nicht mehr aufgewacht. Ich sagte Grant, er soll den Doktor wecken, während ich versuchte, die Eingangstür zu öffnen.«

»War sie denn versperrt?«

»Sie hatte sich verklemmt. Das kam nachts recht häufig vor. Untertags, wenn die Heizöfen in vollem Gang waren, um innerhalb der vier Wände eine anständige Arbeitstemperatur aufrechtzuerhalten, schmolz das Eis an den Türkanten. Nachts, wenn wir in unsere Schlafsäcke krochen, drosselten wir die Heizung. Das geschmolzene Eis in den Türspalten gefror, die Tür war sozusagen versiegelt. Das passierte fast jede Nacht in fast jeder Hütte. Meistens mußten wir uns frühmorgens gewaltsam Bahn brechen. Aber ich kann Ihnen sagen, in dieser Nacht habe ich nicht lange gebraucht, um die Tür aufzustemmen.«

»Und dann?«

»Ich stürzte ins Freie hinaus«, antwortete Kinnaird. »Vor lauter schwarzem Rauch und herumfliegendem Öl war nichts zu sehen. Ich lief etwa zwanzig Meter weit nach Süden, um festzustellen, was los sei. Das ganze Lager schien in Flammen zu stehen. Wenn man so um zwei Uhr früh aus dem Schlaf gerissen wird, halb blind, halb verschlafen, von den Dünsten halb betäubt, ist das Hirn nicht grade in bester Form, aber mir war Gott sei Dank noch so viel Verstand geblieben, daß ich mir sagte, ein SOS-Ruf sei das einzige, das uns retten könnte. Deshalb kehrte ich in die Funkhütte zurück.«

»Alle verdanken wir Kinnaird unser Leben.« Zum erstenmal machte Jeremy den Mund auf, ein stämmiger, rothaariger Kanadier, Chefingenieur des Stützpunktes. »Und wenn ich nicht ein bißchen schneller zugepackt hätte, wären wir alle tot.«

»Ach, um Gottes willen, Mensch, halten Sie den Mund!« brummte Kinnaird.

»Ich denke nicht daran«, sagte Jeremy trocken. »Außerdem verlangt Doktor Carpenter einen lückenlosen Bericht. Ich war der erste nach Kapitän Folsom, der das Logis verließ. Wie Hewson bereits erwähnt hat, versuchten wir, mit dem Feuerlöscher an Major Halliwells Hütte heranzukommen. Es war von Anfang an aussichtslos, aber wir mußten es versuchen – schließlich wußten wir ja, daß dort drinnen vier Mann in der Falle saßen. Aber wie gesagt, es war verlorene Mühe. Kapitän Folsom rief uns zu, er würde einen zweiten Feuerlöscher holen, und befahl mir, nachzuschauen, wie es im Funkraum zuging...

Die Funkhütte stand in hellen Flammen. Als ich mich so weit wie möglich der Tür in der Westwand näherte, sah ich Naseby, wie er sich über Doktor Jolly beugte, der umgekippt war, sowie er die frische Luft gespürt hatte. Er rief mir zu, ich sollte ihm helfen, Doktor

Jolly in Sicherheit zu bringen, und ich wollte grade hinlaufen, da kam Kinnaird angesaust. Ich sah, daß er geradewegs auf die Tür des Funkraums zusteuerte.« Er lächelte ein unfrohes Lächeln. »Ich dachte, er hätte den Verstand verloren. Ich stellte mich ihm in den Weg. Er schrie mir zu, ich sollte ihm Platz machen. Ich bat ihn, vernünftig zu sein, er schrie zurück, daß er das transportable Radio holen müsse, alles Öl sei weg, und der Generator und das Küchenhaus mit sämtlichen Lebensmitteln stünden in Flammen. Er schlug mich zu Boden, und im nächsten Augenblick sah ich ihn durch die Tür verschwinden. Rauch und Flammen strömten ins Freie. Ich weiß nicht, wie er es geschafft hat, mit dem Leben davonzukommen.«

»Und dabei haben Sie sich das Gesicht und die Hände so schwer verbrannt?« fragte Kapitän Swanson. Er stand in einer Ecke des Messeraums, hatte bisher kein Wort geäußert, sich aber nichts entgehen lassen.

»Wahrscheinlich, Sir.«

»Eigentlich müßten Sie sich damit einen Empfang im Buckingham Palace verdient haben«, murmelte Swanson.

»Hol der Teufel den Buckingham Palace!« sagte Kinnaird erbittert. »Und mein Kamerad? Jimmy Grant? Kann er im Buckingham Palace katzbuckeln? Nein, das kann er leider nicht, der arme Teufel. Wissen Sie, womit er beschäftigt war, als ich ankam? Er saß noch im Funkraum, am Hauptsender, und funkte SOS auf einer regulären Welle. Seine Kleider brannten. Ich zerrte ihn vom Stuhl hoch, rief ihm zu, er solle ein paar Nife-Zellen nehmen und abhauen. Ich packte den Radiokoffer und eine Schachtel mit Nife-Zellen und rannte ins Freie hinaus.

Ich dachte, Grant sei dicht hinter mir, aber ich hörte nichts, das Getöse der Flammen und der Knall der explodierenden Kanister waren ohrenbetäubend. Ich rannte so lange drauflos, bis ich das Radio und die Zellen in Sicherheit gebracht hatte. Dann kehrte ich um. Ich fragte Naseby, der sich noch immer um Doktor Jolly bemühte, ob Grant aufgetaucht wäre. Er sagte, nein. Wieder lief ich zur Tür hin – ja, und dann kann ich mich an nichts mehr erinnern.«

»Ich schlug ihn zu Boden«, sagte Jeremy mit finsterer Befriedigung. »Von hinten. Es blieb mir nichts anderes übrig.«

»Ich hätte Sie umbringen mögen, als ich wieder zu mir kam«, sagte Kinnaird mürrisch. »Aber ich muß zugeben. Sie haben mir das Leben gerettet.«

»Und ob, lieber Mann.« Jeremy verzog das Gesicht zu einer Grimasse. »Das war mein Beitrag zu den Heldentaten dieser Nacht. Leute zu Boden schlagen ... Nachdem Naseby Doktor Jolly zum Leben erweckt hatte, fing er plötzlich zu schreien an: ›Wo sind Flanders und Bryce – wo sind Flanders und Bryce?‹ Inzwischen waren einige andere aus dem Hauptlogis erschienen, und es verging fast eine volle Minute, bevor wir merkten, daß Flanders und Bryce sich nicht unter ihnen befanden. Naseby lief wie ein Wilder auf die Tür des Küchenhauses zu. Es war aber keine Tür mehr da, nur eine massive Feuerwand dort, wo die Tür gewesen war. Als er an mir vorbeikam, holte ich aus, und er fiel hin und schlug mit dem Kopf gegen das Eis.« Er sah Naseby an. »Ich bitte noch einmal um Verzeihung, Jonny, aber Sie waren in diesem Augenblick verrückt.«

Mit einem matten Lächeln rieb sich Naseby das Kinn. »Ich spüre es noch immer. Und Sie hatten recht – weiß Gott ...«

»Dann tauchte Kapitän Folsom zusammen mit Dick Foster auf, der gleichfalls im Hauptlogis geschlafen hatte«, fuhr Jeremy fort. »Kapitän Folsom teilte uns mit, er habe sämtliche vorhandenen Feuerlöscher ausprobiert, aber sie seien alle eingefroren. Er hatte gehört, daß Grant noch im Funkraum eingeschlossen sei. Er und Foster hatten jeder eine in Wasser getränkte Decke mitgebracht. Ich versuchte, sie zurückzuhalten, aber Kapitän Folsom befahl mir, ihm aus dem Weg zu gehen.« Jeremy lächelte ein schiefes Lächeln. »Wenn Kapitän Folsom einem befiehlt, aus dem Weg zu gehen – na, dann gehorcht man eben ...«

Er und Forster zogen die nassen Decken über den Kopf und rannten ins Feuer. Nach ein paar Sekunden war Kapitän Folsen wieder bei uns, Grant mit sich schleppend. Ich hatte so etwas noch nie gesehen – zwei lebende Fackeln. Ich weiß nicht, was Foster passiert ist. Er kam nicht wieder. Inzwischen war das Dach der Hütte Major Halliwells und auch das Dach des Küchenhauses eingestürzt. Es war unmöglich, sich diesen beiden Gebäuden zu nähern. Außerdem wäre es ohnehin schon zu spät gewesen. Major Halliwell und die drei anderen in seiner Hütte und Flanders und Bryce im Küchenhaus müssen längst tot gewesen sein. Doktor Jolly ist der Meinung, sie hätten nicht viel zu leiden gehabt – sie seien wahrscheinlich erstickt, bevor die Flammen sie erreichten.«

»Nun also«, sagte ich langsam, »– wir haben jetzt einen Begriff von den verwirrenden und furchtbaren Ereignissen dieser Nacht, wie wir ihn klarer nicht erhoffen dürfen. Es war unmöglich, sich der Hütte Major Halliwells zu nähern?«

»In einem Abstand von fünf Metern wäre man nicht mehr mit dem Leben davongekommen«, sagte Naseby schlicht.

»Und was hat sich nachher abgespielt?«

»Ich übernahm das Kommando«, sagte Dr. Jolly. »Es gab aber nicht viel zu kommandieren, und das wenige, das zu tun war, konnte nur ich selber tun – nämlich, die Verwundeten behandeln. Ich ließ sie alle draußen auf dem Packeis warten, bis das Feuer ein wenig herabgebrannt war und anscheinend keine Gefahr mehr bestand, daß weitere Brennstoffkanister platzten, dann begaben wir uns allesamt ins Hauptlogis, wo ich mich, so gut es ging, um die Verletzten bemühte. Kinnaird erwies sich trotz böser Verbrennungen als ein erstklassiger Assistenzarzt. Die Schwerverletzten betteten wir auf den Fußboden. Grand befand sich in einem entsetzlichen Zustand – ich machte mir leider von allem Anfang keine großen Hoffnungen. Und – tja, das war so ziemlich alles.«

»In den darauffolgenden Tagen und Nächten gab es nichts zu essen?«

»Nichts, old Boy. Auch keine Wärme, bis auf die Reservelaternen in den drei noch vorhandenen Hütten. Mit Mühe und Not brachten wir ein paar Eisbrocken zum Schmelzen, damit wir Wasser hatten. Auf meine Weisung hin blieben alle liegen, fest in die vorhandenen Sachen eingepackt, um Energie und Wärme zu speichern.«

»Für Sie muß es besonders schlimm gewesen sein«, sagte ich zu Kinnaird. »Alle zwei Stunden die hart verdiente Wärme opfern, um SOS zu funken...«

»Nicht nur für mich«, erwiderte Kinnaird. »Ich bin auch nicht grade auf Frostbeulen versessen. Doktor Jolly bestand darauf, daß all, die dazu fähig waren, abwechselnd hingingen und SOS funkten. Es war nicht schwer. Der Anruf war mechanisch eingestellt, man brauchte nur zu senden und dann zu horchen. Wenn Antwort kam, war ich schnell wie der Blitz drüben in der Met-Station. Eigentlich war es Hewson, der mit dem Amateur in Bodo Verbindung bekam, und Jeremy, der den Fischdampfer in der Barents-See erwischte. Nachher ging natürlich ich ran. Davon abgesehen, konnten mir Doktor Jolly und Naseby behilflich sein, also war es nicht gar so schlimm. Auch Hassard ist am zweiten Tag eingesprungen – in der Brandnacht war er beinahe erblindet.«

»Und Sie führten die ganze Zeit das Kommando, Doktor Jolly?« fragte ich.

»Gott behüte – nein! Kapitän Folsom war nur in den ersten vierundzwanzig Stunden aktionsunfähig, aber nachdem er sich von seinem schweren Schock erholt hatte, löste er mich ab. Ich bin ja doch nur ein Pillendreher, old Boy. Als Führer und kühner Tatmensch – na, also, ehrlich gestanden, old Boy, diese Rolle liegt mir gar nicht.«

»Trotzdem haben Sie Hervorragendes geleistet.« Ich sah mich im Kreis um. »Daß die meisten von euch nicht ihr Leben lang mit Narben herumlaufen müssen, habt ihr ausschließlich der schnellen und hochwirksamen Behandlung zu verdanken, die Doktor Jolly euch unter den unmöglichsten Bedingungen hat zuteil werden lassen ... Nun, damit sind wir am Ende angelangt. Es muß für euch alle recht schmerzlich gewesen sein, die Ereignisse dieser fürchterlichen Nacht noch einmal Revue passieren zu lassen. Ich glaube nicht, daß wir je erfahren werden, auf welche Weise der Brand entstanden ist. Es handelt sich eben um einen jener Fälle, wie sie unter Tausenden einmal vorkommen. Immerhin haben wir – wenn auch um einen verteufelt hohen Preis – etwas zugelernt: Der Abstand zwischen dem Brennstoffvorrat und dem Lager hat mindestens hundert Meter zu betragen.«

Die Sitzung wurde aufgehoben. Jolly begab sich schleunigst in die Krankenstube. Er konnte nicht ganz verhehlen, welchen Genuß es ihm bereitete, der einzige Arzt an Bord zu sein, der nicht *hors de combat* war. Er hatte einige arbeitsreiche Stunden vor sich – Verbände auswechseln, Bensons Zustand kontrollieren, Zabrinskis gebrochenen Knöchel röntgen und den Gipsverband erneuern.

Ich ging in meine Kabine, öffnete den Koffer, nahm eine kleine Brieftasche heraus, sperrte den Koffer wieder ab und ging in Swansons Kabine. Mir fiel auf, daß er nicht mehr so oft lächelte wie damals in Schottland, als ich ihn kennenlernte. Als ich auf seine Aufforderung hin eintrat, blickte er auf und sagte ohne Einleitung: »Wenn die beiden Leute, die noch im Lager liegen, auch nur einigermaßen transportfähig sind, möchte ich sie sofort an Bord holen. Je früher wir wieder in Schottland sind und den Fall den zuständigen Behörden übergeben können, desto lieber wird es mir sein. Ich habe sie darauf aufmerksam gemacht, daß Ihre Ermittlungen im Sand verlaufen werden. Gott weiß, wie lange es dauern wird, bis der nächste Überfall von Stapel geht. Um Himmels willen, Carpenter, wir haben einen Mörder an Bord!«

»Dreierlei ...«, erwiderte ich. »Es wird kein Überfall mehr passieren, das ist fast sicher. Zweitens: die zuständigen Behörden, wie Sie sich ausdrücken, das heißt wohl die Polizei, werden keine Erlaubnis bekommen, sich mit dieser Angelegenheit zu befassen.

Und drittens: die heutige Sitzung ist nicht ganz unnütz gewesen. Sie hat drei Personen entlastet, die als Täter in Betracht gekommen wären.«

»Dann muß mir etwas entgangen sein, das Ihnen nicht entgangen ist.«

»O nein. Aber ich wußte etwas, das Sie nicht wissen. Ich wußte, daß unter dem Fußboden des Laboratoriums etwa vierzig Nife-Zellen liegen, die sich in ausgezeichnetem Zustand befinden – aber benützt worden sind. Wer könnte sie benützt haben? Nur die Personen, die das Logis von Zeit zu Zeit verließen, um SOS zu funken. Damit sind Kapitän Folsom und die Zwillinge Harrington ausgeschaltet. Es ist nicht davon die Rede gewesen, daß einer dieser drei je das Logis verlassen hätte. Sie waren dazu nicht fähig. Es bleiben also Hewson, Naseby, Doktor Jolly, Jeremy, Hassard und Kinnaird übrig. Treffen Sie Ihre Wahl. Einer von ihnen ist der Mörder.«

»Wozu hat man die zusätzlichen Zellen gebraucht?« fragte Swanson. »Und wenn diese zusätzlichen Zellen vorhanden waren – warum hat man sein Leben riskiert und sich mit den halb verbrauchten Zellen begnügt? Hat das einen Sinn?«

»Alles hat einen Sinn«, erwiderte ich. »Sind Ausflüchte erwünscht? Bitte, sich an Carpenter zu wenden...«

Ich zog die Brieftasche hervor, breitete einige Kärtchen vor ihm aus. Er nahm sie zur Hand, studierte sie und legte sie in die Brieftasche zurück.

»Nun wissen wir endlich Bescheid«, sagte er gelassen. »Es hat eine Weile gedauert, bis es herauskam. Ich meine die Wahrheit. MI6. Geheimdienst, Gegenspionage. Mhm. Na, ich will nicht viel damit hermachen, Carpenter, ich weiß seit gestern, was dahinterstecken mußte – es konnte gar nicht anders sein.« Er sah mich nachdenklich an. »Die Herren geben sich nie zu erkennen, solange sie nicht dazu gezwungen sind.« Die logische Frage blieb unausgesprochen.

»Drei Gründe, warum ich es Ihnen gesagt habe. Sie haben ein gewisses Anrecht auf mein Vertrauen. Ich will Sie auf meiner Seite haben. Und die Information, die ich Ihnen jetzt zu erteilen habe, hätte Sie ohnedies auf die richtige Spur gebracht. Haben Sie je etwas von der Perkin-Elmer-Roti-Satelliten-Fernlenkwaffen-Suchkamera gehört?«

»Das soll man über die Lippen bringen?« murmelte er. »Nein.«

»Haben Sie etwas von Samos gehört? Samos III?«

»Satellite and Missile Observation System?« Er nickte. »Ja. Und was für einen denkbaren Zusammenhang sollte dieses Überwachungsnetz mit einem rücksichtslosen Mörder haben, der auf der Treibeis-Station Zebra Amok läuft?«

Ich sagte ihm also, was das für ein Zusammenhang sein mochte. Ein nicht nur denkbarer, nicht nur möglicher, nicht nur wahrscheinlicher, sondern absolut sicherer Zusammenhang. Swanson hörte aufmerksam zu, äußerst aufmerksam. Er unterbrach mich nicht ein einzigesmal. Zuletzt lehnte er sich zurück und nickte.

»Sie haben den Nagel auf den Kopf getroffen – kein Zweifel. Die Frage lautet: Wer? Ich kann es nicht erwarten, diesen Teufel einzusperren und streng bewachen zu lassen.«

»Sie würden ihn auf der Stelle in Ketten legen, ja?«

»Du lieber Gott!« Er starrte mich an. »Sie etwa nicht?«

»Ich weiß nicht. Doch, ich weiß es. Ich würde ihn in Ruhe lassen. Meiner Meinung nach ist unser Freund nur ein Glied in einer langen Kette. Wenn wir ihm genügend Spielraum lassen, wird er nicht nur sich selber einen Strick drehen, sondern uns auch zu den übrigen Kettengliedern führen. Außerdem bin ich nicht unbedingt davon überzeugt, daß wir es nur mit einem Mörder zu tun haben. Es soll vorgekommen sein, daß Mörder einen Komplicen haben, Herr Kapitän.«

»Zwei Mann? Sie halten es für möglich, daß sich zwei Mörder an Bord der *Dolphin* befinden?« Er schüttelte entschieden den Kopf. »Vielleicht ist es doch nur einer. Wenn ja, und ich weiß, wer es ist, dann verhafte ich ihn sofort. Vergessen Sie nicht, Carpenter, wir haben Hunderte von Meilen unter dem Eis zurückzulegen, bevor wir das offene Meer erreichen. Wir können nicht alle sechs immerzu überwachen, und jemand, der auch nur ein bißchen was von U-Booten versteht, könnte uns hunderterlei Streiche spielen, die unser Leben bedrohen. Kleinigkeiten, die auf hoher See nichts bedeuten, aber unterhalb der Eisdecke verhängnisvoll sein würden...«

»Heißt das nicht die simple Tatsache außer acht lassen, daß der Mörder, wenn er uns erledigt, selber dran glauben müßte?«

»Ich teile nicht unbedingt Ihren Glauben an seine Zurechnungsfähigkeit. Alle Mörder sind leicht verrückt. Egal, wie hervorragend ihre Gründe sein mögen – daß sie morden, stempelt sie als anomal, als entartet. Man darf sie nicht mit normalen Maßstäben messen.«

Er hatte nur zur Hälfte recht. Leider aber mochten diese fünfzig Prozent für den vorliegenden Fall gelten. Die meisten Mörder begehen ihre Tat in einem einmaligen Erregungszustand, der nicht wiederkehrt. Unser Freund aber machte in jeder Beziehung den Eindruck, daß ihm menschliche Regungen völlig fremd seien. Außerdem hatte er schon bedeutend häufiger als nur einmal zugeschlagen.«

»Na ja«, sagte ich nachdenklich. »Vielleicht. Ja, ich glaube, ich muß Ihnen recht geben. Wer ist Ihr Favorit im Rennen zum Galgen, Herr Kapitän?«

»Wenn ich das wüßte! Ich habe auf jedes Wort geachtet, das heute früh gesagt wurde. Ich habe das Gesicht jedes einzelnen beobachtet, wenn er etwas sagte – und die Gesichter der anderen, die ihm zuhörten. Ich habe seither unaufhörlich darüber nachgegrübelt, und der Teufel soll mich holen, wenn ich auch nur das kleinste Indiz gefunden habe! Was halten Sie von Kinnaird?«

»Auf ihn fällt offenbar der stärkste Verdacht. Aber nur deshalb, weil er ein geschulter Funker ist. Das könnte aber ebensogut für ihn sprechen.«

»Nife-Zellen wurde aus dem Funkraum gestohlen und ins Laboratorium gebracht«, betonte Swanson. »Kinnaird hatte am ehesten Zugang zu ihnen. Abgesehen von Doktor Jolly, dessen Ordinationsraum und Schlafstelle in derselben Hütte lagen.«

»Das heißt also mit dem Finger auf Kinnaird und Jolly zeigen.«

»Ja! Oder nein?«

»Freilich. Besonders wenn Sie zugeben müssen, daß die Konserven unter dem Fußboden des Labors auf Hewson und Naseby hindeuten, die beide im Küchenhaus schliefen, in dem die Lebensmittel aufbewahrt wurden, und daß die Radio-Sonde und der Wasserstoff im Labor auf Jeremy und Hassard hindeuten, den Meteorologen und den Laboranten, die beide am leichtesten Zugang zu diesen Artikeln hatten.«

»So ist es recht – bringen Sie nur alles schön durcheinander!« sagte Swanson gereizt. »Als ob die Konfusion nicht ohnedies schon groß genug wäre.«

»Ich habe nicht die Absicht, sie zu vergrößern. Ich sage nur: Wenn Sie aus bestimmten Gründen eine bestimmte Möglichkeit einräumen, müssen Sie aus ähnlichen Gründen ähnliche Möglichkeiten gelten lassen. Außerdem spricht manches zugunsten Kinnairds. Er riskierte sein Leben, um in den Funkraum zurückzukehren und das Kofferradio herauszuholen. Er riskierte einen glatten Selbstmord, als er ein zweitesmal einzudringen versuchte, um seinen Assistenten Grant herauszuholen, und er wäre wahrscheinlich umgekommen, wenn nicht Jeremy ihn zu Boden geschlagen hätte.

Erinnern Sie sich, was diesem Foster passierte, der sich unmittelbar nachher mit einer nassen Decke überm Kopf hineinwagte. Er ist nicht zurückgekehrt...

Ferner: Würde Kinnaird die Nife-Zellen überhaupt erwähnt haben, wenn sie für ihn mit einem Schuldkomplex verknüpft wären? Aber er hat sie von sich aus erwähnt. Übrigens könnte das der Grund gewesen sein, warum Grant, der Zweite Funker, zusammenbrach und später sterben mußte: Kinnaird hatte ihm befohlen, die restlichen Nife-Zellen mitzunehmen, und er fiel um, weil er zu lange drinblieb und nach Sachen suchte, die längst aus der Hütte weggeschleppt worden waren. Ein letzter Punkt: Naseby kann bezeugen, daß die Tür des Funkraums verklemmt war – vermutlich durch eine Eiskruste. Hätte Kinnaird wenige Minuten früher mit Streichhölzern gespielt, dann hätte die Tür nicht genug Zeit gehabt, zuzufrieren.«

»Wenn Sie Kinnaird reinwaschen«, sagte Swanson langsam, »müssen Sie mehr oder weniger auch Doktor Jolly eliminieren.« Er lächelte. »Ich kann mir auch nicht vorstellen, daß einer Ihrer Berufskollegen, Carpenter, wie ein Irrer umherläuft und Leute totschießt. Aufgabe des Arztes ist es, Löcher zu flicken, nicht aufzureißen. Hippokrates hätte es nicht gefallen.«

»Ich denke nicht daran, Kinnaird zu eliminieren«, sagte ich. »Aber ich will mich nicht übereilen und ihn Hals über Kopf zum Mörder stempeln. Was unsere Berufsmoral betrifft – soll ich Ihnen die edlen Heilkünstler aufzählen, die die Anklagebank in Old Bailey geziert haben? Freilich können wir Jolly nichts ankreiden. Seine Beteiligung an den Vorgängen jener Nacht scheint sich darauf beschränkt zu haben, daß er zur Tür des Funkraums hinausstolperte, platt auf die Nase fiel und liegenblieb, bis so ziemlich alles vorüber war. Das hat natürlich nichts mit seinen eventuellen Schritten vor Ausbruch des Brandes zu tun. Wieder aber spricht gegen diese Hypothese das Faktum der verklemmten Tür, außerdem das Faktum, daß Kinnaird oder Grant es fast mit Sicherheit hätten merken müssen, wenn er krumme Wege gegangen wäre: Jolly schlief an der Hinterwand der Baracke. Um sie zu verlassen, hätte er an Kinnaird und Grant vorbeikommen müssen, nicht zu vergessen, daß er im Funkraum hätte haltmachen müssen, um die Nife-Zellen mitzunehmen. Noch etwas spricht zu seinen Gunsten – das heißt, scheinbar oder anscheinend. Ich halte Bensons Absturz nach wie vor nicht für einen Unfall, und wenn es sich nicht um einen Unfall handelt, kann ich mir nicht vorstellen, wie Jolly die Sache arrangiert haben sollte, da er unten stand, während Benson sich oben auf dem Segel befand. Noch schwieriger ist es einzusehen, warum er sich hinten hingestellt haben sollte – nur damit Benson auf ihn drauffällt?«

»Sie haben ein ausgezeichnetes Plädoyer sowohl für Kinnaird als auch für Jolly gehalten«, murmelte Swanson.

»Nein. Ich habe nur das gesagt, was der Verteidiger in seinem Plädoyer sagen würde.«

»Hewson...«, sagte Swanson langsam. »Oder Naseby, der Koch. Oder Hewson und Naseby. Finden Sie es nicht verdammt sonderbar, daß diese beiden, die an der Rückseite, der Ostseite des Küchenhauses schliefen, also an der Seite, die zuallererst Feuer fing, es fertigbrachten, zu entwischen, während die beiden anderen – Flanders und Bryce, nicht wahr? –, die in der Mitte lagen, erstickt sind? Naseby behauptet, er hätte sie heftig gerüttelt und angeschrien. Vielleicht waren sie schon bewußtlos – oder tot. Vielleicht hatten sie Naseby oder Hewson, oder beide, Lebensmittelkonserven davonschleppen sehen und waren zum Schweigen gebracht worden. Oder man hatte ihnen den Mund gestopft, bevor etwas weggeschleppt wurde. Und vergessen Sie nicht die Pistole. Sie war im Benzintank des Traktors versteckt worden, einem wunderlichen Versteck. Aber weit weniger verwunderlich, wenn Hewson es war, der auf diesen Gedanken verfiel. Er, der Traktorfahrer. Und er hat sich anscheinend viel Zeit gelassen, bevor er Kapitän Folsom wecken ging. Er behauptet, er hätte einen weiten Umweg machen müssen, um den Flammen auszuweichen, aber Naseby fand die Lage nicht gar so beschwerlich, als er zum Funkraum lief. Noch etwas – etwas meiner Meinung nach sehr Bezeichnendes: Er behauptet, während er zum Logis unterwegs war, hätten die Ölfässer im Brennstoffvorrat zu explodieren begonnen. Wenn sie erst in diesem Augenblick zu explodieren begannen, wie kam es dann, daß bereits sämtliche Hütten in hellen Flammen standen? Und abgesehen davon, daß er Folsom warnen wollte – der bereits gewarnt war –, scheint Hewson nach Ausbruch des Brandes nicht mehr viel unternommen zu haben.«

»Sie selber würden einen recht guten Anklagevertreter abgeben, Herr Kapitän – aber meinen Sie nicht, daß nach außen hin allzu vieles gegen Hewson spricht? Ein schlauer Kopf würde nicht zugelassen haben, daß sich so viele Indizien gegen ihn ansammeln. Habe ich recht?«

»Gott sei gelobt, daß ich nichts weiter zu tun habe, als ein Atom-Unterseeboot zu befehligen – eine so hübsche, unkomplizierte Beschäftigung!« sagte Swanson seufzend. »Offen gestanden, ich weiß überhaupt nicht mehr aus noch ein. Wie wäre es mit dem Koch – Naseby?«

»Meinen Sie, er könnte mit Hewson unter einer Decke gesteckt haben?«

»Wenn wir die Voraussetzung akzeptieren, daß die nicht eingeweihten Insassen des Küchenhauses zum Schweigen gebracht werden mußten, und Naseby wurde nicht zum Schweigen gebracht, dann muß er eingeweiht gewesen sein, nicht wahr? Aber warum hat er versucht, Flanders und Bryce zu retten?«

»Vielleicht war es schlaue Berechnung. Er hatte gesehen, wie Jeremy den Funker Kinnaird zu Boden schlug, als er ein zweitesmal in den Funkraum zurückkehren wollte. Vielleicht hat er damit gerechnet, Jeremy würde ihm den gleichen Gefallen tun, wenn er den Retter mimte.«

»Vielleicht war auch Kinnairds zweiter Rettungsversuch Komödie«, sagte Swanson. »Schließlich hatte Jeremy bereits einmal versucht, ihn zu stoppen.«

»Vielleicht ... Aber Naseby ... Wenn Naseby Ihr Mann ist, Herr Kapitän, warum sollte er dann behaupten, daß die Tür des Funkraums verklemmt war und daß er sie mit Gewalt aufstoßen mußte? Das entlastet Kinnaird und Jolly. Ein Mörder würde sich nicht die Mühe geben, andere, die als Täter in Betracht kämen, eigens zu entlasten.«

»Es ist hoffnungslos«, sagte Swanson gelassen. »Ich sage Ihnen: Setzen wir doch die ganze verdammte Bande hinter Schloß und Riegel.«

»Das wäre sehr schlau«, sagte ich. »Ja, das wollen wir machen! Auf diese Weise werden wir nie herausbekommen, wer der Schuldige ist. Aber bevor Sie die Waffen strecken, sollten Sie daran denken, daß es sogar noch viel komplizierter ist, als es den Anschein haben mag. Vergessen Sie nicht, daß Sie zwei Personen übergangen haben, die am allerehesten als Täter in Betracht kommen würden – Jeremy und Hassard, zwei harte, intelligente Burschen, die, wenn sie die Mörder sind, so gerissen waren, alles zu vermeiden, das auch nur den geringsten Schatten auf sie werfen könnte. Es sei denn, allerdings, daß mit Flanders und Bryce etwas nicht stimmte und daß Jeremy deshalb Naseby daran hinderte, das Küchenhaus zu betreten ... Vielleicht – vielleicht auch nicht.«

Swanson sah mich fast wütend an. Als er sein U-Boot unter die Tausendfußgrenze hinunterschlittern sah, ohne etwas daran ändern zu können, hatte er sich damit begnügt, leicht die Stirn zu runzeln. Aber was ihm jetzt geschah, stand auf einem anderen Blatt.

Er sagte: »Also schön! Wir lassen den Mörder frei herumlaufen, damit er uns nach Lust und Laune die *Dolphin* kaputtschlägt. Ich muß erhebliches Vertrauen in Sie setzen, Doktor Carpenter. Hoffentlich ist mein Vertrauen nicht fehl am Platz. Sagen Sie mir zuletzt noch eines. Ich nehme an, daß Sie Ihr Metier aus dem Effeff beherrschen. Aber ich habe mich darüber gewundert, daß Sie eine Frage übersprungen haben. Eine, wie mir scheint, äußerst wichtige Frage.«

»Wer den Vorschlag gemacht hat, die Leichen ins Labor zu schaffen, um damit das Versteck unter dem Fußboden hundertprozentig zu sichern?«

»Ich bitte um Entschuldigung.« Er lächelte matt. »Sie hatten natürlich Ihre Gründe.«

»Natürlich. Hätte ich diese Frage gestellt, würde der Mörder sofort begriffen haben, daß ich nur einen einzigen Grund haben kann, sie zu stellen. Da würde er gewußt haben, daß ich hinter ihm her bin. Jedenfalls vermute ich, daß Kapitän Folsom den Befehl dazu erteilt hat, aber die ursprüngliche Anregung – so sorgfältig getarnt, daß Folsom vielleicht gar nicht mehr in der Lage ist, den Urheber zu nennen – dürfte aus einer anderen Quelle gekommen sein.«

Wäre es ein paar Monate früher gewesen, dann hätte die arktische Sommersonne am Himmel gestanden und wir hätten einen strahlenden Tag erlebt. So aber schien die Sonne nicht mehr – nicht auf diesen Breiten und nicht so spät im Jahr –; trotzdem hätte unter den gegebenen Bedingungen das Wetter einfach nicht günstiger sein können. Sechsunddreißig Stunden – die Frist, die verstrichen war, seit Hansen und ich den wüsten Rückmarsch zur *Dolphin* antraten – hatten eine Wendung herbeigeführt, die an ein Wunder grenzte. der messerscharfe Ostwind hatte sich völlig gelegt. Die Eisnadelschwärme waren verschwunden. Die Temperatur war um mindestens zwanzig Grad gestiegen und die Sicht so perfekt, wie sie zur Winterzeit auf dem Packeis nur sein kann.

Swanson, der Bensons Mißtrauen gegen die allzu seßhafte Lebensweise der Besatzung teilte, machte sich das gute Wetter zunutze und empfahl allen, die nicht gerade Wache hatten, sich in frischer Luft die Beine zu vertreten. Es zeugt von Swansons Überredungskunst, daß um elf Uhr vormittags die *Dolphin* so gut wie verödet war.

Selbstverständlich war die ganze Besatzung, für die bisher die Treibeis-Station Zebra nur ein leerer Name gewesen war, äußerst begierig, die Anlage – oder die Trümmer und Überreste der Anlage – zu besichtigen, die sie auf den Gipfel der Welt geführt hatte.

Ich stellte mich hinter den Wartenden an, die Dr. Jolly behandeln sollte. Es war fast schon zwölf, als ich an die Reihe kam. Er nahm seine eigenen Brandwunden und Frostschäden auf die leichte Schulter und war in glänzender Form. Vergnügt schusselte er in der Krankenstube umher, als wäre sie schon seit Jahren seine private Domäne gewesen.

»Na also«, sagte ich, »die Pillendreherkonkurrenz war doch nicht so hart, wie Sie befürchteten. Ein Glück, daß ein dritter Äskulap zur Stelle war. Wie sieht es denn aus an der klinischen Front?«

»Nicht gar so schlecht, old Boy«, erwiderte er munter. »Benson erholt sich zusehends. Puls, Atmung, Blutdruck nahezu normal, die Bewußtlosigkeitsschwelle meiner Ansicht nach recht niedrig. Kapitän Folsom hat noch immer heftige Schmerzen, aber es besteht keinerlei Lebensgefahr. Die anderen haben sich hundertprozentig erholt, ohne daß sie es der medizinischen Fakultät zu verdanken hätten. Ausgezeichnetes Essen, warme Betten und die Gewißheit, in Sicherheit zu sein, haben ihnen mehr genützt als alle unsere Mittelchen. Jedenfalls hat es mir gut getan, bei allen Göttern!«

»Und ob!« sagte ich zustimmend. »Alle Ihre Freunde bis auf Folsom und die Zwillinge Harrington haben den größten Teil der Besatzung aufs Eis hinausbegleitet, und ich möchte wetten, wenn man ihnen vor achtundvierzig Stunden vorgeschlagen hätte, sich nach so kurzer Zeit freiwillig wieder hinauszuwagen, hätten sie nach der Zwangsjacke gerufen.«

»Wie schnell der Homo sapiens sich körperlich und geistig zu erholen vermag!« sagte Dr. Jolly jovial. »Manchmal ist es geradezu unglaublich, old Boy, geradezu unglaublich. Nun wollen wir uns aber Ihr gebrochenes Flügelchen ansehen.«

Da ich ein Kollege und infolgedessen gegen menschliche Leiden immun war, gab er sich nicht erst viel Mühe, schonend mit mir umzugehen, aber indem ich mich an die Armlehne meines Sessels und an die letzten Reste meines Berufsstolzes anklammerte, konnte ich vermeiden, daß das Dach über mir einstürzte.

Als er fertig war, sagte er: »Feierabend für heute – bis auf Brownell und Bolton, die beiden Knaben draußen auf dem Eis.«

»Ich begleite Sie«, sagte ich. »Kapitän Swanson wartet ungeduldig auf unsere Diagnose. Er möchte so schnell wie möglich aufbrechen.«

»Ich etwa nicht?« erwiderte er mit Nachdruck. »Aber warum hat er es denn so eilig?«

»Das Eis! Man weiß nie auf die Stunde oder die Minute genau, wann es anfängt, sich zu schließen. Hätten Sie Lust, das nächste Jahr oder die kommenden Jahre hier zu verbringen?«

Jolly lächelte, dachte eine Weile nach, hörte dann zu lächeln auf und fragte mit einem ängstlichen Unterton: »Wie lange werden wir uns unter diesem verdammten Eis befinden? Ich meine, bevor wir offenes Meer erreichen.«

»Vierundzwanzig Stunden lang, sagt Swanson. Schauen Sie nicht so besorgt drein, Jolly. Glauben Sie mir, unterhalb ist man weit sicherer als mittendrin.«

Nicht sonderlich überzeugt nahm Jolly seinen Verbandkasten und ging voraus. Swanson erwartete uns in der Zentrale. Wir kletterten durch die Luken hoch, ließen uns an der Seite des Segels hinuntergleiten und marschierten zur Station hinüber.

Der größte Teil der Besatzung war bereits dort. Einigen begegneten wir, als sie auf dem Heimweg waren. Die meisten sahen finster drein oder machten den Eindruck, als sei ihnen totenübel – oder beides –, und blickten nicht einmal auf, als sie an uns vorbeikamen. Ich brauchte nicht lange zu raten, um zu wissen, warum sie so aussahen. Sie hatten Türen geöffnet, die sie lieber nicht hätten öffnen sollen.

Da die Temperatur erheblich gestiegen war und die großen elektrischen Heizöfen seit vierundzwanzig Stunden brannten, war jetzt das Hauptlogis eher überheizt. Längst schon waren die letzten Eisreste von der Decke und den Wänden verschwunden. Einer der Kranken, Brownell, war bei Bewußtsein, saß aufrecht, ein Kissen im Rücken, und trank Suppe, die ihm die beiden Matrosen, die als seine Wächter fungierten, zubereitet hatten.

»Also«, sagte ich zu Swanson, »hier haben wir einen, den wir an Bord holen können.«

»Ohne Frage«, sagte Doktor Jolly forsch. Er beugte sich kurz über den zweiten Patienten – Bolton –, richtete sich dann auf und schüttelte den Kopf. »Ein sehr kranker Mann, Herr Kapitän – sehr krank. Ich möchte nicht die Verantwortung für einen Transport übernehmen.«

»Ich könnte gezwungen sein, selber die Verantwortung zu übernehmen«, erwiderte Swanson barsch. »Wir wollen hören, was Ihr Kollege meint.«

Meiner Ansicht nach hätte er sich ein wenig diplomatischer und umgänglicher verhalten können, aber wenn sich zwei Mörder an Bord der *Dolphin* befanden, gab es eine Chance von dreiunddreißigeindrittel Prozent, daß Jolly einer der beiden war, und das wollte dem Befehlshaber des U-Boots keinen Augenblick lang aus dem Sinn.

Ich sah Jolly an, zuckte leicht die Schultern, als wollte ich mich bei ihm entschuldigen, beugte mich über Bolton und untersuchte ihn, so gut es mit der einen Hand ging. Dann richtete ich mich auf. »Doktor Jolly hat recht. Der Mann ist sehr krank. Aber ich glaube, er würde eventuell den Transport aushalten.«

»Ich übernehme die Verantwortung«, erklärte Swanson. »Doktor Jolly, ich wäre Ihnen sehr dankbar, wenn Sie den Transport der beiden Kranken überwachen wollten. Sie können so viel Leute haben, wie Sie wollen.«

Jolly protestierte abermals, fügte sich dann aber mit Anstand und überwachte den Transport. Ich blieb noch eine Weile draußen und sah zu, wie Rawlings mit etlichen Helfern die Heizöfen und Lampen abmontierte und die Kabel zusammenrollte, und als der letzte Mann verschwunden und ich allein war, begab ich mich zu dem Traktorenschuppen.

Das zerbrochene Messer lag noch im Benzintank. Die Pistole aber und die beiden Ladestreifen glänzten durch Abwesenheit. Und wer auch immer sie weggeholt haben mochte, auf keinen Fall war es Dr. Jolly gewesen: Von dem Zeitpunkt an, da er die *Dolphin* verlassen hatte, bis zu dem Zeitpunkt, da er an Bord zurückkehrte, hatte ich ihn keine zwei Sekunden hintereinander aus den Augen verloren.

Um drei Uhr nachmittags tauchten wir unters Eis und nahmen Kurs auf das offene Meer.

10

Der Nachmittag und der Abend verstrichen rasch und recht angenehm. Daß wir die Luken zumachten und unseren mühsam eroberten Halt in der Packeisrinne preisgaben, hatte eine symbolische Bedeutung besessen, die mindestens ebenso schwerwiegend war wie die Abfahrt selbst. Die dicke Eisdecke, die sich über dem Rumpf der *Dolphin* schloß, war ein Vorhang, der vor dem inneren Auge herabfiel. Wir hatten jeden physischen Kontakt mit der Treibeis-Station Zebra abgebrochen, einem Massengrab, das vielleicht sinnlose Jahrhunderte hindurch langsam um den Pol kreisen würde, und die Trennung hatte jählings das Grauen, die Erschütterung gemildert, die während der letzten vierundzwanzig Stunden wie ein Bahrtuch über dem Boot und der Besatzung gehangen hatte. Nachdem wir unsere Aufgabe durchgeführt hatten, strebten wir wieder den heimatlichen Ufern zu, und die plötzlich aufwallende Erleichterung, die frohe Laune unter der Besatzung, die Freude, wieder unterwegs zu sein, den Hafen und den Landurlaub winken zu sehen, waren fast mit Händen zu greifen.

Die an Bord herrschende Stimmung grenzte an heitere Ausgelassenheit. In meinem Herzen aber sah es nicht heiter aus: Ich hatte allzu vieles zurücklassen müssen.

Und auch meine vier Freunde, Swanson, Hansen, Rawlings und Zabrinski, nahmen kaum an dem allgemeinen Jubel teil. Sie wußten, daß wir einen Mörder an Bord hatten, einen Mörder, der schon mehrere Menschenleben auf dem Gewissen hatte. Das wußte auch Dr. Benson, aber er kam vorläufig nicht in Betracht. Er hatte noch immer nicht das Bewußtsein wiedererlangt, und ich hegte die mit meinem Beruf kaum zu vereinbarende Hoffnung, es würde noch lange dabei bleiben. Wenn ein Mensch aus dem Zwielicht des Komas auftaucht, neigt er dazu, allerlei vor sich hinzulallen und sich zu verplappern.

Einige der Überlebenden von der Zebra hatten um Erlaubnis gebeten, sich an Bord umzusehen, und Swanson hatte es ihnen erlaubt. Angesichts dessen, was ich ihm heute früh berichtet hatte, war es ihm sicherlich nicht leichtgefallen, diese Erlaubnis zu erteilen, aber davon war seinen ruhig lächelnden Zügen nichts anzumerken. Die Bitte abzuschlagen, wäre eigentlich recht rüpelhaft gewesen, da sämtliche Geheimnisse der *Dolphin* restlos den Blicken des Laien entzogen waren. Aber nicht der guten Manieren halber hatte Swanson eine Zustimmung erteilt: Eine vernünftige Bitte abzuschlagen, hätte bei einer bestimmten Person einen unerwünschten Verdacht erregen können.

Hansen führte sie umher, und ich ging mit, denn hier hatte ich Gelegenheit, die Reaktionen jedes einzelnen zu beobachten. Wir unternahmen einen kompletten Rundgang durch das ganze Boot und übersprangen nur den Reaktorraum, der ja ohnedies nicht zugänglich war, und den Trägheitsnavigationsraum, zu dem auch ich keinen Zutritt hatte. Während wir umherflanierten, beobachtete ich sie alle, besonders zwei unter ihnen, so aufmerksam, wie es nur immer möglich ist, ohne daß der andere merkt, daß er beobachtet wird, und ich erfuhr genau das, womit ich gerechnet hatte – nämlich nichts.

Nach dem Abendessen half ich Dr. Jolly nach besten Kräften bei seiner abendlichen Tour. Was auch immer mit ihm los sein mochte – er war ein ausgezeichneter Arzt. Rasch und genau untersuchte er die Patienten, die auf den Beinen waren, erneuerte dort, wo es sich als nötig erwies, die Verbände, behandelte Benson und Folsom und ersuchte mich sodann, ihm nach achtern ins Kernlaboratorium im Heckraum zu folgen, das man ausgeräumt hatte, um die vier anderen bettlägerigen Patienten, die Zwillinge Harrington, Brownell und Bolton, unterzubringen. In der Krankenstube gab es nur zwei Notbetten, und die hatten Benson und Folsom belegt.

Bolton hatte trotz Jollys düsterer Prophezeiung keinen Rückfall erlitten und den Transport aus der Hütte an Bord der *Dolphin* recht gut überstanden. Er war jetzt sogar bei Bewußtsein und klagte über starke Schmerzen in seinem arg verbrannten rechten Unterarm. Jolly entfernte den Wundverband. Boltons Arm sah wirklich übel aus, es war fast keine Haut mehr da, und zwischen den vereiterten Stellen saßen grellrote Flecken. Es gibt verschiedene Methoden, Brandschäden zu behandeln. Jolly bevorzugte die Methode, eine mit Salbe bestrichene Aluminiumfolie aufzulegen und durch eine leichte Bandage zu befestigen. Er gab seinem Patienten eine schmerzstillende Injektion und einige Schlaftabletten, und dem Matrosen, der Nachtwache halten sollte, schärfte er ein, ihn sogleich zu verständigen, falls sich in Boltons Zustand eine Veränderung oder Verschlechterung bemerkbar machte. Eine kurze Untersuchung der drei übrigen Patienten, hier und dort ein Verbandwechsel, und er war mit seiner Arbeit fertig.

Auch ich war fertig. Total. Ich hatte nun zwei Nächte hintereinander so gut wie nicht geschlafen – der kurze Schlummer in der vorigen Nacht war durch die Schmerzen in meiner linken Hand gestört worden. Ich war erschöpft. Als ich in meine Kabine kam, schlief Hansen bereits, und der L.I. war nicht da.

In dieser Nacht brauchte ich keine der Schlaftabletten, die Dr. Jolly mir gegeben hatte.

Um zwei Uhr wachte ich auf. Ich war schlaftrunken, immer noch entkräftet, und ich hatte das Gefühl, als hätte ich kaum fünf Minuten im Bett gelegen. Aber ich erwachte im Nu – und war im Nu hellwach.

Nur ein Toter hätte es fertiggebracht, sich nicht zu rühren.

Aus dem Lautsprecher dicht über Hansens Koje kam ein beständiger Lärm. Ein schrilles, gellendes, atonales Pfeifen, mit zwei Tonhöhen, die ständig wechselten, bohrte sich wie ein Stilett in meine zuckenden Trommelfelle.

Hansen war bereits aufgestanden und zog sich mit desperater Hast an. Ich hätte nie erwartet, diesen gemächlichen, lakonischen Texaner jemals in so rasender Eile zu sehen, aber jetzt sah ich ihn.

»Was, zum Teufel, ist denn los?« fragte ich. Ich mußte mich anstrengen, um das Gewimmer des Alarmsignals zu überschreien.

»Feuer!« Seine Miene war bestürzt und finster. »Feuer an Bord. Und unterhalb der gottverdammten Eisdecke!«

Während er die letzten Knöpfe seines Hemdes zumachte, sprang er mit einem Satz über mich weg, stieß die Tür auf, daß sie gegen die Wand knallte, und war verschwunden.

Das atonale Kreischen der Sirene verstummte unvermittelt, und die Stille fiel wie ein Hammerschlag herab. Dann merkte ich noch etwas anderes als die Stille. Das Boot hatte zu vibrieren aufgehört. Die schweren Motoren standen still. Und dann spürte ich, wie ein federleichtes Frösteln an meinem Rückgrat auf und ab lief.

Warum standen die Motoren still? Wie ist es möglich, daß ein mit Atomkraft getriebener Motor so hastig aussetzt, und was geschieht in einem solchen Fall?«

Mein Gott, dachte ich, vielleicht ist das Feuer im Reaktorraum ausgebrochen! Ich hatte durch eine mit schwerem Bleiglas verschalte Beobachtungsluke einen Blick in das Innere des Uranmeilers geworfen und den unbeschreiblichen, überirdischen Glast gesehen, Grün, Rot, Blau, gespenstisch ineinander verschmolzen, das neue ›furchtbare Licht‹ der Menschheit.

Was geschieht, wenn dieses furchtbare Licht Amok läuft? Ich wußte es nicht, aber ich hatte das dunkle Gefühl, ich würde nicht gern mit dabei sein, wenn es geschieht.

Drei Minuten später war ich angekleidet, begab mich zur Zentrale und steckte den Kopf in die Tür.

Schwarzer, beizender Rauch wogte an mir vorbei, und eine Stimme – die des Kapitäns – sagte in scharfem Ton: »Herein mit Ihnen und die Tür schließen!«

Ich machte die Tür hinter mir zu und sah mich um. Jedenfalls versuchte ich, mich umzusehen. Es war nicht leicht. Meine Augen tränten bereits, als hätte man Pfeffer in sie hineingestreut, und der kleine Rest an Sehkraft, der mir geblieben war, nützte auch nicht viel.

Der Raum war von einem übelriechenden Rauch erfüllt, der viel dicker und erstickender war als der schlimmste Londoner Nebel. Die Sicht betrug kaum einen Meter. Immerhin sah ich hier und dort Leute auf ihrem Posten. Manche japsten nach Luft, manche waren halb erstickt, etliche fluchten leise in sich hinein, allen lief das Wasser aus den Augen, aber von Panik war nicht das geringste zu merken.

»Draußen wären Sie besser aufgehoben gewesen«, sagte Swanson trocken. »Nichts für ungut, daß ich Sie angeblafft habe, Doktor, aber wir wollen möglichst verhindern, daß sich der Rauch allzusehr ausbreitet.«

»Wo brennt es denn?«

»Im Maschinenraum. Wir wissen aber nicht, wo im Maschinenraum. Ziemlich schlimm – zumindest die Rauchentwicklung... Das Ausmaß des Brandherdes kennen wir nicht, weil wir ihn nicht lokalisiert haben. Unser leitender Ingenieur sagt, man könne die Hand nicht vor den Augen sehen.«

»Die Maschinen haben ausgesetzt«, sagte ich. »Ist etwas kaputt?«

Er rieb sich mit einem Taschentuch die Augen, sagte ein paar Worte zu einem Mann, der in einen dicken Gummianzug schlüpfte und sich eine Rauchmaske aufsetzte, drehte sich dann wieder zu mir um.

»Wir werden nicht verdampfen – falls ich Ihre Befürchtung richtig gedeutet habe.« Ich hätte schwören mögen, daß er lächelte. »Was auch geschieht – ein Versagen des Atommeilers bringt keinerlei Gefahren mit sich. Sowie etwas schiefgeht, fallen die Uranstangen blitzschnell in die Masse – es dauert kaum eine tausendstel Sekunde – und die Kettenreaktion ist gestoppt. Momentan aber haben wir gestoppt. Die Leute im Schaltraum konnten die Meßscheiben nicht mehr sehen und auch nicht den Regulator, der die Kontrollstangen bedient. Da blieb uns nichts übrig, als den Reaktor stillzulegen. Die Maschinisten waren gezwungen, den Maschinenraum und die Schalträume zu verlassen und in den Heckraum zu flüchten.«

Na – das war immerhin etwas. Wir würden nicht in die Luft fliegen, wir würden nicht auf dem Altar des nuklearen Fortschritts schändlich in blauen Dunst verwandelt werden. Uns war es bestimmt, auf biedere altmodische Weise zu ersticken.

»Was macht man jetzt?« fragte ich.

»Wir müßten sofort auftauchen, aber das ist nicht leicht, wenn man eine vierzehn Fuß dicke Eisdecke über dem Kopf hat. Entschuldigen Sie mich bitte.«

Er sagte etwas zu dem nun völlig maskierten und vermummten Mann, der ein kleines, mit einem Zifferblatt versehenes Kästchen in der Hand hielt. Sie gingen zusammen am Kartentisch des Navigationsoffiziers und an der Eismaschine vorbei zu der schweren Tür des Korridors, der über dem Reaktorraum in den Maschinenraum führte. Sie schlugen die Riegel zurück und stießen die Tür auf. Eine dicke, schwarze Rauchwolke wälzte sich herein, während der Maskierte schnell in den Gang hinaustrat und die Tür hinter sich zufallen ließ. Swanson befestigte die Riegel, kehrte – momentan völlig geblendet – zum Lenkstand zurück und fummelte nach dem Mikrofon.

»Hier spricht der Kapitän.« Hohl hallte die Stimme durch die Zentrale. »Der Brandherd liegt im Maschinenraum. Wir wissen noch nicht, ob Treiböl, elektrische Leitungen oder chemische Stoffe brennen. Die Ursache des Feuers konnten wir noch nicht feststellen. Nach dem Grundsatz handelnd, daß man sich immer auf das Schlimmste gefaßt machen muß, suchen wir jetzt nach einem Strahlungsleck.« Das also hatte der Maskierte mitgenommen – einen Geigerzähler... »Wenn diese Proben negativ ausfallen, schauen wir uns nach entweichendem Dampf um, und wenn auch das zu keinem Ergebnis führt, werden wir eine intensive Suche nach dem Brandherd einleiten. Das wird nicht leicht sein. Wie ich höre, ist die Sicht gleich Null. Wir haben bereits sämtliche elektrischen Stromkreise im Maschinenraum, einschließlich der Beleuchtung, ausgeschaltet, um eine Explosion zu verhüten, für den Fall, daß die Atmosphäre mit atomisiertem Brennstoff verunreinigt ist. Wir haben die Sauerstoffsaugventile geschlossen und den Maschinenraum von der Luftreinigungsanlage isoliert, in der Hoffnung, das Feuer wird den vorhandenen Sauerstoff verzehren und dann von selber erlöschen...

Bis auf weiteres ist das Rauchen verboten. Heizöfen, Ventilatoren und sämtliche Stromkreise – abgesehen von den Sprechleitungen – sind auszuschalten, das gilt auch für die Musikbox und die Eiscrememaschine. Alle Lampen bis auf die allernotwendigsten sind auszuknipsen, alles Kommen und Gehen auf ein Mindestmaß zu beschränken. Ich werde euch über jeden erzielten Fortschritt informieren.«

Plötzlich merkte ich, daß jemand neben mir stand. Es war Dr. Jolly, sein normalerweise joviales Gesicht in Falten gelegt und voller Kummer, die Wangen tränenüberströmt.

Klagend sagte er zu mir: »Das ist aber ein bißchen happig, old Boy, nein? Ich weiß nicht, ob ich mich jetzt noch gar so sehr über meine Rettung freue. Und diese Verbote: Nicht rauchen, kein Licht machen, sich möglichst nicht rühren – habe ich begriffen, was das bedeutet, oder irre ich mich?«

»Leider irren Sie sich nicht.« Es war Swanson, der ihm die Frage beantwortete. »Der Alptraum jedes Atom-U-Boot-Kommandeurs hat sich verwirklicht: ein Brand unter der Eisdecke. Mit einem Schlag sind wir nicht nur auf das Niveau eines gewöhnlichen U-Boots herabgesunken, sondern zwei Stufen tiefer. Erstens einmal würde sich ein gewöhnliches U-Boot sowieso nicht unter dem Eis aufhalten, zweitens verfügt es über riesige Akkumulatoren. Selbst unterhalb des Eises hätte es genügend Kraftreserven, um so lange südwärts zu dampfen, bis es das Eis los ist. Unser Reserveakkumulator ist so klein, daß er nicht einmal für einen Bruchteil der Strecke reichen würde.«

»Ja, ja«, sagte Jolly und nickte eifrig. »Aber das Rauchverbot – und daß man sich möglichst nicht bewegen soll...«

»Leider ist diese kleine Batterie unsere einzige Kraftquelle, die das Luftreinigungsaggregat, die Beleuchtung, die Ventilatoren, die Heizung speist. Ich befürchte, daß es binnen kurzem an Bord der *Dolphin* sehr kalt werden wird. Wir müssen folglich den Energieverbrauch auf ein Minimum begrenzen. Also: nicht rauchen, sich nicht bewegen. Je weniger Kohlensäure ausgeatmet wird, desto besser. Der eigentliche Grund aber, warum wir mit dem elektrischen Strom sparsam umgehen müssen, liegt darin, daß wir ihn brauchen werden, um die Heizelemente, die Pumpen und Motoren zu speisen, die dazu dienen, den Reaktor wieder in Gang zu bringen. Wenn die Batterie sich erschöpft, bevor wir den Reaktor angekurbelt haben – na ja, dazu brauche ich wohl kein Diagramm zu entwerfen.«

»Das alles klingt nicht sehr tröstlich, Herr Kapitän«, sagte Dr. Jolly beinahe vorwurfsvoll.

»Nein, allerdings nicht«, bemerkte Swanson trocken. »Wenn es uns gelänge, eine Polynya zu finden, würde ich auftauchen, die Maschinenraumluke öffnen, um den größten Teil der verunreinig-

Zwischendurch:

Keine angenehme Situation: Heizöfen, Ventilatoren und sämtliche Stromkreise müssen abgeschaltet werden. Und das in einem U-Boot tief unter dem arktischen Eis!
Da hat es der Leser natürlich wesentlich besser. Er kann die neue, gefährliche Wende an Bord der Dolphin in aller Ruhe abwarten, sich eine kleine Pause gönnen, etwas Wasser heiß machen (irgendein Stromkreis wird schon funktionieren) und sich mit Hilfe einer Zwischenmahlzeit für den Fortgang der Lektüre stärken …

ten Luft ausströmen zu lassen, unseren Diesel in Gang setzen – er bezieht die Luft direkt aus dem Maschinenraum – und binnen Null Komma Null Sekunden den restlichen Rauch weggesaugt haben. So aber nützt mir der Diesel ungefähr ebensoviel wie ein Konzertflügel.«

»Und die Kompasse?« fragte ich.

»Auch ein recht interessanter Gedanke!« erwiderte Swanson. »Wenn die Energieleistung unserer Reservebatterie unter eine bestimmte Grenze fällt, versagen unsere drei Sparry-Kreiselkompaßanlagen und die N6A – die Trägheitsnavigationsmaschine. Nachher sind wir restlos aufgeschmissen. Unser magnetischer Kompaß ist in diesen Breiten unbrauchbar – er dreht sich im Kreis.«

»Also würden auch wir uns im Kreis drehen«, sagte Dr. Jolly nachdenklich. »Für ewige Zeiten unter dem lieben Packeis. Bei allen Göttern, Herr Kapitän, ich wünsche mir nachgerade wirklich, wir wären auf der Zebra geblieben.«

»Noch sind wir nicht gestorben, Doktor... Ja, John?« Hansen war soeben herangekommen.

»Sanders, Sir. An der Eismaschine. Könnte er eine Rauchmaske bekommen? Seine Augen tränen sehr.«

»Er soll bekommen, was er verlangt – solange er imstande ist, die Daten abzulesen! Verdoppeln Sie die Wache an der Eismaschine. Wenn über uns eine auch nur haarbreite Rinne auftaucht, gehe ich nach oben. Man hat mich sofort zu benachrichtigen, wenn die Dicke des Eises unter, sagen wir, acht bis neun Fuß fällt.«

»Torpedos?« fragte Hansen. »Seit drei Stunden haben wir dickes Eis über uns. Und bei der Geschwindigkeit, mit der wir dahintreiben, wird es drei Monate dauern. Ich übernehme selber die Wache. Zu etwas anderem tauge ich ohnedies nicht – mit meiner kranken Hand.«

»Danke. Ersuchen Sie aber zuerst den Maschinisten Harrison, den CO_2-Wächter und die Monoxid-Brenner auszuschalten. Wir müssen mit jedem Ampere haushalten. Außerdem wird es den verwöhnten Herrschaften guttun, wenn sie einmal zu kosten bekommen, was früher die U-Boot-Leute durchzumachen hatten, wenn sie, sagen wir, zwanzig Stunden hintereinander unter Wasser bleiben mußten.«

»Für unsere Schwerkranken wird es recht bitter sein«, sagte ich. »Benson und Folsom in der Krankenstube – die Harringtons, Brownell und Bolton im Nuklearlabor. Schlechte Luft hat ihnen grade noch gefehlt.«

Swanson nickte verständnisvoll. »Ich weiß. Und es tut mir verdammt leid. Nach einiger Zeit, sobald die Luft wirklich schlecht wird, stellen wir die Reinigungsanlage wieder an, schalten aber alle Räume aus bis auf das Labor und das Lazarett.«

Er unterbrach sich und fuhr herum: Aus der plötzlich geöffneten Achtertür wälzte sich eine frische Rauchwolke herein. Der Mann mit der Rauchmaske kehrte aus dem Maschinenraum zurück, und obwohl mir in der von beißendem Rauch erfüllten Atmosphäre die Augen heftig tränten, sah ich, daß er übel dran war. Swanson und zwei andere eilten auf ihn zu, zwei fingen ihn auf, als er hereingestolpert kam, der dritte schlug schnell die Tür zu, um die teuflischen Rauchschwaden fernzuhalten.

Swanson riß dem Mann die Maske ab. Es war Murphy, der Matrose, der mich begleitet hatte, als wir die Torpedorohrtür zumachten. Sein Gesicht war kreidebleich, er verdrehte die Augen und schnappte nach Luft. Er war kaum noch bei Bewußtsein, aber sogar die verdorbene Luft in der Zentrale muß ihm wie das reinste Bergozon vorgekommen sein im Vergleich zu den Dünsten, die er soeben noch eingeatmet hatte. Binnen dreißig Sekunden begann es in seinem Kopf wieder klar zu werden, und er brachte es fertig, mit einem gequälten Lächeln von dem Stuhl aufzublicken, auf den man ihn hingesetzt hatte.

»Pardon, Herr Kapitän«, stieß er hervor. »Diese Rauchmaske ist der Atmosphäre nicht gewachsen, die im Maschinenraum herrscht. Ich kann Ihnen sagen – scheußlich – abscheulich!« Wieder verzog er den Mund zu einem Lächeln. »Gute Neuigkeit, Herr Kapitän! Kein Strahlungsleck.«

»Wo ist denn der Geigerzähler?« fragte Swanson ruhig.

»Er dürfte futsch sein, Sir. Ich mußte blindlings herumtappen, mein Ehrenwort, Sir, man konnte keine zehn Zentimeter weit sehen. Ich stolperte und wäre beinahe ins Gestänge gefallen. Der Zähler fiel runter. Aber ich hatte schon vorher kontrolliert, daß alles in Ordnung ist.« Er langte nach der Schulter und hakte die Filmkapsel los. »Hier wird es zu sehen sein, Sir.«

»Sofort entwickeln lassen!« befahl Swanson. »Das haben Sie gut gemacht, Murphy«, fügte er mit Wärme hinzu. »Nun mal schnell nach vorn in die Messe. Dort ist die Luft bedeutend besser.«

Der Film wurde entwickelt und nach einigen Minuten dem Kapitän überreicht, der ihn genau betrachtete und dann lächelnd aufatmete.

»Murphy hat recht. Keinerlei Strahlung. Gott sei Dank. Sonst wäre es Matthäi am letzten gewesen.«

Die vordere Tür der Zentrale wurde geöffnet, ein Mann trat ein und machte die Tür schnell wieder zu. Ich erriet, wer es war, noch bevor ich ihn richtig sehen konnte.

»Torpedomaat Patterson hat mir erlaubt, mich an Sie zu wenden, Sir«, sagte Rawlings forsch und vorschriftsmäßig. »Wir haben soeben festgestellt, daß Murphy sehr mitgenommen ist, und wir sind beide der Meinung, junge Bürschchen sollte man nicht –«

Swanson fiel ihm ins Wort. »Soll das heißen, daß Sie sich freiwillig melden, Rawlings?« Schwer lasteten die Verantwortung und die Spannung auf seinen Schultern, aber ich sah, daß er sich beherrschen mußte, um nicht zu lächeln.

»Nicht unbedingt freiwillig, Sir. Aber wer sonst sollte Murphy ablösen?«

»Unsere Torpedoabteilung«, bemerkte Swanson in schneidendem Ton, »hat schon immer eine phänomenal hohe Meinung von sich gehabt.«

»Er soll es doch mit einer Sauerstoffmaske versuchen«, sagte ich. »Diese Rauchmasken scheinen ihre Grenzen zu haben.«

»Ein Dampfleck, Herr Kapitän?« fragte Rawlings. »Soll ich nachschauen, ob Dampf entweicht?«

»Na schön – offenbar haben Sie sich selber nominiert und einstimmig gewählt«, erwiderte Swanson. »Ja, ein Dampfleck.«

Rawlings zeigte auf den Gummianzug, der auf dem Boden lag. »Ist das der Anzug, den Murphy anhatte?«

»Ja. Warum?«

»Wenn irgendwo Dampf ausgeströmt wäre, Sir, müßte sich Nässe oder Kondenswasser niedergeschlagen haben.«

»Möglich. Vielleicht aber halten der Ruß und die Rauchteilchen den kondensierten Dampf in der Schwebe. Vielleicht ist es dort so heiß, daß jede Feuchtigkeit, die sich auf seinem Anzug niederschlug, sofort wegtrocknete. Vielleicht – allerlei . . . Bleiben Sie nicht zu lange drin.«

»Nur so lange, wie ich brauche, um Ordnung zu schaffen«, antwortete Rawlings voller Selbstvertrauen. Lächelnd wandte er sich zu Hansen. »Einmal sind Sie mir in die Parade gefahren, Herr Oberleutnant – aber so wahr ich hier stehe, diesmal hole ich mir meine Medaille.«

»Falls Torpedomatrose Rawlings so freundlich sein wollte, einen Moment mit seinem Gefasel aufzuhören«, sagte Hansen, »möchte ich einen Vorschlag machen, Herr Kapitän. Ich weiß, er wird die Maske nicht ablegen können, aber wenn er uns alle vier bis fünf Minuten ein Rufzeichen durchs Maschinentelefon oder ein Signal über den Maschinentelegrafen zukommen ließe, würden wir wissen, daß er okay ist. Wenn nicht, kann ihm jemand zu Hilfe eilen.«

Swanson nickte. Rawlings zog den Gummianzug an, schnallte das Sauerstoffgerät um und entfernte sich. Das war nun das drittemal, daß die Tür, die zum Maschinenraum führte, geöffnet wurde, und jedesmal wälzten sich frische Rauchwolken herein. In der Zentrale herrschte bereits eine fast unerträgliche Atmosphäre, aber jemand hatte Schutzbrillen verteilt, und einige trugen Rauchmasken.

Ein Telefon klingelte. Hansen ging hin, führte ein kurzes Gespräch und hängte ab.

»Das war Jack Cartwright, Herr Kapitän.«

Oberleutnant Cartwright war der Fahrtoffizier. Er hatte im Schaltraum Wache gehabt und sich in den Heckraum zurückziehen müssen.

»Anschließend hatte ihn der Rauch überwältigt, und man mußte ihn in den Heckraum tragen. Er sagt, er sei wieder wohlauf, und ob wir ihm und einem seiner Leute Rauchmasken oder Atmungsgeräte schicken könnten – an die, die im Maschinenraum hängen, kann man nicht mehr herankommen... Ich habe es ihm versprochen.«

»Mir wäre wohler, wenn Jack Cartwright sich persönlich umschauen würde«, sagte Swanson zustimmend. »Schicken Sie einen Mann hin, ja?«

»Ich hatte vor, ihm die Sachen zu bringen. Jemand kann mich an der Eismaschine ablösen.«

Swanson warf einen Blick auf Hansens verletzte Hand, zögerte, nickte dann. »Gut. Aber geradewegs durch den Maschinenraum und geradewegs retour!«

Binnen einer Minute war Hansen unterwegs.

Fünf Minuten später kehrte er zurück. Er schnallte das Atmungsgerät ab. Sein Gesicht war bleich und schweißbedeckt.

»Und wie es brennt!« sagte er finster. »Der Maschinenraum ist eine Hölle. Keine Funken, keine Flammen – aber das bedeutet nichts. Der Rauch ist so dicht, daß man einen Hochofen auf einen Meter Entfernung nicht sehen würde.«

»Sind Sie Rawlings begegnet?« fragte Swanson.

»Nein. Hat er nicht geklingelt?«

»Doch. Zweimal. Aber –« In diesem Augenblick läutete der Maschinentelegraf. »Also ... Er ist okay. Und wie sieht es im Heckraum aus, John?«

»Viel schlimmer als hier. Die Kranken sind übel dran, besonders Bolton. Offenbar ist der Rauch eingedrungen, bevor die Tür geschlossen wurde.«

»Harrison soll seine Luftreiniger einschalten, aber nur fürs Labor. Die übrigen Räume bleiben ausgeschaltet.«

Fünfzehn Minuten verstrichen, fünfzehn Minuten, in deren Verlauf der Maschinentelegraf dreimal läutete, fünfzehn Minuten, in deren Verlauf die Luft immer dicker, immer schlechter wurde, fünfzehn Minuten, in deren Verlauf sich in der Zentrale eine komplett ausgerüstete Feuerwehrmannschaft versammelte. Dann verkündete abermals eine wogende, schwarze Rauchwolke, daß die Achtertür geöffnet worden war.

Es war Rawlings. Er war sehr erschöpft, man mußte ihm helfen, den Anzug und das Atmungsgerät abzulegen. Sein Gesicht war weiß und schweißüberströmt, Haare und Kleider waren dermaßen durchgeschwitzt, daß er aussah wie aus dem Wasser gezogen. Aber er lächelte triumphierend.

»Kein Dampfleck, Herr Kapitän – das ist mal sicher.« Bevor er das über die Lippen brachte, mußte er dreimal Atem schöpfen. »Aber es brennt im Gestänge. Dort fliegen die Funken umher. Keine besonders großen Flammen. Ich habe den Brandherd gefunden, Sir. Die Hochdruckturbine an Steuerbord. Die Isolierung ist in Brand geraten.«

»Sie bekommen Ihre Medaille, Rawlings«, sagte Swanson, »und wenn ich sie eigenhändig anfertigen muß.« Er drehte sich zu den wartenden Feuerwehrleuten um. »Ihr habt es gehört. Steuerbordturbine. Je vier Mann. Maximum fünfzehn Minuten. Oberleutnant Raeburn – die erste Rotte! Messer, Splitthämmer, Zangen, Stemmeisen, Kohlensäure. Die Isolierung zuerst befeuchten, dann abreißen. Auf Stichflammen achten! Ich brauche euch nicht vor den Dampfrohren zu warnen. Vorwärts, marsch!«

Sie gingen weg.

Ich sagte zu Swanson: »Das klingt nicht gar so gefährlich. Wie lange wird es dauern? Zehn Minuten – eine Viertelstunde?«

Er musterte mich mit düsterer Miene. »Mindestens drei bis vier Stunden – wenn wir Glück haben. Das Maschinengestänge ist ein fürchterliches Labyrinth. Ventile, Hähne, Kondensatoren und kilometerlange Dampfrohre, die man nicht anfassen kann, so heiß sind sie. Selbst unter normalen Umständen kann man sich dort kaum rühren. Dann das riesige Turbinengehäuse mit der dicken Isolierung! Die Techniker, die es einmontiert haben, haben ganze Arbeit geleistet. Festgewurzelt wie für ewige Zeiten. Bevor man anfängt, muß man das Feuer mit den Kohlesäurelöschern besprengen. Jedesmal, wenn ein Stück verkohlte Isolierung entfernt wird, geht das darunterliegende, mit Öl getränkte Zeug in Flammen auf, sowie es mit dem Sauerstoff der Luft in Berührung gerät.«

»Ölgetränkt?«

»Dort muß der Hund begraben liegen«, erklärte Swanson. »Alle beweglichen Maschinenteile brauchen Schmieröl, und dort unten herrscht kein Mangel an beweglichen Maschinenteilen – auch kein Mangel an Öl! Und so wie gewisse Stoffe stark hygroskopisch sind, zieht die verdammte Isolierung das Öl an wie ein Magnet die Eisenspäne.«

»Wodurch aber könnte das Feuer verursacht worden sein?«

»Selbstentzündung. So etwas ist schon vorgekommen. Wir haben an die fünfzigtausend Meilen zurückgelegt. Die Isolierung ist nun wohl gründlich mit Öl gesättigt. Seit wir die Zebra verlassen haben, sind wir mit höchster Kraft gesegelt. Die zusätzliche Hitzeentwicklung hat die Schweinerei ausgelöst... John, hat Cartwright noch nichts von sich hören lassen?«

»Nichts.«

»Er muß jetzt schon seit beinahe zwanzig Minuten drin sein.«

»Möglich. Aber als ich weg ging, war er eben erst dabei – er und Ringman –, sich anzuziehen. Soll ich nachsehen, Sir?«

»Sie rühren sich nicht von der Stelle. Ich denke nicht daran –«

Er unterbrach sich. Die Achtertür flog krachend auf, zwei Mann kamen hereingetaumelt – das heißt, der eine taumelte, der andere stützte ihn. Man warf die Tür zu, nahm den beiden die Masken ab. In dem einen erkannte ich einen Matrosen wieder, der Raeburn begleitet hatte. Der andere war Cartwright, der Fahrtoffizier.

»Oberleutnant Raeburn hat mich mit dem Herrn Oberleutnant weggeschickt«, meldete der Matrose. »Ich glaube, es geht ihm nicht gut, Herr Kapitän.«

Eine recht zutreffende Diagnose. Es ging ihm weiß Gott nicht gut. Er war fast bewußtlos, strengte sich aber verzweifelt an, die letzten Reste seines Bewußtseins beisammenzuhalten.

»Ringman –«, stieß er ruckweise hervor. »...Fünf Minuten... Vor fünf Minuten. Wir waren auf dem Rückweg...«

»Ringman?« sagte Swanson mit behutsamem Nachdruck. »Was ist mit ihm los?«

»Er ist gestürzt... Ins Gestänge. Ich bin ihm nach – habe versucht, ihn die Leiter hinaufzuschleppen. Er hat laut geschrien. Mein Gott – hat er geschrien... Ich... Er...«

Er sackte in sich zusammen. Man fing ihn auf, bevor er vom Stuhl fiel.

Ich sagte: »Ringman. Entweder ein schwerer Knochenbruch oder innere Verletzungen.«

»Gott verdamm mich!« Swanson fluchte leise in sich hinein. »Himmelherrgott... Ein Knochenbruch. Dort unten... John, lassen Sie Cartwright in die Mannschaftsmesse schaffen... Knochenbruch!«

»Bitte, eine Maske und einen Anzug für mich bereitzuhalten«, sagte Dr. Jolly forsch. »Ich hole Doktor Bensons Erste-Hilfe-Kasten aus dem Lazarett.«

»Sie?« Swanson schüttelte den Kopf. »Sehr anständig von Ihnen, Jolly, ich weiß es zu würdigen, aber ich kann nicht zulassen –«

»Pfeifen Sie ausnahmsweise einmal auf Ihre Dienstvorschriften, old Boy«, entgegnete Dr. Jolly höflich. »Entscheidend ist, daß auch ich mich an Bord dieses Schiffes befinde. Vergessen wir nicht, daß wir alle – hm – buchstäblich im selben Boot sitzen. Spaß beiseite...!«

»Aber Sie verstehen nicht mit den Geräten umzugehen!«

»Ich werde es lernen, nein?« sagte Dr. Jolly in ziemlich scharfem Ton. Dann machte er kehrt und verschwand.

Swanson sah mich an. Er trug eine Schutzbrille, aber sie konnte die Besorgnis in seinen Zügen nicht verbergen. Er sagte seltsam zögernd: »Meinen Sie –«

»Natürlich hat er recht. Es bleibt Ihnen keine Wahl. Wenn Benson auf den Beinen wäre, würden Sie ihn sofort hinunterschicken. Außerdem ist Jolly ein ausgezeichneter Arzt.«

»Sie sind noch nie dort unten gewesen, Carpenter. Es ist ein Stahldschungel. Man hat keinen Platz, um einen gebrochenen Finger zu schienen, geschweige denn –«

»Doktor Jolly wird auf keinen Fall versuchen, Schienen oder Bandagen anzulegen. Es wird Ringman eine Spritze verabreichen, die ihn knockout schlägt, damit man ihn hierherschaffen kann, ohne daß er immerzu vor Schmerzen brüllt.«

Swanson nickte, schürzte die Lippen und ging weg, um sich das Eislot anzuschauen.

Ich sagte zu Hansen: »Es sieht recht schlimm aus, nicht wahr?«

»Das kann man wohl sagen, lieber Freund. Schlimmer als

schlimm. Normalerweise müßte unser Luftvorrat etwa sechzehn Stunden lang reichen. Aber über die Hälfte der Luft, von hier bis ans Heck, ist jetzt schon so gut wie verdorben. Der Rest wird kaum noch ein paar Stunden vorhalten. Swanson ist in einer dreifachen Klemme. Wenn er die Luftreiniger nicht einschaltet, werden es die Leute unten im Gestänge verteufelt schwer haben, überhaupt etwas auszurichten. Wenn er aber das Luftreinigungsaggregat im Motorenraum einschaltet, wird der frische Sauerstoff dem Feuer neue Nahrung geben. Außerdem bedeutet das eine Verringerung der Kraftreserve, die wir brauchen, um den Reaktor wieder in Gang zu setzen.«

»Das ist sehr trostreich«, sagte ich. »Wie lange werden Sie brauchen, um den Reaktor in Gang zu setzen?«

»Mindestens eine Stunde. Das heißt, nachdem wir den Brand gelöscht und alle Kontrollen durchgeführt haben. Mindestens eine Stunde!«

»Und Swanson rechnet damit, daß es drei bis vier Stunden dauern wird, bevor das Feuer bewältigt ist. Sagen wir, alles in allem fünf. Das ist eine lange Frist.«

Den Verbandkasten in der Hand, kehrte Dr. Jolly hustend und prustend in die Zentrale zurück und begann, den Anzug anzuziehen und das Atmungsgerät umzuschnallen. Hansen zeigte ihm, wie es zu handhaben sei, und Jolly schien es schnell zu begreifen. Brown, der Matrose, der Cartwright in die Zentrale geführt hatte, wurde beauftragt, Jolly zu begleiten. Jolly hatte keine Ahnung, wo die Leiter lag, die aus dem oberen Maschinenraum zur eigentlichen Maschinerie hinunterführte.

»Beeilen Sie sich«, sagte Swanson. »Vergessen Sie nicht, Doktor, daß Sie nicht trainiert sind. Ich erwarte Sie binnen zehn Minuten zurück.«

In genau vier Minuten waren sie wieder da. Sie hatten auch keinen bewußtlosen Ringman bei sich. Die einzige bewußtlose Gestalt war die des guten Doktors, den Brown über die Schwelle bugsierte, ihn halb tragend, halb schleppend.

»Ich weiß nicht genau, was passiert ist«, stieß Brown atemlos hervor.

Er zitterte vor Anstrengung. Jolly mußte mindestens fünfzehn Kilo mehr wiegen als er.

»Wir kamen in den Maschinenraum und machten die Tür zu. Ich ging voraus, und plötzlich fiel er auf mich – er muß wohl gestolpert sein. Er warf mich glatt um. Als ich mich hochrappelte, lag er hinter mir. Ich richtete die Lampe auf ihn. Bewußtlos. Die Maske hatte sich losgerissen. Ich schnallte sie fest, so gut es ging, und schleppte ihn weg.«

»Bei Gott«, sagte Hansen nachdenklich, »die Jünger Äskulaps haben an Bord der *Dolphin* nichts zu lachen.«

Finster betrachtete er die regungslos ausgestreckte Gestalt Dr. Jollys, den zwei Mann zur Achtertür trugen, wo die Luft verhältnismäßig gut war.

»Jetzt sind alle drei Ärzte außer Gefecht gesetzt. Das kommt uns grade zupaß, nicht wahr, Herr Kapitän?«

Swanson schwieg. Ich sagte zu ihm: »Ringmans Spritze. Würden Sie wissen, was zu verabreichen ist, wie und wo?«

»Nein.«

»Einer Ihrer Leute?«

»Ich bin nicht in der Lage, Ihnen zu widersprechen, Doktor Carpenter.«

Ich öffnete den Verbandkasten, kramte unter den Fläschchen im Deckelfach herum, bis ich gefunden hatte, was ich suchte, tauchte eine Injektionsnadel in die Flüssigkeit und gab mir eine Spritze in den Unterarm, dort, wo der Verband aufhörte.

»Schmerzstillend«, sagte ich. »Ich bin ein Waschlappen. Aber ich möchte imstande sein, den Zeigefinger und Daumen dieser Hand zu benützen.«

Mein Blick wanderte zu Rawlings, der sich inzwischen so weit erholt hatte, wie es die verdorbene Luft zuließ.

Ich fragte ihn: »Wie fühlen Sie sich momentan?«

»Ausgeruht.« Er stand auf und griff nach dem Atmungsgerät. »Keine Bange, Herr Doktor. Solange Sie Torpedomann Rawlings zur Seite haben –«

»Wir haben achtern noch eine Menge frischer Kräfte zur Verfügung«, warf Swanson ein.

»Nein. Rawlings. Ihm zuliebe. Vielleicht wird er sich eine zweite Medaille hinzuverdienen.«

Lächelnd zog Rawlings die Maske über den Kopf. Zwei Minuten später befanden wir uns im Maschinenraum.

Dort war es drückend heiß, und die Sicht reichte trotz der starken Scheinwerfer nicht über einen halben Meter hinaus. Im übrigen aber war es nicht allzu schlimm. Das Atmungsgerät funktionierte einwandfrei, und ich verspürte kein Unbehagen. Das heißt – anfangs.

Rawlings nahm meinen Arm und führte mich zu der Leiter, die

auf das Maschinendeck hinunterführte. Ich hörte das durchdringende Zischen eines Feuerlöschers und sah mich um.

Schade, dachte ich bei mir, schade, daß man im Mittelalter noch keine U-Boote hatte. Der Anblick dieser Schar wäre ein Leckerbissen für Dante gewesen, als er sich an sein ›Inferno‹ machte.

An der Steuerbordseite hatte man zwei äußerst kräftige Scheinwerfer über der riesigen Turbine aufgehängt. Die Sicht, die sie ermöglichten, schwankte zwischen einem und zwei Metern, je nach der wechselnden Rauchmenge, welche die verkohlte und schwelende Isolierung von sich gab. Momentan war ein Stück der Isolierung mit einer dicken weißen Schaumschicht bedeckt. Alles, was mit Kohlensäure, die unter Druck ausströmt, in Berührung kommt, gefriert sofort. Als der Mann mit dem Feuerlöscher zurücktrat, rückten drei andere durch die wirbelnden Schatten heran und begannen, auf die Isolierung loszuhacken und sie abzureißen. Sowie ein größerer Streif abgetrennt war, schoß aus der darunterliegenden Isoliermasse eine mannshohe Stichflamme hervor. In ihrem grellen Schein zeichneten sich die Konturen grotesk maskierter Gestalten ab, die zurücksprangen, um nicht von den Flammen versengt zu werden. Dann näherte sich abermals ein Mann mit der Kohlensäure, drückte auf den Auslöser, die Flammen schrumpften ein, flackerten und erloschen, und dort, wo sie gewütet hatten, blühte eine milchweiße Schaumkruste auf. Sodann fing es von vorn an. Die grell beleuchtete Szene machte mir zugleich auch Swansons Standpunkt begreiflich. Bei dem peinlich, aber notgedrungen langsamen Tempo, mit dem die Leute vorankamen, würden vier Stunden geradezu eine Parforceleistung sein. Ich versuchte, nicht daran zu denken, wie die Luft in der *Dolphin* vier Stunden später aussehen würde.

Der Mann mit dem Feuerlöscher – es war Raeburn – erblickte uns, kam auf uns zu und führte mich durch ein Gewirr von Dampfrohren und Kondensatoren zu der Stelle, wo Ringman lag. Er war regungslos auf dem Rücken, war aber bei Bewußtsein. Ich sah, wie sich das Weiße seiner Augen hinter den Brillengläsern bewegte.

Ich beugte mich zu ihm hinab, bis unsere Masken einander berührten.

»Das Bein?« rief ich laut.

Er nickte.

»Links?«

Er nickte abermals, streckte vorsichtig die Hand aus und berührte sein Schienbein, ungefähr in der Mitte.

Ich öffnete den Verbandkasten, holte eine Schere hervor, kniff das Oberteil des Ärmels zwischen Zeigefinger und Daumen und schnitt ein Stück Stoff heraus. Dann kam die Spritze dran, und binnen zwei Minuten war er eingeschlafen. Mit Rawlings' Hilfe schiente ich das Bein und legte einen provisorischen Verband an. Zwei Feuerwehrleute unterbrachen ihre Beschäftigung und halfen uns, den Mann über die Leiter nach oben zu zerren. Dann trugen ihn Rawlings und ich durch den Gang oberhalb des Reaktorraumes.

Ich merkte, daß mir das Atmen schwerfiel, daß meine Beine zitterten und daß mein ganzer Körper in Schweiß gebadet war.

Kaum waren wir in der Zentrale angelangt, nahm ich die Maske ab und begann sogleich zu husten und zu niesen. Ich konnte mich nicht beherrschen. Die Tränen strömten mir über die Wangen. In den wenigen Minuten, die wir weggewesen waren, hatte sich die Luft in der Zentrale in beängstigendem Grade verschlechtert.

Swanson sagte: »Vielen Dank, Doktor. Wie sieht es dort aus?«

»Recht übel. Nicht unerträglich, aber auch nicht schön. Zehn Minuten hintereinander dürften für Ihre Löschtrupps reichen.«

»Löschpersonal gibt es in Hülle und Fülle. Also – sagen wir zehn Minuten.«

Zwei stämmige Matrosen trugen Ringman ins Lazarett. Rawlings war nach vorn beordert worden, um sich dort in der relativ frischen Luft der Mannschaftsmesse zu erholen, zog es jedoch vor, mich in die Krankenstube zu begleiten.

Benson war unruhig, ab und zu murmelte er etwas in sich hinein, aber er hatte noch immer nicht die Bewußtseinsschwelle überschritten. Kapitän Folsom schlief einen tiefen Schlaf. Das wunderte mich, bis Rawlings mich darauf aufmerksam machte, daß es im Lazarett keine Alarmlautsprecher gab und daß die Tür völlig schalldicht war.

Wir legten Ringman auf den Untersuchungstisch, und Rawlings schlitzte ihm mit einer schweren Chirurgenschere das linke Hosenbein auf. Es war nicht so schlimm, wie ich befürchtet hatte, ein glatter Schienbeinbruch, kein komplizierter Bruch. Da Rawlings mir den größten Teil der Arbeit abnahm, hatten wir das Bein sehr schnell fixiert. Ich verzichtete darauf, es zu strecken, das würde Jolly mit seinen zwei gesunden Händen besser ordnen, sobald er sich völlig erholt hatte.

Wir waren soeben fertig geworden, da klingelte ein Telefon.

Rasch, bevor Folsom aufwachte, griff Rawlings nach dem Hörer, führte ein kurzes Gespräch und hängte ab.

»Zentrale«, sagte er. Seine steinerne Miene verriet mir, daß er keine gute Neuigkeiten zu berichten hatte. »Der Anruf galt Ihnen. Bolton, der Patient im Nuklearlabor, der Mann, den man gestern nachmittag an Bord geholt hat – er ist tot. Vor etwa zwei Minuten ist er gestorben.« Verzweifelt schüttelte er den Kopf. »Mein Gott, noch ein Todesfall.«

»Nein«, sagte ich. »Noch ein Mord.«

11

Die *Dolphin* war eine eiskalte Gruft. An diesem Morgen um halb sieben, viereinhalb Stunden nach Ausbruch des Brandes, hatten wir nach wie vor nur einen Toten an Bord: Bolton. Aber wenn ich mit blutunterlaufenen und entzündeten Augen die Männer betrachtete, die in der Zentrale herumsaßen oder -lagen – keiner stand mehr auf den Beinen –, wußte ich, daß binnen einer Stunde, längstens zwei Stunden, Bolton Gesellschaft haben würde. Spätestens um zehn Uhr würde unter diesen Umständen die *Dolphin* nur noch ein stählerner Sarg sein, in dem sich nichts Lebendes mehr regte.

Als Fahrzeug war die *Dolphin* bereits tot. Alle die Geräusche und Laute, die wir mit einem lebenden Boot assoziieren, das murmelnde Pulsieren der schweren Maschinen, das schrille Gewinsel der Generatoren, das tiefe Surren der Klimaanlage, die unverkennbaren Signale des Echolots, das Geklapper aus dem Funkraum, das leise Zischen der Luft, das Blechgeklimper aus der Musikbox, das Geschwirr der Ventilatoren, das Klirren der Töpfe aus der Kombüse, Schritte, Stimmen – das alles war weg. Alle diese Lebensäußerungen, diese pochenden Herzschläge eines lebenden Fahrzeugs, waren verstummt, aber an ihrer Stelle herrschte nicht Stille, sondern etwas weit Schlimmeres, etwas, das nicht mehr das Gepräge des Lebens, sondern den Stempel des Todes trug – der beängstigend hastige, heisere, keuchende Atem halb erstickter Menschen, die nach Luft ringen.

Nach Luft ringen. Welche Ironie... Nach Luft ringen, während die gigantischen Tanks nach wie vor einen Sauerstoffvorrat enthielten, der für viele Tage gereicht hätte. Es gab einige Atmungsaggregate an Bord, ähnlich dem britischen ›Built-in Breathing System‹, die eine Sauerstoff-Stickstoffmischung direkt aus den Tanks bezogen, aber nur wenige. Sämtliche Mitglieder der Besatzung lösten einander an diesen Aggregaten ab, freilich immer nur für zwei Minuten. Im übrigen hieß es unter Qualen nach Luft ringen – ein langsamer Todeskampf. Einige tragbare Geräte mit angeschlossenem Umlauf blieben ausschließlich für die Löschmannschaften reserviert.

Gelegentlich wurde direkt aus den Tanks Sauerstoff in die Räume geblasen, aber das hatte überhaupt keinen Zweck, schien das Atmen nur noch zu erschweren, weil der Luftdruck stieg. Aller Sauerstoff auf Erden würde uns so lange nichts nützen, wie der Spiegel der von uns ausgeatmeten Kohlensäure mit jeder Minute ständig nach oben gedrückt wurde. Normalerweise wurde an Bord der *Dolphin* die Luft alle zwei Minuten gereinigt und in Umlauf versetzt, aber die gewaltige, 2000 Tonnen schwere Klimaanlage, die das besorgte, verschluckte ebenso gewaltige Strommengen, und nach Schätzung der Elektriker hatte unsere Kraftreserve in der Notbatterie, die allein die Atomkraftanlage wieder in Gang bringen konnte, schon einen gefährlichen Tiefpunkt erreicht. Infolgedessen näherte sich die Kohlensäurekonzentration unaufhaltsam dem Sättigungspunkte, der den sicheren Tod bedeutete, und wir konnten uns nicht dagegen wehren.

In der sogenannten Luft wuchs außerdem der Gehalt an Freondünsten aus der Gefrieranlage und an Wasserstoffdünsten aus den Batterien. Noch schlimmer: Der Rauch war, besonders in den vorderen Räumen, so dick geworden, daß die Sicht auf wenige Dezimeter herabgesunken war, aber diesen Rauch konnte man nicht loswerden, es gab nicht genug Strom, um die elektrostatischen Ausscheidungsgeräte zu speisen, und auch als man es kurze Zeit hindurch mit ihnen versuchte, waren sie in keiner Weise den Milliarden in der Luft angehäuften Kohlensäureteilchen gewachsen. Jedesmal, wenn die Tür zum Maschinenraum geöffnet wurde, und das geschah entsprechend häufiger in dem Maß, wie die Kräfte der Löschmannschaften nachließen, wälzten sich neue Wolken abscheulichen, beizenden Qualms durch das Fahrzeug. Das Feuer im Maschinenraum war schon vor mehr als zwei Stunden erloschen, aber die Reste der schwelenden Isolierung an der Steuerbord-Hochdruckturbine entwickelten mehr Rauch und Dunst, als helle Flammen je zustande bringen können.

Der schlimmste Feind jedoch war die Kohlensäure, dieses tödliche, tückische, farblose, geruchlose, geschmacklose Gas mit seiner mörderischen Anziehungskraft auf die roten Blutkörperchen, die fünfhundertmal so stark ist wie die des Sauerstoffs. An Bord der *Dolphin* lag die normale Toleranz bei dreißig Millionsteln. Jetzt waren es zwischen vier- und fünfhundert Teile pro Million. In dem Augenblick, da es tausend Teile waren, würde keiner von uns noch länger als zehn Minuten zu leben haben.

Dazu kam die Kälte.

Wie Kapitän Swanson es düster prophezeit hatte, hatte die *Dolphin*, da die Dampfrohre ausgekühlt und sämtliche Heizelemente ausgeschaltet waren, die Temperatur des Meeres angenommen – mehrere Grade unter Null. An und für sich bedeuten einige Kältegrade nicht allzu viel. Aber hier handelte es sich um besondere Bedingungen. Der größte Teil der Besatzung hatte keine warme Kleidung mit, da normalerweise die Temperatur im Inneren der *Dolphin* regelmäßig 22 Grad Celsius betrug. Nun hatte man ihnen verboten, sich zu bewegen (übrigens hätten sie gar nicht mehr die nötige Energie dazu besessen). Ihre letzten Kräfte mußten dazu herhalten, die Brustmuskulatur mühsam zu betätigen, damit sie immer größere Mengen verpesteter Luft in die Lungen pumpte. Da blieb keine Energie übrig, um genügend animalische Wärme zu entwickeln und die feuchte Kälte zu bekämpfen. Man hörte sie förmlich frösteln. Ihre zitternden Glieder schlugen hilflos gegen die Wände, ihre Zähne klapperten, einige, die schon fast völlig entkräftet waren, wimmerten leise in sich hinein. Vorherrschend aber war stets das halberstickte Keuchen, ein rauhes, erschreckendes Geräusch.

Bis auf Hansen und mich – wir waren ja so gut wie einarmig – und die bettlägerigen Patienten, waren alle Mann an Bord der Reihe nach in den Maschinenraum hinuntergeklettert, um den roten Dämon zu bekämpfen, der uns zu verschlingen drohte. Die Anzahl der Personen in jeder einzelnen Equipe hatte man von vier auf acht erhöht und die Zeit, die sie unten verbrachten, auf drei bis vier Minuten verkürzt, um den Energieaufwand zu konzentrieren und in einer gegebenen Zeitspanne mehr zu leisten, aber in der stygischen Finsternis, im Dickicht der öligen Rauchschwaden, in dem engbegrenzten Raum war man nur langsam vorangekommen, so langsam, daß es einfach zum Verzweifeln war. Dazu gesellte sich nun auch noch die entsetzliche Müdigkeit, die uns alle befiel. Männer, schwach wie die Kinder, zerrten an der schwelenden Isolierung, es war nahezu sinnlos, es schien keinen Zweck mehr zu haben.

Ich war noch einmal unten im eigentlichen Maschinenraum gewesen, ein einziges Mal nur, um halb sechs, um Jolly zu betreuen, der, als er einem verletzten Matrosen die Leiter hinaufhelfen wollte, gestürzt und liegengeblieben war, und ich wußte, ich würde nie im Leben vergessen, was ich dort zu sehen bekam: finstere, gespenstische Gestalten in einer finsteren, gespenstischen, wirbelnden Welt, umherschwankend wie wandelnde Leichname, taumelnd, stolpernd, hinfallend aufs Deck oder in die Bilgen, die jetzt unter großen Schneewehen aus Kohlensäureschaum und schwelenden, geschwärzten Brocken losgerissener Isolierung begraben waren. Ein kleiner Feuerfunke, und der gesamte, prächtige technische Fortschritt des zwanzigsten Jahrhunderts war zunichte gemacht, die Grenze menschlichen Strebens im Nu aus dem Atomzeitalter in die unbekannte graue Vorzeit entrückt.

Jede schwere Stunde bringt ihren Mann ans Licht, und die Besatzung der *Dolphin* hegte nicht den geringsten Zweifel, daß diese schwere Nacht keine Ausnahme machte. Ihr Mann war Dr. Jolly.

Von den Nachwirkungen seines ersten katastrophalen Ausflugs in den Maschinenraum hatte er sich rasch erholt. Wenige Sekunden, nachdem ich Ringmans Bein geschient hatte, war er bereits wieder in der Zentrale erschienen. Die Nachricht von Boltons Tod war ihm sehr nahegegangen, aber weder mit einem Wort noch mit einem Blick gab er zu verstehen, daß Swanson und ich die Schuldigen waren, weil wir wider besseres Wissen und trotz seiner Proteste einen Mann an Bord transportiert hatten, dessen Leben selbst unter den günstigsten Bedingungen an einem Faden hing. Ich glaube, Swanson war ihm dafür dankbar und hätte es vielleicht sogar über sich gebracht, sich bei ihm zu entschuldigen, wenn nicht einer der Feuerwehrleute aus dem Maschinenraum aufgetaucht wäre und gemeldet hätte, einer seiner Kameraden sei ausgerutscht und habe sich ein Fußgelenk entweder verstaucht oder gebrochen – es war das der zweite der zahlreichen kleineren Unfälle, die im Lauf dieser Nacht unten im Maschinenraum passieren sollten. Jolly hatte, bevor wir ihn daran hindern konnten, nach dem nächstbesten Atmungsgerät gegriffen und war im Nu verschwunden.

Nach und nach konnten wir seine Abstecher in den Maschinenraum gar nicht mehr zählen. Mindestens fünfzehn, vielleicht noch mehr: Gegen sechs Uhr morgens begann mein Hirn an den Kanten auszufransen. Es fehlte ihm nicht an Kunden, an denen er seine ärztliche Kunst ausüben konnte. Ein Paradoxon: die beiden Haupttypen der Verletzungen in dieser Nacht waren diametral entgegengesetzter Art – Verbrennungen und Erfrierungen. Verbrennungen, durch die glühende Isolierung und später durch die Dampfrohre verursacht – Erfrierungen, dadurch verursacht, daß aus Nachlässigkeit der Kohlensäurestrahl entblößte Teile des Gesichts oder der Hände traf. Jolly stellte sich jederzeit zur Verfügung, auch dann noch, als er sich selber eine recht unangenehme Rißwunde am Kopf zugezogen hatte.

Gegen 6.45 Uhr morgens kam Torpedomaat Patterson in die Zentrale. Ich nehme an, daß er aufrecht zur Tür hereinkam, aber das war nur eine Annahme. Von dort aus, wo ich zwischen Swanson und Hansen auf dem Fußboden saß, reichte die Sicht nicht einmal halbwegs bis zur Tür. Als er näher herankam, kroch er auf Händen und Knien, sein Kopf pendelte hin und her, er keuchte qualvoll, die Zahl einer Atemzüge betrug mindestens fünfzig in der Minute. Er trug keinerlei Maske und zitterte unaufhörlich.

»Wir müssen etwas tun, Herr Kapitän«, stieß er heiser hervor. »Zwischen dem vorderen Torpedoraum und der Mannschaftsmesse sind jetzt schon sieben Mann umgefallen. Schwer krank, Herr Kapitän...«

»Danke, Patterson.« Swanson, gleichfalls ohne Maske, war genauso schlimm dran wie der Torpedomaat, seine Brust hob und senkte sich gewaltsam, sein Atem ging rauh und keuchend. Tränen und Schweißtropfen liefen ihm über die aschgrauen Wangen. »Wir werden uns möglichst beeilen.«

»Mehr Sauerstoff«, warf ich ein. »Pumpen Sie mehr Sauerstoff ins Boot.«

»Sauerstoff? Mehr Sauerstoff?« Er schüttelte den Kopf. »Der Luftdruck ist ohnedies schon zu hoch.«

»Der Luftdruck wird niemanden umbringen.« Ich merkte im Nebel der Kälte, des Jammers, der Brustschmerzen, daß meine Stimme genauso sonderbar klang wie die Stimme der anderen. »Das Kohlenoxyd bringt uns um – hat uns schon halb umgebracht. Es kommt auf die Proportion zwischen Kohlensäure und Sauerstoff an. Zu hoch – viel zu hoch... Das wird uns alle wegputzen...«

»Mehr Sauerstoff!« befahl Swanson.

Ventile wurden geöffnet, Sauerstoff strömte zischend in die Zentrale und, wie ich wußte, in die Mannschaftsräume. Zwar knallte es in meinen Ohren, als der Luftdruck hastig zunahm, aber das war auch alles, was ich verspürte. Jedenfalls fiel mir das Atmen nicht leichter, ein Eindruck, dessen Richtigkeit mir bestätigt wurde, als Patterson, der diesmal merklich schwächer war, zurückgekrochen kam und mühsam die Hiobsbotschaft hervorkrächzte, daß er nun schon ein Dutzend bewußtloser Leute am Hals habe.

Ich ging mit Patterson nach vorn, nahm ein Atmungsgerät mit – eines der wenigen, die noch funktionierten – und schnallte es der Reihe nach jedem einzelnen bewußtlosen Mann vors Gesicht, aber ich wußte, daß das nur ein vorübergehendes Palliativmittel war. Der Sauerstoff belebte sie, doch wenige Minuten, nachdem die Maske entfernt worden war, hatten die meisten schon wieder das Bewußtsein verloren.

Ich kehrte in die Zentrale zurück, einen finsteren Kerker voll zusammengekauerter Menschen, die fast alle auf dem Boden lagen. Die meisten waren kaum noch bei Bewußtsein. Ich selber war kaum noch bei Bewußtsein. Ich fragte mich, ob ihnen auch so zumute sei wie mir, ob das Feuer sich aus den Lungen auf den restlichen Körper erstreckt habe, ob sie an ihren Händen und in ihren Gesichtern die erste leichte Verfärbung merkten, das tödliche Blaurot, das erste unverkennbare Symptom eines Menschen, der an Kohlenoxydvergiftung zu sterben beginnt.

Jolly, stellte ich fest, war noch nicht aus dem Maschinenraum zurückgekehrt. Anscheinend wollte er ständig bereitstehen, um den Männern dort unten zu helfen, die immer mehr Gefahr liefen, sich selber und ihre Kameraden zu verletzen – in dem Maß, wie ihre Kräfte nachließen, wie das Maximum ihrer Sorgfalt, Aufmerksamkeit und Konzentration auf Null zusammenschrumpfte.

Swanson saß noch so da, wie ich ihn verlassen hatte, gegen den Koppeltisch gelehnt. Als ich neben ihm und Hansen zu Boden sank, lächelte er matt.

»Wie geht es den Leuten, Doktor?« fragte er.

Es war ein Flüstern, aber ein felsenfestes Flüstern. Die monolithische Ruhe des Mannes hatte keine Sekunde lang versagt, und ich wurde mir in meinem wirren Kopf darüber klar, daß das ein Mann war, der nie – unter keinen Umständen – versagen würde.

»Schlecht, sehr schlecht«, erwiderte ich. Als ärztliches Bulletin mochte es ein wenig an Ausführlichkeit zu wünschen übrig lassen, aber es enthielt das Wesentliche dessen, was ich zu sagen hatte, und ersparte mir zusätzlichen Energieaufwand. »Binnen einer Stunde dürfen Sie mit den ersten Todesopfern einer Kohlenoxydvergiftung rechnen.«

»So bald schon?« Staunen in seinen geröteten, verschwollenen, tränenden Augen – genauso wie in seinem Ton.

»Ja«, erwiderte ich. »Es handelt sich um einen stark beschleunigten Prozeß. Fünf Tote binnen einer Stunde. Binnen zwei Stunden – fünfzig. Mindestens fünfzig.«

»Sie entheben mich jeder Wahl«, murmelte er. »Dafür bin ich Ihnen dankbar... John, wo steckt unser Fahrtoffizier? Seine Stunde ist gekommen.«

»Ich hole ihn.«

Hansen rappelte sich hoch, ein alter Mann, der sich mit letzter Kraft von seinem Sterbelager erhebt. In diesem Augenblick sprang die Tür zum Maschinenraum auf. Rußgeschwärzte, erschöpfte Gestalten kamen hereingetaumelt. Andere, die gewartet hatten, bis sie an der Reihe waren, verließen im Gänsemarsch den Raum.

Swanson fragte einen der Leute, die soeben eingetreten waren: »Sind Sie das, Will?«

»Ja, Sir.«

Oberleutnant Raeburn, der Navigationsoffizier, nahm die Maske ab und begann qualvoll zu husten. Swanson wartete, bis er sich ein wenig beruhigt hatte.

»Wie sieht es unten aus, Will?«

»Das Zeug raucht nicht mehr, Herr Kapitän.« Raeburn wischte sich das triefnasse Gesicht ab, torkelte wie ein Betrunkener und ließ sich halb betäubt auf den Boden fallen. »Ich glaube, es ist jetzt ordentlich durchtränkt.«

»Wie lange wird es dauern, bis der Rest entfernt ist?«

»Weiß der Himmel... Normalerweise zehn Minuten. Bei unserem Zustand – eine Stunde. Vielleicht noch länger.«

»Danke... Ah...« Er lächelte matt, als Hansen und Cartwright aus den dunklen Rauchschwaden hervortauchten. »Mr. Cartwright, es würde mich freuen, wenn Sie den Kessel aufsetzen wollten. Wie lange braucht man im äußersten Fall, um den Meiler zu aktivieren, Dampf zu machen und die Turbogeneratoren in Rotation zu versetzen? Wie lautet der Rekord?«

»Ich weiß es nicht, Herr Kapitän«, antwortete Cartwright. Rotäugig, hustend, rußgeschwärzt und sichtlich von Schmerzen geplagt, brachte er es dennoch fertig, strammzustehen und zu lächeln. »Aber betrachten Sie ihn als gebrochen.«

Er ging weg. Swanson richtete sich mühsam auf. Er verlangte Strom für die Lautsprecheranlage, hakte ein Mikrofon los und begann mit ruhiger, klarer, kräftiger Stimme zu sprechen: seine Selbstbeherrschung war erstaunlich – der Sieg des Geistes über eine gemarterte, nach Luft lechzende Lunge.

»Hier spricht euer Kapitän«, sagte er. »Das Feuer im Maschinenraum ist gelöscht. Wir sind bereits im Begriff, den Reaktor anzukurbeln. Sämtliche wasserdichte Türen sind zu öffnen. Bis auf weiteres bleiben sie geöffnet. Das Schlimmste dürfte überstanden sein. Ich danke euch für alles, was ihr geleistet habt.«

Er hängte das Mikrofon auf und drehte sich zu Hansen um. »Das Schlimmste ist überstanden – falls wir genug Strom haben, um den Reaktor in Gang zu setzen.«

»Das Schlimmste steht uns noch bevor«, sagte ich. »Es wird wie lange dauern – eine Dreiviertelstunde, vielleicht eine Stunde? –, um die Turbinengeneratoren und die Luftreinigungsanlage in Gang zu setzen. Wie lange, glauben Sie, werden Ihre Luftreiniger brauchen, um in dieser giftigen Atmosphäre eine merkbare Wirkung zu erzielen?«

»Eine halbe Stunde. Mindestens. Vielleicht länger.«

»Also – da haben wir's...« Mein Hirn war so konfus und gelähmt, daß es mir schwerfiel, Worte zu finden, um meine Gedanken zu formulieren, und ich wußte nicht einmal recht, ob es sich lohnte, sie zu formulieren. »Mindestens anderthalb Stunden – und Sie behaupten, das Schlimmste sei vorbei. Das Schlimmste hat noch gar nicht begonnen.« Ich schüttelte den Kopf, versuchte mich zu erinnern, was ich zunächst hatte sagen wollen, und dann fiel es mir ein. »In anderthalb Stunden wird einer unter vier Leuten an Bord der *Dolphin* tot sein.«

Swanson lächelte. So unglaublich es war – er lächelte. Und er sagte: »Wie Sherlock Holmes zu Professor Moriarty zu sagen pflegte: Ich bin nicht Ihrer Meinung, Doktor. Kein Mensch wird an Kohlenoxydvergiftung sterben. Binnen fünfzehn Minuten haben wir im ganzen Schiff frische atembare Luft.«

Hansen sah mich genauso an, wie ich ihn ansah. Die Belastung war zu groß gewesen, der Alte hatte den Verstand verloren. Swanson ertappte uns bei unserem Blickwechsel und lachte, aber sein Lachen ging sogleich in einen krampfhaften Hustenanfall über, da er ein allzu großes Quantum vergifteter, rauchgeschwärzter Luft geschluckt hatte. Er hustete ziemlich lange, beruhigte sich dann allmählich.

»Geschieht mir recht...«, keuchte er. »Eure Gesichter... Was glauben Sie, Doktor, warum ich befohlen habe, die wasserdichten Türen zu öffnen?«

»Keine Ahnung.«

»John?«

Hansen schüttelte den Kopf. Swanson musterte ihn mit forschendem Blick und sagte: »Sprechen Sie mit dem Maschinenraum. Geben Sie Order, den Dieselmotor in Gang zu setzen.«

»Ja, Sir«, erwiderte Hansen mit steinerner Miene. Er rührte sich nicht.

»Oberleutnant Hansen überlegt sich, ob er nicht eine Zwangsjacke holen sollte«, sagte Swanson. »Oberleutnant Hansen weiß, daß ein Dieselmotor nie in Gang gesetzt wird, wenn das Boot sich unter Wasser befindet – es sei denn, mit Hilfe eines Schnorchels –, weil ein Diesel nicht nur seine Luft aus der Atmosphäre im Maschinenraum holt, sondern sie außerdem in großen Zügen verschluckt und sehr bald die gesamte im Boot befindliche Luft aufgezehrt haben würde. Grade das will ich erreichen. Wir pumpen komprimierte Luft unter ziemlich hohem Druck in den vorderen Teil des Schiffes. Schöne, saubere, frische Luft. Wir setzen achtern den Diesel in Gang. Zuerst wird er langsam laufen, weil die verdorbene Luft nur noch ganz wenig Sauerstoff enthält – aber er wird laufen. Er wird einen großen Teil dieser Luft ansaugen und die Gase über Bord spucken. Dadurch wird achtern der Luftdruck gesenkt werden, frische Luft wird vom Bug aus nach hinten strömen. Bisher war das nicht möglich, es wäre reiner Selbstmord gewesen, die frische Luft hätte das Feuer entfacht, wir hätten seiner überhaupt nicht mehr Herr werden können. Jetzt aber dürfen wir es versuchen. Natürlich lassen wir den Diesel nur ein paar Minuten laufen, aber ein paar Minuten werden reichlich genügen. Geben Sie mir recht, Oberleutnant Hansen?«

Natürlich war Hansen einverstanden, aber er antwortete nicht. Er war bereits weg.

Drei Minuten verstrichen, dann hörten wir durch den geöffneten Gang oberhalb des Reaktorraums die unregelmäßigen Geräusche eines Dieselmotors, der anspringt, hustet, von neuem anzieht. Wir erfuhren später, daß die Maschinisten mehrere Flaschen Äther in der Nähe des Luftzufuhrventils ausleeren mußten, um den Motor anzukurbeln. Dann sahen wir, wie, anfangs beinahe unmerklich, dann mit zunehmender Entschiedenheit, der Rauch aus der nur durch eine einzige Lampe erhellten Zentrale in Schwaden und Wirbeln zu dem Reaktorgang hingesogen wurde, während gleichzeitig andere verräucherte, aber um eine Nuance hellere Luft aus dem Gang hereinströmte, der zur Offiziersmesse führte, angezogen durch den abnehmenden Druck in der Zentrale, vorwärts geschoben durch die Frischluft, die sich im vorderen Teil des U-Bootes ansammelte – in dem Maß, wie komprimierte Luft in die Logisräume geblasen wurde.

Einige weitere Minuten brachten die Vollendung des Wunders. Im Maschinenraum donnerte der Diesel drauflos, lief immer glatter und kräftiger, je konzentrierter der Sauerstoff war, der das Einsaugventil erreichte. Aus der Zentrale sickerte der Rauch davon und wurde durch einen dünnen grauen Dunst aus dem Vorderteil des Bootes ersetzt, der kaum noch den Namen Rauch verdiente. Und dieser Nebel führte Luft mit sich, Luft gesättigt mit frischem, lebensspendendem Sauerstoff, mit einem fast schon unerheblichen Zusatz von Kohlensäure und Kohlenoxid. Jedenfalls kam es uns so vor.

Die Wirkung auf die Menschen lag gerade noch in den Grenzen des Glaubhaften. Es war, als wäre ein Zauberer der Länge nach durch das Fahrzeug gewandert und hätte jeden einzelnen mit seinem heilenden Stab berührt. Bewußtlose, die nur noch eine halbe Stunde zu leben hatten, begannen sich zu bewegen, manche schlugen die Augen auf. Kranke, erschöpfte, von Ekel geschüttelte und schmerzgeplagte Menschenwracks, die als verzweifelte Häufchen Elend auf den Decks gelegen oder gehockt hatten, setzten sich auf oder erhoben sich. In ihren Mienen machte sich ein fast komisches, ungläubiges Staunen bemerkbar, als sie in großen Zügen ihre brennenden Lungen vollpumpten und merkten, daß es nicht Giftgase waren, die sie einatmeten, sondern frische Luft.

Swanson beobachtete aufmerksam die Meßinstrumente, die den Luftdruck im Inneren des U-Bootes registrierten. Allmählich sank er auf das normale Niveau herab, dann etwas tiefer. Swanson befahl, die komprimierte Luft unter stärkeren Druck zu setzen und als sodann der Atmosphärendruck wieder das normale Maß erreicht hatte, ließ er den Diesel abstellen und die Druckluftzufuhr sperren.

»Kapitän Swanson«, sagte ich zu ihm, »sollten Sie jemals Lust haben, Admiral zu werden, dürfen Sie sich jederzeit auf mich berufen.«

»Schönen Dank.« Er lächelte. »Wir haben Glück gehabt.«

Freilich hatten wir Glück gehabt. Wer mit Kapitän Swanson segelte, hatte von vornherein Glück.

Nun hörten wir die Pumpen und Motoren schnurren, mit deren Hilfe Cartwright daran ging, die Atomkraftanlage zu neuem Leben zu erwecken: ein langsamer Vorgang. Jeder wußte, daß es an einem Haar hing, ob die Batterien noch genug Kraftreserven enthielten, aber seltsamerweise schien niemand daran zu zweifeln, daß Cartwright es schaffen werde. Wir hatten zu viel durchgemacht, als daß wir uns eine Niederlage auch nur hätten vorstellen können.

Und es kam zu keiner Niederlage. Punkt acht Uhr morgens meldete Cartwright telefonisch, daß die Turbinenschaufeln unter Dampfdruck stünden und daß die *Dolphin* wieder betriebsfertig sei. Das hörte ich gern.

Drei Stunden lang kreuzten wir mit mäßiger Fahrt, während die Klimaanlage mit Hochdruck arbeitete, um die Luft im Inneren der *Dolphin* wieder in einen normalen Zustand zu versetzen. Dann erhöhte Swanson nach und nach das Tempo, bis wir etwa fünfzig Prozent der üblichen Marschgeschwindigkeit erreicht hatten. Schneller zu laufen, hielt der Fahrtoffizier nicht für ratsam. Aus verschiedenen technischen Gründen war es nicht empfehlenswert, auch nur eine einzige Turbine auszuschalten, deshalb waren wir auf die Leistung der langsamsten angewiesen, und ohne Isolierung wollte Cartwright die Steuerbord-Hochdruckturbine auch nicht um ein Jota über ihre Leistungsfähigkeit hinaus belasten. Auf diese Weise würden wir nun länger brauchen, um das Packeis hinter uns zu bringen und offenes Meer zu erreichen, aber der Kapitän teilte über die Sprechanlage mit, daß wir, wenn die Grenze des Packeises sich noch dort befand, wo sie sich befunden hatte, als wir unter sie hinabtauchten, am nächsten Morgen etwa gegen vier Uhr ins offene Gewässer hinaussteuern würden.

Um vier Uhr nachmittags hatten Mitglieder der Besatzung in Schichtarbeit den Maschinenraum von allen Trümmern und Schaumresten gesäubert, die sich im Lauf der langen Nacht dort angehäuft hatten. Nachher reduzierte Swanson die Wachen auf das unerläßliche Minimum, damit so viele Leute wie nur möglich sich sofort ausschlafen konnten. Nun, da der Siegestaumel vorbei war, nun, da die fast unerträgliche Erleichterung, zu wissen, daß sie nun doch nicht keuchend und japsend in einer kalten Stahlgruft unter dem Packeis enden würden, zu schwinden begann, war die unvermeidliche Reaktion, als sie einsetzte, entsprechend heftig. So schlaftrunken und erschöpft war die Besatzung der *Dolphin* noch nie gewesen. Als die Leute sich schlafen legten, versanken sie sogleich in einen tiefen, todesähnlichen Schlaf.

Ich konnte nicht schlafen. Nicht sofort, nicht um vier Uhr nachmittags. Ich konnte nicht einschlafen. Ich mußte mir allzu vieles durch den Kopf gehen lassen. Zum Beispiel: Ich war in erster Linie daran schuld gewesen, daß die *Dolphin* und ihre Besatzung in eine so verzweifelte Notlage geraten war – weil ich einen Irrtum begangen oder mich verrechnet hatte oder aus reiner Halsstarrigkeit. Ferner: Was würde Kapitän Swanson sagen, wenn er wüßte, wieviel ich ihm verheimlicht, wie wenig ich ihm mitgeteilt hatte? Allerdings, da ich ihn nun schon so lange im dunkeln hatte tappen lassen, würde es nicht schaden, wenn ich ihn noch ein Weilchen länger im dunkeln tappen ließe. Morgen früh würde es immer noch Zeit sein, ihm reinen Wein einzuschenken. Seine Reaktion würde, gelinde gesagt, interessant sein. Vielleicht würde er bereit sein, eigenhändig eine Medaille für Rawlings zu prägen – aber bestimmt keine für mich.

Rawlings. Das war der Mann, den ich jetzt brauchte. Ich suchte ihn auf, sagte ihm, was ich auf dem Herzen hatte, und fragte ihn, ob er etwas dagegen hätte, im Lauf der kommenden Nacht einige Stunden Schlaf zu opfern. Wie immer war Rawlings die Hilfsbereitschaft selbst.

Am späten Abend sah ich mir einige unserer Patienten an. Dr. Jolly, ausgepumpt durch seine herkulischen Anstrengungen in der vergangenen Nacht, lag klaftertief in Schlaf versunken. Swanson hatte mich gebeten, Jolly zu vertreten. Das tat ich gern, aber ich gab mir nicht allzuviel Mühe. Mit einer einzigen Ausnahme schliefen sie alle fest, und keiner hätte eine ärztliche Behandlung so dringend gebraucht, daß es gerechtfertigt gewesen wäre, ihn zu wecken. Die Ausnahme war Dr. Benson, der am späten Nachmittag aus der Bewußtlosigkeit erwacht war. Es ging ihm sichtlich besser, aber er klagte darüber, daß sein Kopf sich wie ein Kürbis anfühle, den jemand mit einer Nietungspistole behandle, also verabreichte ich ihm einige Tabletten, und damit basta. Ich fragte ihn, ob er eine Ahnung habe, was seinen Sturz von der Kante des Segels veranlaßt haben mochte, aber er war entweder zu konfus, um sich zu erinnern, oder er wußte es ganz einfach nicht. Übrigens spielte es jetzt keine Rolle mehr. Ich kannte bereits die Lösung des Rätsels.

Nachher schlief ich neun Stunden lang. Das war von mir recht eigennützig, wenn man bedenkt, daß ich Rawlings gebeten hatte, die halbe Nacht aufzubleiben, aber es blieb mir keine Wahl. Rawlings war in der Lage, eine wichtige Aufgabe durchzuführen, die ich selber nicht durchführen konnte.

Irgendwann im Lauf der Nacht tauchten wir unter dem Packeis hervor ins offene Meer hinaus.

Kurz nach sieben wachte ich auf, wusch mich, rasierte mich und zog mich so sorgfältig an, wie es mit einer lahmgelegten Hand nur immer möglich war, weil meiner Meinung nach ein Strafrichter es seinem Publikum einfach schuldet, anständig gekleidet zu sein, wenn er darangeht, eine Gerichtsverhandlung zu leiten. Dann frühstückte ich ausgiebig und gut in der Offiziersmesse.

Kurz vor neun Uhr betrat ich die Zentrale. Hansen hatte die Wache. Ich ging zu ihm hin und fragte ihn (so leise, daß niemand anderer es hören konnte): »Wo ist Kapitän Swanson?«

»In seiner Kajüte.«

»Ich möchte mit ihm und mit Ihnen sprechen. Ungestört.«

Hansen sah mich forschend an, nickte, übergab die Wache dem Navigationsoffizier und ging voraus zu Swansons Kajüte. Wir klopften, traten ein und machten die Tür hinter uns zu. Ich vergeudete keine Zeit mit Präambeln.

»Ich weiß, wer der Mörder ist«, sagte ich. »Ich kann es nicht beweisen, aber ich werde mir jetzt sofort den Beweis verschaffen. Ich möchte, daß Sie beide anwesend sind. Falls Sie die Zeit opfern wollen.«

Sie hatten während der letzten dreißig Stunden ihren gesamten Vorrat an Gefühlswallungen und Reaktionen dermaßen aufgebraucht, daß sie weder die Hände zum Himmel erhoben noch verdutzt zusammenzuckten, noch irgendein anderes übliches Zeichen grenzenloser Verblüffung an den Tag legten. Statt dessen sah Swanson seinen Ersten Offizier nachdenklich an, stand vom Tisch auf, faltete die Seekarte zusammen, die er studiert hatte, und sagte trocken: »Ich glaube, wir werden die Zeit opfern, Doktor Carpenter. Ich bin noch nie einem Mörder begegnet.« Sein Ton klang unpersönlich, fast leichtfertig, aber der Blick seiner klaren, grauen Augen war sehr kalt geworden. »Es wird ein wahres Erlebnis sein, einen Mann kennenzulernen, der acht Menschenleben auf dem Gewissen hat.«

»Sie dürfen von Glück sagen«, erwiderte ich, »daß es nur acht sind. Gestern früh hätte er es beinahe auf hundert gebracht.«

Diesmal hatte es gesessen. Swanson starrte mich an, fragte dann mit gedämpfter Stimme: »Was soll das heißen?«

»Unser bewaffneter Freund trägt auch eine Schachtel Streichhölzer mit sich herum«, antwortete ich. »In den Morgenstunden des gestrigen Tages hat er sich mit ihnen im Maschinenraum zu schaffen gemacht.«

»Jemand sollte absichtlich versucht haben, das Fahrzeug in Brand zu stecken?« Hansen machte kein Hehl daraus, daß er mir kein Wort glaubte. »Das nehme ich Ihnen nun wirklich nicht ab, Doktor.«

»Ich schon«, sagte Swanson. »Ich schlucke blindlings alles, was Doktor Carpenter uns auftischt... Wir haben es mit einem Wahnsinnigen zu tun. Nur ein Wahnsinniger würde zugleich mit hundert anderen Menschen auch das eigene Leben aufs Spiel setzen.«

»Er hat sich verrechnet«, sagte ich sanft. »Kommen Sie mit.«

Sie warteten auf uns in der Offiziersmesse, so, wie ich es arrangiert hatte, alles in allem elf Personen – Rawlings, Zabrinski, Kapitän Folsom, Dr. Jolly, die Zwillinge Harrington, die sich grade nur so weit erholt hatten, daß sie das Bett verlassen konnten, Naseby, Hewson, Hassard, Kinnaird und Jeremy. Die meisten saßen rund um den Messetisch, bis auf Rawlings, der uns die Tür öffnete, und Zabrinski, der mit seinem Gipsverband auf einem Stuhl in einer Ecke saß und ein Exemplar der *Dolphin-Daze* studierte, der hektographierten Bordzeitung. Einige wollten sich erheben, als wir hereinkamen, aber Swanson winkte ab. Stumm blieben sie sitzen, alle mit Ausnahme Dr. Jollys, der mit munterer Stimme ausrief: »Guten Morgen, Herr Kapitän! Schau, schau, was für eine merkwürdige Einladung! Ich bin gespannt, sehr gespannt. Worüber wollen Sie mit uns sprechen, Herr Kapitän?«

Ich räusperte mich. »Sie müssen mir mein kleines Täuschungsmanöver verzeihen. Nicht der Kapitän ist es, der mit Ihnen zu sprechen wünscht – ich bin es.«

»Sie?« Jolly schürzte die Lippen und musterte mich nachdenklich. »Das verstehe ich nicht, old Boy. Warum gerade Sie?«

»Ich habe mich eines weiteren Täuschungsmanövers schuldig gemacht. Ich vertrete nicht, wie ich zu verstehen gegeben habe, die Intendantur. Ich bin ein Agent der britischen Regierung, ein Beamter der Abteilung für Spionageabwehr.«

Also, nun kam die Reaktion, die ich mir gewünscht hatte, und wie! Sie rissen die Münder auf wie die Karpfen und starrten mich an. Als erster erholte sich Jolly, der sich immer schnell anzupassen wußte.

»Spionage, bei allen Göttern! Spione, Räuberromantik, schöne Blondinen, im Schrank versteckt. Aber was haben Sie an Bord der *Dolphin* zu suchen, Doktor Carpenter? Was ist es denn – ja, was könnte es denn sein, worüber Sie mit uns zu sprechen wünschen?«

»Eine Bagatelle. Mord.«

»Mord!« Kapitän Folsom ergriff zum erstenmal, seit er an Bord gekommen war, das Wort. Seine Stimme, die über die schwer verbrannten Lippen kam, war nur ein heiseres Krächzen. »Mord?«

»Vier von den Toten, die im Laboratorium der Treibeis-Station Zebra zurückgeblieben sind, waren bereits tot, als der Brand ausbrach. Drei wurden durch Kopfschüsse getötet, ein vierter erstochen. So etwas nennt man Mord, meinen Sie nicht?«

Jolly hielt sich an der Tischkante fest und ließ sich zitternd auf einen Stuhl sinken. Die anderen sahen so aus, als wären sie froh, daß sie bereits saßen.

»Es ist offenbar überflüssig, hinzuzufügen«, sagte ich, fügte es aber trotzdem hinzu, »daß der Mörder sich momentan in diesen vier Wänden befindet.«

Man hätte es nicht geglaubt, wenn man sie sich ansah. Auf den ersten Blick hatte man den Eindruck, keiner dieser hochanständigen Bürger wäre imstande, einen Mord zu begehen. Sie sahen so unschuldig aus wie des Lebens Morgenröte, alle miteinander.

»Wenn Sie mit mir Geduld haben wollen«, fuhr ich fort, »möchte ich Ihnen nun zuallererst einen kleinen Vortrag über optische Probleme der Fototechnik halten – und fragen Sie mich nicht, was das zum Donnerwetter mit Mord zu tun habe, es hat sehr viel damit zu tun, ja, eigentlich alles, wie Sie sehr bald merken werden...

Bei gleichwertiger Filmemulsion und Objektivqualität hängt die Klarheit der Einzelheiten auf einem Foto von der Brennweite des Objektivs ab – das heißt, von dem Abstand zwischen Linsen und Film. Bis vor fünfzehn Jahren betrug die maximale Brennweite einer Kamera – wenn man von Observatorien absieht – etwa fünfzig Zoll, einen Meter und fünfundzwanzig Zentimeter. Solche Apparate haben die Aufklärungsflugzeuge in den letzten Stadien des Zweiten Weltkriegs benützt. Auf einem aus einer Höhe von fünfzehn Kilometern aufgenommenen Foto wäre ein kleiner, auf der Erde befindlicher Koffer zu sehen gewesen, und das war für damalige Verhältnisse nicht schlecht...

Aber die amerikanischen Land- und Luftstreitkräfte forderten größere und bessere Luftbildkameras, und das ließ sich nur dadurch erzielen, daß man die Brennweite verlängerte. Natürlich hatte dieser Abstand seine gegebenen Grenzen, da die Kamera in ein Flugzeug – oder einen um die Erde kreisenden Satelliten – eingebaut werden sollte. Eine Kamera mit einer Brennweite von, sagen wir, sechs Metern wäre unmöglich mit senkrecht nach unten gerichtetem Objektiv in einem Flugzeug oder in einem kleinen Satelliten unterzubringen. Die Wissenschaftler aber lieferten ein neues Kameramodell, das das Faltlinsenprinzip verwendet. Das Licht wandert nicht durch ein langes, gerades Rohr, sondern springt zwischen einer Reihe schräg angeordneter Spiegel hin und her. Auf diese Weise kann man die Brennweite erheblich verlängern, ohne den Apparat selbst vergrößern zu müssen. Neunzehnhundertfünfzig hatte man bereits Objekte mit einer Brennweite von zweieinhalb Metern hergestellt, und diese Apparate knipsten aus einer Höhe von fünfzehn Kilometern ein Paket Zigaretten. Zehn Jahre später kam das sogenannte Perkin-Elmer-Roti-Satelliten-Fernlenkwaffen-Ortungsgerät mit einer Brennweite von fünfhundert Zoll – rund zwölf Meter. Ein entsprechendes herkömmliches Modell müßte also zwölf Meter lang sein. Dieses neue Gerät konnte aus einer Höhe von fünfzehn Kilometern ein Stück Zucker erfassen...«

Ich sah mich forschend in der Runde um, ob vielleicht der eine oder andere nicht aufpaßte. Sie paßten auf wie die Schießhunde. Kein Dozent konnte je ein aufmerksameres Auditorium besessen haben.

»Drei Jahre später«, fuhr ich fort, »hatte eine andere amerikanische Firma dieses Raketenortungsgerät zu einem fantastischen Modell entwickelt, das sogar in einem kleinen Satelliten Platz findet. Die Brennweite der Kamera kennen wir nicht, sie wurde bisher nicht bekanntgegeben, wir wissen nur, daß unter günstigen atmosphärischen Bedingungen aus einer Höhe von fünfhundert Kilometern eine weiße Untertasse auf einer dunklen Fläche deutlich zu sehen ist, und zwar auf einem verhältnismäßig kleinen Negativ, das sich fast unbegrenzt vergrößern läßt. Die Wissenschaftler haben nämlich auch eine völlig neuartige Filmemulsion entwickelt, die streng geheimgehalten wird und hundertmal empfindlicher ist als die auf dem Markt erhältlichen besten Marken...

Diese Kamera sollte in den zwei Tonnen schweren Satelliten eingebaut werden, den die Amerikaner Samos III tauften – Samos für ›Satellite and Missile Observation System‹. So weit kam es aber nicht. Die Kamera, die einzige ihrer Art auf Gottes Erdboden, verschwand am hellichten Tag. Wie sich später herausstellte, wurde sie demontiert und mit einem polnischen Düsenflugzeug von New York nach Havanna transportiert. Die Maschine hatte als ihren Bestimmungsort Miami angegeben und war damit der Besichtigung durch die Zollbehörden ausgewichen...

Vor vier Monaten wurde diese Kamera mit einem russischen Satelliten losgeschickt, der die Pole umkreist und täglich siebenmal den amerikanischen Mittelwesten überfliegt. Schon nach drei Tagen – die Witterungsverhältnisse waren perfekt – besaßen die Russen sämtliche Bilder, die sie brauchten – Aufnahmen sämtlicher amerikanischer Lenkwaffenabschußrampen westlich vom Mississippi. Sooft diese Kamera einen schmalen Sektor der Vereinigten Staaten fotografierte, peilte eine in den Satelliten eingebaute kleinere, senkrecht nach oben gerichtete Kamera die Sterne an. Dann hätte es sich nur noch darum gehandelt, auf den Karten die Länge und Breite zu kontrollieren, und die Russen wären in der Lage gewesen, jeden Startplatz in den Vereinigten Staaten durch eine interkontinentale Fernlenkrakete zu zerstören. Zuerst aber mußten sie die Bilder haben...

Radioübertragung hatte wenig Zweck, dabei geht viel zuviel an Qualität und Einzelheiten verloren – und man darf nicht vergessen, daß es sich anfangs um ein verhältnismäßig kleines Negativ handelt. Also mußten sie sich die Originale sichern. Das kann auf zweierlei Art geschehen: Der Satellit wird auf die Erde zurückgeholt, oder er wirft eine Kapsel aus, die die Filme enthält. Die Amerikaner haben mit ihren ›Discoverer‹-Tests die Kunst vollendet, herabfallende Kapseln abzufangen – die Russen kennen dieses Verfahren nicht. Also mußten sie darangehen, den Satelliten herunterzuholen. Das sollte etwa dreihundert Kilometer östlich vom Kaspischen Meer geschehen. Aber irgend etwas hat nicht geklappt. Wir wissen nicht genau, was es war, aber unsere Fachleute meinen, es könne nur daran gelegen haben, daß die Rückstoßraketen an der einen Wand nicht funktionierten, als sie das entsprechende Funksignal erhielten. Beginnen Sie den Zusammenhang zu begreifen, meine Herren?«

»Ja – allmählich.« Das war Jeremy, und seine Stimme klang gedämpft. »Der Satellit geriet in eine andere Bahn.«

»Richtig. Die an der einen Seite abgefeuerten Raketen haben seine Geschwindigkeit nicht sonderlich beeinträchtigt, aber ihn weit aus seinem Kurs geschleudert, in einen neuen, wackligen Kurs, der südwärts über den Stillen Ozean und das Graham-Land in die Antarktis, nordwärts über Afrika und Westeuropa und dann in flacher Kurve rund um den Nordpol läuft, mit einem kürzesten Abstand von etwa dreihundert Kilometern...

Nun hatten die Russen nur noch eine Möglichkeit, die Filme in die Hand zu bekommen, nämlich dadurch, daß sie die Kapsel herausholten. Sie wußten, wenn sie die Rückstoßraketen nur an einer

Seite abfeuerten, würde der Satellit zwar seine Bahn verlassen, aber Gott weiß was für einen Kurs einschlagen. Besonders unangenehm für die Russen war, daß der Satellit sich an keinem Punkt seiner Bahn über sowjetrussischem Gebiet oder einer der kommunistischen Einflußsphären befand. Noch schlimmer: Neunzig Prozent seines Kurses liefen übers offene Meer, und wenn sie ihn dort herunterholten, würden sie ihre Filme nie zu sehen bekommen haben...

Also beschlossen sie, die Kapsel dort herunterzuholen, wo ihnen einigermaßen sichere Bedingungen zur Verfügung standen – entweder auf dem Polareis im Norden oder in der Antarktis. Sie werden sich erinnern, Herr Kapitän, daß ich Ihnen erzählte, ich sei soeben aus der Antarktis zurückgekehrt. Die Russen haben dort zwei geophysikalische Stationen, und bis vor wenigen Tagen rechneten wir mit der Möglichkeit – fifty-fifty –, daß sie die Kapsel dort herunterholen würden. Aber wir irrten uns. Die nächstgelegene Station in der Antarktis ist von der Umlaufbahn des Satelliten an die fünfhundert Kilometer entfernt – und in den Stützpunkten rührte sich nichts. Nichts deutete darauf hin, daß sie vorgehabt hätten, Bergungsmannschaften loszuschicken.«

»Also hatte man sich entschlossen, die Kapsel in der Nachbarschaft der Treibeis-Station Zebra herunterzuholen, habe ich recht?« fragte Dr. Jolly ruhig. Es zeugte von seiner Verstörtheit, daß er mich nicht einmal mit dem gewohnten ›Old Boy‹ anredete.

»Zu dem Zeitpunkt, da der Satellit zu streiken begann, war die Treibeis-Station Zebra noch gar nicht vorhanden. Man hatte jedoch schon alle Vorbereitungen getroffen. Kanada wollte uns einen seiner St.-Lorenz-Eisbrecher leihen, aber die Russen offerierten uns – mit einem Ausbruch freundschaftlichen Wohlwollens und internationaler Zusammenarbeit – die mit Kernenergie getriebene *Lenin*, den besten Eisbrecher der Welt. Sie wollten dafür sorgen, daß die Zebra planmäßig und rechtzeitig an Ort und Stelle kam. Das war denn auch der Fall. Die Ost-West-Drift der Eishaube vollzog sich in diesem Jahr ungewöhnlich langsam, und es vergingen fast acht Wochen, bis sich die Station unmittelbar unter der Flugbahn des Satelliten befand.«

»Sie wußten, was die Russen vorhatten?« fragte Hansen.

»Wir wußten es. Aber die Russen hatten nicht die leiseste Ahnung, daß wir ihnen auf die Schliche gekommen waren. Sie hatten keine Ahnung, daß einer der Ausrüstungsgegenstände, die die Zebra mitgenommen hatte, ein Satelliten-Abhörgerät war, das Major Halliwell benachrichtigen würde, sowie der Satellit das Funksignal erhielt, das ihm befahl, die Kapsel auszuwerfen.«

Langsam ließ ich meine Blicke an den Überlebenden der Zebra entlangwandern.

»Ich wette, daß das keiner von euch gewußt hat. Major Halliwell aber hat es gewußt – er nebst den drei Männern, die in seiner Hütte schliefen, in der das Gerät untergebracht war...

Was wir nicht wußten, war die Identität des Mannes, den die Russen bestochen hatten. Sie mußten ein Mitglied der Stationsmannschaft bestochen haben, aber wen – wen? Jeder von euch war tausendprozentig zuverlässig – auf Herz und Nieren geprüft – laut allen offiziellen Zeugnissen. Aber einer hatte sich bestechen lassen – und dieser eine würde nach seiner Rückkehr in die englische Heimat bis ans Lebensende ein steinreicher Mann sein. Die Russen ließen auf der Zebra nicht nur einen Agenten zurück, sondern außerdem ein transportables Abhörgerät – eine elektronische Vorrichtung, die man auf ein besonderes Funkzeichen abstimmt, das innerhalb der Kapsel in dem Augenblick aktiviert wird, da der Satellit sie ausstößt. Eine Kapsel kann aus einer Höhe von fünfhundert Kilometern mit solcher Präzision ausgestoßen werden, daß sie in einem Umkreis von zwei Kilometern rund um das Ziel landet, aber das Packeis ist recht unwegsam und meistens in Finsternis getaucht, also würde das Abhörgerät unserem Freund ermöglichen, die Kapsel zu lokalisieren, die nach der Landung ihr Signal mindestens, wie ich annehme, vierundzwanzig Stunden lang sendet. Unser Freund nahm sein Gerät und machte sich auf die Suche nach der Kapsel. Er fand sie, schnallte sie von ihrem Fallschirm los und nahm sie mit... Können Sie mir noch immer folgen, meine Herren? Ich meine da insbesondere einen gewissen Herrn in unserer Mitte...«

»Ich glaube, wir sind alle im Bild, Doktor Carpenter«, sagte Kapitän Swanson leise. »Mann für Mann.«

»Gut... Leider wußten auch Major Halliwell und seine Kameraden, daß der Satellit die Kapsel ausgeworfen hatte. Wir dürfen nicht vergessen, daß sie mit ihrem Abhörgerät Tag und Nacht hinter dem Satelliten her waren. Sie wußten, binnen kurzem würde sich jemand auf den Weg machen, um die Kapsel zu suchen, aber wer dieser Jemand war, davon hatten sie keine blasse Ahnung. Auf jeden Fall beauftragte Major Halliwell einen seiner Leute, Wache zu halten. Es war eine wüste Nacht, bitterkalt, mit einem Orkan, der die Eisnadeln vor sich hinpeitschte, aber der Wachtposten tat seine

Pflicht. Entweder stieß er mit unserem Freund zusammen, als er, unser Freund, mit der Kapsel ins Lager zurückkehrte, oder – was wahrscheinlicher ist – er sah Licht in einer Baracke, ging hin und ertappte unseren Freund dabei, wie er den Film aus der Kapsel herausfischte. Statt sich lautlos zu entfernen und Major Halliwell Meldung zu erstatten, betrat er die Baracke und stellte den Mann zur Rede. Wenn meine Vermutung zutrifft, beging er damit einen schweren Fehler, den letzten in seinem Leben. Er bekam ein Messer zwischen die Rippen.«

Ich musterte der Reihe nach sämtliche Überlebende der Zebra.

»Ich möchte gern wissen, wer von euch es war. Jedenfalls war es nicht sonderlich geschickt. Die Messerklinge zerbrach in der Wunde. Dort habe ich sie gefunden.«

Ich sah Swanson an. Er zuckte nicht mit der Wimper. Er wußte, daß ich keineswegs die abgebrochene Klinge gefunden hatte. Er selber hatte den Griff mit dem anderen Teil der Klinge im Benzintank des Traktors gefunden. Aber es hatte Zeit, den Herrschaften dieses Detail mitzuteilen.

»Als der Wachtposten nicht zurückkehrte, wurde Major Halliwell unruhig. Ungefähr so muß es sich abgespielt haben. Ich weiß es nicht genau, und es kommt auch jetzt nicht mehr darauf an. Unser Freund mit dem zerbrochenen Messer war jetzt auf seiner Hut, er wußte, daß man ihm auf seine Schliche gekommen war, und als der zweite Mann erschien, den Major Halliwell abkommandiert hatte, lauerte er ihm auf. Es blieb ihm nichts übrig, als ihn zu killen – weil ja der erste tot in der Hütte lag. Außer dem Messer besaß er auch eine Pistole. Er benützte sie...

Beide waren aus Halliwells Hütte gekommen – der Mörder wußte, Halliwell müsse sie losgeschickt haben – er, Halliwell, und der andere, der sich noch bei ihm in der Hütte befand, würden im Nu herbeigeeilt kommen, wenn der zweite Horchposten nichts von sich hören ließ. Er beschloß, nicht erst darauf zu warten – er hatte ja ohnedies seine Schiffe verbrannt. Er nahm seine Pistole, begab sich in Halliwells Hütte und knallte Halliwell ab – ihn und den anderen. Warum sollte ich übrigens nicht schon jetzt erwähnen, daß Carpenter nicht mein richtiger Name ist. Ich heiße Halliwell. Major Halliwell war mein älterer Bruder.«

»Du lieber Gott!« flüsterte Dr. Jolly. »Allmächtiger Gott im Himmel...«

»Eines aber hatte nun, wie der Mörder wohl wußte, unverzüglich zu geschehen: Die Spuren des Verbrechens mußten verwischt werden. Es gab nur eine Methode – nämlich die Leichen zu verbrennen, so gründlich, daß sie nicht mehr wiederzuerkennen waren. Er holte also zwei Ölfässer aus dem Brennstoffvorrat, besprengte die Wände in Major Halliwells Hütte mit Öl – seine beiden ersten Opfer hatte er bereits hingeschleift – und zündete es an. Der Sicherheit halber steckte er auch den Brennstoffvorrat in Brand. Ein Pedant, liebe Freunde, ein Mann, der nie etwas halb macht...«

Die Leute rund um den Tisch waren verblüfft, entsetzt, sie wollten es nicht glauben, sie konnten es nicht begreifen. Aber nur deshalb, weil das ungeheuerliche Ausmaß des Verbrechens weit über ihren Horizont hinausging. Mit einer Ausnahme allerdings...

»Ich bin ein sehr neugieriger Mensch«, fuhr ich fort. »Ich fragte mich, warum krankte, verletzte, erschöpfte Menschen ihre Zeit und ihre Kräfte damit vergeudet hatten, die Toten ins Laboratorium zu transportieren. Warum? Weil jemand erklärt hätte, es wäre empfehlenswert, es gehörte sich so... Der eigentliche Grund war natürlich, andere davon abzuschrecken, das Labor zu betreten. Ich sah unter den Fußbodenbrettern nach, und was entdeckte ich dort? Vierzig Nife-Zellen in erstklassigem Zustand, Lebensmittelvorräte, einen Radiosondenballon und einen Wasserstoffzylinder zum Aufblasen der Ballons. Ich hatte erwartet, die Nife-Zellen anzutreffen – Kinnaird hatte berichtet, es seien Reserven vorhanden gewesen, und Nife-Zellen können durch Feuer nicht zerstört, höchstens verbeult und angerußt werden. Die anderen Ausrüstungsgegenstände waren für mich eine Überraschung, aber sie verrieten mir alles...

Der Mörder hatte doppeltes Pech gehabt: Erstens hatte man ihn entlarvt, zweitens war das Wetter schlecht. Eigentlich hat ihm das Wetter endgültig einen Strich durch die Rechnung gemacht. Es war beabsichtigt, unter günstigen Bedingungen die Filme mit einem Funksondenballon in den Himmel emporzuschicken. Ein russisches Flugzeug hätte sodann den Ballon eingefangen. Eine vom Himmel fallende Kapsel aufzufangen, ist äußerst knifflig – einen Fesselballon einzufangen, ein Kinderspiel. Die verhältnismäßig frischen Nife-Zellen benützte unser Freund, um mit seinen Komplicen in Verbindung zu bleiben und ihnen mitzuteilen, ob und wann sich das Wetter gebessert habe – ob und wann er den Ballon hinaufzuschicken gedenke. Da man im Äther nicht ungestört sein kann, benützte er eine spezielle Chiffre. Als er sie nicht mehr brauchte, vernichtete er sie auf die in der Arktis einzig mögliche Weise – durch Feuer. Ich fand zahllose verkohlte Papierschnitzel in die

Wände einer der Hütten eingebettet. Der Wind hatte sie aus der meteorologischen Station dorthin geweht, nachdem unser Freund die Asche ausgestreut hatte...

Der Mörder sorgte auch dafür, daß nur die wenigen, fast schon verbrauchten Nife-Zellen dazu benützt wurden, SOS zu funken und den Kontakt mit der *Dolphin* herzustellen. Dadurch, daß die Verbindung so oft unterbrochen wurde und die Übertragung verschwommen war, sollte unsere Ankunft hinausgezögert werden, damit er Gelegenheit habe, besseres Wetter abzuwarten und seinen Ballon loszuschicken. Übrigens dürften Sie durch den Rundfunk erfahren haben – es stand in allen englischen Zeitungen –, daß sowohl russische als auch amerikanische und englische Flugzeuge unmittelbar nach dem Brand über dem betreffenden Gebiet Erkundungsflüge unternahmen. Die Engländer und die Amerikaner suchten die Zebra – die Russen einen Radiosondenballon. Die gleiche Aufgabe hatte der Eisbrecher *Dwina,* als er vor einigen Tagen versuchte, sich einen Weg durchs Packeis zu bahnen. Aber die russischen Maschinen verschwanden. Unser Freund hatte seinen Freunden mitgeteilt, daß kein Witterungsumschwung zu erwarten sei, daß die *Dolphin* eingetroffen sei, daß er die Filme an Bord der *Dolphin* nach England mitnehmen müsse...«

»Eine Sekunde, Doktor Carpenter«, warf Swanson ein, und seine Stimme klang merkwürdig zaghaft. »Wollen Sie behaupten, daß sich die Filme momentan an Bord dieses Fahrzeugs befinden?«

»Es sollte mich sehr wundern, wenn dem nicht so wäre, Herr Kapitän... Der zweite Versuch, uns aufzuhalten, bestand aus einem direkten Angriff auf die *Dolphin.* Als bekannt wurde, daß die *Dolphin* versuchen werde, die Zebra zu erreichen, erging der Befehl nach Schottland, das Boot aktionsunfähig zu machen. Überall auf den schottischen Werften wird man Kommunisten finden – und ihre Kumpels wissen oft gar nicht, wer Kommunist ist. Natürlich hatte man nicht die Absicht, eine Katastrophe zu inszenieren. Wer immer den Befehl erteilt haben mag, die Rohrtüren zu öffnen, hatte keinen Grund, mit einer Katastrophe zu rechnen. In Friedenszeiten vermeiden die internationalen Spionageapparate gern jede Gewaltanwendung – deshalb wird sich unser Freund bei seinen Auftraggebern nicht sehr beliebt gemacht haben. Die Russen bedienen sich genauso wie die Amerikaner oder Engländer jeder legalen oder illegalen Taktik, um ihre Zwecke zu erreichen – aber genauso wie wir scheuen sie vor einem Mord zurück. Der ursprüngliche Plan der Russen hatte keinerlei Mordtaten vorgesehen.«

»Wer ist es, Doktor Carpenter?« fragte Jeremy ganz ruhig. »Um Gottes willen, wer ist es? Wir sind hier neun Mann – wissen Sie, wer es ist?«

»Ich weiß es. Und nicht neun, sondern nur sechs Mann können in Betracht kommen. Die sechs, die nach der Katastrophe das Funkgerät bedienten, Kapitän Folsom und die Harringtons konnten sich nicht rühren, das bezeugen sämtliche Anwesenden. Also, Jeremy, bleiben nur Sie selber, Kinnaird, Dr. Jolly, Hassard, Naseby und Hewson übrig. Mord aus Gewinnsucht und Landesverrat. Da gibt es nur eine Möglichkeit. Der Prozeß ist an dem Tag vorbei, an dem er beginnt: Drei Wochen später ist alles vorbei. Sie sind ein kluger Mann, lieber Freund. Mehr noch – Sie sind genial. Leider aber ist Ihr Weg zu Ende, Doktor Jolly.«

Sie hatten es nicht begriffen. Mehrere Sekunden lang konnten sie es nicht begreifen. Sie waren allzu betroffen, allzu verblüfft. Freilich hatten sie meine Worte gehört, aber der Sinn war ihnen nicht sofort eingegangen. Nun aber war es soweit. Wie Marionetten in den Händen eines Puppenspielers drehten sie alle langsam die Köpfe und sahen Jolly an.

Dr. Jolly selbst erhob sich langsam und tat zwei Schritte auf mich zu. Seine Augen waren geweitet, seine Miene entsetzt, sein Mund zuckte.

»Ich?« Seine Stimme klang gedämpft, heiser, grenzenlos verwundert. »Ich? Sind Sie – sind Sie wahnsinnig, Doktor Carpenter? Um Gottes willen, Mann...«

Ich schlug zu. Ich weiß nicht, warum ich ihm einen Faustschlag versetzte, ein roter Nebel schien meine Blicke zu verschleiern. Jolly taumelte nach hinten, drückte beide Hände an Nase und Lippen, bevor mir zum Bewußtsein kam, was ich getan hatte. Ich glaube, wenn ich ein Messer oder eine Schußwaffe besessen hätte, würde ich ihn umgebracht haben, ohne Überlegung, ohne Gnade, ohne Reue.

Allmählich lichtete sich der Nebel vor meinen Augen. Niemand hatte sich gerührt. Niemand hatte sich auch nur um Haaresbreite gerührt. Jolly richtete sich mühsam auf den Knien hoch, kam auf die Beine und sank dann schlaff auf einen Stuhl am Tisch nieder. Er hielt ein blutiges Taschentuch vors Gesicht. Im Raum herrschte Grabesstille.

»Mein Bruder, Jolly«, sagte ich. »Mein Bruder und alle die Toten der ›Zebra‹ ... Wissen Sie, was ich mir wünsche?« fuhr ich fort. »Ich hoffe, daß der Strick des Henkers nicht in Ordnung ist und daß Sie lange, sehr lange brauchen, um zu sterben.«

Er nahm das Taschentuch vom Mund.

»Sie sind verrückt«, flüsterte er mit zerschundenen und bereits etwas verschwollenen Lippen. »Sie wissen nicht, was Sie sagen.«

»Das werden die Geschworenen in Old Bailey am besten beurteilen können. Seit etwa sechzig Stunden bin ich hinter Ihnen her, Jolly.«

»Was sagten Sie?« warf Swanson ein. »Sie wissen es seit sechzig Stunden?«

»Ich wußte, irgendwann einmal würde ich Ihren Zorn über mich ergehen lassen müssen, Herr Kapitän«, erwiderte ich. »Aber wenn Sie erfahren hätten, wer es ist, hätten Sie ihn auf der Stelle eingesperrt. Sie haben es ausdrücklich erklärt. Ich aber wollte sehen, wo die Spuren hinführen, wer seine Komplicen, seine Verbindungsleute in England sind. Ich träume davon, ein ganzes Spionagenetz zu zerreißen. Ein herrlicher Traum. Aber ich fürchte, die Fährte ist erkaltet. Hier endet sie. Bitte, lassen Sie mich ausreden ...

Sagen Sie, meine Herren, hat keiner von Ihnen es merkwürdig gefunden, daß Jolly, als er aus der brennenden Hütte ins Freie hinaustorkelte, dort zusammenbrach und bewußtlos liegen blieb? Jolly behauptete, es sei eine Rauchvergiftung gewesen. Also, im Inneren der Hütte war von einer Rauchvergiftung nicht die Rede gewesen, sonst hätte er es nicht fertiggebracht, aus eigener Kraft davonzustürzen. Dann erst brach er zusammen. Sonderbar. Frische Luft wirkt unter allen Umständen belebend. Aber nicht bei ihm. Es ist von besonderem Schlag. Er wollte deutlich zu verstehen geben, daß er mit dem Brand nichts zu tun habe. Um es recht deutlich zu unterstreichen, betonte er mehrere Male, daß er kein Tatmensch sei. Wenn er kein Tatmensch ist, dann bin ich nie einem begegnet.«

Swanson fiel mir ins Wort.

»Das läßt sich aber wohl kaum als Schuldbeweis bezeichnen.«

»Ich lege keine Beweise vor«, erwiderte ich verdrossen. »Es handelt sich um Anhaltspunkte – um reine Indizien. Indiz Nummer zwei: Naseby, Sie haben es sich sehr zu Herzen genommen, daß es Ihnen nicht geglückt war, Ihre beiden Freunde, Flanders und Bryce, aufzuwecken. Sie hätten sie eine geschlagene Stunde lang rütteln können – sie wären doch nicht aufgewacht. Unser Freund Jolly hatte sie mit Äther oder mit Chloroform betäubt, und zwar nachdem er Major Halliwell und die drei anderen ermordet hatte – aber bevor er daranging, mit seinen Streichhölzern zu spielen. Er war sich darüber im klaren, wenn er das Lager in Brand steckte, würde es vielleicht lange, sehr lange dauern, bis Hilfe kam, und er wollte dafür sorgen, daß er in der Wartezeit nicht zu hungern brauchte. Wenn die anderen verhungerten, na, dann hatten sie eben Pech gehabt. Aber zwischen ihm und den Lebensmitteln lagen Flanders und Bryce. Fanden Sie es nicht sehr sonderbar, Naseby, daß Ihr Schreien und Rütteln gar keine Wirkung hatte? Sie mußten betäubt worden sein, und nur ein einziger Mann im Lager hatte Zugang zu Betäubungsmitteln. Sie haben auch erwähnt, daß Sie und Hewson sich recht benommen fühlten. Kein Wunder. Die Hütte war ziemlich klein, die Äther- oder Chloroformdünste haben Sie und Hewson erreicht und beeinflußt. Normalerweise würden Sie es beim Aufwachen gemerkt haben, aber der Gestank brennenden Dieselöls ist so penetrant, daß er alle anderen Gerüche auslöscht. Wiederum weiß ich, daß das kein Beweis ist...

Drittes Indiz. Ich fragte Kapitän Folsom heute früh, wer den Befehl erteilt habe, die Toten ins Laboratorium zu transportieren. Er erwiderte, er selber habe den Befehl erteilt. Aber er erinnerte sich, daß Jolly es vorgeschlagen hatte: mit einem sachkundigen Hinweis darauf, daß es die seelische Widerstandskraft der Überlebenden stärken würde, wenn sie nicht mehr die verkohlten Leichen vor Augen hätten...

Viertes Indiz. Jolly behauptete, es sei unwichtig, wie der Brand entstanden war. Ein plumpes Ablenkungsmanöver. Jolly wußte, genausogut wie ich, daß die Antwort auf diese Frage von entscheidender Bedeutung war. Übrigens nehme ich an, Jolly, daß Sie, bevor Sie das Feuer legten, absichtlich möglichst viele Löschgeräte unbrauchbar machten. Und was den Brand selber betrifft, Herr Kapitän! Erinnern Sie sich, daß Sie ein wenig mißtrauisch waren, als Hewson erzählte, die Brennstoffkanister seien erst explodiert, als er sich bereits auf dem Weg zum Hauptlogis befand. Hewson hatte nicht gelogen. Nicht weniger als vier Kanister sind nicht explodiert – nämlich die vier, die unser Jolly benützt hatte, um die Barackenwände mit Öl zu tränken... Wie macht es sich denn, Doktor Jolly?«

»Es ist ein Alptraum«, antwortete er ruhig. »Ein wüster Alptraum. Beim allmächtigen Gott, ich weiß von alledem nichts.«

»Indiz Nummer fünf. Aus einem Grund, der mir nicht klar ist, wollte Jolly die Rückfahrt der *Dolphin* verzögern. Seiner Meinung nach war das am leichtesten dadurch zu erzielen, daß Bolton und

Brownell, die beiden Schwerkranken, die im Lager zurückgeblieben waren, als nicht transportfähig galten. Das hatte aber einen Haken. Es waren noch zwei andere Ärzte zugegen, die vielleicht erklären würden, die beiden seien durchaus transportfähig. Deshalb versuchte er, uns zu beseitigen, und es wäre ihm beinahe geglückt...

Zuerst Benson. Fanden Sie es nicht sonderbar, daß die Bitte, den Überlebenden die Teilnahme an der Bestattung Grants und Mill's zu erlauben, zuallererst von Naseby und dann von Kinnaird vorgebracht wurde? Jolly, Rangältester, solange Kapitän Folsom vorübergehend dienstunfähig war, wäre verpflichtet gewesen, an den Kapitän heranzutreten, aber er wollte nicht die Aufmerksamkeit auf sich lenken. Zweifellos brachte er es durch geschickte Andeutungen so weit, daß jemand anderer an seiner Stelle die Demarche unternahm. Jolly hatte gemerkt, wie glasglatt und schlüpfrig die mit Eis verkrusteten Seitenwände des Segels waren, und er sorgte dafür, daß Benson sich unmittelbar vor ihm an dem Seil emporhißte. Ein schneller Ruck am Seil, und Benson verlor das Gleichgewicht. Es sah so aus, als wäre er auf Jolly draufgefallen. Aber es sah nur so aus. Der laute, scharfe Knall, den ich hörte, kurz nachdem Bensons Körper aufgeprallt war, rührte nicht daher, daß er mit dem Kopf gegen das Eis schlug. Er wurde durch unseren Jolly verursacht, der Bensons Kopf einen Fußtritt versetzte... Haben Ihnen die Zehen sehr weh getan, Jolly?«

»Sie sind verrückt«, erwiderte Jolly mechanisch. »Das alles ist blühender Unsinn. Und selbst wenn es kein Unsinn wäre, könnten Sie nicht ein Wörtchen beweisen.«

»Das wird sich zeigen... Jolly behauptete, Benson sei auf ihn draufgefallen. Er warf sich sogar aufs Eis hin und fügte sich selber eine Kopfverletzung zu, um sein Märchen glaubwürdig zu gestalten. Ich spürte die Beule an seinem Kopf. Aber er war keineswegs bewußtlos. Er spielte Komödie. Er hat sich nachher im Lazarett ein bißchen gar zu schnell und mühelos erholt. Und da beging er seinen ersten Fehler, den Fehler, der mich auf seine Spur brachte – und der mich hätte veranlassen müssen, einen Angriff auf meine Person zu erwarten. Sie waren dabei, Herr Kapitän.«

»Ich habe mir auch alles andere entgehen lassen«, sagte Swanson erbittert. »Soll ich einen hundertprozentigen Rekord verpfuschen?«

»Als Jolly scheinbar zu sich kam, sah er Benson dort liegen. Er sah aber nur eine Decke und einen mit einem dicken Gazebausch bedeckten Hinterkopf. Es hätte irgendwer sein mögen. Als der sogenannte Unglücksfall passierte, war es stockfinster gewesen. Was aber sagte Jolly? Ich erinnere mich an den genauen Wortlaut. Er sagte: ›Freilich, freilich. Ja, so war es. Er ist auf mich draufgefallen, nicht wahr?‹ Er dachte nicht daran, zu fragen, wer da neben ihm liege – die unter den gegebenen Umständen einzig natürliche, ja, unvermeidliche Frage! Aber Jolly brauchte nicht zu fragen. Er wußte es.«

»Er wußte es.« Swanson musterte Jolly mit einem kalten, finsteren Blick. Jetzt hegte er keinerlei Zweifel mehr. »Sie haben recht, Doktor Carpenter – er wußte es.«

»Und dann versuchte er es mit mir. Natürlich kann ich nichts beweisen. Aber er war anwesend, als ich Sie fragte, wo sich der Arzneivorrat befinde. Zweifellos ist er Henry und mir nachgeschlichen und hat den Lukendeckel losgehakt. Diesmal aber hatte er weniger Erfolg. Trotzdem bemühte er sich, als wir am nächsten Morgen ins Lager gingen, den Abtransport Brownells und Boltons zu verhindern, indem er erklärte, Bolton sei zu krank. Aber Sie setzten sich über sein Veto hinweg.«

»Ich habe recht behalten«, sagte Jolly. Er machte jetzt einen seltsam gelassenen Eindruck. »Bolton ist gestorben.«

»Ja, er ist gestorben«, sagte ich. »Er ist gestorben, weil Sie ihn umgebracht haben, und dieser Mord allein wird mir genügen, Sie an den Galgen zu befördern. Aus einem Grund, den ich noch immer nicht kenne, war Jolly nach wie vor entschlossen, das Boot zu stoppen, zumindest die Rückkehr hinauszuzögern. Deshalb nahm er sich vor, ein kleines Feuer anzuzünden, ein Feuerchen, das genügen würde, dem Kapitän einen gelinden Schrecken einzujagen und ihn zu veranlassen, den Reaktor vorübergehend auszuschalten. Als Brandherd wählte er das Maschinengestänge – den einzigen Ort an Bord der *Dolphin*, wo er ganz nebenbei etwas hinunterfallen lassen konnte, und wo es, nötigenfalls stundenlang, in dem Röhrenlabyrinth unbeachtet umherliegen mochte. Er machte sich im Lazarett irgendeine chemische Zeitzünderbombe zurecht, die viel Rauch, aber wenig Flammen entwickeln würde. Dann brauchte er nur einen Vorwand, um durch den Maschinenraum zu wandern – zu einem Zeitpunkt, da es dort schön still und so gut wie menschenleer sein würde. Mitten in der Nacht. Auch das hat er gedeichselt. Er deichselt alles. Er ist wirklich sehr, sehr gescheit, unser Freund. Und außerdem ein erbarmungsloser Teufel...

Am späten Abend vor Ausbruch des Brandes besuchte der gute

Samariter seine Patienten. Ich begleitete ihn. Einer der Leute, die er behandelte, war Bolton im Nuklearlaboratorium – und um ins Nuklearlaboratorium zu gelangen, muß man natürlich durch den Maschinenraum gehen. Ein Matrose hielt bei den Kranken Wache. Jolly schärfte ihm ein, ihn jederzeit zu benachrichtigen, falls Boltons Zustand sich verschlimmerte. Er wurde benachrichtigt. Ich habe mich nachher bei dem Maschinenraumpersonal erkundigt. Der wachhabende Ingenieur und zwei andere saßen im Schaltraum, aber ein Maschinist, der gerade damit beschäftigt war, ein Lager zu ölen, sah Jolly gegen halb zwei Uhr morgens durch den Maschinenraum gehen – auf einen Anruf des Mannes hin, der bei den Patienten Wache hielt. Jolly benützte die Gelegenheit, um im Vorbeigehen seinen kleinen chemischen Zünder ins Gestänge zu werfen. Er wußte nicht, daß sein kleines Spielzeug in der Nähe der mit Öl getränkten Isolierung am Gehäuse des Steuerbordturbogenerators landen und, wenn es losging, genügend Hitze erzeugen würde, um die Isolierung in Brand zu stecken.«

Swanson sah Jolly an, finster und lange, dann wandte er sich kopfschüttelnd zu mir.

»Das will mir nicht einleuchten, Doktor Carpenter. Dieser telefonische Anruf, nur weil der Zustand eines Kranken sich plötzlich verschlechtert hatte! Jolly ist nicht der Mann dazu, irgend etwas dem Zufall zu überlassen.«

»Freilich nicht«, sagte ich zustimmend. »Er hat auch nichts dem Zufall überlassen. Im Kühlschrank der Krankenstube liegt ein Beweismittel für Old Bailey. Ein reichlich mit Jollys Fingerabdrücken übersätes Stück Aluminiumfolie. Dieses Stück Folie ist mit einer Salbe bestrichen. Dieses Stück Folie befestigte Jolly an Boltons verbranntem Unterarm, kurz nachdem er ihm schmerzstillende Spritzen verabreicht hatte. Bolton hatte starke Schmerzen. Aber bevor Jolly die Salbe auflegte, bestreute er die Folie zuerst mit etwas anderem, nämlich mit einer Schicht Chlornatrium – gewöhnlich Kochsalz. Jolly wußte, das Betäubungsmittel würde drei bis vier Stunden lang wirken. Er wußte auch, daß zu dem Zeitpunkt, da Bolton wieder zu sich kam, die Salbe durch die Hitze zersetzt sein und das Salz mit dem rohen Fleisch in Berührung kommen würde. Bolton würde, sowie er aus der Bewußtlosigkeit erwachte, vor Schmerzen heulen. Kann man sich vorstellen, wie ihm zumute gewesen sein muß? Der ganze Unterarm eine hautlose Fleischmasse – mit Salz bedeckt... Als er kurz darauf starb, war die Todesursache Schock. Unser barmherziger Samariter – ein reizendes Bürschchen, nein?

Also, das ist Jolly, old Boy. Übrigens darf man den größten Teil seiner Heldentaten während des Brandes mit Stillschweigen übersehen – obwohl ihm natürlich ebensoviel wie uns allen daran lag, mit dem Leben davonzukommen. Als er zum erstenmal in den Maschinenraum kam, war es ihm zu heiß und ungemütlich, also legte er sich einfach auf den Boden und ließ sich nach vorn tragen, wo die Luft frischer war. Später –«

»Seine Maske war lose«, wandte Hansen ein.

»Er hatte sie abgenommen. Sie können doch wohl zehn bis fünfzehn Sekunden lang den Atem anhalten. Glauben Sie, er kann es nicht auch? Später, als er sich so heldenhaft aufführte, waren im Maschinenraum die Bedingungen besser als außerhalb. Außerdem durfte er eines der wenigen Sauerstoffatmungsgeräte beanspruchen. Jolly hat gestern nacht mehr saubere Luft geatmet als irgendeiner von uns. Es macht ihm nichts aus, wenn er einen Mitmenschen unter wilden Schmerzensschreien verenden läßt – aber er selber erspart sich gern auch die kleinsten Unannehmlichkeiten. Sofern er Gelegenheit dazu hat. Stimmt's, Jolly?«

Jolly schwieg.

»Wo sind die Filme, Jolly?«

»Ich weiß nicht, wovon die Rede ist«, erwiderte er mit stiller, tonloser Stimme. »Bei Gott, meine Hände sind rein.«

»Und Ihre Fingerabdrücke auf der mit Salz bestreuten Aluminiumfolie?«

»Jeder Arzt kann Fehler begehen.«

»Du lieber Himmel! Fehler! Also, wo sind sie, Jolly – die Filme?«

»Lassen Sie mich um Gottes willen zufrieden«, sagte er mürrisch.

»Wie Sie wollen.« Ich sah Swanson an. »Haben Sie eine schöne kleine Kammer, in der Sie dieses Subjekt einsperren können?«

»Aber selbstverständlich«, sagte Swanson ingrimmig. »Ich persönlich werde ihn hinführen.«

»Niemand wird jemanden irgendwo hinführen«, sagte Kinnaird. Er sah mich an, und die Art, wie er mich ansah, gefiel mir ganz und gar nicht. Mir gefiel auch nicht, was er in der Hand hielt, eine häßlich aussehende Mauser. Sie ruhte in seiner Faust, als wäre sie dort hervorgewachsen, und die Mündung zielte geradewegs zwischen meine Augen.

»Unser gescheiter, so überaus gescheiter Abwehrspion, Doktor Carpenter!« murmelte Dr. Jolly. »Wie schnell sich das Kriegsglück wendet, old Boy. Eigentlich aber sollten Sie sich nicht wundern. Sie haben zwar nichts entdeckt, das von Bedeutung wäre, aber Sie hätten doch wenigstens feststellen müssen, daß Sie Ihrer Aufgabe nicht gewachsen sind. Bitte, machen Sie keine Dummheiten. Kinnaird ist einer der besten Pistolenschützen, die ich je getroffen habe – und Sie werden zur Kenntnis nehmen, daß er eine strategisch hervorragende Position gewählt hat, die ihm erlaubt, alle Anwesenden in Schach zu halten.«

Behutsam betupfte er mit einem Taschentuch seine noch immer blutenden Lippen, stand auf, stellte sich hinter mich und klopfte hastig meine Kleider ab.

»Schau, schau«, sagte er. »Nicht einmal bewaffnet. Sie waren aber auch wirklich auf nichts gefaßt, Carpenter. Drehen Sie sich gefälligst um, so daß Sie Kinnairds Pistole den Rücken kehren.«

Ich drehte mich um. Er lächelte freundlich, schlug mich dann zweimal mit voller Kraft ins Gesicht, zuerst mit dem rechten, dann mit dem linken Handrücken. Ich taumelte, fiel aber nicht hin. Ich spürte den salzigen Blutgeschmack auf der Zunge.

»Ich kann mich nicht einmal damit entschuldigen, daß mir bedauerlicherweise die Nerven durchgegangen seien«, sagte Jolly befriedigt. »Ich habe es absichtlich getan, mit bösem Vorbedacht. Und es hat mir außerdem Spaß gemacht.«

»Also war Kinnaird der Killer«, sagte ich langsam und mühsam. »Der Mann mit der Pistole.«

»Ich möchte nicht die ganze Ehre für mich in Anspruch nehmen, Herr Kamerad«, sagte Kinnaird bescheiden. »Sagen wir, daß wir sie fifty-fifty aufgeteilt haben.«

»Sie waren mit dem Abhörgerät losgezogen, um die Kapsel zu finden.« Ich nickte nachdenklich. »Deshalb haben Sie sich das Gesicht so arg erfroren.«

»Ich verirrte mich«, sagte Kinnaird. »Ich befürchtete schon, ich würde nie mehr zu der verdammten Station zurückfinden.«

»Jolly und Kinnaird«, murmelte Jeremy erstaunt. »Jolly und Kinnaird. Unsere Kameraden. Schmutziges Mördergesindel –«

»Mund halten!« befahl Jolly. »Kinnaird, machen Sie sich nicht die Mühe, unnütze Fragen zu beantworten. Zum Unterschied von Carpenter habe ich keine Freude daran, meinen *Modus operandi* zu erläutern und des langen und breiten zu erklären, wie schlau ich war. Wie Sie mit Recht feststellten, Carpenter, ich bin ein Mann der Tat. Kapitän Swanson, gehen Sie ans Telefon, rufen Sie in der Zentrale an, befehlen Sie, aufzutauchen und einen nördlichen Kurs zu steuern.«

»Sie werden ein wenig zu ehrgeizig, Jolly«, entgegnete Swanson gelassen. »Man kann nicht ein U-Boot stehlen.«

»Kinnaird«, sagte Jolly, »zielen Sie auf Hansens Magen. Ich zähle bis fünf, dann drücken Sie ab. Eins, zwei, drei –«

Swanson hob halb die Hand, zum Zeichen, daß er sich geschlagen gab, ging ans Wandtelefon, erteilte die nötigen Befehle, hängte ab und kehrte an meine Seite zurück. Ich betrachtete sämtliche Anwesenden der Reihe nach. Jolly, Hansen und Rawlings standen. Zabrinski saß abseits auf einem Stuhl, das vergessene Exemplar der *Dolphin Daze* auf den Knien, während die übrigen rund um den Tisch saßen, Kinnaird außerhalb ihrer Reichweite, die Pistole im sicheren Griff. Seine Hand zitterte nicht. Sie zitterte nicht im geringsten. Niemand schien geneigt, heroische Dummheiten zu machen. Die meisten waren viel zu verdattert, viel zu entsetzt, als daß sie überhaupt einer Überlegung fähig gewesen wären.

»Ein Atom-U-Boot zu stehlen, ist ein aufregender Gedanke – und würde zweifellos sehr einträglich sein, Kapitän Swanson«, sagte Jolly. »Aber ich kenne meine Grenzen. Nein, old Boy, wir werden Sie ganz einfach verlassen. Wenige Meilen von hier entfernt liegt ein Kriegsschiff mit einem Hubschrauber auf dem Achterdeck. Binnen kurzem, Herr Kapitän, werden Sie auf einer bestimmten Wellenlänge Ihre Position funken. Der Hubschrauber wird uns abholen. Und selbst wenn Ihre beschädigte Maschinerie die Belastung aushielte, würde ich Ihnen nicht raten, hinter dem Schiff herzujagen, um es zu torpedieren oder ähnliche theatralische Zicken zu machen. Ganz abgesehen davon, daß Sie nicht die Verantwortung dafür übernehmen möchten, einen Kernwaffenkrieg auszulösen, würden Sie uns ohnedies nicht einholen können. Sie werden das Schiff nicht einmal zu Gesicht bekommen, Herr Kapitän – und wenn auch, es würde ohnedies egal sein. Das Schiff führt keine Flagge.«

»Wo sind die Filme?« fragte ich.

»Sie sind bereits an Bord des Kriegsschiffs.«

»Wie? Was?« stieß Swanson hervor. »Wie in Dreiteufelsnamen ist denn das möglich?«

»Bedaure tiefstens, old Boy. Ich wiederhole, daß ich zum Unterschied von unserem braven Carpenter nicht herumlaufe und das Maul aufreiße. Ein Professional, lieber Herr Kapitän, erteilt niemals Auskunft über seine Methoden.«

»Ihr entgeht also eurer gerechten Strafe«, sagte ich erbittert. Meine Lippen waren verschwollen und taub.

»Ich wüßte nicht, was uns jetzt noch daran hindern sollte! Sehen Sie, es stimmt nicht immer, daß den Verbrecher die Nemesis ereilt.«

»Acht Tote«, sagte ich langsam. »Acht Menschen ermordet. Bringen Sie es wirklich fertig, hier vor uns zu stehen und munter zuzugeben, daß Sie acht Menschenleben auf dem Gewissen haben?«

»Munter?« wiederholte er nachdenklich. »Nein, nicht munter. Ich bin ein Professional, und der Professional begeht nie eine Gewalttat, wenn es nicht unerläßlich ist. Diesmal war es unerläßlich. Weiter nichts.«

»Nun verwenden Sie schon zum zweitenmal den Sportausdruck Professional«, sagte ich stirnrunzelnd. »In einem Punkt habe ich mich geirrt. Sie wurden nicht erst bestochen, nachdem die Mannschaft der ›Zebra‹ ausgewählt worden war. Sie spielen dieses Spiel schon lange – sonst würden Sie es nicht so gut beherrschen.«

»Seit fünfzehn Jahren, old Boy«, erwiderte Jolly gelassen. »Kinnaird und ich – wir waren das beste Team in ganz Großbritannien. Leider können wir in diesem schönen Land nichts mehr ausrichten. Aber ich stelle mir vor, daß man für unsere außerordentliche Begabung auch anderswo Verwendung haben wird.«

»Sie gestehen also alle diese Morde ein?« fragte ich ihn abermals.

Er sah mich kalt forschend an. »Eine verdammt merkwürdige Frage, Carpenter. Natürlich leugne ich nicht. Das habe ich bereits betont. Warum?«

»Und Sie, Kinnaird?«

Ein leiser Argwohn lag in seiner finsteren Miene. »Warum fragen Sie?«

»Beantworten Sie meine Frage – dann werde ich Ihre Frage beantworten.«

»Sie wissen genau, was ich getan habe, Herr Kamerad«, sagte Kinnaird in eiskaltem Ton.

»Dann ist es soweit. In Anwesenheit von nicht weniger als zwölf Zeugen habt ihr beide ein Mordgeständnis abgelegt. Das hättet ihr nicht tun dürfen. Ich will Ihre Frage beantworten, Kinnaird. Ich wollte ein mündliches Geständnis hören, weil wir, abgesehen von einem Stück Aluminiumfolie und einem Detail, das ich gleich erwähnen werde, gegen keinen von euch faktische Beweise besitzen. Jetzt aber liegen eure Geständnisse vor. Leider wird man eure hervorragenden Gaben nicht mehr verwenden können. Den Hubschrauber oder das Kriegsschiff werdet ihr in diesem Leben nicht zu sehen bekommen. Ihr werdet beide am Galgen baumeln.«

»Was ist das für dummes Zeug?« sagte Jolly verächtlich. Aber hinter der Verachtung steckte Besorgnis. »Was für einen verzweifelten Bluff wollen Sie uns in allerletzter Minute auftischen, Carpenter?«

Ich ignorierte seine Frage.

Ich sagte: »Auch Ihrem Freund Kinnaird, lieber Jolly, bin ich schon seit sechzig Stunden auf der Spur. Aber ich mußte diesen Weg gehen. Ohne euch scheinbar den Sieg in die Hände zu spielen, hätte ich nie ein Geständnis erreicht. Jetzt aber habt ihr gestanden.«

»Fallen Sie ihm nicht drauf 'rein!« sagte Jolly zu Kinnaird. »Es ist in Wirklichkeit weiter nichts als ein desperater Bluff. Er hat doch nie geahnt, daß Sie etwas mit der Sache zu tun haben könnten.«

»Als ich wußte, daß Sie ein Mörder sind«, sagte ich zu Jolly, »da war ich fast restlos davon überzeugt, Kinnaird müsse Ihr Komplice sein. Ihr habt in derselben Hütte geschlafen. Kinnaird mußte mitgemacht haben – sofern er nicht zusammengehauen oder betäubt worden war. Beides war nicht der Fall. Er hat mitgemacht. Als Naseby in den Funkraum gelaufen kam, um euch zu warnen, war die Tür keineswegs verklemmt – ihr beide habt euch mit eurem vollen Gewicht dagegengestemmt, um den Eindruck zu erwecken, daß sie seit Stunden geschlossen gewesen sei und daß sich die übliche Eiskruste gebildet habe...

Ebenso mußte Grant, der Zweite Funker, entweder ein Komplice sein – oder man hatte ihn zum Schweigen gebracht. Er war kein Komplice. Man hat ihm den Mund gestopft. Nachdem ich euch beiden auf die Schliche gekommen war, sah ich mir Grant näher an. Ich und Rawlings, wir gingen hin und holten die Leiche aus ihrem Grab hervor. Ich entdeckte im Nacken des Toten eine große, dicke Beule. Er hatte euch bei irgendeiner Sauerei ertappt, oder er war aufgewacht, als eure Pistolenschüsse knallten, und da wurde er zusammengehauen. Ihr habt euch nicht erst die Mühe gemacht, ihn zu killen, es wäre nicht nötig gewesen, da ihr ohnedies vorhattet, die Hütte in Brand zu stecken und ihn in den Flammen umkommen zu lassen. Aber ihr habt nicht damit gerechnet, daß Kapitän Folsom in die brennende Hütte eindringen und ihn herausholen würde – einen lebenden Grant...

Das war für Sie außerordentlich peinlich, Jolly, verdammt peinlich, nein? Freilich war er bewußtlos, aber falls er zu sich gekommen wäre, wäre alles aufgeflogen. Was tun? Das Logis war voller Menschen, viele litten arge Schmerzen, daß sie nicht schlafen konnten. Als wir auf dem Schauplatz erschienen, gerieten Sie in Panik. Es sah so aus, als würde Grant aus seiner Bewußtlosigkeit erwachen. Sie nahmen das Risiko auf sich – aber es war nicht allzu groß. Erinnern Sie sich, wie sehr ich mich darüber wunderte, daß Sie mein gesamtes Morphium verbraucht hatten? Na ja, damals hat es mich gewundert. Heute nicht mehr. Heute weiß ich, was aus dem Morphium geworden war. Sie hatten Grant eine Spritze gegeben und entschieden dafür gesorgt, daß es eine tödliche Dosis war. Habe ich recht?«

»Sie sind schlauer, als ich gedacht hätte«, sagte er seelenruhig. »Vielleicht habe ich Sie nicht ganz richtig eingeschätzt. Aber das spielt nach wie vor keine Rolle, old Boy.«

»Wer weiß... Wenn ich schon seit langem über Kinnaird Bescheid weiß – was glauben Sie, warum ich es darauf ankommen ließ, daß Sie den Spieß umkehrten und mir – scheinbar – in die Parade fuhren?«

»Scheinbar ist nicht das geeignete Wort. Und Ihre Frage ist leicht zu beantworten. Sie wußten nicht, daß Kinnaird bewaffnet war.«

»Nein?« Ich sah Kinnaird an. »Sind Sie sicher, daß die Knarre funktioniert?«

»Kommen Sie mir nicht mit diesen ollen Kamellen, Herr Kamerad«, sagte Kinnaird verächtlich.

»Es ist mir nur so durch den Kopf geschossen«, sagte ich bescheiden. »Ich dachte, das Benzin im Tank des Traktors könnte das Schmieröl aufgezehrt haben.«

Jolly trat dicht an mich heran, die Züge straff und kalt. »Das wußten Sie? Was geht hier vor, Carpenter?«

»Eigentlich war es Kapitän Swanson, der die Waffe im Traktortank entdeckte«, sagte ich. »Ihr mußtet sie dort zurücklassen, weil ihr wußtet, ihr würdet alle miteinander an Bord gründlich untersucht und geschrubbt werden. Man hätte die Waffe bei euch gefunden. Aber ein Mörder – ein Berufsmörder, Jolly, ein Professional – wird sich nie von seiner Waffe trennen, sofern er nicht dazu gezwungen ist. Ich wußte, wenn auch nur die geringste Chance winkte, würdet ihr hinlaufen. Deshalb habe ich sie wieder in den Tank getan.«

»Was, zum Donnerwetter...!« Noch nie hatte ich Swanson so ärgerlich gesehen. Oder beinahe ärgerlich. »Sie haben ganz vergessen, es mir mitzuteilen, ja?«

»Offenbar. Das geschah, nachdem ich Ihnen auf die Schliche gekommen war, Jolly. Ich war nicht felsenfest davon überzeugt, daß Sie einen Komplicen haben, aber ich wußte, wenn ja, dann mußte es Kinnaird sein. Deshalb legte ich mitten in der Nacht die Pistole wieder in den Tank und paßte gut auf, daß Sie, Jolly, keine Gelegenheit hatten, sich unbemerkt dem Traktorschuppen zu nähern. Aber am nächsten Morgen, als alle unterwegs waren, um frische Luft zu schöpfen, verschwand die Waffe. Da wußte ich, daß Sie einen Komplicen hatten...

Der eigentliche Grund aber, warum ich euch die Pistole wieder hinlegte, war natürlich ein anderer: Ohne die Pistole wäret ihr nie mit der Sprache herausgerückt. Jetzt aber habt ihr gestanden, und alles ist unter Dach und Fach. Werfen Sie die Pistole weg, Kinnaird.«

»Ich fürchte, Ihr Bluff ist verpufft, Herr Kamerad.« Der Pistolenlauf zielte mir ins Gesicht.

»Ihre letzte Chance, Kinnaird! Bitte, hören Sie gut zu. Weg mit der Pistole, oder Sie werden binnen zwanzig Sekunden dringend einen Arzt brauchen.«

Er gestattete sich eine kurze, im Druck nicht wiederzugebende Äußerung.

Ich sagte: »Sie haben es auszubaden... Rawlings, Sie wissen, was Sie zu tun haben.«

Alle Blicke wanderten zu Rawlings, der nachlässig an der Wand lehnte, die Hände leger verschränkt. Auch Kinnaird sah hin, und der Lauf der Mauser folgte der Richtung seines Blicks.

Ein Knall, der scharfe, harte Knall einer Mannlicher-Schoenauer. Kinnaird stieß einen Schrei aus. Die Mauser entfiel seiner zerschmetterten Hand. Zabrinski, in der einen Hand meine Pistole, in der anderen das Exemplar der *Dolphin Daze*, wandte sich an mich.

»War es recht so, Herr Doktor?«

»Genau, Zabrinski. Vielen Dank. Erstklassige Arbeit.«

»Erstklassige Arbeit!« sagte Rawlings und schnaubte durch die Nase. Er hob die Mauser auf, zielte in Jollys Richtung. »Auf eine Entfernung von anderthalb Metern kann nicht einmal ein Zabrinski sein Ziel verfehlen.« Er griff in die Tasche, zog eine Rolle Verbandzeug hervor und warf sie Jolly zu. »Wir dachten uns gleich, wir würden es brauchen, also haben wir uns drauf vorbereitet. Doktor Carpenter war der Meinung, Ihr Kumpel würde einen Arzt brauchen. Er hat recht behalten. Sie sind Arzt. Legen Sie los.«

»Mach's selber...«, knurrte Jolly. Kein ›Old Boy‹ mehr. Die Bonhomie war dahin, für immer dahin.

Rawlings sah Swanson an und sagte, ohne eine Miene zu verziehen: »Ist es gestattet, Doktor Jolly mit dem Pistölchen eins auf den Kopf zu hauen, Sir?«

»Es ist gestattet«, erwiderte Swanson finster. Aber weiteres Zureden erübrigte sich. Mit einem Fluch begann Jolly die Verpackung der Bandagenrolle abzureißen.

Fast eine Minute lang herrschte tiefe Stille, während wir Jolly zusahen, wie er Kinnairds Hand auf eine hastige und keineswegs sanfte Art reparierte. Dann sagte Swanson langsam: »Ich verstehe noch immer nicht, wie, zum Donnerwetter, Jolly den Film losgeworden ist.«

»Sehr einfach. Zehn Minuten nachdenken, dann haben Sie es heraus. Sie warteten, bis wir unter dem Packeis hervorgetaucht waren, steckten sodann die Filme in einen wasserdichten Beutel, befestigten an dem Beutel einen mit gelber Farbe gefüllten Schwimmer und pumpten ihn durch die Müllrutsche über Bord. Vergessen Sie nicht, sie hatten einen Rundgang durchs Boot unternommen und sich alles angesehen – obwohl ihnen wahrscheinlich die Weisung durch einen Marinefachmann zugefunkt worden war. Heute frühmorgens hatte ich Rawlings gebeten, aufzupassen, und er sah gegen halb fünf Kinnaird in die Kombüse gehen. Vielleicht wollte er sich ein Schinkenbrot zu Gemüte führen, was weiß denn ich? Aber Rawlings sah, daß er den Beutel und den Schwimmer bei sich hatte, als er hineinschlich, und leere Hände, als er wieder herauskam. Der Beutel würde an die Oberfläche emporsteigen und der Schwimmer Tausende von Quadratmetern gelb färben. Das Kriegsschiff hatte natürlich unsere kürzeste Route von der Zebra nach Schottland errechnet und war nur wenige Meilen von der Stelle entfernt, an der wir das Packeis verließen. Wahrscheinlich würde man auch ohne Hubschrauber den Beutel gefunden haben, aber mit dem Heuhupfer war es todsicher...

Übrigens habe ich mich nicht ganz korrekt ausgedrückt, als ich sagte, der Grund, warum Jolly uns aufhalten wollte, sei mir nicht bekannt. Ich wußte es von Anfang an. Man hatte ihm mitgeteilt, das Schiff könne seinen Standort erst dann und dann erreichen, deshalb sei es von entscheidender Wichtigkeit, unsere Rückfahrt zu verzögern. Jolly besaß sogar die Frechheit, sich bei mir zu erkundigen, wann wir das Packeis hinter uns haben würden.«

Jolly blickte von Kinnairds Hand auf. Sein Gesicht war zu einer Maske der Bosheit verzerrt.

»Sie haben die Partie gewonnen, Carpenter. Na schön. Aber der Haupttrumpf – das einzige, worauf es ankommt – ist Ihnen entwischt. Meine Freunde besitzen den Film, auf dem, wie Sie sagten, fast sämtliche Raketenabschußrampen der Vereinigten Staaten zu sehen sind. Nur darauf kam es an. Nicht für zehn Millionen Pfund wäre diese Information käuflich zu erwerben. Wir aber haben sie uns beschafft.« Er fletschte die Zähne mit einem Raubtierlächeln. »Persönlich mögen wir den kürzeren gezogen haben, Carpenter, aber wir sind eben Professionals: Unsere Aufgabe haben wir durchgeführt.«

»Ja, allerdings – Ihre Freunde sind im Besitz der Filme«, sagte ich. »Und ich würde ein Jahreseinkommen dafür geben, wenn ich die Gesichter der Leute sehen könnte, die sie entwickeln. Der Hauptgrund, warum Sie Benson und mich außer Gefecht setzen wollten, war nicht nur Ihr Wunsch, in bezug auf Boltons Gesundheitszustand das letzte Wort zu behalten und dadurch unsere Abfahrt hinauszuschieben. Vor allem und in erster Linie kam es Ihnen darauf an, der einzige Arzt an Bord zu sein, damit kein anderer als Sie in der Lage sein würde, Zabrinskis Fußgelenk zu röntgen und den Gipsverband zu entfernen. Daran hing buchstäblich alles: Im Grund spielte der Rest überhaupt keine Rolle mehr. Deshalb versuchten Sie auf eine so überaus riskante Weise, mich auszuschalten, nachdem Sie mich hatten sagen hören, ich beabsichtige am nächsten Morgen Zabrinskis Knöchel zu röntgen. Sie hatten Glück...

Auf jeden Fall entfernten Sie am darauffolgenden Morgen den Gipsverband und zugleich mit dem Verband auch die Filme, die Sie in Ölbatist eingewickelt und dort versteckt hatten, als Sie am Abend unserer Ankunft im Lager Zabrinskis den Gipsverband anlegten. Ein perfektes Versteck...

Zu Ihrem und Ihrer Freunde Unglück hatte ich in der Nacht zuvor den ursprünglichen Gipsverband entfernt, die Filme aus dem Ölpapier herausgeholt und durch andere ersetzt. Übrigens ist das das zweite Beweisstück, das ich besitze. Auf den gelochten Rändern der Satellitenfilme sind deutlich Fingerabdrücke zu sehen – sie stammen von Ihnen und von Kinnaird. Zusammen mit der salzbestreuten Aluminiumfolie und dem freiwillig vor Zeugen abgelegten Geständnis verbürgt das euch beiden den moralischen Gang zum Galgen. Strick und Niederlage, Jolly! Sie haben gepfuscht, Jolly. Ihre Freunde werden die Filme nie zu sehen bekommen.«

Mit aufgerissenen Lippen lautlose Worte formend, das Gesicht eine Wahnsinnsfratze, stürzte sich Jolly auf mich, unbekümmert um die beiden Pistolen. Er hatte zwei Schritte getan, nur zwei Schritte, da traf ihn Rawlings Waffe nicht sehr sanft an der

Schläfe. Er fiel krachend zu Boden, als wäre die Brooklyn-Bridge über ihm eingestürzt. Rawlings musterte ihn gleichmütig.

»Noch nie hat mich mein Tagewerk tiefer befriedigt«, sagte er im Gesprächston. »Wenn man vielleicht von den Fotos absieht, die ich mit Doktor Bensons Kamera geknipst habe, damit unser Doktor Carpenter Negative bekam, die er ins Ölpapier legen konnte...«

»Was für Fotos?« fragte Swanson neugierig.

Rawlings griente vor Vergnügen. »Alle die Schönheiten in Doktor Bensons Krankenstube – Yogi-Bär, Donald Duck, Pluto, Popeye, Schneewittchen und die sieben Zwerge – bitte, nur zu bestellen, wir haben alles auf Lager. Jedes einzelne ein garantiertes Kunstwerk – in prächtigem Technicolor.« Er lächelte ein verzücktes Lächeln. »Ich würde genauso gern wie unser Doktor Carpenter ein Jahreseinkommen opfern, um ihre Gesichter zu sehen, wenn sie daran gehen, diese Negative zu entwickeln.«

Circus

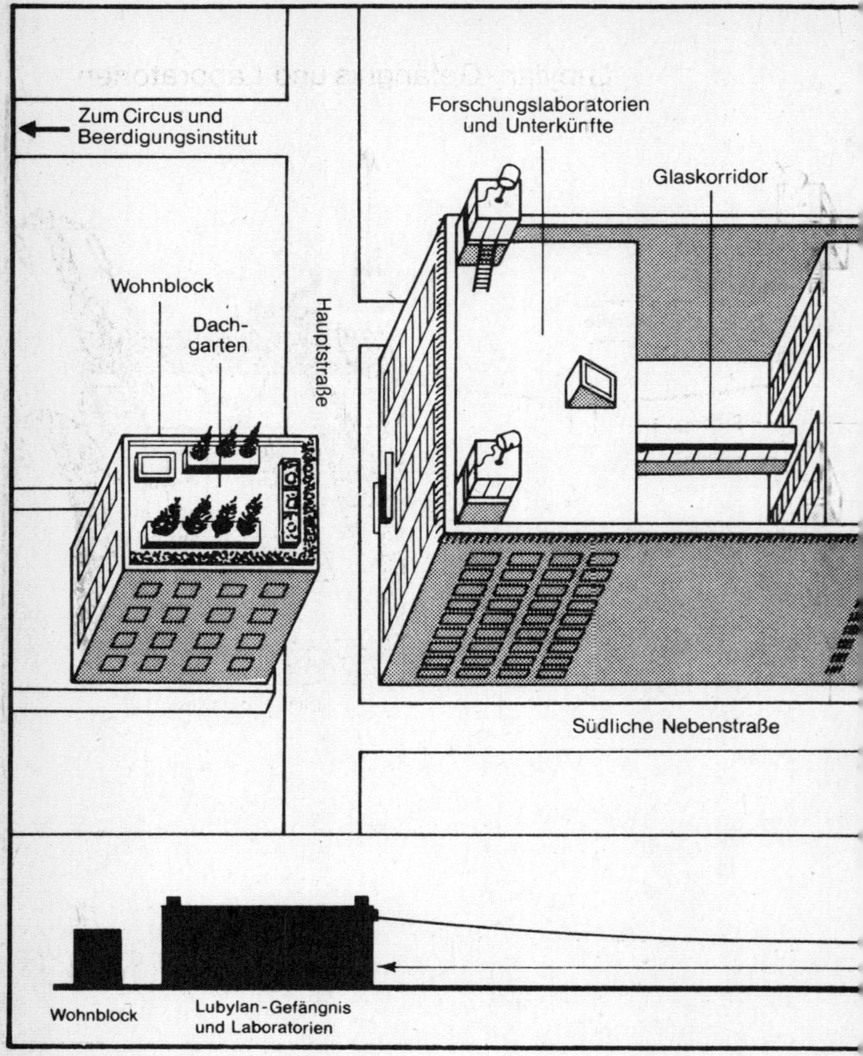

Zum Circus und
Beerdigungsinstitut
Forschungslaboratorien
und Unterkünfte
Glaskorridor
Wohnblock
Dach-
garten
Hauptstraße
Südliche Nebenstraße
Wohnblock
Lubylan-Gefängnis
und Laboratorien

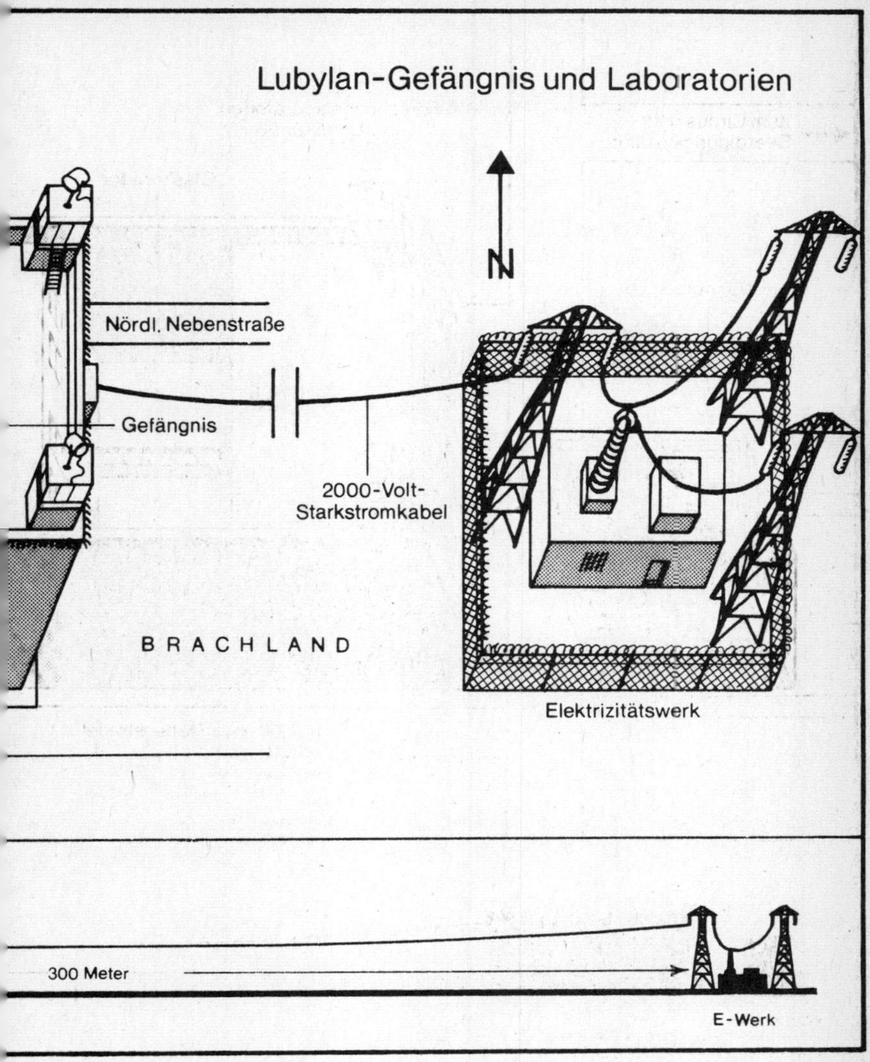

Lubylan-Gefängnis und Laboratorien
N
Nördl. Nebenstraße
Gefängnis
2000-Volt-
Starkstromkabel
BRACHLAND
Elektrizitätswerk
300 Meter
E-Werk

Für Juan Ignacio

1

»Kein echter Colonel könnte echter aussehen als Sie«, sagte Pilgrim. »Fabelhaft, mein lieber Fawcett, wirklich ganz fabelhaft!«

Pilgrim war der Urenkel eines adligen Mitglieds des Oberhauses im britischen Parlament, und das sah man ihm an. Sowohl seine Kleidung als auch sein Tonfall waren leicht affektiert und eindeutig ›edwardianisch‹. Unwillkürlich suchte man bei ihm ein Monokel und die alte Eton-Krawatte. Seine hervorragend geschnittenen Anzüge stammten aus der Savile Row, seine Hemden von Turnbull und Asser, und seine beiden Pistolen, deren Preis von viertausend Dollar er als ausgesprochen niedrig betrachtete, selbstverständlich von Purdeys im Westend. Seine Schuhe waren unpatriotischerweise römische Handarbeit. Er hätte ohne jede Probe die Rolle des Sherlock Holmes spielen können.

Fawcett reagierte nicht auf Kritik oder Lob, die seine zurückhaltend elegante Kleidung betrafen – seine Gesichtsmuskeln verzogen sich überhaupt kaum jemals, vielleicht deshalb, weil sein faltenloses Gesicht so dick war, daß es aufdringlich an einen Vollmond erinnerte. Er trug stets einen etwas verwirrten Ausdruck zur Schau, und es gab eine große Anzahl von Leuten, die sich mit verständlicher Verbitterung beklagten, daß Fawcett einen so trügerischen Eindruck vermittelte, daß man es schon als unmoralisch bezeichnen konnte.

Mit halbgeschlossenen Augen, die zwischen den Speckwülsten kaum zu sehen waren, sah Fawcett sich in der Bibliothek um, deren Wände mit Leder bespannt waren, und machte schließlich bei dem knisternden Kaminfeuer halt. Sehnsüchtig sagte er: »Es wäre zu wünschen, daß die Beförderungen beim CIA ebenso spektakulär und schnell vonstatten gingen wie in meinem speziellen Fall.«

»Ein schöner Traum, mein Junge.« Pilgrim war mindestens fünf Jahre jünger als Fawcett. Sein Blick wanderte zu seinen römischen Schuhen hinunter und ruhte eine Weile wohlgefällig darauf, aber dann wandte Pilgrim seine Aufmerksamkeit der eindrucksvollen Sammlung von Orden zu, die Fawcetts breite Brust schmückte. »Ich sehe, Sie haben sich die Verdienstmedaille verliehen.«

»Ich fand, sie paßt zu mir.«

»Ziemlich. Was ist eigentlich mit diesem Genie, das Sie da aufgetrieben haben. Bruno heißt er, nicht wahr?«

»Ich habe ihn überhaupt nicht aufgetrieben. Das war Smithers. Bei seinem letzten Europa-Aufenthalt. Er ist ein leidenschaftlicher Circusgänger.«

»Ziemlich.« Pilgrim schien eine Vorliebe für dieses Wort zu haben. »Man sollte annehmen, daß Bruno einen Nachnamen hat.«

»Wildermann. Aber er benutzt ihn weder beruflich noch privat.«

»Warum nicht?«

»Ich weiß es nicht. Ich habe noch nie mit ihm gesprochen. Und Smithers hat ihn wahrscheinlich auch nicht gefragt. Würden Sie die Callas oder Liberace vielleicht nach ihren vollständigen Namen fragen?«

»Sie nennen diesen Bruno in einem Atemzug mit so bedeutenden Leuten?«

»Soviel ich weiß, wird er in Circuskreisen als viel bedeutender angesehen als diese bedeutenden Leute.«

Pilgrim nahm ein paar beschriebene Seiten vom Tisch und warf einen kurzen Blick darauf. »Er spricht die Sprache fließend.«

»Er ist ja auch dort aufgewachsen.«

»Und anerkanntermaßen der größte Luftakrobat der Welt.« Pilgrim war nicht leicht aus dem Konzept zu bringen. »Ein waghalsiger junger Mann mit dem fliegenden Trapez? So was in der Art, ja?«

»Ja, das auch. Aber in erster Linie Hochseilartist.«

»Der beste der Welt?«

»Seine Kollegen sind jedenfalls einhellig dieser Meinung.«

»Wenn Ihre Informationen über seine Arbeitsbedingungen in Crau richtig sind, dann sollte er es schon in seinem eigenen Interesse auch sein. Wie ich sehe, behauptet er von sich, ein Experte in Karate und Judo zu sein.«

»Er hat niemals etwas Derartiges von sich behauptet. Ich behaupte es von ihm – besser gesagt, Smithers tut es, und wie Sie wissen, ist Smithers seinerseits ein ausgesprochener Experte auf diesen Gebieten. Er beobachtete Bruno heute früh bei einer Übungsstunde im Samurai-Club. Der Lehrer dort hat den schwarzen Gürtel – bei Judo ist das die höchste Auszeichnung. Als Bruno mit ihm fertig war ... nun, wenn ich richtig verstanden habe, war der Lehrer sowohl physisch als auch psychisch am Boden zerstört. Smithers sagte, er habe Bruno nicht beim Karate zusehen können, wie er den Leuten Hiebe und Schläge versetzt, und habe auch nicht den Wunsch, es noch nachzuholen.«

»Und laut seinem Dossier ist er außerdem auch noch ein Mentalist.« Pilgrim legte in bester Sherlock-Holmes-Manier die Fingerspitzen aneinander. »Gut für Bruno. Was, zum Teufel, ist ein Mentalist?«

»Jemand, der Kunststücke mit seinem Verstand vorführt.«

Pilgrim kämpfte um seine Beherrschung. »Muß man als Luftakrobat ein Intellektueller sein?«

»Ich weiß noch nicht einmal, ob man dazu *intelligent* sein muß. Das ist auch nicht der springende Punkt. Fast jeder Circuskünstler kann außer seiner speziellen Nummer noch ein oder zwei Dinge, die er nebenher tut. Manche betätigen sich schlicht als Hilfskräfte – es sind immer wieder Berge von Ausrüstungsgegenständen herumzuschleppen. Andere arbeiten als Unterhalter, als Entertainer. Bruno ist einer davon. Zum Circus gehört auch eine Art Jahrmarkt, der dazu dient, die ankommenden Circusbesucher von ihrem überflüssigen Kleingeld zu befreien. Bruno tritt in einem winzigen Theater auf – einer zusammenklappbaren Holzhütte. Er liest Gedanken, sagt Ihnen den Vornamen Ihres Urgroßvaters, die Nummern der Dollarnoten in Ihrer Tasche und was auf einem Blatt Papier gemalt oder geschrieben ist, das in einem zugeklebten Briefumschlag steckt. Dinge dieser Art eben.«

»Das ist doch nichts Neues. Diesen Hokuspokus zeigt jeder geübte Zauberkünstler auf der Bühne.«

»Kann schon sein. Aber es heißt, daß er Dinge tun kann, für die es keine rationale Erklärung gibt und die seine Konkurrenten vergeblich nachzumachen versucht haben. Aber was uns am meisten interessiert, ist sein fotografisches Gedächtnis. Wenn man ihm eine Doppelseite vom Time-Magazin gibt, schaut er sie sich ein paar Sekunden an, gibt sie zurück und fordert einen auf, ihn nach einem beliebigen Wort von einer der beiden Seiten zu fragen. Und wenn man ihm sagt, man wüßte gern, welches Wort das dritte in der dritten Zeile der dritten Spalte auf der rechten Seite ist, und er sagt zum Beispiel ›Kongreß‹, dann können Sie sicher sein, daß dort tatsächlich ›Kongreß‹ steht. Und er macht dieses Kunststück in jeder beliebigen Sprache – er muß sie gar nicht verstehen.«

»Das muß ich sehen. Übrigens, wenn er ein solches Genie auf diesem Gebiet ist, weshalb konzentriert er sich dann nicht ausschließlich auf diese Darbietungen? Ich bin sicher, daß er damit bedeutend mehr Geld verdienen könnte als mit seinen halsbrecherischen Purzelbäumen zwischen Himmel und Erde.«

»Vielleicht. Ich weiß es nicht. Laut Smithers ist seine Gage nicht gerade schäbig. Er ist der größte Star im größten Circus der Welt. Aber das ist sicherlich nicht der entscheidende Grund für ihn. Er ist der Chef eines Trios von Luftakrobaten, das sich ›Die blinden Adler‹ nennt, und ohne ihn wären die beiden anderen aufgeschmissen. Ich nehme nicht an, daß sie ebenfalls Mentalisten sind.«

»Also, ich weiß nicht recht. Wir können uns in unserem Beruf keine übertriebene Sentimentalität und Loyalität leisten.«

»Sentimentalität – nein. Loyalität – uns gegenüber – ja. Anderen gegenüber auch, ja – wenn es sich dabei um die beiden jüngeren Brüder handelt.«

»Also ein Familientrio?«

»Ich dachte, Sie wüßten es.«

Pilgrim schüttelte den Kopf. »Und sie nennen sich ›Die blinden Adler‹?«

»Ja. Und laut Smithers ist das eine durchaus zutreffende Bezeichnung. Sie arbeiten zwar nicht gerade in tiefhängenden Wolken, aber sie sind auch nicht direkt erdgebunden. Beim Hochschwingen des Trapezes sind sie vierundzwanzig Meter über dem Boden. Und ob man aus einer Höhe von vierundzwanzig Metern oder aus einer Höhe von zweihundertvierzig Metern herunterstürzt – die Chancen, sich den Hals zu brechen, ganz zu schweigen von den ungefähr zweihundert Knochen, die der Mensch hat, sind ungefähr gleich. Vor allem, wenn einem die Augen verbunden sind und man nicht weiß, wo oben und unten ist.«

»Sie wollen doch nicht etwa behaupten...«

»Wenn sie von einem Trapez zum anderen wechseln, tragen sie schwarze, glänzende Baumwollhandschuhe. Die Leute denken, daß in diesen Handschuhen möglicherweise raffinierte elektronische Vorrichtungen versteckt sind, wie zum Beispiel negative und positive Pole. Aber das ist ein Irrtum. Sie tragen diese nur, um nicht so leicht abzurutschen. Sie haben nicht die geringsten Anhaltspunkte. Die Kapuzen, die sie tragen, sind vollkommen undurchsichtig, aber sie greifen nie daneben – sonst wäre den ›Blinden Adlern‹ ja auch nur ein kurzer Ruhm beschieden. Ich nehme an, das Ganze steht und fällt mit Brunos ungewöhnlichen geistigen Fähigkeiten, und deshalb ist er wohl auch der Fänger.«

»Diesen Herrn muß ich mir wirklich ansehen!«

»Das ist kein Problem. Das läßt sich gleich auf dem Hinweg machen.« Fawcett warf einen Blick auf seine Uhr. »Wir können gleich losfahren. Mr. Wrinfield erwartet uns?« Pilgrim nickte schweigend. Ein Mundwinkel Fawcetts zuckte – das war seine Form des Lächelns. »Kommen Sie, John«, sagte er. »Alle Circusbesucher sind im Grunde ihres Herzens glückliche Kinder. Sie aber sehen nicht besonders glücklich aus.«

»Ich bin es auch nicht. Für diesen Circus arbeiten Angehörige von fünfundzwanzig verschiedenen Nationen, von denen mindestens acht in Mittel- oder Osteuropa liegen. Woher soll ich wissen, daß es unter ihnen nicht einen gibt, der mich nicht ausstehen kann und ein Bild von mir in seiner Hosentasche mit sich herumträgt? Vielleicht sind es aber auch ein halbes Dutzend, die eine Fotografie von mir in der Tasche haben?«

»Das ist der Preis des Ruhmes. Aber Sie könnten sich ja auch verkleiden.« Fawcett ließ seinen Blick über seine Colonelsuniform gleiten. »Vielleicht als Lieutenant-Colonel?«

Sie fuhren mit einem unauffälligen Dienstwagen in die Innenstadt Washingtons. Pilgrim und Fawcett saßen im Fond, und vorn neben dem Fahrer saß noch ein vierter Mann. Dieser vierte Mann war ein unscheinbarer Mensch mit spärlichem, grauem Haar, einem Regenmantel und einem völlig nichtssagenden Gesicht. Pilgrim wandte sich an ihn: »Vergessen Sie nicht, Masters: Sie müssen unbedingt als erster auf der Bühne sein!«

»Ich werde als erster oben sein, Sir.«

»Haben Sie sich schon für ein Wort entschieden?«

»Ja, Sir: Kanada.«

Es dämmerte bereits, und vor ihnen erhob sich – nur undeutlich sichtbar durch den dichten Schleier des stetig fallenden Nieselregens – ein hohes, ovales Gebäude, das mit Hunderten von Lämpchen erleuchtet war, die nach einem bestimmten Schema an- und ausgingen. Fawcett tippte dem Fahrer auf die Schulter, der Wagen hielt, und ohne ein Wort stieg Masters mit einer zusammengerollten Zeitung unter dem Arm aus und verschwand in der Menge. Er schien dazu geboren zu sein, spurlos in jeder Menge zu verschwinden. Der Wagen rollte wieder an und hielt erst endgültig, als er so nah wie möglich an den Eingang des Gebäudes herangefahren war. Pilgrim und Fawcett stiegen aus.

Der breite Gang führte direkt zum Haupteingang des Zeltes – wobei ›Zelt‹ eine falsche Bezeichnung war, denn die Tage der großartigen Stoffkonstruktionen waren, wenigstens was die großen Circusse betraf, längst vorüber. Statt dessen benutzten sie Ausstellungshallen und große Säle, von denen nur ein paar weniger als zehntausend Plätze und viele bedeutend mehr hatten. Ein Circus wie dieser brauchte pro Vorstellung mindestens siebentausend Besucher, um kein Minus zu machen.

Rechts von dem Durchgang lag ein Teil des echten Circuslebens: die fauchenden, großen Katzen in ihren Käfigen, die sich ruhelos hin und her wiegenden Elefanten, die Pferde und Ponys und Schimpansen, ein paar Jongleure, die ihre Nummer probten – ein erstklassiger Jongleur braucht genausoviel und genauso regelmäßiges Training wie ein Konzertpianist –, und vor allem der unverkennbare und unvergeßliche Geruch. Im Hintergrund lagen die transportablen Büros und dahinter Reihen von Umkleidekabinen für die Künstler. Und ihnen gegenüber, weit entfernt und in einer Biegung, um dem Publikum so wenig Einblick wie möglich in die Vorgänge hinter den Kulissen zu bieten, lag der große Eingang zur Manege.

Links von dem Durchgang hörte man Musik, und es waren nicht gerade die New Yorker Philharmoniker, die hier eine Vorstellung gaben. Die Musik – wenn man sie überhaupt so bezeichnen wollte – war mißtönend blechern, atonal, schmerzhaft laut und hätte unter anderen Umständen ganz sicher als Zumutung bezeichnet werden können. Aber in diesem Milieu wäre eine andere Art Musik undenkbar gewesen. Pilgrim und Fawcett gingen durch eine der Türen, die zu dem Platz führten, auf dem sich der kleine Jahrmarkt abspielte. Es war zwar nur ein kleiner Platz, aber was ihm an Größe fehlte, machte er durch die Anzahl der aufgebauten Stände wieder wett. Er unterschied sich kaum von anderen Jahrmärkten – abgesehen von einer grellbunt bemalten Bretterbude in einer Ecke. Und auf diese steuerten Pilgrim und Fawcett zu, ohne die anderen Attraktionen auch nur eines Blickes zu würdigen.

Über dem Eingang stand schlicht: ›Der Große Mentalist.‹ Die beiden Männer bezahlten je ihren Dollar Eintritt, betraten die Hütte und blieben diskret im Hintergrund stehen. Es wäre ihnen auch gar nichts anderes übriggeblieben, denn der kleine Raum war gerammelt voll – der Ruhm war dem Großen Mentalisten zweifellos vorausgeeilt.

Auf der winzigen Bühne stand Bruno Wildermann. Er war kaum mehr als durchschnittlich groß und kaum mehr als durchschnittlich breitschultrig, aber man sah nicht viel von seiner Figur, denn er war vom Hals bis zu den Füßen in einen voluminösen chinesischen Mandarinmantel mit riesigen weiten Ärmeln gehüllt. Sein Gesicht unter den langen schwarzen Haaren machte einen sehr intelligenten Eindruck, aber es war ein eher hübsches als bemerkenswertes Gesicht – wenn er einem auf der Straße begegnet wäre, hätte man sich auf keinen Fall nach ihm umgedreht.

Pilgrim sagte kaum hörbar: »Schauen Sie sich diese Ärmel an. Da drin könnte man eine ganze Kaninchenfamilie verstecken.«

Aber Bruno hatte nicht die Absicht, irgendwelche derartige Zaubertricks vorzuführen, sondern beschränkte sich ausschließlich auf seine Rolle als Mentalist. Er hatte eine tiefe, volle Stimme mit einem so leichten ausländischen Akzent, daß es einem nicht möglich war, seine Herkunft daraus abzuleiten.

Er bat eine Frau aus dem Publikum, an irgendeinen Gegenstand zu denken und ihn dann ihrer Nachbarin zuzuflüstern. Ohne zu zögern verkündete Bruno, um welchen Gegenstand es sich handelte und erhielt umgehend die Bestätigung.

»Fauler Zauber«, sagte Pilgrim.

Bruno bat drei Freiwillige auf die Bühne. Nach einigem Zögern stiegen drei Frauen zu ihm hinauf. Bruno setzte alle drei an einen Tisch, gab jeder von ihnen ein Blatt Papier und einen passenden Briefumschlag und bat sie, irgendein leichtes Symbol auf das Papier zu zeichnen und es dann in den Umschlag zu stecken. Während sie dies taten, stand Bruno mit dem Rücken zu ihnen und blickte ins Publikum. Als sie fertig waren, drehte er sich um und betrachtete mit den Händen auf dem Rücken aufmerksam die drei Kuverts. Und nach ein paar Sekunden sagte er: »Auf dem ersten Blatt ist ein Hakenkreuz, auf dem zweiten ein Fragezeichen und auf dem dritten ein Quadrat mit zwei Diagonalen. Würden Sie die Blätter jetzt bitte dem Publikum zeigen?«

Die drei Frauen nahmen ihre Zeichnungen aus den Umschlägen und hielten sie so, daß das Publikum sie sehen konnte. Überflüssig zu sagen, daß Bruno sich nicht geirrt hatte.

Fawcett beugte sich zu Pilgrim hinüber und fragte: »Dreimal fauler Zauber?«

Pilgrim sah ihn nur nachdenklich an und schwieg.

Bruno sagte: »Es ist Ihnen vielleicht der Gedanke gekommen, daß ich unter den Zuschauern Mitarbeiter habe. Nun, Sie können unmöglich alle meine Mitarbeiter sein, sonst hätten Sie sich nämlich nicht die Mühe gemacht, hierherzukommen, selbst wenn ich es mir leisten könnte, Sie alle zu bezahlen, was ich nicht kann. Aber ich werde jetzt etwas tun, was hoffentlich jeden Verdacht zerstreut.« Er nahm einen Papierflieger und sagte: »Ich werde dieses Ding jetzt in den Zuschauerraum werfen, und wenn ich auch eine ganze Menge kann, so bin ich doch außerstande, den Flug eines Papierflugzeuges zu steuern. Das könnte niemand. Vielleicht ist derjenige, den es trifft, so nett, auf die Bühne zu kommen.«

Er warf den Papierflieger in den Zuschauerraum. Dieser torkelte durch die Luft und beendete seinen kurzen Flug wie alle Papierflieger mit einem halsbrecherischen Absturz, wobei er die Schulter eines etwa achtzehnjährigen Jungen streifte. Schüchtern stand er von seinem Platz auf und stieg auf die Bühne. Bruno lächelte ihn ermutigend an und gab auch ihm Papier und einen Umschlag.

»Was ich Sie zu tun bitte, ist ganz einfach. Schreiben Sie drei Zahlen auf das Papier und stecken Sie es in den Umschlag.« Der Junge gehorchte, und während er beschäftigt war, wandte Bruno auch ihm den Rücken zu. Als der Junge das Papier in das Kuvert gesteckt hatte, drehte Bruno sich um, würdigte den Umschlag jedoch keines Blickes. Er sagte: »Addieren Sie die drei Zahlen und sagen Sie mir die Summe.«

»Zwanzig.«

»Die Zahlen, die Sie geschrieben haben, sind sieben, sieben und sechs.«

Der Junge zog das Papier aus dem Kuvert und hielt es dem Publikum hin. Auch diesmal hatte Bruno recht.

Fawcett schaute Pilgrim an, dessen nachdenklicher Gesichtsausdruck sich noch erheblich vertieft hatte. Wenn Bruno nicht echt war, dann war er entweder ein genialer Zauberer oder ein ausgesprochen verschlagener Charakter.

Und dann kündigte Bruno den Clou seines Repertoires an – den Beweis seines fotografischen Gedächtnisses. Masters ließ keinem eine Chance, ihm zuvorzukommen, denn er war bereits auf der Bühne, ehe Bruno seine Ankündigung beendet hatte. Bruno nahm mit einem leicht amüsierten Heben der Augenbrauen Masters die aufgeschlagene Zeitung aus der Hand, betrachtete sie kurz, gab sie zurück und sah Masters fragend an.

Masters sagte: »Linke Seite, zweite Spalte, warten Sie – ja: siebente Zeile, das Wort in der Mitte.« Er schaute Bruno mit einer Mischung aus gespannter Erwartung und vorweggenommener Schadenfreude an.

»Kanada«, sagte Bruno.

Masters' Gesichtsausdruck wechselte zu völliger Fassungslosigkeit. Er zuckte die Achseln und verließ mit hängenden Schultern die Bühne.

Draußen sagte Fawcett: »Sind Sie jetzt überzeugt, oder glauben Sie vielleicht, daß Bruno mit Masters unter einer Decke steckt?«

»Natürlich nicht. Ich *bin* überzeugt. Wann fängt die Vorstellung an?«

»In einer halben Stunde.«

»Schauen wir uns seinen Hochseilakt an oder was er sonst da oben in der Luft macht. Wenn er das nur halb so gut macht, ist er unser Mann.«

Die Ausstellungshalle, die den Drei-Manegen-Circus beherbergte, war ausverkauft. Die Musik, die jetzt von einem ausgesprochen guten Orchester gespielt wurde, war durchaus erträglich, und die Luft knisterte vor Spannung und Vorfreude, die die Tausende von Kindern in der riesigen Halle fast ebenso intensiv empfanden wie ihre Großeltern. Überall glitzerte es, aber es war kein billiger Tand, sondern das Flair, das unbedingt zu einem Circus gehörte. Abgesehen von dem dunklen Sägemehl in den Manegen wurde das Auge von sämtlichen Farben des Spektrums geblendet. Um die Manegen trabten verschwenderisch geschmückte Elefanten mit schönen und schön gekleideten Mädchen herum. In den Manegen selbst wetteiferten Clowns und Pierrots miteinander und versuchten, den Bodenakrobaten und Stelzengehern die Aufmerksamkeit des Publikums zu entziehen. Das Publikum seinerseits betrachtete alle Darbietungen fasziniert, allerdings mit einer leichten Ungeduld, denn das, was ihm jetzt geboten wurde, war gewissermaßen nur das Vorspiel zu dem eigentlichen, sensationellen Programm. Es gibt auf der ganzen Welt keine Atmosphäre, die der in einem Circus kurz vor Beginn der Vorstellung gleicht.

Fawcett und Pilgrim hatten hervorragende Plätze mit einem ausgezeichneten Blick auf die mittlere Manege. »Welcher ist Wrinfield?« fragte Fawcett. Unauffällig deutete Pilgrim auf einen Mann, der nur zwei Plätze weiter in der gleichen Reihe saß. Er trug einen dunkelblauen Anzug mit passender Krawatte und untadelig weißem Hemd und hatte sorgfältig gescheitelte, graue Haare. Sein schmales, nachdenkliches Gesicht sah aus wie das eines Gelehrten, und dieser Eindruck wurde durch die Brille, die er trug, noch verstärkt.

»*Das* ist Wrinfield?« Pilgrim nickte. »Der sieht aber eher wie ein Universitätsprofessor aus.«

»Ich glaube, das war er sogar früher mal. Ökonomie. Aber die Leitung eines Circus ist heute keine so verträumte Angelegenheit mehr wie früher. Es ist ein hartes Geschäft, und wenn man einen solchen Laden erfolgreich leiten will, braucht man eine gehörige Portion Intelligenz. Und Tesco Wrinfield ist ein hochintelligenter Mann.«

»Vielleicht zu intelligent. Mit einem solchen Namen bei einem Vorhaben, wie wir es planen, mitzuarbeiten...«

»Seine Familie ist seit fünf Generationen in Amerika.«

Der letzte der Elefanten verschwand durch den Ausgang. Begleitet vom Trompetengeschmetter und dem jetzt mit allen Verstärkern arbeitenden Orchester galoppierten zwei herrlich geschmückte Hengste in die Manege, die einen goldenen Wagen zogen. Hinter ihnen stürmte ein Dutzend Reiter herein. Von Zeit zu Zeit hatten diese Reiter lockeren Kontakt mit ihren Pferden, die meiste Zeit jedoch befanden sie sich bei halsbrecherischen Kunststücken in der Luft. Die Menge schrie und pfiff und klatschte wie besessen. Die Vorstellung hatte begonnen. Und sie bewies, daß der Circus mit Recht von sich behauptete, der beste der Welt zu sein. Sowohl der äußere Rahmen als auch die Darbietungen übertrafen die kühnsten Erwartungen. Da war Heinrich Neubauer, der mit geradezu atemberaubender Sicherheit sein Dutzend nubischer Löwen dirigierte, und Malthius, der mit der gleichen Anzahl bengalischer Tiger umging, als handle es sich um Kätzchen; Carraciola, der es ohne Schwierigkeiten schaffte, seine Schimpansen weitaus intelligenter aussehen zu lassen als er es war; Kan Dahn, dem man den Ruf, der stärkste Mann der Welt zu sein, ohne weiteres zugestand, wenn man ihm zusah, wie er – auf einem Seil stehend – seine Kunststücke vollführte und sich dabei nicht im mindesten durch die attraktiven jungen Damen belastet zu fühlen schien, die sich voller Hingabe an ihn klammerten; Lennie Loran, ein Hochseil-Clown, den keine Versicherungsgesellschaft der Welt versichert hätte; Ron Roebuck, der mit seinem Lasso Kunststücke vollführte, von denen kein Rodeo-Cowboy zu träumen gewagt hätte; Manuelo, ein Messerwerfer, der auf eine Entfernung von sechs Metern eine brennende Zigarette auslöschen konnte – mit verbundenen Augen; die ›Duryans‹, eine bulgarische Schaukelbrettgruppe, die einem ein fassungsloses Kopfschütteln entlockte, und ein Dutzend anderer Nummern, von Luftballett-Tänzern bis zu einer Gruppe, die hohe Leitern hinaufkletterte und deren einzelne Mitglieder einander dann dort oben – nur durch ihren eigenen Gleichgewichtssinn senkrecht gehalten – Keulen zuwarfen.

Nachdem er etwa eine Stunde lang zugesehen hatte, meinte Pilgrim gnädig: »Nicht schlecht. Wirklich nicht schlecht. Und jetzt, nehme ich an, kommen die Stars des Abends.«

Die Lichter wurden gedämpft, das Orchester spielte etwas, das ein wenig an Begräbnismusik erinnerte, und dann erstrahlten die Scheinwerfer plötzlich wieder in voller Stärke: Hoch oben auf der Trapezplattform standen, in das Licht von einem halben Dutzend farbiger Scheinwerfer getaucht, drei Männer in glitzernden Goldlamétrikots. Bruno stand in der Mitte. Ohne sein unförmiges Mandaringewand sah er ausgesprochen eindrucksvoll aus – breitschultrig und muskulös. Die beiden anderen Männer waren etwas leichter gebaut. Alle drei hatten Binden vor den Augen. Die Musik erstarb, und die Menge starrte in ehrfürchtigem Schweigen nach oben, als die Männer sich ihre Kapuzen über den Kopf stülpten.

»Ich bin froh, daß ich hier unten bin«, sagte Pilgrim.

»Da geht es Ihnen wie mir. Ich glaube, ich werde nicht einmal zuschauen.«

Aber er schaute natürlich doch zu, als die ›Blinden Adler‹ ihre unbegreiflichen Kunststücke durchführten – unbegreiflich deshalb, weil die drei, abgesehen von einem gelegentlichen Trommelwirbel, keinerlei Hinweis hatten, wo und in welcher Position zueinander sie sich befanden. Aber nicht einmal verfehlte einer die Hände des anderen, nicht einmal sah es auch nur im entferntesten so aus, als würden die ausgestreckten Hände ein schwingendes Trapez verfehlen. Die ganze Darbietung dauerte schier endlose vier Minuten, und am Schluß herrschte ehrfürchtiges Schweigen. Das Licht wurde dunkler, und plötzlich war das gesamte Publikum auf den Beinen und klatschte, schrie und pfiff wie von Sinnen.

»Wissen Sie irgend etwas über seine beiden Brüder?« erkundigte sich Pilgrim.

»Ich glaube, sie heißen Vladimir und Yoffe. Aber das ist auch schon alles, was ich weiß. Ich dachte doch, es handle sich um einen Ein-Mann-Job.«

»Tut es auch. Und Bruno hat einen Grund, den Auftrag anzunehmen? Einen zwingenden?«

»Einen zwingenderen kann ich mir kaum vorstellen. Als ich das vorletztemal drüben in Europa war, habe ich Nachforschungen angestellt. Ich konnte zwar nicht viel über unseren Mann herausfinden, aber ich glaube, es reicht. Ursprünglich bestand die Trapezgruppe aus sieben Familienmitgliedern – Vater und Mutter gingen mehr oder weniger in den Ruhestand –, aber nur diese drei entgingen dem heimatlichen Geheimdienst und schafften es über die

Grenze. Ich weiß nicht einmal, weshalb die Kollegen von der anderen Seite an der Familie interessiert waren. Das war jedenfalls vor sechs oder sieben Jahren. Brunos Frau ist tot, das ist sicher, es gibt Zeugen dafür, die entsprechend aussagen würden – wenn sie nicht in einem Teil der Welt leben würden, der sie daran hindert. Er war nur zwei Wochen verheiratet. Was mit seinem jüngsten Bruder und seinen Eltern geschehen ist, weiß niemand. Sie sind einfach verschwunden.«

»Zusammen mit einer Million anderer. Ich sehe schon, er ist wirklich unser Mann. Mr. Wrinfield ist bereit, mitzuspielen. Wird Bruno es auch sein?«

»Er wird«, sagte Fawcett überzeugt und fügte nach kurzem Nachdenken hinzu: »Jedenfalls möchte ich es ihm geraten haben. Nach den Scherereien, die Sie in den letzten Wochen hatten.«

Es wurde wieder hell. »Die ›Blinden Adler‹ standen nur etwa sechs Meter über dem Boden auf einer Plattform, von der aus ein Drahtseil zu einer zweiten Plattform gespannt war, die sich am anderen Ende der mittleren Manege befand. Die beiden anderen Manegen waren leer, und es war kein anderer Circusangehöriger in Sicht – außer einem, und der befand sich auf dem Boden. Es gab keine Musik, und unter den Zuschauern herrschte absolute Stille.

Bruno saß auf einem Fahrrad. Auf seinen Schultern war ein hölzernes Joch befestigt, und einer seiner Brüder hielt eine dreieinhalb Meter lange Eisenstange in der Hand. Bruno schob das Fahrrad so weit nach vorn, bis das Vorrad auf dem Seil stand, und wartete, bis sein Bruder die Eisenstange in die dafür vorgesehenen Kerben über das Joch gelegt hatte. Als Bruno beide Füße auf die Pedale stellte und losfuhr, griffen seine Brüder nach der Eisenstange, beugten sich vor und hängten sich – jeder auf einer Seite – an die Stange. Alle ihre Bewegungen verliefen in perfektem Gleichklang. Das Drahtsahl sackte merklich durch, aber Bruno irritierte das nicht im mindesten – langsam und unbeirrt fuhr er das Seil entlang.

Die nächsten paar Minuten fuhr Bruno – teilweise selbst balancierend, hauptsächlich aber durch das perfekte Timing seiner Brüder im Gleichgewicht gehalten – auf dem Seil vor und zurück, während seine Brüder einige vorsichtige, aber sehr komplizierte Kunststücke vollführten. Einmal verstärkten die Brüder ihre schwingenden Bewegungen so lange, bis sie im Handstand auf der Stange standen. Das Publikum war atemlos, was nicht nur dem sensationellen Schauspiel in der Luft zuzuschreiben war, sondern sicher auch der Tatsache, daß unter den drei waghalsigen Männern Neubauer mit seinen zwölf nubischen Löwen agierte, deren Blicke sehnsüchtig nach oben gerichtet waren.

Am Ende der Darbietung entlud sich die angestaute Spannung des Publikums in einem lauten, kollektiven Seufzer, dem ein langanhaltender und ohrenbetäubender Applaus folgte.

»Ich bin mit meinen Nerven am Ende«, sagte Pilgrim. »Gehen wir. Wrinfield wird mir nachkommen. Wenn er Sie auf seinem Rückweg zu seinem Platz streift, dann heißt das, daß Bruno bereit ist, mit uns zu sprechen, und daß Sie ihm am Ende der Vorstellung unauffällig folgen sollen. Wrinfield, meine ich.«

Ohne in irgendeine bestimmte Richtung zu schauen, erhob sich Pilgrim und ging. Unmittelbar darauf verschwand auch Wrinfield. Ein paar Minuten später saßen die beiden Männer in einem von Wrinfields Büros, dessen Ausstattung jede Sekretärin in Verzükkung versetzt hätte, obwohl es etwas klein war. Wrinfield hatte gleich hinter der Manege ein viel größeres Büro, in dem er normalerweise residierte, aber das hatte keine Cocktailbar wie dieses. Da er jedem Mitarbeiter des Circus den Besitz von Alkohol auf dem Circusgelände verbot, hielt er es nur für fair, sich in dieses Verbot miteinzuschließen.

Das Büro war nur ein winziger Teil des kompakt konstruierten Ganzen, aus dem das bewegliche Heim der Circusleute bestand. Von Wrinfield abwärts schliefen alle Angehörigen des Circus in diesem Zug, abgesehen von ein paar unabhängigen, hartgesottenen Burschen, die darauf bestanden, mit ihren Wohnwagen die Weiten der Vereinigten Staaten und Kanadas zu durchfahren. Auch sämtliche Tiere fuhren in dem Zug mit. Und am Ende, vor dem Bremswagen, waren auf vier stabilen, flachen, offenen Güterwagen all die sperrigen Ausrüstungsgegenstände untergebracht, von Traktoren bis zu Kränen, die für das einwandfreie Funktionieren des Circus unerläßlich waren. Alles in allem war der Zug das Ergebnis einer genialen Planung zur optimalen Ausnutzung des verfügbaren Platzes. Er war über eine halbe Meile lang.

Pilgrim nahm dankend einen Drink entgegen und sagte: »Bruno ist der Mann, den ich haben möchte. Glauben Sie, er wird mitmachen? Wenn nicht, können wir Ihre Europatournee gleich vergessen.«

»Er wird mitmachen, und zwar aus drei Gründen.« Wrinfields Ausdrucksweise war wie der Mann selbst: präzise und wohlbedacht. »Wie Sie wohl gesehen haben, kennt Bruno keine Furcht. Wie alle erst kurz naturalisierten Amerikaner – schon gut, schon gut, er ist jetzt seit über fünf Jahren naturalisiert, aber das ist so, als sei es erst gestern gewesen – verfügt er über einen Patriotismus, der Ihren und meinen als jämmerlich erscheinen läßt. Und außerdem hat er auch noch eine große Rechnung mit seiner alten Heimat zu begleichen.«

»Colonel Fawcett – der uniformierte Mann, der im Circus neben mir saß, das ist der Chef unserer osteuropäischen Operationen – wird Ihnen alles Nähere erklären.«

»Ich wußte nicht, daß es in Ihrer Organisation auch uniformiertes Personal gibt, Mr. Pilgrim.«

»Gibt es auch nicht. Es ist seine Verkleidung. Aber er trägt sie so oft, daß er damit besser zu erkennen ist, als in seiner Zivilkleidung, und deshalb nennen ihn fast alle ›Colonel‹.«

Fawcett wartete bis zum Ende der Vorstellung, erhob sich dann von seinem Sitz und ging, ohne Wrinfield auch nur mit einem Blick zu streifen – Wrinfield hatte ihm bereits das Zeichen gegeben. Fawcett verließ den Circus und ging langsam durch den Regen, damit Wrinfield ihn nicht aus den Augen verlor. Schließlich erreichte er die große, schwarze Limousine, in der er und Pilgrim hergekommen waren, und stieg in den Fond. In der anderen Ecke saß eine in der Dunkelheit nicht zu erkennende Gestalt.

Fawcett sagte: »Guten Abend. Mein Name ist Fawcett. Ich hoffe, daß niemand Sie kommen sah.«

»Niemand, Sir«, versicherte der Fahrer. »Ich habe höllisch aufgepaßt.« Er spähte durch das regennasse Fenster nach draußen. »Dieser Abend ist nicht gerade dazu geeignet, jemanden auf den Gedanken zu bringen, sich in die Angelegenheiten anderer Leute zu mischen.«

»Da haben Sie recht.« Fawcett wandte sich an die schattenhafte Gestalt. »Sehr erfreut, Sie kennenzulernen.« Er seufzte. »Ich muß mich für dieses Schmierentheater entschuldigen – es ist leider unumgänglich. Wir warten nur noch auf einen Ihrer Freunde – ah, da kommt er ja schon.« Er öffnete die Tür, und Wrinfield stieg ein.

»Poynton Street, Baker«, sagte Fawcett.

Baker nickte schweigend und fuhr los. Keiner sagte etwas. Wrinfield drehte sich immer wieder nervös um und meinte schließlich: »Ich glaube, wir werden verfolgt.«

»Das will ich hoffen«, entgegnete Fawcett. »Wenn nicht, dann wäre der Fahrer des Wagens morgen seinen Job los. Der Wagen folgt uns, um sicherzustellen, daß uns kein anderer Wagen folgt. Können Sie mir folgen?«

»Ja.« Aber Wrinfields Tonfall ließ erhebliche Zweifel daran aufkommen. Sein Gesichtsausdruck wurde zunehmend unglücklicher, als der Wagen in eine Gegend kam, die erschreckend an ein Slumviertel erinnerte, und er schien vollends zu verzweifeln, als der Wagen in eine schlecht beleuchtete Straße einbog und vor einem schäbigen Wohnhaus hielt. »Das hier ist nicht gerade der schönste Teil der Stadt«, konstatierte er anklagend. »Und dieses Haus sieht absolut nicht seriös aus.«

»Das ist es auch nicht. Es gehört uns. Bordelle sind ausgesprochen praktisch für unsere Zwecke. Wer sollte zum Beispiel auf den Gedanken kommen, daß Tesco Wrinfield ein derartiges Etablissement aufsucht? Kommen Sie, gehen wir hinein.«

2

Für ein so heruntergekommenes Haus in einer so heruntergekommenen Gegend war der Wohnraum überraschend komfortabel, wenn auch nicht besonders schön, denn derjenige, der ihn eingerichtet hatte, mußte eine nicht zu übersehende Vorliebe für die Farbe Rostbraun gehabt haben: Vom Sofa über die Sessel und den Teppich bis zu den schweren undurchsichtigen Vorhängen war alles in diesem Ton gehalten. Ein rauchloses Kaminfeuer – denn dies war eine rauchlose Gegend – tat sein Bestes, um Gemütlichkeit und Wärme zu verbreiten. Wrinfield und Bruno setzten sich in zwei der Sessel. Fawcett beugte sich gerade über den fahrbaren Barschrank.

»Erklären Sie mir das noch einmal«, bat Bruno. »Die Sache mit dieser Antimaterie oder was das ist.«

Fawcett seufzte: »Ich hatte schon befürchtet, daß Sie mich darum bitten würden. Ich weiß, daß ich es beim erstenmal richtig erklärt habe, weil ich es auswendig gelernt und wie ein Papagei heruntergerattert habe. Mir blieb gar nichts anderes übrig, weil ich selbst nicht das geringste davon verstehe.« Fawcett reichte Wrinfield einen Drink und Bruno ein Glas Selterswasser und rieb sich das Kinn. »Ich werde mein Bestes tun und die Sache diesmal in vereinfachter Form erklären. Vielleicht verstehe ich dann auch ein bißchen von dem, was ich Ihnen erzähle.

Materie besteht, wie wir wissen, aus Atomen. Und diese Atome bestehen ihrerseits aus einer Menge Dinge – es scheint, als ob die Wissenschaftler immer wieder aufs neue verblüfft sind über die ständig wachsende Komplexität des Atoms –, aber alles, was uns blutige Laien hier interessiert, sind die beiden Grundbestandteile des Atoms, die Elektronen und Protonen. Auf unserer Erde, und auch im Universum, sind Elektronen immer negativ geladen und Protonen positiv. Unglücklicherweise wird das Leben für unsere Wissenschaftler und Astronomen zunehmend schwieriger – zum Beispiel ist erst in diesem Jahr entdeckt worden, daß es Partikel gibt, die aus Gottweißwas bestehen und sich mit vielfacher Lichtgeschwindigkeit bewegen, was eine sehr verwirrende und verblüffende Tatsache für die Wissenschaftler ist, die bisher glaubten, daß sich *nichts* schneller bewegt als das Licht.

Vor einiger Zeit haben zwei Wissenschafter namens Dicke und Anderson durch theoretische Berechnungen festgestellt, daß es positiv geladene Elektronen geben muß. Ihre Existenz ist inzwischen allgemein akzeptiert, und sie werden heute als Positronen bezeichnet. Um die Dinge noch weiter zu komplizieren, wurden in Berkeley die Anti-Protonen entdeckt. Die Kombination von Positronen und Anti-Protonen ergibt das, was jetzt als Antimaterie bezeichnet wird. Und man ist sich einig, daß das Ergebnis, wenn ein Elektron oder Positron oder Proton und Anti-Proton oder beide Gruppen zusammenstießen, katastrophal wäre. Tödliche Gammastrahlen würden frei, und es käme zu einer Explosion, die solche Hitze entwikkelte, daß alles Leben im Umkreis von vielleicht Hunderten von Quadratmeilen augenblicklich ausgelöscht würde. Man nimmt an, daß, wenn nur zwei Gramm Antimaterie unseren Planeten auf der Sonnenseite träfen, augenblicklich alles Leben auf der Erde vernichtet und die Erde selbst in eine Kreisbahn um die Sonne geschleudert würde – vorausgesetzt natürlich, daß sie nicht sofort beim Kontakt explodieren würde.«

»Eine reizvolle Aussicht«, meinte Wrinfield. Aber man sah ihm deutlich an, daß Fawcetts Ausführungen ihn nicht überzeugt hatten. »Ich möchte wirklich niemandem nahetreten, aber das klingt für mich alles wie eine wilde Science-fiction-Fantasie.«

»Für mich auch. Aber ich muß akzeptieren, was man mir erzählt. Und allmählich glaube ich es sogar.«

»Aber wir haben doch keine frei vorkommende Antimaterie auf der Erde, oder?«

»Richtig. Andernfalls würden wir wohl kaum hier sitzen.«

»Wo kommt das Zeug dann aber her?«

»Woher soll denn *ich* das wissen?« Fawcett hatte sich nicht so gehenlassen wollen, aber es mißfiel ihm ganz erheblich, sich auf unbekanntem Gebiet bewegen zu müssen. »Wir glauben, daß unser Universum das einzige ist. Aber wer sagt uns, daß wir recht haben? Vielleicht liegt ein weiteres Universum hinter unserem, vielleicht sind es auch viele, und den letzten wissenschaftlichen Überlegungen zufolge gibt es keinen Grund dafür, daß nicht eines oder mehrere davon aus Antimaterie bestehen könnten.«

Fawcett schwieg und starrte kurze Zeit düster vor sich hin. Dann fuhr er fort: »Ich nehme an, wenn es dort intelligentes Leben gäbe, würde man dort *unser* Universum als aus Antimaterie bestehend betrachten. Natürlich könnte es sich auch um einen ziellos durch das All rasenden Klumpen handeln, der bei der Entstehung unseres Universums abgesprengt wurde. Wer kann das schon sagen?«

»Das Ganze ist also eine reine Spekulation«, sagte Bruno nüchtern. »Nichts als eine Hypothese. Theoretische Berechnungen, weiter nichts. Es gibt keinen Beweis, Colonel Fawcett.«

»Wir glauben, daß es doch einen gibt.« Fawcett lächelte. »Verzeihen Sie mir, daß ich ›wir‹ sage. Im Jahre 1908 geschah in einer glücklicherweise unbewohnten Gegend Sibiriens etwas, das jedes vorhandene Lebewesen auf der Stelle getötet hätte. Als russische Wissenschaftler fast zwanzig Jahre später zu Forschungszwecken in dieses Gebiet kamen, fanden sie ein Gelände von über hundert Quadratmeilen vor, in dem die Bäume durch Hitze zerstört worden waren – nicht durch allmähliches Verbrennen, sondern durch augenblickliche Einäscherung, die in vielen Fällen zur Versteinerung der Bäume geführt hatte. Wenn dieses außergewöhnliche Phänomen beispielsweise New York oder London heimgesucht hätte, wären sie heute Geisterstädte.«

»Beweise«, insistierte Bruno. »Wir sprachen von *Beweisen*, Colonel. Oder wenigstens von *einem*.«

»Hier ist er: Jede andere Verletzung der Erdoberfläche durch Körper aus dem Weltraum ist ohne Ausnahme auf Meteore zurückzuführen. Aber in dieser gespenstischen Wüste in Sibirien deutete nichts auf einen Meteoreinschlag hin. Als in Arizona und Südafrika Meteore niedergingen, verursachten sie durch ihre Einschläge riesige Krater. Die jetzt akzeptierte und unvermeidliche Schlußfolgerung lautet, daß Sibirien von einem Partikel von Antimaterie getroffen wurde, das eine Masse von etwa einem hundertmillionstel Gramm hatte.«

Die dieser Eröffnung folgende Stille wurde erst nach einer ganzen Weile von Wrinfield unterbrochen: »Wir wollen doch jetzt nicht wieder von vorn anfangen. Was weiter?«

»Vor etwa zwölf Jahren gab es in Wissenschaftlerkreisen die Vermutung, daß die Russen das Geheimnis der Antimaterie gelöst hätten, aber sie wurde wieder verworfen, weil – nun, weil die Antimaterie, wie wir nun wohl alle begriffen haben, die unangenehme Eigenschaft hat, alles zu vernichten, womit sie in Berührung kommt, und deshalb also eine künstliche Herstellung und Aufbewahrung schlicht unmöglich war.

Ich sagte ›*war*‹! Was wäre aber, wenn diese beiden Probleme doch kurz vor der Lösung stünden oder bereits gelöst wären? Das Land, das dieses Geheimnis in der Hand hätte, könnte die ganze Welt tyrannisieren. Verglichen mit einer solchen Waffe sind unsere herkömmlichen Atombomben harmlose Kinderspielzeuge.«

Wieder war es Wrinfield, der das Schweigen brach: »Sie würden nicht so reden, wenn Sie nicht Grund zu der Annahme hätten, daß eine derartige Waffe in Arbeit oder bereits fertiggestellt ist.«

»Ja, ich habe Grund zu der Annahme. Diese Möglichkeit beschäftigt die Geheimdienste aller zivilisierten Länder der Erde jetzt schon seit einigen Jahren.«

»Aber offensichtlich verfügen nicht *wir* über dieses Geheimnis, sonst wäre Ihr Vortrag ja wohl gegenstandslos.«

»Offensichtlich.«

»Und es ist auch nicht beispielsweise in den Händen Englands?«

»Das würde uns keinen Grund zur Besorgnis geben.«

»Weil es im Falle einer ersten Krise auf unserer Seite stünde.«

»Ich hätte es nicht besser ausdrücken können.«

»Dann ist dieses Geheimnis also – wenn überhaupt – in den Händen eines Landes, das im Falle einer ernsten Krise keineswegs auf unserer Seite stünde?«

»Genau.«

»Pilgrim und ich haben bereits einige vorläufige Vereinbarungen getroffen, aber er hat mich über den Zweck der ganzen Operation völlig im unklaren gelassen.«

»Es war noch zu früh.«

»Aha. Und jetzt ist es nicht mehr zu früh?«

»Wenn wir jetzt nicht drangehen, können wir es ganz lassen.«

»Sie wollen natürlich die Formel oder was immer es ist? Was veranlaßt Sie eigentlich zu der Ansicht, daß *wir* für den Besitz dieser Waffe besser geeignet seien als ein Dutzend anderer Nationen?«

»Ich bin ein bezahlter Angestellter der Regierung der Vereinigten Staaten, und es ist nicht meine Aufgabe, mir den Kopf über meine Aufträge zu zerbrechen.«

»Es wird Ihnen nicht entgangen sein, daß diese Einstellung exakt die der Gestapo und der SS in Deutschland während des Zweiten Weltkriegs war und seitdem die der Angehörigen des KGB in Rußland ist.«

»Nein, es ist mir nicht entgangen. Aber die Analogie hinkt: Die Vereinigten Staaten wollen nicht wirklich mehr Macht – Rüstungspotential, meine ich. Ich muß Ihnen nicht sagen, daß wir schon jetzt Overkill-Kapazität haben. Können Sie sich vorstellen, was passieren würde, wenn die Antimaterie-Bombe in die Hände eines der, sagen wir mal geistesgestörten Führer einiger neuer zentralafrikanischer Republiken fiele? Wir sind einfach der Ansicht, daß das gefährliche Geheimnis bei uns besser aufgehoben wäre als bei den meisten anderen Nationen.«

»Hoffen wir, daß sich das nicht als Irrtum herausstellt.«

Fawcett versuchte, seinen langen, erleichterten Seufzer dezent klingen zu lassen. »Daraus entnehme ich, daß Sie mitmachen.«

»Ja, ich mache mit.«

Bruno hob den Kopf. »Was wollen Sie von mir, Colonel?«

Fawcett war sich durchaus im klaren, daß jetzt nicht der Augenblick war, wie die Katze um den heißen Brei zu gehen, und so sagte er kurz und deutlich: »Beschaffen Sie uns die Formel.«

Bruno stand auf und goß sich Selterswasser nach. Er trank sein Glas in einem Zug leer und fragte dann: »Was meinen Sie damit? Soll ich sie stehlen?«

»Sie sollen sie *beschaffen*. Würden Sie es als Diebstahl bezeichnen, einem Wahnsinnigen seine Pistole aus der Hand zu nehmen?«

»Aber warum soll ausgerechnet *ich* das tun?«

»Weil Sie einzigartige Fähigkeiten besitzen. Bevor ich eine definitive Antwort von Ihnen habe, kann ich Ihnen nicht sagen, auf welche Art Sie Ihre Fähigkeiten einsetzen müßten. Ich kann Ihnen vorläufig nur sagen, daß wir ziemlich sicher sind, daß es nur *eine* Formel gibt und nur *einen* Mann, der sie besitzt und in der Lage ist, sie jederzeit zu vervielfältigen. Und wir wissen, wo der Mann und die Formel sich befinden.«

»Nämlich wo?«

Fawcett zögerte keinen Augenblick: »In Crau.«

Bruno reagierte nicht im entferntesten, wie Fawcett es erwartet hatte. Er sagte nur ein Wort, und seine Stimme war dabei ebenso ausdruckslos wie sein Gesicht: »Crau.«

»In Crau, jawohl. In Ihrer alten Heimatstadt.«

Bruno antwortete nicht sofort. Er kehrte zu seinem Sessel zurück, ließ sich darin nieder, starrte eine volle Minute vor sich hin und fragte schließlich: »Falls ich mitmache, wie komme ich hin? Muß ich illegal über die Grenze, oder soll ich mit einem Fallschirm abspringen?«

Fawcett machte einen heldenhaften und erfolgreichen Versuch, seine überschäumende Freude zu verbergen. In ein paar Minuten war es ihm gelungen, alle beide für die Sache zu gewinnen – Wrinfield und Bruno! Er sagte nüchtern: »So dramatisch wollen wir es nun doch nicht machen. Sie gehen einfach mit dem Circus auf Tournee.«

Bruno schien es die Sprache verschlagen zu haben, also sprang Wrinfield ein: »Ich habe beschlossen, in diesem Fall mit der Regierung zusammenzuarbeiten. Und dabei hatte ich bis vor ein paar Minuten noch nicht einmal eine genaue Vorstellung, worum es sich eigentlich dreht. Wir werden eine Kurztournee durch Europa machen – mit Schwerpunkt Osteuropa. Die Verhandlungen sind bereits ziemlich weit fortgeschritten. Es ist ganz natürlich: Sie liefern uns Circuskünstler, Tänzer und Sänger, und jetzt revanchieren wir uns eben mal.«

»Der ganze Circus?«

»Nein, natürlich nicht. Das wäre ganz unmöglich. Nur die Crème de la Crème, sozusagen.« Wrinfield lächelte leicht. »Und der gehören Sie meines Erachtens auch an.«

»Und wenn ich mich weigere?«

»Dann sagen wir die Tournee ab.«

Bruno wandte sich an Fawcett: »Mr. Wrinfields Verdienstausfälle könnten Ihre Regierung eine Million Dollar kosten.«

»*Unsere* Regierung. Wir würden auch eine Billion bezahlen, um die Formel in unsere Hände zu bekommen.«

Brunos Blicke wanderten von Fawcett zu Wrinfield und wieder zurück zu Fawcett. Und dann sagte er abrupt: »Ich werde mitmachen.«

»Ausgezeichnet. Ich danke Ihnen. Und Ihr Land dankt Ihnen. Die Einzelheiten ...«

»Ich brauche den Dank meines Landes nicht«, unterbrach Bruno.

Fawcett war etwas irritiert und versuchte einen Augenblick lang, die Bedeutung dieser Worte zu ergründen, aber dann beschloß er, es doch lieber zu lassen. »Wie Sie meinen«, sagte er. »Die Einzelheiten können warten. Mr. Wrinfield, hat Mr. Pilgrim Ihnen gesagt, daß wir dankbar wären, wenn Sie auf Ihrer Europareise noch zwei zusätzliche Leute mitnehmen könnten?«

»Nein, das hat er nicht.« Wrinfield schien leicht verstimmt. »Es sieht allmählich so aus, als hätte Mr. Pilgrim mir mehr verschwiegen als gesagt.«

»Mr. Pilgrim weiß genau, was er tut.« Jetzt, da er die beiden in der Tasche hatte, legte Fawcett die Samthandschuhe ab, blieb aber immer noch jovial und höflich. »Es hatte keinen Sinn, Sie mit unnötigen Details zu belasten, bevor wir uns Ihrer beider Mitarbeit gesichert hatten. Die beiden Leute, um die es sich handelt, sind ein gewisser Dr. Harper und Maria Hopkins, eine Reiterin. Die beiden gehören zu unserer Organisation. Und sie sind ausgesprochen wichtig. Aber auch das werde ich Ihnen später erklären. Ich muß erst noch ein dringendes Gespräch mit Mr. Pilgrim führen. Sagen Sie mir eins, Bruno: Warum haben Sie sich entschlossen, mitzumachen? Ich muß Ihnen fairerweise sagen, daß die Sache möglicherweise höchst gefährlich für Sie sein wird und daß wir, falls Sie geschnappt werden, leugnen müssen, Sie zu kennen. Warum also?«

Bruno zuckte die Achseln. »Wer weiß? Es kann viele Gründe geben, die ein Mann nicht einmal sich selbst erklären kann. Vielleicht Dankbarkeit – Amerika nahm mich auf, als mein eigenes Land mich hinauswarf. Und es gibt Leute da drüben, bei denen ich mich gern revanchieren würde. Ich weiß, daß es in meiner ehemaligen Heimat gefährliche und verantwortungslose Männer gibt, die nicht zögern würden, die Waffe einzusetzen – falls sie wirklich existiert. Und dann haben Sie mir auch noch gesagt, daß ich durch meine Fähigkeiten einzigartig für diese Aufgabe geeignet sei. Inwiefern, weiß ich noch nicht, aber wenn es der Fall ist, wie könnte ich da einen anderen an meiner Stelle gehen lassen? Er würde vielleicht nicht nur versagen, sondern sogar getötet werden. Und ich möchte keines dieser beiden Dinge auf dem Gewissen haben.« Er lächelte. »Ach, sagen wir einfach, es ist eine Herausforderung.«

»Und was ist Ihr wahrer Grund?«

»Daß ich den Krieg hasse«, erklärte Bruno lapidar.

»Aha. Das ist zwar nicht die Antwort, die ich erwartet hatte, aber sie ist akzeptabel.« Fawcett stand auf. »Meine Herren, ich danke Ihnen für Ihre Geduld und vor allem für Ihre Bereitwilligkeit zur Zusammenarbeit. Ich werde Sie zum Circus zurückfahren lassen.«

»Und Sie?« fragte Wrinfield. »Wie kommen Sie zu Mr. Pilgrims Büro?«

»Die Dame, die diesem Haus vorsteht, und ich haben eine Art Übereinkunft. Ich bin sicher, daß sie mir irgendein Transportmittel beschaffen wird.«

Als Fawcett auf Pilgrims Wohnung zuging, hatte er die Schlüssel in der Hand – Pilgrim arbeitete und schlief im selben Haus –, aber dann steckte er sie wieder ein: Pilgrim hatte höchst merkwürdigerweise seine Tür nicht nur unverschlossen, sondern auch noch angelehnt gelassen. Fawcett stieß sie auf und betrat das Apartment.

Pilgrim lag auf dem Teppich. Wer immer ihn dazu veranlaßt hatte, sich dort niederzulassen, mußte einen ausreichenden Vorrat an Eispfriemen zu Hause haben, denn er hatte sich nicht die Mühe gemacht, denjenigen wieder mitzunehmen, der bis zum Griff in Pilgrims Nacken steckte. Der Tod mußte augenblicklich eingetreten sein, denn nicht ein Blutfleck verschandelte das blütenweiße Turnbull-und-Asser-Hemd. Fawcett ließ sich auf die Knie nieder und schaute in Pilgrims Gesicht. Es war ebenso ruhig und ausdruckslos wie es im Leben gewesen war: Pilgrim hatte nicht nur nicht *gewußt, was* ihn tötete, er hatte nicht einmal *gemerkt, daß* er getötet wurde.

Fawcett richtete sich auf, ging zum Telefon und nahm den Hörer ab. »Dr. Harper bitte. Sagen Sie ihm, er möchte sofort herkommen.«

Dr. Harper war nicht gerade der Prototyp des wohlmeinenden Heilers, aber es wäre schwierig gewesen, ihn sich als etwas anderes vorzustellen. Irgend etwas an ihm deutete eindeutig darauf hin, daß er Arzt war. Er war hochgewachsen und schlank, eine distinguierte Erscheinung mit reizvollen, grauen Schläfen und einer gefleckten Hornbrille. Hornbrillen sind eine große Hilfe für Ärzte – der Patient kann niemals genau sagen, ob er kerngesund ist oder nur noch ein paar Wochen zu leben hat. Dr. Harpers Kleidung war ebenso untadelig wie die des Toten, den er nachdenklich untersuchte. Er hatte seine schwarze Arzttasche zwar mitgebracht, machte aber keine Anstalten, ihren Inhalt zu benutzen. »Das ist also alles, was Sie über den heutigen Abend wissen?« fragte er.

»Ja, das ist alles.«

»Wie wär's mit Wrinfield? Schließlich war er der einzige, der Bescheid wußte. *Vor* heute abend, meine ich.«

»Vor heute abend kannte auch er keine Einzelheiten. Er hatte auch gar keine Gelegenheit – er war mit mir zusammen.«

»Es gibt ja schließlich auch noch so etwas wie Komplizen.«

»Ausgeschlossen. Warten Sie, bis Sie ihn kennenlernen. Sein Dossier weist absolut nichts Verdächtiges auf – schließlich hat Pilgrim Tage damit verbracht, es zu überprüfen. Sein Patriotismus steht außer Frage, es würde mich nicht überraschen, wenn er auf seinem Unterhemd eine Plakette mit der Aufschrift ›Gott segne

Amerika‹ trüge. Und außerdem, glauben Sie vielleicht, er hätte die Zeit und die Mühe aufgewendet, alles für die Europatournee zu arrangieren, wenn er diesen Mord geplant hätte? Ich weiß, ich weiß, natürlich gibt es Leute, die unglaubliche Dinge tun, um ihre wahren Absichten zu verschleiern, aber in diesem Fall...?«

»Nein, Sie haben recht, es ist nicht sehr wahrscheinlich.«

»Aber ich glaube, wir sollten ihn und Bruno herbringen lassen. Nur damit sie sehen, womit sie es zu tun haben. Und außerdem müssen wir sofort dem Admiral Meldung machen. Machen Sie das, während ich Barker und Masters herzitiere?«

»Ist das da die Verwürfelungsvorrichtung?«

»Das ist sie.«

Als Barker und Masters ankamen, hing Dr. Harper immer noch am Telefon. Barker war der Fahrer der Limousine, die Pilgrim und Fawcett gebracht hatte, und Masters war derjenige, der Brunos Fähigkeiten als Mentalist auf der Bühne geprüft hatte. Fawcett sagte: »Bringen Sie Wrinfield und Bruno her. Sagen Sie ihnen, es sei sehr dringend, aber erzählen Sie ihnen nicht, was sie hier erwartet. Bringen Sie sie durch den rückwärtigen Tunnel herein. Beeilen Sie sich!«

Als Fawcett die Tür hinter ihnen zumachte, legte Dr. Harper gerade den Hörer auf. Er sagte: »Wir müssen die Sache geheimhalten. Der Admiral sagt, Pilgrim habe keine nahen Verwandten gehabt – und wenn überhaupt einer, dann müßte *er* es wissen – und ich soll den Totenschein auf ›Herzanfall‹ ausstellen. Ich und mein hippokratischer Eid! Der Admiral wird gleich da sein.«

Fawcett sah düster auf den Toten hinunter. »Das hatte ich mir schon gedacht. Er wird nicht gerade begeistert von dieser Sache sein. Pilgrim war sein Lieblingskind, und es ist kein Geheimnis, daß er als sein Nachfolger vorgesehen war. Nun, lassen wir ein paar von den Jungs mit ihren Puderdosen kommen und sich ein wenig umsehen. Aber sie werden natürlich nichts finden.«

»Sind Sie da ganz sicher?«

»Allerdings. Jeder, der so kaltschnäuzig ist, die Tatwaffe dazulassen, hat ein gesundes Selbstbewußtsein. Und sehen Sie, daß Pilgrim mit den Füßen zur Tür liegt?«

»Ja, aber was schließen Sie daraus?«

»Die Tatsache, daß er so nahe bei der Tür liegt, ist ein fast sicherer Beweis dafür, daß er sie seinem Mörder selbst aufgemacht hat. Hätte er einem Fremden den Rücken zugekehrt? Wer immer Pilgrim auch ermordet hat, es muß jemand gewesen sein, den er nicht nur kannte, sondern dem er auch vertraute.«

Fawcett hatte recht: Die beiden Experten, die mit ihrer Trickkiste kamen, fanden nichts. Die beiden einzigen Stellen, an denen interessante Fingerabdrücke hätten sein können – an dem Eispfriem und am Türknopf –, waren natürlich sauber abgewischt. Die beiden Fachleute packten zusammen und prallten an der Tür buchstäblich mit einem Mann zusammen, der ohne zu klingeln oder zu klopfen hereinkam.

Der Admiral sah aus wie der Prototyp des Lieblingsonkels oder ein erfolgreicher Farmer oder wie ein Flottenadmiral im Ruhestand – und das war er auch tatsächlich. Mit seinem gemütlichen Bauch, seinen roten Wangen, seinen grauen Haaren und der Mischung aus Wohlwollen und Autorität, die er ausstrahlte, machte er den Eindruck eines Mannes von fünfundvierzig – sein offizielles Alter von fünfundfünfzig wurde denn auch ständig angezweifelt. Er starrte auf den Toten hinunter, der immer noch auf dem Teppich lag, und alles Wohlwollen verschwand aus seinem Gesicht. Er wandte sich an Dr. Harper: »Haben Sie den Totenschein schon ausgestellt? Herzschlag, natürlich.« Dr. Harper schüttelte den Kopf. »Dann tun Sie das schleunigst und lassen Sie Pilgrim in unsere private Leichenhalle bringen.«

Fawcett erhob Einspruch: »Ich möchte bitten, das noch für eine Weile aufzuschieben, Sir. Den Abtransport in die Leichenhalle, meine ich. Es kommen gleich zwei Männer her – der Besitzer des Circus und unser neuester – äh – Mitarbeiter. Ich bin überzeugt, daß keiner der beiden etwas mit dem Mord zu tun hat, aber es wäre trotzdem interessant, ihre Reaktionen zu sehen, und auch festzustellen, ob sie nach diesem Vorfall noch immer bereit sind, mitzumachen.«

»Welche Garantie können Sie mir geben, daß sie nicht von hier aus zur nächsten Telefonzelle gehen? Es gibt im ganzen Land keine einzige Zeitung, die nicht ihren Chefredakteur für diese Story hergeben würde.«

»Glauben Sie, daß ich nicht auch schon auf diesen Gedanken gekommen bin, Sir.« Fawcetts Ton war eine Nuance frostiger geworden. »Es gibt keine Garantie. Wir müssen uns schon auf meine Menschenkenntnis verlassen.«

»Gut, gut«, lenkte der Admiral friedfertig ein, »in Ordnung.« Und nach einer Pause sagte er: »Ich nehme doch an, daß sie nicht zum Vordereingang hereinkommen.«

»Barker und Masters bringen sie durch den hinteren Tunnel.«

Wie aufs Stichwort erschienen in diesem Augenblick Barker und

Masters in der Tür und traten beiseite, um Wrinfield und Bruno hereinzulassen. Fawcett wußte, daß der Admiral und Dr. Harper ihre Gesichter ebenso gespannt beobachteten wie er. Verständlicherweise hatte weder Wrinfield noch Bruno Augen für sie. Wenn man unerwartet einen Ermordeten vor seinen Füßen liegen sieht, ist man gewöhnlich so von diesem Anblick gefesselt, daß man nicht in der Gegend herumschaut. Erwartungsgemäß beschränkte sich Brunos Reaktion auf ein Minimum – das Verengen seiner Augen und das Zusammenpressen seiner Lippen konnte auch genausogut Einbildung sein. Aber Wrinfields Reaktion war geradezu vorbildlich: Die Farbe wich aus seinem Gesicht, er streckte eine Hand aus, um sich am Türrahmen festzuhalten, und einen Augenblick sah es so aus, als würde er ohnmächtig zusammenbrechen.

Drei Minuten später, in denen Fawcett seinen Besuchern das wenige erzählt hatte, was er wußte, saß Wrinfield mit einem Glas Brandy in einem Sessel und zitterte immer noch. Bruno hatte jede alkoholische Stärkung abgelehnt.

Der Admiral hatte die Situation völlig im Griff. Er fragte Wrinfield: »Haben Sie Feinde im Circus?«

»Feinde? Im Circus?« Wrinfield schaute ihn entgeistert an. »Großer Gott, nein! Es klingt sicherlich schrecklich kitschig, aber wir sind wirklich eine große, glückliche Familie.«

»Und sonst? Haben Sie sonst irgendwelche Feinde?«

»Jeder erfolgreiche Mann hat welche. Es gibt natürlich Rivalitäten und Neid. Aber persönliche Feinde?« Er warf einen angstvollen Blick auf Pilgrim und schauderte zusammen. – »Nein, keine, die so etwas fertigbrächten.« Er schwieg eine Weile und wandte sich dann wieder an den Admiral, und jetzt drückte sein Gesicht keine Furcht, sondern Unwillen aus, und das Zittern war aus seiner Stimme verschwunden. »Aber warum stellen Sie *mir* all diese Fragen? Schließlich bin nicht *ich* umgebracht worden.«

»Es existiert eine Verbindung zum Circus. Fawcett?«

»Ja, es besteht eine Verbindung. Kann ich frei sprechen, Sir?«

»Wie bitte?«

»Nun, es gibt Telefonzellen und aufopferungsvolle Chefredakteure...«

»Seien Sie nicht albern. Ich habe mich dafür schon entschuldigt.«

»Jawohl, Sir.« Fawcett durchforschte kurz sein Gedächtnis, konnte dort jedoch keine Entschuldigung des Admirals finden. »Wie Sie schon sagten, Sir, gibt es eine Verbindung zum Circus. Und außerdem gibt es eine undichte Stelle, und die kann sich nur in unserer Organisation befinden. Wie ich schon sagte, Sir, und wie ich auch schon den Herren erklärt habe, ist es klar, daß Pilgrim von jemandem ermordet worden ist, den er sehr gut kannte. Von dem genauen Plan, um den es hier geht, hatten nur Pilgrim, Dr. Harper und ich selbst Kenntnis. Aber bis zu einem Dutzend Leute – Telefonistinnen, Chauffeure und Detektive – wußten, daß wir regelmäßig Kontakt mit Mr. Wrinfield hatten. Es wäre ungewöhnlich, wenn nicht sogar einmalig, wenn es einen Geheimdienst auf der Welt gäbe, in dessen Reihen sich nicht mindestens ein feindlicher Agent befände, der mit der Zeit so dazugehört, daß er über jeden Verdacht erhaben ist. Und es wäre naiv von uns, anzunehmen, daß ausgerechnet bei uns so etwas nicht vorkommt.

Es war keineswegs ein streng gehütetes Geheimnis, daß Mr. Wrinfield eine Europatournee mit dem Schwerpunkt in Osteuropa plante, und es wäre nicht besonders schwierig gewesen, herauszufinden, daß auch Crau auf dem Tourneeplan steht. Was die Herren in Crau betrifft – genauer gesagt, die Herren in Crau, die sich mit der uns interessierenden Forschung beschäftigen –, nun, Zufälle gibt es schon, aber in diesem Fall dürfte es sich wohl kaum um etwas Derartiges handeln.«

»Warum wurde Pilgrim also ermordet? Als Warnung?«

»In gewisser Weise, ja, Sir.«

»Könnten Sie sich vielleicht etwas klarer ausdrücken, Mr. Fawcett?«

»Natürlich, Sir. Ohne jeden Zweifel handelt es sich um eine Warnung. Aber um Pilgrims Tod verständlich und von ihrem Standpunkt aus gerechtfertigt erscheinen zu lassen – wir dürfen nicht vergessen, daß wir es zwar mit unvernünftigen Leuten zu tun haben, dafür aber mit solchen, die sich bei ihren Unternehmungen etwas denken –, mußte es mehr sein als nur eine Warnung: eine Provokation! Pilgrims Ermordung ist eine Warnung, die sie gern ignoriert wissen möchten. Wenn sie annehmen, daß Mr. Wrinfields Europatournee von uns veranlaßt worden ist, und wenn wir jetzt, nach Pilgrims Tod – wobei sie natürlich überzeugt sind, daß wir genau wissen, daß sie dafür verantwortlich sind –, die Tournee nicht absagen, dann schließen sie daraus, daß wir zwingende Gründe für diese Tournee haben müssen. Und die schlüssigen Beweise für ihre Annahme, daß der Circus mit uns zusammenarbeitet, erwarten sie in Crau zu finden.«

»Und dann wären wir international unten durch. Stellen Sie sich einmal vor, welche Wirkung die Zeitungsnachricht hätte, daß ein gesamter Circus verhaftet worden ist. Stellen Sie sich die Position vor, die der Osten dadurch in allen zukünftigen Verhandlungen hätte. Wir wären das Gespött der ganzen Welt.«

»Wie sehen Sie die Chancen, den Kuckuck in unserem Nest ausfindig zu machen?«

»Im Augenblick? Gleich Null!«

»Dr. Harper?«

»Ich bin der gleichen Meinung. Wir müßten jeden Ihrer mehreren hundert Angestellten in diesem Gebäude beschatten.«

»Und dann bräuchten wir noch Schatten für die Schatten, nicht wahr?«

»Mit allem Respekt, Sir, Sie haben es erfaßt.«

»Na also.« Der Admiral griff in die Innentasche seines Jacketts, brachte zwei Karten zum Vorschein und gab eine Wrinfield und die andere Bruno. »Wenn Sie mich brauchen sollten, rufen Sie diese Nummer an und verlangen Sie Charles. Alle Vermutungen über meine Identität – und Sie müßten schon fast so einfältig sein wie wir, wenn Sie keine anstellen würden – behalten Sie bitte für sich.« Er seufzte. »Also dann. Ich fürchte, Fawcett, daß Ihre Erklärung völlig richtig ist. Es gibt keine andere, jedenfalls keine halbwegs haltbare. Wir werden eine andere Lösung finden müssen.«

»Es gibt keine andere«, sagte Fawcett.

Und Harper nickte. »Nein, es gibt keine andere.«

Der Admiral nickte ebenfalls. »Nein, es gibt wirklich keine andere. Mit Bruno oder gar nicht, nicht wahr?«

Fawcett schüttelte den Kopf. »Nicht ganz: Mit Bruno *und* dem Circus oder gar nicht.«

»Es sieht ganz so aus.« Der Admiral ließ seinen Blick nachdenklich auf Wrinfield ruhen. »Sagen Sie, gefällt Ihnen der Gedanke, ersetzbar zu sein?«

Wrinfield leerte sein Glas. Seine Hand zitterte nicht mehr – er hatte seine Fassung wiedergefunden. »Offen gestanden nein.«

»Nicht einmal der Gedanke, eingesperrt zu werden?«

»Nein.«

»Ich verstehe Ihren Standpunkt. Es wäre schlecht fürs Geschäft. Muß ich daraus entnehmen, daß Sie Ihre Meinung geändert haben?«

»Ich weiß es nicht, ich weiß es einfach nicht.« Wrinfields Blick wanderte zu Bruno. Besorgt fragte er: »Wie ist es mit Ihnen?«

»Ich mache mit.« Brunos Stimme war vollkommen ausdruckslos. »Wenn es sein muß, mache ich die Sache auch allein. Ich weiß noch nicht, wie ich hinkomme, und ich weiß auch noch nicht, was ich dort tun muß, aber ich werde es auf jeden Fall tun.«

Wrinfield seufzte. »Damit wäre die Sache geklärt.« Er lächelte leicht. »Ein Mann kann sich nicht alles bieten lassen – kein Einwanderer soll einen Mann beschämen, dessen Familie seit fünf Generationen amerikanisch ist.«

»Ich danke Ihnen, Mr. Wrinfield.« Der Admiral schaute Bruno mit einem Gesichtsausdruck an, der genausogut neugierig wie abschätzend sein konnte. »Und Ihnen danke ich auch. Sagen Sie, warum sind Sie eigentlich so fest entschlossen, diesen Auftrag durchzuführen?«

»Ich habe es schon Mr. Fawcett erklärt: Ich hasse den Krieg.«

Der Admiral war gegangen. Dr. Harper war gegangen. Wrinfield und Bruno waren gegangen, und Pilgrim war weggebracht worden. In drei Tagen würde er in aller Stille beigesetzt werden, und kein Außenstehender würde jemals seine wahre Todesursache erfahren – ein nicht ungewöhnlicher Umstand bei Leuten, die sich der Spionage verschrieben hatten, und deren Leben ein abruptes und unerwartetes Ende gefunden hatte. Fawcetts Gesichtszüge hatten sich so weit verhärtet, wie das bei seinen Pausbacken möglich war. Er ging ungeduldig in der Wohnung des Toten auf und ab. Und dann klingelte plötzlich das Telefon. Sofort war Fawcett bei dem Apparat.

Die Stimme, die aus dem Hörer drang, war heiser und zittrig: »Fawcett! Fawcett! Sind Sie das, Fawcett?«

»Ja. Wer spricht denn?«

»Das kann ich Ihnen am Telefon nicht sagen. Sie wissen verdammt genau, wer spricht. Sie haben mich schließlich in diesen ganzen Schlamassel gebracht.« Die Stimme zitterte dermaßen, daß sie nicht zu erkennen war. »Kommen Sie um Himmels willen sofort her. Es ist etwas Entsetzliches passiert.«

»Was?«

»Kommen Sie her!« beschwor ihn die Stimme. »Und kommen Sie um Gottes willen allein. Ins Circusbüro.«

Dann war die Leitung plötzlich tot. Fawcett drückte immer wieder auf die Gabel, aber die Verbindung kam nicht wieder zustande. Fawcett legte den Hörer auf, verließ die Wohnung, sperrte hinter sich zu und fuhr mit dem Lift in die Tiefgarage hinunter.

Abgesehen von ein paar vereinzelten Glühbirnen war die Außenbeleuchtung des Circus ausgeschaltet – es war schon so spät, daß alle Angehörigen des Circus in ihren Unterkünften an Bord des Zuges sein konnten. Fawcett stieg aus dem Wagen und eilte zu den Tierkäfigen, bei denen Wrinfields schäbiges kleines Büro stand. Hier war die Beleuchtung ziemlich gut. Es war keine Menschenseele zu sehen, was Fawcett zunächst ziemlich überraschte, denn Wrinfield hatte ein vierbeiniges Vermögen da drin. Aber nach kurzem Nachdenken fand er es nicht mehr überraschend, denn niemand, der seine fünf Sinne beieinander hatte, würde einen indischen Elefanten oder einen nubischen Löwen stehlen wollen. Es war nicht nur schwer, mit ihnen fertig zu werden, auch ihr Verkauf dürfte sicherlich einigermaßen problematisch sein. Die meisten Tiere lagen schlafend in ihren Käfigen, aber die Elefanten wiegten sich unablässig hin und her, und in einem großen Käfig strichen zwölf bengalische Tiger ruhelos auf und ab und knurrten hin und wieder ohne erkennbaren Grund.

Fawcett ging auf Wrinfields Büro zu und blieb plötzlich erstaunt stehen, als er bemerkte, daß aus dem einzigen Fenster des kleinen Raumes kein Lichtschein nach draußen fiel. Dann ging er weiter und drehte versuchsweise am Türknopf: Die Tür war nicht versperrt. Er öffnete sie und spähte in den Raum, und dann wurde ihm schwarz vor Augen.

3

Wrinfield machte in dieser Nacht kaum ein Auge zu, was in Anbetracht der neuesten Ereignisse und der Sorgen, die sie mit sich gebracht hatten, kaum verwunderlich war. Schließlich stand er um fünf Uhr früh auf, rasierte sich und zog sich an, verließ sein luxuriöses Quartier an Bord des Zuges und machte sich auf den Weg zu den Tierkäfigen – wann immer er Schwierigkeiten oder Kummer hatte, waren sie sein erstes Ziel, denn er liebte seinen Circus und fühlte sich nirgendwo so aufgehoben wie dort. Der Grad der Kommunikationsfähigkeit zwischen ihm und seinen Tieren überstieg bei weitem den, den er im Umgang mit seinen Wirtschaftswissenschaftsstudenten erreicht hatte, denen er, wie er es jetzt sah, die besten Jahre seines Lebens geopfert hatte. Außerdem konnte er sich immer mit Johnny, dem Nachtwächter, die Zeit vertreiben, der trotz des großen Standesunterschiedes, der sie beide trennte, einer seiner ältesten Freunde und Vertrauten war. In dieser Nacht war

Wrinfield allerdings nicht geneigt, überhaupt noch irgend jemandem zu trauen.

Aber Johnny war nicht da, und Johnny war kein Mann, der während der Arbeitszeit einschlief. Er hatte die Aufgabe, dem diensthabenden Wärter oder Tierarzt sofort Bescheid zu sagen, wenn mit einem der Tiere etwas nicht in Ordnung war. Wrinfields anfängliches Erstaunen steigerte sich im Laufe seiner gründlichen Suche zu ernster Besorgnis, und als er ihn schließlich in einer dunklen Ecke fand, erwies sich dieses Gefühl als nur allzu begründet: Johnny, ein älterer, verrunzelter und verkrüppelter Mann – er war einmal zu oft vom Seil gefallen –, war sorgsam verschnürt und geknebelt worden, aber er war am Leben, allem Anschein nach unverletzt und entsetzlich wütend. Wrinfield nahm ihm den Knebel aus dem Mund, band ihn los und half dem alten Mann auf die unsicheren Beine. Sein Leben beim Circus hatte Johnnys Wortschatz geprägt, und bei seiner folgenden Schimpfkanonade fehlte nicht ein einziger Kraftausdruck.

Nachdem er sich Luft gemacht hatte, fragte Wrinfield ihn: »Wer ist das gewesen?«

»Ich weiß es nicht, Boß. Es ist mir ein Rätsel. Ich habe überhaupt nichts gesehen. Und gehört auch nicht.« Vorsichtig rieb Johnny sich den Nacken. »Es fühlt sich an, als sei ein Sandsack darauf heruntergeknallt.«

Wrinfield untersuchte den runzligen Hals. Er war blutunterlaufen, aber nicht aufgeschürft. Wrinfield legte einen Arm um die zerbrechlichen Schultern. »Das war wirklich ein Sandsack. Komm mit. Setz dich zu mir ins Büro. Ich habe da was, das wird dich wieder auf die Beine bringen.«

Sie hatten gerade die Hälfte des Weges hinter sich, als Johnnys Schultern sich plötzlich unter Wrinfields Arm versteiften, und dann sagte er mit einer merkwürdig rauhen und angestrengten Stimme: »Ich glaube, wir haben noch etwas Wichtigeres für die Polizei als den Überfall auf mich, Boß.«

Wrinfield sah ihn fragend an und folgte dann dem Blick seiner weitaufgerissenen Augen: Im Käfig der bengalischen Tiger lagen die zerfleischten Überreste dessen, was einmal ein Mensch gewesen war. Nur an den paar Fetzen Kleidung, die noch übrig waren, und an den Ordensbändern erkannte Wrinfield, daß er das vor sich hatte, was die Tiger von Colonel Fawcett übriggelassen hatten.

Wrinfield starrte wie in Trance auf das geschäftige Treiben, das sich vor seinen Augen abspielte. Es war noch immer dunkel, aber es wimmelte von Menschen – Circusarbeitern, Artisten, uniformierten Polizisten und Detektiven in Zivil, die zwischen den Käfigen herumhasteten und damit beschäftigt waren, alle möglicherweise vorhandenen Spuren für immer zu vernichten. Sanitäter schlugen die Überreste des Colonels in ein großes Tuch ein und legten sie auf eine Bahre. Ein wenig abseits von den anderen standen Malthius, der Tigerdompteur, Neubauer, der Löwenbändiger, und Bruno beieinander, die drei Männer, die Fawcett aus dem Tigerkäfig geholt hatten. Wrinfield wandte sich an den Admiral, den er als ersten benachrichtigt und der es seit seiner Ankunft noch nicht für nötig gehalten hatte, irgend jemandem seine Anwesenheit oder Identität zu erklären. Es hatte ihn auch keiner der Polizisten darum ersucht – ganz offensichtlich waren sie entsprechend instruiert worden.

»Wer, um Gottes willen, kann diese grauenvolle Tat begangen haben, Sir?« fragte Wrinfield.

»Es tut mir entsetzlich leid, Mr. Wrinfield.« Es war völlig untypisch für den Admiral, zu sagen, daß ihm irgend etwas leid tat. »Es tut mir alles leid. Es tut mir leid um Fawcett, einer meiner besten und vertrauenswürdigsten Männer, und es tut mir leid, daß Sie durch meine Schuld solch schreckliche Dinge erleben. Auf derartige Publicity kann sicherlich jeder Circus verzichten.«

»Zum Teufel mit der Publicity, Sir. Wer war es, Sir, wer?«

»Und ich glaube, es tut mir auch ein bißchen für mich leid.« Der Admiral zuckte die Achseln. »Wer es war? Offensichtlich derselbe oder dieselben wie bei Pilgrim. Ihre Vermutungen hinsichtlich des Täters oder der Täter sind in diesem Falle ebenso gut wie meine. Das einzige, was wir sicher wissen, ist, daß sie – wer immer ›sie‹ auch sein mögen – genau wußten, daß er hierherkommen würde, sonst hätten sie nicht vorsorglich den Wächter außer Gefecht gesetzt. Er kann sich glücklich schätzen, daß er nicht gezwungen wurde, Fawcett im Tigerkäfig Gesellschaft zu leisten. Höchstwahrscheinlich bekam Fawcett einen Anruf. Wir werden es bald wissen. Ich lasse es gerade überprüfen.«

»Überprüfen? Was?«

»Jeder Anruf, der ankommt oder hinausgeht, wird in unserem Haus auf Band aufgenommen – abgesehen von den Gesprächen, die über die Apparate mit den Verwürfelungsvorrichtungen geführt werden. Mit ein wenig Glück haben wir den Bericht innerhalb der nächsten Minuten. In der Zwischenzeit möchte ich gern ein paar Worte mit den drei Männern sprechen, die Fawcett aus dem Käfig geholt haben. Aber mit jedem einzeln. Soviel ich gehört habe, ist einer von ihnen der Tigerdompteur. Wie heißt er?«

»Malthius. Aber – aber er ist über jeden Verdacht erhaben.«

»Das bezweifle ich nicht.« Der Admiral kämpfte heldenhaft seine Ungeduld nieder. »Aber glauben Sie, daß jemals ein Mordfall gelöst würde, wenn man nur die Verdächtigen vernehmen würde? Bitte, lassen Sie ihn herholen.«

Malthius, ein dunkeläugiger Bulgare mit einem offenen Gesicht, war offensichtlich ehrlich verstört. Für seine Verhältnisse geradezu herzlich sagte der Admiral: »Sie brauchen nicht so verzweifelt zu sein.«

»Aber es waren *meine* Tiger, die das getan haben, Sir.«

»Sie würden es wahrscheinlich mit jedem Menschen tun, außer mit Ihnen, oder?«

»Ich weiß es nicht, Sir. Wenn ein Mensch still in ihrem Käfig liegen würde, würden sie ihn, glaube ich, in Ruhe lassen.« Er zögerte und gab schließlich zu: »Nun ja, unter bestimmten Umständen würden sie es vielleicht doch tun.« Der Admiral wartete geduldig, bis Malthius fortfuhr: »Wenn sie provoziert werden oder...«

»Oder?«

»Oder wenn sie Blut riechen.«

»Sind Sie dessen sicher?«

»Natürlich ist er dessen sicher.« Den Admiral, der sich über den Grad der Loyalität Wrinfields seinen Männern gegenüber nicht klar war, überraschte der schroffe Ton. »Was glauben Sie denn, Sir? Wir füttern sie mit rohem Rindfleisch oder Pferdefleisch, und mit dem Geruch von Blut assoziieren sie Nahrung. Die Tiger können es jedesmal kaum erwarten, das Fleisch zwischen die Pranken zu bekommen, und zerfetzen es in Sekunden. Haben Sie schon jemals bei einer Tigerfütterung zugesehen?«

Der Admiral stellte sich vor, wie Fawcett gestorben war, und schauderte unwillkürlich zusammen. »Nein, und ich glaube auch nicht, daß ich es jemals möchte.« Er wandte sich wieder an Malthius: »Es ist also möglich, daß man auf ihn eingestochen und ihn noch lebend in den Käfig gestoßen hat – denn Tote bluten nicht.«

»Das ist durchaus möglich, Sir. Aber Sie werden bei dem Toten keine Stichwunden mehr feststellen können.«

»Das ist mir klar. Die Käfigtür war von außen verschlossen, wie Sie sagen. Ist es möglich, sie auch von innen abzuschließen?«

»Nein. Von innen kann man sie nur verriegeln. Aber sie war nicht verriegelt.«

»Ist das nicht ziemlich merkwürdig?«

Zum erstenmal zeigte sich ein schwaches Lächeln auf Malthius' Gesicht. »Nicht für einen Tigerdompteur, Sir. Wenn ich den Käfig betrete, drehe ich draußen den Schlüssel um und lasse ihn so. Sobald ich im Käfig bin, verriegle ich die Tür – ich kann es nicht riskieren, daß sie plötzlich aufgeht oder einer der Tiger sie aufstößt, und die Tiere sich unter die Besucher mischen. Und für mich kann sich diese Regelung auch als nützlich erweisen – wenn die Situation im Käfig unerwartet ungemütlich werden sollte, muß ich nur den Riegel aufschieben, um mich in Sicherheit bringen zu können, und dann von außen zusperren.«

»Ich danke Ihnen. Würden Sie jetzt bitte Ihren Freund...«

»Heinrich Neubauer, Sir. Er ist der Löwenbändiger.«

»Ich würde gern auch mit ihm sprechen.« Malthius ging niedergeschlagen davon, und der Admiral sagte: »Er macht einen ausgesprochen verzweifelten Eindruck.«

»Wären Sie an seiner Stelle nicht auch verzweifelt?« fragte Wrinfield, und wieder war sein Ton schroff. »Er fühlt sich nicht nur persönlich verantwortlich für den Tod des Colonels, er sieht sich auch der unangenehmen Tatsache gegenüber, daß seine Tiger zum erstenmal Menschenfleisch gekostet haben. Und Malthius ist schließlich auch Menschenfleisch.«

»Daran hatte ich nicht gedacht.«

Der Admiral stellte Neubauer ein paar Fragen und bat ihn dann, ihm Bruno zu schicken. Als er kam, sagte der Admiral: »In Wahrheit sind Sie der einzige, mit dem ich wirklich sprechen wollte. Die Gespräche mit den beiden anderen waren nur Verschleierungsmanöver – wir werden sowohl von den Circusleuten als auch von der Polizei beobachtet. Einige der Beamten halten mich übrigens für einen sehr hochgestellten Polizeioffizier, während die anderen glauben, ich sei vom FBI, wobei ich mir nicht vorstellen kann, worauf sich letztere Vermutung stützt. Ein schrecklicher Vorfall, Bruno, wirklich ganz schrecklich. Es sieht ganz so aus, als hätte der arme Fawcett recht gehabt: Man will herauskriegen, wieviel wir einstekken, ohne uns von unserer Circustournee abbringen zu lassen. Nun, ich für meinen Teil habe genug. Wer weiß, wer als nächster dran sein wird? Ich habe kein Recht – und auch niemand anders hat es –, Sie zu bitten, Ihren Auftrag trotz allem durchzuführen. Auch der Patriotismus hat eine Grenze – Pilgrim und Fawcett hat der ihre das Leben gekostet. Ich entbinde Sie hiermit von allen Verpflichtungen, die Sie hatten oder zu haben glaubten.«

»So geht das nicht.« Wrinfields Ton war unverändert schroff. Alles, was seinen geliebten Circus betraf, berührte ihn an seiner empfindlichsten Stelle. Und so war auch dieser Fall seine persönliche Angelegenheit geworden. »Zwei gute Männer sind gestorben. Wollen Sie vielleicht, daß sie umsonst ihr Leben gelassen haben? Ich mache die Tournee auf jeden Fall.«

Der Admiral blinzelte und wandte sich an Bruno: »Und Sie?«

Bruno sah ihn lange schweigend und mit nur schlecht verhohlener Verachtung an.

»Nun denn.« Der Admiral war etwas aus dem Konzept gebracht, aber er fing sich schnell wieder. »Wenn Sie bereit sind, die Risiken auf sich zu nehmen, bin ich bereit, Ihre Opfer anzunehmen. Es ist schrecklich egoistisch, ich weiß, aber wir wollen diese Forschungsunterlagen um jeden Preis haben. Ich werde erst gar nicht versuchen, Ihnen zu danken – ich wüßte auch offen gestanden nicht, wie ich es formulieren sollte –, aber das mindeste, was ich tun kann, ist, Ihnen einen gewissen Schutz zu gewährleisten. Ich werde Ihnen fünf meiner besten Männer mitgeben – als Presseleute zum Beispiel –, und wenn Sie erst mal auf dem Schiff sind ...«

Bruno unterbrach ihn mit ruhiger Stimme. »Wenn Sie uns Leute schicken, nehme ich meine Zusage zurück. Und aus dem, was mir bisher gesagt worden ist, schließe ich, daß dann die ganze Tournee sinnlos ist. Eine Ausnahme ist natürlich Dr. Harper. Was den Rest Ihrer Männer betrifft – wer, glauben Sie, hat Pilgrim und Fawcett getötet? Ohne den Schutz Ihrer Leute haben wir vielleicht eine Chance.« Er wandte sich ab und ging.

Der Admiral sah ihm mit leicht schmerzlichem Gesichtsausdruck nach – es war ihm unangenehm, daß ihm schon wieder die Worte fehlten, aber Gott sei Dank wurde gar kein Kommentar von ihm erwartet. Ein Sergeant kam auf ihn zu. Er hatte eine kleine schwarze Schachtel in der Hand. Wrinfield war ziemlich sicher, daß die Polizeiuniform, in der der Mann steckte, nicht sein Eigentum war. Wenn es um Lokalkolorit ging, leistete der Admiral ganze Arbeit.

Der Admiral fragte: »Das Band?« Als der Polizeisergeant nickte, wandte er sich an Wrinfield und fragte: »Können wir für kurze Zeit Ihr Büro benutzen?«

»Natürlich.« Wrinfield sah sich um. »Aber nicht das hier. Lieber das im Zug. Hier sind zu viele Leute.«

Die Bürotür schloß sich hinter ihnen, der Sergeant nahm den Recorder aus dem Etui, und Wrinfield fragte: »Was erwarten Sie zu hören?«

»Sie.« Wrinfield starrte ihn entgeistert an. »Besser gesagt eine Stimme, die der Ihren sehr ähnlich ist. Oder Brunos. Ihre beiden Stimmen waren die einzigen aus dem Circus, die Fawcett kannte. Einer telefonischen Aufforderung von irgend jemand Beliebigem wäre er nicht gefolgt.«

Sie hörten sich das Band bis zu Ende an, dann sagte Wrinfield ruhig: »Das soll eindeutig meine Stimme sein. Sollen wir uns das Band noch mal anhören?« Sie ließen es noch einmal ablaufen. Wrinfield sagte: »Das ist nicht meine Stimme.«

»Mein lieber Wrinfield, ich habe nicht eine Sekunde daran geglaubt, daß es wirklich Ihre Stimme sein könnte. Ich weiß, daß sie es nicht ist. Jetzt weiß ich es! Aber ich mußte die Aufnahme zweimal hören, um ganz sicher zu sein. Wenn ein Mann so schnell und verzweifelt spricht, bekommt seine Stimme uncharakteristische Untertöne. Ein Seidentuch über der Sprechmuschel wirkt wahre Wunder. Ich kann dem armen Fawcett keinen Vorwurf machen, daß er darauf hereingefallen ist, es ist wirklich eine meisterhafte Imitation.«

Der Admiral schwieg eine Weile nachdenklich. Schließlich hob er den Kopf und schaute Wrinfield fragend an: »Soviel ich weiß und soviel Sie wissen, haben Sie niemals einen meiner Männer kennengelernt oder mit einem von ihnen gesprochen! Richtig?« Wrinfield nickte. »Aber dieser Anruf wurde von jemandem getätigt, der Ihre Stimme ganz genau kennt.«

»Das ist ungeheuerlich! Wollen Sie damit etwa andeuten ...«

»Genau das. Wenn unsere Organisation unterwandert werden kann, wieso sollte es dann in Ihrem verdammten Circus nicht auch möglich sein? Schließlich arbeiten bei Ihnen Menschen aus fünfundzwanzig verschiedenen Nationen, bei mir nur aus einer.«

»Sie sind die CIA. Jeder hat Interesse daran, die CIA zu unterwandern. Aber wer sollte Interesse daran haben, einen harmlosen Circus zu unterwandern?«

»Niemand. Aber in den Augen unserer Kollegen von der anderen Seite haben Sie keinen harmlosen Circus, sondern einen Ableger der CIA und sind infolgedessen ausgesprochen interessant für eine Unterwanderung. Lassen Sie sich nicht von Ihrer Loyalität den Blick trüben. Lassen wir das Band noch einmal ablaufen. Und hören Sie diesmal nicht auf Ihre eigene Stimme, versuchen Sie stattdessen, die Stimme eines anderen herauszuhören. Ich nehme an,

Sie kennen die Stimmen Ihrer gesamten Belegschaft. Und um die Auswahl etwas einzuengen, können wir diejenigen ausschließen, die mit einem deutlichen ausländischen Akzent sprechen. Auf dem Band spricht eine angelsächsische Stimme, wahrscheinlich eine amerikanische, aber ich bin nicht ganz sicher.«

Sie ließen das Band noch viermal ablaufen, aber am Ende schüttelte Wrinfield den Kopf. »Es hat keinen Sinn. Die Verzerrung ist zu stark.«

»Ich danke Ihnen, Sergeant, Sie können gehen.« Der Polizist verstaute das Tonbandgerät und ging. Der Admiral ging einige Male im Büro auf und ab – drei Schritte hin und drei Schritte zurück, für mehr war kein Platz – und schüttelte schließlich resigniert den Kopf. »Was für ein reizvoller Gedanke – eine Verbindung zwischen Ihrer Mannschaft und meiner.«

»Sie klingen völlig überzeugt.«

»Ich *bin* völlig überzeugt. Es gibt unter meinen Leuten keinen einzigen, der nicht lieber seine Altersversorgng herschenken würde, als die Tür eines Tigerkäfigs zu öffnen.«

Auch Wrinfield nickte resigniert. »Diesmal ist es an mir zu sagen, daß ich daran nicht gedacht habe.«

»Geschenkt! Wichtig ist jetzt einzig und allein die Überlegung, was wir machen sollen. Ich wette meine Karriere, daß Sie unter feindlicher Beobachtung stehen.« Er hielt inne und starrte eine Weile düster vor sich hin. Dann fuhr er fort: »Wobei es sich fragt, ob ich am Ende dieser ganzen Sache überhaupt noch eine Karriere zu verwetten habe.«

»Was unsere Pläne betrifft, so dachte ich, das sei bereits endgültig geklärt.« Der frostige Ton schien Wrinfield zur Gewohnheit geworden zu sein. »Sie haben doch gehört, was ich zu diesem Thema sagte, und Sie haben auch gehört, was Bruno dazu zu sagen hatte: Wir werden die Tournee machen.«

Der Admiral betrachtete ihn nachdenklich. »Ein beachtlicher Sinneswandel seit gestern abend. Oder vielmehr ein viel energischeres Auftreten.«

»Ich glaube, Sie verstehen nicht ganz, was in mir vorgeht, Sir«, sagte Wrinfield, sichtlich um Geduld bemüht. »Der Circus ist mein ganzes Leben. Was den Circus betrifft, betrifft auch mich und umgekehrt. Und außerdem haben wir eine gute Karte im Ärmel.«

»Das ist mir entgangen.«

»Bruno ist noch unbehelligt.«

»Das ist mir allerdings nicht entgangen. Und weil ich möchte, daß das so bleibt, wäre es mir lieb, Sie würden dieses Mädchen von uns bei sich anstellen. Maria Hopkins. Ich kenne sie nur flüchtig, aber Dr. Harper hat mir versichert, daß sie außerordentlich intelligent und von unerschütterlicher Loyalität ist. Wir hatten uns gedacht, daß Bruno und sie sich ineinander verlieben. Und das sollte wohl keine großen Schwierigkeiten bereiten.« Der Admiral verzog das Gesicht zu einem Lächeln: »Wenn ich zwanzig Jahre jünger wäre, würde ich sagen, es sei sogar unumgänglich. Sie ist nämlich wirklich eine Schönheit. Und als Angehörige des Circus kann sie mit Bruno, Dr. Harper und – bis zu Ihrer Abreise – auch mit mir Kontakt aufnehmen, ohne Verdacht zu erregen. Vielleicht könnten Sie sie als Reiterin einstellen? Das war jedenfalls Fawcetts Idee.«

»Leider keine besonders gute. Sie glaubt vielleicht, daß sie gut ist, ja, vielleicht ist sie sogar tatsächlich gut, aber in unserem Circus ist kein Platz für Amateure. Außerdem gibt es nicht ein Mitglied meiner Mannschaft, das nicht sofort merken würde, daß sie keine Circusreiterin ist. Und damit stünde sie augenblicklich im Mittelpunkt des allseitigen Interesses.«

»Haben Sie einen anderen Vorschlag?«

»Ja. Fawcett erwähnte das Mädchen in diesem gräßlichen Bordell, in dem unsere Besprechung stattfand, und ich habe darüber nachgedacht, wo man sie einsetzen könnte. Allerdings waren keine großen Anstrengungen nötig: Meine derzeitige Sekretärin heiratet in ein paar Wochen einen merkwürdigen Menschen, der nichts für das Circusleben übrig hat, und deshalb verläßt sie uns. Das ist allgemein bekannt. Lassen wir Maria doch einfach ihren Platz einnehmen. Dann hat sie jede Veranlassung, in konstanter Verbindung mit mir zu stehen und durch mich jederzeit die Möglichkeit, auch mit dem Doktor und Bruno zu sprechen.«

»Es könnte gar nicht besser sein. Und jetzt möchte ich Sie bitten, morgen ein auffallendes Inserat in die Zeitungen zu setzen, in dem Sie einen Arzt suchen, der den Circus auf seiner Tournee nach Europa begleitet. Ich weiß, daß das nicht die übliche Art ist, einen Arzt zu finden, aber wir haben keine Zeit, die üblichen Wege zu benutzen, und das muß in der Anzeige klar zum Ausdruck kommen. Sie werden sicher mehrere Bewerbungen bekommen – immerhin wäre es eine verlockende Ferienreise für jemanden, der vielleicht gerade seine obligate Klinikzeit absolviert hat –, aber Sie werden sich natürlich für Dr. Harper entscheiden. Er hat zwar seit Jahren nicht mehr praktiziert, aber das ist nicht so wichtig. Wichtig ist nur, daß er ein hervorragender Geheimagent ist.«

»Soviel ich mitbekommen habe, war Pilgrim das auch. Und Fawcett ebenfalls.«

Der Admiral winkte verärgert ab. »Es sind nicht immer aller schlechten Dinge drei. Das Blatt kann sich wenden. Die beiden Männer wußten, wie riskant ihre Arbeit war. Und Harper weiß es ebenfalls. Jedenfalls steht er außerhalb jeden Verdachts. Es gibt keine Verbindung zwischen ihm und dem Circus.«

»Sind Sie schon auf den Gedanken gekommen, daß Ihre Kollegen von der anderen Seite vielleicht seine Vergangenheit überprüfen werden?«

»Sind Sie schon auf den Gedanken gekommen, daß ich mich vielleicht besser zum Circusbesitzer und -direktor eignen würde als Sie?«

»Touché! Ich habe es herausgefordert.«

»Ja, das haben Sie allerdings. Aber zurück zum Thema. Es gibt nicht mehr Grund für die anderen, ihn zu überprüfen, als bei allen übrigen Ihrer Hunderten von Angestellten. Seine Vergangenheit ist untadelig: Er ist fachärztlicher Berater am ›Belvedere‹, und mit dieser Reise verlebt er einen Teil seines Urlaubs auf anderer Leute Kosten. Er hat viel bessere Qualifikationen und viel größere Erfahrung als alle anderen Bewerber, die an Sie herantreten werden. Ihre Wahl wird also ganz selbstverständlich auf ihn fallen. Sie haben Glück, ihn zu bekommen.«

»Aber er hat seit Jahren nicht prakti...«

»Er hat ein Sprechzimmer in der Klinik – eines unserer Zweigbüros.«

»Ist Ihnen denn gar nichts heilig?«

»Nicht viel. Wie bald können Sie abreisen?«

»Abreisen?«

»Nach Europa.«

»Wir sind noch drei Tage hier und dann haben wir noch drei Termine an der Ostküste.«

»Blasen Sie sie ab.«

»Abblasen? Das geht nicht! Es ist alles festgemacht, die Hallen sind bestellt, die Ankündigungen laufen, Tausende von Karten sind bereits im Vorverkauf weggegangen...«

»Ihre Entschädigung wird sich in fürstlichen Regionen bewegen, Mr. Wrinfield. Setzen Sie eine angemessene Summe fest und sie wird morgen auf Ihrer Bank sein.«

Wrinfield war kein Mann, der dazu neigte, die Hände zu ringen, aber im Augenblick sah er so aus, als hätte er es gern getan. »Wir sind so etwas wie eine feste Institution dort.«

»Verdoppeln Sie die Summe, an die Sie gedacht haben. Sagen Sie ab. Ihre Einschiffung nach Europa von New York aus wird in einer Woche stattfinden. Sobald Sie Dr. Harper eingestellt haben, wird er die Impfungen organisieren. Falls Sie irgendwelche Schwierigkeiten wegen der Visa haben sollten, werden wir ein bißchen nachhelfen. Aber ich glaube eigentlich nicht, daß es nötig sein wird – die osteuropäischen Länder sind ganz wild auf Ihren Circus. Ich werde heute abend zur Vorstellung kommen. Und die bezaubernde Miß Hopkins auch. Aber nicht mit mir. Lassen Sie sie von irgend jemandem herumführen, aber tun Sie es nicht selbst.«

»Ich habe einen sehr aufgeweckten Neffen...«

»Fein. Sagen Sie ihm gar nichts. Er soll die neue Sekretärin nur in ihr neues Reich einführen und sie einigen Ihrer besten Leute vorstellen. Vor allem natürlich Bruno. Und weihen Sie Bruno vorher ein.«

Henry Wrinfield sah seinem Onkel dermaßen ähnlich, daß man ihn ohne weiteres für seinen Sohn hätte halten können, aber es bestand kein Zweifel daran, daß er wirklich sein Neffe war. Er hatte die gleichen dunklen Augen, das gleiche schmale Gelehrtengesicht und die gleiche schnelle Auffassungsgabe. Und wenn er auch nicht das gleiche geistige Niveau wie sein Onkel hatte, so war er doch wirklich ein sehr aufgeweckter junger Mann. Und er war hell begeistert davon, Maria Hopkins den Circus zeigen zu dürfen. Für etwa eine Stunde vergaß er völlig den Blaustrumpf, mit dem er verlobt war, und als ihm seine Herzensdame schließlich wieder einfiel – für gewöhnlich vergingen keine zehn Minuten, in denen er nicht an sie dachte –, stellte er überrascht fest, daß er keine Gewissensbisse hatte.

Nur wenige Männer hätten über die Aufgabe zu klagen gehabt, die Henry überantwortet worden war, und diese wenigen hätten nur Weiberfeinde in sehr fortgeschrittenem Stadium sein können. Sie war klein, aber ganz offensichtlich nicht unterernährt, hatte lange dunkle Haare, schimmernde dunkle Augen und ein außerordentlich ansteckendes Lächeln und Lachen. Sie entsprach nicht im entferntesten den landläufigen Vorstellungen von einer Geheimagentin, und das war vielleicht einer der Gründe, weshalb Dr. Harper so große Stücke auf sie hielt.

Henry, der sie völlig unnötigerweise untergehakt hatte, zeigte ihr die angeketteten und in den Käfigen sitzenden Tiere und stellte ihr Malthius und Neubauer vor, die mit ihren großen Katzen gerade ihre einzelnen Nummern trainierten. Malthius war charmant und freundlich und wünschte ihr eine angenehme Zeit beim Circus, wogegen Neubauer zwar höflich, aber mangels Begabung auf diesem Gebiet nicht charmant war und ihr nichts wünschte. Henry führte sie weiter und kam mit ihr auf den zum Circus gehörenden Jahrmarkt. Kan Dahn spielte mit einer riesigen Kugelhantel und sah eindrucksvoller aus als je zuvor. Er nahm Marias kleine Hand vorsichtig in seine Pranke, lächelte breit, verkündete, daß sie die beste Neuerwerbung des Circus seit seiner eigenen Einstellung vor Jahren sei, und bereitete ihr alles in allem einen geradezu überschwenglichen Empfang.

Kan Dahn war immer guter Laune, aber niemand wußte, ob das bei ihm auf Veranlagung beruhte oder auf der Einsicht, daß er es nicht nötig hatte, zu irgend jemandem unfreundlich zu sein. Manuelo, das mexikanische Messerwerfer-Genie, stand hinter dem Tresen einer Bude und beobachtete wohlwollend eine ganze Anzahl von Jungen und Junggebliebenen, die mit Gummimessern nach beweglichen Zielen warfen. Ab und zu verließ er seinen Platz und warf mit beiden Händen gleichzeitig sechs Ziele in drei Sekunden um, um seinen Kunden zu zeigen, daß wirklich nichts dabei war. Er begrüßte Maria mit typisch südländischem Enthusiasmus und versicherte ihr, er würde während ihres Aufenthaltes beim Circus stets zu ihren Diensten stehen. Ein kleines Stück weiter begrüßte Ron Roebuck sie ernst, aber freundlich. Als sie weiterging, kam plötzlich eine Lassoschlinge über ihr herunter, berührte kaum den Boden, stieg wieder hoch und verschwand, ohne auch nur einmal ihre Kleidung berührt zu haben. Sie drehte sich um und strahlte Roebuck an, und nun machte auch er kein ernstes Gesicht mehr.

Als Henry und Maria sich Brunos Minitheater näherten, kam er gerade heraus. Er trug wieder die Mandarinrobe und sah nach gar nichts aus. Henry stellte ihn Maria vor, und Bruno sah sie mit zurückhaltender Bewunderung an. Zunächst war sein Gesicht ausdruckslos wie immer, aber dann lächelte er plötzlich, was seine Züge in verblüffendem Maße veränderte.

»Willkommen beim Circus«, sagte er. »Ich hoffe, Ihre Zeit bei uns wird schön für Sie.«

Sie erwiderte sein Lächeln. »Ich danke Ihnen. Es ist eine große Ehre für mich. Sie – Sie sind der Star des Programms, nicht wahr?«

Bruno deutete zum Himmel hinauf. »Die Sterne sind da oben, Miß Hopkins. Hier unten gibt es nur Darsteller. Wir alle tun, was wir können. Manche von uns haben das Glück spektakulärere Nummern zu haben als andere, das ist alles. Entschuldigen Sie mich. Ich muß mich beeilen.«

Maria schaute ihm nachdenklich nach. »Nicht ganz, was Sie erwartet haben, was?« fragte Henry amüsiert.

»Nein, nicht ganz.«

»Enttäuscht?«

»Ein bißchen schon.«

»Heute abend werden Sie es vergessen. Seine Nummer hat noch niemanden enttäuscht.«

»Stimmt es, daß er und seine Brüder völlig blind arbeiten?«

»Ja, das stimmt. Aber Sie werden merken, daß Bruno die unsichtbaren Fäden in der Hand hat. Er ist der Koordinator und der Fänger. Vielleicht haben die Brüder eine telepathische Begabung, ich weiß es nicht. Und auch sonst scheint es niemand zu wissen. Und wenn Bruno und seine Brüder es wissen, so verraten sie es nicht.«

»Vielleicht ist es auch etwas anderes.« Sie deutete auf das Spruchband ›Der Große Mentalist‹. »Es heißt, er habe ein fotografisches Gedächtnis und könne Gedanken lesen.«

»Ich hoffe nur, er hat vorhin nicht die Ihren gelesen.«

»Und er könne den Inhalt verschlossener Briefumschläge lesen. Wenn er durch Papier sehen kann, wieso sollte er dann nicht durch eine Augenbinde sehen können?«

Er sah sie erstaunt an. »Miß Hopkins, Sie haben nicht nur ein hübsches Gesicht. Wissen Sie, dieser Gedanke ist mir tatsächlich noch nie gekommen.« Er dachte einen Augenblick nach, gab aber schnell auf. »Kommen Sie, wir wollen uns auf unsere Plätze setzen. Gefällt Ihnen das, was Sie bisher gesehen haben?«

»Sehr.«

»Irgend etwas besonders?«

»Ja. Daß alle so schrecklich nett und höflich sind.«

Henry lächelte. »Wir sind ja schließlich keine Wilden.« Er nahm ihren Arm und führte sie in die riesige Halle. Seine blaustrümpfige Verlobte war nicht einmal mehr ein Wölkchen an seinem rosafarbenen Horizont.

Es gab in diesem Augenblick aber doch jemanden im Circus, der weder schrecklich nett noch höflich war, aber der Admiral war schließlich kein Angehöriger des Circus, und er war es nicht gewöhnt, daß man sich seinem Willen widersetzte. Außerdem hatte er einen langen, frustrierenden Tag hinter sich, und im Laufe desselben hatte er seine übliche Herzlichkeit völlig verloren.

»Ich glaube, Sie haben mich nicht richtig verstanden«, sagte er mit unheilschwangerer Beherrschung.

»Aber *Sie müssen mich* verstanden haben.« Der Bühnenausgang war schlecht beleuchtet, und draußen war es sehr dunkel und es regnete immer noch, und außerdem waren Johnnys Augen nicht mehr die besten. Und so hatte der Nachtwächter den Admiral nicht erkannt. »Der Eingang für das Publikum ist dort hinten. Verschwinden Sie.«

»Sie sind verhaftet«, sagte der Admiral unvermittelt. Er wandte sich an die schattenhafte Gestalt, die neben ihm stand: »Bringen Sie diesen Burschen aufs nächste Revier. Er hat den Lauf der Gerechtigkeit behindert.«

»Langsam, langsam.« Johnnys Ton hatte sich vollkommen geändert. »Es ist doch nicht nötig...« Er beugte sich vor und schaute zu dem Admiral auf. »Sind Sie nicht der Herr, der hier war, als wir heute morgen diesen kleinen Ärger hatten?«

»Wenn Sie mit diesem kleinen Ärger den Mord meinen, dann haben Sie recht. Bringen Sie mich zu Mr. Wrinfield.«

»Bedaure, Sir, ich darf meinen Posten hier nicht verlassen.«

»Sie sind Johnny, nicht wahr? Wollen Sie morgen auch wieder auf Ihrem Posten sein, Johnny?«

Johnny brachte den Admiral zu Mr. Wrinfield.

Das Gespräch der beiden Männer war nur kurz. Der Admiral sagte: »Es ist alles geregelt. Sie werden keine Probleme mit den Visa haben.«

»Fünfundzwanzig verschiedene Nationalitäten in einem Tag?«

»Ich habe einen Stab von vierhundert Leuten, von denen einige bei genauem Hinsehen vielversprechende Anzeichen von Intelligenz erkennen lassen. Dr. Harper kommt morgen früh um zehn. Bitte seien Sie da. Er wird sofort anfangen. Unsere persönlichen Nachforschungen in den beiden Mordfällen haben bis jetzt nichts ergeben. Und ich glaube auch nicht, daß sie noch etwas ergeben werden. Aber zukünftige Ereignisse könnten vielleicht etwas Licht in die Sache bringen.«

»Was für Ereignisse?«

»Ich weiß nicht. Aber sicherlich ziemlich drastische. Ich habe übrigens Ihren Nachtwächter ein bißchen eingeschüchtert, um uns seiner Mitarbeit zu versichern. Er ist widerspenstig und nicht gerade ein Geistesriese, aber ich halte ihn für verläßlich.«

»Ich lege beide Hände für ihn ins Feuer.«

»Jeder mißt seinen Händen einen anderen Wert bei. Ich lasse während der Nacht sechs Männer durch die Schlafabteile des Zuges patrouillieren. Sie gehören nicht zu unserer Organisation. Sie brauchen sich also deswegen keine Sorgen zu machen. Sie werden jede Nacht bis zu Ihrer Abreise da sein, die übrigens in fünf Tagen stattfinden wird.«

»Warum eine Patrouille? Ich glaube nicht, daß ich mich damit einverstanden erkläre.«

»Offen gestanden ist es vollkommen gleichgültig, ob Sie damit einverstanden sind oder nicht.« Der Admiral lächelte – allerdings sichtbar angestrengt –, um seinen Worten die Schärfe zu nehmen. »Seit dem Moment, in dem Sie diesen Auftrag annahmen, unterstehen Sie der Befehlsgewalt der Regierung, und daran wird sich bis zur Beendigung der geplanten Operation auch nichts mehr ändern. Und ich möchte, daß Johnny die Oberaufsicht führt.«

»Um wessen Sicherheit geht es denn?«

»Um Brunos, Marias, Harpers – und Ihre.«

»*Meine*? Bin ich etwa in Gefahr?«

»Ehrlich gesagt, glaube ich es nicht, denn es wäre durchaus nicht im Sinne unserer Freunde, wenn Ihnen etwas zustieße und die Tournee abgeblasen würde. Aber ich will nicht das geringste Risiko eingehen.«

»Und Sie glauben wirklich, daß diese Patrouille einen Sinn hat?«

»Ja. In einer so engen Gemeinschaft wie dieser wird Ihre Anwesenheit innerhalb einer Stunde allgemein bekannt sein. Verbreiten Sie das Gerücht, daß die Polizei Drohungen gegen einige nicht genannte Mitglieder Ihrer Mannschaft erhalten hat. Wenn unter Ihren Leuten ein paar schräge Vögel sind, werden sie sich hüten, aufzufallen.«

»Wie Sie schon sagten, Sie gehen nicht das geringste Risiko ein.«

Der Admiral lächelte. »Ich glaube, Pilgrim und Fawcett würden das durchaus gutheißen. Haben Bruno und Maria sich inzwischen kennengelernt?« Wrinfield nickte. »Und?«

Bruno lächelte. »Und Maria war laut Henry nicht gerade hingerissen.«

»Unbeeindruckt, ja?«

»Das dürfte es treffen, ja.«

»Ist sie in der Vorstellung?«

»Ja. Mit Henry.«

»Ich möchte gern wissen, ob sie danach immer noch unbeeindruckt ist.«

»Immer noch unbeeindruckt?« Auf Henry traf das sichtlich nicht zu, wobei seine Bewunderung allerdings offensichtlich Maria galt.

Sie antwortete nicht sofort. Sie starrte wie zehntausend andere wie hypnotisiert nach oben, wo die ›Blinden Adler‹ ihre unfaßbaren und scheinbar selbstmörderischen Kunststücke machten. Am Ende der Nummer stieß sie einen langen, lautlosen Seufzer aus.

»Ich glaube es nicht!« Ihre Stimme war kaum mehr als ein Flüstern. »Ich kann einfach nicht glauben, was ich gerade gesehen habe!«

»Ich kann es auch kaum glauben – und ich habe es immerhin schon mindestens hundertmal gesehen. Ein erster Eindruck kann auch einmal falsch sein, nicht wahr?«

»Das kann man wohl sagen.«

Eine halbe Stunde später stand sie mit Henry gerade vor den Artistengarderoben, als Bruno herauskam. Er trug Straßenkleidung und sah wieder so unscheinbar aus wie üblich. Als er sie sah, blieb er stehen und lächelte sie an: »Ich habe Sie in der Vorstellung gesehen.«

»Trotz Augenbinde und Kapuze?«

»Auf dem Seil. Auf dem Fahrrad.«

Sie sah ihn verblüfft an: »Bei dieser unglaublichen Nummer haben Sie auch noch Zeit, sich das Publikum anzusehen?«

»Mit irgend etwas muß sich der Mensch doch schließlich beschäftigen«, sagte er gespielt großspurig. »Hat Ihnen alles gefallen?« Sie nickte, und er lächelte wieder. »Sogar die ›Blinden Adler‹? Sie merken natürlich, daß ich nur nach Komplimenten heische.«

Maria schaute ihn ernst an, deutete nach oben und sagte: »Ein Stern ist vom Himmel gefallen.« Dann drehte sie sich um und ging davon. Bruno hob fast unmerklich die Brauen, aber es war nicht eindeutig zu erkennen, ob sich damit Verwirrung oder Belustigung ausdrückte.

Dr. Harper erschien am folgenden Morgen Schlag zehn Uhr, mußte aber eine halbe Stunde warten, bis Wrinfield alle diejenigen Anwärter auf den Posten des Circusarztes abgefertigt hatte, die sich bereits lange vor zehn Uhr eingefunden hatten.

Als Harper schließlich klopfte und eintrat, war Wrinfield allein in seinem Büro. »Guten Morgen«, sagte er, »ich bin Dr. Harper.«

Wrinfield sah ihn erstaunt an und hatte schon den Mund geöffnet, um ihm zu sagen, daß er sich durchaus an ihn erinnerte, als Harper ihm eine handgeschriebene Notiz reichte. Wrinfield nahm das Blatt und las lautlos: »Dieses Büro ist vielleicht mit Abhörgeräten verseucht. Sprechen Sie mit mir, als sei ich ein ganz normaler Bewerber.«

»Guten Morgen«, sagte Wrinfield. Er hatte nicht einmal mit der Wimper gezuckt. »Mein Name ist Wrinfield. Ich bin der Besitzer des Circus.« Und gewandt führte er die Befragung durch. Harper hörte zu, antwortete und schrieb gleichzeitig eine weitere Nachricht, die er Wrinfield ebenfalls über den Schreibtisch reichte. Sie besagte: »Beenden Sie das Gespräch und geben Sie mir den Job. Fragen Sie mich nach den nötigen Reisevorbereitungen, und fordern Sie mich zu einem Rundgang durch den Circus auf.«

»Nun, das wär's«, sagte Wrinfield gehorsam. »Ich bin zu beschäftigt, um die nächsten Wochen damit zu verbringen, mir Bewerber anzusehen. Der Job gehört Ihnen. Wenn ich die Wahl zwischen einem erfahrenen Klinikarzt und einem jungen Assistenten habe, dann fällt sie mir offen gestanden nicht schwer. Ich bin allerdings nicht so naiv, anzunehmen, daß Sie Ihr Leben als Circusarzt beschließen wollen. Ist das Ihr Urlaubsjahr – oder ein Teil davon?«

»Ja. Schwer verdient. Zwölf Jahre am ›Belvedere‹ sind eine lange Zeit.«

»Wie schnell können Sie aus der Klinik freikommen, Doktor?«

»Sofort.«

»Ausgezeichnet. Und welche Reisevorbereitungen müssen getroffen werden?«

»Eine Menge! Wann geht es los?«

»In vier, fünf Tagen.«

»Das ist knapp. Zunächst, Mr. Wrinfield, möchte ich eine Vollmacht von Ihnen für die Beschaffung von Medikamenten. Dann brauche ich alle Pässe, um zu sehen, bei wem welche Impfungen erforderlich sind – soviel ich weiß, ist das die erste Europatournee für Ihren Circus. Ich fürchte, einige Ihrer Hochseilartisten werden in den nächsten Tagen ihre Nummer etwas verkürzen müssen.«

»All das kann ich sofort arrangieren. Aber zuallererst schlage ich einen Rundgang durch das Gelände vor. Wenn Sie erst gesehen haben, auf was Sie sich da einlassen, überlegen Sie es sich vielleicht sogar noch anders.« Die beiden Männer verließen das Büro, und Wrinfield ging voraus bis in die Mitte der mittleren Manege, wo sie so sicher vor unerwünschten Lauschern waren, wie das in dieser Umgebung überhaupt möglich war. Nichtsdestoweniger scharrte

Wrinfield mit seinem Schuh im Sand herum und blickte sich scheinbar ziellos um, bevor er zu sprechen begann.

Schließlich fragte er: »Was soll das alles?«

»Es tut mir leid, eine solche Schmierenkomödie von Ihnen verlangt zu haben. Für gewöhnlich haben wir für derlei Mätzchen nichts übrig, sie verderben unser Image. Aber ich muß Sie beglückwünschen – Sie wären eine begrüßenswerte Neuerwerbung für unsere Organisation. Auf dem Weg hierher unterhielt ich mich mit Charles, und im Verlauf des Gesprächs kam uns beiden derselbe häßliche Verdacht.«

»Daß mein Büro verwanzt ist?«

»Wenn es so wäre, würde das eine Menge Dinge erklären.«

»Aber warum die Zettel? Warum haben Sie mich nicht angerufen und vorgewarnt?« Harper lächelte ihn schweigend an, und Wrinfield faßte sich an den Kopf. »Das war nicht besonders intelligent: Natürlich wäre es auch möglich, daß eine Wanze im Telefon steckt.«

»Sie haben es erfaßt. In ein paar Minuten wird ein weiterer Anwärter auf den annoncierten Posten erscheinen. Er heißt Dr. Morley und wird die übliche schwarze Arzttasche dabeihaben. Aber er ist kein Arzt, er ist Elektronikexperte, und seine Tasche enthält die neuesten Geräte zur Aufspürung von Abhörvorrichtungen. Wenn er zehn Minuten in Ihrem Büro verbracht hat, wissen wir, ob es sauber ist oder nicht.«

Fünfzehn Minuten später, als Wrinfield und Harper auf dem Rückweg zu Wrinfields Büro waren, kam ein hochgewachsener dunkelhaariger Mann mit einer schwarzen Tasche heraus und stieg die Stufen herunter. Im Hinblick auf eventuelle Zuschauer oder Lauscher machte Wrinfield die beiden Männer miteinander bekannt und schlug vor, zu dritt einen Kaffee in der Kantine zu trinken. Sie ließen sich an einem etwas abgelegenen Tischchen in einer Ecke nieder.

»Zwei Wanzen«, sagte Morley. »Miniatursender. Einer in der Deckenlampe und der andere im Telefon.«

»Dann kann ich jetzt also wieder beruhigt atmen«, meinte Wrinfield. Als keiner der beiden anderen antwortete, fragte er unsicher: »Die beiden Geräte sind doch sicher entfernt oder unbrauchbar gemacht worden?«

»Aber natürlich nicht«, protestierte Harper. »Die Wanzen sind immer noch an ihren Plätzen, und dort werden sie auch bleiben – wahrscheinlich bis zu unserer Rückkehr aus Europa. Meinen Sie vielleicht, wir wollen, daß unsere Gegner erfahren, daß wir Bescheid wissen? Denken Sie doch an die vielen falschen und verwirrenden und irreführenden Informationen, mit denen wir sie auf diese Weise versorgen können.« Man sah Harper an, daß er sich innerlich die Hände rieb. »Von jetzt an werden Sie in diesem Büro nur noch Ihre normale Routinearbeit erledigen.« Er lächelte beinahe verträumt. »Natürlich nur, wenn ich Ihnen nicht gegenteilige Instruktionen gebe.«

In den folgenden Tagen beschäftigten die Circusleute immer mehr und zuletzt ausschließlich vier Themen.

Das erste war natürlich die bevorstehende Europatournee, die eine ständig wachsende Euphorie hervorrief, allerdings nicht unter den Leuten, welche die Reise nicht mitmachen, sondern ins Winterquartier nach Florida gehen würden. Aus rein organisatorischen Gründen würden nur zwei Drittel der Belegschaft die Reise mitmachen können. Aber diese zwei Drittel betrachteten die Tournee – vor allem, da sie zwei Seereisen mit einschloß – quasi als Urlaubsreise. Ein ausgesprochen anstrengender Urlaub zwar, sobald sie von Bord des Ozeandampfers gehen würden, aber das dämpfte die Stimmung nicht sonderlich. Etwa die Hälfte der Leute waren Amerikaner, von denen die meisten noch nie in Europa gewesen waren – teils aus finanziellen Gründen und teils, weil die Circussaison so lang war, daß sie nur drei Wochen Urlaub im Jahr hatten und den noch dazu in der falschen Jahreszeit: im Winter. Und für sie würde diese Reise vielleicht ein einmaliges Erlebnis sein. Die übrigen Angehörigen des Circus waren hauptsächlich Europäer, größtenteils von der anderen Seite des Eisernen Vorhangs, und auch für sie würde diese Tournee wahrscheinlich ein einmaliges Erlebnis sein, da sie ihnen Gelegenheit bot, ihre Heimat und ihre Verwandten wiederzusehen.

Das zweite Thema war Harpers nicht gerade hochgeschätzte Tätigkeit, bei der ihm zwei vorübergehend eingestellte, ausgebildete Krankenschwestern zur Seite standen. Ihre Unbeliebtheit war beträchtlich. Harper war rigoros bis zur Rücksichtslosigkeit, und wenn es um Impfungen ging, dann schlüpfte niemand durch die Maschen des großen Netzes, das er ausgeworfen hatte. Circusleute sind unzweifelhaft zäher und durchtrainierter als der Durchschnitt der Menschheit, aber wenn es um die Aversion gegen Injektionen, Schnitte und konsequent schmerzende Arme geht, dann unterscheiden sie sich nicht von allen anderen.

Das dritte Thema waren zwei merkwürdige Vorgänge. Der erste war die Patrouille, die die Schlafquartiere die ganze Nacht nicht aus den Augen ließ. Niemand glaubte im Ernst an die Erklärung, daß bei der Polizei anonyme Morddrohungen eingegangen seien, aber eine andere Erklärung konnte auch nicht gefunden werden. Und der zweite merkwürdige Vorgang war, daß zwei angebliche Elektroingenieure gekommen waren – offiziell um die Leitungen des Zuges zu überprüfen. Als endlich jemandem Zweifel an ihrer Identität kamen, und die Polizei verständigt wurde, waren die beiden mit ihrer Arbeit bereits fast fertig. Nur Harper wußte, wer sie waren. Um den Schein zu wahren, ließ er sie kurz festhalten, und diese Zeit reichte ihnen aus, um den Admiral anzurufen und ihm zu versichern, daß in keinem der Schlafquartiere des Zuges ein Abhörgerät installiert sei.

Und das vierte und zweifellos interessanteste Thema waren Bruno und Maria. Zum Kummer Henrys, der sich in einem ständigen Kampf mit seinem Gewissen befand, sah man die beiden immer häufiger miteinander. Die Reaktionen auf diese Entwicklung waren gemischt. Einige beobachteten amüsiert, wie Brunos bis dahin unangreifbare Schutzwälle in sich zusammenfielen. Andere waren neidisch – die Männer, weil Bruno ganz offensichtlich und ohne jede Anstrengung das Herz eines Mädchens erobert hatte, das ebenso höflich wie bestimmt alle anderen Annäherungsversuche zurückwies; und die Frauen, weil Bruno – bei weitem der begehrteste Junggeselle des Circus – ebenfalls alle Annäherungsversuche höflich und bestimmt abwies. Aber die Mehrzahl freute sich für Bruno, obwohl er eigentlich außer Kan Dahn, Manuelo und Roebuck keine wirklichen Freunde beim Circus hatte. Die meisten aber betrachteten es einfach als ganz natürlich und unvermeidlich, daß der unbestrittene Star sich das Mädchen ausgesucht hatte, das von den vielen schönen Mädchen beim Circus unbestreitbar das schönste war.

Erst nach der letzten Vorstellung am letzten Abend in der Stadt lud Bruno Maria in sein Quartier an Bord des Zuges ein. Sie nahm die Einladung ohne jede Schüchternheit an. Er hatte sie untergehakt, damit sie auf dem holprigen Weg nicht stolperte, und half ihr am Ende eines Waggons die Stufen hinauf.

Bruno hatte ein ziemlich luxuriöses und völlig abgeschlossenes Abteil für sich, das aus einem Salon, einer Wohnküche, einem Badezimmer mit einer versenkbaren Badewanne und einem Schlafzimmer bestand. Maria ging wie in Trance hinter ihm her in den Wohnraum.

»Es heißt, daß ich einen nach amerikanischen Maßstäben ziemlich gemeinen Martini mixe«, sagte er. »Die einzige Gelegenheit, bei der ich etwas trinke, ist, wenn ich eine Saison in einer Stadt abgeschlossen habe. Alkohol und Trapez passen nicht zusammen. Möchten Sie auch einen?«

»Bitte ja. Ich muß sagen, sie leben sehr stilvoll. Sie sollten eine Frau haben, mit der Sie all diesen Luxus teilen könnten.«

Bruno holte Eis. »Ist das ein Antrag?«

»Nein, das ist es nicht. Aber all das – nur für einen Mann...«

»Mr. Wrinfield ist sehr nett zu mir.«

»Ich glaube nicht, daß Mr. Wrinfield draufzahlt«, meinte sie trocken. »Hat sonst noch jemand vom Circus ein derartiges Quartier?«

»Ich bin bis jetzt noch nicht durch alle Abteile gegangen, um zu untersuchen...«

»Bruno!«

»Nein, ich glaube nicht.«

»Jedenfalls ganz sicher nicht *ich*. Ich habe einen Schlafplatz, der stark an eine umgekippte Telefonzelle erinnert, aber ich nehme auch an, daß ein enormer Standesunterschied zwischen Ihnen und einer Sekretärin besteht.«

»So ist es.«

»Männer sind ja so bescheiden!«

»Kommen Sie mal mit verbundenen Augen zu mir aufs Trapez. Dann werden wir ja sehen, ob Sie dann noch weiter lästern.«

Sie schauderte zusammen. »Ich kann nicht einmal auf einem Stuhl stehen, ohne schwindlig zu werden. Nein, nein, Sie haben sich dieses Paradies schon verdient. Ich nehme an, ich kann Sie jederzeit hier besuchen.«

Er reichte ihr ihren Drink. »Ich werde eine Fußmatte mit einem speziellen Willkommensgruß für Sie anfertigen lassen.«

»Ich danke Ihnen.« Sie hob ihr Glas. »Auf unser erstes Zusammensein ohne Zuschauer. Man erwartet von uns, daß wir uns ineinander verlieben. Haben Sie eine Ahnung, wie gut wir diesbezüglich nach der Meinung der anderen vorankommen?«

»Nein. Aber was mich betrifft, so finde ich, daß ich sehr gut vorankomme.«

Er sah, wie sie ihre Lippen aufeinanderpreßte, und fügte hastig hinzu: »Ich finde, *wir* kommen sehr gut voran. Ich glaube, im Augenblick ist das in etwa auch die allgemeine Meinung. Just in diesem Augenblick müssen mindestens hundert Leute wissen, daß

Sie bei mir sind. Sollten Sie jetzt nicht passenderweise erröten oder so was?«

»Nein.«

»Eine vergessene Kunst. Nun, ich nehme aber nicht an, daß Sie nur wegen meiner Samtaugen mitgekommen sind. Haben Sie mir etwas zu sagen?«

»Nein, eigentlich nicht. *Sie baten* mich, mitzukommen, haben Sie das vergessen?« Sie lächelte. »Warum haben Sie mich eingeladen?«

»Um unser kleines Theaterstück ein bißchen aufzumöbeln.« Das Lächeln verschwand von ihrem Gesicht, und sie stellte ihr Glas auf den Tisch. Er beugte sich vor und legte eine Hand auf ihre. »Seien Sie nicht kindisch, Maria.« Sie schaute ihn unsicher an, versuchte zu lächeln und nahm ihr Glas wieder in die Hand. »Sagen Sie mir eins: Was muß ich tun, wenn wir in Crau angekommen sind – und *wie* muß ich es tun?«

»Das weiß nur Dr. Harper. Und der ist noch nicht bereit, darüber zu sprechen. Ich nehme an, daß er es Ihnen – beziehungsweise uns – entweder auf der Überfahrt oder gleich nach der Ankunft in Europa sagen wird. Aber zwei Dinge hat er mir schon heute morgen gesagt...«

»Ich wußte doch, daß Sie mir etwas zu erzählen haben.«

»Ja, ich wollte Sie nur ein bißchen ärgern. Aber es hat nicht geklappt, was? Erinnern Sie sich an die beiden angeblichen Elektroingenieure? Das waren Leute von uns – Elektronikexperten, die nach Abhörgeräten suchten. Und sie konzentrierten sich auf Ihre Suite.«

»Wanzen? In meiner Wohnung? Hören Sie, Maria, das ist aber ein bißchen zu melodramatisch.«

»Glauben Sie? Die zweite Neuigkeit ist, daß einer unserer Experten vor ein paar Tagen zwei Wanzen in Mr. Wrinfields Büro gefunden hat – eine in der Deckenlampe und eine im Telefon. Finden Sie das auch melodramatisch?«

Als Bruno nicht antwortete, fuhr sie fort: »Sie haben die Dinger nicht entfernt. Auf Dr. Harpers Veranlassung hin telefoniert Mr. Wrinfield mehrmals täglich mit Charles und läßt vage Hinweise und verschleierte Andeutungen über gewisse Angehörige des Circus fallen, die für ihn von Interesse sein könnten. Aber natürlich kein Wort über uns. Und wenn unsere lieben Feinde von der anderen Seite all diesen Hinweisen nachgehen, sind sie so vollbeschäftigt, daß sie keine Zeit haben, sich vielleicht über uns den Kopf zu zerbrechen.«

»Ich glaube, die spinnen«, sagte Bruno offen. »Wrinfield und Harper, meine ich. Das ist ja schlimmer als im Kindergarten.«

»Und was ist mit den Morden an Pilgrim und Fawcett? Erinnern die Sie auch an Ihre Kindergartenzeit?«

»Man bewahre mich vor weiblicher Logik! Von den beiden habe ich doch gar nicht gesprochen!«

»Dr. Harper hat eine zwanzigjährige Berufserfahrung.«

»Zwanzig Jahre lang immer die gleiche Erfahrung, was? Okay, ich überlasse mich also der Obhut der Experten. Ich nehme an, inzwischen gibt es für das Opferlamm nichts zu tun.«

»Nein. Das heißt doch: Sagen Sie mir, wie ich mit Ihnen in Verbindung treten kann.«

»Klopfen Sie zweimal und fragen Sie nach Bruno.«

»Sie haben eine abgeschlossene Suite hier. Wenn der Zug erst einmal fährt, werde ich nicht zu Ihnen kommen können.«

»Sieh mal an.« Bruno lächelte breit. Schon das allein war sehr ungewöhnlich für ihn, aber geradezu sensationell war die Tatsache, daß seine Augen mitlächelten. »Ich mache Fortschritte. Sie halten es also für möglich, daß Sie gern zu mir kommen wollen?«

»Seien Sie nicht albern. Es könnte immerhin sein, daß ich zu Ihnen kommen müßte!«

Bruno machte eine Kopfbewegung in Richtung auf das vordere Ende seiner Behausung. »Es ist nicht erlaubt, irgendeinen Teil des Waggons eines fahrenden Zuges völlig unzugänglich zu machen. In einer Ecke meines Schlafraumes ist eine Tür, die auf den Flur führt. Aber sie hat nur *eine* Klinke, und die ist auf der Innenseite.«

»Wenn ich zweimal hintereinander zweimal ganz schnell klopfe, wissen Sie, daß ich es bin.«

»Zweimal hintereinander zweimal ganz schnell«, wiederholte er mit ernster Miene. »Ich liebe diese Kinderspiele.«

Er begleitete sie zurück zu ihrem Abteil. Am Fuß der Treppe blieb er stehen und sagte: »Also dann, gute Nacht.«

Er beugte sich vor und küßte sie leicht.

Sie wehrte sich nicht, sondern fragte nur mit mildem Tadel: »Treiben Sie den Realismus nicht ein kleines bißchen zu weit?«

»Nein, ganz und gar nicht. Befehle sind Befehle. Man erwartet von uns, daß wir einen bestimmten Eindruck erwecken, und die Chance, diesen Eindruck zu untermauern, war gerade zu gut, um sie ungenutzt verstreichen zu lassen: Wir werden von mindestens einem Dutzend Leute beobachtet.«

Sie schnitt eine Grimasse und stieg die Stufen zum Abteil hinauf.

4

Der größte Teil des folgenden Tages verging damit, die Dinge, die der Circus für seine Tournee brauchte, in dem endlos lang erscheinenden Zug zu verstauen. Die Geräte, Tierkäfige, zusammenlegbaren Büroräume, Jahrmarktsbuden, Brunos ›Theater‹ und die Tiere und Circusleute in dem Zug und auf den niedrigen Güterwagen unterzubringen, wäre für einen Laien ein hoffnungsloses Unterfangen gewesen, aber die Angehörigen des Circus, die über Generationen Erfahrung auf diesem Gebiet hatten, erledigten diese Aufgabe mit geradezu heiterer Gelassenheit. Sogar das Verladen des Proviants für die Hunderte von Menschen und Tieren hätte für einen normalen Sterblichen kaum zu bewältigende Schwierigkeiten mit sich gebracht, aber für die Fachleute war es ein solches Kinderspiel, daß der letzte der Lebensmittellastwagen bereits knapp eine Stunde, nachdem der erste angekommen war, wieder abfuhr.

Um zehn Uhr abends sollte der Zug abfahren. Um neun Uhr saß Dr. Harper immer noch mit dem Admiral zusammen und studierte gemeinsam mit ihm zwei außerordentlich komplizierte Diagramme.

Der Admiral hatte in einer Hand seine Pfeife und in der anderen ein Glas Brandy. Er sah entspannt, ruhig und gänzlich unbesorgt aus. Es war vielleicht möglich, daß er entspannt und ruhig war, aber als Initiator der bevorstehenden Operation, als derjenige, der alles bis in letzte Detail geplant hatte, konnte er unmöglich wirklich gänzlich unbesorgt sein.

»Ist jetzt alles klar?« fragte er. »Die Wachen, der Eingang, der Grundriß, der Ausgang und die Fluchtroute zur Ostsee?«

»Ja, alles klar. Ich hoffe nur, daß der verdammte Kahn pünktlich zur vereinbarten Zeit da ist.« Harper faltete die Pläne zusammen und schob sie tief in die Innentasche seines Mantels.

»Sie brechen an einem Dienstagabend ein. Das Schiff wird vom Freitag davor bis zum Freitag danach vor der Küste kreuzen. Damit haben Sie eine ganze Woche Spielraum.«

»Werden die Deutschen oder Polen oder Russen nicht mißtrauisch werden, Sir?«

»Selbstverständlich werden sie. Würden *Sie* sich vielleicht *nichts* denken?«

»Werden sie nicht protestieren?«

»Wie könnten sie? Seit wann ist die Ostsee Privatbesitz eines dieser Länder? Natürlich werden sie die Anwesenheit des Schiffes mit der Anwesenheit des Circus in Crau in Verbindung bringen. Das ist unvermeidlich, und es gibt nichts, was wir dagegen tun könnten. Der Circus, der Circus.« Der Admiral seufzte. »Wenn diese Sache schiefgeht, bin ich noch vor Ende des Jahres auf die Unterstützung der Wohlfahrt angewiesen.«

Harper lächelte. »Das wäre mir gar nicht recht, Sir. Aber Sie wissen besser als irgend jemand sonst, daß das Gelingen der Operation letztlich nicht von mir abhängt.«

»Ich weiß. Haben Sie sich schon ein Bild von unserem neuesten Mitarbeiter gemacht?«

»Ich kann nicht mehr über ihn sagen als alle anderen auch, Sir. Er ist intelligent, hart im Nehmen und scheint ohne Nerven auf die Welt gekommen zu sein. Er ist sehr verschlossen. Maria Hopkins sagt, es sei unmöglich, an ihn heranzukommen.«

»Was?« Der Admiral zog die Augenbrauen hoch. »Dieses bezaubernde Wesen? Ich bin sicher, wenn sie sich wirklich...«

»Ich meinte es nicht ganz so, Sir.«

»Ich weiß, Harper, ich weiß. Vergeben Sie mir den kleinen Scherz. Ich bin mir durchaus über den Ernst der Lage im klaren: Der Erfolg der Operation hängt von einem Mann ab, der uns letztlich völlig unbekannt ist. Und wenn die Sache schiefgeht, wird sein Tod mein Gewissen bis ans Ende meiner Tage belasten. Also bitte belasten Sie es nicht auch noch.«

»Wie bitte, Sir?«

»Ich meine, Sie sollen auf sich aufpassen. Was die Pläne betrifft, die Sie gerade – hoffentlich sicher genug – in der Innentasche Ihres Mantels verstaut haben... es ist Ihnen doch klar, was mit Ihnen passiert, wenn man Sie damit erwischt?«

Harper seufzte. »Es *ist* mir klar: Ich werde mit durchschnittener Kehle und ausreichenden Gewichten beschwert in irgendeinem Kanal oder Fluß enden. Aber Sie können ja zweifellos jederzeit einen Ersatz für mich finden.«

»Zweifellos. Wenn der momentane Trend allerdings anhält, werden mir die Ersatzleute bald ausgehen. Es wäre mir also lieb, wenn ich gar nicht erst in die Verlegenheit käme, auf sie zurückgreifen zu müssen. Die Sendezeiten und den Code haben Sie also komplett im Kopf?«

»Sie haben nicht gerade übermäßig viel Vertrauen zu Ihren Untergebenen, Sir«, stellte Harper düster fest.

»Nach den letzten Ereignissen habe ich nicht einmal mehr sonderlich viel Vertrauen zu mir selbst.«

Harper klopfte leicht auf den Boden seiner Arzttasche. »Sind Sie sicher, daß Sie mich über dieses briefmarkengroße Funkgerät erreichen können?«

»Wir benutzen Nasa-Geräte, und damit könnten wir Sie auch ohne Schwierigkeiten auf dem Mond erreichen.«

»Ich glaube, mir wäre bedeutend wohler, wenn ich *dorthin* geschickt würde.«

Etwa sechs Stunden nach der Abfahrt fuhr der Zug auf ein Rangiergleis. Das einzige Licht kam von ein paar Bogenlampen, und die hatten keine große Chance gegen den strömenden Regen. Nach langwierigen und vor allem lautstarken Rangiermanövern, die auch den letzten an Bord des Zuges aus dem Schlaf rissen, war eine beträchtliche Anzahl von vorher dazu bestimmten Waggons abgekuppelt, um einige Zeit später ihren Weg ins Winterquartier nach Florida fortzusetzen. Der größte Teil des Zuges aber fuhr nach New York weiter.

Die Reise wurde von keinen ungewöhnlichen Vorkommnissen gestört. Bruno, der stets für sich selbst kochte, hatte seine Suite nicht ein einziges Mal verlassen. Aber er hatte mehrmals Besuch gehabt: zweimal von seinen Brüdern, einmal von Wrinfield und einmal von Harper, aber sonst von niemandem – da er allgemein als Einzelgänger bekannt war, wurde er auch als solcher behandelt.

Erst als der Zug auf dem Kai längsseits des Schiffes angekommen war, das ihn nach Genua bringen sollte – Genua war als Landehafen hauptsächlich deswegen ausgesucht worden, weil es als einer der wenigen Mittelmeerhäfen über ausreichend starke Krananlagen verfügte, um Waggons und Güterwagen zu verladen –, verließ Bruno seine fahrbare Wohnung. Es regnete noch immer. Einer der ersten Menschen, die er traf, war Maria. Sie trug eine marineblaue lange Hose und einen viel zu großen gelben Ölmantel und sah ausgesprochen elend aus. Sie sah ihn vorwurfsvoll an und kam mit der ihr eigenen Direktheit sofort zur Sache.

»Sie sind nicht gerade gesellig veranlagt, wie?«

»Es tut mir leid. Aber Sie wußten doch, wo Sie mich finden konnten.«

»Ich hatte Ihnen nichts zu sagen.« Und dann fügte sie inkonsequent hinzu: »Sie wußten auch, wo *ich* zu finden war.«

»Ich finde Telefonzellen beklemmend.«

»Sie hätten mich ja einladen können. Schließlich ist unsere vermeintliche Beziehung allgemein bekannt, und man hat es sicherlich erwartet. Schämen Sie sich denn gar nicht?«

»Weswegen sollte ich?«

»Weil Sie mich so sträflich vernachlässigt haben.«

»Ach so, deswegen. Ja, natürlich, ganz schrecklich!«

»Dann gehen Sie heute abend mit mir essen.«

»Also, wenn das keine geistige Übereinstimmung ist – genau das hatte ich vor!«

Sie warf ihm einen vernichtenden Blick zu und ging, um sich umzuziehen.

Auf dem Weg zu dem netten italienischen Restaurant, das Maria ausgesucht hatte, wechselten sie dreimal das Taxi. Als sie endlich an ihrem Tisch saßen, fragte Bruno: »War das wirklich nötig? Dieses Theater mit den Taxis, meine ich.«

»Ich weiß es nicht. Ich führe nur meine Befehle aus.«

»Weshalb sind wir hier? Habe ich Ihnen so sehr gefehlt?«

»Ich habe Instruktionen für Sie.«

»Sie sind also auch diesmal nicht meiner Samtaugen wegen mitgekommen?« Sie schüttelte lächelnd den Kopf. Er seufzte: »Nun ja, man kann eben nicht alle erobern. Was für Instruktionen sind es?«

»Ich nehme an, Sie werden sagen, daß ich sie Ihnen auch in einer dunklen Ecke am Kai hätte zuflüstern können.«

»Eine sehr reizvolle Vorstellung. Aber nicht für heute abend.«

»Warum nicht?«

»Weil es regnet.«

»Wie fühlt man sich, wenn man so romantisch veranlagt ist wie Sie?«

»Und außerdem gefällt es mir hier. Das Restaurant ist ausgesprochen gemütlich.« Er betrachtete sie nachdenklich – ihr blaues Samtkleid, das Pelzcape, das für das Portemonnaie einer Sekretärin viel zu teuer war, und den Schleier von Regentropfen, der noch immer auf ihren schimmernden, dunklen Haaren lag. »Und außerdem könnte ich Sie da draußen nicht sehen. Aber hier kann ich es, und ich muß Ihnen sagen, daß Sie wirklich sehr schön sind. Wie lauten die Instruktionen?«

»Wie bitte?« Sie war einen Augenblick lang völlig verwirrt durch den abrupten Themawechsel, aber sie fing sich sehr schnell wieder und preßte in gespielter Wut die Lippen aufeinander. »Wir fahren morgen früh um elf Uhr los. Bitte seien Sie um sechs Uhr abends in Ihrer Kabine. Um diese Zeit wird der Zahlmeister kommen, um mit Ihnen die Sitzordnung oder so was zu besprechen. Er ist zwar wirklich Zahlmeister, aber er ist auch noch etwas anderes – sozusagen ein Kammerjäger, denn er wird dafür sorgen, daß etwaig vorhandene Wanzen aus Ihrer Kabine verschwinden.« Bruno schwieg. »Diesmal finden Sie es wohl nicht mehr melodramatisch, wie?«

»Doch«, sagte Bruno müde, »aber es nützt gar nichts, es zu sagen. Warum um alles in der Welt sollte irgend jemand Wanzen in meine Kabine einbauen? Ich bin in keiner Hinsicht verdächtig. Aber ich fürchte, wenn Sie und Harper dieses Schmierentheater noch lange weiterspielen, dann werde ich es bald sein. Warum waren Wanzen in Wrinfields Büro? Warum mußten zwei Männer mein Abteil im Zug nach Abhörgeräten absuchen? Und warum kommt jetzt dieser Kerl? Allmählich muß auch der naivste Beobachter zu der Vermutung kommen, daß ich vielleicht noch etwas anderes bin als nur ein Circusartist. Es werden viel zu viele Menschen auf mich aufmerksam. Das gefällt mir überhaupt nicht.«

»Bitte! Es besteht kein Grund, so wütend zu werden...«

»Ach nein, wirklich nicht? Das ist *Ihre* Meinung. Und lassen Sie Ihr besänftigendes Getue.«

»Hören Sie zu, Bruno: Ich bin nur der Nachrichtenübermittler. Es gibt natürlich eigentlich keinen Grund für irgend jemanden, Sie in irgendeiner Hinsicht zu verdächtigen. Aber wir haben es mit einer ausgesprochen fähigen und besonders mißtrauischen Geheimpolizei zu tun, die auch nicht die unwahrscheinlichste Möglichkeit außer acht lassen wird. Schließlich befindet sich das, was wir haben wollen, in Crau. Sie wurden in Crau geboren. Und unsere lieben Feinde werden wissen, daß Sie das stärkstmögliche Motiv haben, ihnen eins auszuwischen: Rache! Schließlich haben sie Ihre Frau umgebracht...«

Bruno sagte aufgebracht:

»Halten Sie den Mund!« Maria zuckte unter seiner plötzlich messerscharfen Stimme wie unter einem Peitschenhieb zusammen. »Seit sechseinhalb Jahren hat sie niemand mehr mir gegenüber erwähnt. Wenn Sie meine tote Frau noch einmal ins Spiel bringen, steige ich aus und überlasse es Ihnen, Ihrem geschätzten Chef zu erklären, daß es Ihre schlechten Manieren, Ihre völlige Gefühslosigkeit und Ihre unglaubliche Taktlosigkeit waren, die den Plan zum Scheitern brachten. Haben Sie mich verstanden?«

»Ich habe Sie verstanden.« Sie saß blaß auf ihrem Stuhl und versuchte vergeblich, das Ausmaß ihres Fehlers zu begreifen. Langsam fuhr sie sich mit der Zunge über die Lippen. »Es tut mir leid. Es war sehr dumm von mir.« Aber sie wußte immer noch nicht, *warum* es dumm gewesen war. »Aber ich verspreche Ihnen, daß es nie wieder vorkommen wird.«

Er schwieg.

»Dr. Harper läßt Sie bitten, um halb sieben Uhr abends vor Ihrer Kabine am Fuß der Kajüttreppe auf dem Fußboden zu sitzen – Sie sind heruntergefallen und haben sich den Knöchel verstaucht. Sie werden gefunden und zu Ihrer Kabine gebracht werden. Dr. Harper wird selbstverständlich sofort zur Stelle sein. Er möchte Ihnen bei dieser Gelegenheit die Details der Operation bekanntgeben.«

»Hat er *Ihnen* schon etwas gesagt?« Brunos Stimme war immer noch eiskalt.

»Nein, überhaupt nicht. Und wie ich ihn kenne, wird er Ihnen einschärfen, mir auch nichts zu sagen.«

»Ich werde tun, was Sie sagen. Und jetzt, da Sie Ihren Auftrag ausgeführt haben, können wir ja wohl aufbrechen. Sie werden natürlich wieder getreulich den Spielregeln mit drei Taxis fahren – ich werde mich auf eines beschränken und damit auf dem schnellsten Weg zum Schiff zurückkehren. Es ist billiger und geht schneller. Zum Teufel mit dem CIA.«

Sie streckte die Hand aus und berührte vorsichtig seinen Arm.

»Ich habe mich entschuldigt. Und es war mir ernst damit. Wie oft werde ich mich noch entschuldigen müssen?« Als er nicht antwortete, lächelte sie ihn an, und ihr Lächeln war ebenso vorsichtig wie ihre Handbewegung. »Man sollte doch annehmen, daß ein Mann, der so viel verdient wie Sie, es sich leisten kann, ein armes, arbeitendes Mädchen wie mich zu einer warmen Mahlzeit einzuladen. Bitte bleiben Sie. Ich möchte nicht zurück zum Schiff. Noch nicht.«

»Warum nicht?«

»Ich weiß nicht. Es... es ist nur ein... ach, ich weiß wirklich nicht. Ich möchte nur wieder alles in Ordnung bringen.«

»Sie sind wirklich albern.« Er seufzte, griff nach der Speisekarte und gab sie ihr. »Merkwürdig«, sagte er und sah sie mit einem seltsamen Ausdruck an, »ich dachte, Ihre Augen seien schwarz. Aber jetzt sind sie braun. Zwar sehr dunkelbraun, aber immerhin braun. Wie machen Sie das? Haben Sie einen Schalter dafür oder so was?«

Sie schaute ihn düster an: »Keinen Schalter.«

»Dann muß es an meinen Augen liegen. Warum ist Dr. Harper eigentlich nicht selbst gekommen, um mir die Instruktionen zu geben?«

»Es hätte einen sehr seltsamen Eindruck erweckt, wenn man Sie beide gemeinsam hätte weggehen sehen. Schließlich sprechen Sie normalerweise kein Wort miteinander.«

»Aha.«

»Bei uns beiden ist das etwas anderes. Oder haben Sie das schon wieder vergessen – wir sind doch unsterblich ineinander verliebt.«

»Er liebt seine tote Frau noch immer.« Marias Stimme war völlig ausdruckslos. Sie stand, die Ellbogen auf die Reling des Passagierdecks der ›M. C. Carpentaria‹ gestützt, im kalten Nachtwind und beobachtete augenscheinlich fasziniert die riesigen Kräne, die die Waggons des Circuszuges an Bord hievten. Aber in Wirklichkeit hatte sie keine Ahnung, was sich vor ihren Augen abspielte.

Sie zuckte zusammen, als sich eine Hand auf ihren Arm legte und eine Stimme fragte: »Wer liebt wessen Frau?«

Sie drehte sich um und schaute geradewegs in das Gesicht von Henry Wrinfield. Er strahlte sie an.

»Sie hätten anstandshalber wenigstens husten können oder so was«, sagte sie vorwurfsvoll. »Sie haben mich zu Tode erschreckt.«

»Das tut mir leid. Aber selbst, wenn ich mit Nagelstiefeln dahergetrampelt wäre, hätten Sie mich bei dem höllischen Lärm, den die Kräne vollführen, nicht gehört. Aber jetzt möchte ich wirklich wissen, wer wen liebt.«

»Wovon sprechen Sie eigentlich unentwegt?«

»Von der Liebe«, erklärte Henry geduldig. »Sie deklamierten irgend etwas zu diesem Thema, als ich kam.«

»Tat ich das?« fragte sie mit unsicherer Stimme. »Überraschen würde es mich nicht. Meine Schwester behauptet, daß ich die ganze Nacht im Schlaf vor mich hinrede. Vielleicht habe ich gerade ein Nickerchen gemacht, ohne es zu merken. Haben Sie irgendwelche Freudschen Ausrutscher mitbekommen oder so was?«

»Nein, nein. Was machen Sie eigentlich hier draußen? Es ist ausgesprochen kalt, und außerdem fängt es auch noch an zu regnen.« Er hatte das Interesse an Marias Bemerkung, die er zufällig gehört hatte, völlig verloren.

Sie schauderte zusammen. »Ich muß wirklich vor mich hingeträumt haben, sonst hätte ich sicherlich bemerkt, wie kalt es ist.«

»Kommen Sie mit hinein. Es gibt eine herrliche, altmodische Bar auf diesem Schiff. Ein Brandy wird jetzt für Sie genau die richtige Therapie sein.«

»Im Bett könnte ich mich wahrscheinlich noch nachhaltiger aufwärmen. Ich sollte sowieso schon längst drin liegen.«

»Sie lehnen es ab, mit dem letzten Wrinfield einen Schlummertrunk zu nehmen?«

Sie lachte und nahm seinen Arm: »Wie könnte ich?«

Die Halle – man konnte den Raum kam als Bar bezeichnen – war mit dunkelgrünen Ledersesseln und Kupfertischen möbliert, der Steward war ausgesprochen aufmerksam und der Brandy ausgezeichnet. Maria trank einen, Henry drei, und nach dem letzten Schluck lag in Henrys Augen, der ganz offensichtlich nicht viel vertrug, ein zurückhaltend sehnsüchtiger Ausdruck. Er nahm ihre Hand in seine und sah sie schmachtend an. Maria schaute auf seine Hand hinunter.

»Das ist unfair«, sagte sie. »Die Etikette diktiert, daß eine Dame, wenn sie verlobt ist, ihren Verlobungsring und wenn sie verheiratet ist, ihren Ehering trägt. Aber für den Mann gibt es diese Pflicht nicht. Das finde ich nicht richtig.«

»Ich auch nicht.« Wenn sie gesagt hätte, er solle eine Kuhglocke um den Hals tragen, hätte er auch zugestimmt.

»Wo ist dann Ihrer?«

»Mein was?«

»Ihr Verlobungsring. Cecily trägt ihren. Ihre Verlobte. Erinnern Sie sich noch an sie? Die Grünäugige in Bryn Mawr. Sie haben Sie doch nicht etwa vergessen?«

Urplötzlich sah Henry wieder ganz nüchtern aus. »Sie haben Nachforschungen über mich angestellt?«

»Nein, ganz und gar nicht. Sie vergessen, daß ich jeden Tag mehrere Stunden mit Ihrem Onkel zusammen bin. Da er keine Kinder hat, sind seine Nichten und Neffen an diese Stelle getreten.« Sie nahm ihre Handtasche und stand auf. »Vielen Dank für den Schlummertrunk. Gute Nacht, und träumen Sie was Hübsches. Aber träumen Sie bitte von der *richtigen* Frau.«

Henry schaute ihr mit traurigen Augen nach.

Maria war noch keine fünf Minuten im Bett, als jemand an ihre Kabinentür klopfte.

»Kommen Sie rein, es ist offen«, rief sie.

Bruno trat ein und machte die Tür hinter sich zu.

»Es sollte aber abgeschlossen sein. Wenn man bedenkt, was für zwielichtige Gestalten hier herumstreichen. Denken Sie doch nur an Henry und an mich selbst...«

»Henry?«

»Als ich ihn zuletzt sah, bestellte er sich gerade einen doppelten Brandy. Er sah aus, als hätte er gerade festgestellt, daß er sein Ständchen unter dem falschen Balkon gebracht hat. Sie haben eine hübsche Kette um.«

»Sind Sie zu dieser nachtschlafenden Zeit hierhergekommen, um meinen Schmuck zu bewundern?«

»Ist diese Kabine Ihnen zugewiesen worden?«

»Komische Frage. Nein, ist sie nicht. Man konnte unter sieben oder acht Kabinen wählen, und so entschied ich mich für die hier. Weshalb sind Sie gekommen, Bruno?«

»Um gute Nacht zu sagen.« Er setzte sich auf den Rand ihres Bettes, nahm sie in die Arme und drückte sie an sich. »Und um mich für mein Benehmen im Restaurant zu entschuldigen. Ich werde es Ihnen später erklären – auf dem Rückweg von Europa.« Genauso abrupt, wie er sich gesetzt hatte, stand er wieder auf, ging zur Tür, drehte sich noch einmal um und sagte: »Sperren Sie ab!«

Und dann fiel die Tür hinter ihm ins Schloß. Maria starrte sie noch eine ganze Weile fassungslos an.

Die ›Carpentaria‹ war ein großes Schiff – beinahe ein Dreißigtausend-Tonner – und hauptsächlich für Erztransporte gebaut worden, ließ sich aber in kürzester Zeit in einen Container-Frachter umfunktionieren. Außerdem hatte sie Platz für beinahe zweihundert Passagiere, die allerdings nicht ganz den Luxus eines transatlantischen Passagierschiffes geboten bekamen. Die beiden vorderen Laderäume waren momentan von zwanzig Circuswaggons ausgefüllt, die normalerweise hauptsächlich Tiere und Circusangehörige beherbergten. Der Inhalt von einem Dutzend weiterer Waggons war auf dem Kai ausgeladen und sorgfältig in den Laderäumen verstaut worden. Die flachen Güterwagen waren auf dem Vordeck verankert worden. In Italien wartete eine genügende Anzahl leerer Waggons und eine Lokomotive, die genügend Kraft hatte, den Zug über die Berge Mitteleuropas zu ziehen.

Um sechs Uhr am Abend des folgenden Tages war die ›Carpentaria‹ bereits sieben Stunden von New York entfernt. Es goß in Strömen, und der Seegang war beträchtlich, aber das Schiff war so konstruiert, daß es nur kaum merklich rollte. Bruno lag ausgestreckt auf einem Sofa in seiner Kabine, die als eine von sehr wenigen vergleichsweise luxuriös ausgestattet war. Es klopfte, und gleich darauf trat ein uniformierter Zahlmeister in den Raum. Wie Bruno erwartet hatte, brachte er eine dicke schwarze Aktentasche mit.

»Guten Abend, Sir«, sagte der Zahlmeister. »Haben Sie mich erwartet?«

»Ich wußte, daß jemand kommen würde, und ich nehme an, daß Sie dieser Jemand sind.«

»Ich danke Ihnen, Sir. Darf ich?« Er sperrte die Kabinentür ab, wandte sich wieder an Bruno und klopfte mit der Hand auf seine Aktenmappe. »Der Papierkrieg, den ein moderner Zahlmeister führen muß, ist zum Verzweifeln«, sagte er traurig. Er öffnete die Tasche, entnahm ihr einen flachen, rechteckigen Metallkasten, der mit Wählscheiben und Kontrolleuchten bedeckt war, zog eine Antenne heraus, setzte sich ein Paar Kopfhörer auf und ging langsam durch den Wohnraum und dann ins Badezimmer, wobei er unermüdlich die Wählscheiben des Kastens betätigte. Er sah aus wie das Mittelding zwischen einem Minensucher und einem Wünschelrutengänger. Nach etwa zehn Minuten befreite er sich von seiner Ausrüstung und verstaute sie wieder.

»Nichts«, sagte er. »Ich kann es natürlich nicht garantieren, aber ich habe mein möglichstes getan.«

Bruno deutete auf die Aktenmappe. »Ich kenne mich mit diesen Geräten nicht aus, aber ich dachte immer, sie gäben einem hundertprozentige Sicherheit.«

»Das tun sie auch. Auf dem Festland. Aber auf einem Schiff gibt es soviel Eisen–Magnetfelder von den vielen Starkstromkabeln ... nun, jeder kann sich irren. Auch ich. Und auch mein elektronisches Spielzeug hier.« Er streckte eine Hand aus, um sich festzuhalten, als die ›Carpentaria‹ plötzlich trotz aller Stabilisatoren unerwartet schwankte.

»Es sieht aus, als hätten wir eine unangenehme Nacht vor uns. Es sollte mich nicht wundern, wenn es heute abend noch ein paar Abschürfungen und blaue Flecken gibt. Es ist ja die erste Nacht – da haben die Leute sich noch nicht auf den schwankenden Untergrund eingestellt.«

Bruno fragte sich, ob er sich das Augenzwinkern nur eingebildet hatte – er konnte den Zahlmeister ja schlecht fragen, denn er hatte keine Ahnung, wieweit Harpers Vertrauen zu diesem Mann ging und wieweit er ihn eingeweiht hatte. Er machte eine nichtssagende Bemerkung, der Zahlmeister bedankte sich höflich, schloß die Tür auf und ging.

Genau um halb sieben trat Bruno in den Gang hinaus, der glücklicherweise völlig verlassen dalag. Der Fuß der Kajüttreppe war nur zwei Meter weit entfernt. Halb liegend, halb sitzend ließ er sich so bequem nieder, wie es möglich war, wenn er den Eindruck erwekken sollte, unbequem zu liegen, und harrte der Dinge, die da kommen sollten. Fünf Minuten verstrichen, und er bekam allmählich einen Krampf im rechten Knie, als ein paar Stewards auftauchten und ihn aus seiner mißlichen Lage befreiten. Mit viel bedauernden Zungenschnalzen halfen sie ihm mitleidig in seine Kabine und betteten ihn vorsichtig auf das Sofa.

»Liegen Sie ganz ruhig«, sagte einer von ihnen. »Ich werde sofort Dr. Berenson holen.«

Es war Bruno – und offensichtlich auch Dr. Harper – nicht eingefallen, daß die ›Carpentaria‹ natürlich ihren eigenen Schiffsarzt hatte, denn von einer bestimmten Größe an mußte ein Schiff einen Arzt an Bord haben. Er sagte hastig: »Können Sie bitte lieber meinen eigenen Arzt rufen – den Circusarzt? Sein Name ist Dr. Harper.«

»Ich weiß, welche Kabine er hat. Sofort, Sir.«

Harper mußte schon mit der Tasche in der Hand in seiner Kabine gewartet haben, denn er erschien – ebenfalls bedauernd mit der Zunge schnalzend und mit angemessen besorgtem Gesichtsausdruck – bereits nach einer halben Minute. Er sperrte die Kabinentür hinter den beiden Stewards ab und machte sich daran, Brunos Knöchel mit einer außerordentlich aufdringlich stinkenden Salbe und etwa einem Meter elastischer Binde zu verarzten.

»War Mr. Carter pünktlich?« fragte er.

»Wenn Mr. Carter der Zahlmeister ist – er hat sich mir nicht vorgestellt –, dann war er pünktlich.«

Harper unterbrach seine Arbeit für einen Moment und ließ seinen Blick durch den Raum wandern. »Sauber?«

»Haben Sie etwas anderes erwartet?«

»Nein, eigentlich nicht.« Harper begutachtete sein Werk: Der Verband war ebenso fachkundig wie eindrucksvoll.

Harper trug einen niedrigen Tisch zu dem Sofa, auf dem Bruno noch immer lag, und breitete zwei Pläne und einige Fotografien darauf aus. Dann zeigte er auf einen der Pläne: »Nehmen wir den hier zuerst – den Lageplan des ›Lubylan‹-Forschungszentrums. Kennen Sie es?«

Bruno betrachtete Harper mißbilligend. »Ich hoffe, das ist für heute abend die letzte dumme Frage, die Sie mir stellen.« Harper versuchte, nicht beleidigt auszusehen. »Bevor die CIA mich für diesen Job anheuerte ...«

»Woher wissen Sie, daß es die CIA ist?«

Bruno verdrehte die Augen gen Himmel und kämpfte sichtlich um Beherrschung. »Bevor also die Pfadfinder mich für diesen Job anheuerten, haben sie wahrscheinlich jeden meiner Schritte überprüft, die ich von meinen ersten Gehversuchen an getan habe. Und ich bin überzeugt, daß auch *Sie* wissen, daß ich die ersten vierundzwanzig Jahre meines Lebens in Crau verbracht habe. Wie hätte ich es da bewerkstelligen sollen, die ›Lubylan‹ nicht zu kennen?«

»Sie haben recht, verzeihen Sie. Seltsamerweise werden in der ›Lubylan‹ Forschungen durchgeführt, die leider hauptsächlich mit chemischer Kriegführung, Nervengasen und ähnlichem zu tun haben.«

»Leider? Betreiben die USA denn nicht ganz ähnliche Forschungen?«

Harper wand sich. »Das ist nicht mein Gebiet.«

»Schauen Sie, Doktor«, sagte Bruno geduldig, »wenn *Sie mir* nicht vertrauen, wie können *Sie* dann von *mir* verlangen, *Ihnen* zu vertrauen? Es ist durchaus Ihr Gebiet, und Sie wissen verdammt genau Bescheid. Erinnern Sie sich an das Kurierzentrum der Armed Forces am Flughafen Orly – sämtliche streng geheimen Gespräche zwischen dem Pentagon und den amerikanischen Truppen in Europa liefen dort durch. Erinnern Sie sich daran?«

»Ich erinnere mich.«

»Erinnern Sie sich auch an einen gewissen Sergeant Johnson, einen Knaben mit den herrlich patriotischen Vornamen Robert Lee? Er war Rußlands erfolgreichster Spion seiner Generation und gab wer weiß wie lange jedes Militärgeheimnis an das KGB weiter. Erinnern Sie sich auch daran?«

Harper nickte unglücklich. »Ich erinnere mich.« Brunos Instruktionsstunde nahm nicht ganz den geplanten Verlauf.

»Dann werden Sie auch nicht vergessen haben, daß die Russen Fotokopien von den streng geheimen Unterlagen veröffentlichten, die Johnson gestohlen hatte. Es handelte sich dabei um die geplanten Maßnahmen der Vereinigten Staaten für den Fall, daß die Sowjetunion Europa überrennen sollte. Der Plan besagte, daß die Vereinigten Staaten für diesen Fall beabsichtigten, das Land zu verwüsten, indem sie chemische, bakteriologische und nukleare Waffen einsetzten. Die Tatsache, daß die ganze Zivilbevölkerung dadurch bis auf den letzten Mann ausgelöscht werden würde, wurde als unvermeidbar einkalkuliert. Das verursachte damals einen ungeheuren Aufruhr in Europa und kostete die Amerikaner die Freundschaft von ungefähr zweihundert Millionen Europäern. Aber ich bezweifle, ob die Sache der ›Washington Post‹ wichtig genug war, sie ganz klein auf der Rückseite zu bringen.«

»Sie sind ausgezeichnet informiert.«

»Daß man kein Mitglied der CIA ist, muß ja noch nicht heißen, daß man Analphabet ist. Ich kann lesen. Deutsch ist meine zweite Muttersprache – meine Mutter stammt aus Berlin. Die Geschichte stand gleichzeitig in zwei deutschen Magazinen.«

Harper resignierte. »Im ›Spiegel‹ und im ›Stern‹. Im September 1969. Macht es Ihnen sehr viel Spaß, mich an einen Haken zu hängen und zappeln zu sehen?«

»Das war nicht meine Absicht. Ich möchte nur zwei Dinge klarstellen. Erstens: Wenn Sie mir nicht in jeder Hinsicht reinen Wein einschenken, können Sie von mir keine Bereitschaft zur Zusammenarbeit erwarten. Und zweitens möchte ich Ihnen sagen, aus welchem Grund ich mich bereit erklärt habe, diesen Auftrag zu übernehmen: Ich habe keine Ahnung, ob die Amerikaner ihre entsetzliche Drohung wirklich wahrmachen würden. Ich kann es eigentlich nicht glauben, aber was *ich* glaube, ist schließlich völlig uninteressant. Was *der Osten* glaubt, das zählt, und wenn der Osten glaubt, daß Amerika ohne zu zögern seine Ankündigung in die Tat umsetzen würde, dann könnte er ernstlich versucht sein, einen Präventivschlag zu landen. Wenn ich Colonel Fawcett richtig verstanden habe, würde ein millionstel Gramm dieser Antimaterie ausreichen, um Amerika jegliche Flausen für immer auszutreiben. Ich bin der Ansicht, daß keine Nation der Erde über diese Waffe verfügen sollte, aber für mich geht es darum, von zwei Übeln das kleinere zu wählen: Ich bin geborener Europäer, aber naturalisierter Amerikaner. Und ich werde meinen Adoptiveltern die Stange halten. Und jetzt können Sie fortfahren. Tun Sie so, als hätte ich Crau und die ›Lubylan‹ noch nie im Leben gesehen.«

Harper sah ihn mißmutig an. »Falls«, sagte er säuerlich, »Sie die Absicht hatten, unsere Beziehung zueinander zu ändern, dann ist Ihnen das besser gelungen, als Sie vielleicht erwartet hatten. Allerdings sind Sie nicht gerade sehr subtil vorgegangen. Nun, also zur ›Lubylan‹: Bequemerweise liegt sie nur eine Viertelmeile von dem Gebäude entfernt, in dem der Circus gastieren wird, am Stadtrand. Die Vorderfront geht auf eine Hauptstraße hinaus.«

»Auf diesem Plan sind aber zwei Gebäude eingezeichnet.«

»Dazu komme ich gleich: Die beiden Gebäude sind durch zwei hohe Mauern miteinander verbunden, die auf dem Plan fehlen.« Harper zeichnete sie rasch mit ein paar Strichen ein. »Auf der Rückseite der ›Lubylan‹ liegt nur Brachland. Das nächste Gebäude in dieser Richtung ist ein ölbetriebenes Elektrizitätswerk.

Das Gebäude, das auf die Hauptstraße hinausgeht – nennen wir es das Westgebäude –, ist der Sitz des eigentlichen Forschungszentrums. Im Ostgebäude, das auf das Ödland hinausgeht, wird zwar auch Forschung betrieben, aber eine Forschung, die von anderer und ganz sicher von viel unangenehmerer Art ist als die im Westgebäude: Hier findet eine Reihe von ausgesprochen unschönen Experimenten statt – mit menschlichen Versuchskaninchen. Und gleichzeitig ist das Ostgebäude ein Gefängnis für politische Häftlinge, vom gescheiterten Attentäter bis zum Dichter unerwünschter Verse. Soviel ich weiß, ist die Sterblichkeitsrate weit höher als normal.«

»Jetzt bin ich wohl damit an der Reihe, zu sagen, daß Sie ausgezeichnet informiert sind.«

»Wir schicken niemanden mit verbundenen Augen und auf dem Rücken gefesselten Händen in so einen Auftrag. Hier über den Hof führt in Höhe des fünften Stockwerks ein mit einem Lift zu erreichender Korridor, der die beiden Gebäude miteinander verbindet. Er hat gläserne Seitenwände und ein Glasdach und ist von der Abend- bis zur Morgendämmerung hell erleuchtet. Es ist unmöglich, ihn zu benutzen, ohne gesehen zu werden.

Alle Fenster der Gebäude sind mit schweren Eisengittern versehen und zusätzlich mit Alarmanlagen gesichert. Es gibt nur zwei Eingänge – für jedes Haus einen –, und die sind mit Zeitschlössern versehen und schwer bewacht. Die Gebäude sind neun Stockwerke hoch, und die verbindenden Mauern haben die gleiche Höhe. Der obere Rand der Mauern ist dicht mit nach außen gebogenen Metallspitzen gespickt, die mit zweitausend Volt geladen sind. In jeder Ecke befindet sich ein Wachtturm, und die Wachen dort sind mit Maschinengewehren, Suchscheinwerfern und Sirenen ausgerüstet. Der Hof ist ebenso wie der gläserne Verbindungsgang bei Nacht hell erleuchtet, was allerdings gar nicht nötig wäre, weil er rund um die Uhr als Auslauf für eine Herde von Dobermannpinschern dient.«

»Sie haben wirklich die Gabe, einem Mut zu machen«, meinte Bruno sarkastisch.

»Wäre es Ihnen vielleicht lieber, wenn Sie all diese Dinge *nicht* wüßten? Es gibt nur zwei Möglichkeiten, aus dieser Festung zu entkommen: tot durch Folter oder tot durch Selbstmord. *Lebend* ist dort noch kein Gefangener herausgekommen.« Dr. Harper zeigte auf das zweite Diagramm: »Das ist der Grundriß des neunten Stockwerks des Westgebäudes. Daß Sie dorthin kommen, läßt sich unsere Regierung mehrere Millionen Dollar kosten – dort arbeitet, schläft, ißt und wohnt Van Diemen.«

»Sollte ich den Namen kennen?«

»Es wäre sehr erstaunlich, wenn Sie ihn kennen würden. Er ist in der Öffentlichkeit weitgehend unbekannt. In der westlichen Welt sprechen seine Kollegen mit einer Mischung aus Angst und Ehrfurcht von ihm. Er ist anerkanntermaßen *die* Koryphäe auf dem Gebiet der Kernforschung, der Entdecker der Antimaterie – der einzige Mensch auf der Welt, der das Geheimnis der Herstellung, Aufbewahrung und Anwendungsmöglichkeit dieser entsetzlichen Waffe kennt.«

»Ist er Holländer?«

»Sein Name deutet zwar darauf hin, aber in Wahrheit ist er Deutscher. Kein Mensch weiß, warum er seiner Heimat den Rücken gekehrt hat und zu den Russen übergelaufen ist. Hier sehen Sie seine Laboratorien und Büros. Hier ist der Wachraum – Van Diemens Reich wird natürlich Tag und Nacht mindestens so gut bewacht wie Fort Knox. Und hier ist sein Wohnbereich: ein kleines Schlafzimmer, ein noch kleineres Bad und eine winzige Kochnische.«

»Wollen Sie damit sagen, daß er keine eigene Wohnung hat? Es würde die Sache für uns verdammt viel einfacher machen, wenn er eine hätte.«

»Er hat sogar ein Haus, eine prachtvolle Villa, die ihm von der Regierung zur Verfügung gestellt worden ist, aber er hat sie sich bis heute noch nicht einmal angesehen. Er lebt ausschließlich für seine Forschung, und so besteht für ihn keine Veranlassung, seine Arbeitsräume jemals zu verlassen. Und die Regierung hat sicherlich nichts dagegen – es vereinfacht die Sicherheitsvorkehrungen immens.«

»Das ist richtig. Um auf etwas anderes zu kommen: Sie sagen, daß noch niemand aus der ›Lubylan‹ herausgekommen ist. Wie, zum Teufel, soll ich dann *hineinkommen*?«

»Nun, äh...« Harper räusperte sich. »Wir haben uns natürlich ausgiebig den Kopf darüber zerbrochen, bevor wir an Sie herantraten, das heißt, die Ergebnisse unserer Überlegungen sind der Grund, weshalb wir ausgerechnet *Sie* gebeten haben, den Auftrag auszuführen. Wie ich schon sagte, ist der Gebäudekomplex von einer Mauer umgeben, die mit zweitausend Volt geladen ist. Den Strom liefert das Elektrizitätswerk, das hinter dem Ostgebäude liegt. Wie fast immer bei Starkstrom wird auch hier ein frei schwebendes Kabel benutzt. Es führt von einem Hochspannungsmast im E-Werk zum Dach des Ostgebäudes und ist dreihundert Meter lang.«

»Sie sind ja vollkommen wahnsinnig! Jedenfalls habe ich keine andere Erklärung. Wenn Sie mir vielleicht vorschlagen wollen...«

Harper sah sich vor die schwierige Aufgabe gestellt, gleichzeitig diplomatisch, überzeugend und vernünftig sein zu müssen. »Betrachten wir das Kabel doch einfach als Hochseil. Solange Sie nur mit den Händen oder Füßen Kontakt mit dem Kabel halten und nicht durch die Berührung mit beispielsweise einer Befestigungstrosse eines Isolators geerdet sind...«

»Betrachten wir das Kabel doch einfach als Hochseil«, echote Bruno. »Zweitausend Volt – das ist genau die Spannung, unter die der elektrische Stuhl gesetzt wird – oder wurde, nicht wahr?«

Harper nickte unglücklich.

»Im Circus tritt man von einer Plattform auf das Seil und am anderen Ende vom Seil wieder auf eine Plattform. Wenn ich von dem Hochspannungsmast auf das Kabel oder von dem Kabel auf die Festungsmauer steige, dann habe ich einen Fuß auf dem Kabel und mit dem anderen bin ich geerdet. Na, wenigstens würde ich keine Zeit mehr haben, irgendwelche Schmerzen zu empfinden. Haben Sie übrigens auch nur die entfernteste Ahnung, was für einen Durchhang es bei einem Seil von dieser Länge gibt? Können Sie sich vorstellen, wie die Zusammenwirkung dieses Durchhangs und des kleinen Lüftchens aussieht? Ist Ihnen schon der Gedanke gekommen, daß das Kabel um diese Jahreszeit sowohl verschneit als auch vereist sein könnte? Mein Gott, Dr. Harper, ist Ihnen nicht klar, daß unser Leben von dem Reibungskoeffizienten zwischen unseren Fußsohlen und dem Seil – in diesem Fall dem Kabel – abhängt? Sie mögen ja eine Menge von Spionage verstehen – von Hochseilakrobatik verstehen Sie nicht das geringste.«

Harpers unglücklicher Gesichtsausdruck hatte sich noch vertieft.

»Aber falls ich den Weg über das Kabel tatsächlich lebend hinter mich bringen sollte, wie könnte ich lebend über den Hof kommen – den hellerleuchteten Hof, auf dem eine Horde Dobermannpinscher nur darauf wartet, mich zu zerreißen? Oder durch diesen gläsernen Korridor – falls ich ihn überhaupt erreichen sollte? Und wenn wir einmal kühnerweise annehmen, daß ich das Westgebäude erreiche, wie sollte ich es schaffen, an den Wachen vorbeizukommen?«

Harper sah aus, als würde er jeden Augenblick in Tränen ausbrechen.

»Aber falls ich auch das schaffen sollte – ich bin zwar kein Spieler, aber in diesem Fall wette ich tausend zu eins dagegen –, wie soll ich herausfinden, wo die Unterlagen, um die es geht, aufbewahrt werden? Ich meine, ich nehme doch nicht an, daß sie einfach offen herumliegen. Sie sind sicherlich sorgfältig weggeschlossen, vielleicht hat Van Diemen sie auch unter seinem Kopfkissen.«

Harper vermied es sorgfältig, Brunos Blick zu begegnen. Er fühlte sich verständlicherweise ausgesprochen unbehaglich. Er sagte: »Verschlossene Aktenschränke oder Safes sind kein Problem – ich kann Ihnen Schlüssel geben, mit denen sich jedes handelsübliche Schloß öffnen läßt.«

»Und wenn es durch eine Kombination gesichert ist?«

»Es sieht so aus, als ob Sie bei der ganzen Sache auch ein bißchen Glück benötigten.«

Bruno schob die Pläne von sich, ließ sich zurücksinken, starrte an die Decke und versuchte, diese gigantische Untertreibung zu verdauen. Nach einer Pause, die Dr. Harper endlos schien, richtete er sich wieder auf, schaute ihn an und seufzte tief. »Ich fürchte, ich werde zusätzlich zum Glück auch noch eine Waffe brauchen. Eine mit Schalldämpfer. Und eine Menge Munition.«

Jetzt war die Reihe an Dr. Harper, eine Weile zu schweigen, aber schließlich faßte er sich und fragte: »Soll das heißen, daß Sie es versuchen werden?« Falls er Hoffnung oder Erleichterung empfand, so zeigte er es jedenfalls nicht – alles was man ihm ansah, war schiere Fassungslosigkeit.

»Wer einmal spinnt, spinnt immer. Aber ich will keine Waffe, die scharf schießt. Es muß eine Gaspistole oder eine für Betäubungspatronen sein. Ist das möglich?«

»Es wird schon zu machen sein.« Dr. Harper dachte eine Weile nach und fuhr dann fort: »Hören Sie zu, ich glaube, ich habe die Schwierigkeiten selbst unterschätzt. Wenn Sie es für absolut unmöglich halten ...«

»*Sie* sind verrückt. *Ich* bin verrückt. Wir sind *alle* verrückt. Aber der Circus ist nun schon mal unterwegs, und wenn aus keinem anderen Grund, so sollte man die Sache wegen der beiden Männer tun, die für diesen Plan ihr Leben gelassen haben – wir schulden es ihnen ...«

Harper suchte vergeblich nach passenden Worten. Schließlich gab er es auf und fragte: »Sie werden diese Pläne und Bilder an einem absolut sicheren Platz aufbewahren, nicht wahr?«

»Natürlich.« Bruno stand auf, nahm die Diagramme und die Fotografien, zerriß sie in winzige Stückchen, trug sie ins Bad und spülte sie in der Toilette hinunter. Dann kam er zurück und sagte zufrieden: »Jetzt sind sie absolut sicher aufbewahrt.«

»Ja, es wäre wirklich schwierig, jetzt noch an sie heranzukommen. Eine bemerkenswerte Gabe. Ich hoffe, Sie fallen nicht irgendwann wirklich eine Treppe hinunter, landen auf dem Kopf und ziehen sich einen akuten Gedächtnisschwund zu! Wie werden Sie die Sache angehen?«

»Hören Sie, ich bin Mentalist, aber nicht Merlin der Zauberer. Wie lange wissen Sie schon von der Sache?«

»Nicht lange. Ein paar Wochen.«

»Nicht lange. Ein paar Wochen!« wiederholte Bruno, und aus seinem Munde klang es wie ›ein paar Jahre‹. »Und haben Sie schon eine Lösung parat?«

»Nein.«

»Aber von *mir* erwarten Sie das schon nach ein paar Minuten?«

Harper schüttelte den Kopf und stand auf. »Ich nehme an, Winfield wird in Kürze bei Ihnen hereinschauen – er muß jeden Augenblick von Ihrem Unfall hören, und er weiß nicht, daß er fingiert war. Aber Sie können es ihm sagen. Inwieweit wollen Sie ihn einweihen?«

»Überhaupt nicht. Wenn ich ihm diesen selbstmörderischen Plan, den Sie da für mich ausgeheckt haben, eröffnete, ließe er das Schiff auf der Stelle umkehren.«

5

Die Tage vergingen ohne Zwischenfälle, aber recht unruhig – die Stabilisatoren der ›Carpentaria‹ schienen nicht genau zu wissen, was man von ihnen erwartete. Für die Circusleute gab es kaum mehr zu tun, als die Tiere zu füttern und ihre Käfige sauberzuhalten. Diejenigen, denen es die Umgebung erlaubte, trainierten ein bißchen, die anderen faßten sich in Geduld.

Bruno verbrachte genügend Zeit mit Maria, um die Glaubwürdigkeit seiner nun inzwischen allgemein als ernst angesehenen Romanze noch zu festigen. Noch viel interessanter für die Leute aber war die Tatsache, daß sich eine Dreiecksgeschichte anzubahnen schien, denn immer wenn Bruno nicht mit Maria zusammen war, wich Henry Wrinfield nicht von ihrer Seite. Und da Bruno die meiste Zeit mit Kan Dahn, Roebuck und Manuelo verbrachte, mangelte es Henry nicht an Gelegenheiten, und er nutzte sie, so gut er konnte.

Die Bar, in der gut und gern weit über hundert Leute Platz hatten, war vor dem Abendessen stets gut besucht. Am dritten Abend auf See saß Henry mit Maria an einem etwas abseits stehenden Tisch in einer Ecke und redete mit ernstem Gesicht auf sie ein. Am anderen Ende des großen Raumes saß Bruno mit seinen drei Freunden und spielte Karten. Vor dem Spiel verbrachten Roebuck und Manuelo ihre üblichen zehn Minuten mit der Klage, daß sie nicht richtig trainieren könnten. Kan Dahn machte sich deswegen keine Sorgen – er war offensichtlich überzeugt, daß ihn seine Kraft nicht in ein paar Tagen verlassen würde, und diese Überzeugung wurde von den meisten anderen geteilt.

Sie spielten Poker. Es ging nie um hohe Einsätze, und Bruno gewann fast immer. Die anderen behaupteten, es läge daran, daß er durch ihre Karten hindurchsehen könne, was Bruno energisch bestritt, aber die Tatsache, daß er am Abend vorher viermal hintereinander mit verbundenen Augen gewonnen hatte, ließen Zweifel an der Aufrichtigkeit seines Dementis aufkommen. Daß er gewann, hieß jedoch nicht, daß er mit den Taschen voller Geld vom Spieltisch aufstand – der Gewinner mußte die Drinks bezahlen, und obwohl er, Roebuck und Manuelo nur sehr wenig tranken, wurde die Rechnung doch jedesmal ganz beträchtlich, denn die Mengen Bier, die Kan Dahn in seinen massigen Körper schüttete, waren sehr eindrucksvoll.

Kan Dahn leerte ein weiteres Glas, schaute quer durch den Raum und tippte Bruno auf den Unterarm. »Du solltest etwas unternehmen, mein Junge. Deine Herzdame steht unter schwerer Belagerung.«

Bruno folgte seinem Blick und sagte milde: »Sie ist nicht meine Herzdame. Aber selbst wenn sie es wäre, bräuchte ich wohl kaum zu befürchten, daß Henry sie entführt – er ist nicht der Typ dafür. Außerdem wären die Chancen hier mitten auf dem Atlantik sowieso nicht besonders groß.«

»Groß genug«, meinte Roebuck düster.

»Seine blonde Liebste ist in den Staaten«, konstatierte Manuelo.

»Und unsere kleine Maria ist hier. Und das ist der springende Punkt.«

»Irgend jemand sollte ihr von Cecily erzählen«, schlug Roebuck vor.

»Unsere kleine Maria weiß genau Bescheid über Cecily. Sie hat es mir selbst erzählt. Sie weiß sogar, was für einen Verlobungsring sie trägt.« Bruno warf noch einen Blick auf das Paar und wandte seine Aufmerksamkeit dann wieder seinen Karten zu. »Es sieht nicht so aus, als ob sie in Liebesgeflüster vertieft wären.«

Maria und Henry waren tatsächlich nicht in Liebesgeflüster vertieft. Henry war sehr, sehr ernst und ehrlich besorgt. Plötzlich unterbrach er seinen Redestrom, schaute quer durch die Bar und dann wieder zu Maria.

»Das ist der Beweis!« Seine Stimme drückte eine Mischung aus Ärger und Triumph aus.

»Was ist der Beweis wofür, Henry?« fragte Maria geduldig.

»Ich spreche von dem Burschen, von dem ich Ihnen erzählt habe, Sie wissen schon, der, der Sie verfolgt hat. Das ist der Kerl, der gerade hereingekommen und hinter die Bar gegangen ist. Der Typ mit dem Wieselgesicht. Er hat keine Veranlassung, hier zu sein. Er arbeitet nicht hier.«

»Ach, kommen Sie, Henry, lassen Sie's gut sein. Er hat kein Wieselgesicht, nur ein schmales, das ist alles.«

»Er ist Engländer«, sagte Henry in einem Ton, als sei das ein Verbrechen.

»Ich habe schon einige Engländer kennengelernt, die *nicht* kriminell waren. Und Sie haben doch sicherlich nicht die Tatsache übersehen, daß wir auf einem englischen Schiff sind?«

Henry ließ sich nicht beirren. »Ich habe ihn schon ein halbes dutzendmal dabei erwischt, wie er Ihnen gefolgt ist. Ich weiß es, weil *ich* Ihnen *beiden* gefolgt bin.« Sie sah ihn überrascht an, aber diesmal ohne zu lächeln. »Er verfolgt auch meinen Onkel.«

»Aha«, sagte sie und schaute ihn nachdenklich an. »Sein Name ist Wherry. Er ist Kabinensteward.«

»Ich habe Ihnen doch gesagt, daß er hier in der Bar nichts zu suchen hat. Er beschattet Sie, das ist es!« Dann schaute er sie verblüfft an: »Woher wissen Sie, daß er Kabinensteward ist? Ist er für *Ihre* Kabine zuständig?«

»Nein, für die Ihres Onkels. Dort habe ich ihn zum erstenmal gesehen – in der Kabine Ihres Onkels.« Ihr nachdenklicher Gesichtsausdruck vertiefte sich. »Jetzt, da Sie es erwähnen, fällt mir auf, daß ich ihn ziemlich oft in meiner Nähe gesehen habe. Und zwei- oder dreimal, wenn ich spazierenging, war er immer dicht hinter mir, sobald ich mich umdrehte.«

»Das sage ich doch!«

»Und was bedeutet das, Henry?«

»Das weiß ich auch nicht«, gab er zu. »Aber ich irre mich bestimmt nicht.«

»Warum sollte mich jemand verfolgen? Glauben Sie vielleicht, er ist ein verkleideter Detektiv und ich bin eine gesuchte Verbrecherin? Oder sehe ich aus wie ein Mata-Hari-Verschnitt?«

Henry überlegte. Schließlich sagte er: »Nein. Außerdem war Mata Hari ausgesprochen häßlich, und Sie sind wunderschön.« Er schaute sie noch einmal ganz genau an: »Wirklich wunderschön.«

»Henry! Wissen Sie nicht mehr, daß wir heute morgen beschlossen hatten, unsere Gespräche auf rein sachlicher Ebene zu halten?«

»Zum Teufel mit der sachlichen Ebene!« Henry dachte lange nach, bevor er weitersprach: »Ich glaube, ich fange an, mich in Sie zu verlieben.« Und nach einer weiteren Denkpause berichtigte er sich: »Nein, ich glaube, ich *habe* mich bereits in Sie verliebt.«

»Ich glaube nicht, daß Cecily ...«

»Sie soll auch zum Teufel gehen – nein, entschuldigen Sie, das habe ich nicht ernst gemeint. Aber ich meinte, was ich über Sie gesagt habe.« Er drehte sich halb in seinem Sessel um. »Schauen Sie, Wherry geht gerade.«

Sie beobachteten ihn beide. Er war ein kleiner, dünner, dunkelhaariger Mann mit einem schmalen, dunklen Bärtchen. Als er in einer Entfernung von etwa drei Metern an ihrem Tisch vorbeikam, warf er einen unauffälligen Blick herüber, schaute aber gleich darauf wieder woanders hin. Henry lehnte sich in seinem Sessel zurück und sah Maria mit einem Habe-ich-es-Ihnen-nicht-gesagt-Blick an.

»Ein kriminelles Subjekt! Das sieht doch ein Blinder. Haben Sie es nicht auch gesehen?«

»Ja.« Sie nickte besorgt. »Aber warum, Henry, warum nur?«

Er zuckte mit den Achseln. »Haben Sie irgendwelche Wertsachen dabei? Vielleicht Schmuck?«

»Ich trage keinen Schmuck.«

Henry nickte wohlwollend. »Schmuck ist etwas für Frauen, die ihn nötig haben. Aber wenn eine so entzückende Person wie Sie ...«

»Henry, wenn Sie so weitermachen, kann ich überhaupt nicht mehr mit Ihnen sprechen. Als ich heute morgen sagte, es sei ein schöner Tag, erklärten Sie mir mit schmachtendem Blick, kein Tag könne so schön sein wie ich. Wenn ich etwas über meinen Nachtisch sage, fällt Ihnen sofort ein, daß er nicht halb so süß sei wie ich es bin. Und als wir uns heute abend gemeinsam den herrlichen Sonnenuntergang anschauten…«

»Ich bin eben poetisch veranlagt. Fragen Sie Cecily. Nein, tun Sie das lieber doch nicht. Ich sehe aber, daß ich Sie nicht aus den Augen lassen darf.«

»Diesen Beschluß hatten Sie aber schon lange vor dem Auftauchen dieses geheimnisvollen Stewards gefaßt – und in die Tat umgesetzt.«

Aber mit Ironie war Henry nicht beizukommen. Sein Blick hing unverändert sehnsuchtsvoll an ihrem Gesicht. »Wissen Sie«, sagte er träumerisch, »ich hatte immer davon geträumt, für eine Frau ein Sir Galahad zu sein.«

»Das würde ich mir an Ihrer Stelle aber schnellstens aus dem Kopf schlagen, Henry. In der heutigen Zeit ist kein Platz mehr für Sir Galahads. Die Tage der Turniere mit Lanzen und glänzenden Schwertern sind vorbei – heute ist die Zeit des Messers im Rücken.«

Aber ihre Worte erreichten ihn nicht – abgesehen von seinen Augen waren seine sämtlichen Sinne völlig abwesend.

Am vierten Abend auf See besuchte Dr. Harper Bruno erneut in seiner Kabine. Diesmal hatte er Carter dabei, der wie beim erstenmal höflich guten Abend sagte, die Räume nach Abhörgeräten durchforschte, am Schluß den Kopf schüttelte und wieder ging.

Harper trat an den Barschrank, goß sich einen Drink ein, schüttete ihn in einem Zug hinunter und sagte: »Wir werden Ihre Waffen in Wien bekommen.«

»Waffen?«

»Allerdings.«

»Sie haben sich mit den Staaten in Verbindung gesetzt? Wurde der Funker da nicht mißtrauisch?«

Harper gestattete sich ein dezent triumphierendes Lächeln. »Ich bin mein eigener Funker. Ich habe ein Hochfrequenz-Funkgerät – nicht größer als ein normales Buch –, das den Frequenzen des normalen Schiffsfunkverkehrs nicht ins Gehege kommen kann. Charles sagte, man könnte damit sogar den Mond erreichen. Aber für alle Fälle sende ich natürlich verschlüsselt. Ich werde Ihnen das

Ding irgendwann einmal zeigen – ich *muß* es Ihnen sogar zeigen und seine Funktionsweise erklären, falls Sie es einmal benutzen müssen. Wenn mir irgend etwas zustoßen sollte, meine ich.«

»Was sollte Ihnen zustoßen?«

»Wer hätte gedacht, daß Pilgrim und Fawcett etwas zustoßen würde? Aber zurück zu den Waffen: Wir werden zwei Pistolen bekommen, nicht nur eine, und das aus gutem Grund: Die Betäubungswaffe, die so etwas Ähnliches wie Injektionsnadeln abschießt, ist die wirkungsvollere von beiden, aber es heißt, daß Van Diemen seit langem ein Herzleiden hat. Wenn Sie ihn also mit einem Betäubungsgeschoß außer Gefecht setzen, würde das sozusagen eine Kontraindikation bedeuten. Ihn verarzten Sie also mit der Gaspistole. Haben Sie schon einen Plan, wie Sie in die Festung hineinkommen?«

»Ein batteriebetriebener Hubschrauber wäre schlechthin ideal, aber leider gibt es so etwas nicht. Nein, bis jetzt habe ich noch keine Lösung gefunden.«

»Kommt Zeit, kommt Rat. Wissen Sie schon, daß Sie heute abend mit mir am Tisch des Kapitäns essen müssen?«

»Nein.«

»Alle Passagiere genießen dieses Privileg an einem Abend der Reise, es ist Tradition. Bis dann also.«

Sie hatten sich gerade est an den Tisch gesetzt, als ein Steward herangeschossen kam, sich zum Kapitän herunterbeugte und ihm etwas ins Ohr flüsterte, worauf der Kapitän aufstand, sich entschuldigte und hinter dem Steward her aus dem Speisesaal eilte. Als er nach ein paar Minuten wiederkam, sah er regelrecht verstört aus.

»Seltsam«, sagte er, »sehr seltsam. Carter – Sie haben ihn kennengelernt, er ist der oberste Zahlmeister – behauptet, er sei überfallen worden. Jemand habe ihm von hinten einen Arm um den Hals gelegt und ihm so die Luftzufuhr abgeklemmt. Es sind zwar keine Druckstellen oder so etwas zu sehen, aber er war ziemlich außer sich.«

»Vielleicht hat er sich nur ungeschickt umgedreht und sich dabei etwas verzerrt«, meinte Harper.

»In diesem Fall wäre seine Brieftasche von allein aus der Innentasche seiner Jacke verschwunden.«

»Dann ist er also doch überfallen worden, und seine Brieftasche liegt jetzt – natürlich ohne Inhalt – wahrscheinlich bereits auf dem Grund des Atlantik. Soll ich ihn mir einmal ansehen?«

»Das wäre vielleicht ganz gut. Berenson ist nämlich zur Zeit damit beschäftigt, irgend so einer hysterischen alten Schachtel, die sich einbildet, einen Herzanfall zu haben, die Hand zu halten. Vielen Dank für Ihre Hilfsbereitschaft, Doktor. Ein Steward wird Sie zu Carter bringen.«

Nachdem Harper gegangen war, wandte sich Bruno an den Kapitän: »Wer kann nur diesen angenehmen, höflichen Mann überfallen haben? Wer bringt es fertig, einen solchen Menschen auszurauben?«

»Ich glaube kaum, daß der Täter sich den Kopf über Carters nettes Wesen zerbrochen hat. Er brauchte eben Geld und kam zu dem Schluß, daß beim Zahlmeister am sichersten etwas zu holen sein würde. Es ist unangenehm für einen Kapitän, wenn auf seinem Schiff so etwas passiert. Ich habe einige meiner Männer beauftragt, der Sache nachzugehen.«

Bruno lächelte. »Ich hoffe nicht, daß sich der Verdacht zuerst automatisch gegen uns Circusleute richtet. Unter ansonsten ganz vernünftigen Bürgern ist unser Ruf leider nicht gerade der beste. Und dabei kenne ich keine ehrlicheren Menschen.«

»Ich weiß nicht, wer es gewesen ist, und ich fürchte auch, daß wir es nie erfahren werden.«

Bruno lehnte auf der Heckreling und starrte nachdenklich auf die Kielwelle hinunter, die das Schiff hinter sich ließ. Als jemand von hinten herankam und dann neben ihn trat, richtete er sich auf und fragte: »Irgend jemand in der Nähe?«

»Niemand«, sagte Manuelo.

»Nichts Besorgniserregendes?«

»Nichts Besorgniserregendes.« Manuelos blendend weiße Zähne leuchteten in der Dunkelheit. »Du hattest verdammt recht. Der arme Mr. Carter macht tatsächlich regelmäßig einen – wie nennst du das –?«

»Verdauungsspaziergang.«

»Richtig. Er macht seinen Verdauungsspaziergang auf dem Deck, auf dem die Rettungsboote vertäut sind. Und da gibt es viel Schatten. Kan Dahn hielt ihn ein bißchen fest, Roebuck nahm dem Zahlmeister die Schlüssel zu den Kabinen ab, für die er zuständig ist, brachte sie zu mir herunter und stand auf dem Gang Schmiere, während ich drin war. Ich brauchte nicht lange zu suchen. In einer Aktentasche war ein komischer Apparat...«

»Ich glaube, darüber weiß ich Bescheid. Es sieht aus wie ein kleines Radio, aber ohne Frequenzband, nicht wahr?«

»Ja. Was ist es?«

»Ein Gerät, mit dem man Abhörgeräte lokalisieren kann. Es sind eine Menge ausgesprochen mißtrauischer Leute auf diesem Kahn.«

»Überrascht dich das? Immerhin sind wir an Bord.«

»Was hast du noch gefunden?«

»Fünfzehnhundert Dollar in Zehnern, ganz unten in einem Koffer...«

»Davon wußte ich noch nichts. Gebrauchte Scheine?«

»Nein. Neue. Mit fortlaufenden Nummern.«

»Wie unvorsichtig.«

»Es sieht so aus.« Er gab Bruno ein Stück Papier. »Ich habe die Seriennummern des ersten und letzten notiert.«

»Gut, gut. Bist du sicher, daß es echte Scheine waren?«

»Darauf wette ich meinen Kopf. Ich hatte es ja nicht so eilig, und gab Roebuck einen zur Beurteilung nach draußen. Und er sagt auch, daß sie echt sind.«

»Und das war alles?«

»Es waren noch ein paar an ihn adressierte Briefe da. Nicht an eine bestimmte Adresse, sondern postlagernd, hauptsächlich für London und New York.«

»In welcher Sprache? Englisch?«

»Nein. Auf dem Poststempel stand Gydnia. Das liegt in Polen.«

»Allerdings. Und nach deinem Besuch hast du die Kabine so hinterlassen, wie du sie vorgefunden hattest, und dem schlafenden Mr. Carter seine Schlüssel wieder in die Tasche gesteckt.«

Manuelo nickte. Bruno bedankte sich bei ihm und verließ das Achterdeck. Er ging in seine Kabine zurück, warf einen kurzen Blick auf die Seriennummern der Banknoten, zerriß den Zettel, auf dem sie standen, in winzige Fetzchen und spülte sie in der Toilette hinunter.

Wie erwartet, wurde der Mann, der Carter überfallen hatte, nie gefunden.

Am Abend vor der Ankunft in Genua fand sich Dr. Harper wieder in Brunos Kabine ein. Sein erster Weg war wiederum zur Bar, und er goß sich wie gewohnt einen Drink aus dem Vorrat ein, den Bruno nicht ein einziges Mal angerührt hatte.

»Wie weit sind Ihre Pläne gediehen?« fragte er und ließ sich in einem Sessel nieder. »*Ich* trete leider auf der Stelle.«

»Im Interesse meiner Gesundheit wäre es vielleicht besser, wenn es mir ebenso ginge«, meinte Bruno düster.

Harper setzte sich kerzengerade auf. »Sie haben also eine Idee?«
»Ich weiß nicht. Einen Lichtstreifen am Horizont würde ich eher sagen. Haben Sie nicht vielleicht noch irgendwelche weiteren Informationen für mich? Irgend etwas über die Aufteilung der Räume im Westgebäude und darüber, wie man sich Zugang zum neunten Stockwerk verschafft? Wie ist es beispielsweise mit dem Dach? Kann man vielleicht durch irgendwelche Lüftungsschächte oder Luken einsteigen?«
»Ich muß Ihnen gestehen, daß ich keine Ahnung habe.«
»Ich glaube, die Lüftungsschächte können wir vergessen. In einem derartig gesicherten Gebäude findet die Belüftung sicher durch die Seitenwände statt, und das wahrscheinlich nur durch winzige Öffnungen. Aber Luken müßten eigentlich da sein. Wie sollten die Posten sonst auf ihre Wachttürme kommen oder die Elektriker den Zaun reparieren, falls es einmal nötig sein sollte? Ich glaube kaum, daß sie siebenundzwanzig Meter auf senkrechten Leitern nach oben klettern, die an einer Innenwand verankert sind. Wissen Sie, ob es in der ›Lubylan‹ Aufzüge gibt?«
»Ja, das weiß ich. Es gibt in jedem Gebäude ein Treppenhaus, das vom Erdgeschoß bis ganz oben reicht, und auf beiden Seiten der Treppenhäuser sind zwei Aufzüge.«
»Wahrscheinlich versorgen die Lifts den neunten Stock genauso wie alle übrigen Etagen. Das bedeutet, daß das oberste Stück der Aufzüge, wo der Zugmechanismus für die Trossen ist, über das Dach hinausragen muß. Und dort könnte sich eine Möglichkeit bieten, in die Festung hineinzukommen.«
»Es könnte Ihnen auch die Möglichkeit bieten, zerquetscht zu werden, wenn Sie gerade dann in dem Schacht hinunterklettern, wenn ein Lift heraufkommt. Das ist schon erstaunlich oft Mechanikern passiert, die oben auf einem Lift standen, um ihn zu reparieren.«
»Das ist das Risiko bei der Sache. Über ein vereistes, mit zweitausend Volt geladenes Kabel zu balancieren – wir müssen schließlich das schlimmste annehmen – ist ja wohl auch ein wenig riskant, oder? Was ist im achten Stock? Auch Labors?«
»Seltsamerweise nein. Der achte Stock gehört zum Ostgebäude – der Haftanstalt. Die oberen Gefängnisaufseher und die Leute von der Gefängnisverwaltung schlafen dort – vielleicht können Sie die Schreie nicht ertragen, vielleicht wollen sie aber auch nur nicht in der Nähe sein, wenn es den Versuchskaninchen einmal gelingen sollte, aus ihren Zellen freizukommen. Ich weiß es nicht. Jedenfalls

befindet sich die gesamte Verwaltung von beiden Gebäuden in diesem Stockwerk. Außer den Schlaf- und Eßräumen der Wächter gibt es im Gefängnisblock nur Zellen. Abgesehen von ein paar Räumen im Keller, die irreführenderweise als ›Befragungsräume‹ bezeichnet werden.«

Bruno sah ihn nachdenklich an. »Wäre es unpassend, Sie zu fragen, woher Sie all diese detaillierten Informationen haben? Man würde doch eigentlich annehmen, daß kein Fremder den Fuß über die Schwelle dieser Festung setzen darf und keine der Wachen jemals den Mund aufmacht.«

»Nein, nein, fragen Sie nur. Wir haben, wie man so schön sagt, ›unseren Mann‹ in Crau. Keinen Amerikaner, einen ›Eingeborenen‹. Er war vor etwa fünfzehn Jahren wegen eines harmlosen Protests gegen die Politik des Landes in der ›Lubylan‹ inhaftiert, wurde nach einigen Jahren Kalfakter und durfte sich in dem ganzen Gebäude frei bewegen. Seine bevorzugte Stellung minderte allerdings nicht im geringsten seinen Haß gegen das Regime seines Landes im allgemeinen und gegen die ›Lubylan‹ und alle, die dort arbeiteten, im besonderen. Er fiel uns in den Schoß wie ein überreifer Apfel vom Baum. Er trinkt immer noch mit den Wachen und Gefängnisaufsehern von der ›Lubylan‹ und schafft es auf diese oder jene Weise immer wieder, uns über die Vorgänge dort drin auf dem laufenden zu halten. Er ist schon vor vier Jahren entlassen worden, aber für die Wachen ist er nach wie vor der Kalfakter, und sie sprechen offen über alles mit ihm – vor allem, wenn er sie mit Wodka versorgt.«

»Was für ein schmutziges Geschäft.«

»Tja, der Glamouraspekt existiert nur in der Fantasie der Leute, die nicht dazugehören.«

»Das Problem des Einsteigens in die Festung besteht nach wie vor. Vielleicht gibt es eine ganz einfache Lösung. Aber wenn, dann muß sie mir noch einfallen. Haben Sie Maria eingeweiht?«

»Nein, dazu ist noch viel Zeit. Je weniger Leute etwas wissen...«

»Ich würde gern heute abend mit ihr sprechen. Kann ich das?«

Harper lächelte. »Sie meinen, drei Leuten fällt vielleicht eher etwas ein als zweien? Das ist nicht gerade ein Kompliment für mich.«

»Ich wollte Sie nicht kränken. Ich kann es mir nur nicht leisten, Sie zu sehr in meine Pläne einzubeziehen. Sie sind der Koordinator und der einzige Mensch, der wirklich weiß, was vorgeht – ich glaube immer noch nicht, daß Sie mir alles gesagt haben, was ich wissen müßte, aber es scheint mir jetzt nicht mehr so wichtig. Außerdem habe ich der jungen Dame eifrigst den Hof gemacht – obwohl es sozusagen auf Befehl geschah, muß ich gestehen, daß ich diesen Teil des Auftrags ausgesprochen gern ausgeführt habe –, und die Leute sind inzwischen daran gewöhnt, uns zusammen zu sehen.«

Harper lächelte. »Sie sind auch daran gewöhnt, Henry um sie herumscharwenzeln zu sehen.«

»Wenn wir auf unserer Europatournee an einen geeigneten Ort kommen, werde ich ihn zum Duell fordern – die Atmosphäre muß schon stimmen. Ich brauche Marias Ideen nicht. Alles, was ich von ihr will, ist ihre Mitarbeit. Und es hat keinen Sinn, weiter mit Ihnen zu beratschlagen, bevor ich mich dieser versichert habe.«

»In Ordnung. Wann?«

»Nach dem Abendessen.«

»Wo? Hier?«

»Nein, nicht hier. Es ist durchaus in Ordnung, wenn mein Arzt hierher kommt und sich um eines der wertvollsten Besitztümer des Circus kümmert. Aber wie Sie sagen – und wie man aus Carters Vorsichtsmaßnahmen ersehen konnte – besteht durchaus die Möglichkeit, daß jemand ein sehr mißtrauisches Auge oder besser gesagt Ohr auf mich hat. Und ich möchte nicht, daß dieser Jemand sein Interesse auf Maria ausdehnt.«

»Dann schlage ich vor, Sie treffen sich in ihrer Kabine.«

Bruno dachte kurz nach und nickte dann: »Ja, das ist gut.«

Vor dem Abendessen ging Bruno in die Bar, fand Maria an einem kleinen Ecktisch, setzte sich zu ihr und bestellte sich einen alkoholfreien Drink.

»Dieser Anblick ist unerträglich«, sagte er, »und unglaublich: Maria Hopkins sitzt allein an einem Tisch.«

»Und wer ist daran schuld?« fragte sie vorwurfsvoll.

»Doch nicht etwa ich?«

»Ich komme mir völlig idiotisch vor: Es gibt ganze Scharen von netten Männern auf diesem Schiff, die mir gern einen Drink spendieren und sich mit mir unterhalten würden. Aber nein, ich schlage alle in die Flucht. Es könnte ja sein, daß der große Bruno plötzlich auftaucht und nach meiner Gesellschaft verlangt.« Sie starrte wütend vor sich hin. »Oder Henry. Der ist genauso schlimm. Er ist nicht nur der Liebling seines Onkels – und sein Onkel ist hier immerhin so etwas wie der Große Weiße Vater –, er entwickelt auch eine unerfreuliche Neigung, etwaige Gesprächspartner mit schrekkenerregender Miene in die Flucht zu schlagen. Der einzige, der sich überhaupt nicht um das alles schert, ist Kan Dahn. Wissen Sie, daß er mich als Ihre Herzdame bezeichnet?«

»Und sind Sie das?«

Sie antwortete nicht.

»Keine Antwort ist auch eine. Darf man erfahren, wer heute abend mein Rivale um die Gunst meiner Herzdame ist? Ich habe gerade erst mit Dr. Harper darüber gesprochen: Henry und ich werden uns duellieren, sobald wir die Karpaten erreicht haben. Sie sollten unbedingt zuschauen. Schließlich sind Sie ja der Anlaß.«

»Ach, hören Sie doch auf.« Sie schaute ihn lange an, lächelte dann wider Willen und legte eine Hand auf seine. »Wie heißt das männliche Pendant zu ›Herzdame‹?«

»Als Kartenspieler weiß ich das zwar, aber ich glaube nicht, daß mir diese Bezeichnung gefällt. Wo ist Henry?«

»Er wandelt auf Sherlock Holmes' Pfaden.« Unwillkürlich senkte sie die Stimme. »Ich glaube, er beobachtet irgend jemanden. Henry hat in den letzten zwei Tagen sehr viel Zeit damit verbracht, jemanden zu verfolgen, von dem er behauptet, daß er mich verfolge.«

Überraschenderweise reagierte Bruno nicht im geringsten belustigt auf diese Eröffnung. Statt dessen fragte er streng: »Warum haben Sie mir das nicht schon früher erzählt?«

»Ich hielt es nicht für wichtig. Ich habe die Sache überhaupt nicht ernst genommen.«

»Sie *haben* sie nicht ernst genommen? Und wie ist es *jetzt*?«

»Ich weiß nicht.«

»Warum könnte jemand Interesse daran haben, Ihnen nachzuschleichen?«

»Wenn ich es wüßte, würde ich es Ihnen sagen.«

»Würden Sie das wirklich?«

»Ach, lassen Sie das doch!«

»Haben Sie es Dr. Harper erzählt?«

»Nein. Es gibt ja gar nichts zu erzählen. Ich lasse mich nicht gern auslachen. ich glaube, Dr. Harper hat sowieso einige Vorbehalte gegen mich. Und ich möchte nicht, daß er mich für eine noch größere Niete hält als er es ohnehin schon tut.«

»Hat dieser mysteriöse Schatten einen Namen?«

»Ja: Wherry. Er ist Kabinensteward. Ein kleiner Mann mit einem schmalen Gesicht, schmalen Augen und einem dünnen, schwarzen Bärtchen.«

»Den habe ich schon gesehen. Ist er für Ihre Kabine zuständig?«

»Nein, für Mr. Wrinfields.«

Bruno dachte einen Augenblick nach und schien dann das Interesse an der Sache zu verlieren. Jedenfalls wechselte er das Thema, indem er sein Glas hob und sagte: »Ich möchte nach dem Abendessen gern mit Ihnen sprechen. In Ihrer Kabine, wenn es Ihnen recht ist.«

Sie hob ebenfalls ihr Glas und lächelte: »Auf Ihr Wohl.«

Nach dem Abendessen verließen Bruno und Maria gemeinsam den Speisesaal. Das war nichts Ungewöhnliches mehr und verursachte nicht einmal mehr ein Aufblicken. Etwa zwanzig Sekunden nach ihnen stand Henry ebenfalls auf, schlenderte quer durch den Speisesaal und verließ ihn durch die entgegengesetzte Tür. Draußen beschleunigte er seine Schritte, stieg eine Kajüttreppe hinunter und kam zu den Passagierquartieren: Bruno und Maria waren etwa fünfzehn Meter vor ihm. Henry ging hinter der Kajüttreppe in Deckung. Fast im gleichen Augenblick kam ein Mann aus einem Seitengang, der sechs Meter weiter auf der linken Seite in den breiten Gang mündete. Er spähte den Haupteingang hinunter, sah Bruno und Maria und trat schnell in sein Versteck zurück, aber nicht schnell genug, um nicht von Henry erkannt zu werden: Es war Wherry. Henry konnte sich einer gewissen Selbstzufriedenheit nicht erwehren.

Wherry riskierte einen zweiten Blick: Bruno und Maria verschwanden gerade um eine Biegung nach links. Wherry verließ seine Deckung endgültig und folgte ihnen. Henry wartete, bis auch Wherry außer Sicht war, und machte sich dann seinerseits verstohlen an die Verfolgung. Er schlich lautlos bis zur Ecke, beugte sich vorsichtig vor und zog den Kopf schleunigst wieder zurück: Wherry stand nur sechs Schritte von ihm entfernt und schaute interessiert einen nach rechts abzweigenden Flur hinunter. Henry war völlig klar, was Wherry im Auge hatte – Marias Kabine war von ihm aus gesehen die vierte. Als er einen neuerlichen Blick wagte, war Wherry verschwunden. Henry schlich weiter, bis er dort stand, wo gerade noch Wherry gestanden hatte, und streckte wieder seinen Kopf vor: Wherry war damit beschäftigt, sein rechtes Ohr fest an eine Kabinentür zu pressen – natürlich an Marias. Henry ging wieder in Deckung und wartete. Er hatte Zeit.

Er ließ dreißig Sekunden verstreichen, bevor er wieder einen Blick riskierte: Der Flur lag verlassen vor ihm. Ohne Eile schlenderte Henry den Gang entlang, vorbei an Marias Kabine, aus der undeutlich Stimmengemurmel nach draußen drang, erreichte das

Ende des Flurs und bog in einen anderen ein. Er hatte nicht zwei Tage damit verbracht, Wherry so unermüdlich und wie er meinte unauffällig zu folgen, um sich jetzt nicht auch zu informieren, wo Wherrys Unterkunft lag. Und er war überzeugt, daß Wherry sich genau dorthin begeben hatte.

Und er hatte recht. Wherry hatte sich tatsächlich schnurstracks zu seiner Kabine begeben, und anscheinend hatte er sich so sicher gefühlt, daß er seine Tür sogar nur angelehnt hatte. Daß es dafür vielleicht auch andere Gründe geben konnte, kam Henry nicht in den Sinn. Wherry saß mit dem Rücken zu ihm und hatte Kopfhörer auf, die mit einem Radio verbunden waren. Daran war an sich nichts Ungewöhnliches – Wherry wechselte sich wie alle Stewards mit seinen Kollegen ab, und da sie alle immer in verschiedenen Schichten arbeiteten und demzufolge zu verschiedenen Zeiten schliefen, boten die Kopfhörer die Gelegenheit, Radio zu hören, ohne jemanden im Schlaf zu stören.

Maria saß auf ihrem Bett und starrte Bruno fassungslos an. Sie war leichenblaß, wodurch ihre Augen unnatürlich groß erschienen. Als sie endlich sprach, war sie kaum zu verstehen: »Das ist Wahnsinn! Das ist doch Selbstmord!«

»Dies beides und noch eine Menge anderer Dinge treffen zu. Aber Sie müssen bedenken, daß Dr. Harper sich in einer scheußlichen Klemme befand. Die Idee war genial, aus der Verzweiflung geboren, aber er hatte keine andere Wahl – jedenfalls sah er keine andere Möglichkeit.«

»Bruno!« Sie rutschte vom Bett, ließ sich neben seinem Sessel auf die Knie nieder und nahm seine Hände in ihre. In ihren Augen stand nackte Angst, und Bruno erkannte unbehaglich, daß diese Angst *ihm* galt. »Sie werden es nicht überleben, und das wissen Sie auch genau! Tun Sie's nicht! Bitte, bitte, tun Sie's nicht! Nichts ist es wert, daß Sie dafür Ihr Leben opfern! Nichts! O Gott, Sie haben ja nicht einmal die allerkleinste Chance!«

Er schaute mit einem Ausdruck milder Überraschung auf sie hinunter: »Und ich habe Sie die ganze Zeit für eine kaltschnäuzige CIA-Agentin gehalten!«

»Nun, da haben Sie sich eben geirrt. Was die Kaltschnäuzigkeit betrifft, meine ich.« In ihren Augen schimmerten Tränen.

Er streichelte geistesabwesend ihre Haare. Sie hatte ihr Gesicht abgewandt.

»Vielleicht gibt es einen anderen Weg, Maria.«

»Den gibt es bestimmt nicht!«

»Schau her«, sagte er. Er merkte nicht einmal, daß er sie plötzlich duzte. Mit seiner freien Hand zeichnete er mit ein paar Strichen einen Plan. »Vergessen wir jetzt mal den Balanceakt über das Hochspannungskabel. Die Tatsache, daß diese Fenster vergittert sind, kann sich ausgesprochen positiv für uns auswirken – besser gesagt für *mich*. Ich habe vor, von der Straße aus zu operieren, die an der Südseite des Forschungsgebäudes entlangführt. Ich werde ein Seil mitnehmen, an dessen einem Ende ein wattierter Haken befestigt ist. Nach ein paar Versuchen werde ich es sicher schaffen, den Haken an einer Gitterstange eines Fensters im ersten Stock zu verankern. Dann ziehe ich mich daran hoch, mache das Seil wieder los, wiederhole den Vorgang und lande auf diese Weise im zweiten Stock. Und das mache ich so oft, bis ich oben bin.«

Sie sah ihn skeptisch an: »Und dann?«

»Dann finde ich eine Möglichkeit, die Wache oder Wachen im Wachtturm an der Ecke zum Schweigen zu bringen.«

»Was ist es, Bruno? Was treibt dich dazu, so etwas zu riskieren?« Auch sie war ohne es zu merken zum Du übergegangen. »Du bist ein Besessener, weißt du das? Du arbeitest doch nicht fest für die CIA, und diese verdammte Antimaterie kann dir doch nicht dein Leben wert sein! Und doch weiß ich ganz sicher, daß du nichts unversucht lassen wirst, um in dieses verdammte Gefängnis zu kommen. Warum, Bruno? Warum bloß?«

»Ich weiß es nicht.« Sie konnte sein Gesicht nicht sehen, und so verpaßte sie einen der seltenen Augenblicke, in denen es eine Gefühlsregung ausdrückte: Es zeigte deutlich, wie aufgewühlt er innerlich war. »Vielleicht solltest du die Geister von Pilgrim und Fawcett fragen.«

»Was bedeuten dir die beiden? Du kanntest sie doch kaum.« Er antwortete nicht. Sie fuhr resigniert fort. »Du wirst also die Wachen außer Gefecht setzen. Aber wie willst du den Strom ausschalten, mit dem die Stahlspitzen auf der Mauer geladen sind?«

»Ich werde einen Weg finden. Aber ich werde deine Hilfe brauchen, und es könnte dir passieren, daß du dich unversehens im Gefängnis wiederfindest.«

»Welche Art von Hilfe?« fragte sie tonlos. »Und was schreckt mich das Gefängnis, wenn du tot bist?«

Henry hörte Marias letzte Worte mit. Wherry hatte seine Kopfhörer abgenommen, um sich Zigaretten zu holen, und das Gespräch, das in Marias Kabine stattfand, war zwar leise und etwas verzerrt, aber trotzdem einwandfrei zu verstehen. Henry verdrehte sich seinen Hals noch ein bißchen mehr und sah, daß das Radio nicht das einzige elektrische Gerät in der Kabine war: Auf dem Boden stand auch ein kleines Tonbandgerät, auf dem sich langsam zwei Spulen drehten.

Wherry hatte Zigaretten gefunden, zündete sich eine an, setzte sich wieder auf seinen Stuhl, nahm die Kopfhörer und wollte sie gerade wieder aufsetzen, als Henry die Tür weit aufstieß und in die Kabine trat. Wherry wirbelte herum und starrte ihn mit weit aufgerissenen Augen an.

»Wenn es Ihnen nichts ausmacht, dann würde ich gern das Bandgerät mitnehmen, Wherry«, sagte Henry mit vollendeter Höflichkeit.

»Mr. Wrinfield!«

»Jawohl, Mr. Wrinfield! Überrascht? Das Bandgerät, Wherry!«

Wherry warf einen raschen Blick auf einen Fleck über Henrys linker Schulter, und Henry lachte. »Tut mir leid, Wherry, aber dieser Trick hat nun wirklich schon einen Vollbart.«

Das letzte Geräusch, das Henry in seinem Leben hören sollte, war ein kaum hörbares Zischen hinter ihm. Seine Ohren registrierten es für den Bruchteil einer Sekunde, aber sein Körper hatte keine Zeit mehr, zu reagieren. Wherry erwischte ihn gerade noch, ehe er zu Boden fiel.

»Hast du mich nicht verstanden?« fragte Maria mit immer noch ausdrucksloser Stimme. »Was schreckt mich das Gefängnis, was bedeutet mir überhaupt noch etwas, wenn du tot bist? Kannst du nicht auch einmal an mich denken? Schon gut, schon gut, ich weiß ja, daß ich egoistisch bin, aber ich finde wirklich, daß du auch einmal an mich denken könntest.«

»Hör auf! Hör auf! Hör auf!« Er hatte seiner Stimme einen groben oder wenigstens strengen Tonfall geben wollen, aber beides war ihm kläglich mißlungen.

»Wir kommen an einem Donnerstag in Crau an und verlassen es an dem darauffolgenden Mittwoch wieder – es ist das längste Gastspiel der Tournee. Wir haben Freitag, Samstag, Montag und Dienstag Vorstellungen. Sonntag ist frei. Also werden wir uns am Sonntag einen Wagen mieten und einen kleinen Ausflug aufs Land machen. Ich weiß nicht, wie weit man uns fahren lassen wird – ich glaube, die Beschränkungen sind etwas gemildert worden –, aber das ist auch egal. Wir können ja in immer enger werdenden Kreisen herumfahren. Jedenfalls müssen wir es so einrichten, daß wir nach Einbruch der Dunkelheit an der ›Lubylan‹ vorbeikommen, um feststellen zu können, ob die Festung auch von außen bewacht wird. Falls das der Fall ist, brauche ich deine Hilfe.«

»Bitte gib doch diesen wahnsinnigen Plan auf' Ich flehe dich an!«

»Wenn ich an der Südseite des Forschungsgebäudes hochklettere, mußt du an der Ecke stehen, an der sich die südliche Straße und die westliche Hauptstraße treffen. Und zwar – das habe ich noch nicht gesagt – nach der letzten Vorstellung am Dienstagabend. Der Mietwagen, der bestimmt versichert ist, wird ein paar Meter weiter in der Hauptstraße stehen. die Fenster werden offen sein, und es wird ein kleiner Kanister Benzin auf dem Vordersitz bereitstehen. Wenn du einen Wachtposten herankommen siehst, nimm den Kanister, schütte ein bißchen Benzin auf die Vorder- und Rücksitze, wirf ein brennendes Streichholz in den Wagen und tritt ein paar Schritte zurück. Die Explosion wird nicht nur sämtliche Aufmerksamkeit auf sich ziehen, sondern auch so hell sein, daß es mir dadurch möglich sein sollte, in der vergleichsweise pechschwarzen Dunkelheit unbehelligt nach oben klettern zu können. Es könnte natürlich sein, daß du geschnappt und vernommen wirst, aber Mr. Wrinfield und Dr. Harper müßten es eigentlich schaffen, dich in kürzester Zeit wieder herauszupauken.« Er dachte einen Augenblick nach und meinte dann: »Vielleicht aber auch nicht.«

»Du bist vollkommen wahnsinnig. Vollkommen!«

»Es ist zu spät zum Umkehren.« Er stand auf, und sie rappelte sich vom Boden auf. »Ich muß sofort mit Dr. Harper sprechen.«

Sie hob die Arme und legte sie um seinen Hals. Ihre verzweifelte Stimme paßte zu ihrem Gesichtsausdruck! »Bitte, Bruno! Bitte!«

Er legte seine Hände auf ihre Unterarme, aber nicht, um sich aus ihrer Umarmung zu befreien. »Hör zu, Herzdame«, sagte er. »Wir sollten uns doch nicht *wirklich* ineinander verlieben. Das hat jedenfalls keiner verlangt.« Seine Stimme war ganz behutsam. »Mit meinem jetzigen Plan habe ich eine Chance.«

»Wie man es auch dreht, du wirst die Sache nicht überleben«, sagte sie traurig.

Auf dem Weg zu seiner Kabine kam Bruno an einem Telefon vorbei und rief Dr. Harper an. Bruno sagte: »Mein Knöchel macht mir wieder Schwierigkeiten.«

»Ich bin in zehn Minuten bei Ihnen.«

Und er war auch nach zehn Minuten da. Er bediente sich wieder aus Brunos Barschrank, machte es sich in einem Sessel bequem und hörte sich Brunos Bericht über das Gespräch mit Maria an. Als Bruno geendet hatte, dachte Dr. Harper eine Weile nach und meinte schließlich: »Ich würde sagen, auf diese Weise haben Sie wirklich eine Chance. Ich muß zugeben, daß Ihre Idee bedeutend besser ist als meine. Wann wollen Sie sie in die Tat umsetzen?«

»Die endgültige Entscheidung liegt natürlich bei Ihnen. Ich hatte geplant, mich am Sonntag ein wenig umzusehen und Dienstag abends einzusteigen. Sehr spät am Abend. Das erscheint mir der günstigste Zeitpunkt, denn wir brechen unsere Zelte am nächsten Tag ab, und das nimmt der Polizei die Möglichkeit, uns endlos lange zu verhören – falls man uns überhaupt verhört.«

»Einverstanden.«

»Falls irgend etwas schiefgehen sollte – haben Sie Fluchtpläne?«

»Ja, die haben wir. Aber sie sind noch nicht ganz fertig. Ich lasse es Sie sofort wissen, wenn alles klar ist.«

»Kommen die über das kleine Funkgerät? Sie wollten es mir doch einmal zeigen, wissen Sie noch?«

»Ich werde es Ihnen auch noch zeigen. Ich werde drei Dinge miteinander verbinden – Ihnen das Funkgerät vorführen und erklären, Ihnen die Waffen übergeben und Ihnen die Fluchtpläne aushändigen. Ich werde Ihnen Bescheid sagen, wenn es soweit ist. Was sagt Maria zu Ihrem Plan?«

»Sie war entsetzt. Aber Ihren fand Sie noch viel schlimmer. Aber sie wird auf jeden Fall mitmachen.« Bruno hielt inne und sah sich verwirrt um.

»Stimmt was nicht?«

»Ich weiß nicht, aber das Schiff fährt plötzlich viel langsamer. Können Sie es nicht hören? Das Maschinengeräusch hat sich verändert. Warum sollte ein Schiff auf offener See plötzlich die Fahrt verlangsamen? Na, wir werden es schon noch erfahren.«

Sie erfuhren es sogar sofort: Die Tür wurde so stürmisch aufgerissen, daß sie gegen die Wand krachte, und Tesco Wrinfield stürzte herein.

Sein Gesicht war grau, und er atmete heftig. »Henry wird vermißt!« keuchte er atemlos. »Wir können ihn nirgends finden!«

»Hat die ›Carpentaria‹ deshalb die Fahrt verlangsamt?« fragte Bruno.

»Wir haben ihn überall gesucht.« Er nahm das Glas Brandy, das

Harper ihm hinhielt, und stürzte den Inhalt in einem Zug hinunter. »Die Mannschaft durchkämmt das ganze Schiff! Er ist wie vom Erdboden verschluckt.«

Harper warf einen Blick auf seine Uhr und sagte besänftigend: »Aber Mr. Wrinfield, er kann doch höchstens seit einer Viertelstunde verschwunden sein, und dieses Schiff ist ziemlich groß.«

»Aber es hat auch eine sehr große Mannschaft«, sagte Bruno. »Für derartige Gelegenheiten haben diese Leute Routinepläne – um einen vermißten Passagier zu finden, meine ich. Sie können jeden Quadratzentimeter dieses Schiffes in weniger Zeit durchsuchen als Sie für möglich halten würden.« Er wandte sich an den besorgten Wrinfield. »Es tut mir leid, daß ich diese Frage stellen muß, Sir, aber hat der Kapitän vielleicht Fahrt wegnehmen lassen, damit das Schiff sich nicht zu weit von der Stelle entfernt, an der Ihr Neffe möglicherweise über Bord gefallen ist?«

»Ich nehme es an.« Wrinfield horchte auf. »Wir machen wieder mehr Fahrt, oder?«

»Und wir wenden«, sagte Bruno. »Ich fürchte, das bedeutet, daß der Kapitän ziemlich überzeugt davon ist, daß Henry nicht mehr an Bord ist, Sir. Er wird jetzt ein Stück den Weg zurückfahren, den wir gekommen sind. Falls Henry über Bord gefallen ist, ist es ja gut möglich, daß er sich noch über Wasser hält. Solche Dinge sind schon oft passiert. Und eine Chance gibt es immer, Mr. Wrinfield.«

Wrinfield sah ihn ungläubig an, und Bruno konnte es ihm nicht verdenken – er glaubte ja selbst nicht an das, was er gerade gesagt hatte. Sie gingen auf Deck: Die ›Carpentaria‹ fuhr mit höchstens zehn Knoten den Weg zurück, den sie gekommen war. Ein motorisiertes, bereits bemanntes Rettungsboot schwang in seiner Halterung nach außen. Zwei starke Suchscheinwerfer leuchteten von der Brücke aus nach vorn. Am Bug standen zwei Matrosen und richteten den Lichtstrahl ihrer tragbaren Scheinwerfer fast senkrecht nach unten. Ein Stück weiter hinten warteten auf beiden Seiten des Schiffes zwei Seeleute mit leuchtenden Rettungsringen. Unter ihnen hingen im Licht einiger Taschenlampen Strickleitern nach unten.

Zwanzig Minuten ständig wachsender Spannung und sinkender Hoffnung verstrichen. Dann gab sich Wrinfield einen Ruck, verließ seine beiden Begleiter und ging zur Brücke. Er fand den Kapitän auf der Steuerbordseite: Er hatte ein Fernglas an den Augen. Als Wrinfield neben ihn trat, ließ er es sinken und schüttelte langsam den Kopf.

»Ihr Neffe ist nicht auf dem Schiff«, sagte er. »Das ist ganz sicher.« Er schaute auf seine Uhr. »Es ist jetzt achtunddreißig Minuten her, daß er zum letztenmal gesehen wurde. Und jetzt sind wir ganz genau an der Stelle, an der wir vor achtunddreißig Minuten waren. Wenn er noch am Leben ist, dann muß er hier irgendwo sein.«

»Könnte es nicht sein, daß wir ihn übersehen haben?«

»Nein, das halte ich für ausgeschlossen. Die See ist ruhig, es geht kein Wind, hier in dieser Gegend gibt es keine nennenswerten Strömungen und – wie Sie sicher wissen – gibt es im Mittelmeer so gut wie keine Gezeiten. Er hätte auf der Strecke sein müssen, die wir gefahren sind.« Er sagte etwas zu einem Offizier, der neben ihm stand, und der Mann verschwand.

»Und was jetzt?« fragte Wrinfield.

»Wir werden einen engen Kreis fahren. Und dann in immer größeren konzentrischen Kreisen, vielleicht drei- oder viermal. Und wenn wir dann immer noch nichts gefunden haben, werden wir zu der Stelle zurückkehren, an der wir gewendet haben.«

»Und dann gibt es nichts mehr zu tun?«

»Ich fürchte, nein.«

»Sie sind sehr optimistisch, Kapitän.«

»Nein, ich bin nicht sehr optimistisch.«

Alles in allem brauchte die ›Carpentaria‹ vierzig Minuten, um wieder zu der Stelle zu kommen, an der sie gedreht hatte. Maria stand mit Bruno im Schatten eines Rettungsbootes und zuckte zusammen, als der Klang der Maschinen wieder tiefer wurde und die ›Carpentaria‹ Fahrt aufnahm.

»Das wär's dann, nicht wahr?«

»Die Suchscheinwerfer sind ausgeschaltet worden.«

»Und es ist meine Schuld! Es ist alles meine Schuld!« Ihre Stimme war heiser.

»Sei nicht albern!« Er legte einen Arm um ihre Schultern. »Man hätte es auf keinen Fall verhindern können.«

»Doch, man hätte! Man hätte allerdings! Ich habe ihn nicht ernst genug genommen. Ich habe ihn nicht gerade ausgelacht, aber ich habe ihm deutlich zu verstehen gegeben, daß ich mich über ihn amüsierte. Ich hätte dir die Sache schon vor zwei Tagen erzählen sollen.« Tränen liefen ihr über das Gesicht. »Oder Dr. Harper. Henry war so ein netter Kerl!«

Als Bruno hörte, daß sie ›war‹ sagte, wußte er, daß sie jetzt das akzeptiert hatte, was ihm schon vor einer Stunde klargewesen war. Behutsam sagte er: »Es wäre gut, wenn du mit Mr. Wrinfield sprechen würdest.«

»Ja. Ja, natürlich. Aber – ich will keine Leute sehen. Ich mag eigentlich gar nicht fragen, aber könntest du ... ich meine, könntest du ihn vielleicht herholen?«

»Unter gar keinen Umständen! Ich lasse dich auch nicht eine einzige Sekunde hier allein, Maria!«

Er spürte – sehen konnte er es in der Dunkelheit nicht –, daß sie ihn anstarrte. Sie flüsterte: »Glaubst du etwa, daß jemand ...«

»Ich weiß nicht, was ich glauben soll, weil ich nicht weiß, wann oder wie Henry gestorben ist. Sicher weiß ich nur, daß es kein Unfall war. Er starb, weil er entdeckt hatte, daß sich jemand zu intensiv für dich interessierte und weil er den Fehler gemacht haben muß, bei seinen diesbezüglichen Nachforschungen ein bißchen zuviel herauszufinden. Ich habe mich ein wenig umgehört. Anscheinend verließ er den Speisesaal unmittelbar nach uns. Er ging zwar durch eine andere Tür, aber ich nehme an, er wollte damit nur vermeiden, daß sein Weggang mit unserem in Verbindung gebracht wurde. Ich nehme an, er hatte sich selbst zu deinem Beschützer ernannt. Wahrscheinlich wollte er feststellen, ob uns irgend jemand folgte oder beobachtete – Henry hatte eine romantische Ader, und eine derartige Situation mußte ihn ja reizen. Ich kann nur vermuten, daß er wirklich jemanden sah, und daß dieser Jemand – oder ein anderer, wir wissen schließlich nicht, wie viele schräge Vögel sich auf diesem Schiff befinden – von ihm in einer äußerst kompromittierenden Lage vorgefunden wurde. Aber das ändert nichts an der Tatsache, daß das eigentliche Objekt der Aufmerksamkeit du warst. Und bedenke, daß es sich mit eingeschlagenem Schädel nicht besonders gut schwimmt.«

Er zog ein Taschentuch heraus und beseitigte die Spuren der Tränen auf ihrem Gesicht. »Du kommst auf jeden Fall mit mir.«

Auf dem Weg über das Deck trafen sie Roebuck und grüßten ihn im Vorübergehen. Bruno bedeutete seinem Freund mit einer für andere unsichtbaren Geste, ihm zu folgen. Roebuck blieb stehen, drehte sich um und schlenderte in etwa drei Meter Abstand hinter ihnen her.

Nach langem Suchen entdeckten sie Wrinfield im Funkraum, wo er die Telegramme an Henrys Eltern und sonstige Verwandten in Auftrag gab. Nachdem er den ersten Schock überwunden hatte, war Wrinfield jetzt ruhig und besonnen, und die ganze Sache lief darauf hinaus, daß er viel mehr damit zu tun hatte, Maria zu trösten als umgekehrt. Als sie den Funkraum wieder verließen, fanden sie draußen Roebuck vor, der auf sie gewartet hatte.

»Wo ist Kan Dahn?« fragte Bruno.

»In der Bar. Nach den Mengen Bier zu urteilen, die er in sich hineinschüttet, könnte man denken, daß die Prohibition unmittelbar bevorsteht.«

»Würdest du diese junge Dame bitte in ihre Kabine bringen?«

»Warum?« Maria war nicht verärgert, nur verwundert. »Bin ich vielleicht nicht in der Lage...«

Roebuck umfaßte ihren Arm mit festem Griff. »Man sollte es jedenfalls nicht darauf ankommen lassen, es herausfinden zu müssen.«

»Und schließ die Tür ab«, ermahnte Bruno sie. »Wie lange wirst du brauchen, bis du im Bett bist?«

»Zehn Minuten.«

»Dann bin ich in einer Viertelstunde da.«

Als sie Brunos Stimme hörte, schloß Maria die Tür auf. Er kam herein – dicht gefolgt von Kan Dahn, der ein paar Decken unter dem Arm hatte. Er lächelte sie freundlich an, klemmte seinen massigen Körper mit Mühe in einen Sessel und breitete die Decken sorgfältig über seinen Knien aus.

»Kan Dahn findet seine Unterkunft zu eng«, erklärt Bruno. »Und da dachte er, er könnte die Nacht hier verbringen.«

Maria schaute die beiden Männer an. Erst wollte sie protestieren, dann war sie perplex, und schließlich lächelte sie und sagte gar nichts. Bruno verabschiedete sich und ging.

Kan Dahn streckte eine Hand aus, klappte die Blende der Nachttischlampe herunter und richtete den noch verbliebenen trüben Lichtschimmer so, daß er nicht auf das Gesicht des Mädchens fiel und ihn in tiefer Dunkelheit ließ. Dann nahm er ihre Hand in seine mächtige Pranke.

»Schlafen Sie gut, meine Kleine. Ich möchte ja nicht angeben, aber Sie können ganz beruhigt schlafen.«

»Sie können doch in diesem Sessel nicht schlafen?«

»Ob ich *könnte,* weiß ich nicht, ich werde es jedenfalls nicht *tun*. Schlafen werde ich erst morgen wieder.«

»Sie haben die Tür nicht abgesperrt.«

»Nein«, bestätigte er vergnügt, »das habe ich nicht.«

Eine Minute später schlief sie bereits, und es kam sie in dieser

Nacht auch niemand besuchen, was für die Gesundheit desjenigen, der vielleicht mit dem Gedanken gespielt hatte, unbedingt von Vorteil war.

6

Die Ankunft und das Entladen in Genua verliefen reibungslos und beanspruchten nur kurze Zeit. Wrinfield war ruhig wie immer und völlig Herr der Lage, und wer ihn sah, wäre niemals auf den Gedanken gekommen, daß sein Lieblingsneffe, der ihm eigentlich wie ein Sohn gewesen war, in der vorangegangenen Nacht ums Leben gekommen war. Wrinfield war mit Leib und Seele Circusmann, und auch für ihn galt das Prinzip, daß die Show weitergehen mußte, was immer auch geschah.

Der Zug wurde mit Hilfe einer kleinen Rangierlok aneinandergekoppelt und zu einem etwa eine Meile entfernten Rangierbahnhof gezogen, wo einige leere Waggons und Vorräte für Tiere und Menschen bereitstanden. Am späten Nachmittag waren alle Vorbereitungen beendet, die kleine Rangierlok wurde abgekoppelt und durch eine riesige, italienische Lokomotive ersetzt, die den Zug über die Berge ziehen sollte. Bei Einbruch der Dunkelheit fuhr der Zug in Richtung Mailand los.

Die Gastspiele in Europa – in drei westeuropäischen und sieben osteuropäischen Ländern – erwiesen sich als wahrer Triumphzug, und der Ruhm, der dem Circus voraneilte, sorgte in jeder neuen Stadt für einen noch begeisterteren Empfang, bis es schließlich so weit kam, daß jeder zur Verfügung stehende Sitzplatz in der jeweiligen Halle zwölfmal hätte verkauft werden können – und einige der Hallen waren bedeutend größer als die in den Vereinigten Staaten. Weit größere Menschenmengen begrüßten und verabschiedeten den Circus, als die, die sich bei der Ankunft von berühmten Rockgruppen oder einer siegreichen Fußballmannschaft versammelten.

Tesco Wrinfield hatte entschlossen und mit großer Willensanstrengung die Vergangenheit hinter sich gelassen. Er war ganz in seinem Element: Er schwelgte geradezu in Organisationsproblemen, die andere Menschen hätten verzagen lassen. Er kannte Europa, vor allem Osteuropa, woher er die meisten seiner außergewöhnlichen Nummern geholt hatte, so gut wie jeder Europäer im Zug und ganz gewiß besser als irgendeiner seiner in Amerika geborenen Artisten oder Arbeiter. Er wußte, daß das Publikum hier die Feinheiten mehr zu schätzen wußte, als das amerikanische und kanadische, und als die Zeitungen seinen Circus immer häufiger als den größten aller Zeiten bezeichneten, war das wahrer Balsam für seine Seele. Und noch berauschender – falls das überhaupt möglich war – war für ihn die Tatsache, daß er in den Zeitungsartikeln immer wieder als größter Showmann aller Zeiten gepriesen wurde. Aber auch die nüchterne Seite des Erfolges erfüllte ihn mit ausgesprochenem Wohlgefallen: Die stets ausverkauften Häuser und die dadurch schwindelnd hohen Gewinne machten die Lektüre der Hauptbücher zu einem wahren Hochgenuß – man kann kein großer Showmann sein, ohne gleichzeitig ein großer Geschäftsmann zu sein. Schließlich war es soweit, daß er auch ohne die Hilfe der Vereinigten Staaten einen sehr anständigen Gewinn aus dieser Tournee herausgeschlagen hätte. Aber er hatte natürlich nicht die Absicht, das der Regierung auf die Nase zu binden.

Mindestens ebenso glücklich wie Wrinfield waren diejenigen seiner Artisten, die aus Osteuropa stammten, und das traf fast auf die Hälfte zu. Für sie, vor allem für die Ungarn, Bulgaren und Rumänen, deren Circusschulen wahrscheinlich die besten der Welt waren, bedeutete die Tournee eine langersehnte Heimkehr. Vor diesem Publikum, das ihnen so nahestand wie kein anderes, erreichten sie Höhen artistischen Könnens wie nie zuvor und übertrafen sich selbst. Die Stimmung im Circus war durchwegs hervorragend.

Sie gastierten in Italien, Jugoslawien, Bulgarien, Rumänien und Ungarn und kamen dann durch den Eisernen Vorhang nach Österreich zurück. Nach der letzten Vorstellung am ersten Tag in Wien, die wieder einmal ein sensationeller Erfolg gewesen war, kam Harper, der ihren Kontakt seit der Ankunft in Genua auf einem Minimum gehalten hatte, auf Bruno zu und sagte: »Kommen Sie in mein Abteil, wenn Sie umgezogen sind.«

Als Bruno eintrat, sagte Harper ohne Einleitung: »Ich habe Ihnen angekündigt, drei Dinge auf einmal zu erledigen, und das will ich jetzt tun.« Er hob den Boden aus seiner Arzttasche und holte einen Metallkasten darunter hervor, der kleiner war als eine Kleenexschachtel. »Ein Wunderwerk der Technik. Hier sind die Kopfhörer und das Mikro. Und da ist der Einschaltknopf. Und mit diesem Knopf wird die vorgewählte Wellenlänge eingestellt und der Sender eingeschaltet – die Empfangsstation in Washington ist Tag und

Nacht besetzt. Und dieser Hebel ist für die Übertragung. Ganz einfach, oder?«

»Sie sagten doch etwas von einem Code.«

»Damit werde ich Sie nicht belasten. Ich weiß – wenn ich ihn für Sie aufschriebe, könnten Sie ihn sich in null Komma nichts einprägen, aber die CIA hat es nicht gern, wenn Code aufgeschrieben werden, selbst wenn es nur für ein paar Sekunden ist. Aber falls Sie in die Verlegenheit kommen sollten, dieses Gerät benutzen zu müssen – was für mich heißen würde, daß ich das Pech hätte, nicht mehr unter den Lebenden zu weilen –, würden Sie sich sowieso nicht mit einer Verschlüsselung aufhalten wollen. Am besten brüllen Sie dann einfach ›Hilfe‹. Auf englisch!

Ich habe über dieses Gerät heute die Bestätigung unserer Fluchtpläne erhalten – heute abend, um genau zu sein. In der Ostsee findet eine Nachtübung statt. Ein nicht näher bezeichnetes Schiff – die Leute in Washington sind ausgesprochen geheimnistuerisch veranlagt, ich weiß noch nicht einmal, was für eine Art Schiff es ist – wird vor der Küste vor Anker liegen oder kreuzen, und zwar von diesem bis zum nächsten Freitagabend. Es hat einen Rettungshubschrauber an Bord. Er wird an einer Stelle landen, die ich Ihnen zeigen werde, wenn wir hinkommen – ich trage nicht gern Landkarten mit mir herum, und außerdem könnte ich Ihnen den Platz auf einer Karte auch nicht so genau zeigen wie an Ort und Stelle. Das Schiff funkt auf der gleichen Wellenlänge wie Washington. Man drückt auf diesen Knopf oben auf dem Funkgerät – einfach so – und schon kommt der Hubschrauber an.«

»Das hört sich alles an, als hätten Sie die Sache bis ins letzte durchorganisiert. Langsam glaube ich wirklich, daß die Regierung Van Diemens Forschungsergebnisse als außerordentlich wichtig betrachtet.«

»Ja, man könnte diesen Eindruck haben. Ach, was ich übrigens noch fragen wollte: Wie lange können Sie Dinge, die Sie sich sehr schnell einprägen, im Gedächtnis behalten?«

»So lange ich will.«

»Sie könnten sich also den Inhalt der fraglichen Papiere merken und ihn beispielsweise erst ein Jahr später bei Ihrem Gedächtnis abrufen?«

»Ich denke schon.«

»Wir wollen es hoffen – daß Sie in einem Jahr noch die Möglichkeit dazu haben, meine ich. Und das ist nur der Fall, wenn niemand dahinterkommt, daß Sie da drin waren und die Papiere quasi fotografiert haben. Und wenn das klappt, dann werden Sie die Dinger hier ungebraucht mit nach Hause bringen.«

Bei diesen Worten zog Harper ein paar Kugelschreiber aus der Brusttasche seines Jacketts – einen roten und einen schwarzen. Sie waren ziemlich massiv und hatten am oberen Ende einen Druckknopf. »Ich habe die beiden heute in der Stadt abgeholt.«

Bruno starrte erst die Kugelschreiber an und dann Harper: »Wozu um Himmels willen sollen die denn sein?«

»Welche Fehler unsere wissenschaftliche Forschungsabteilung auch haben mag, Fantasielosigkeit ist keiner davon. Sie schwelgen geradezu in Ideen. Sie hatten doch nicht etwa angenommen, daß ich Sie mit zwei umgeschnallten Peacemaker-Colts zwei östliche Grenzen überschreiten lasse! Diese niedlichen kleinen Dinger hier sind Pistolen. Jawohl, Pistolen. Die rote ist die tückische, die mit den Betäubungsnadeln, die besonders ungesund für Herzkranke sind. Und die andere ist die Gaspistole.«

»So klein?«

»Angesichts der Verkleinerungsmöglichkeiten, die es heutzutage gibt, sind sie geradezu riesig. Die Nadelpistole hat eine Reichweite von zwölf Metern, die Gaspistole nur eine von einem Meter zwanzig. Die Bedienung ist kinderleicht. Drücken Sie auf den Knopf, ist die Waffe geladen. Und wenn Sie auf den Taschenclip drücken, dann schießt sie. Stecken Sie die beiden Dinger in die Außentasche Ihres Jacketts, damit die Leute sich an ihren Anblick gewöhnen. Und jetzt hören Sie genau zu, wenn ich Ihnen die Pläne für Crau erläutere.«

»Aber ich dachte, Sie hätten dem Plan schon zugestimmt – *meinem* Plan, meine ich.«

»Das *habe* ich, und das tue ich auch immer noch. Dies hier ist nur noch eine Weiterentwicklung. Sie haben sich vielleicht schon gewundert, weshalb die CIA Ihnen einen Arzt als Begleitperson mitgegeben hat. wenn ich mit meinen Ausführungen zu Ende bin, werden Sie es verstehen.«

Etwa vierhundertfünfzig Meilen weiter nördlich saßen drei uniformierte Männer in einem hellerleuchteten, fensterlosen und kahlen Raum, dessen Mobiliar lediglich aus metallenen Aktenschränken, einem Metalltisch und einigen Metallstühlen bestand. Nach den Rangabzeichen, die die Männer trugen, war einer ein Oberst, einer ein Hauptmann und der dritte ein Unteroffizier. Der Oberst hieß Serge Sergius. Er war ein dünner Mann mit einer Adlernase, scheinbar lidlosen Augen und einem Schlitz an der Stelle, an der andere Menschen den Mund haben. Sein Aussehen paßte zu der Position, die er innehatte – er war ein hoher Beamter der Geheimpolizei. Sein Assistent war Hauptmann Kodes, ein muskulöser, sportlicher Mann Anfang dreißig mit einem freundlichen Gesicht und kalten, blauen Augen. Und der dritte im Bunde, Unteroffizier Angelo, war nur aus einem einzigen Grund bemerkenswert: Für seine Größe von einssechsundachtzig war Angelo entschieden zu breit – ein Muskelpaket, das sicherlich nicht weniger als zweieinhalb Zentner wog. Angelo hatte nur eine einzige Aufgabe: Er war Sergius' persönliche Leibwache. Und wenn man sich Angelo ansah, mußte man zugeben, daß Sergius ihn mit großer Sorgfalt ausgesucht hatte.

Auf dem Tisch stand ein laufendes Tonbandgerät. Eine Stimme sagte: »... und das ist im Augenblick alles.« Kodes beugte sich vor und schaltete das Gerät ab.

»Und für uns mehr als genug«, meinte Sergius zufrieden. »Jetzt haben wir alle Informationen, die wir haben wollten. Es sind vier verschiedene Stimmen. Mein lieber Kodes, ich nehme an, wenn Sie die Besitzer dieser Stimmen sehen würden, könnten Sie sie sofort identifizieren, nicht wahr?«

»Einwandfrei, Herr Oberst.«

»Und du, Angelo?«

»Keine Frage, Herr Oberst.« Angelos rauhe, grollende Stimme schien aus den Tiefen seiner riesigen Stiefel zu kommen.

»Dann lassen Sie bitte unsere üblichen Zimmer in der Hauptstadt reservieren – für uns drei und den Fotografen. Haben Sie schon einen ausgesucht, Kodes?«

»Ich hatte an den jungen Nicolas gedacht. Er ist ein ausgezeichneter Mann.«

»Wie Sie meinen.« Der lippenlose Mund des Obersten öffnete sich etwa einen halben Zentimeter weit, was bedeutete, daß er lächelte. »Ich bin seit dreißig Jahren nicht mehr im Circus gewesen – während des Krieges gab es keine Circusse – und ich muß sagen, ich freue mich geradezu kindlich auf dieses Erlebnis. Vor allem, da es sich um einen so vielgerühmten Circus handelt. Übrigens gibt es in diesem Programm eine Nummer, die dich sicherlich besonders interessieren wird, Angelo.«

»Was sollte mich bei einem amerikanischen Circus schon interessieren?«

»Komm, komm, Angelo, man darf nicht so chauvinistisch sein.«

»Chauvinistisch?«

Sergius überlegte, ob er es ihm erklären sollte, entschied sich dann aber dagegen. Angelo hatte eine Menge brauchbarer Eigenschaften, aber eine messerscharfe Intelligenz gehörte nicht dazu.

»Bei einem Circus gibt es keine nationalen Unterschiede. Dem Publikum ist es völlig egal, ob der Mann auf dem Trapez aus Rußland oder aus dem Sudan stammt. Die Nummer, von der ich spreche, wird von einem Mann namens Kan Dahn gebracht, und es heißt, daß er noch eindrucksvoller sei als du. Er wird als der stärkste Mann der Welt bezeichnet.«

Angelo antwortete nicht. Er beschränkte sich darauf, seinen enormen Brustkorb voller Luft zu pumpen und ungläubig zu lächeln.

Das Drei-Tage-Gastspiel war erwartungsgemäß ein Riesenerfolg. Danach reiste der Circus nach Norden und erreichte nach nur einem Zwischenaufenthalt die Stadt, in die Sergius und seine Untergebenen gekommen waren, um ihn zu sehen.

Bei der Abendvorstellung saßen die vier auf den besten Plätzen: in der sechsten Reihe an der mittleren Manege. Alle vier waren in Zivil gekommen, und allen vieren sah man sofort an, daß sie normalerweise Militäruniformen trugen. Einer von ihnen packte unmittelbar nach dem Beginn der Vorstellung eine sehr teuer aussehende Kamera mit Teleobjektiv aus, deren Anblick innerhalb von Sekunden einen höhergestellten Polizeioffizier in Uniform auf der Bildfläche erscheinen ließ. Das Fotografieren war offiziell untersagt, und für Besucher aus dem Westen bedeutete der Besitz einer nicht verzollten Kamera, wenn sie entdeckt wurde, unweigerlich eine Verhaftung und Gerichtsverhandlung. Alle Kameras an Bord des Circuszuges waren bei der Einreise ins Land beschlagnahmt worden und würden erst bei der Ausreise wieder in die Hände ihrer Besitzer gelangen.

»Ihre Kamera bitte«, sagte der Polizist. »Und Ihre Papiere.«

»Wachtmeister!« Der Polizist drehte sich zu Sergius um und starrte ihn an – etwa eine Sekunde lang, dann hatte er den Klumpen heruntergeschluckt, der ihm ganz offensichtlich im Hals gesteckt hatte. Er trat zu Sergius und sagte leise: »Tut mir leid, Herr Oberst. Man hat mich nicht instruiert.«

»Ihr Präsidium ist informiert worden. Finden Sie den Schwachkopf, der es versäumt hat, Sie zu unterrichten, und bestrafen Sie ihn.«

»Ich bitte um Entschuldigung…«

»Sie versperren mir die Aussicht.«

Und das war im Augenblick wirklich besonders unverzeihlich. Zweifellos von dem Wissen beflügelt, vor einem Kennerpublikum aufzutreten, und zwar vor einem enthusiastischen Kennerpublikum, hatten die Künstler in den letzten Wochen ihre Nummern immer wieder verbessert und ausgebaut, bis sie einen nahezu unmöglichen Grad der Perfektion erreicht hatten. Selbst Sergius, der normalerweise soviel Begeisterungsfähigkeit hatte wie ein tiefgekühlter Computer, wurde von der Märchenwelt des Circus völlig gefangengenommen. Nur Nicolas, der junge Fotograf, war mit anderen Dingen beschäftigt: Er war voll damit ausgelastet, ein Bild nach dem anderen von den wichtigsten Künstlern des Circus zu schießen. Aber sogar er vergaß seinen Auftrag und seine Kamera und starrte fassungslos wie alle anderen nach oben, als die ›Blinden Adler‹ ihre selbstmörderische Nummer zeigten.

Kurz nach ihrem Auftritt trat ein unscheinbarer Mann zu Sergius und murmelte: »Zwei Reihen weiter hinten, Herr Oberst, zehn Sitze weiter links.« Ein kurzes Nicken war Sergius' einziges Zeichen, daß er verstanden hatte. Gegen Ende der Vorstellung kam Kan Dahn, der mit jedem Tag besser zu werden schien, an die Reihe. Er verachtete Dinge wie Eisenstangen und Kugelhanteln – ein Fünfjähriger konnte einen Knoten in eine Eisenstange machen und eine vierhundert Pfund schwere Kugelhantel hochheben, vorausgesetzt, sie waren aus dem richtigen Material, das alles sein durfte außer Eisen. Er arbeitete immer mit Menschen – Wesen, die rannten, hüpften und Purzelbäume schlugen, konnten schlecht aus federleichtem Plastikmaterial gemacht sein.

Am Ende seiner Nummer marschierte Kan Dahn rund um die mittlere Manege. Eine schwere Holzstange ruhte in einem Joch auf seinen Schultern, und auf beiden Seiten des Jochs saßen je fünf Circusmädchen. Wenn Kan Dahn ihr Gewicht spürte, so ließ er es sich jedenfalls nicht anmerken. Ab und zu blieb er stehen und kratzte sich mit dem rechten Fuß an der linken Wade. Sergius lehnte sich über Kodes hinweg zu Angelo hinüber, der das Schauspiel mit gespielt gleichgültiger Miene beobachtete. »Er ist wirklich stark, nicht wahr?«

»Die Muskeln sind doch alle nur Schau. Ich habe mal in Athen einen alten Mann gesehen, der war mindestens fünfundsiebzig und wog bestimmt kein Gramm über einen Zentner, und der trug allein ein Klavier eine ganze Straße entlang.«

Noch während Angelo sprach, begann Kan Dahn in der Mitte der mittleren Manege eine Leiter hinaufzuklettern. Die Plattform oben war etwa einen Quadratmeter groß. Kan Dahn erreichte sie ohne sichtbare Schwierigkeiten, trat auf eine in die Plattform eingelassene Drehscheibe und setzte sie durch ein Drehen seiner baumstammdicken Beine in Bewegung. Die Scheibe drehte sich immer schneller, und schließlich waren die Mädchen an den äußeren Enden der Holzstange nur noch als verwischte Farbpunkte zu sehen. Allmählich wurde die rasende Karussellfahrt wieder langsamer, und schließlich stand die Scheibe wieder. Kan Dahn stieg die Leiter hinunter, kniete sich hin und beugte sich so weit vor, bis die Füße der Mädchen das Sägemehl berührten, das den Boden der Manege bedeckte. Sergius beugte sich wieder zu Angelo hinüber.

»Hätte dein alter Athener Freund das mit seinem Klavier auch gekonnt?«

Angelo antwortete nicht.

»Weißt du, daß es heißt, er könne das gleiche auch mit vierzehn Mädchen machen, aber die Geschäftsleitung erlaube es nicht, weil sie auf dem Standpunkt stehe, daß dann jeder glauben würde, es stecke ein Trick dahinter?«

Angelo schwieg weiter.

Die Vorstellung endete, und das Publikum belohnte die Circuskünstler mit wahrhaft ohrenbetäubendem Applaus und Getrampel. Als die Menschen sich schließlich losrissen und den Ausgängen zustrebten, suchte und entdeckte Sergius Wrinfield und richtete es so ein, daß er am Ausgang mit ihm zusammentraf. »Mr. Wrinfield?« fragte er.

»Ja? Es tut mir leid – sollte ich Sie kennen?«

»Wir haben uns noch nicht kennengelernt.« Sergius deutete auf das Foto, das auf dem Circusprogramm prangte, das er in der Hand hielt. »Sie sind ausgezeichnet getroffen«, lobte er. »Ich bin Oberst Sergius.« Sie schüttelten sich die Hände. »Überwältigend, Mr. Wrinfield! Einfach unglaublich! Wenn mir jemand gesagt hätte, daß es solch eine Show gibt, hätte ich ihn als Lügner bezeichnet.« Wrinfield strahlte. Beethovens Neunte ließ ihn völlig kalt – *dies* war die Musik, die sein Gemüt in Wallung brachte. »Ich habe schon immer sehr viel für den Circus übrig gehabt« – Sergius log noch besser als die meisten Menschen seines Schlages –, »aber so etwas habe ich in meinem ganzen Leben noch nicht gesehen.«

Wrinfields Strahlen wurde noch strahlender. »Sie sind zu liebenswürdig, Herr Oberst.«

Sergius schüttelte traurig den Kopf. »Ich wünschte, ich hätte die

Gabe, mich meinen Empfindungen entsprechend auszudrücken. Aber meine Begeisterung über das Programm ist nicht der einzige Grund, aus dem ich mich Ihnen vorgestellt habe. Ihr nächster Gastspielort ist Crau, soviel ich weiß.« Er zog eine Visitenkarte aus der Tasche: »Ich bin der Polizeichef von Crau.« Sergius hatte immer eine beträchtliche Auswahl von Karten bei sich. »Wenn ich etwas für Sie tun kann – ich bin stets zu Ihren Diensten. Sie brauchen nur etwas zu sagen, und ich werde es als Privileg betrachten, Ihnen Ihre Wünsche zu erfüllen. Ich werde immer in Ihrer Nähe sein. Ich habe die Absicht, jede Vorstellung zu besuchen, denn ich bin überzeugt, daß ich nichts ähnlich Gutes mehr zu sehen bekommen werde. Für die Dauer Ihres Aufenthaltes können die Ganoven in Crau ungestört ihr Unwesen treiben – ich konzentriere mich ganz auf den Circus.«

»Sie sind wirklich zu liebenswürdig. Oberst Sergius, Sie sollen mein persönlicher – und hoffentlich ständiger – Gast im Circus sein. Ich würde mich sehr geehrt fühlen...« Er brach ab und schaute die drei Männer an, die keine Anstalten machten, weiterzugehen. »Gehören diese Herren zu Ihnen, Herr Oberst?«

»Wie gedankenlos von mir. Meine Begeisterung hat mich alles andere vergessen lassen.« Sergius stellte seine Begleiter vor, während Wrinfield seinerseits Dr. Harper vorstellte, der neben ihm gesessen hatte.

Wrinfield fuhr fort: »Wie ich gerade sagen wollte, würde ich mich sehr geehrt fühlen, wenn Sie und Ihre Begleiter in meinem Büro ein Glas Ihres Nationalgetränks mit uns nehmen würden.« Sergius erwiderte, die Ehre sei ganz auf seiner Seite.

Im Büro wurden aus dem einen Glas erst zwei und dann drei. Nachdem Nicolas die Erlaubnis dazu bekommen hatte, knipste er unaufhörlich, wobei er mindestens ein Dutzend Aufnahmen von der lächelnd protestierenden Maria schoß, die hinter ihrem Schreibtisch gesessen hatte, als sie hereingekommen waren.

»Möchten Sie vielleicht ein paar unserer Künstler kennenlernen, Herr Oberst?« fragte Wrinfield.

»Sie sind ein Gedankenleser, Mr. Wrinfield! Ich muß gestehen, daß das mein großer Wunsch war, aber ich wagte nicht... ich meine, ich habe Ihre Gastfreundschaft schon über Gebühr beansprucht...«

»Maria.« Wrinfield ratterte eine Reihe von Namen herunter. »Gehen Sie zu den Umkleideräumen und fragen Sie sie, ob sie so freundlich wären, herzukommen, um einen illustren Gast kennenzulernen.« In den letzten Wochen hatte sich Wrinfield eine mitteleuropäisch-blumige Ausdrucksweise angewöhnt.

Und so kamen sie also, um den illustren Gast zu sehen – Bruno und seine Brüder, Neubauer, Kan Dahn, Ron Roebuck, Manuelo, Malthius und noch ein halbes Dutzend andere. Abgesehen von einer nur schlecht verhehlten Abneigung Angelos gegen Kan Dahn war alles ausgesprochen harmonisch, und die Künstler nahmen die überschwenglichen Glückwünsche in aller Bescheidenheit entgegen. Sergius überzog seinen Aufenthalt nicht und ging unmittelbar nach dem letzten Handschlag, wobei er und Wrinfield sich gegenseitig ihrer Sympathie versicherten.

Sergius wurde von einer langen, schwarzen Limousine erwartet, an deren Steuer ein Chauffeur in Polizeiuniform saß. Neben ihm saß ein dunkelgesichtiger Mann in dunkler Kleidung. Etwa nach einer Viertelmeile ließ Sergius anhalten und gab dem Mann in Zivil, den er mit ›Alex‹ ansprach, ein paar Instruktionen. Alex nickte und stieg aus.

Als sie sich wieder in ihrer Hotelsuite versammelt hatten, wandte Sergius sich an Kodes und Angelo: »Ihr hattet keine Schwierigkeiten, herauszufinden, welche Stimmen zu welchen Männern gehörten?« Die beiden schüttelten den Kopf. »Gut. Nicolas, wie lange werden Sie brauchen, um die Filme zu entwickeln?«

»Etwa eine Stunde, Sir. Für die Abzüge allerdings entschieden länger.«

»Machen Sie nur Abzüge von den Aufnahmen von Mr. Wrinfield, Dr. Harper, dem Mädchen – Maria heißt sie, nicht wahr – und den wichtigsten Circuskünstlern.« Nicolas ging, und Sergius sagte: »Du kannst auch gehen, Angelo. Ich werde dich anrufen.«

Kodes sagte: »Ist es gestattet zu fragen, was der Zweck der Übung ist?«

»Es *ist* gestattet. Ich wollte es Ihnen ohnehin mitteilen. Deshalb habe ich auch Angelo weggeschickt. Er ist eine treue Seele, aber man sollte seinen Verstand nicht überbelasten.«

Bruno und Maria gingen – zum erstenmal Arm in Arm – die schlecht beleuchtete Straße entlang und unterhielten sich sehr angeregt. In etwa dreißig Meter Entfernung folgte ihnen Alex mit der Unauffälligkeit, die man in langen Jahren der Übung erwirbt. Als das Pärchen vor ihm in einem Eingang verschwand, über dem ein von ihm aus nicht zu entzifferndes Neonschild leuchtete, verlangsamte er seinen Schritt.

Auch das Lokal war nur spärlich beleuchtet und außerdem vom Rauch des stinkenden Kohlenfeuers verpestet – die Außentemperatur lag nur wenig über dem Gefrierpunkt –, aber nicht ungemütlich, wenn man eine Gasmaske zur Hand hatte. Die Hälfte der Tische war besetzt. In einer Nische saßen Manuelo und Kan Dahn, ersterer mit einem Kaffee, letzterer mit zwei Liter Bier. Kan Dahns bereits legendärer Bierkonsum wurde – von Kan Dahn – damit entschuldigt, daß er das Bier brauchte, um bei Kräften zu bleiben. Jedenfalls *beeinträchtigte* es seine Kondition niemals. Bruno sprach ein paar Worte mit den beiden und bat sie, zu entschuldigen, daß er sich nicht zu ihnen setzte. Kan Dahn grinste, daß sie dafür vollstes Verständnis hätten, und Bruno ließ sich mit Maria an einem Ecktisch nieder. Nur ein paar Sekunden später schlenderte Roebuck herein, winkte ihnen von weitem zu und setzte sich zu seinen beiden Freunden. Die drei unterhielten sich eine Weile und begannen dann, zuerst unauffällig, aber dann immer intensiver, in ihren Taschen herumzukramen. Von Brunos Platz aus sah es so aus, als machten sie sich gegenseitig die größten Vorwürfe. Schließlich machte Roebuck eine ungeduldige Handbewegung, stand mit finsterem Gesicht auf und kam zu Brunos Tisch herüber.

»Roebuck bittet um Almosen«, sagte er traurig. »Keiner von uns hat daran gedacht, den anderen zu fragen, ob er Geld eingesteckt hat. Und jetzt stellt sich heraus, daß keiner von uns etwas dabei hat. Besser gesagt, wir haben eine ganze Menge Geld dabei, aber wir bezweifeln, daß die hier Dollars akzeptieren, und Kan Dahn scheint eine entschiedene Abneigung dagegen zu haben, den Gegenwert für seine diversen Bierchen hier mit Geschirrspülen abarbeiten zu müssen. Also, wenn ich meinen Kameraden aus einer Klemme helfen könnte...«

Bruno lächelte, zog seine Brieftasche heraus und gab Roebuck ein paar Banknoten, die dieser dankend annahm. Dann kehrte er zu seinen Freunden zurück. Bruno und Maria bestellten sich jeder ein Omelett.

Alex, der zitternd draußen auf dem Bürgersteig stand, wartete, bis das Essen serviert war. Dann ging er über die Straße und trat in eine Telefonzelle. Er warf die erforderlichen Münzen ein, wählte eine Nummer und sagte: »Alex.«

»Ja?«

»Ich bin dem Mann und dem Mädchen zum ›Schwarzen Schwan‹ gefolgt. Sie fangen gerade zu essen an, also werden sie wohl noch eine Weile dort sein. Bevor sie sich an ihren Tisch setzten, sprach er mit zwei Männern, die in einer Nische sitzen.«

»Sind Sie sicher, daß Sie auch die Richtigen im Auge haben?«

»Ich habe doch die Fotos, Oberst. Kurz nachdem der Mann und das Mädchen sich an ihren eigenen Tisch gesetzt hatten, kam noch ein Mann in das Lokal. Er setzte sich für eine Weile zu den beiden anderen Männern und ging dann an den Tisch, an dem dieser Bruno sitzt. Er schien sich Geld von ihm zu leihen, jedenfalls sah ich, daß Bruno ihm ein paar Banknoten gab.«

Sergius fragte: »Kennen Sie einen dieser drei Männer?«

»Nein, Sir. Aber einen von ihnen würde ich auch in zwanzig Jahren noch wiedererkennen. Er ist ein wahrer Riese, der massigste Kerl, den ich je gesehen habe, noch größer als Angelo.«

»Es ist nicht schwer zu erraten, wen Sie meinen. Kommen Sie hierher zurück. Nein, warten Sie. Bleiben Sie noch dort, aber so, daß man Sie vom Lokal aus nicht sehen kann. Ich werde Ihnen Vladimir und Josef als Ablösung schicken. Ich werde sie instruieren. Sie müssen ihnen nur zeigen, auf wen sie achten müssen. In wenigen Minuten wird ein Wagen da sein.«

Im Lokal fragte Maria: »Was ist los, Bruno?«

»Was soll los sein?«

»Du siehst besorgt aus.«

»Ich bin auch besorgt. Der Tag X nähert sich mit erbarmungsloser Schnelligkeit. Es ist jetzt nur noch etwa eine Woche hin. Wärst du vielleicht nicht besorgt, wenn du in diese verdammte ›Lubylan‹ rein müßtest?«

»Das ist es nicht allein. Du hast dich innerlich von mir entfernt. Du bist plötzlich so kühl. Habe ich irgend etwas getan, das dir mißfallen hat? Oder habe ich wieder einmal etwas Falsches gesagt?«

»Sei nicht albern.«

Sie legte eine Hand auf seinen Arm. »Bitte.«

»Ist das Zuneigung? Oder mehr? Oder etwas anderes?«

»Warum tust du mir so weh?«

»Es ist keine Absicht.« Aber seiner Stimme fehlte jede Überzeugungskraft. »Bist du jemals Schauspielerin gewesen?«

Sie nahm ihre Hand von seinem Arm. Ihr Gesicht drückte eine Mischung aus Verblüffung und Gekränktsein aus. »Ich kann mir nicht vorstellen, was ich getan haben könnte – aber ich weiß, daß du mir absichtlich weh tust. Plötzlich willst du mich verletzen. Warum ohrfeigst du mich dann nicht beispielsweise? Hier in aller Öffentlichkeit? Auf diese Weise könntest du sowohl meinen Körper als auch meinen Stolz verletzen. Ich verstehe dich nicht, ich verstehe dich einfach nicht.« Sie stieß ihren Stuhl zurück und stand auf. »Ich finde den Weg schon.«

Jetzt hielt Bruno sie fest. Ob aus Zuneigung oder nur, um sie zurückzuhalten, war schwer zu sagen. Er sagte: »Ich wünschte, *ich* könnte es.«

»Was?«

»Den Weg finden.« Er sah sie mit leicht gerunzelten Brauen an. »Wie lange arbeitest du schon für die CIA?«

»Fast vier Jahre.« Wieder sah sie ihn verblüfft an.

»Wer hat dich für diesen Auftrag hier eingeteilt?«

»Dr. Harper. Warum?«

»Ich dachte, es sei Charles gewesen.«

»Ja, er hat mich dann schließlich eingeteilt. Aber Dr. Harper hat mich vorgeschlagen. Er beharrte darauf, daß unbedingt ich auf diese Reise mitkommen sollte.«

»Das glaube ich sofort.«

»Was meinst du damit?«

»Nur einen Glückwunsch. Für Dr. Harper. Für seinen hervorragenden Geschmack. Wer ist Charles eigentlich wirklich?«

»Eben Charles.«

»Er muß doch noch einen anderen Namen haben.«

»Warum hast du ihn nicht gefragt?«

»Er hätte nicht geantwortet. Ich hatte gehofft, *du* würdest es tun.«

»Du weißt, daß wir keine derartigen Informationen weitergeben.«

»Na, das finde ich doch einfach köstlich! Ich werde meinen Hals für die CIA riskieren, und die mißtrauen mir so sehr, daß sie mir eine solch simple Information verweigern. Ich hatte eigentlich angenommen, daß unsere Beziehung inzwischen so weit gediehen sei, daß wir Vertrauen zueinander haben könnten. Aber anscheinend habe ich mich geirrt. Du bist zwar damit einverstanden, daß ich ins Gras beiße, aber du bist nicht einmal bereit, mir eine derart lächerliche Frage zu beantworten. Vertrauen und Loyalität sind große Dinge, nicht wahr? Vielmehr, sie *waren* es. Heutzutage scheinen sie nicht mehr so verbreitet zu sein.«

»Sein Name ist Admiral George C. Jamieson.«

Bruno sah sie lange Zeit mit ausdruckslosem Gesicht an, aber dann verzogen sich seine Züge zu einem breiten Lächeln, das sein Gesicht völlig veränderte. Marie entriß Bruno die Hand, die er die ganze Zeit in der seinen gehalten hatte, und blitzte ihn wütend an. Kan Dahn gab zuerst Roebuck und dann Manuelo einen kräftigen Rippenstoß – und dann beobachteten alle drei die Szene mit großem Interesse.

»Du Scheusal! Du hinterlistiger, verabscheuungswürdiger Kerl! Und du hattest tatsächlich die Stirn, mich zu fragen, ob ich jemals als Schauspielerin gearbeitet hätte! Ich habe es nie getan, aber selbst wenn, hätte ich dir in diesem Metier nicht einmal annähernd das Wasser reichen können! Warum hast du das getan? Das habe ich nicht verdient.«

Roebuck flüsterte: »Sie wird jede Sekunde wütender!«

»Wie wenig du doch von der menschlichen Natur verstehst«, sagte Kan Dahn mitleidig. »In spätestens einer halben Minute ist ein Heiratsantrag fällig!«

»Es tut mir leid«, sagte Bruno. »Aber ich mußte es tun.«

»Du mußtest wohl herausfinden, ob ich dir vertraue?«

»Ja, es ist schrecklich wichtig für mich. Bitte verzeih mir.« Er nahm wieder ihre Hand und betrachtete den schmucklosen Ringfinger mit großer Aufmerksamkeit. »Er sieht ziemlich kahl aus, finde ich.«

»Wer?«

»Du weißt doch, daß man von uns nur erwartet, so zu *tun*, als seien wir ineinander verliebt?«

»Ja.« Maria schwieg eine Weile und fragte dann mit unsicherer Stimme zögernd: »Glaubst du, wir sollten aufhören, so zu tun?«

»Ich glaube es nicht, ich weiß es. Liebst du mich, Maria?«

Die kaum hörbare Antwort kam ohne Zögern: »Ja.«

Sie schaute auf ihre linke Hand hinunter und lächelte: »Er sieht wirklich ziemlich kahl aus.«

Kan Dahn lehnte sich genüßlich zurück und fragte triumphierend: »Na, was hat Onkel Dahn euch gesagt? Spendiert mir jetzt wenigstens jemand ein Bier?«

»Bist du sicher?« fragte Bruno.

»Selbst der intelligenteste Mann kann also zuweilen die dümmsten Fragen stellen. Merkst du mir das denn nicht an?«

»Ich glaube schon. Ich hoffe, daß es so ist.«

»Ich liebe dich schon seit Wochen.« Sie war jetzt ganz ernst geworden. »Am Anfang schaute ich zu, wenn du mit verbundenen Augen durch die Luft flogst. Aber dann kam ein Punkt, da konnte ich es nicht mehr mit ansehen und mußte den Zuschauerraum verlassen. Und dann war mir jedesmal ganz schlecht. Und inzwischen gehe ich gar nicht mehr hinein, aber schlecht ist mir trotzdem. Ein Sekundenbruchteil zu früh oder zu spät...« Sie brach ab. In ihren Augen glänzten Tränen. »Aber auch wenn ich draußen bleibe, höre ich doch die Musik, die zu eurer Nummer gehört, und wenn sie einsetzt, dann sterbe ich jedesmal innerlich.«

»Willst du meine Frau werden?«

»Natürlich will ich, du Vollidiot.« Die Tränen liefen ihr jetzt über die Wangen.

»Es besteht kein Anlaß, mit solchen Ausdrücken um sich zu werfen. Ich möchte dich übrigens darauf hinweisen, daß Kan Dahn, Manuelo und Ron die Entwicklung an unserem Tisch mit dem allergrößten Interesse verfolgen. Ich habe das Gefühl, sie schließen untereinander Wetten über uns ab. Und ich habe auch das Gefühl, daß ich es nicht leicht haben werde, wenn sie mich allein erwischen.«

»Ich kann sie nicht sehen.« Bruno gab ihr sein Taschentuch, und sie wischte sich die Tränen aus den Augen: »Ja, sie sehen wirklich ein bißchen so aus.«

Sie zerknüllte das Taschentuch in ihren Händen und konzentrierte sich wieder ganz auf ihr Gegenüber: »Ich liebe dich, und ich will dich heiraten – ist das nicht altmodisch? Ich würde dich schon morgen heiraten – aber ich kann keinen Mann lieben und heiraten, der der größte Luftakrobat der Welt ist. Ich weiß, daß ich das nicht aushalten würde. Und ich glaube, du weißt es auch. Möchtest du, daß ich mein ganzes Leben lang krank vor Angst um dich bin?«

»Das wäre für keinen von uns beiden besonders angenehm. Nun, man lernt doch wirklich nie aus – ich hatte immer gedacht, daß Erpressung etwas sei, das erst nach der Heirat einsetzt.«

»Du lebst in einer merkwürdigen Welt, wenn du glaubst, daß Ehrlichkeit und Erpressung ein und dasselbe sind.«

Bruno dachte darüber nach. Schließlich sagte er: »Aber du könntest doch jederzeit den größten *Ex*-Luftakrobaten heiraten.«

»Ex?«

»Das ist kein Problem.« Bruno machte eine wegwerfende Geste mit der rechten Hand. »Ich werde mein Trapez an den Nagel hängen, oder wie in diesem Fall die richtige Floskel auch heißen mag.«

Sie starrte ihn an. »Einfach... einfach so? Aber die Artistik ist doch dein ganzer Lebensinhalt.«

»Ich habe auch noch ein paar andere Interessen.«

»Nämlich welche?«

»Wenn du erst Mrs. Wildermann bist, werde ich es dir verraten.«

»Dieses Jahr, nächstes Jahr, irgendwann, niemals.« Ihre Verheiratung interessierte sie offensichtlich mehr als die mannigfaltigen Interessen ihres zukünftigen Ehemannes.

»Vielleicht schon übermorgen.«

Sie starrte ihn an. »Du meinst *hier*? In diesem Land?«

»Um Himmels willen, nein. In den Staaten. Mit einer Sondererlaubnis. Wir können morgen die erste Maschine nehmen. Niemand wird uns aufhalten. Und Geld habe ich mehr als genug.«

Sie brauchte eine Weile, um das zu verdauen, und sagte dann mit Überzeugung: »Du weißt nicht, was du redest.«

»Oft stimmt das«, gab Bruno gutmütig zu. »Aber diesmal nicht. Und ich habe es gesagt, weil ich weiß, daß wir – und das ist keine Übertreibung – in akuter Lebensgefahr schweben. Ich weiß, daß sie hinter mir her sind. Und ich bin auch ziemlich sicher, daß sie hinter *dir* her sind. Wir sind hierher verfolgt worden. Ich will nicht...«

»Verfolgt? Woher weißt du das?«

»Ich weiß es eben. Ich werde es dir später erklären. Aber viel wichtiger ist, daß ich nicht will, daß du getötet wirst.« Bruno rieb sich gedankenvoll das Kinn. »Und wenn ich es mir recht überlege, möchte ich selbst auch noch nicht sterben.«

»Du würdest deine Brüder sitzenlassen? Du würdest Mr. Wrinfield und den Circus im Stich lassen? Du würdest den ganzen Auftrag sausen lassen?«

»Für dich würde ich alles auf der Welt sausen lassen.«

»Hast du Angst, Bruno?«

»Möglich. Gehen wir zur amerikanischen Botschaft. Es ist jetzt zwar sicherlich kein Parteienverkehr mehr, aber sie werden wohl zwei verzweifelte Landsleute nicht vor der Tür stehen lassen.«

Sie starrte ihn fassungslos an. Und dann verschwand die Fassungslosigkeit allmählich und machte einem Ausdruck Platz, der sehr viel Ähnlichkeit mit Verachtung hatte. Dann verschwand auch er und wich einer tiefen Nachdenklichkeit. Und dann ging ein Lächeln in ihrem Gesicht auf, und schließlich brach sie in schallendes Gelächter aus. Bruno schaute sie nachdenklich an, und die drei Männer am nächsten Tisch starrten völlig perplex herüber.

»Du bist unmöglich«, keuchte sie außer Atem. »Es hat dir wohl nicht gereicht, mich einmal zu testen, was?«

Als habe sie überhaupt nichts gesagt, fragte er eindringlich: »Hast du gehört? Ich würde alles auf der Welt für dich sausen lassen. Kannst du nicht dasselbe für mich tun?«

»Mit Freuden. Aber nicht Bruno. Weißt du, was passieren

würde, wenn wir auf die Botschaft gingen? Ich würde morgen in dem Flugzeug sitzen, aber ohne dich. Du würdest natürlich hier bleiben. Leugne nicht, es steht dir im Gesicht geschrieben! Du hältst dich für undurchschaubar. Alle tun das. Aber noch drei Monate, und ich kenne dich in- und auswendig.«

»Das befürchte ich auch«, sagte Bruno. »Okay, okay, ich habe es versucht und versagt. Das ist nichts Neues für mich. Bitte erzähle Dr. Harper nichts davon. Er würde mich nicht nur für einen Idioten halten, sondern auch irritiert über die Art sein, wie ich Arbeit und Vergnügen miteinander verquicke.« Er legte etwas Geld auf den Tisch. »Gehen wir. Wenn wir an der Tür sind, werde ich unter einem Vorwand zurückgehen und ein paar Worte mit Roebuck sprechen. Während ich das tue, sieh du dich bitte um, ob du jemanden entdecken kannst, der sich für uns interessieren könnte.«

In der Tür blieb Bruno, als sei ihm plötzlich etwas eingefallen, unvermittelt stehen und ging dann in das Lokal zurück. Er trat zu Roebuck und fragte:

»Wie sah er aus?«

»Mittelgroß, mit schwarzen Haaren, einem schwarzen Bärtchen und einem schwarzen Mantel. Er ist euch den ganzen Weg vom Circus bis hierher gefolgt.«

»Eure Abteile sind vielleicht mit Abhörgeräten bestückt. Ich glaube es zwar eigentlich nicht, aber wir wollen kein Risiko eingehen. Bis später.«

Arm in Arm gingen er und Maria die Straße entlang. Sie fragte neugierig: »Was sind die drei für dich?«

»Sehr alte Freunde. Nicht mehr. Aber man legt die Köpfe von Freunden nicht unter die Guillotine. Hast du einen Kerl ganz in Schwarz mit einem schwarzen Bärtchen gesehen?«

»Ich habe zwei Männer gesehen, aber von denen sah keiner so aus. Der eine hatte dauergewellte Haare, und der andere war kahl wie eine Billardkugel.«

»Was bedeutet, daß der Junior sich zu seinem Chef begeben hat, um Bericht zu erstatten.«

»Zu seinem Chef?«

»Oberst Sergius.«

»Der Polizeichef von Crau ist sein Chef?«

»Er ist nicht der Polizeichef von Crau, er ist der Chef der nationalen Geheimpolizei.«

Sie blieb stehen und schaute zu ihm auf. »Woher weißt du das? Wie *kannst* du das wissen?«

»Ich weiß es eben. Ich kenne ihn, aber er kennt mich nicht. Du vergißt, daß dieses Land früher einmal meine Heimat war. Ich kenne Sergius, und ich werde ihn nie vergessen. Wie könnte ich den Mann vergessen, der meine Frau getötet hat!«

»Den Mann, der ... oh, Bruno!« Sie dachte nach und sagte dann: »Aber er muß es doch wissen.«

»Er weiß es ja auch.«

»Aber dann muß er auch wissen, warum du hier bist.«

»Ich nehme es jedenfalls an.«

»Ich gehe morgen mit dir. Ich schwöre es.« Ihre Stimme hatte einen leicht hysterischen Unterton.

»Ich habe noch einiges zu erledigen. Und bitte sei so nett und schreie nicht so. Der Typ mit den Dauerwellen ist ziemlich nah hinter uns.«

»Ich habe Angst, ich habe solche Angst!«

»Das ist ansteckend. Komm mit, dann serviere ich dir einen wirklich guten Kaffee.«

»Wo?«

»In meinem Paradies, um das du mich so beneidest.«

Sie gingen eine Weile schweigend nebeneinander her, dann sagte sie schließlich: »Hast du daran gedacht, daß dein Paradies vielleicht verwanzt sein könnte?«

»Wer sagt denn, daß wir dienstliche Dinge besprechen werden?«

Sergius allerdings war sehr intensiv mit dienstlichen Dingen beschäftigt.

»Das ist alles?« fragte er Alex. »Sonst ist nichts passiert? Bruno und das Mädchen gingen in das Lokal, er sprach ein paar Worte mit den beiden Männern, die schon da saßen, dann setzte er sich mit dem Mädchen an einen anderen Tisch und bestellte etwas zu essen. Dann kam ein dritter Mann herein, setzte sich zu den beiden anderen, ging zu Brunos Tisch, pumpte sich ein paar Geldscheine und kehrte auf seinen Platz zurück.« Alex nickte. »Und Sie sagten, Sie wüßten die Namen der anderen Männer nicht, Sie hätten sie noch nie vorher gesehen, aber einer sei ein Riese gewesen – noch größer als Angelo.«

Alex warf einen Blick auf Angelo. »Ja, er war viel größer«, sagte er mit sichtlicher Befriedigung.

Angelo hatte nichts von Kan Dahns gutmütiger Herzlichkeit und war auch sonst nicht gerade sympathisch. Er verzog wütend das Gesicht, aber keiner beachtete es, wahrscheinlich weil es bei ihm schwierig war, zwischen einem wütenden und seinem normalen Gesichtsausdruck zu unterscheiden.

»Nun, wer *das* ist, wissen wir wenigstens«, meinte Sergius. »Würden Sie die drei Männer auf Fotografien wiedererkennen?«

»Natürlich«, sagte Alex gekränkt.

»Angelo, geh und sag Nicolas, er soll alle Abzüge bringen, die er fertig hat.«

Angelo kam mit Nicolas und etwa zwanzig Abzügen zurück. Schweigend gab Sergius sie an Alex weiter, der sie eilig durchblätterte. Dann legte er einen auf den Tisch. »Das ist das Mädchen«, verkündete er.

»Wir wissen, daß das das Mädchen ist«, sagte Sergius mühsam beherrscht.

»Entschuldigen Sie, Herr Oberst.« Alex legte drei weitere Fotos auf den Tisch. »Und das sind die drei Männer.«

Sergius nahm sie und gab sie Kodes, der einen kurzen Blick darauf warf und dann erklärte: »Kan Dahn, Manuelo, der Messerwerfer, und Roebuck, der Lassoexperte.«

»Genau.« Sergius lächelte sein gespenstisches Lächeln. »Sie müssen rund um die Uhr beschattet werden.«

Kodes sah ihn überrascht an. »Die drei Männer können doch auch rein zufällig dagewesen sein. Schließlich gehören sie zu den Stars des Circusprogramms, und es wäre doch nur natürlich, wenn sie befreundet wären. Und schließlich ist der ›Schwarze Schwan‹ vom Circus aus das am nächsten gelegene Lokal.«

Sergius seufzte. »So war es immer, und so wird es immer sein: Ich muß wirklich alles allein machen – alle Entscheidungen, die zu treffen sind, und alle Kopfarbeit, die anfällt, müssen von einem hochgestellten Offizier erledigt werden, was zweifellos der Grund dafür ist, daß ich ein solcher bin.«

Falsche Bescheidenheit war keine von Sergius' Untugenden. »Unser Bruno Wildermann ist ein cleverer Bursche, und er kann durchaus gefährlich werden. Irgendwie kam er offensichtlich zu der Vermutung, daß er beschattet wurde, und unterzog seine Vermutung einer Überprüfung. Und deshalb bat er Roebuck, jedem zu folgen, der ihn möglicherweise verfolgen würde. Und daraus läßt sich schließen, daß Roebuck und die beiden anderen etwas mehr sind als nur Freunde von Bruno. Roebuck folgte Alex. Er ging nicht an Brunos Tisch, um sich Geld zu pumpen, sondern um ihn zu informieren, daß er, Bruno, von einem Mann in einem schwarzen Regenmantel, mit einem schwarzen Bärtchen und sehr wenig Verstand verfolgt worden war.« Er strafte den unfähigen Beschatter mit einem vernichtenden Blick. »Ich nehme an, es ist Ihnen nicht eingefallen, sich wenigstens einmal umzusehen, was?«

»Nein, tut mir leid, Herr Oberst.«

Sergius schenkte ihm einen Blick, der an den eines ausgehungerten Krokodils erinnerte, das gerade einen fetten Bissen erspäht hat.

7

Am Mittwochabend fuhr der Circus nach Crau ab. Vor der Abreise hatte Bruno Dr. Harper in dessen Unterkunft aufgesucht. Für einen Mann, der so viel im Kopf hatte und der sich vor einer Unternehmung sah, die fraglos den kritischen Punkt seiner Karriere bedeutete, war Harper bemerkenswert ruhig und entspannt. Das war mehr als man von Wrinfield sagen konnte, der mit einem Drink in der Hand und einem ausgesprochen mutlosen Gesicht dasaß. Wrinfield hatte seinem Optimismus Höchstleistungen abverlangt, aber jetzt, da es ernst wurde, machte er den Eindruck, als habe er das Gefühl, daß alles schiefgehen würde. Crau dräute als riesige schwarze Wolke an seinem Horizont.

»'n Abend, Bruno. Setzen Sie sich. Wollen Sie was trinken?«

»Nein, danke. Das Feiern hebe ich mir für später auf.«

»Das tun Sie dann mit der bezaubernden Miß Hopkins, nehme ich an.«

»Richtig.«

»Warum heiraten Sie das Mädchen nicht?« fragte Wrinfield ungehalten. »So wie sie jetzt ist, kann ich sie nicht gebrauchen – den ganzen Tag brütet sie vor sich hin.«

»Das werde ich schon noch tun. Vielleicht ist sie besorgt oder nervös. So wie Sie, Mr. Wrinfield.«

»*Was* werden Sie schon noch tun?« fragte Harper.

»Sie heiraten.«

»Guter Gott.«

Bruno war nicht beleidigt. »Die Ehe ist etwas durchaus Alltägliches.«

»Weiß sie schon was?« fragte Wrinfield mißtrauisch.

Er hatte Maria sehr ins Herz geschlossen und behandelte sie wie eine Tochter – vor allem seit Henrys Tod.

»Ja.« Bruno lächelte. »Und Sie wüßten es auch schon eine Weile, wenn Sie die Augen offengehalten hätten. Sie saß heute abend am Tisch neben Ihnen.«

Wrinfield schlug sich mit der flachen Hand gegen die Stirn. »Natürlich, sie trug ja einen Ring! Sie hat noch nie einen Ring getragen, seit ich sie kenne.« Er dachte kurz nach und kam zu dem verblüffenden Schluß: »Es ist ein Verlobungsring!«

»Sie hatten eine Menge Dinge im Kopf, Sir. Wie Maria. Ich habe ihn heute nachmittag gekauft.«

»Meine herzlichsten Glückwünsche. Wenn alles vorüber ist, müssen wir einen Toast auf das glückliche Paar ausbringen, was, Dr. Harper?«

»Natürlich. Ich freue mich auch sehr für Sie beide.«

»Ich danke Ihnen. Allerdings kam ich nicht, um mit Ihnen über den Verlobungsring zu sprechen, sondern vielmehr über die Begleitung, die ich beim Kauf desselben hatte. Ich fürchte, man hat Verdacht geschöpft. Vor ein paar Tagen ging ich abends mit Maria in ein Lokal. Zufällig kam Roebuck kurz nach uns auch dorthin. Und er erzählte uns, daß er irritiert gewesen sei, weil uns den ganzen Weg vom Circus bis zu dem Lokal jemand verfolgt und dann gegenüber Posten bezogen habe, von wo aus er uns beobachten konnte. Vielleicht war es aber auch ein Zufall oder ein Produkt von Roebucks lebhafter Fantasie. Gestern abend war ich ziemlich sicher, daß Maria und ich verfolgt wurden. Aber heute bekam ich dann die Gewißheit, weil es heller Tag war. Es sind zwei Schatten: Einer von ihnen hat blonde Dauerwellen und der andere eine Vollglatze. Wir wanderten ziellos wie ein paar Touristen herum, wo immer der Zufall uns hintrieb, und die beiden folgten uns auf Schritt und Tritt.«

»Das gefällt mir nicht«, sagte Dr. Harper.

»Ich danke Ihnen, daß Sie meine Geschichte nicht angezweifelt haben. Mir gefällt die Sache auch nicht. Und außerdem verstehe ich es nicht. Ich habe aber auch nicht das geringste getan, um in irgendeiner Weise Aufmerksamkeit zu erregen. Vielleicht liegt es einfach daran, daß ich Wildermann heiße und hier einmal zu Hause war. Vielleicht werden auch noch zehn andere Circusleute beschattet – wer weiß?«

»Sehr beunruhigend«, sagte Wrinfield. »Ausgesprochen beunruhigend. Was werden Sie tun, Bruno?«

»Was kann ich schon tun? Weitermachen wie bisher, das ist alles. Ich werd's nehmen, wie's kommt. Aber eins ist wenigstens sicher – in der Nacht der Nächte werden sie mich nicht beschatten.«

»In der Nacht der Nächte?«

»Hat Dr. Harper es Ihnen nicht gesagt?«

»Ach, Sie meinen Dienstag nacht. Ich möchte wissen, wo wir dann alle sein werden.« Mit viel Metallkreischen und Schütteln setzte sich der Zug langsam in Bewegung.

»Ich weiß, wo wir sein werden. Bis bald.« Bruno wandte sich zum Gehen, blieb aber beim Anblick von Harpers Minisender, der auf dem Schreibtisch stand, abrupt stehen. »Sagen Sie mir eins: Wie kommt es, daß unsereinem beim Zoll in manchen Ländern sogar die Zahnfüllungen entfernt werden, während man Sie mit diesem Funkgerät ungeschoren durchläßt?«

»Funkgerät? Was für ein Funkgerät?« Harper setzte sich die Kopfhörer auf, drückte das Mikrofon gegen Brunos Brust, schaltete das Gerät ein und legte den Übertragungsschalter nach rückwärts um, anstatt nach vorn. Das Gerät summte, und ein schmaler Papierstreifen erschien aus einem kaum sichtbaren Schlitz in der Seite. Nach etwa zehn Sekunden schaltete er das Gerät wieder aus, riß den Papierstreifen ab und reichte ihn Bruno. Eine Wellenlinie war alles, was darauf zu sehen war. »Dieses ist ein EKG-Gerät, mein lieber Bruno. Jeder reisende Arzt braucht das. Sie können sich nicht vorstellen, was es mir für einen Spaß gemacht hat, bei allen Zollbeamten ein EKG zu machen.«

»Was wird denen wohl als nächstes einfallen«, sagte Bruno kopfschüttelnd. Er ging den Flur des jetzt leicht schwankenden Zuges entlang, holte Maria in ihrem Abteil ab und ging mit ihr in seine Suite.

»Wollen wir ein bißchen Musik machen?« fragte er. »Etwas Romantisches, das zur Situation paßt? Und dann wollen wir mit ein paar meiner unvergleichlichen Martinis meinen bevorstehenden Abstieg in die Hölle der Ehe feiern. Und dann wäre da noch die Möglichkeit, dir ein paar liebe Sachen ins Ohr zu flüstern – aber das muß natürlich nicht sein, wenn du nichts davon hältst.«

Sie lächelte. »Das hört sich alles sehr schön an, vor allem das mit den lieben Sachen.«

Er machte den Plattenspieler an und ließ ihn leise laufen, mixte die Martinis, stellte die Gläser auf den Tisch, setzte sich neben Maria auf das Sofa und preßte seine Lippen an der Stelle in ihre dunklen Haare, wo er ihr Ohr vermutete. An Marias zuerst erschrockenem und dann fassungslosem Gesichtsausdruck konnte man deutlich erkennen, daß Brunos ›liebe Sachen‹ von ganz außergewöhnlicher Art sein mußten.

Crau lag nur knapp zweihundert Meilen weit entfernt, und so brauchte auch ein notwendigerweise langsam fahrender Güterzug selbst mit zwei Aufenthalten nicht mehr als eine Nacht dorthin. Sie fuhren bei Dunkelheit ab und kamen bei Dunkelheit an, und es war immer noch dunkel, als sie ausstiegen. Und außerdem war es schneidend kalt. Der erste Eindruck von Crau war der von kahler Unfreundlichkeit, aber Bahnhöfe haben auf der ganzen Welt nichts besonders Anheimelndes, und vor allem nicht bei Nacht und Kälte. Die Stelle, an der der Zug gehalten hatte, war unbequemerweise eine Dreiviertelmeile von der Halle entfernt, in der der Circus gastieren würde, aber das Organisationsgenie Wrinfield und sein Mitarbeiterstab hatten mit der üblichen Perfektion funktioniert, und so wartete bereits ein ganzes Heer von Bussen, Lastwagen und Personenwagen darauf, den Circus und alles was dazugehörte, an Ort und Stelle zu bringen.

Bruno ging am Gleis entlang auf eine Gruppe von Circuskünstlern und Handwerkern zu, die zitternd unter dem kalten Lichtschein einer Bogenlampe standen. Nach dem üblichen guten Morgen hielt er Ausschau nach seinen beiden Brüdern, konnte sie jedoch nirgends entdecken. Schließlich wandte er sich an Malthius, den Tigerdompteur, der neben ihm stand.

»Hast du irgendwo meine Brüder gesehen? Die beiden sind immer hungrig und versäumen es eigentlich niemals, mit mir zu frühstücken, aber heute morgen hatte ich nicht das Vergnügen.«

»Nein.« Malthius rief in die Runde: »Hat irgend jemand heute früh schon Vladimir und Yoffe gesehen?« Als sich herausstellte, daß niemand sie gesehen hatte, wandte sich Malthius an einen seiner Hilfsdompteure. »Geh sie mal wecken, okay?«

Der Mann nickte und ging. Dr. Harper und Wrinfield, beide mit Pelzmützen und hochgeschlagenem Mantelkragen, kamen heran und sagten guten Morgen. »Wollen Sie mitkommen und sich ansehen, wo wir hier gastieren werden?« fragte Wrinfield Bruno. »Aus irgendeinem Grund heißt der Bau ›Winterpalast‹, obwohl ich nicht die geringste Ähnlichkeit mit dem in Leningrad feststellen kann.« Er schauderte zusammen. »Die Zentralheizung soll geradezu traumhaft funktionieren.«

»Ja, ich komme gern mit – wenn Sie noch einen Augenblick warten: Zwei der ›Blinden Adler‹ scheinen verschlafen zu haben.«

Mit drängender Stimme sagte Malthius' Assistent: »Ich glaube, du solltest dir das selbst ansehen, Bruno. Komm schnell!« Ohne ein Wort sprang Bruno in den Zug. Dr. Harper und Wrinfield tauschten einen verständnislosen Blick und eilten dann hinter ihm her.

Vladimir und Yoffe hatten sich ein Zweibettabteil geteilt, das zwar nicht so luxuriös ausgestattet war wie das ihres großen Bruders, aber trotzdem sehr komfortabel. Sie waren mit der Zeit für ihre schon fast zwanghafte Ordnungsliebe bekanntgeworden und wurden ständig damit aufgezogen. Sie wären verzweifelt gewesen, wenn sie ihre Kabine in ihrem derzeitigen Zustand gesehen hätten.

Sie sah aus, als habe ein kleiner, aber sehr zielstrebiger Tornado durch sie hindurchgefegt: Das Bettzeug lag auf dem Boden, zwei Stühle waren zerbrochen, Gläser lagen zersplittert herum, ein kleines Waschbecken war in Scherben gegangen und sogar ein Fenster aus schwerem Plattenglas war von einem Netz feiner Sprünge durchzogen. Aber am besorgniserregendsten waren die Blutflekken auf den zerrissenen Laken und an den cremefarbenen Wänden. Bruno wollte in die Kabine stürmen, aber Dr. Harper hielt ihn am Arm zurück.

»Bleiben Sie hier, die Polizei wäre nicht damit einverstanden.«

Die Polizei war hell entsetzt, daß es in ihrem Lande möglich war, daß zwei berühmte Circusartisten entführt wurden – falls sie wußten, daß Vladimir und Yoffe weniger als eine halbe Meile von der Stelle, an der sie sich im Augenblick befanden, geboren worden waren, so behielten sie ihr Wissen für sich. Der Inspektor, dem der Fall übertragen worden war, versicherte, daß sofort eine gründliche Untersuchung stattfinden werde. Zunächst einmal müsse das Gebiet vollkommen geräumt und durch einen Kordon seiner Leute abgeriegelt werden, was bedeutend weniger eindrucksvoll war als es sich anhörte, denn das Abriegeln bestand lediglich darin, daß er zwei seiner Leute auf dem Korridor postierte. Die Bewohner des Waggons, in dem die Kabine der beiden Brüder lag, wurden gebeten, sich zur Verfügung zu halten. Als Befragungsraum schlug Wrinfield den Speisewagen vor – draußen lag die Temperatur unter dem Gefrierpunkt –, und der Inspektor war einverstanden.

Als sich die Leute entfernt hatten, trafen Detektive in Zivil und Fingerabdruckexperten ein. Nachdem Wrinfield Anweisung gegeben hatte, mit dem Entladen des Zuges weiterzumachen, beschloß er, sich ebenfalls in den Speisewagen zu begeben.

Die Hitze im Speisewagen war beinahe unerträglich – die riesige Lokomotive war noch nicht abgekoppelt und würde es auch den ganzen Tag nicht, damit die Tiere die nötige Wärme hatten, bis sie abends zum Circus gebracht wurden.

Bruno stand etwas abseits mit Wrinfield und Dr. Harper zusammen. Sie diskutierten kurz, was mit den Brüdern passiert sein konnte, und vor allem warum. Aber da sie ganz offensichtlich keine Antwort auf diese beiden Fragen finden konnten, verfielen sie bald in brütendes Schweigen und sprachen erst wieder, als der große Oberst Sergius höchstpersönlich auf dem Plan erschien. Sein Gesicht war von harten, bitteren Falten durchzogen, und er vermittelte sehr überzeugend den Eindruck, als könne er seinen Zorn nur mit Mühe unter Kontrolle halten.

»Himmelschreiend!« ereiferte er sich. »Beschämend! Unglaublich! Daß so etwas Gästen meines Landes zustoßen muß! Ich verspreche Ihnen, die gesamte Kriminalpolizei des Landes wird sich mit dem Fall befassen. Was für ein Empfang und was für ein schwarzer Tag für unsere Stadt!«

»Diese Sache kann kaum einem Bürger von Crau in die Schuhe geschoben werden«, sagte Dr. Harper milde. »Die beiden waren schon weg, bevor wir hier ankamen. Wir hatten auf dem Weg hierher zwei Aufenthalte. Es muß bei einem der beiden passiert sein.«

»Stimmt, stimmt, Crau ist entlastet. Aber glauben Sie, daß das die Sache für uns erträglicher macht? Was unser Land betrifft, betrifft uns alle.« Er machte eine kurze Pause, seine Stimme hatte einen tieferen Tonfall angenmmen. »Es muß nicht bei einem der beiden Aufenthalte geschehen sein.« Er wandte sich an Bruno: »Es tut mir leid, so brutal sein zu müssen, aber es könnte doch auch sein, daß sie aus dem fahrenden Zug geworfen wurden.«

Bruno starrte ihn nicht fassungslos an – dazu hatte er seine Emotionen zu gut unter Kontrolle –, aber ein Heben der Augenbrauen gestattete er sich diesmal doch. »Warum sollte irgend jemand so etwas tun? Warum sollte überhaupt jemand gegen sie losgehen? Ich kenne meine Brüder besser als irgend jemand sonst, und ich weiß ganz sicher, daß sie noch nie jemandem etwas Böses getan haben.«

Sergius sah ihn mitleidig an. »Wissen Sie nicht, daß es immer die Unschuldigen sind, die leiden müssen? Wenn man einen Einbruch machen will, sucht man sich dafür doch auch nicht das Haus eines notorischen Gangsters aus.« Er wandte sich an einen seiner Untergebenen. »Holen Sie das Funktelefon her und verbinden Sie mich mit dem Verkehrsminister. Nein, sprechen *Sie* mit ihm. Wenn er sich beschwert, so früh aus dem Bett geholt zu werden, geben Sie *mir* den Apparat. Sagen Sie ihm, daß ich wünsche, daß jeder Zentimeter neben den Gleisen der Strecke von hier bis zur Hauptstadt nach zwei vermißten Männern abgesucht wird. Sagen Sie ihm, es sei dringend. Sagen Sie ihm, daß die beiden vielleicht schwer verletzt sind und daß die Temperatur unter dem Gefrierpunkt liegt. Sagen Sie ihm, ich wünsche in zwei Stunden einen Bericht. Und dann rufen Sie die Luftwaffe an. Sagen Sie ihnen das gleiche, allerdings sollen sie mit Hubschraubern suchen. Und deren Bericht will ich in *einer* Stunde haben.«

Wrinfield fragte: »Sehen Sie wirklich ernsthaft die Möglichkeit...«

»Ich sehe gar nichts. Es ist die Aufgabe eines Polizisten, keine Möglichkeit außer acht zu lassen. In einer Stunde werden wir mehr wissen. Ich habe kein Zutrauen zu diesem alten, vertrottelten Verkehrsminister, aber ich habe ja auch die Luftwaffe alarmiert, und das ist schon etwas ganz anderes. Die haben da Piloten, die in zehn Metern Höhe fliegen, und auf beiden Seiten sitzen geübte Beobachter.« Er sah Bruno mit einem Gesichtsausdruck an, der wahrscheinlich mitfühlend sein sollte: »Ich fühle mit Ihnen, Mr. Wildermann, und mit Ihnen auch, Mr. Wrinfield.«

»Mit *mir*?« fragte Wrinfield. »Zugegeben, zwei meiner besten Artisten sind verschwunden. Zugegeben, ich hielt große Stücke auf sie. Aber das taten auch Dutzende von anderen Leuten beim Circus – nein, eigentlich alle.«

»Die anderen werden aber nicht bezahlen müssen. Ich gebe nur die Möglichkeit zu bedenken. Und wenn sie zuträfe, dann würden Sie eine ganze Menge Geld bezahlen, um die beiden wieder zu bekommen, oder?«

»Wovon sprechen Sie eigentlich?«

»Nun, sogar in unserem herrlichen Land gibt es zwielichtige Gestalten. Und sogar Kidnapper – und zwar solche, deren Spezialität es ist, ihre Opfer aus Zügen zu zerren. Und diese Männer wissen, daß sie alles riskieren, denn Kidnapping ist in unserem Land ein Kapitalverbrechen.« Er sah wieder Bruno an, und der Briefkastenschlitz, den er anstatt eines Mundes hatte, öffnete sich einen Spalt breit: Sergius lächelte. »Für uns ist dieser schreckliche Vorfall noch aus einem anderen Grund tragisch: Im Augenblick sieht es ganz so aus, als würden wir um den Genuß gebracht, die ›Blinden Adler‹ in Crau zu sehen.«

»Einen von Ihnen werden Sie auf jeden Fall sehen.«

Sergius sah ihn an. Ein Dutzend Leute sahen ihn an. Maria fuhr sich langsam mit der Zunge über die Lippen. Sergius fragte: »Soll das heißen...«

»Bevor meine Brüder alt genug waren, um in meine Nummer

einzusteigen, war sie eine Solonummer. Wenn ich ein paar Stunden übe, schaffe ich sie auch heute noch.«

Sergius schaute ihn einen Augenblick lang nachdenklich an. »Wir wissen alle, daß Sie keine Nerven haben. Haben Sie auch keine Gefühle?«

Ohne zu antworten, drehte Bruno sich um und ging davon. Sergius sah ihm einen Moment lang gedankenvoll nach, dann besann er sich wieder auf seine Pflichten. »Sind alle aus dem fraglichen Waggon hier?«

»Alle da, Oberst«, sagte Wrinfield. »Aber Sie äußerten die Ansicht, daß Kidnapper...«

»Daß es *vielleicht* Kidnapper waren. Und Sie haben wohl auch gehört, was ich sagte – daß es die Aufgabe eines Polizisten ist, keine Möglichkeit außer acht zu lassen. Hat einer von Ihnen während der Nacht irgendwelche ungewöhnlichen Geräusche gehört?« Aus dem tiefen Schweigen, das ihm antwortete, war deutlich zu ersehen, daß keiner der Anwesenden etwas gehört hatte. »Na schön. Die Brüder schliefen im letzten Abteil des Waggons. Wer hat das Abteil daneben?«

»Ich«, sagte Kan Dahn und schob seinen massigen Körper auf Sergius zu.

»Aber *Sie* haben doch sicher irgend etwas gehört?«

»Ich habe Ihre Frage schon *eben* nicht beantwortet, was heißt, daß ich nichts gehört habe. Ich habe einen ausgesprochen tiefen Schlaf.«

Sergius blickte ihn sinnend an. »Sie sind stark genug, um es mit der linken Hand geschafft zu haben.«

»Soll das eine Anklage sein?« fragte Kan Dahn mit sanfter Stimme.

»Ich stelle nur Betrachtungen an«, erwiderte Sergius.

»Vladimir und Yoffe waren meine Freunde, sehr gute Freunde. Das wissen alle schon seit Jahren. Warum sollte ich jetzt plötzlich so etwas Verrücktes tun? Außerdem – wenn ich es wirklich getan hätte, dann hätten Sie keine Anzeichen eines Kampfes entdecken können: Ich hätte jeden unter einen Arm geklemmt und die beiden einfach weggetragen.«

»Wirklich?« fragte Sergius skeptisch.

»Wünscht der Herr Oberst eine kleine Demonstration?«

»Das wäre sicher nicht uninteressant.«

Kan Dahn deutete auf zwei gedrungen gebaute Polizisten, die in einiger Entfernung beieinander standen. »Die sind doch viel stärker und größer als die beiden Brüder, oder?«

»Ich nehme es an.«

Kan Dahn war ein Riese, aber er bewegte sich mit der Geschwindigkeit und Geschmeidigkeit einer Katze. Bevor die beiden Polizisten Zeit hatten, abwehrend die Hände zu heben, hatte Kan Dahn um jeden einen seiner Gorillaarme geschlungen und sie hochgehoben. Die beiden ruderten wie wild mit den Beinen – ihre Arme waren eingeklemmt –, um sich aus der Umarmung zu befreien, die sie – wie ihren Gesichtern eindeutig zu entnehmen war – durchaus nicht als liebevoll empfanden.

»Wenn ihr nicht aufhört, euch zu wehren, muß ich euch ein bißchen drücken«, drohte Kan Dahn mit gutmütiger Stimme.

Im Glauben, daß Kan Dahn unmöglich noch fester zudrücken könnte, wehrten die beiden sich um so heftiger. Aber Kan Dahn *konnte* noch fester drücken. Einer der Männer schrie auf, der andere grunzte, und beiden stand vor Schmerz der Schweiß auf der Stirn. Kan Dahn verstärkte den erbarmungslosen Druck noch etwas. Und jetzt gaben die beiden Männer auf. Vorsichtig setzte Kan Dahn die beiden ab, trat einen Schritt zurück und beobachtete sorgenvoll, wie sie zusammenbrachen.

Sergius hatte das Schauspiel mit allergrößtem Interesse verfolgt und schaute nachdenklich auf die beiden Häufchen Elend hinunter. »Das hätte Angelo sehen sollen. Sie, Kan Dahn, sind hiermit entlastet.« Er drehte sich um, als Hauptmann Kodes hereingestürmt kam. »Na?«

»Alles, was wir haben, sind Fingerabdrücke, Oberst. Es gibt an vielen Stellen zwei verschiedene Gruppen von Fingerabdrücken – die müssen von den beiden Brüdern stammen –, und zwar an ziemlich ungewöhnlichen Stellen: an den Wänden, an den Fenstern, an der Innenseite der Tür – Stellen, an denen Menschen sich im Laufe eines heftigen Kampfes vielleicht festzuhalten versuchten. Und dann fanden wir noch zwei andere Gruppen von Abdrücken.«

»Aha.« Sergius dachte kurz nach und beobachtete dabei geistesabwesend die mühevollen Anstrengungen der beiden Polizisten, wieder auf die Beine zu kommen. Ihre Schmerzen ließen ihn offensichtlich völlig kalt. Schließlich wandte er sich an Wrinfield: »Wir müssen gleich heute morgen von allen Circusleuten die Fingerabdrücke nehmen. In der Halle, in der auch das Gastspiel stattfinden wird.«

»Ist es wirklich notwendig...«

Sergius mußte sich sichtlich anstrengen, geduldig zu bleiben. »Ich habe meine Pflicht zu tun. Und ich sage jetzt zum drittenmal, daß es die Pflicht eines Polizisten ist, keine Möglichkeit außer acht zu lassen.«

Obwohl Crau nördlich von der Hauptstadt lag, lag der Hauptbahnhof der Stadt nicht, wie man erwartet hätte, im Süden – aufgrund der ungünstigen landschaftlichen Gegebenheiten verlief der Schienenstrang um die Stadt herum und kam vom Norden herein. Und so fuhr auch die schwarze Limousine, die auf dem Weg zum ›Winterpalast‹ war, in Richtung Süden, und zwar auf einer Straße, die in die Hauptverkehrsader der Stadt überging. Verwirrenderweise hieß diese von Norden nach Süden verlaufende Straße Weststraße.

Bruno saß mit Dr. Harper im Fond des Wagens. Wrinfield, dessen düsterer Gesichtsausdruck deutlich erkennen ließ, daß seine schlimmsten Befürchtungen bezüglich Crau bald bestätigt wurden, saß schweigend neben dem Fahrer. Das Wetter war kaum dazu angetan, die Stimmung zu heben – es wurde langsam hell, aber die Helligkeit ließ lediglich die grauen Wolken besser sichtbar werden, aus denen dichter Schnee quoll.

Nachdem sie etwa hundert Meter gefahren waren, wischte Dr. Harper das beschlagene Fenster auf seiner Seite ab, spähte hinaus und tippte Bruno auf den Arm.

»So etwas habe ich noch nie gesehen. Was in aller Welt ist das?«

»Was meinen Sie? Ich kann von hier aus nichts sehen.«

»Oben auf den Häusern. Büsche, Bäumchen – guter Gott, da oben wachsen ja sogar richtige Bäume!«

»Das sind Dachgärten. In Mitteleuropa durchaus keine Seltenheit. Daß man in einer Etagenwohnung wohnt, muß hierzulande nicht heißen, daß man nicht auch gleichzeitig einen Garten haben kann. Viele von den Leuten haben sogar Wiesen auf den Dächern.«

Bruno putzte das Fenster auf seiner Seite ebenfalls ab. Das Gebäude, das links von ihm lag, war häßlich und kahl. Er zählte die Stockwerke: Es waren neun. Er sah sich die Fenster an: Jedes einzelne war mit schweren Gittern versehen. Er betrachtete die drohenden Stahlspitzen, die das Dach säumten, und die Wachttürme an der Nord- und Südecke. Von seinem Platz aus war es Bruno nicht möglich zu sehen, was sich auf den Dächern dieser Türme befand, aber Bruno wußte, daß dort oben Suchscheinwerfer und Sirenen installiert waren. Er warf Dr. Harper einen Blick zu und hob eine Augenbraue. Der Fahrer hatte lächelnd die Schultern gezuckt, als er auf englisch angesprochen worden war, aber die Chance, daß er einer von Sergius' Männern war, war sehr groß, und Sergius hätte niemals einen Mann für diesen Job ausgesucht, der nicht Englisch konnte. Harper fing Brunos Blick auf und nickte, obwohl die Bestätigung eigentlich überflüssig war – die ›Lubylan‹ entsprach nur allzu genau Harpers Beschreibung.

Etwa eine Viertelstunde weiter kamen sie an einer Reihe einheitlich schwarzer Wagen vorbei, die hintereinander am rechten Straßenrand geparkt waren. Der erste von ihnen war ein kranzgeschmückter Leichenwagen. Der Trauerzug mußte einen ganz schön weiten Weg vor sich haben, wenn er jetzt schon im Aufbruch war, dachte Bruno, denn immerhin war es noch sehr früh am Tage. Auf der anderen Straßenseite befand sich ein Geschäft, dessen Schaufenster mit schwarzem Samt ausgeschlagen waren, der den Rahmen für die Auswahl von Kränzen, Blumenbuketts unter Glasstürzen und noch ungravierten ausnahmslos schwarzen Marmorgrabsteinen bildete, die der Besitzer des Ladens offensichtlich für seine gelungensten hielt. Die angrenzende Tür war ebenfalls schwarz gestrichen, jedoch wurde die triste Farbe hier durch ein weißes Kreuz etwas aufgelockert. Bruno sah aus dem Augenwinkel im Vorbeifahren, wie die Tür sich öffnete und das Ende eines Sarges auf den Schultern zweier Träger in der Öffnung sichtbar wurde.

»Wie angebracht«, murmelte Bruno.

Dr. Harper schien ihn nicht gehört zu haben.

Der ›Winterpalast‹ war Craus ganzer Stolz, und das zu Recht. Obwohl er im Barockstil prunkte, war er erst drei Jahre alt. Das Gebäude war eine Konstruktion aus Stahlbeton, und sowohl außen als auch innen mit unechtem weißen Marmor ausgekleidet, was vermutlich den Anstoß für den Namen des Bauwerkes gegeben hatte. Das Gebäude selbst bestand aus einem riesigen ovalen, überdachten Vorhof, der in das noch viel größere, ebenfalls ovale Stadion überging. Das Innere hätte keinen größeren Kontrast zu all den Schnörkeln, Minaretten und Wasserspeiern bilden können, die das Äußere in so verschwenderischer Weise schmückten – hier waren alle neuesten Ideen zur Präsentation eines Spektakels zusammengekommen, so daß alles fast übertrieben modern, funktionell und vor allem beliebig verwandelbar war. Die Abwandlungsmöglichkeiten der Bühne und Sitzplätze zum jeweils besten für Künstler und Publikum waren praktisch unbegrenzt. Die Halle wurde für Opernaufführungen benutzt, als Theater, als Kino und als Konzertsaal. Außerdem fanden in ihr Sportveranstaltungen von Eishockey bis zu Hallentennisturnieren statt. Und für die Zwecke eines Circus war das Amphitheater schlichtweg ideal geeignet. Äußerstenfalls hatten auf den gepolsterten und mit Armlehnen versehenen Sitzen nicht weniger als achtzehntausend Zuschauer Platz. Wrinfield erklärte, es sei die schönste Halle, die er je gesehen habe, und das war kein schlechtes Kompliment, wenn man bedachte, daß es von einem Mann kam, der die besten in Nordamerika und Europa gesehen hatte. Und die Halle war um so erstaunlicher, wenn man wußte, daß Crau nur knapp eine Viertelmillion Einwohner hatte.

Die Abnahme der Fingerabdrücke des gesamten Circusstabes fand im Laufe des Vormittags in einem der zu dieser Zeit leeren Restaurants statt, die die Innenseite des Vorhofs säumten. Die Verärgerung über die allgemein als unnötig und schikanös betrachtete Maßnahme war groß, und Wrinfield mußte mit Engelszungen reden, um seine Leute dazu zu bringen, sich der Prozedur zu unterziehen. Sergius, der den Ablauf des Geschehens von Wrinfields Faltbüro aus überwachte, blieb völlig ungerührt von der Mißlaune der Circusleute und den zahlreichen nicht gerade liebenswürdigen Blicken, die ihm zugeworfen wurden. Gegen Ende der Aktion kam ein Telefongespräch für ihn, aber er führte es in seiner Landessprache, so daß weder Wrinfield noch Maria, die sich ebenfalls im Büro aufhielten, ein einziges Wort der Unterhaltung verstehen konnten.

Sergius leerte sein Wodkaglas – er schien einen ebenso unersättlichen Appetit auf das Nationalgetränk zu haben wie ausgetrockneter Sand auf Wasser – und fragte: »Wo ist Bruno Wildermann?«

»Hier im Stadion. Aber – Sie haben doch nicht ernstlich vor, auch seine Fingerabdrücke nehmen zu lassen? Seine eigenen Brüder...«

»Aber ich bitte Sie! Sehe ich denn wie ein Idiot aus? Kommen Sie, es betrifft auch Sie.«

Als die beiden Männer auf ihn zukamen, unterbrach Bruno die Überwachung des Aufspannens eines niederen Drahtseiles quer über die mittlere Manege. Er wandte sich mit ausdruckslosem Gesicht an Sergius und fragte: »Haben Sie schon eine Nachricht, Oberst?«

»Ja. Sowohl von dem Suchtrupp, der zu Fuß unterwegs war, als auch von der Luftwaffe. Beide Berichte sind negativ ausgefallen.«

»Dann sind sie also doch entführt worden.«

»Es scheint die einzig plausible Erklärung zu sein.«

Am Spätnachmittag wurde Bruno aus der Manege, wo er seine Solonummer probte, in Wrinfields Büro gerufen. Er glitt an einem Seil auf den Boden hinunter, zog sein Mandarinkostüm an und ging zum Büro, das nur ein paar Meter von dem noch leeren Tigerkäfig entfernt aufgestellt worden war. Wrinfield saß an seinem Schreibtisch, Maria an ihrem. Sergius und Kodes standen dazwischen. Die Atmosphäre war gleichzeitig gespannt und bedrückt.

Sergius nahm Wrinfield ein Blatt Papier aus der Hand, das dieser gelesen hatte, und gab es Bruno. Die Nachricht war in Englisch abgefaßt und besagte: »Die Wildermann-Brüder werden gegen Bezahlung von 50000 Dollar freigelassen. Gebrauchte Scheine. Beliebiger Nennwert. Instruktionen für die Übergabe am Sonntag. Auslieferung Montag. Wird nicht bezahlt, erhalten Sie Montag zwei linke kleine Finger. Desgleichen für den Fall, daß zwar Bezahlung erfolgt, das Geld aber auf irgendeine Weise kenntlich gemacht worden ist. Am Dienstag wieder zwei Finger. Am Donnerstag haben die beiden Trapezartisten dann jeweils nur noch eine Hand.«

Bruno gab Sergius den Zettel zurück.

»Ihr Verdacht hat sich also als richtig erwiesen.«

»Ich hatte recht: keine Nerven, keine Gefühle. Ja, es scheint so.«

»Es scheinen wenig zartfühlende Burschen zu sein.«

»Allerdings.«

»Professionelle?«

»Ja.«

»Halten sie ihre Versprechen?«

Sergius seufzte. »Wenn es die sind, auf die ich tippe – und dieser Wisch sieht genauso aus wie schon mehrere vorher –, dann handelt es sich um eine ausgesprochen tüchtige Kidnapperbande, die in den vergangenen paar Jahren eine ganze Reihe von Entführungen vorgenommen hat.«

»Sie kennen die Bande?«

»Wir nehmen an, einen oder zwei davon zu kennen.«

»Warum sind die dann immer noch auf freiem Fuß?«

»Ein Verdacht, mein lieber Wildermann, ist kein Beweis. Man kann nicht auf einen bloßen Verdacht hin die Todesstrafe für jemanden fordern.«

»Sie haben mir aber meine andere Frage noch nicht beantwortet: Werden sie die Androhung, meine Brüder zu verstümmeln, wahrmachen? Werden sie aber andererseits, wenn das Lösegeld bezahlt wird, meine Brüder auch tatsächlich lebend zu uns zurückschikken?«

»Ich kann Ihnen keine Garantie geben. Aber nach den bisherigen Erfahrungen zu urteilen, würde ich sagen, daß beide Fragen ziemlich sicher mit einem Ja zu beantworten sind. Als Spezialisten auf dem Gebiet der Entführung würden sie sich nur selbst schaden, wenn sie sich nicht an die von ihnen gemachten Zusagen hielten. Das klingt in diesem Zusammenhang zwar etwas skurril, aber ihr Erfolg steht und fällt mit dem Vertrauen, das man in sie setzen kann. Wenn die entführte Person nach der Bezahlung des Lösegeldes prompt und gesund auf freien Fuß gesetzt wird, so werden die Eltern und Verwandten des nächsten Opfers den an sie gestellten Forderungen sofort nachkommen, weil sie ja damit rechnen können, daß das Opfer lebendig zu ihnen zurückkehrt. Wenn die Kidnapper hingegen das Lösegeld nehmen und das Opfer umbringen, dann werden die Verwandten des nächsten Opfers sicherlich nicht bezahlen.«

»Wie stehen die Chancen, ihnen vor Montag auf die Spur zu kommen?«

»Nicht gut, fürchte ich. Es sind ja nur noch vier Tage bis dahin.«

»Dann sollten wir lieber das Geld bereithalten, nicht wahr?« Sergius nickte, und Bruno wandte sich an Wrinfield: »Ich würde ein Jahr brauchen, um es Ihnen zurückzuzahlen, Sir.«

Wrinfield lächelte, aber es war kein vergnügtes Lächeln. »Ich würde das Geld jederzeit bezahlen, auch wenn keine Hoffnung bestünde, es jemals zurückzubekommen. Und zwar aus reinem Egoismus, denn die ›Blinden Adler‹ sind absolut einmalig.«

Sie schlenderten scheinbar ziellos eine Straße hinunter, die auf der Höhe des Beerdigungsunternehmens von der Weststraße abzweigte. Dr. Harper fragte: »Glauben Sie, daß wir verfolgt werden?«

»Ob man uns beobachtet, weiß ich nicht«, entgegnete Bruno, »aber verfolgt werden wir nicht.«

Nach zwei- oder dreihundert Metern ging die Straße in eine gewundene Landstraße über. Kurz darauf kamen sie zu einer Holzbrücke, die einen träge dahinfließenden, offensichtlich sehr tiefen Fluß überspannte. Sie war etwa neun Meter breit und an beiden Rändern vereist. Bruno untersuchte die Brücke und eilte dann hinter dem ungeduldigen Harper her, dessen Kreislauf nicht dazu geeignet war, mit solchen Temperaturen fertig zu werden.

Unmittelbar hinter der Brücke wurde die Straße von einem Kiefernwald verschluckt. Weniger als eine Viertelmeile weiter kamen die beiden Männer zu einer großen, halbkreisförmigen Lichtung.

»Hier«, sagte Dr. Harper, »wird der Hubschrauber landen.«

Als Bruno in seinem besten Straßenanzug in Wrinfields Büro erschien, dämmerte es bereits. Nur Wrinfield und Maria waren da.

»Sind Sie einverstanden, wenn ich meine Verlobte zu einem Kaffee einlade, Sir?«

Wrinfield nickte lächelnd, sah aber gleich darauf wieder besorgt und kummervoll drein. Bruno half Maria in ihren dicken Mantel, und dann gingen sie gemeinsam in den kalten Winterabend hinaus.

Maria sagte verstimmt: »Wir hätten auch in der Kantine oder in deinem Salon Kaffee trinken können. Hier draußen ist es scheußlich ungemütlich.«

»Wir sind noch nicht einmal verheiratet und schon fängst du an zu meckern! Du mußt nur ganze zweihundert Meter weit gehen. Du wirst mit der Zeit schon noch merken, daß Bruno Wildermann für alles, was er tut, seine Gründe hat.«

»Zum Beispiel welche?«

»Erinnerst du dich an die beiden netten Menschen, die uns neulich am Abend so anhänglich gefolgt sind?«

»Ja.« Sie sah ihn erschrocken an. »Du meinst...«

»Nein. Sie haben eine Ruhepause bewilligt bekommen – Schnee ist weder gut für Dauerwellen noch für Glatzen. Der Knabe hinter uns ist etwa sechs Zentimeter kleiner als du, hat eine Stoffmütze auf dem Kopf und zerrissene, ausgebeulte Hosen und ausgelatschte Schuhe an. Eigentlich sieht er aus wie ein Penner, aber er ist keiner.«

Sie betraten ein Lokal, dessen gute Tage schon sehr lange vorbei sein mußten, denn es erinnerte nichts mehr daran. In diesem Land waren rauchgeschwängerte Luft und minimale Beleuchtung zwar anscheinend charakteristisch für die Lokale, aber dieses Etablissement übertraf alles. Die Augen brannten bereits, wenn man noch in der Tür stand, und die Beleuchtung war so ungenügend, daß selbst ein paar Kerzenstummel mehr Licht verbreitet hätten. Bruno schob Maria zu einem Ecktisch. Sie setzte sich und schaute sich angewidert um.

»So sieht also das Leben aus, wenn man mit dir verlobt ist.«

»Vielleicht wirst du diesen Tag später als einen der glücklichsten deines Lebens betrachten.« Er drehte sich um: Die chaplineske Gestalt hatte sich müde auf einen Stuhl fallen lassen, der in der Nähe der Tür stand, hielt eine zerfledderte Zeitung in der einen Hand und hatte den Kopf in die andere Hand gestützt. Bruno drehte sich wieder zu Maria um.

»Du mußt zugeben, daß dieses Lokal einen gewissen verlotterten Charme ausstrahlt.« Er legte einen Finger an die Lippen, beugte sich vor und schlug ihren Mantelkragen hoch: Tief in der Kragenfalte saß ein kleines, schimmerndes Metallgerät, nicht größer als eine Haselnuß. Er zeigte es ihr, und sie starrte ihn fassungslos an.

Er stand auf, ging zu ihrem gemeinsamen Schatten hinüber, riß ihm unsanft die Hand unter dem Kopf weg und drehte das Handgelenk mit einem Ruck um. Der Mann stieß einen erstickten Schmerzensschrei aus, aber keiner der anderen Gäste hob auch nur den Kopf. Wahrscheinlich waren derartige Auseinandersetzungen hier an der Tagesordnung und entlockten einem höchstens noch ein Gähnen. Der Mann hatte einen winzigen Kopfhörer in der Hand, von dem ein Draht ausging. Bruno folgte dem Draht bis zu einem kleinen Metallkasten, der in einer Brusttasche des Jacketts des Mannes steckte. Das Ding war kaum größer als ein durchschnittliches Feuerzeug. Bruno steckte beides in seine Tasche und sagte: »Richte deinem Chef aus, daß der nächste, der mir auf den Pelz geschickt wird, nicht mehr in der Lage sein wird, Bericht zu erstatten. Und jetzt verschwinde.«

Der Mann befolgte die Aufforderung in Windeseile. Bruno kehrte an seinen Tisch zurück und zeigte Maria seine Beutestücke. »Komm, wir wollen's mal ausprobieren«, sagte er. Er steckte sich den Kopfhörer ins Ohr. Maria drehte den Kopf so weit, daß sie in ihren Mantelkragen sprechen konnte und murmelte: »Ich liebe dich. Aufrichtig. Und für immer.«

Bruno nahm den Kopfhörer aus dem Ohr. »Es funktioniert gut, allerdings weiß das Ding scheinbar nicht, was es redet.« Er steckte die beiden Geräte wieder ein. »Das sind doch hartnäckige Burschen, was? Aber so auffällig!«

»Nicht für mich. Ich glaube, du wärst viel besser für meinen Job geeignet als ich. Aber mußtest du ihm verraten, daß wir ihn durchschaut haben?«

»Das wissen die sowieso. Vielleicht werden sie jetzt aufhören, mich beschatten zu lassen. Und außerdem konnte ich doch nicht zulassen, daß dieser Miesling seine Ohren in meine privaten Dinge steckt.«

»Worum geht es?«

»Um meine Brüder.«

»Entschuldige. Ich wollte nicht... warum sind die beiden entführt worden, Bruno?«

»Nun, erstens hat es diesem heuchlerischen, verschlagenen, sadistischen Lügner...«

»Sergius?«

»Sind denn noch mehr heuchlerische, verschlagene, sadistische Lügner in der Gegend? Jedenfalls hat es ihm die Möglichkeit gegeben, von allen Circusleuten die Fingerabdrücke zu bekommen.«

»Was kann ihm das nützen?«

»Abgesehen davon, daß es ihm ein Machtgefühl gibt und den Eindruck vermittelt, daß er sehr clever und tüchtig ist, weiß ich es nicht. Aber es ist auch egal. Jedenfalls hat er mich jetzt in der Hand – wenn ich irgendwie über die Stränge schlage, läßt er es meine Brüder büßen.«

»Du glaubst die Entführungsgeschichte also gar nicht? Hast du schon mit Dr. Harper darüber gesprochen? Du kannst doch nicht das Leben deiner Brüder aufs Spiel setzen, Bruno! Das kannst du einfach nicht tun! Oh, Bruno, wenn ich dich verliere und sie sterben müssen und alle anderen von deiner Familie...«

»Also, du bist doch wirklich die größte Heulsuse, die ich jemals kennengelernt habe! Wer um Himmels willen hat dich nur für die CIA ausgesucht?« Dann fragte er sie: »Liebst du mich?« Sie nickte. »Vertraust du mir?« Sie nickte noch einmal. »Dann sprich mit niemandem über das, was ich mit dir bespreche, okay? Mit absolut niemandem!«

Sie nickte zum drittenmal, aber dann fragte sie: »Schließt das auch Dr. Harper mit ein?«

»Das tut es allerdings. Er ist ein außerordentlich gescheiter Mann, aber er denkt orthodox und hat nicht die gleiche Mentalität wie wir Mitteleuropäer. Ich bin nicht außerordentlich gescheit, aber ich handle unorthodox und bin hier geboren. Und es wäre möglich, daß er die paar kleinen Improvisationen, die ich vielleicht machen muß, nicht gutheißen würde.«

»Was für Improvisationen?«

»Also wirklich! Typisch Ehefrau! Wie soll ich das beantworten? Es liegt in der Natur der Improvisation, daß sie nicht vorausgeplant wird.«

»Was hat es nun eigentlich wirklich mit dieser Entführung auf sich?«

»Das ist doch alles Blödsinn! Sergius mußte ihr Verschwinden eben irgendwie erklären. Hast du mitgekriegt, wie er sagte, daß er ein paar von den Bandenmitgliedern kenne, ihnen aber nichts nachweisen könne? Wenn er sie tatsächlich kennen würde, dann säßen sie in null Komma nichts in der ›Lubylan‹, und er hätte die gesamte Wahrheit aus ihnen heraus, fünf Minuten bevor sie unter Schmerzensschreien sterben würden. Ja, mein Schatz, du bist hier eben nicht zu Hause in Neuengland.«

Sie schauderte zusammen. »Aber warum die Drohungen? Warum wird behauptet, daß deinen beiden Brüdern die Finger abgeschnitten werden? Warum die Forderung nach Lösegeld?«

»Nun, wenn die Entführungsgeschichte auch nur ein Märchen ist, so muß sie doch ein bißchen Realitätsnähe bekommen. Und außerdem sind fünfzigtausend selbst für einen Mann wie Sergius, der für seine Arbeit sicherlich fürstlich bezahlt wird, ein nicht zu verachtendes Taschengeld.« Er warf einen angeekelten Blick auf seine noch unberührte Kaffeetasse, legte etwas Geld auf den Tisch und stand auf. »Möchtest du vielleicht lieber einen richtigen Kaffee?«

Sie kehrten zum ›Winterpalast‹ zurück und baten um ein Transportmittel, mit dem sie zum Zug fahren konnten, und es fand sich auch eins. Als sie wieder in die kalte Dunkelheit hinaustraten, kam ihnen Roebuck entgegen. Er sah halb erfroren aus. »Hallo«, sagte er. »Fahrt ihr zum Zug zurück?« Bruno nickte. »Habt ihr noch ein Plätzchen für einen unterkühlten Freund?«

»Wieso bist du unterkühlt? Hast du ein Bad in der Ostsee genommen?«

»Wenn der Winter kommt, verziehen sich offenbar alle Taxifahrer hier in ihre Winterschlafhöhlen.« Auf dem Weg zum Bahnhof saß Bruno schweigend auf seinem Platz neben dem Fahrer.

Nach einem Kaffee und leiser Musik in Brunos Salon verließ Maria glücklich sein Abteil; diesmal waren die ›lieben Sachen‹ wirklich welche gewesen!

8

Der Unfall geschah am folgenden Abend während der letzten Vorstellung – offiziell war es die Eröffnungsvorstellung, aber es hatten bereits zwei Vorstellungen stattgefunden, eine am Vormittag für die Schulkinder und eine leicht verkürzte am Nachmittag. Die Begeisterung der Menschenmassen, die sich in der riesigen Halle eingefunden hatten, war so ungeheuer, daß der Schock um so größer war, als es passierte.

Kein Sitzplatz war leergeblieben, und über zehntausend Kartenwünsche, die im Laufe der letzten zwei Wochen angemeldet worden waren, hatten bedauernd abgelehnt werden müssen. Die Atmosphäre zu Beginn war fröhlich, festlich und voll gespannter Erwartung. Die Damen, die die westliche Vorstellung, daß die Frauen jenseits des Eisernen Vorhangs nur in Kartoffelsäcke gekleidet herumliefen, Lügen straften, waren so elegant angezogen, als gastiere das Bolschoi-Ballett in der Stadt – was es auch getan hatte, allerdings ohne derart emphatisch empfangen zu werden –, und die Männer waren entweder in ihrem besten Anzug oder in mit Orden geschmückter Uniform gekommen. Sergius, der neben Wrinfield saß, sah geradezu glänzend aus. Hinter den beiden saßen Kodes und Angelo, letzterer allerdings mit einer Miene, die nichts Fröhliches hatte. Dr. Harper saß wie immer in der ersten Reihe, und seine schwarze Arzttasche stand wie immer unauffällig unter seinem Stuhl.

Das Publikum erwartete nach all den enthusiastischen Berichten ein sensationelles Programm, und es wurde nicht enttäuscht. Als wollten sie den Ausfall der ›Blinden Adler‹ wettmachen – eine Mikrofondurchsage vor Beginn der Vorstellung hatte das Publikum davon in Kenntnis gesetzt, daß bedauerlicherweise zwei Mitglieder der Gruppe indisponiert seien; wenn Sergius nicht wollte, daß etwas in die Zeitungen kam, dann *kam* es auch nicht in die Zeitungen –, boten die Künstler einen Grad der Perfektion, die sogar Wrinfield überraschte. Die Menge – achtzehntausend Menschen waren gekommen – saß wie gebannt und starrte wie verzaubert auf das Schauspiel, das ihr geboten wurde. Eine Nummer nach der anderen lief mit einer Reibungslosigkeit ab, für die der Circus gerechterweise so berühmt war, und jede schien besser zu sein als die vorangegangene. Aber Bruno übertraf sie an diesem Abend alle. Er hatte nicht nur eine Binde vor den Augen, sondern zusätzlich noch eine Kapuze über dem Kopf, und seine Kunststücke am Trapez, bei denen ihm nur zwei Mädchen halfen, die die Trapeze von den beiden Plattformen aus genau nach der strikt metronomischen Musik des Orchesters handhabten, hatten einen unirdischen Zauber an sich, eine Unglaublichkeit, die selbst die erfahrensten Circusartisten zwischen Bewunderung und schlichter Fassungslosigkeit hin- und herriß. Er krönte seine Nummer mit einem doppelten Salto zwischen den beiden Trapezen – und seine ausgestreckten Hände griffen ins Leere. Man konnte förmlich hören, wie dem Publikum das Herz stehenblieb – anders als bei vielen Sportarten, vom Autorennen bis zum Boxen, möchte das *Circuspublikum*, daß den Künstlern *nichts* passiert –, und hörbar war auch der Seufzer ungläubiger Erleichterung, als Bruno das heranschwingende Trapez mit den Fersen erwischte. Nur um zu zeigen, daß es kein Zufall gewesen war, wiederholte er das halsbrecherische Kunststück noch zweimal. Die Menge wurde regelrecht hysterisch: Kinder und Teenager kreischten, Männer brüllten, Frauen weinten vor Erleichterung – das Stadion glich einem Hexenkessel. Eine derartige Publikumsreaktion war sogar für Wrinfield etwas Neues. Er brauchte drei Minuten, um mit wiederholten Aufforderungen über das Mikrofon so etwas Ähnliches wie Ordnung im Zuschauerraum herzustellen.

Sergius tupfte sich geziert mit einem Taschentuch den Schweiß von der Stirn: »Was Sie unserem jungen Freund da oben auch zahlen, es kann immer nur ein Bruchteil dessen sein, was er wert ist.«

»Ich zahle ihm ein Vermögen und ich bin Ihrer Meinung. Haben Sie schon mal irgendwo etwas Ähnliches gesehen?«

»Niemals. Und ich weiß, daß ich auch in Zukunft nichts Ähnliches mehr sehen werde.«

»Warum?«

Sergius suchte nach einer Antwort und sagte schließlich: »Bei uns gibt es ein altes Sprichwort: ›Nur einmal im Leben hat ein Mensch die Erlaubnis, seinen Körper zu verlassen und bei den Göttern zu weilen.‹ Und heute war dieses eine Mal für mich.«

»Vielleicht haben Sie recht, ja, vielleicht haben Sie recht.«

Wie üblich benutzte Bruno im zweiten Teil seiner Nummer das niedrige Seil – wenn man sechs Meter über dem Boden als niedrig bezeichnen konnte –, das über den oben offenen Käfig lief, in dem Neubauer ›seinen Chor dirigierte‹, wie er sich auszudrücken beliebte, was bedeutete, daß er seine zwölf nubischen Löwen, die zweifellos ein ziemlich wilder Haufen waren, die niemanden außer Neubauer an sich heranlassen würden, ihre Kunststücke machen ließ.

Beim erstenmal fand Bruno den Weg über das Seil auf einem Fahrrad ohne das Gewicht seiner Brüder offensichtlich geradezu lächerlich einfach und machte lässig akrobatische Kunststücke, die ihm nur wenige Circusartisten hätten nachmachen können – und wenn, dann nur mit Mühe. Die Menge schien seine Lässigkeit zu spüren und wartete, während sie seine Geschicklichkeit, seine Waghalsigkeit und Routine bewunderte, erwartungsvoll auf eine Steigerung. Und die bekam sie.

Auf der nächsten Fahrt über den Löwenkäfig saß er auf einem anderen Fahrzeug: Bei diesem war der Sattel einen Meter zwanzig hoch, die Pedale waren unter dem Sattel angebracht, und die einen Meter sechzig lange Fahrradkette verlief vertikal. Wieder fuhr er einmal hinüber und wieder zurück, wieder führte er seine akrobatischen Kunststücke vor, aber diesmal mit bedeutend mehr Vorsicht. Als er das drittemal über das Seil fuhr, war das Publikum echt besorgt, denn diesmal war der Sattel nicht weniger als zwei Meter vierzig hoch, und die vertikale Kette hatte die entsprechende Länge. Die Besorgnis des Publikums wurde deutlich spürbar, als beim Erreichen des Durchhangs in der Mitte sowohl der Mann als auch das Fahrrad – wenn man diese kühne Konstruktion überhaupt noch als ein solches bezeichnen konnte – in höchst alarmierender Weise hin und her zu schwingen begannen und Bruno sich auf die allerelementarsten akrobatischen Kunststücke beschränken mußte, um Balance zu halten. Er schaffte es sicher hin und zurück, aber nicht ohne mehrere Adrenalinstöße, Atemschwierigkeiten und beschleunigte Pulsschläge bei der Mehrheit des Publikums hervorgerufen zu haben.

Für seine vierte und letzte Fahrt war der Sattel auf eine Höhe von drei Meter sechzig geschraubt worden, wodurch sein Kopf sich nunmehr vier Meter achtzig über dem Drahtseil und damit zehn Meter achtzig über dem Boden befand.

Sergius musterte Wrinfield von der Seite, der sich nervös mit einer Hand über den Mund fuhr, und fragte: »Hat Ihr Bruno einen Vertrag mit einem pharmazeutischen Konzern, der Beruhigungsmittel herstellt, oder mit einem Herzspezialisten?«

»Das hat noch nie jemand gewagt, Oberst! Noch kein Artist hat vor Bruno dieses Kunststück gewagt!«

Bruno begann fast sofort nach Verlassen der Plattform mit seinem seltsamen Gefährt hin und her zu schwanken, aber sein unglaublicher Gleichgewichtssinn und sein ebenso unglaubliches Reaktionsvermögen fingen die Schwankungen auf und hielten sie in erträglichen Grenzen. Aber diesmal machte er nicht einmal den Versuch, akrobatische Kunststücke auszuführen. Seine Augen, Muskeln und Nerven waren nur auf das eine Ziel konzentriert, die Balance zu halten.

Genau in der Mitte des Seils hörte Bruno auf zu treten. Sogar der blutigste Laie unter den Zuschauern wußte, daß das geradezu selbstmörderisch war: Wenn der Balancefaktor einen kritischen Punkt erreicht hat – und hier schien dieser Punkt bereits überschritten –, kann man nur mit Vorwärts- und Rückwärtsbewegungen das Gleichgewicht wiedererlangen.

»Nie wieder!« schwor Wrinfield. »Nie wieder!« Seine Stimme war leise und gepreßt. »Schauen Sie sie nur an. Schauen Sie sie an!«

Sergius musterte das Publikum kurz und wußte sofort, was Wrinfield meinte: Bis zu einem gewissen Grad genießen Menschen es, wenn ihnen ein gefährliches Schauspiel geboten wird, aber wenn dieser Punkt überschritten und wie in diesem Fall noch über so lange Zeit ausgedehnt wird, dann verwandelt sich das angenehme Prickeln in nackte Angst. Die ineinander verkrampften Hände, die zusammengebissenen Zähne, die vielen niedergeschlagenen Augen und die Furcht, die jetzt die Atmosphäre in der riesigen Halle beherrschte, waren nicht dazu angetan, die Leute zu veranlassen, ein zweites Mal in den Circus zu kommen.

Zehn schier unendliche Sekunden lang hielt die unerträgliche Spannung an, in denen sich die Räder des Fahrrades um keinen Millimeter vor oder zurück bewegten, und das Schwanken des Rades sich sichtbar verstärkte. Dann trat Bruno plötzlich kräftig in die Pedale.

Die Kette sprang heraus.

Später gaben nicht einmal zwei Leute den gleichen Bericht von dem, was folgte. Das Fahrrad kippte sofort nach rechts. Bruno warf sich nach vorn – es gab keine Lenkstange, die ihn hätte aufhalten können. Mit ausgestreckten Händen, um seinen Sturz zu dämpfen, landete er seitwärts auf dem Drahtseil und schlug anscheinend mit der Innenseite eines Oberschenkels und der Kehle auf, denn sein Kopf fiel beängstigend weit nach hinten. Dann glitt der Körper vom Seil herab und Bruno schien sich nur noch mit seiner rechten Hand und dem Kinn festzuklammern. Aber dann rutschte auch sein Kopf vom Seil, der Griff seiner rechten Hand lockerte sich, und er fiel in die Manege hinunter. Er landete mit den Füßen voran im Sägemehl und sank wie eine zerbrochene Puppe in sich zusammen.

Neubauer, von dessen zwölf nubischen Löwen gerade zehn in einem Halbkreis auf Fässern saßen, reagierte blitzschnell. Sowohl Bruno als auch das Fahrrad waren mitten in seinem Käfig gelandet, weit entfernt von den Tieren – aber Löwen sind sehr sensible und nervöse Geschöpfe und reagieren unberechenbar auf unerwartete Störungen und Unterbrechungen. Und dies war wirklich eine unerwartete Störung. Die drei Löwen in der Mitte des Halbkreises hatten sich schon auf alle vier Füße erhoben, als Neubauer sich bückte und ihnen Hände voll Sand in die Gesichter warf. Sie setzten sich zwar nicht wieder hin, waren aber für kurze Zeit geblendet und blieben wo sie waren, wobei zwei von ihnen sich mit ihren riesigen

Pranken den Sand aus den Augen zu wischen versuchten. Die Käfigtür wurde geöffnet, einer von Neubauers Assistenten und ein Clown kamen langsam herein, um die Löwen nicht noch mehr zu irritieren, hoben Bruno vorsichtig hoch, trugen ihn aus der Gefahrenzone und machten die Käfigtür hinter sich wieder zu.

Harper war augenblicklich bei ihm. Er kniete neben ihm nieder, untersuchte ihn kurz, erhob sich wieder und machte mit der Hand ein Zeichen, das sich als überflüssig erwies: Kan Dahn war schon mit einer Bahre zur Stelle.

Drei Minuten später wurde über das Mikrofon verkündet, daß der berühmte ›Blinde Adler‹ sich nur ein paar Prellungen zugezogen habe und mit etwas Glück am nächsten Abend wieder auf dem Seil sein würde. Die Menge erhob sich wie ein Mann und klatschte eine geschlagene Minute. Die Show ging weiter.

Die Atmosphäre im Sanitätsraum war entschieden weniger fröhlich, eher wie bei einer Beerdigung. Anwesend waren Harper, Wrinfield, zwei seiner stellvertretenden Direktoren, Sergius und ein eindrucksvoller etwa siebzigjähriger Herr mit einer weißen Mähne und einem weißen Schnauzbart. Er und Harper gingen gemeinsam ans Ende des Raumes, wo Bruno – immer noch auf der Bahre – auf einem Holztisch lag. »Falls Sie selbst eine Untersuchung vornehmen wollen, Dr. Hachid...«, begann Dr. Harper, aber Dr. Hachid winkte mit einem traurigen Lächeln ab: »Ich glaube kaum, daß das nötig sein wird.« Er wandte sich an einen der stellvertretenden Direktoren namens Armstrong: »Haben Sie schon einmal einen Toten gesehen?« Armstrong nickte. »Berühren Sie seine Stirn.« Armstrong zögerte zuerst, trat dann aber doch vor und legte seine Hand auf Brunos Stirn. Sofort riß er sie wieder weg.

»Sie ist kalt!« Er schauderte. »Sie ist schon ganz kalt.«

Dr. Hachid zog das weiße Tuch über Brunos Gesicht, trat zurück und zog den Vorhang zu, der den Holztisch mit der Bahre vom übrigen Raum abtrennte. »Ich möchte zwar unter keinen Umständen einen Kollegen beleidigen, aber das Gesetz unseres Landes...«

»Das Gesetz *jeden* Landes«, unterbrach Dr. Harper ihn, »besagt, daß kein ausländischer Arzt einen Totenschein ausstellen darf.«

Mit dem Füller in der Hand beugte Dr. Hachid sich über ein vorgedrucktes Formular. »Bruch der Wirbelsäule. Zweiter und dritter Rückenwirbel, sagten Sie, nicht wahr? Verletzung des Rückenmarks.« Er richtete sich auf: »Wenn Sie wünschen, daß ich die Arrangements...«

»Ich habe schon eine Ambulanz alarmiert. Die Leichenhalle des Krankenhauses...«

Sergius mischte sich ein: »Das wird nicht nötig sein. Keine hundert Meter von hier ist ein Bestattungsunternehmen.«

»Ach, tatsächlich? Das würde viel Wirbel ersparen. Aber um diese nachtschlafende Zeit...«

»Dr. Harper!«

»Entschuldigen Sie bitte, Oberst. Mr. Wrinfield, kann ich einen Ihrer Männer um etwas bitten, einen Vertrauensmann, der auf keinen Fall den Mund aufmacht?«

»Johnny, den Nachtwächter.«

»Schicken Sie ihn zum Zug. Unter meinem Bett ist ein schwarzer Koffer. Den soll er bitte hierherbringen.«

Der Raum hinter dem Empfangsraum des Bestattungsunternehmers war in kaltes Neonlicht getaucht, das die antiseptische Atmosphäre der gekachelten Wände, marmornen Fußböden und rostfreien Stahlwaschbecken noch betonte. Eine ganze Wand wurde von hochkant aufgestellten Särgen verdeckt. In der Mitte des Raumes standen auf Tischen mit Stahlfüßen und Marmorplatten drei weitere Särge. Zwei von ihnen waren leer, und über den dritten breitete Dr. Harper gerade ein großes Tuch. Neben ihm hüpfte der Bestattungsunternehmer, ein dicker Mann mit glänzenden Schuhen und einer glänzenden Glatze, vor Entrüstung buchstäblich von einem Bein aufs andere.

»Das können Sie doch nicht tun!« protestierte er. »Sie können ihn doch nicht einfach direkt in den Sarg legen! Er muß doch erst vorbereitet werden...«

»Was zu tun ist, werde ich selbst erledigen. Ich lasse mir meine eigene Ausrüstung bringen.«

»Aber er muß aufgebahrt werden.«

»Er war mein Freund. Ich werde es tun.«

»Aber das Leichenhemd...«

»Ich kann verstehen, daß Sie das nicht wissen, aber ein Circusartist wird immer in seinem Kostüm beerdigt.«

»Das geht doch alles nicht! Wir haben unsere Grundsätze. In unserem Beruf...«

»Oberst Sergius«, seufzte Harper müde. Sergius nickte, nahm den Bestattungsunternehmer am Arm, ging mit ihm ein paar Schritte weg und sprach ruhig auf ihn ein. Bereits drei Sekunden später waren die beiden wieder zurück – der Bestattungsunternehmer drei Schattierungen blasser und Sergius mit einem Schlüssel in der Hand, den er Dr. Harper gab.

»Das Geschäft steht ganz zu Ihrer Verfügung, Dr. Harper.« Er wandte sich an den Bestattungsunternehmer: »Sie können jetzt gehen.« Der Mann beeilte sich, von der Erlaubnis Gebrauch zu machen.

»Ich glaube, wir sollten auch gehen«, meinte Wrinfield. »Ich habe einen exzellenten Wodka in meinem Büro.«

Als die Männer hereinkamen, saß Maria mit dem Kopf auf den Armen vornübergebeugt an ihrem Schreibtisch. Sie hob langsam den Kopf und sah die Ankömmlinge mit halbgeschlossenen Augen an, als hätte sie Schwierigkeiten, sie zu erkennen. Dr. Harper und Wrinfield schauten besorgt auf sie herunter. Sergius, der neben ihnen stand, zeigte keinerlei Gefühlsregung – seine Gesichtsmuskeln, die er hätte benutzen müssen, um eine mitfühlende Miene aufzusetzen, waren bereits vor Jahren verkümmert. Marias Augen waren rot und verschwollen und glasig, ihre Wangen glänzten feucht. Wrinfield schaute in das kummervolle Gesicht hinunter und berührte schüchtern Marias Arm.

»Vergeben Sie mir, Maria. Ich hatte ganz vergessen – ich wußte nicht – wir werden sofort gehen.«

»Aber ich bitte Sie.« Sie wischte sich mit ein paar Papiertüchern das Gesicht ab. »Es ist schon gut. Kommen Sie nur herein.«

Als die Männer zögernd ihrer Aufforderung nachkamen und Wrinfield seine Flasche Wodka hervorholte, fragte Harper: »Woher wissen Sie es? Es tut mir so schrecklich leid, Maria.« Sein Blick fiel auf ihren Verlobungsring, glitt aber sofort weiter. »Aber woher wissen Sie es?«

»Ich weiß es nicht. Ich *wußte* es einfach.« Sie drückte ein Taschentuch gegen die Augen. »Doch, ich weiß, woher ich es weiß: Ich hörte, daß er abgestürzt war. Aber ich lief nicht hin, weil ich ... ich hatte einfach zuviel Angst vor dem Anblick, der mich vielleicht erwartete. Ich war sicher, daß er nach mir fragen oder nach mir schikken würde, wenn es ihm nicht allzuschlecht ging. Aber es kam mich niemand holen.«

In verständlicherweise gequältem Schweigen und in beträchtlicher Hast gossen die drei Männer ihre Drinks hinunter und flohen aus dem Raum. Harper, der als letzter ging, wandte sich an der Tür noch einmal um und sagte: »Ich muß ein paar Instrumente holen. Ich bin in zwei Minuten wieder da.«

Dann zog er die Tür hinter sich zu. Maria wartete ein paar Sekunden, dann stand sie auf, spähte durch das Fenster nach draußen, öffnete die Tür und schaute vorsichtig nach beiden Seiten: Es war niemand zu sehen. Sie machte die Tür wieder zu, sperrte sie ab, kehrte an ihren Schreibtisch zurück, nahm eine Tube aus einer Schublade, schraubte die Kappe ab, drückte etwas Glyzerin heraus, rieb sich etwas davon in die Augen und verteilte den Rest auf ihren Wangen. Dann schloß sie die Tür wieder auf.

Dr. Harper kam wirklich nach zwei Minuten zurück. Er hatte einen Koffer bei sich. Er goß sich noch einen Wodka ein und vermied es ängstlich, Maria ins Gesicht zu schauen. Schließlich räusperte er sich, als wisse er nicht recht, wie er anfangen sollte, und sagte entschuldigend: »Ich weiß, daß Sie mir das nie vergeben werden, aber es ging nicht anders. Ich wußte schließlich nicht, wie groß Ihre schauspielerischen Fähigkeiten sind. Und in der Tat ist es nicht weit her damit, fürchte ich, Ihre wahren Gefühle neigen dazu, durchzuschimmern.«

»Meine Gefühle neigen ... Sie wissen, daß Bruno und ich ...« Sie brach ab und fragte dann sehr langsam: »Wovon um alles in der Welt sprechen Sie?«

Er lächelte etwas unsicher: »Kommen Sie mit, ich zeige es Ihnen.«

Ihre Augen weiteten sich: »Meinen Sie ...«

»Ich meine, daß Sie mitkommen sollen.«

Bruno schlug das Tuch zurück, das über ihn gebreitet worden war, setzte sich in seinem Sarg auf und sah Harper vorwurfsvoll an: »Na, abgehetzt haben Sie sich ja nicht gerade, was? Wie würde es *Ihnen* gefallen, in einem Sarg zu liegen und darauf zu warten, daß ein eifriger Lehrling auftaucht und den Deckel zunagelt?«

Maria ersparte Harper die Antwort. Als Bruno sich schließlich aus ihrer Umarmung befreit hatte, stieg er mit steifen Gliedern aus dem Sarg, griff hinein und hielt einen tropfenden Leinenbeutel hoch. »Außerdem bin ich klitschnaß!«

»Was ist denn das?« fragte Maria entgeistert.

»Ein kleines Tricksäckchen, meine Liebe.« Harper sah sie mit einem reumütigen Lächeln an. »Ein Eisbeutel. Er war nötig, um Brunos Stirn die erforderliche Temperatur zu geben. Unglücklicherweise hat Eis die Eigenschaft, zu schmelzen.« Harper legte seinen Koffer auf den Sarg und klappte den Deckel hoch. »Und leider müssen wir Bruno jetzt noch mehr Leid zufügen – wir müssen ihn ein bißchen verunstalten.«

Man konnte nicht sagen, daß Harper seinen Beruf verfehlt hatte, aber ganz sicher hätte er auch als Maskenbildner mehr als nur sein tägliches Brot verdient. Die ganze Prozedur dauerte zwanzig Minuten. Harper arbeitete schnell und geschickt und mit offensichtlicher Begeisterung. Als er fertig war, sah Bruno sich in einem mannshohen Spiegel an und zuckte zusammen: Die hellbraune Perücke war lang und verfilzt, der hellbraune Schnauzbart ungepflegt und die eindrucksvolle halbrunde Narbe, die von seinem rechten Augenwinkel bis fast zu seiner Nase reichte, vermittelte überzeugend den Eindruck, von der Begegnung mit einer zerbrochenen Flasche herzurühren. Gekleidet war er in ein blau-weiß gestreiftes Hemd, eine rote Krawatte, einen hellbraunen Anzug mit senkrechten roten Streifen, senffarbene Socken und Schuhe von der gleichen dezenten Farbe. Und die Ringe an seinen Fingern schienen entweder vom Jahrmarkt oder aus einem Kaugummiautomaten zu stammen.

»Ein *bißchen* verunstalten, sagt der Mann doch glatt! Ich könnte jederzeit mein Geld als Vogelscheuche verdienen!« Er warf einen warnenden Blick zu Maria hinüber, deren Hand zwar ihren Mund bedeckte, aber nicht die Lachfältchen um ihre Augen verbergen konnte. Dann wandte er sich wieder an Harper: »Und dieser Aufzug soll mich unauffällig machen?«

»Sie haben es erfaßt. In dieser Verkleidung sind Sie derart auffällig, daß kein Mensch einen zweiten Blick an Sie verschwenden wird – abgesehen von denjenigen natürlich, die einen zweiten Blick wagen, weil sie glauben, beim erstenmal nicht richtig gesehen zu haben. Es ist der anonyme, mausgraue Mann, der sich in Seitengäßchen herumdrückt, der Mißtrauen erweckt. Sie heißen Jon Neuhaus, kommen aus Ostdeutschland und sind Reisender in Werkzeugen. Der Paß und die übrigen Papiere stecken in der Innentasche des Jacketts.«

Bruno zog seinen Paß heraus, ein seriös aussehendes Dokument, das die Tatsache belegt, daß seine Handelsreisen ihn praktisch in jedes Land jenseits des Eisernen Vorhangs geführt hatten, in manche von ihnen sogar mehrmals. Er sah sich das Paßbild an und musterte sich dann noch einmal selbst im Spiegel: Die Ähnlichkeit war bemerkenswert.

»Das muß eine ganze Menge Zeit gekostet haben. Wo ist das Ding gemacht worden?«

»In den Staaten.«

»Sie haben es schon die ganze Zeit bei sich gehabt?« Harper nickte. »Dann hätten Sie es mir eigentlich schon ein bißchen früher zeigen können – damit ich Zeit gehabt hätte, mich daran zu gewöhnen.«

»Wahrscheinlich hätten Sie dann nicht mitgemacht.« Harper warf einen Blick auf seine Uhr. »Der letzte Zug für heute kommt in einer Viertelstunde an. Etwa hundert Meter von hier wartet ein Wagen, der Sie unauffällig zum Bahnhof bringen wird, wo Sie bitte dafür sorgen wollen, aufzufallen – Sie sind gerade aus dem Zug gestiegen. Dieser Koffer enthält alle Kleidungsstücke und Toilettensachen, die Sie brauchen. Der gleiche Wagen wird Sie dann auch zu dem Hotel bringen, in dem Sie bereits vor zwei Wochen ein Zimmer bestellt haben.«

»Sie haben das alles arrangiert?«

»Ja. Genauer gesagt, einer unserer Agenten hat es getan. Unser Mann in Crau, wie es so schön heißt. Unbezahlbar! Er kann in dieser Stadt alles bewerkstelligen – allerdings ist das auch nicht weiter verwunderlich, denn er ist ein hohes Tier im Stadtrat. Und einer seiner Männer wird heute abend am Steuer Ihres Transportfahrzeuges sitzen.«

Bruno sah ihn nachdenklich an. »Sie denken wirklich an alles, was, Doktor?«

»Ja, und deshalb lebe ich noch.« Harper seufzte. »Wenn Sie den größten Teil Ihres Erwachsenenlebens in einem Beruf wie meinem gesteckt haben, dann lernen Sie mit der Zeit, daß der Sicherheitsfaktor um so größer wird, je weniger Leute über eine Sache Bescheid wissen. Maria wird morgen früh einen Wagen mieten. Zwei Blocks westlich von hier liegt ein Gasthaus namens ›Jagdhorn‹. Seien Sie bei Anbruch der Dämmerung dort. Maria wird kurz nach Ihnen dort eintreffen. Sie wird den Kopf zur Tür hineinstecken und wieder verschwinden. Sie werden ihr folgen. Sie haben eine einzigartige Fähigkeit zu spüren, wenn Sie beschattet werden – in dieser Hinsicht brauche ich mir also keine Sorgen zu machen. Jede Änderung des Planes oder weitere Informationen werden Ihnen von Maria mitgeteilt.«

»Sagten Sie nicht, Ihr Mann in Crau könne alles bewerkstelligen?«

»Ja, das sagte ich.«

»Dann lassen Sie ein paar Stangen Sprengstoff von ihm beschaffen. Mir ist jedes Material recht, solange es eine Zehn-Sekunden-Zündschnur hat. Kann er so was beschaffen?«

Harper zögerte. »Ich nehme es an. Wofür wollen Sie das Zeug haben?«

»Das werde ich Ihnen erst in ein paar Tagen erklären, aber nicht, weil ich mich rächen und zur Abwechslung mal Sie auf die Folter spannen will. Ich bin selbst nicht ganz sicher, aber ich könnte mir vorstellen, daß der Sprengstoff mir beim Verlassen der ›Lubylan‹ von großem Nutzen sein könnte.«

»Bruno!« Marias Gesicht war wieder voller Angst, aber Bruno sah sie nicht an.

»Ich glaube, es gibt eine Chance, unentdeckt hineinzukommen, aber ich halte es für ausgeschlossen, auch unentdeckt wieder herauszukommen. Es wäre immerhin möglich, daß ich in großer Eile verschwinden muß, und wenn erst mal Alarm gegeben ist, dann sind die Ausgänge bestimmt sofort ausbruchssicher verschlossen. Also wird es vielleicht das beste sein, wenn ich mir den Weg nach draußen freisprenge.«

»Liefe diese Lösung nicht Ihrer pazifistischen Gesinnung zuwider?«

»Ich werde so vorsichtig sein wie möglich, aber auch ein Pazifist ist nicht scharf darauf, vor der Zeit zu sterben. Bekomme ich nun die Knallfrösche oder nicht?«

»Sie müssen mir schon ein wenig Bedenkzeit einräumen.«

»Hören Sie, Dr. Harper, ich weiß, daß Sie der Boß sind, aber hier und jetzt sind nicht *Sie* derjenige, auf den es ankommt. *Ich* bin es. Ich bin derjenige, der sein Leben aufs Spiel setzen muß, um in die ›Lubylan‹ reinzukommen – und auch wieder raus. Nicht Sie. Sie sitzen in Sicherheit und werden, wenn ich erwischt werde, leugnen, irgend etwas von der Sache zu wissen. Ich *bitte* Sie diesmal nicht, ich *verlange* den Sprengstoff!« Sein Blick wanderte voller Abscheu über seinen Anzug. »Andernfalls können *Sie* dieses Ding hier anziehen.«

»Ich wiederhole, ich brauche Bedenkzeit.«

»Ich kann warten.« Bruno stützte sich mit den Ellbogen auf den Sargdeckel. »Ganze fünf Sekunden! Ich werde mitzählen. Wenn ich nach Ablauf dieser fünf Sekunden keine Antwort habe, werde ich diesen verdammten Anzug ausziehen und zum Circus zurückgehen. Und für diesen Fall möchte ich Ihnen für den Einbruch in die ›Lubylan‹ recht viel Glück wünschen. Und ich möchte Ihnen auch Glück für die Erklärung wünschen, die Sie dann der Polizei geben müssen, weil Sie mich irrtümlich für tot erklärt haben. Eins. Zwei. Drei.«

»Das ist Erpressung.«
»Natürlich. Vier.«
»Also gut, also gut, Sie sollen das Zeug haben.« Harper dachte nach und fuhr dann vorwurfsvoll fort: »Ich muß sagen, ich habe soeben eine Seite Ihres Charakters kennengelernt, die Sie bis dahin nie gezeigt haben.«
»Ich habe mir die verdammte ›Lubylan‹ vorher nie genau angesehen. Aber jetzt habe ich es getan, und jetzt kenne ich meine Chancen. Bitte geben Sie Maria den Sprengstoff morgen im Wagen mit. Weiß Wrinfield, daß der Unfall heute abend nur fingiert war?«
»Natürlich.«
»Sie haben ganz schön viel riskiert, indem Sie Sergius mit hierher brachten.«
»Abgesehen davon, daß er darauf bestand, mitzukommen, hätte ich viel mehr riskiert, wenn ich ihn *nicht* mitgenommen hätte, denn dann wäre er vielleicht mißtrauisch geworden.«
»Und jetzt ist er es nicht? Mißtrauisch, meine ich.«
»Ich glaube nicht.«
»Geld?«
»In der anderen Innentasche.«
»Draußen friert es Stein und Bein.«
»Im Wagen liegt ein schöner, warmer Mantel.« Dr. Harper lächelte. »Er wird Ihnen gefallen.«
Bruno nickte und klopfte auf den Sargdeckel. »Was wird damit?«
»Er wird das erforderliche Gewicht erhalten und im Lauf der Nacht zugeschraubt werden. Wir werden Sie am Montagmorgen beerdigen.«
»Kann ich mir einen Kranz schicken?«
»Das wäre wohl nicht ratsam.« Harper lächelte dünn. »Aber Sie können sich natürlich unauffällig unter die Trauergäste mischen.«

Vierzig Minuten später war Bruno in seinem Hotelzimmer und packte den Koffer aus, wobei seine Augen immer wieder zu dem schönen warmen Mantel wanderten, den Harper so fürsorglich für ihn beschafft hatte. Er war aus dickem, angerauhtem Nylon, hatte weiße und schwarze Senkrechtstreifen und sah aus wie ein Zwanzig-Dollar-Chinchilla. Unbestreitbar war er der einzige Mantel dieser Art in Crau und wahrscheinlich auch im Umkreis von mehreren hundert Meilen, und das Aufsehen, das Bruno damit erregt hatte, als er quer durch die Hotelhalle zur Rezeption geschlendert war, war mehr als beachtlich gewesen. Da er den Mantel auch noch sorglos offen getragen hatte und man somit die kühnen Farben seines Anzugs in voller Pracht genießen konnte, war es verständlich, daß kaum einer der Anwesenden sich für sein Gesicht interessiert hatte.

Bruno machte das Licht aus, zog die Vorhänge auf, öffnete das Fenster und beugte sich hinaus: Sein Zimmer lag nach hinten heraus und bot eine herrliche Aussicht auf eine von Lagerhäusern gesäumte Gasse. Die Dunkelheit war zwar nicht völlig undurchdringlich, aber doch beinahe. Weniger als anderthalb Meter von ihm entfernt war die Feuerleiter angebracht, was ihm ein leichtes und – in Verbindung mit der dunklen Gasse – unbemerktes Verlassen des Hotels ermöglichte. Die Gegebenheiten waren schlechthin ideal.

Entsprechend Dr. Harpers Anordnung, sich sehen zu lassen, ging Bruno zum Abendessen in den Speisesaal hinunter. Unter dem Arm hatte er eine Ostberliner Zeitung vom selben Tag, die er in seinem Koffer vorgefunden hatte: Für Harper war selbst das unscheinbarste Detail von Wichtigkeit. Woher er das Blatt hatte, konnte Bruno nicht feststellen. Sein Erscheinen verursachte zwar keinen Tumult – die Bürger von Crau und die Hotelgäste waren für so etwas viel zu wohlerzogen –, aber die hochgezogenen Augenbrauen, das Lächeln auf vielen Gesichtern und die geflüsterten Bemerkungen waren Beweis genug, daß seine Ankunft nicht unbemerkt geblieben war. Bruno ließ die Blicke scheinbar ziellos durch den Raum schweifen: Es war niemand in Sicht, der auch nur im entferntesten so aussah wie ein Geheimpolizist, aber das war kein besonderer Trost – den wirklich guten Agenten sah man ihren Beruf nämlich nicht an.

Am folgenden Morgen um acht Uhr war Bruno wieder im Speisesaal. Auch diesmal las er Zeitung, aber heute ein Lokalblatt. Das erste, was seine Aufmerksamkeit erregte, war ein schwarz umrandeter Artikel – die schwarze Umrandung war einen Zentimeter dick – in der Mitte der ersten Seite. Aus diesem erfuhr er, daß er in der vergangenen Nacht gestorben war. Der Kummer darüber war für die Circusfans in aller Welt sehr groß, aber nirgends natürlich so groß wie in Crau. Es gab viele sentimentale und philosophische Überlegungen über die seltsamen Machenschaften des Schicksals, die Bruno Wildermann zum Sterben in seine Heimat geführt hatten. Seine Beerdigung war für den kommenden Montag um elf Uhr vormittag angesetzt. Es wurde der Hoffnung Ausdruck verliehen, daß die Bürger von Crau in großer Zahl erscheinen würden, um ihrem berühmten Sohn, dem besten Trapezkünstler aller Zeiten, die letzte Ehre zu erweisen. Bruno nahm die Zeitung mit in sein Zimmer, schnitt den Artikel mit seiner Nagelschere aus und steckte ihn, sorgfältig zusammengefaltet, in die Innentasche seines Jacketts.

Am Spätnachmittag verließ Bruno das Hotel, um einkaufen zu gehen. Es war ein kalter, aber sonniger Tag, und er hatte seinen Mantel auf dem Zimmer gelassen. Aber dazu hatte ihn weder das Wetter noch angeborene Scham veranlaßt – das Ding war einfach zu dick, um unauffällig unter dem Arm getragen werden zu können.

Dies war die Stadt, die Bruno besser kannte als irgendeine andere auf der Welt, und er hätte jeden Schatten in Sekundenschnelle abhängen können. Er brauchte weniger als fünf Minuten, um festzustellen, daß er *nicht* verfolgt wurde. Er bog in eine finstere Seitenstraße und von dieser in eine noch finsterere Straße ein, die kaum mehr als ein Feldweg war, und betrat den Laden eines Herrenausstatters, für den Savile Row im Paradies liegen mußte. Sogar die besten Sachen, die er zum Verkauf anbot, sahen aus, als hätten sie mindestens drei Vorbesitzer gehabt. Der Besitzer des Ladens, ein kleiner, gebeugter Mann, dessen wäßrige Augen hinter dicken Brillengläsern verschwammen – obwohl es reichlich unwahrscheinlich war, daß man den Alten eines Tages dazu heranziehen würde, Bruno zu identifizieren, war es beruhigend für ihn zu sehen, daß der alte Mann wahrscheinlich selbst die Mitglieder seiner eigenen Familie nur mit Mühe erkennen konnte –, hatte eine einzigartige, aber ausgesprochen praktische Methode entdeckt, seine Waren auszustellen: Die Kleidungsstücke lagen in unordentlichen Haufen auf der Erde – ein Haufen Jacketts, ein Haufen Hosen, ein Haufen Mäntel, ein Haufen Hemden und so weiter. Krawatten gab es nicht.

Als Bruno den Laden wieder verließ, hatte er ein großes, in schmieriges braunes Papier eingewickeltes Paket unter dem Arm, um das eine ausgefranste Schnur gewickelt war. Er suchte eine der öffentlichen Bedürfnisanstalten auf, und als er wieder herauskam, hatte sich sein Aussehen vollkommen verändert: Er trug jetzt einen schlechtsitzenden, fleckigen, alten Anzug, in dem er so aussah, daß jeder anständige Durchschnittsbürger ganz bestimmt einen großen Bogen um ihn machen würde. Der schmierige, zerknautschte Hut war ihm zwei Nummern zu groß und rutschte ihm über die Ohren, der dunkle Regenmantel war irreparabel verfleckt, die Hose beulte sich nach allen Richtungen aus, dem ehemals blauen Hemd fehlte der oberste Knopf, und die Absätze der ausgelatschten Schuhe waren so schief abgelaufen, daß er sich in ihnen nur in einer seltsam schaukelnden Gangart vorwärtsbewegen konnte. Um den Eindruck noch zu vervollständigen, war er von einer Duftwolke umgeben, die Passanten schon auf eine Entfernung von mehreren Metern übel in die Nase stieg: Um Läuse, Flöhe und andere Arten von tierischem Leben fernzuhalten, tränkte der Herrenausstatter in der malerischen Seitengasse seine Waren stets mit einem Desinfektionsmittel, das ebenso verheerend stank wie es auf die Tiere wirkte.

Mit seinem braunen Paket unter dem Arm schlenderte Bruno in aller Ruhe durch die Stadt. Die Dämmerung brach herein. Um den Weg abzukürzen, ging er durch einen großen Park, von dem ein Teil als Friedhof abgeteilt worden war. Als er an einem offenen Eisentor vorbeikam, das in die hohe Mauer eingelassen war, die den Friedhof umgab, sah er zwei Männer, die im Licht von zwei Sturmlaternen eifrig damit beschäftigt waren, ein Loch zu graben. Neugierig ging er auf die beiden zu. Als er bei ihnen angekommen war, richteten sich die beiden Männer, die in einem vorläufig noch seichten Grab standen, auf und rieben sich ihre offensichtlich schmerzenden Rücken.

»Ihr arbeitet aber noch spät, Genossen«, sagte Bruno voller Mitgefühl.

»Die Toten scheren sich nicht darum, wann wir arbeiten müssen«, sagte der ältere der beiden mit Grabesstimme und fügte dann nach einem zweiten Blick auf Bruno hinzu: »Manche müssen sich ihren Lebensunterhalt eben verdienen. Würde es Ihnen was ausmachen, sich auf die andere Seite des Grabes zu stellen?«

Bruno erkannte, daß der leichte Wind seinen Geruch genau zu den beiden Männern trug. Er ging gehorsam auf die andere Seite hinüber und fragte: »Und wessen letzte Ruhestätte soll das werden?«

»Er ist ein berühmter Amerikaner. Aber geboren und aufgewachsen ist er hier bei uns. Ich kannte seinen Großvater gut. Wildermann heißt er. Er trat in einem Circus im ›Winterpalast‹ auf. Er ist durch einen Unfall gestorben. Montag wird für uns hier ein großer Tag – Johann und ich werden unsere Sonntagsanzüge anziehen.«

»Durch einen Unfall?« Bruno schüttelte den Kopf. »Ich wette, das war wieder einer von diesen verdammten Bussen.«

Der Jüngere der beiden widersprach: »Nein, Sie Dummkopf. Er

fiel im Circus vom Drahtseil und brach sich das Genick.« Er rammte seine Schaufel in den sandigen Boden: »Würden Sie uns jetzt bitte zufriedenlassen, wir müssen nämlich arbeiten.«

Bruno murmelte eine Entschuldigung und schlurfte davon. Fünf Minuten später war er im ›Jagdhorn‹, wo er dem naserümpfenden Kellner erst sein Geld zeigen mußte, bevor er einen Kaffee bekam. Nach etwa fünfzehn Minuten erschien Maria in der Tür, sah sich kurz um, erkannte ihn offenbar nicht, zögerte einen Augenblick und verschwand wieder. Bruno stand auf und schlenderte zur Tür. Obwohl er nicht schnell ging, hatte er Maria eingeholt, blieb jedoch hinter ihr.

»Wo ist der Wagen?« fragte er.

Sie fuhr herum. »Wo um Himmels willen... du warst nicht... doch, du warst!«

»Es wird dir gleich wieder besser gehen. Wo ist der Wagen?«

»Hinter der nächsten Ecke.«

»Ist dir jemand gefolgt?«

»Nein.«

Der Wagen entpuppte sich als unauffälliger, verbeulter VW, von denen es Hunderte in der Stadt gab. Er war unter einer Straßenlaterne abgestellt worden. Bruno glitt hinters Steuer, und Maria setzte sich neben ihn. Sie schnüffelte angewidert.

»Wo kommt dieser entsetzliche Gestank bloß her?«

»Von mir.«

»Das dachte ich mir schon. Aber...«

»Es ist nur ein Desinfektionsmittel. Ein sehr starkes, aber trotzdem nur ein Desinfektionsmittel. Du wirst dich daran gewöhnen. Es ist ganz erfrischend, wirklich.«

»Es ist abscheulich! Warum um alles in der Welt...«

»Verkleidung«, erklärte Bruno geduldig. »Oder glaubst du vielleicht, daß dies die von mir bevorzugte Moderichtung ist? Ich glaube nämlich, daß unser guter Doktor den Oberst unterschätzt. Ich mag ja Jon Neuhaus, gutsituierter Bürger eines befreundeten Landes sein, aber ich bin immer noch Ostdeutscher. Ich bin ein Außenseiter – und du kannst Gift darauf nehmen, daß Sergius jeden Außenseiter katalogisiert, sobald er sich Crau auf zwanzig Meilen genähert hat. Er kann – wenn er will – bereits nach zehn Minuten wissen, welcher Fremde neu in welchem Hotel in Crau abgestiegen ist. Er hat bestimmt eine komplette Beschreibung von Jon Neuhaus. Ich bin tot, also wird er an mich keinen Gedanken verschwenden. Aber er wird sich Gedanken machen, wenn ein respektabler Geschäftsmann einer größeren Firma in einer Kaschemme wie dem ›Jagdhorn‹ auftaucht oder mit seinem Wagen endlos lange im Schatten der ›Lubylan‹ parkt, meinst du nicht auch?«

»Du hast recht. In diesem Fall gibt es nur eines zu tun.« Sie öffnete ihre Handtasche, entnahm ihr einen kleinen Parfümzerstäuber, besprühte sich von oben bis unten und schüttete dann den Rest der Flasche über Bruno. Als sie fertig war, zog Bruno prüfend die Luft ein.

»Das Desinfektionsmittel gewinnt den Kampf«, verkündete er, und leider war das noch untertrieben, denn anstatt den Gestank des Desinfektionsmittels zu neutralisieren, verstärkte das Parfüm ihn noch. Bruno kurbelte beide Fenster herunter und fuhr eiligst los, wobei er mit einem Auge die Straße vor sich und mit dem anderen mit Hilfe des Rückspiegels die Straße hinter sich im Blickfeld behielt. Er schlug so viele Haken und fuhr durch so viele winzige Gäßchen, daß jeder Wagen, der ihnen vielleicht gefolgt war, sich schließlich hoffnungslos verfahren haben mußte. Während der Fahrt gingen sie kurz den Plan für den Einbruch in die ›Lubylan‹ durch. Dann fragte Bruno: »Hast du das Zeug, um das ich gebeten hatte?«

»Im Kofferraum. Allerdings ist es nicht das, worum du gebeten hast – Dr. Harpers Kontaktmann konnte es nicht beschaffen. Er läßt dir sagen, daß du mit diesem Zeug hier besonders vorsichtig umgehen mußt – es scheint schon zu explodieren, wenn man es nur scharf ansieht.«

»Gütiger Himmel! Erzähl mir bloß nicht, er hat mir Nitroglyzerin geschickt!«

»Nein. Das Zeug heißt Amatol.«

»Dann ist es ja gut. Es wird der Sprengzünder sein, der ihm Sorgen macht. Knallquecksilber, nicht wahr?«

»Ja, das sagte er.«

»Das Zeug hat es in sich. Es wird eine RDX-Zündschnur und einen chemischen Zünder haben.«

»Ja. Das hat er auch gesagt.« Sie schaute ihn neugierig an. »Wie kommst du zu diesen Kenntnissen auf dem Gebiet der Sprengstoffe?«

»Ich habe gar keine. Ich habe vor Jahren etwas darüber gelesen und mir die Sache gemerkt.«

»Du mußt schon ein ganz beachtliches Archiv in deinem Kopf haben. Daß du dich sofort an alles erinnern kannst – wie machst du das?«

»Wenn ich das wüßte, würde ich mein Geld *damit* verdienen, anstatt mein Leben auf dem Trapez zu riskieren. Aber zurück zum Thema: Ich brauche noch etwas, und zwar eine etwa zweieinhalb auf zweieinhalb Meter große Gummimatte.«

Sie nahm seine Hand und fragte: »Wozu?« Aber ihre Augen sagten ihm, daß sie es bereits wußte.

»Was glaubst du wohl? Natürlich um sie über diesen verdammten elektrischen Zaun zu werfen. Eine Matte, wie sie die Bodenakrobaten benutzen, wäre geradezu ideal. Und außerdem brauche ich noch ein Seil mit einem gepolsterten Haken dran. Ich möchte die drei Sachen so bald wie möglich haben. Bitte Dr. Harper, die Sachen zu beschaffen und im Kofferraum des Wagens zu deponieren. Möchtest du morgen mittag gerne mit mir essen?«

»Wie bitte?«

»Ich möchte die Sachen haben.«

»Oh. Ja, schrecklich gerne.« Sie atmete tief ein. »Nein, überhaupt nicht gerne. Nicht, wenn du in diesem Aufzug erscheinst. Wir würden sowieso in kein einigermaßen anständiges Lokal reingelassen.«

»Ich werde mich umziehen.«

»Aber wenn wir zusammen gesehen werden – am Tag, meine ich...«

»Zehn Meilen von hier gibt es in einem hübschen kleinen Dorf ein hübsches kleines Gasthaus. Dort kennt uns niemand, und es wird auch keiner auf uns achten. Ich bin tot. Ach, das bringt mich auf etwas: Vor weniger als einer Stunde habe ich mich mit ein paar Totengräbern unterhalten.«

»Du hast wieder deine humorvollen fünf Minuten, was?«

»Nein, es stimmt. Es war sehr interessant.«

»Im ›Jagdhorn‹?«

»Nein, auf dem Friedhof. Ich fragte sie, für wen das Grab bestimmt sei, das sie aushoben, und sie sagten, es sei für mich. Besser gesagt für den Amerikaner, der vom Drahtseil gefallen ist. Nicht jeder hat das Privileg, zusehen zu können, wie sein eigenes Grab geschaufelt wird. Und die beiden machten ihre Sache wirklich gut.«

»Bitte, Bruno!« Sie schauderte zusammen. »Muß das sein?«

»Entschuldige. Es war gar nicht komisch, ich hatte nur gedacht, es *wäre* komisch. Aber jetzt zurück zur Arbeit: Du fährst mit dem Wagen in das Dorf – es heißt Kolszuki –, und ich nehme den Zug. Wir treffen uns dann dort am Bahnhof. Wir können ja jetzt zum

Bahnhof hier fahren und uns den Zugfahrplan ansehen. Du wirst natürlich erst Dr. Harper um Erlaubnis bitten müssen.«

Auf einem sehr spartanischen Metalltisch in einem sehr spartanisch und hauptsächlich mit Metallmöbeln eingerichteten Büro drehten sich die Spulen eines Tonbandgeräts. Oberst Sergius und Hauptmann Kodes saßen einander an dem Tisch gegenüber. Beide hatten Kopfhörer auf. Sergius hatte eine Zigarre in der Hand, ein Glas Wodka vor sich und ein wohlwollendes Lächeln auf dem Gesicht, das diesmal auch von Nichteingeweihten als solches zu erkennen gewesen wäre. Kodes' Gesichtsmuskeln funktionierten noch besser als die seines Chefs, und so strahlte er glücklich vor sich hin. Angelo, der in respektvollem Abstand in einer Ecke saß, lächelte ebenfalls, obwohl er weder Kopfhörer an den Ohren noch einen Wodka vor sich hatte – wenn der Oberst glücklich war, dann war er es auch.

Bruno kam von der Inspizierung des Fahrplans zurück. »Es gibt einen Zug nach Kolszuki, der zur Mittagessenszeit dort ankommt. Sei um zwölf dort am Bahnhof. Du wirst keine Schwierigkeiten haben, ihn zu finden – das ganze Dorf besteht aus nicht mehr als fünfzig Häusern. Weißt du, wie du hinkommst?«

»Im Handschuhfach liegt eine Landkarte. Ich habe mir die Route schon rausgesucht. Ich bin bestimmt rechtzeitig da.«

Bruno fuhr die Hauptstraße hinauf und parkte den Volkswagen genau gegenüber der Stelle, an der die Straße in die Hauptstraße einmündete, die an der Südseite der ›Lubylan‹ entlangführte. Sie war nicht ganz leer: Am südlichen Straßenrand standen zwei Lastwagen und ein Personenwagen, die offensichtlich für die Nacht abgestellt worden waren. Daran, daß man in der ›Lubylan‹ nichts dagegen hatte, daß in ihrer unmittelbaren Nähe geparkt wurde, konnte man ermessen, wieviel Vertrauen die Leute in ihre Sicherheitsvorkehrungen setzten.

Bruno wandte sich an Maria: »Also, vergiß nicht, Dr. Harper alles zu erzählen, was wir heute abend besprochen haben. Und vergiß auch nicht, daß wir für eventuelle, unbeteiligte Passanten nur ein Liebespaar sind. Liebling, meine geliebte Maria!«

»Ja, Bruno«, sagte sie förmlich. »Wir werden bald verheiratet sein, Bruno.«

»Sehr bald, mein Liebling.« Sie verfielen in Schweigen und starrten nach vorn auf die Straße – Maria die ganze Zeit, Bruno mit kurzen Unterbrechungen.

Im Hauptquartier der Geheimpolizei stieß Oberst Sergius merkwürdig erstickte Laute aus, aber er hatte sich nicht etwa an seinem Wodka verschluckt – Oberst Sergius lachte! Er bedeutete Angelo mit einer Geste, ihm noch einen Wodka einzuschenken und machte ihm danach ein Zeichen, selbst auch einen zu nehmen. Angelo ließ vor Überraschung beinahe die Flasche fallen, lächelte sein Wolfslächeln und beeilte sich, von der außergewöhnlichen Großzügigkeit seines Herrn Gebrauch zu machen, bevor dieser es sich anders überlegte. Dies war wirklich ein epochemachender Abend!

Bruno drehte sich plötzlich zu Maria um, nahm sie in die Arme und küßte sie leidenschaftlich. Einen Augenblick lang saß sie wie erstarrt da, dann entspannte sie sich, aber nur einen kurzen Augenblick, denn gleich darauf klopfte es energisch an das Wagenfenster. Sie machte sich los und kurbelte es eilig herunter. Zwei Polizisten von eindrucksvoller Statur und mit Pistolen und Schlagstöcken bewaffnet beugten sich zu ihr herunter und schauten in den Wagen. Abgesehen von den Uniformen und Waffen hatten sie jedoch nichts mit der allgemein üblichen westlichen Vorstellung von Polizisten hinter dem Eisernen Vorhang gemeinsam: Ihre Gesichter waren freundlich, ja fast väterlich. Der größere der beiden schnupperte mißtrauisch.

»In diesem Wagen riecht es aber ausgesprochen merkwürdig«, stellte er fest.

»Ich habe gerade ein Parfümfläschchen zerbrochen«, erklärte Maria zerknirscht. »Ein Tropfen davon duftet gut, aber eine ganze Flasche – nun, es riecht wirklich ein bißchen stark.«

Bruno fragte stotternd und mit völlig verwirrter Stimme: »Was ist los, Herr Wachtmeister. Dies ist meine Verlobte.« Er hielt dem Beamten Marias linke, beringte Hand unter die Nase, damit er es auch glaubte. »Es gibt ganz sicher kein Gesetz, das es verbietet, daß man sich...«

»Natürlich nicht.« Der Polizist stützte sich mit einem Ellbogen auf den unteren Rand des Wagenfensters und sagte vertraulich: »Aber es gibt ein Gesetz, das es verbietet, in einer Hauptstraße zu parken.«

»Oh! Das tut mir leid. Ich habe gar nicht gemerkt...«

»Das kommt von dem Gestank«, sagte der Polizist verständnisvoll. »Sie müssen ja schon ganz benebelt sein.«

»Ja, Herr Wachtmeister.« Bruno lächelte schüchtern. »Ist es in Ordnung, wenn wir da drüben hinter den beiden Lastwagen parken?« Hoffnungsvoll deutete er auf die beiden Fahrzeuge in der kleinen Straße.

»Selbstverständlich. Aber erkälten Sie sich nicht. Und noch etwas, Genosse.«

»Ja, Herr Wachtmeister?«

»Wenn Sie sie so sehr lieben, warum kaufen Sie Ihrer Verlobten dann nicht ein dezentes Parfüm? Es muß ja nicht teuer sein. Alles klar?« Der Polizist strahlte und ging mit seinem Kollegen davon.

Maria, die sich wieder daran erinnerte, daß sie sich für einen Moment in Brunos Arme geschmiegt hatte, sagte gekränkt: »Ich danke dir, daß du mir keine Illusionen machst – für einen Augenblick hatte ich doch tatsächlich geglaubt, du fändest mich unwiderstehlich.«

»Man muß immer den Rückspiegel im Auge behalten. Und zwar ebenso beim Parken wie beim Fahren.«

Er steuerte den Wagen in die kleine Straße.

Die beiden Polizisten beobachteten aus der Ferne, wie er einparkte. Dann gingen sie weiter, bis sie außer Sichtweite waren und blieben wieder stehen. Der größere der beiden Männer zog ein Walkie-Talkie aus seiner Brusttasche, drückte auf einen Knopf und sagte: »Sie haben in der kleinen Straße an der Südseite der ›Lubylan‹ geparkt, Herr Oberst.«

»Ausgezeichnet.« Obwohl seine Stimme verzerrt durch den Draht kam und außerdem auch noch von einer Reihe keuchender Geräusche unterbrochen wurde – Lachen war eine ungewohnte Sache für ihn –, war sie deutlich als die von Sergius zu erkennen. »Lassen Sie die beiden Turteltauben jetzt ruhig in Frieden.«

Bruno und Maria brauchten Minuten, um festzustellen, daß es auch außerhalb der ›Lubylan‹ Wachen gab. Es waren drei, und sie patrouillierten ohne Pause, wobei sie abwechselnd eine ganze Runde um die ›Lubylan‹ machten. Aber zu keiner Zeit war eine der Wachen von einer der beiden anderen zu sehen. Man konnte nicht gerade sagen, daß sie ihre Arbeit mit Begeisterung taten: Sie trotteten mit gesenkten Köpfen vor sich hin und vermittelten den Eindruck von ausgesprochen unzufriedenen Männern, die nur auf den Augenblick warteten, in dem ihre Ablösung ihnen den Weg in die Wärme ermöglichen würde – die nächtliche Patrouille um die ›Lubylan‹ gab es nun schon seit zehn oder zwanzig Jahren, und wahrscheinlich hatte es noch nie einen Zwischenfall gegeben und niemand sah einen Grund, weshalb sich das plötzlich ändern sollte.

Auf den beiden Wachttürmen, die sie von ihrem Parkplatz aus sehen konnten, blitzten ab und zu die Suchscheinwerfer auf und wanderten über den oberen Rand der Mauer. Es waren keine regelmäßigen Abstände zwischen den einzelnen Lichtperioden festzustellen, es schien ganz im Ermessen der diensthabenden Wachen zu liegen, wann sie die Scheinwerfer ein- oder ausschalteten.

Nach zwanzig Minuten fuhr Bruno zu der Bedürfnisanstalt, die er schon früher an diesem Abend aufgesucht hatte, stieg aus dem Wagen, gab Maria einen Abschiedskuß, als sie auf den Fahrersitz hinübergerutscht war, und verschwand in dem Gebäude. Als er wieder herauskam, hatte er das schmierige Paket mit den alten Kleidungsstücken und dem Amatol unter dem Arm und erstrahlte wieder ganz in dem ihm von Harper anbefohlenen Glanz.

9

Punkt zwölf Uhr mittags am folgenden Tag trafen sich Bruno und Maria auf dem Bahnhof in Kolszuki. Es war ein herrlicher, wolkenloser, klirrend kalter Wintertag, aber der Wind, der aus dem Flachland im Osten kam, war beißend scharf. Auf der zwanzig Minuten dauernden Bahnfahrt hatte Bruno mit Interesse seinen überschwenglichen Nachruf in der Crauer Sonntagszeitung gelesen. Er war überrascht über seine glanzvolle Karriere, den internationalen Ruf, der ihm voraneilte, die schier unmöglichen Kunststücke, die er vor Staatsoberhäuptern in aller Welt gezeigt hatte. Aber geradezu gerührt war er über die liebevolle Art, die er Kindern gegenüber an den Tag gelegt hatte. Der Artikel enthielt gerade so viele Tatsachen, daß man sicher sein konnte, daß der Reporter mit irgendeinem der Circusangehörigen gesprochen hatte und daß diese Person über einen sehr skurrilen Humor verfügte. Das war nicht Wrinfields Werk, davon war er überzeugt. Dann schon eher Kan Dahns, und zu dieser Vermutung kam er hauptsächlich, weil dieser als einziger Circusangehöriger namentlich in dem Nachruf erwähnt wurde, außer Bruno natürlich. Der Artikel, überlegte Bruno, würde sich sehr positiv auf die Besucherzahl bei der Beerdigung am folgenden Morgen auswirken. Bruno schnitt den Artikel sorgfältig aus und steckte ihn zu dem anderen schwarzumrandeten Bericht vom Vortag.

Das Gasthaus, von dem Bruno gesprochen hatte, lag nur zwei Meilen außerhalb des Dorfes. Nachdem Bruno eine Meile gefahren war, fuhr er in eine Parkbucht, öffnete den Kofferraum des Wagens, sah sich die Gymnastikmatte und den gepolsterten Haken an, der am Ende des Seils befestigt war, machte den Kofferraum wieder zu und kehrte auf seinen Platz zurück.

»Sowohl die Matte als auch das Seil sind genau das, was ich haben wollte. Laß beides bis Dienstag abend einfach im Kofferraum liegen. Hast du den Wagen so lange gemietet?«

»Bis zu unserer Abreise am Mittwoch.«

Sie bogen von der Hauptstraße ab, fuhren eine Weile einen schmalen Weg entlang und kamen schließlich auf einen mit Kopfsteinpflaster belegten Hof, der zu einem Gasthaus gehörte, das sehr alt aussah. Der Oberkellner dirigierte sie höflich an einen Ecktisch und nahm ihre Bestellung entgegen. Als alles bestellt war, fragte Bruno den Mann: »Hätten Sie etwas dagegen, wenn wir uns an den Fenstertisch setzen?« Maria sah ihn erstaunt an. »Es ist so ein schöner Tag.«

»Aber selbstverständlich nicht.«

Als sie an dem von Bruno ausgesuchten Tisch saßen, sagte Maria: »Alles, was ich von hier aus sehen kann, ist eine verfallene Scheune. Was sollte das mit dem schönen Tag?«

»Ich wollte nur mit dem Rücken zu den anderen Leuten sitzen, damit niemand unsere Gesichter sehen kann.«

»Kennst du denn hier jemanden?«

»Nein. Aber vom Bahnhof aus folgte uns jemand in einem grauen Volkswagen. Er fuhr an uns vorbei, als wir anhielten, weil ich den Kofferraum inspizieren wollte, aber dann fuhr er in einen Seitenweg, wartete, bis wir an ihm vorbei waren und setzte sich dann wieder hinter uns. Und von dem Platz aus, an dem er jetzt sitzt, hätte er uns genau ins Gesicht gesehen, wenn wir an dem anderen Tisch sitzen geblieben wären.«

Sie sah ihn unglücklich an. »Eigentlich wäre es *meine* Aufgabe, solche Dinge zu bemerken.«

»Vielleicht sollten wir die Jobs tauschen.«

»Das ist nicht sehr komisch«, sagte sie, aber dann mußte sie lächeln. »Ich sehe mich nicht so recht als waghalsiges, junges Mädchen am Trapez. Ich kann noch nicht einmal auf einem Stuhl stehen, ohne daß mir schwindlig wird. Siehst du jetzt, was du dir mit mir antust?« Das Lächeln verschwand. »Ich habe jetzt zwar gelächelt, Bruno, aber nur äußerlich. Ich habe entsetzliche Angst. Ich bin wirklich ein Knüller als Mitarbeiterin, was?« Er schwieg. »Na, ich danke dir, daß du mich nicht ausgelacht hast. Warum werden wir verfolgt, Bruno? Wer konnte denn wissen, daß wir hierher wollten? Und wer wird überhaupt verfolgt – du oder ich?«

»Ich.«

»Wie kannst du das so sicher wissen?«

»Hat dich jemand bis zum Bahnhof in Kolszuki verfolgt?«

»Nein. Ich habe mir deinen Kurzvortrag über Rückspiegel zu Herzen genommen. Ich verbringe jetzt beim Fahren mehr Zeit damit, nach hinten zu schauen als nach vorn. Ich habe zweimal angehalten. Niemand hat mich überholt.«

»Also sind sie hinter mir her. Aber das ist kein Grund zur Beunruhigung. Ich nehme an, es ist Dr. Harpers Werk. Das ist wohl der Grundsatz der CIA-Leute: Traue keinem, aber auch wirklich keinem jemals über den Weg. Ich vermute, daß die Hälfte der Geheimagenten einen guten Teil ihrer Zeit damit verbringt, die andere Hälfte zu beobachten. Und woher soll er schließlich wissen, daß ich nicht plötzlich meine Liebe zu meiner alten Heimat wiederentdecke? Ich mache ihm keinen Vorwurf. Die Situation ist ausgesprochen diffizil für den guten Doktor. Ich wette hundert zu eins, daß der Bursche hinter uns der ist, den Harper immer als ›unser Mann in Crau‹ bezeichnet. Tu mir einen Gefallen: Wenn du zum Circuszug zurückkommst, frage Dr. Harper geradeheraus, ob ich mit meiner Vermutung recht habe.«

»Glaubst du es denn wirklich?« fragte sie zweifelnd.

»Ich bin ganz sicher.«

Nach dem Mittagessen fuhren sie zum Bahnhof von Kolszuki zurück. Der graue Volkswagen folgte ihnen in diskretem Abstand. Bruno hielt vor dem Haupteingang: »Sehen wir uns heute abend?«

»Oh, ja, natürlich.« Dann zögerte sie. »Ist das nicht riskant?«

»Sicher. Hundert Meter vom ›Jagdhorn‹ entfernt ist ein Café, das durch ein beleuchtetes Lothringisches Kreuz gekennzeichnet ist. Warum, weiß ich nicht. Ich werde um neun Uhr dort sein.« Er legte einen Arm um sie. »Schau doch nicht so traurig, Maria.«

»Ich bin nicht traurig.«

»Willst du nicht kommen?«

»O doch, doch, doch! Ich würde am liebsten jede Sekunde des Tages mit dir verbringen.«

»Das wäre Dr. Harper wohl nicht ganz recht.«

»Nein, das glaube ich auch.« Sie nahm sein Gesicht in die Hände und schaute ihm tief in die Augen. »Aber hast du dir schon überlegt, daß wir vielleicht nicht mehr viel Zeit vor uns haben?« Sie schauderte zusammen. »Ich habe das Gefühl, als liefe jemand über mein Grab.«

»Die Leute haben heutzutage einfach keine Manieren mehr«, klagte Bruno.

»Sag ihm, er soll gefälligst verschwinden.« Ohne ihn noch einmal anzusehen oder etwas zu sagen, gab sie Gas. Er blieb stehen und sah ihr nach, bis sie verschwunden war.

Bruno lag in seinem Hotelzimmer auf dem Bett, als das Telefon klingelte. Der Mann von der Vermittlung fragte, ob er Herr Neuhaus sei, und als Bruno dies bejahte, stellte er das Gespräch durch. Es war Maria.

»Tanya«, sagte er. »Was für eine hübsche Überraschung.«

Es folgte eine kleine Pause, in der sie sich offensichtlich an ihren neuen Namen gewöhnte, dann sagte sie: »Du hattest ganz recht. Unser Freund hat zugegeben, daß er für das verantwortlich war, was heute mittag passiert ist.«

»Jon Neuhaus hat eben immer recht. Also dann bis zum verabredeten Zeitpunkt.«

Um sechs Uhr abends war es bereits vollkommen dunkel. Die Temperatur lag weit unter dem Gefrierpunkt, ein leichter Wind wehte, und Wolkenfetzen schoben sich ab und zu vor den Dreiviertelmond. Der größte Teil des Himmels war jedoch wolkenlos und mit flimmernden Sternen übersät.

Der Parkplatz vor der Fernfahrerkneipe drei Meilen südlich der Stadt war fast voll besetzt. Aus dem einstöckigen Gebäude drangen helles Licht und laute Plattenmusik nach draußen. Es herrschte ein ständiges Kommen und Gehen. Ein Fahrer, ein Mann in mittleren Jahren, kam aus dem Lokal und stieg in sein Fahrzeug, ein großer, leerer Möbelwagen mit zwei rückwärtigen Türen und Sicherheitslatten an beiden Seiten. Zwischen dem Fahrersitz und dem Laderaum gab es keine Trennwand. Der Fahrer drehte den Zündschlüssel um, der Motor erwachte stotternd zum Leben, aber bevor der Mann Bremse, Kupplung oder Schalthebel erreichen konnte, sank er bewußtlos vornüber auf das Lenkrad. Ein Paar riesige Hände griffen unter seine Arme, hoben ihn von seinem Sitz, als sei er eine Puppe, und ließen ihn sanft auf den Boden des Laderaums gleiten.

Manuelo verschloß den Mund des unglücklichen Fahrers mit Klebeband und machte sich dann daran, ihm die Augen zu verbinden. »Ich bin ausgesprochen bekümmert, daß wir gezwungen sind, einen unschuldigen Bürger dieser Stadt so zu behandeln.«

»Ich bin ganz deiner Meinung.« Kan Dahn schüttelte traurig den Kopf und zog den letzten Knoten der Handfesseln ihres Opfers noch einmal fest an. Und dann meinte er hoffnungsvoll: »Vielleicht ist er aber auch gar kein unschuldiger Bürger?«

Ron Roebuck war damit beschäftigt, die Füße des Fahrers an eine der Sicherheitslatten zu binden und offensichtlich nicht der Ansicht, daß die Situation einen Kommentar erforderte. Auf dem Boden des Laderaums lagen Lassos, Wäscheleinen, dicke Schnüre und ein langes Nylonseil, in das jemand alle sechsunddreißig Zentimeter einen Knoten gemacht hatte.

Um Viertel nach sechs verließ Bruno, angetan mit dem, was er insgeheim als sein Pierrot-Kostüm bezeichnete, und dem Pseudo-Chinchilla, das Hotel. Er bewegte sich mit der Geschwindigkeit eines Mannes, für den Zeit keine große Bedeutung hat. In Wahrheit wollte er aber nur vermeiden, das Knallquecksilber zu irritieren, das in sechs Kapseln an seinem Gürtel befestigt war, der von dem voluminösen Mantel vollkommen verborgen wurde.

Gemächlich schlenderte er vor sich hin, verbrachte eine beträchtliche Zeit damit, Schaufenster zu betrachten, wobei er auch die Seitenfenster an den Eingängen der Geschäfte nicht außer acht ließ. Schließlich bog er um die Ecke, beschleunigte seine Schritte für eine kurze Strecke und verschwand dann in einem tiefliegenden Hauseingang. Gleich darauf kam ein Mann im dunklen Regenmantel um dieselbe Ecke, zögerte einen Augenblick, hastete dann los, kam an der Stelle vorbei, an der Bruno wartete, und brach lautlos in die Knie, als Brunos rechte Hand ihn unter dem rechten Ohr traf. Bruno fing ihn auf, hielt ihn mit einer Hand aufrecht, durchsuchte mit der anderen schnell seine Taschen und brachte eine stumpfnasige Automatik zum Vorschein. Der Sicherheitshebel klickte.

»Los, gehen wir«, sagte Bruno.

Der erbeutete Möbelwagen stand als letzter von fünf geparkten Lastwagen in der Straße, die an der Südseite der ›Lubylan‹ entlangführte. Bruno sah ihn sofort, als er – anscheinend freundschaftlich Arm in Arm mit seinen ehemaligen Schatten – an der Kreuzung der Hauptstraße und der südlichen Nebenstraße stehenblieb. Bruno hatte es für klug gehalten, stehenzubleiben, denn auf der anderen Seite der Nebenstraßen kam ein Wachtposten mit einer Maschinenpistole über der Schulter angeschlurft, wobei ihn letztere aber nicht im geringsten zu interessieren schien. Wie die Wachtposten, die Bruno und Maria am Abend vorher beobachtet hatten, kam auch dieser mit gesenktem Kopf und offensichtlich völlig in Selbstmitleid vertieft daher. Bruno preßte den Lauf der Automatik noch tiefer in die Seite seines Begleiters. »Ein Laut, und du bist ein toter Mann.«

Es war deutlich an seiner Miene zu erkennen, daß diese Aussicht den Mann nicht sonderlich reizte. Er war vor Kälte und Furcht so starr, daß er den Eindruck erweckte, steifgefroren zu sein. Sobald der Wachtposten in die Hauptstraße eingebogen war – er machte nicht den Eindruck, als neige er dazu, sich ab und zu mißtrauisch umzusehen –, marschierte Bruno mit seinem Gefangenen auf die Reihe der geparkten Lastwagen zu. Als sie sie erreicht hatten, waren sie für niemanden mehr zu sehen, der sich auf der anderen Straßenseite befand.

Bruno stieß den Mann vor sich her in eine Lücke zwischen dem dritten und vierten Lastwagen und spähte vorsichtig an ihm vorbei: gerade bog ein zweiter Wachtposten um die Südostecke und kam die südliche Straße herauf. Bruno zog sich auf den Bürgersteig zurück. Er hatte keine Garantie dafür, daß sein Gefangener nicht plötzlich doch einen Schrei ausstieß, und außerdem war es jetzt besser, einen bewußtlosen Gefangenen zu haben, also wiederholte Bruno seinen Schlag von vorher, diesmal allerdings mit bedeutend mehr Wucht, und ließ den Mann zu Boden gleiten. Der Wachtposten ging ahnungslos auf der anderen Seite vorbei. Bruno warf sich seinen Gefangenen über eine Schulter und trug ihn auf die rückwärtigen Türen des Lastwagens zu. Als er ankam, öffnete sich sofort eine der Türen: Jemand im Inneren des Lastwagens hatte aufmerksam durch das Fenster geschaut. Kan Dahn hob den bewußtlosen Mann mühelos in den Laderaum. Bruno kletterte hinterher.

»Ist Roebuck unterwegs, um mir das kleine Spielzeug aus dem Zug zu holen und die Kassetten?«

»Unterwegs.« Kan Dahn sprang aus dem Laster, gefolgt von Manuelo, der sich hinter dem Ende des Wagens versteckte. Kan Dahn legte sich in die Mitte der Nebenstraße auf die Fahrbahn, zog eine Flasche Scotch aus einer Tasche, goß sich eine beträchtliche Menge über das Gesicht und die Schultern und lag dann, die Flasche festumklammernd und mit einem Arm über dem Gesicht, ganz still da.

Ein Posten bog um die Südostecke und sah Kan Dahn fast im gleichen Augenblick. Einen Moment lang stand er wie angewurzelt da, dann sah er sich ängstlich um, konnte nichts Verdächtiges entdekken und rannte auf den liegenden Mann zu. Als er näher kam, nahm er im Rennen seine Maschinenpistole von der Schulter und verlangsamte abrupt seine Gangart. Vorsichtig näherte er sich Kan Dahn. Der Lauf der gefährlichen Waffe zeigte genau auf Kan Dahns eindrucksvollen Brustkasten, und aus einer Entfernung von viereinhalb Metern konnte er es kaum schaffen, danebenzuschießen. Aber Manuelo traf auch aus einer Entfernung von siebeneinhalb Metern sicher wie immer: Der Griff des Messers traf den Wachtposten präzise zwischen die Augen. Kan Dahn fing ihn rücksichtsvollerweise auf und hatte ihn in fünf Sekunden im Lastwagen verstaut.

Nach weiteren zehn Sekunden hatte Manuelo sein Messer wieder und sich in sein Versteck zurückgezogen, während Kan Dahn sich wieder auf die Straße legte. Brunos Vertrauen in die Fähigkeiten der beiden war so groß, daß er es nicht für nötig hielt, die für die Wachen recht schmerzhaften Vorgänge zu beobachten, sondern sich ganz damit beschäftigte, die Gefangenen zu knebeln, zu fesseln und ihnen die Augen zu verbinden. Nach sechs Minuten waren fünf Männer an der Seitenwand des Lastwagens vertäut. Sie waren völlig hilflos. Drei von ihnen waren schon wieder bei Bewußtsein, aber sie waren so gut versorgt, daß es ihnen unmöglich war, ihre Situation auf irgendeine Weise zu ändern. Die Leute vom Circus sind unerreicht im Knüpfen von Knoten – ihr Leben hängt zu oft davon ab, als daß sie es sich leisten könnten, dabei schlampig zu sein.

Die drei Männer verließen den Lastwagen. Kan Dahn hatte ein Paar Segeltuchschuhe in seiner Tasche und ein massives Brecheisen in der Hand. Bruno hatte eine Taschenlampe in der Hand, drei zusammengebundene Stäbe über der Schulter und ein in Polyäthylen gewickeltes Paket in der Tasche. Manuelo hatte außer einer Kollektion verschiedener Wurfmesser eine furchteinflößend aussehende und dick isolierte Drahtschere dabei. Das Amatol hatte Bruno im Lastwagen gelassen.

Sie gingen auf der kleinen Straße nach Osten. Gelegentlich kam der Mond durch, und dann waren sie deutlich zu sehen. Aber sie hatten keine andere Wahl, als so selbstverständlich wie möglich weiterzugehen – obwohl es fraglich war, ob ein aufmerksamer Beobachter den Anblick einer Brechstange und einer Drahtschere als selbstverständlich betrachtet hätte. Als sie das Elektrizitätswerk erreicht hatten, das etwa dreihundert Meter von dem Gefängnisblock der ›Lubylan‹ entfernt lag, war der Mond hinter einer Wolke verschwunden. Es waren weder Wachen zu sehen noch zu hören, und die einzige Sicherheitsmaßnahme schien ein schweres Stahlnetz zu sein, das an fünf Meter hohen Stahlrohren befestigt und oben großzügig mit Stacheldraht umwickelt war. Bruno nahm Kan Dahn die Brechstange aus der Hand, drückte sie mit einem Ende fest in die Erde und ließ das andere Ende gegen das Netz fallen, wobei er gleichzeitig vorsichtigerweise zwei Schritte zurücktrat. Es gab kein pyrotechnisches Schauspiel und keinen blendenden Funkenregen: Der Zaun stand nicht unter Spannung, aber das hatte Bruno eigentlich auch nicht angenommen: Nur ein Wahnsinniger würde einen Zaun, der ebenerdig verlief, mit zweitausend Volt laden, aber schließlich hatte Bruno keine Garantie dafür, daß er es hier nicht mit Wahnsinnigen zu tun hatte.

Manuelo schnitt ein Loch in das Netz. Bruno nahm seinen roten Kugelschreiber aus der Brusttasche und drückte nachdenklich auf den Knopf am Ende. Kan Dahn sah ihn neugierig an: »Ich glaube, jetzt ist es ein bißchen spät, ein Testament zu verfassen.«

»Das Ding ist ein Spielzeug, das Dr. Harper mir gegeben hat. Es ist mit Betäubungspatronen geladen.«

Einer nach dem anderen bückten sie sich und krochen durch das Loch im Zaun. Als sie fünf Schritte gegangen waren, entdeckten sie, daß das Fehlen von menschlichen Wachtposten durch die Anwesenheit von Hunden wieder wettgemacht wurde: Drei Dobermannpinscher kamen aus der Dunkelheit auf sie zu. Manuelos Messer zischte durch die Luft, und der vorderste Hund starb noch im Sprung – das Messer war genau an der richtigen Stelle in seine Kehle gefahren. Das Tier, das nach Kan Dahns Kehle schnappte, büßte diese Kühnheit ebenfalls mit seinem Leben: Kahn Dahns eiserner Griff brach ihm augenblicklich die Wirbelsäule. Der dritte Hund schaffte es, Bruno zu Boden zu werfen, aber da hatte er bereits eine Patrone in der Brust. Das Tier fiel schwer zu Boden, rollte sich auf die Seite und blieb still liegen.

Sie gingen weiter zum Elektrizitätswerk. Die Tür war aus Metall und abgesperrt. Bruno legte ein Ohr daran und trat rasch einen Schritt zurück: Selbst hier draußen war das Heulen der auf hoher Geschwindigkeit laufenden Turbinen und Generatoren mehr als deutlich zu hören. Links von der Tür war in etwa drei Meter Höhe ein vergittertes Fenster in die Mauer eingelassen. Bruno warf Kan Dahn einen Blick zu, worauf dieser sich bückte, Bruno bei den Knöcheln faßte und ihn ohne jede Anstrengung hochhob. Bis auf einen Mann, der in einer verglasten Kontrollkabine saß, war das E-Werk menschenleer. Der Mann hatte etwas auf dem Kopf, das Bruno zunächst als Kopfhörer hielt, in Wirklichkeit waren es jedoch Ohrenschützer, die den dort unerträglichen Lärm von seinen Ohren fernhielten. Bruno kehrte auf festen Boden zurück.

»Die Tür, bitte, Kan Dahn. Nein, nicht da. Auf der Seite, auf der die Klinke ist.«

»Die Konstrukteure von Türen machen doch immer wieder den gleichen Fehler: Nie sind die Scharniere so robust wie die Riegel.« Er setzte das abgeflachte Ende des Brecheisens zwischen der Tür und der Mauer an und hatte die Tür innerhalb von zehn Sekunden demontiert. Nach einem leicht gequälten Blick auf die verbogene Brechstange bog er sie wieder gerade, als sei sie aus Knetgummi.

Nach zwanzig Sekunden erreichten sie die Tür der Kontrollkabine. Der diensthabende Ingenieur, der Reihen von Unterbrechern und Meßgeräten vor sich hatte, saß nur etwa zweieinhalb Meter von ihnen entfernt und hatte keine Ahnung von ihrer Anwesenheit. Bruno drückte die Türklinke herunter. Auch diese Tür war abgeschlossen. Bruno sah seine beiden Begleiter an. Beide nickten. Mit einem einzigen Hieb seiner Brechstange schlug Kan Dahn den größten Teil der dicken Glasscheibe aus dem Türrahmen, und dieses Geräusch hörte der Ingenieur nun sogar trotz seiner Ohrenschützer. Er wirbelte in seinem Drehstuhl herum, aber es blieb ihm nur der Bruchteil einer Sekunde, um drei vage Silhouetten wahrzunehmen, die vor dem Kontrollraum standen, denn dann traf ihn der Griff von Manuelos Messer bereits an der Stirn.

Bruno griff durch das Loch in der Glasscheibe und drehte den Schlüssel um. Sie betraten die Kontrollkabine, und während Kan Dahn und Manuelo den bewußtlosen Ingenieur verschnürten, sah Bruno sich die Aufschriften auf den Unterbrechern an. Dann wählte er einen bestimmten aus und riß den Hebel um neunzig Grad nach unten.

»Bist du sicher?« fragte Kan Dahn.

»Natürlich. Er ist doch gekennzeichnet.«

»Und wenn du dich irrst?«

»Dann werde ich gegrillt.«

Bruno setzte sich in den Drehstuhl, zog seine Schuhe aus und ersetzte sie durch die Segeltuchschuhe, die er bei seiner Arbeit auf dem Drahtseil trug. Seine eigenen Schuhe gab er Kan Dahn, der fragte: »Hast du eine Maske, eine Kapuze?«

Bruno schaute an seinem grell gemusterten Anzug und auf seine senfgelben Socken hinunter und antwortete mit einer Gegenfrage: »Du meinst, wenn ich eine Maske trage, wird mich keiner erkennen?«

»Das hatte ich nicht bedacht.«

»Mir ist es außerdem egal, ob ich erkannt werde oder nicht. Wenn die Sache hier erledigt ist, werde ich sowieso nicht mehr länger in dieser Gegend bleiben. Aber es ist wichtig, daß du, Manuelo und Roebuck nicht erkannt werdet.«

»Die Show muß weitergehen, nicht wahr?«

Bruno nickte und ging den anderen voran aus dem Gebäude. Weil er sehen wollte, wie lange die Wirkung der Betäubungsgeschosse anhielt, beugte er sich über den Dobermann, untersuchte ihn und richtete sich langsam wieder auf. Anscheinend unterschied sich das Nervensystem eines Dobermanns ganz entschieden von dem eines Menschen – dieser Dobermann war jedenfalls mausetot.

Mehrere Hochspannungsmasten von etwa vierundzwanzig Metern Höhe standen auf dem Gelände innerhalb des Zaunes verstreut. Bruno ging zu dem am westlichsten stehenden und begann daran hochzuklettern. Kan Dahn und Manuelo verließen das Gelände durch das Loch im Zaun.

Der Hochspannungsmast stellte kein Problem dar. Obwohl die Nacht sehr dunkel war – der Mond war immer noch von Wolken verdeckt –, stieg Bruno mit nicht mehr Anstrengung an dem Mast empor als ein normaler Sterblicher bei Tageslicht eine Treppe. Als er die oberste Querstange erreicht hatte, nahm Bruno das Bündel Stäbe von der Schulter, entfernte die Schnur, die sie zusammengehalten hatte, steckte sie in die Tasche und schraubte die drei Stücke fest aneinander. Und damit war seine Balancierstange fertig. Er streckte die Hand nach dem dicken Stahlkabel aus, das von diesem Mast aus zur Südostecke der ›Lubylan‹ führte. Einen Augenblick zögerte er, kam aber dann zu dem Schluß, daß er mit Zögern nicht weiterkommen würde. Wenn er den falschen Unterbrecher betätigt hatte, so hatte er wenigstens die tröstliche Gewißheit, daß er keine Zeit mehr haben würde, es zu realisieren. Er berührte das Kabel: Er hatte den richtigen Unterbrecher erwischt. Das Kabel war zwar eiskalt, aber glücklicherweise nicht vereist. Es wehte zwar ein Wind, aber er war leicht und nicht störend. Die Kälte war fast betäubend, aber das war kein Faktor, der ihm Sorgen zu machen brauchte – wenn er diese schier unendlichen dreihundert Meter hinter sich gebracht hatte, war er auf jeden Fall in Schweiß gebadet. Er gab sich einen Ruck, balancierte mit seiner Stange in der Hand vorsichtig den Draht entlang, mit dem der Isolator verankert war, und trat schließlich auf das Kabel.

Roebuck stieg ein paar Stufen hinunter, reckte den Hals und schaute vorsichtig nach beiden Seiten. Als er niemanden sah, stieg er auch die letzten Stufen hinunter und entfernte sich in gemächlichem Tempo vom Zug. Nicht, daß er den Zug nicht hätte verlassen können, wann immer er dazu Lust hatte, und auch die Tatsache, daß er zwei Säcke über der Schulter hatte, hätte kein Befremden erregt, denn in solchen Säcken wurden normalerweise die Seile und Metallnägel transportiert, die er in seiner Nummer als Ziele benutzte. Was aber vielleicht doch einige Neugier ausgelöst hätte, war die Tatsache, daß er an einer Stelle aus dem Zug stieg, die vier Waggons von seinem eigenen Quartier entfernt lag.

Er stieg in den kleinen Skoda, in dem er gekommen war, und parkte ihn in hundert Meter Entfernung von den ›Lubylan‹. Von dort aus ging er eiligen Schrittes bis zu einem kleinen Seitenweg, in den er einbog. Dann trat er durch ein Tor in einem Zaun, sprang in die Luft, um die Schnur zu erreichen, an der man die Feuerleiter herunterziehen konnte, stieg die Feuerleiter bis zum Ende hinauf und zog sich auf das Dach hoch. Die Überquerung des Daches war in etwa mit einer Durchquerung des Amazonas-Dschungels zu vergleichen: Irgendein Waldfan hatte in mit Erde gefüllten Töpfen und Kübeln Büsche und Koniferen gepflanzt, die bis zu sechs Meter hoch waren, und unglaublicherweise zwei diagonal über das Dach verlaufende, sorgfältig gestutzte Hecken und eine weitere, die die Seite des Daches säumte, die zur Hauptstraße hin lag. Sogar in dieser konformistischen Gesellschaft konnte die Leidenschaft nach ein bißchen Intimsphäre nicht verleugnet werden. Roebuck befand sich auf dem Dach, das Dr. Harper auf der ersten Fahrt vom Bahnhof zum ›Winterpalast‹ aufgefallen war.

Roebuck zog die Begrenzungshecke mit den Händen auseinander und spähte durch die Lücke: Auf der anderen Straßenseite und etwa viereinhalb Meter höher gelegen als das Dach, auf dem er stand, lag der Wachtturm an der Südwestecke der ›Lubylan‹. In Größe und Form erinnerte er eindeutig an eine Telefonzelle. Er bestand unten bis zu einer Höhe von anderthalb Metern aus Holz oder Metall, der obere Teil war verglast. Es war eindeutig, daß er nur mit einem Mann besetzt war, denn Roebuck konnte ihn in dem

Licht, das in dem Turm brannte, genau sehen. Plötzlich flammte ein Suchscheinwerfer auf, der etwa sechzig Zentimeter über dem Dach des Turmes installiert war. Sein Licht wanderte über den westlichen Rand des Daches, aber der Lichtstrahl war nach unten gerichtet, damit der Wachtposten auf dem Nordwestturm nicht geblendet wurde. Dann ging das Licht aus, erwachte von neuem zum Leben und strich diesmal über den südlichen Rand des Daches. Und diesmal schien es der Wachtposten nicht eilig zu haben, den Scheinwerfer wieder auszuschalten. Er zündete sich eine Zigarette an und hob dann eine Taschenflasche an den Mund. Roebuck hoffte inständig, daß der Scheinwerfer noch eine Weile anblieb – solange er leuchtete, sah der Posten nicht, was sich im Dunkeln abspielte. Die gebogenen Stahlspitzen des elektrischen Zaunes befanden sich auf gleicher Höhe mit dem Fußboden des Wachtturms. Die Entfernung betrug, den Steigungswinkel eingerechnet, etwa dreizehneinhalb Meter. Roebuck trat ein paar Schritte von der Hecke zurück, segnete denjenigen, dessen Drang nach Intimleben ihn zu solch üppiger Gartenbaukultur veranlaßt hatte, nahm das zusammengerollte Seil von der Schulter und faßte etwa acht Schlingen zusammen. Das andere Ende des Seils war bereits zu einer Gleitschlinge geschlungen. Das Seil selbst, kaum so dick wie eine durchschnittliche Wäscheleine, sah aus, als könne man es höchstens dazu verwenden, ein Paket zu verschnüren. Aber der Eindruck täuschte – es war aus stahlverstärktem Nylon und riß erst bei einer Belastung von 1400 Pfund. Roebuck bog wieder die Hecke auseinander und spähte nach unten. Kan Dahn und Manuelo standen, scheinbar in einen Plausch vertieft, an der Ecke, an der die südliche Seitenstraße in die Hauptstraße mündete. Roebuck stellte sich auf das Geländer, schwang das Seil einmal über seinem Kopf und ließ beim zweitenmal los. Mit spielerischer Leichtigkeit zischte das Seil durch die Luft und fiel schließlich genau über die beiden Stahlspitzen, die Roebuck sich ausgesucht hatte. Er machte keinen Versuch, die Gleitschlinge fest anzuziehen, denn damit hätte er riskiert, daß sie von den auswärts gebogenen Spitzen abrutschte. Er sammelte das Stück Seil auf, das ihm noch verblieben war und warf es so auf die Straße hinunter, daß es genau vor Kan Dahn und Manuelo landete. Sie hoben es auf und gingen damit die südliche Straße hinunter: Die Schlinge zog sich zusammen und saß schließlich fest.

Die Hälfte seines Weges über das Starkstromkabel brachte Bruno ohne nennenswerte Schwierigkeiten hinter sich, aber der zweite Teil stellte die höchsten Ansprüche an seine angeborenen Fähigkeiten – sein Reaktionsvermögen und seinen hervorragenden Gleichgewichtssinn. Er hatte nicht damit gerechnet, daß das Kabel so weit durchhängen würde und auch nicht damit, daß er so steil aufwärts würde gehen müssen. Und er hatte auch nicht die immer häufiger auftretenden Windstöße einkalkuliert. Sie waren zwar nicht heftig, aber für einen Mann in seiner prekären Lage konnte selbst ein Windchen mit nur fünf Meilen Stundengeschwindigkeit den Tod bedeuten. Und selbst dieser schwache Wind bewirkte, daß das Kabel in höchst beunruhigender Weise hin- und herschwang. Wenn auch nur eine Spur von Eis darauf gewesen wäre, hätte er es nie geschafft. Aber so schaffte er es.

Das Kabel lief über einen riesigen Isolator, der von zwei Drähten gehalten wurde, die in der Mauer verankert waren. Hinter dem ersten Isolator schlängelte sich das Kabel durch einen weiteren Isolator und verschwand schließlich im Boden eines mit großen Schaltern versehenen Unterbrechers, der durch eine Plastikhaube geschützt war. Diesen Unterbrecher auszuschalten würde bedeuten, die Gefahr auszuschalten, daß jemand den Einbruch in das Kraftwerk entdeckte und den Stromkreislauf wieder in Gang setzte, den Bruno bereits unterbrochen hatte. Obwohl dieser Schalter sicherlich ausgezeichnet geölt war, würde er ganz bestimmt beim Loslassen genügend Lärm machen, um den Wachtposten auf dem südöstlichen Turm aufmerksam werden zu lassen, der nur drei Meter entfernt war. Bruno beschloß, vorläufig die Finger von dem Schalter zu lassen.

Er schraubte seine Balancierstange auseinander, band die einzelnen Teile wieder zu einem Bündel zusammen und hängte es an eine Drahtverstrebung, obwohl er nicht damit rechnete, es noch einmal zu brauchen. Über die unter Strom stehenden Stahlspitzen zu kommen, würde kein Problem darstellen: Sie waren nur etwa einen Meter über seinem Kopf, und er mußte sich lediglich auf dem Unterbrecher hochziehen und einfach einen Schritt machen. Aber dieser Schritt brachte auch eine große Gefahr mit sich, denn er würde zum erstenmal nicht die geringste Deckung haben.

Er warf eine Seilschlinge über eine Stahlspitze, zog sich hoch, bis er auf dem Unterbrecher stand, wodurch sein Kopf sich mindestens einen Meter zwanzig über dem oberen Rand des Stahlzaunes befand. Die massive, oben abgeflachte Mauer war mindestens sechzig Zentimeter dick. Jeder Fünfjährige, der nicht unter Schwindelanfällen litt, hätte ohne weiteres auf der Mauer herumlaufen können. Aber auch er wäre schutzlos dem in unregelmäßigen Abständen aufflammenden Scheinwerferlicht ausgesetzt gewesen, das immer wieder über den oberen Rand der Mauer strich. Und genau in dem Augenblick, als er den entscheidenden Schritt über den Zaun machen wollte, flammte wieder ein Suchscheinwerfer auf. Das Licht kam vom Nordostturm und strich über den oberen Rand des östlichen Teils der Mauer, auf den er gerade hinüber gewollt hatte. Bruno reagierte sofort: Er duckte sich unter den Rand der Mauer und hielt sich an der Seilschlinge fest, um nicht nach draußen zu stürzen. Es schien sehr unwahrscheinlich, daß dem Wachtposten ein so winziger Gegenstand wie die Seilschlaufe auffallen würde, die um die eine Stahlspitze geschlungen war, und sie fiel ihm auch wirklich nicht auf. Der Lichtkegel des Suchscheinwerfers drehte sich um neunzig Grad, glitt schnell über den Nordteil der Mauer und erlosch. Fünf Sekunden später stand Bruno auf der Mauer.

Anderthalb Meter unter ihm befand sich das Dach des Gefängnisblocks, und dort mußte der Zugang zum Wachtturm liegen. Bruno ließ sich auf das Dach hinunter und kroch auf den Turm zu.

Acht Holzstufen führten zu der Plattform des Turmes hinauf. Als Bruno hochschaute, flammte im Turm ein Streichholz auf, und er konnte für einen Augenblick eine Gestalt mit einer Pelzmütze und einem gefütterten Mantel mit hochgeschlagenem Kragen sehen, die sich eine Zigarette anzündete. Bruno drückte auf den Ladeknopf seines Gaskugelschreibers, stieg lautlos die Stufen hinauf und legte die linke Hand an die Tür. Er wartete, bis der Posten einen tiefen Zug aus seiner Zigarette nahm, dann öffnete er die Tür ohne übermäßige Eile, zielte mit seinem Spezialschreiber auf den roten Schimmer und drückte auf den Clip. Fünf Minuten später hatte er das Gefängnisdach überquert und den Nordostturm erreicht. Auch hier hielt er sich nicht länger auf als bei dem anderen Turm. Nachdem er auch diese Wache geknebelt und gefesselt hatte, ging er auf dem Ostteil der Mauer entlang, ließ sich auf den Unterbrecher hinunter und drückte vorsichtig den Hebel herunter. Das Geräusch wäre nur in seiner allernächsten Nähe zu hören gewesen, denn wie er schon vermutet hatte, war der Schalter ausgesprochen gut geölt. Danach kehrte er zum südöstlichen Turm zurück, spähte über die südliche Mauer, ließ dreimal hintereinander ganz kurz seine Taschenlampe aufleuchten und nach dem drittenmal brennen. Aus der Nebenstraße unten blitzte als Antwort ebenfalls ein Lichtstrahl auf.

Bruno schaltete seine Lampe aus, zog aus einer großen Tasche seines Anzugs ein langes Seil und ließ es über die Mauer hinunter. Als er spürte, daß leicht daran gezogen wurde, begann er sofort, es wieder einzuholen, und gleich darauf hatte er das andere Ende des Seils in der Hand, das Roebuck um die beiden Stahlspitzen an der Südwestecke der ›Lubylan‹ gelegt hatte. Er zog es fest an, aber nicht zu fest – die Stahlverstärkung des Nylonseils würde dafür sorgen, daß der Durchhang kaum zu merken war –, und befestigte es sorgfältig. Damit hatte er jetzt ein Seil, das neunzig Zentimeter bis ein Meter unter dem unteren Rand des Stahlspitzenzaunes an der Außenseite der gesamten Südmauer entlanglief. Für einen Mann seiner Fähigkeiten bedeutete der Weg über dieses Seil nicht mehr als für einen normalen Sterblichen ein Spaziergang auf einem Bürgersteig.

Zum Südwestturm waren es fünfzig Meter, und er brauchte für diese Strecke nur knapp drei Minuten. Mit dem Seil unter sich und dem untersten Rand des Stahlspitzenzaunes neben sich zum Festhalten machte ihm der Weg wirklich nicht die geringsten Schwierigkeiten. Einmal mußte er sich, aber nur für einen Augenblick, tief ducken, um nicht von dem Suchscheinwerfer erfaßt zu werden, der von dem Wachtturm aufleuchtete, auf den er zuging, und die ganze Südmauer bestrich, aber er war keinen Augenblick ernsthaft in Gefahr, entdeckt zu werden. Und bereits eine Minute nach seinem Eintreffen im Wachtturm hatte auch der dritte Posten vorübergehend jedes Interesse an der weiteren Entwicklung der Dinge verloren.

Bruno hielt seine Taschenlampe nach unten und blinkte viermal, um den unten Stehenden mitzuteilen, daß er zwar angekommen war, sie aber noch warten sollten. Auf dem Nordwestturm versah noch immer ein Wachtposten ungestört seinen Dienst. Es konnte zwar sein, daß die Posten die Suchscheinwerfer ganz nach Lust und Laune ein- und ausschalteten, es konnte aber genausogut auch sein, daß sie einen verabredeten Zeitplan einhielten, so unregelmäßig er auch sein mochte. Auf jeden Fall konnte Bruno es sich nicht leisten, auch nur das kleinste Mißtrauen zu erwecken. Er wartete, bis der noch übrige Posten das Licht seines Scheinwerfers ein paarmal über die Mauer hatte wandern lassen, ließ sich auf das Dach des Forschungsgebäudes hinunter – wie bei dem östlich gelegenen Gegenstück lag es auch hier anderthalb Meter tiefer als der obere Rand der Mauer – und überquerte es lautlos. Offensichtlich hatte der Posten nicht das geringste bemerkt – er ließ sich genauso leicht außer Gefecht setzen wie seine Kollegen. Bruno schlich zu dem

Wachtturm an der Südweststrecke zurück, blinkte mit seiner Taschenlampe zweimal nach unten und ließ erneut sein Seil hinunter. Eine Minute später befestigte er ein mit dicken Knoten versehenes Seil am unteren Ende der Stahlspitzen. Er blinkte wieder, wartete ein paar Sekunden und zog dann versuchsweise an dem Seil: Es war straff gespannt – der erste seiner Helfer war auf dem Weg nach oben. Bruno spähte nach unten und versuchte zu erkennen, welcher der beiden als erster heraufkam, aber es war so dunkel, daß er es nicht eindeutig feststellen konnte – aus dem Umfang des Kletterers schloß er allerdings auf Kan Dahn.

Bruno machte sich daran, das Dach einer näheren Untersuchung zu unterziehen. Es mußte eine Luke geben, durch die die Posten zu ihren Wachttürmen kamen, aber weder in den Türmen selbst noch in ihrer Nähe war etwas auch nur Ähnliches zu entdecken gewesen. Aber jetzt sah er den Zugang plötzlich, denn aus einer teilweise verdeckten Bodenluke, die nahe am inneren Rand des Daches, etwa in der Mitte zwischen der Nord- und Südmauer lag, drang ein schwacher Lichtschein nach oben. Die Lukenabdeckung war in einem Winkel von neunzig Grad aufgestellt, entweder um das Licht von oben anzuhalten – was ziemlich unwahrscheinlich schien – oder um die Luke gegen Regen- und Schneefälle zu schützen, was schon wahrscheinlicher schien. Bruno wagte einen Blick um die Kante der Abdeckung herum: Das Licht drang durch ein mit einem Drahtnetz gesichertes, viereckiges Panzerglasfenster, das in eine Falltür eingelassen war und Bruno den Blick in den darunterliegenden kahlen Raum gestattete. Vier Posten hielten sich in dem Zimmer auf. Sie waren voll angezogen, drei von ihnen lagen auf an der Wand befestigten Feldbetten und der vierte saß an einem Tisch, das Gesicht einer offenen Tür zugewandt, und legte Patience. Vom Boden des Raumes führte eine senkrechte Eisenleiter zu der Falltür hinauf.

Vorsichtig versuchte Bruno, die Luke zu öffnen, aber sie war verschlossen – wahrscheinlich von innen verriegelt. Die ›Lubylan‹ war vielleicht nicht ganz so sicher bewacht wie Fort Knox, wie Harper gesagt hatte, aber man hatte offensichtlich auch die merkwürdigsten Eventualitäten bedacht. Bruno entfernte sich von der Luke und schaute über ein niedriges Sims auf den Hof hinunter: Es war keiner der Wachhunde zu sehen, die Harper erwähnt hatte. Sie konnten sich natürlich vor der Kälte in einen der vielen Bogengänge, die Bruno sah, geflüchtet haben, aber das schien nicht sehr wahrscheinlich, denn Dobermänner haben einen ausgeprägten Bewegungstrieb. Auch innerhalb des verglasten Ganges, der in Höhe des neunten Stockwerks die beiden Gebäude miteinander verband, war niemand zu entdecken. Als Bruno zum Nordwestturm zurückkam, war Kan Dahn bereits da: Der Siebenundzwanzig-Meter-Aufstieg hatte nicht einmal seine Atmung beschleunigt. »Wie hast du den Spaziergang über das Kabel überstanden?«

»Ein guter Künstler hört auf, wenn er auf dem Höhepunkt seiner Karriere angekommen ist. Und diesen habe ich hiermit erreicht.«

»Und kein Mensch hat dich gesehen. Es ist schon wirklich schade! Wenn man bedenkt, daß wir heute abend mit Zuschauern leicht zwanzigtausend Dollar hätten kassieren können, könnten einem glatt die Tränen kommen.« Er schien in keiner Weise von Brunos Entscheidung überrascht. »Was ist mit den Wachtposten in den Türmen?«

»Die schlafen.«

»Alle?« Bruno nickte. »Also haben wir genug Zeit?«

»Nicht genug Zeit, um zu bummeln. Ich weiß nicht, wann die Ablösung kommt.«

»Sieben Uhr abends scheint mir eine ziemlich unwahrscheinliche Zeit dafür.«

»Sicher. Aber wo wir jetzt schon so weit sind, wäre es idiotisch, auch nur das winzigste Risiko einzugehen.« Bruno drehte sich um, als zuerst Roebuck und gleich darauf Manuelo auf der Mauer erschienen. Im Gegensatz zu Kan Dahn atmeten sie einigermaßen mühsam.

Roebuck, der die beiden Segeltuchtaschen immer noch über der Schulter trug, sagte: »Gott sei Dank müssen wir das Seil nachher nicht noch einmal rauf, sondern dürfen uns runterlassen.«

»Irrtum. Wir verschwinden nicht auf diesem Weg.«

»Nicht?« Roebuck wurde unter seiner Sonnenbräune blaß. »Du meinst, es gibt einen anderen Weg? Ich glaube nicht, daß mich das mit viel Zuversicht erfüllt.«

»Ein reiner Sonntagsspaziergang«, beruhigte Bruno ihn. »Aber jetzt zu unserem akuten Problem: Es gibt nur einen Weg hinein, der ist versperrt.«

»Eine Tür?« fragte Kan Dahn.

»Eine Falltür.«

Kan Dahn hob drohend sein Brecheisen. »Damit ist keine Falltür ein Problem.«

»In dem Raum darunter sitzen Wachtposten. Und mindestens *einer* von denen ist hellwach.«

Er ging den anderen voran bis etwa in die Mitte der Westmauer, ließ sich auf die Knie nieder, hielt sich an einer Stahlspitze fest und schaute auf die Hauptstraße hinunter. Die anderen taten das gleiche.

»Ich will durch das erste Fenster einsteigen – das erste von *hier* aus gesehen.«

»Besagtes Fenster ist mit dicken Eisenstangen gesichert«, gab Roebuck zu bedenken.

»Aber nicht mehr lange.« Bruno richtete sich auf und zog ein Plastikpäckchen aus der Tasche. Er wickelte es auf und brachte zwei in Polyäthylen gewickelte Päckchen zum Vorschein. »Diesem Zeug hier kann keine Eisenstange widerstehen – es verwandelt sie in etwas, das weicher Knetmasse sehr ähnlich ist.«

»Was für ein Zauberzeug ist das?« fragte Roebuck.

»Jeder berufsmäßige Magier, der etwas auf sich hält, kennt es. Man kann praktisch jedes Metall erweichen und biegen, wenn man es damit einschmiert – seltsamerweise greift es jedoch nicht die menschliche Haut an. Diese Plastikbehälter enthalten eine Säure, die sich in die Zwischenräume zwischen den einzelnen Molekülen hineinfrißt und das Metall auf diese Weise aufweicht. Es gibt einen israelischen Zauberer, der behauptet, wenn man ihm Zeit und genug von diesem Zeug gäbe, könne er einen Sherman-Panzer völlig verformen.«

»Wie lange dauert es, bis es wirkt?«

»Fünf Minuten sollten reichen. Ich bin nicht ganz sicher.«

»Was ist mit der Alarmanlage?« fragte Manuelo.

»Um die kümmere ich mich schon.«

Bruno knüpfte eine Doppelschlinge, schlüpfte mit beiden Beinen hinein, schob die Schlingen so weit hinauf wie möglich, schlang sich noch eine Schlinge um die Taille und ließ sich jenseits der gebogenen Stahlspitzen so weit hinunter, bis er an seinen ausgestreckten Armen hing. Währenddessen schlang Kan Dahn das Seil einmal um eine Stahlspitze. Bruno griff nach dem Seil, und Kan Dahn ließ ihn langsam hinunter.

Mit dem Seil um Oberschenkel und Taille, den Füßen auf dem Sims des Fensters und einer Hand um eine der Eisenstangen war Bruno so sicher wie in Abrahams Schoß. Das Fenster war durch vier Stangen gesichert, die jeweils paarweise angebracht waren. Zwischen beiden Paaren klaffte ein Zwischenraum von etwa sechzehn Zentimetern. Bruno nahm die beiden Zylinder mit der Plastikmasse aus seiner Tasche, öffnete sie halb und umhüllte die Mitte der beiden mittleren Stangen mit der Masse, wobei er die Polyäthylenumhüllung in beiden Fällen so sorgfältig glattstrich, daß der Inhalt völlig luftdicht verschlossen war. Dann kletterte er das kurze Stück bis zu dem Stahlzaun wieder hinauf, Kan Dahn streckte die Hände aus, faßte Bruno unter den Armen und hob ihn ohne jede Anstrengung über die tückischen Spitzen.

»Fünf Minuten«, sagte Bruno. »Manuelo, du gehst mit Kan Dahn und mir runter. Roebuck bleibt hier. Und paß auf deine Säcke auf – die wären das letzte, worauf wir im jetzigen Stadium der Entwicklung verzichten könnten. Manuelo, könnte ich bitte die Drahtschere haben?«

Kan Dahn schlüpfte seinerseits mit den Beinen in eine Doppelschlinge, schlang sich eine weitere Schlinge um den Leib, legte das Seil um drei Stahlspitzen – wahrscheinlich eine sehr vernünftige Maßnahme, wenn man sein kolossales Gewicht bedachte – und ließ sich bis zum Fenstersims hinunter. Er umklammerte die beiden mittleren Eisenstangen mit seinen riesigen Pranken und begann sie auseinanderzubiegen. Die Eisenstangen gaben nach – das Zaubermittel in Kombination mit Kan Dahns ungeheuren Kräften ließ ihnen keine Chance: Sie ließen sich biegen wie Knetmasse. Aber Kan Dahn gab sich nicht damit zufrieden, nur eine Lücke zu schaffen – er verstärkte seinen Griff noch ein wenig und riß die Stangen aus ihrer Verankerung. Dann reichte er sie zum Dach hinauf.

Bruno gesellte sich mit Hilfe eines zweiten Seils zu Kan Dahn. Als er sich vor dem Fenster befand, schaltete er seine Taschenlampe ein und leuchtete damit in den hinter dem Fenster liegenden Raum hinein. Er schien ein harmloses Büro vor sich zu haben, dessen Mobiliar aus Metallschränken, Metalltischen und gepolsterten Metallstühlen bestand. Nirgends war ein Anzeichen von Gefahr zu entdecken.

Während Kan Dahn die Taschenlampe hielt, zog Bruno eine Rolle braunen Papiers aus der Tasche, rollte sie auf und drückte das Papier mit einer Seite fest gegen das Glas. Und diese Seite klebte offensichtlich. Er wartete ein paar Sekunden und schlug dann ziemlich kräftig mit der Faust gegen die Mitte der Glasscheibe. Ein großes Stück brach heraus und fiel ohne nennenswerten Lärm in den Raum hinein. Bruno nahm Kan Dahn die Taschenlampe ab und schob sich mit dem Kopf und dem rechten Arm durch das Loch, wobei er die Lampe und die Drahtschere in der rechten Hand hielt. Er entdeckte die auf Putz verlegten Leitungen der Alarmanlage, schnitt sie durch, griff nach oben, legte den Fensterriegel um und schob den unteren Teil der Fensterscheibe nach oben. Zehn Sekunden später standen Kan Dahn und er in dem ungemütlichen Raum. Nach weiteren zehn Sekunden hatte sich Manuelo ebenfalls bei ihnen eingefunden. Er hatte Kan Dahns Brecheisen mitgebracht.

Die Tür des Büros war nicht abgeschlossen, und der Korridor dahinter lag verlassen da. Die drei Männer gingen ihn entlang, bis sie zu einer offenstehenden Tür kamen, die auf der linken Seite lag. Bruno bedeutete Manuelo mit einer Handbewegung weiterzugehen. Er tat es und steckte sein Messer mit dem Griff nach vorn so weit vor, daß ein kleines Stück des Griffes im Türrahmen zu sehen war. Fast im gleichen Augenblick klopfte es gegen die Abdeckung der Bodenluke. Das Klopfen war laut genug, um den wachen Posten aufhorchen zu lassen, aber zu leise, um die drei schlafenden Männer zu wecken.

Der Posten blickte mißtrauisch von seinen Karten nach oben, und dann war die Angelegenheit für ihn auch schon erledigt: Der Griff von Manuelos Messer traf ihn genau über dem Ohr, und Kan Dahn fing den Mann auf, noch ehe sein Körper den Boden berührte. Bruno nahm eine der diversen Waffen, die in einem Regal lagen, und richtete ihre Mündung auf die drei schlafenden Männer. Er würde die Waffe zwar nur im äußersten Notfall benutzen, aber das wußten die drei ja schließlich nicht, und wenn ein Mann gerade aus dem Tiefschlaf auftauchte, dann ist er kaum in der Stimmung, sich mit einer Schmeisser-Maschinenpistole anzulegen. Aber die drei wachten noch nicht einmal auf, als Kan Dahn den Riegel zurückschob, der die Falltür verschlossen hatte, um Roebuck – und seine beiden Segeltuchsäcke – in den Wachraum zu lassen. Bruno nahm seinen Gas-Kugelschreiber und näherte sich den drei Männern, dicht gefolgt von Roebuck, der ein langes Seil in der Hand hielt.

Als sie den Raum verließen, waren die vier Wachposten sicher verschnürt und mittels Klebeband mundtot gemacht, und drei von ihnen schliefen sogar noch fester als vorher. Bruno schob wieder den Riegel vor die Falltür, was eine wahrscheinlich unnötige Vorsichtsmaßnahme war, schloß den Wachraum hinter sich ab und zog den Schlüssel aus dem Schloß. »So weit, so gut«, meinte er und wog die Waffe in der Hand, die er sich ausgeliehen hatte. »Besuchen wir Van Diemen.«

Kan Dahn blieb mitten im Flur stehen und sah seinen Freund verwirrt an: »Van Diemen? Warum müssen wir uns *zuerst* um ihn kümmern – wenn überhaupt? Du weißt, wo die Büros und die Laboratorien liegen. Warum gehen wir nicht gleich dorthin, suchen die Papiere, die du holen sollst – du wirst sie doch wohl erkennen, wenn du sie vor dir hast…«

»Ich werde sie erkennen.«

»…und stehlen uns heimlich wieder davon? Wie die Araber, weißt du. Ich mag's, wenn eine Sache glatt und lautlos über die Bühne geht.«

Bruno sah ihn ungläubig an. »Wenn es nach dir ginge, würdest du doch jedem einzelnen in der ›Lubylan‹ den Schädel spalten. Ich kann dir vier Gründe dafür nennen, warum wir es nicht so machen, wie du möchtest, und dann will ich keine Diskussion mehr – der Schichtwechsel der Wachposten kann jeden Augenblick fällig sein. Die Zeit arbeitet gegen uns.«

»Die Ablösung liegt tief schlafend im Wachraum.«

»Vielleicht ist das gar nicht die Ablösung. Vielleicht müssen die Wachen beim Wechsel irgendwem Bericht erstatten. Vielleicht gibt es auch jemanden, der eine Routineinspektion macht. Ich weiß es nicht. Aber jetzt zu den Gründen: Grund eins: Was wir suchen, ist vielleicht in Van Diemens Privaträumen zu finden. Grund zwei: Wir können ihn vielleicht überreden, uns zu verraten, wo die Papiere sind. Grund drei: Wenn die Aktenschränke abgeschlossen sind – und es wäre höchst erstaunlich, wenn sie es nicht wären –, machen wir vielleicht eine Menge Lärm, wenn wir sie gewaltsam öffnen, und sie befinden sich in dem Zimmer, das direkt neben seinen Räumen liegt. Aber Grund vier ist der wichtigste, und auf den hättet ihr auch von selbst kommen können.« An ihren Gesichtern war deutlich zu erkennen, daß sie auch jetzt nicht wußten, worauf er hinauswollte, geschweige denn, schon vorher daraufgekommen waren. »Ich nehme ihn mit in die Staaten.«

»Mit in die Staaten…« Roebuck starrte ihn fassungslos an. »Die Sache war zuviel für dich. Du bist nicht mehr ganz bei Trost.«

»Ach nein? Was hat es denn für einen Sinn, die Papiere mitzunehmen und ihn hierzulassen? Er ist der einzige Mensch auf der Welt, der diese verdammte Formel oder was immer es sein mag, kennt, und wenn wir sie ihm wegnehmen, dann setzt er sich eben hin und schreibt sie neu.«

Roebuck sagte zerknirscht: »Weißt du, daß mir dieser Gedanke überhaupt noch nie gekommen ist?«

»Er scheint auch einer Menge anderer Leute noch nicht gekommen zu sein. Ausgesprochen seltsam, was? Wie dem auch sei, ich glaube, man wird in den Staaten schon eine hübsche, angemessene Aufgabe für ihn haben.«

»Wie zum Beispiel die Aufsicht über die Entwicklung dieser verdammten Antimateriebombe?«

»Nach dem zu urteilen, was ich über Van Diemen weiß, würde er eher sterben. Er ist ein Abtrünniger, das wißt ihr ja. Er muß schwerwiegende politische und ideologische Gründe gehabt haben, daß er von Westdeutschland hierher gekommen ist. Er würde niemals mit dem Westen zusammenarbeiten.«

»Aber du kannst das nicht tun«, wandte Kan Dahn ein. »Kidnapping ist ein Verbrechen.«

»Das ist richtig. Aber es ist immer noch besser als zu sterben, oder? Was empfiehlst du mir? Soll ich ihn auf die Bibel – oder besser auf irgendein marxistisches Machwerk – schwören lassen, daß er die Formel nicht wieder aufschreiben wird? Du weißt verdammt genau, daß er dem niemals zustimmen würde. Oder soll ich ihn einfach in Frieden seine Memoiren schreiben lassen – alles darüber, wie man diese höllische Waffe konstruiert?«

Das Schweigen war fast greifbar.

»Du hast mir keine große Wahl gelassen, oder? Was soll ich also tun? Ihn im Namen des Patriotismus umbringen?«

Kan Dahn antwortete nicht gleich, denn Bruno hatte ihm eigentlich nur eine mögliche Antwort gelassen, und so sagte er schließlich: »Du mußt ihn wirklich mitnehmen.«

10

Die Tür zu Van Diemens Zimmer war abgeschlossen. Kan Dahn lehnte sich ein wenig dagegen, und sie flog gegen die Wand. Bruno war als erster drin. Er hielt die Schmeisser im Anschlag, denn es war ihm glücklicherweise noch rechtzeitig eingefallen, daß er ohne eine erkennbare Verteidigungsmöglichkeit jeden zufällig auftauchenden Wachposten dazu veranlaßt hätte, seinerseits die Waffe zu benutzen.

Der erschrockene Mann, der sich jetzt auf einen Ellbogen aufstützte und sich den Schlaf aus den Augen rieb, hatte ein schmales Aristokratengesicht, graue Haare, einen grauen Schnurrbart und einen ebenfalls grauen Vollbart. Er sah nicht im entferntesten so aus, wie man sich im allgemeinen einen wahnsinnigen Wissenschaftler vorstellt. Seine fassungslos aufgerissenen Augen wanderten von den Eindringlingen zu einer Klingel auf seinem Nachttisch.

»Wenn Sie das versuchen, sind Sie ein toter Mann«, drohte Bruno, und sein Ton ließ keinen Zweifel daran, daß er es ernst meinte. Und Van Diemen zweifelte auch nicht daran. Roebuck schnitt die Zuleitung zu der Klingel mit der Drahtschere durch.

»Wer sind Sie und was wollen Sie?« Van Diemens Stimme ließ nicht die geringste Furcht erkennen – er machte den Eindruck eines Mannes, der zu viel durchgemacht hat, um sich noch vor irgend etwas zu fürchten.

»Wir wollen *Sie*. Und wir wollen die Formel der von Ihnen entdeckten Antimaterie.«

»Aha. Nun, *mich* können Sie jederzeit haben. Lebendig oder tot, ganz wie Sie wollen. Aber um die Formel zu bekommen, müssen Sie mich erst töten. Doch sie ist sowieso nicht hier.«

»Klebt ihm den Mund zu und bindet ihm die Hände auf dem Rücken zusammen. Und dann werden wir uns hier mal ein bißchen umsehen. Nach Papieren, nach Schlüsseln, vielleicht auch nur nach einem Schlüssel.«

Die Durchsuchung, die etwa zehn Minuten dauerte und Van Diemens Räume in ein irreparables Chaos verwandelte, endete absolut ergebnislos. Einen Augenblick lang stand Bruno unschlüssig da. Sie hatten nicht mehr viel Zeit.

»Durchsucht seine Kleider.«

Aber auch hier fanden sie nichts. Bruno trat zu der gefesselten und zwangsweise schweigenden Gestalt, die aufrecht im Bett saß, betrachtete sie einen Moment lang nachdenklich, streckte dann die Hand aus und zog vorsichtig an einer goldenen Kette, die der Mann um den Hals trug. Van Diemen trug kein Kruzifix daran und auch keinen Davidstern, dafür aber etwas, das ihm wahrscheinlich noch viel wertvoller war als die beiden anderen Dinge für einen Katholiken oder Juden: einen glänzenden, kunstvoll gearbeiteten Bronzeschlüssel.

Zwei Wände in Van Diemens Büro waren mit metallenen Aktenschränken verstellt. Vierzehn waren es im ganzen, und jeder hatte vier auf Gleitschienen laufende Schubladen. Das war gleichbedeutend mit sechsundfünfzig Schlüssellöchern. Roebuck versuchte gerade sein Glück bei dem dreißigsten: ohne Erfolg. Manuelo und Kan Dahn ließen keinen Blick von ihm. Bruno aber schaute unverwandt Van Diemen an, dessen Gesicht bis jetzt nicht die geringste

Regung gezeigt hatte. Doch dann zuckte plötzlich kaum merklich einer seiner Mundwinkel.

»Das ist es«, sagte Bruno.

Und er hatte recht. Der Schlüssel ließ sich leicht herumdrehen, und Roebuck zog die Schublade auf. Van Diemen versuchte, sich auf ihn zu werfen, was zwar verständlich, aber ebenso unsinnig war, denn Kan Dahn hielt ihn die ganze Zeit mit einem Arm fest. Bruno trat an die Schublade heran und blätterte eilig die Papiere durch. Schließlich nahm er ein Bündel Papiere heraus, sah schnell die anderen Akten durch, wiederholte den Vorgang und machte die Schublade wieder zu.

»Gefunden?« fragte Roebuck.

»Gefunden.« Bruno nickte und steckte die Papiere tief in die Innentasche seines scheußlichen Jacketts.

»Das war ja richtig langweilig«, beschwerte sich Roebuck.

»Verzweifle nicht«, ermutigte Bruno ihn, »vielleicht wird es noch spannend.«

Sie gingen in den achten Stock hinunter. Van Diemen hatte immer noch das Klebeband über dem Mund und die Hände auf dem Rükken gefesselt, denn in dieser Etage wohnte das Gefängnispersonal, und es wäre nur zu verständlich gewesen, wenn Van Diemen den Wunsch gehabt hätte, die allgemeine Aufmerksamkeit auf sich und seine Begleiter zu lenken. Es gab keine Wachen hier – weder wache noch schlafende – und es bestand auch keine Notwendigkeit dafür: Wachposten waren ersetzbar, Van Diemens Papiere jedoch nicht. Bruno ging geradewegs auf die Tür zu, die am Fuße der Treppen lag. Sie war nicht verschlossen, und die Aktenschränke in dem Raum dahinter waren es auch nicht, aber auch dafür bestand ja keine Veranlassung. Bruno öffnete rasch hintereinander mehrere Schubladen, entnahm ihnen zahlreiche Akten, blätterte sie eilig durch und ließ sie anschließend achtlos auf den Boden fallen.

Roebuck sah ihm mit verwirrtem Gesicht zu und sagte schließlich: »Noch vor ein paar Sekunden hattest du es höllisch eilig, diese gastliche Stätte zu verlassen. Wo sind wir hier überhaupt?«

»Hier werden die Gefängnisunterlagen aufbewahrt.«

Das war alles, was Bruno als Erklärung für nötig hielt. Plötzlich schien er gefunden zu haben, was er gesucht hatte: einen detaillierten Plan mit einer ganzen Reihe von Namen auf der Rückseite. Er überflog die Namen kurz, nickte höchst zufrieden, ließ auch diese Akte auf den Boden fallen und ging weg.

»Aha, der Gedächtniskünstler ist wieder mal am Werk, was?«
»Du sagst es.«
Sie machten einen Bogen um den Aufzug, gingen die Treppe hinunter bis in den fünften Stock und erreichten über den Glaskorridor den Gefängniskomplex. Der Weg über den Verbindungsgang war nicht im entferntesten so riskant, wie man vielleicht angenommen hätte, denn die einzigen, die möglicherweise ein wachsames Auge auf den Durchgang gehabt hätten, wären die Wachtposten in den Türmen gewesen, und die waren momentan nicht in der Lage, irgend etwas im Auge zu behalten.
Als sie die geschlossene Tür am Ende des Durchgangs erreichten, bedeutete Bruno seinen Begleitern, stehenzubleiben. »Wartet. Ich weiß, wo der Wachraum liegt – gleich links um die Ecke. Aber ich weiß nicht, ob die Wachen auf Patrouille sind.«
»Und was nun?« fragte Roebuck.
»Es gibt nur eine Möglichkeit, es herauszufinden.«
»Ich komme mit.«
»Nein. Bis jetzt hat dich noch niemand erkannt, und es wäre mir gar nicht recht, wenn dein Inkognito plötzlich gelüftet würde. Vergiß nicht, daß du heute abend im Circus auftrittst. Ebenso wie Kan Dahn. Und Manuelo. Und nicht zu vergessen, natürlich auch Vladimir und Yoffe.«
Manuelo schaute ihn fassungslos an. »Deine Brüder?«
»Natürlich. Sie sind hier. Was hattest du denn gedacht, wo man sie hingebracht hat?«
»Aber... aber die Lösegeldforderung?«
»Ein kleiner Scherz der hiesigen Geheimpolizei. Meine Brüder können also ohne jedes Risiko auftreten. Niemand hat etwas gegen sie. Wieso sollte man auch? Sie waren nur die Gewähr für mein gutes Betragen.«
»Sehr vertrauensselig bist du nicht gerade«, beschwerte sich Manuelo gekränkt.
»Schweigsamkeit ist ein gutes Mittel, um ein wenig länger zu leben als andere.«
»Und wie wirst du es *jetzt* realisieren, am Leben zu bleiben?«
»Ich verschwinde von hier.«
»Natürlich. Ist ja nichts leichter als das. Du schlägst einfach mit den Armen und fliegst davon.«
»Mehr oder weniger. Roebuck hat in seinem Beutel ein kleines Spielzeug. Wenn ich das in Gang setze, müßte in etwa zwanzig Minuten ein Hubschrauber hier sein.«

»Ein Hubschrauber? Wo willst du denn den herkriegen?«
»Von einem amerikanischen Schiff, das vor der Küste liegt.«
Roebuck schwieg verblüfft. Aber als er sich gefangen hatte, beklagte auch er sich: »Du bist wirklich außerordentlich schweigsam. Aber aus dieser Eröffnung schließe ich, daß du als einziger von hier verschwindest.«
»Nein, ich nehme Maria mit. Die Polizei hat Bandaufnahmen, die beweisen, daß sie bis zum Hals in dieser Sache drinsteckt.«
Sie starrten ihn an, als habe er Chinesisch gesprochen.
»Ach, stimmt ja«, erinnerte sich Bruno. »Ich habe euch ja auch nicht erzählt, daß sie eine CIA-Agentin ist.«
»So was von wortkarg wie dich gibt es wohl kaum noch mal«, sagte Roebuck kopfschüttelnd. »Und wie willst du mit ihr in Verbindung treten, um sie mitzunehmen?«
»Ich werde sie im Circus abholen.«
»Völlig verrückt«, konstatierte Kan Dahn mit traurigem Gesicht.
»Wäre ich vielleicht hier, wenn ich normal wäre?«
Er drückte auf den Knopf am oberen Ende des schwarzen Kugelschreibers, entsicherte seine Maschinenpistole und öffnete vorsichtig die Tür.

Es sah aus wie in den meisten anderen Gefängnissen: Alle vier Seiten des Blocks wurden von Zellen eingenommen, und ein ein Meter zwanzig hohes Geländer begrenzte die Flure zu dem Treppenschacht hin, der vom Parterre bis zum Dach führte. Soweit Bruno sehen konnte, waren keine Posten unterwegs – im fünften Stock jedenfalls ganz sicher nicht. Er trat ans Geländer und schaute zuerst hinauf und dann die fünfzehn Meter hinunter bis zu dem Betonfußboden. Es war unmöglich, sich einwandfrei zu überzeugen, aber es schienen auch dort keine Wachen zu patrouillieren, denn es war kein Laut zu hören, und Gefängniswärter sind nicht gerade für ihren lautlosen Gang berühmt. Etwa zwanzig Meter von ihm entfernt drang durch eine Glastür auf der linken Seite Licht nach draußen. Bruno schlich lautlos hin und spähte hindurch: Der Raum war nur mit zwei Mann besetzt, die an einem kleinen Tisch saßen. Und es war offensichtlich, daß sie keine Inspektion erwarteten, denn sie hatten eine Flasche und jeweils ein Glas vor sich stehen und spielten Karten. Bruno stieß die Tür auf. Beide Männer fuhren herum und blickten genau in die Mündung der Schmeisser.
»Aufstehen!« Sie beeilten sich, der Aufforderung nachzukommen. »Hände in den Nacken! Augen zu! Aber nicht blinzeln!«

Auch diese Anordnungen wurden unverzüglich befolgt. Bruno zog seinen Gas-Kugelschreiber aus der Brusttasche, drückte zweimal auf den Clip und pfiff dann leise, um den anderen mitzuteilen, daß sie nachkommen sollten. Während sie die beiden Wachen bewegungsunfähig machten, inspizierte Bruno die Reihen von numerierten Schlüsseln, die an der Wand des Wachraumes hingen.

Im siebenten Stock angekommen, wählte Bruno den Schlüssel mit der Nummer 713 aus und sperrte die Zellentür auf. Die beiden Brüder, Vladimir und Yoffe, starrten ihn fassungslos an, stürmten dann aus der Zelle und umarmten ihn schweigend. Bruno befreite sich lächelnd, nahm die Schlüssel mit den Nummern 714, 715 und 716 und schloß nacheinander die Zellen auf. Vor der Zelle 715 lächelte Bruno seine beiden Brüder, seine Freunde und Van Diemen unfroh an: »Ein netter Zug, alle Wildermanns gemeinsam einzusperren, was?«

Die drei Türen öffneten sich fast gleichzeitig, und drei Menschen kamen heraus – zwei davon mit sehr zögernden Schritten. Die beiden, die nicht so gut laufen konnten, waren gebeugt und grauhaarig: ein Mann und eine Frau, deren Gesichter die typische Gefängnisblässe aufwiesen und von tiefen Leidensfalten durchzogen waren. Die dritte Gestalt war den Jahren nach ein junger Mann, der aber nicht mehr wie ein junger aussah.

Die alte Frau starrte Bruno mit trüben Augen an. Und dann sagte sie plötzlich: »Bruno!«

»Ja, Mutter.«

»Ich wußte, daß du eines Tages kommen würdest.«

Er legte einen Arm um ihre zerbrechlichen Schultern. »Es tut mir leid, daß es so lange gedauert hat.«

»Rührend«, sagte Dr. Harper, »wirklich ausgesprochen rührend.«

Bruno ließ seine Mutter los und drehte sich ohne Eile um. Dr. Harper, der Maria wie einen Schild vor sich hielt, hatte eine mit einem Schalldämpfer versehene Pistole in der Hand. Neben ihm stand mit deutlich erkennbarem Lächeln Oberst Sergius, ebenfalls bewaffnet. Und hinter ihm stand der Koloß Angelo, der seine bevorzugte Waffe bei sich hatte: eine riesige Keule von der Größe eines Baseballschlägers.

»Wir stören doch hoffentlich nicht«, fuhr Dr. Harper fort. »Oder halten wir Sie vielleicht auf?«

»Ja, eigentlich wollten wir gerade gehen.«

»Lassen Sie die Waffe fallen«, befahl Sergius.

Bruno bückte sich, legte die Schmeisser leise auf den Boden, kam langsam wieder hoch, machte plötzlich einen Satz, packte Van Diemen und hielt ihn vor sich. Mit der freien Hand holte er seinen roten Kugelschreiber mit den Betäubungspatronen aus der Brusttasche, drückte den Knopf hinunter und richtete die Waffe über Van Diemens Schulter auf Dr. Harpers Gesicht. Beim Anblick des Kugelschreibers weiteten sich Dr. Harpers Augen voller Furcht, und der Finger am Abzug seiner schallgedämpften Waffe krümmte sich noch ein bißchen mehr.

Sergius lächelte nicht mehr. Er sagte: »Lassen Sie das Ding fallen. Ich kann Sie von der Seite erwischen.« Was zweifellos eine richtige Behauptung war, aber dummerweise hatte er, während er mit ihm sprach, seine ganze Aufmerksamkeit auf Bruno konzentriert, und für einen Mann von der Schnelligkeit Manuelos war diese kurze Zeitspanne eine halbe Ewigkeit – Sergius starb so schnell, daß er es nicht einmal bemerkte, das Messer bis zum Griff in seinem Hals.

Zwei Sekunden später lagen Van Diemen und Harper ebenfalls auf dem Boden – Van Diemen mit der Kugel in der Brust, die eigentlich Bruno zugedacht war, und Harper mit einem Pfeil in der Wange. Angelo stieß einen tierischen Schrei aus und stürmte außer sich vor Wut los, wobei er die riesige Keule über dem Kopf schwang. Kan Dahn, der sich noch schneller bewegte, fing den Schlag ab, riß Angelo die Keule aus der Hand und warf sie verächtlich in eine Ecke. Der Kampf, der folgte, war ebenso eindrucksvoll wie kurz: Angelos Genick brach mit einem Geräusch, das an einen Axtschlag in morsches Holz erinnerte.

Bruno schlang einen Arm um die Schultern des zitternden Mädchens und den anderen um die Schultern der entsetzten, fassungslosen alten Frau.

»Hervorragend«, sagte er. »Erledigt. Alles ist vorüber, und ihr seid alle in Sicherheit. Ich glaube, wir sollten jetzt allmählich gehen. Ich glaube nicht, daß du sehr an diesem Haus hängst, Vater?«

Der alte Mann schaute auf die am Boden liegenden Gestalten hinunter und antwortete nicht. Bruno fuhr fort, diesmal jedoch an niemand bestimmten gewandt: »Um Van Diemen tut es mir leid. Aber vielleicht ist es das beste so. Für ihn gab es nirgendwo mehr einen Platz.«

»Nirgendwo?« fragte Kan Dahn.

»In seiner Welt schon. Aber nicht in meiner. Er war vollkommen amoralisch – nicht unmoralisch –, sonst hätte er niemals eine so entsetzliche Waffe entwickelt. Ein Mensch ohne jedes Verantwortungsgefühl. Ich weiß, daß es grausam klingt, aber die Welt wird sehr gut ohne ihn auskommen.«

»Warum hat Dr. Harper mich geholt?« fragte Maria. »Er sagte immer wieder, daß sein Funkgerät und seine Tonbänder aus seinem Zugabteil verschwunden seien.«

»Ja, das kann schon sein, Roebuck hat die Sachen gestohlen. Man kann diesen Amerikanern eben nicht trauen.«

»Du traust mir auch nicht gerade übermäßig.« In ihrer Stimme klang ein Vorwurf mit, nur eine gewisse Verständnislosigkeit. »Aber vielleicht kannst du mir sagen, was passieren soll, wenn Dr. Harper wieder zu sich gekommen ist.«

»Tote kommen im allgemeinen nicht wieder zu sich. Jedenfalls nicht auf unserem Planeten.«

»Tote?« Ihr Vorrat an Emotionen war erschöpft.

»Die Spitzen der Geschosse waren vergiftet. Wahrscheinlich mit einer verfeinerten Form von Curare. Ich sollte ein paar von ihren eigenen Leuten töten. Glücklicherweise mußte ich die Waffe beim erstenmal gegen einen Wachhund richten. Dieser Hund ist tot.«

»Ihre eigenen Leute töten?«

»Es hätte sehr schwarz für mich ausgesehen – und auch für Amerika –, wenn ich ein paar von den Wachen hier getötet hätte und in flagranti erwischt worden wäre. Ja, ihre eigenen Leute. Menschen wie Harper und Sergius haben kein Herz und keine Seele. Wenn es ihren eigenen politischen Zielen nützte, würden sie sogar ihre eigenen Eltern erschießen. Dein Tod war übrigens auch eingeplant. Man hatte mich natürlich instruiert, Van Diemen nicht mit der Pistole unschädlich zu machen, die die angeblichen Betäubungsgeschosse enthielt – offiziell wegen seines schwachen Herzens. Nun, damit hat er jetzt wenigstens keine Sorgen mehr. Harper hat es mit seiner Kugel endgültig lahmgelegt.« Er sah Maria an. »Du weißt, wie man mit dem Apparat umgeht, den Roebuck hier in seinem Beutel hat?« Sie nickte. »Ausgezeichnet. Dann sende bitte jetzt das Signal.« Er wandte sich an Kan Dahn, Manuelo und Roebuck. »Bringt meine Leute langsam hinunter, okay? Sie können nicht so schnell. Ich warte unten auf euch.«

»Wo gehst du denn hin?« fragte Kan Dahn mißtrauisch.

»Der Eingang ist mit einem Zeitschloß versehen, also muß irgend jemand unsere Besucher hereingelassen haben, und dieser Jemand wird sich sicherlich immer noch dort unten herumtreiben. Euch bringt man nach wie vor nicht mit dieser ganzen Sache in Verbindung und ich möchte, daß das so bleibt.« Er hob die

Schmeisser vom Boden auf und sagte: »Ich hoffe, ich muß sie nicht benutzen.«

Als die anderen etwa fünf Minuten später im Parterre mit ihm zusammentrafen, hatte Bruno schon alles erledigt. Kan Dahn beäugte die beiden gefesselten und geknebelten und augenblicklich bewußtlosen Wachposten mit tiefer Befriedigung.

»Damit haben wir heute abend, wenn ich mich nicht verzählt habe, dreizehn Leute verschnürt. Und für die hat sich die Dreizehn wirklich als Unglückszahl erwiesen. Jetzt aber nichts wie weg.«

»Du sagst es.« Bruno wandte sich an Maria: »Hast du Verbindung bekommen?«

Sie schaute auf ihre Uhr. »Der Hubschrauber ist schon unterwegs. Rendezvous in sechzehn Minuten.«

»Hervorragend.« Er wandte sich lächelnd an seine Freunde und seine beiden Brüder: »Also, wir nehmen jetzt den Lastwagen, und ihr schleicht euch heimlich zum Circus zurück. Adieu und vielen Dank. Wir treffen uns dann in Florida. Eine schöne Vorstellung wünsche ich euch.«

Bruno half seinen Eltern und seinem jüngsten Bruder in den Laderaum des Lastwagens hinauf, stieg mit Maria vorn ein und fuhr zum Treffpunkt mit dem Helikopter. Etwa dreißig Meter vor der Holzbrücke, die über den Fluß führte, hielt er an. Maria musterte die bis nah an das Ufer heranstehenden Bäume und fragte ungläubig: »*Hier* soll der Hubschrauber landen?«

»Um die nächste Ecke. Auf einer Lichtung. Aber ich habe vorher noch eine Kleinigkeit zu erledigen.«

»Wie könnte es auch anders sein«, seufzte sie resigniert. »Darf man wenigstens erfahren, worum es sich handelt?«

»Ich werde die Brücke sprengen.«

»Aha. Du wirst die Brücke sprengen.« Sie zeigte keine Überraschung – sie war an einem Punkt angelangt, an dem es sie nicht einmal verwundert hätte, wenn Bruno die Absicht geäußert hätte, den ›Winterpalast‹ dem Erdboden gleichzumachen. »Warum?«

Mit dem Bündel Amatolsprengkörper in der Hand stieg Bruno aus dem Wagen. Maria folgte ihm. Als sie schon fast bei der Brücke angekommen waren, fragte Bruno: »Ist dir noch nicht der Gedanke gekommen, daß die Polizei und Armee beim Geräusch des Hubschrauberpropellers – und den hört man bereits aus sehr großer Entfernung – wie ein wütender Bienenschwarm aus der Stadt angebraust kommen? Und ich habe keine Lust, gestochen zu werden.«

Maria sah ihn zerknirscht von der Seite an. »Mir scheint, es gibt eine schreckliche Menge Gedanken, die mir nicht kommen.«

Bruno nahm ihren Arm und schwieg. Sie gingen miteinander bis in die Mitte der Brücke. Dort blieb Bruno stehen, bückte sich und schob die Sprengkörper zwischen zwei seitliche Verstrebungen. Dann richtete er sich wieder auf und schaute nachdenklich auf sein Werk hinunter.

»Bist du eigentlich auf allen Gebieten Experte?« fragte Maria.

»Man muß kein Experte sein, um eine Holzbrücke hochzujagen.« Er zog eine Zange aus der Tasche. »Alles was man dazu braucht, ist ein solches Werkzeug, um die chemische Zündung scharf zu machen, und genügend gesunden Menschenverstand, um sich sofort danach in Sicherheit zu bringen.«

Er starrte immer noch nachdenklich auf die Sprengladung hinunter, und Maria fragte ungeduldig: »Ja, willst du die Zünder dann nicht scharfmachen?«

»Erstens mache ich nur eine scharf – die andere Ladung geht dann sowieso mit hoch. Und zweitens würde unser Bienenschwarm, wenn ich die Sprengladung jetzt schon zündete, unmittelbar nach der Explosion hier auftauchen und vielleicht noch genügend Zeit haben, um unabhängig von dieser Brücke über den Fluß zu kommen. Wir warten, bis wir den Hubschrauber kommen hören, sprengen die Brücke, fahren zu der Lichtung und benutzen die Scheinwerfer des Lastwagens als Markierungsleuchten für den Landeplatz.«

Maria hob den Kopf und horchte. Dann sagte sie: »Da kommt er schon.«

Bruno nickte, bückte sich wieder, machte den Zünder scharf, nahm Maria an der Hand und rannte mit ihr von der Brücke. Als sie etwa zwanzig Meter weit gelaufen waren, drehten sie sich um, gerade als die Explosion erfolgte. Der Lärm war außerordentlich zufriedenstellend, und das Resultat ebenfalls: Die Brücke löste sich in ihre Einzelteile auf, und die traurigen Reste fielen in den Fluß.

Der Hubschrauberflug zurück zum Schiff verlief ohne Zwischenfälle. Der Pilot hielt sich die ganze Zeit über so tief wie möglich über dem Boden, um den Radarschirmen zu entgehen. In der Offiziersmesse war Bruno kurz darauf voll damit beschäftigt, seine ziemlich aufgebrachte Braut zu versöhnen.

»Ich weiß, daß ich dich an der Nase herumgeführt habe, und es tut mir leid. Aber ich wollte dich nicht in noch größere Gefahr bringen.

Ich wußte von Anfang an, daß der größte Teil unserer Gespräche mitgeschnitten wurde. Ich mußte Harper den Eindruck vermitteln, daß der Einbruch am Dienstagabend stattfinden würde. Er hatte alles vorbereitet, um uns am Dienstag abend zu schnappen, und dann hätte er dich auch gehabt, verstehst du?«

»Aber Kan Dahn und Roebuck und Manuelo...«

»Das war überhaupt nicht gefährlich. Sie waren von Anfang an mit von der Partie.«

»O du verschlagener, ekelhafter... aber irgend etwas muß dich doch auf Harper gebracht haben?«

»Mein slawisches Blut. Wir Slawen sind nun mal krankhaft mißtrauisch. So ungefähr der einzige Raum, der nicht mit Wanzen verseucht war, war das Circusbüro in den Staaten drüben. Der Elektronikschnüffler, den Harper anbrachte, war einer seiner Leute – auf diese Weise sollte man gegen den Circus mißtrauisch werden. Wenn es vom Circus niemand war, dann mußte Harper das Kukkucksei sein. Nur vier Menschen wußten wirklich genau, was gespielt wurde: dein Chef, Pilgrim, Fawcett und Harper. Dein Boß ist über jeden Verdacht erhaben, Fawcett und Pilgrim sind tot, also blieb nur noch Harper. An Bord des Schiffes kam der Zahlmeister nicht in meine Kabine, um etwaige Wanzen zu entfernen, sondern um welche anzubringen. Und in deiner war es genauso.«

»Dafür hast du keine Beweise.«

»Nein? Er stand in schriftlicher Verbindung mit Gydnia und hatte fünfzehnhundert Dollar in seiner Kabine. Neue Dollars. Ich habe die Seriennummern.«

»Der Abend, als er auf Deck den Unfall hatte...«

»Dieser ›Unfall‹ war Kan Dahn. Und dann erzählte Harper mir, er habe die Schlüssel zu Van Diemens Räumen. Er muß mich für einen ganz schönen Idioten gehalten haben. Man hätte mindestens hundert Dietriche haben müssen, um für jedes Schlüsselloch gerüstet zu sein. Er hatte die Schlüssel nur aus einem Grund: weil er Zugang zu Van Diemens Schlüsseln hatte. Und er löcherte mich immerzu, ich solle ihm meine Pläne für den Einbruch mitteilen. Und ich antwortete immer wieder, ich würde improvisieren. Und so gab ich ihm allmählich alle meine Pläne preis – eine einzige Kette von Lügen –, indem ich sie dir in deiner Kabine auseinandersetzte. Vielleicht erinnerst du dich, daß Harper deine Kabine als Treffpunkt auf dem Schiff vorgeschlagen hatte. Und natürlich habe ich dir auch nicht vertraut.«

»Was?«

»Ich habe dir nicht *miß*traut. Aber *ge*traut habe ich überhaupt niemandem. Ich wußte erst, daß du in Ordnung warst, als du mir sagtest, Harper habe dich für diesen Job ausgesucht. Hättest du mit ihm unter einer Decke gesteckt, würdest du mir gesagt haben, dein Boß hätte dich ausgesucht.«

»Ich werde dir nie wieder vertrauen.«

»Und warum wurden wir auf Schritt und Tritt von der Geheimpolizei verfolgt? Irgend jemand mußte ihnen doch den Tip gegeben haben. Und als ich wußte, daß du dieser Jemand *nicht* warst, blieben nicht mehr viele Verdächtige übrig.«

»Und du erwartest immer noch, daß ich dich heirate?«

»Ich kann nicht anders. Um deinetwillen. Natürlich erst, nachdem du den Dienst quittiert hast. Es kann ja sein, daß wir im Zeitalter der Emanzipation leben, aber ich glaube, dieser Job ist doch ein bißchen zu emanzipiert für dich. Weißt du, *warum* Harper ausgerechnet dich für diesen Auftrag ausgesucht hat? Weil er vermutete, daß von dir bestimmt keine Schwierigkeiten zu erwarten sein würden. Und er hatte recht. Mein Gott, du bist nicht einmal darauf gekommen, wie Harper es schaffte, Fawcett in den Tigerkäfig zu zerren, ohne seinerseits zerfleischt zu werden.«

»Na, wenn du so gescheit bist, dann...«

»Er setzte die Tiere mit einer dieser Betäubungswaffen außer Gefecht.«

»Natürlich. Ich glaube, ich sollte wirklich kündigen. Du machst nicht viele Fehler, was?«

»Doch. Ich habe sogar einen ganz schwerwiegenden gemacht: Ich nahm an, daß die rote Betäubungswaffe die gleiche wäre, die er bei den Tigern benutzt hatte. Aber das war ein Irrtum. Meine war tödlich. Wenn dieser Dobermannpinscher nicht gewesen wäre... ach, es ist schon richtig, daß er seiner eigenen Tücke zum Opfer fiel.«

»Eines – eines unter vielen, wie es scheint – verstehe ich nicht: daß du Van Diemen nur gefangennehmen solltest. Die CIA in Washington hat doch sicherlich nicht übersehen, daß Van Diemen die Formel jederzeit wieder hätte entwickeln können.«

»Natürlich hat die CIA das nicht übersehen. Es war vorgesehen, daß ich ihn mit einem Geschoß aus dem tödlichen, roten Kugelschreiber umbringe. Falls ich es nicht getan hätte, war beabsichtigt, daß Harper, der sicherlich eine ganze Tasche voll roter Kugelschreiber mit sich herumtrug, sich am Dienstagabend – dem angeblichen Einbruchstermin – um ihn kümmert. Und er wäre ungestraft davongekommen, denn es wäre niemand dagewesen, der gegen ihn hätte aussagen können. Denn ich wäre ja bereits tot gewesen.«

Sie sah ihn an und schauerte zusammen.

Er lächelte. »Jetzt ist doch alles ausgestanden. Harper erzählte mir ein Märchen über Van Diemens angeblich so schwaches Herz und bestand darauf, daß ich bei ihm den schwarzen Gas-Kugelschreiber einsetzte. Es war Harpers Absicht – und natürlich auch die seines Chefs –, daß Van Diemen am Leben blieb. Wie ich schon sagte, starb Harper gewissermaßen durch eigene – und Van Diemen durch Harpers Hand. Harper ist ganz allein für Van Diemen und seinen eigenen Tod verantwortlich.«

»Aber warum – warum hat er es getan?«

»Wie soll ich diese Frage beantworten? Wie soll irgend jemand diese Frage beantworten? Vielleicht hat man ihm eine Million Dollar geboten? Die Beweggründe eines Doppelagenten liegen jenseits jeglichen Begreifens. Aber das spielt ja jetzt auch keine Rolle. Es tut mir übrigens leid, daß ich an dem Abend damals in New York so auf dich losgegangen bin. Die Ungewißheit hatte so an meinen Nerven gezerrt: Ich hatte jahrelang keine Möglichkeit, in Erfahrung zu bringen, ob meine Familie noch am Leben oder bereits tot war. Du weißt natürlich, warum Dr. Harper uns an jenem Abend in das Restaurant schickte, oder? Damit er meine Kabine mit einer Wanze verunzieren lassen konnte! Wobei mir einfällt, daß ich telegrafieren muß, daß man Carter verhaften soll. Und Morley, Harpers Elektronikspezialisten, der meinen Salon an Bord des Zuges mit einem Abhörgerät bestückte. Und jetzt habe ich eine etwas delikate Frage.«

»Nämlich?«

»Dürfte ich mal auf die Toilette gehen?«

Er durfte. Dort angekommen, zog er die Papiere, die er aus Van Diemens Aktenschrank entwendet hatte, aus der Innentasche seiner Jacke, zerriß sie, ohne sie anzusehen, in winzigen Fetzchen und spülte sie in der Toilette hinunter.

Hauptmann Kodes klopfte an die Tür des Circusbüros und trat ein, ohne eine Antwort abzuwarten. Wrinfield sah leicht überrascht von seiner Arbeit auf.

»Ich suche Oberst Sergius, Mr. Wrinfield. Haben Sie ihn irgendwo gesehen?«

»Ich bin gerade erst vom Zug gekommen. Wenn er in der Vorstellung ist, wird er sicherlich auf dem gewohnten Platz sitzen.«

Kodes nickte und eilte in die riesige Halle hinaus. Die Spätvorstellung war in vollem Gange, und wie üblich war kein Sitzplatz mehr frei. Kodes zwängte sich bis zu der Reihe durch, in der Sergius normalerweise saß, aber er konnte ihn nirgends entdecken. Ein paar Sekunden stand er unschlüssig da, aber dann folgten seine Augen instinktiv, ja fast unvermeidlich den anderen zehntausend Augenpaaren.

Kodes stand wie versteinert. Sein Verstand weigerte sich eine ganze Weile, das zu akzeptieren, was er sah: Zwei der ›Blinden Adler‹ führten dort oben ihren haarsträubenden Trapezakt vor.

Dann erwachte Kodes plötzlich aus seiner Erstarrung und rannte los. Am Ausgang stieß er beinahe mit Kan Dahn zusammen, der ihn in der ihm eigenen, freundlichen Weise grüßte. Es war fraglich, ob Kodes ihn überhaupt wahrnahm. Er stürmte in Wrinfields Büro, und diesmal nahm er sich nicht die Zeit, vorher anzuklopfen.

»›Die Blinden Adler‹!!« schrie er. ›Die Blinden Adler‹! Wo kommen die denn plötzlich her?«

Wrinfield schenkte ihm einen milden Blick: »Die Kidnapper haben sie freigelassen. Wußten Sie das nicht?«

»Nein, verdammt noch mal, das wußte ich ganz und gar nicht!« Kodes stürzte aus dem Büro und rannte zu seinem Wagen.

Mit aschgrauem Gesicht und wie betäubt stand Kodes im neunten Stock des Gefängnisbaues der ›Lubylan‹. Der Schock, gefesselte und geknebelte Männer am offenen Eingang unten vorzufinden, war schon vernichtend genug gewesen, aber der Anblick von Sergius, Van Diemen und Angelo, die hier oben tot vor seinen Füßen lagen, stellte die größte Anforderung an seine Nervenkraft. Ein sicherer Instinkt lenkte Kodes' Schritte zu dem Bestattungsunternehmen. Er bemerkte kaum, daß im vorderen Büro Licht brannte. Und es brannte auch in dem hinteren Raum. Er steuerte zielsicher auf den Sarg zu, in dem noch vor kurzer Zeit Bruno gelegen hatte, und hob den Deckel an.

Dr. Harper, die Hände über der Brust gefaltet, sah seltsam friedvoll aus. Und zwischen den ineinander verschlungenen Fingern steckte der schwarzumrandete Artikel, in dem die Zeitung die Nachricht von Brunos Tod gebracht hatte.

Der Admiral lehnte sich in seinem Sessel zurück und starrte Bruno und Maria fassungslos entgegen, als sie sein Washingtoner Büro betraten.

»Mein Gott, was für ein Anzug!«

»Bettler können sich nicht aussuchen, was sie tragen wollen.« Bruno ließ seinen Blick ohne Begeisterung über seinen Anzug gleiten. »Den hat mir ein Knabe in Crau gegeben.«

»Ach, tatsächlich? Jedenfalls herzlich willkommen zu Hause, Bruno. Und Sie natürlich auch, Miß Hopkins.«

»Mrs. Wildermann«, korrigierte Bruno.

»Was, zum Teufel, soll das bedeuten?«

»Den heiligen Stand der Ehe. Für Leute, die es besonders eilig haben, gibt es eine Sondererlaubnis. Und wir waren auch sehr in Eile.«

Der Admiral bemühte sich, seine Verblüffung in den Griff zu kriegen. »Ich bin nur ganz oberflächlich über die Ereignisse der letzten Tage informiert. Könnten Sie mir jetzt bitte die Details liefern?«

Bruno lieferte ihm die Details, und als er geendet hatte, sagte der Admiral: »Hervorragend! Na, es hat ja eine ganze Weile gedauert, bis wir alle unter einen Hut kriegten – Van Diemen und Ihre Familie.«

»Ja, eine ganze Weile.«

Marias Blicke wanderten verständnislos zwischen den beiden Männern hin und her.

»Und jetzt«, sagte der Admiral, »darf ich wohl um die Formel bitten.«

»Ich habe sie vernichtet.«

»Das hatte ich auch nicht anders erwartet. Aber Ihr fotografisches Gedächtnis ist ja wohl intakt.«

»Das schon, aber in diesem Fall wird es wohl gar nichts nützen.«

Der Admiral beugte sich vor. Seine Augen verengten sich zu schmalen Schlitzen, und seine Hände umklammerten den Rand seines Schreibtisches. »Sagen Sie das noch einmal.«

»Ich habe die Papiere vernichtet, ohne sie mir vorher anzusehen.«

»Sie haben sie vernichtet, ohne sie vorher anzusehen.« Es war eine Feststellung, keine Frage. Seine Stimme war sehr ruhig. »Warum?«

»Was wollten Sie denn, Sir? Einen weiteren Kräfteausgleich auf dem Gebiet des Terrors?«

»Warum?«

»Ich sagte Ihnen schon, warum: Ich hasse den Krieg.«

Lange Zeit sah der Admiral ihn aufmerksam an, dann entspannte er sich, lehnte sich wieder zurück und brach in schallendes Gelächter aus.

»Ich hätte wirklich gute Lust, Sie zu feuern.« Er seufzte und fuhr dann, immer noch lächelnd, fort: »Aber wahrscheinlich haben Sie sogar recht.«

»Ihn zu feuern?« echote Maria.

»Ach, wußten Sie das nicht: Bruno ist seit fünf Jahren einer meiner besten und vertrauenswürdigsten Agenten.«

Meerhexe

Prolog

Normalerweise gibt es nur zwei Möglichkeiten, Öl unter dem Meeresboden zu entdecken und von dort zu fördern. Die erste, die hauptsächlich für die Suche nach neuen Ölquellen eingesetzt wird, ist ein Schiff mit Selbstantrieb, das manchmal eine ganz beachtliche Größe hat. Abgesehen von dem hoch in den Himmel ragenden Bohrturm ist es von einem Hochseefrachter nicht zu unterscheiden. Das Schiff fährt jeweils dorthin, wo sich seismologischen und geologischen Untersuchungen zufolge Öl befinden kann, und nimmt an diesen Stellen Bohrungen vor. Obwohl die technischen Vorgänge hochkompliziert sind, haben die Schiffe inzwischen eine bemerkenswerte Erfolgsquote erreicht. Aber sie haben zwei große Nachteile: Obwohl sie mit der modernsten Ausrüstung versehen sind – einschließlich unter dem Bug montierten Propellern –, haben sie große Schwierigkeiten, bei schwerer See ihre Position zu halten, und bei schlechtem Wetter muß die Arbeit eingestellt werden.

Für die Ölbohrungen und die Förderung selbst ist fast überall das sogenannte ›Jack-up-System‹ in Gebrauch. Es handelt sich dabei um eine Plattform, auf der sich der Bohrturm, Kräne, ein Hubschrauberplatz sowie die verschiedenen Räume und Unterkünfte befinden und die mit fest verankerten Beinen auf dem Meeresboden steht. Unter normalen Bedingungen hat sich diese Lösung gut bewährt, aber wie die Kundschafterschiffe hat auch sie ihre Nachteile: Sie ist nicht beweglich und wird jeweils zu ihrem Standort gezogen; die Arbeit muß ferner bereits bei nur mäßig schwerem Seegang eingestellt werden, und die Plattform ist nur in vergleichsweise seichtem Wasser zu gebrauchen – das tiefste ist die Nordsee, wo auch die meisten dieser künstlichen Inseln zu finden sind. Sie stehen in etwa hundertfünfunddreißig Meter tiefem Wasser, und die Kosten, die eine Verlängerung der Standbeine verschlingen würde, wären so hoch, daß die Ölförderung unwirtschaftlich würde. Es gibt allerdings in Amerika Pläne für eine Plattform mit zweihundertvierzig Meter langen Beinen, die einmal vor der kalifornischen Küste verankert werden soll.

Als einen weiteren Nachteil des ›Jack-up-Systems‹ muß man auch noch den Risikofaktor anführen – in der Nordsee sind schon zwei Bohrinseln verschwunden. Die Ursachen für die beiden Unglücke wurden nicht klar dargelegt, aber es wird – und wohl nicht ohne Grund – vermutet, daß eines oder mehrere der Standbeine von der Konstruktion, der Bauweise oder dem Material her fehlerhaft waren.

Und schließlich gibt es noch einen dritten Typ von Bohrinsel. Seine technische Bezeichnung lautet TLP für ›tension leg drilling/production platform‹. Als ich diese Geschichte schrieb, gab es auf der ganzen Welt nur eine einzige von dieser Sorte. Die Plattform, das Arbeitsareal, war so groß wie ein Fußballfeld – wenn man sich ein dreieckiges Fußballfeld überhaupt vorstellen kann, denn die Plattform wurde von einem Dreieck mit drei gleichlangen Seiten gebildet. Das Deck war nicht aus Stahl, sondern aus einem speziellen, für diesen Zweck von einer holländischen Bohrschiff-Reederei entwikkelten Eisenbeton. Die Stützen dieser massiven Plattform waren in England entworfen und konstruiert worden und bestanden aus drei riesigen Stahlbeinen. Sie waren jeweils unter den Spitzen des Dreiecks montiert und durch eine ganze Anzahl horizontal und diagonal angebrachter Hohlzylinder miteinander verbunden. Diese Kombination gewährleistete eine solche Schwimmkraft, daß die Plattform nicht einmal von den höchsten Wellen erreicht werden konnte.

Von den Enden der gigantischen Stahlbeine gingen jeweils drei Stahltrossen aus, die von drei riesigen Ankern am Meeresboden festgehalten wurden. Starke Motoren konnten diese Trossen je nach Wunsch heben oder senken, so daß die Anker bis in eine Tiefe hinabreichten, die zwei- oder dreimal so groß war wie bei den modernsten feststehenden Bohrtürmen. Das bedeutete, daß von dieser Bohrinsel aus weit draußen auf dem Kontinentalsockel gearbeitet werden konnte.

Aber die TLP hatte noch andere beträchtliche Vorteile. Infolge ihrer großen Schwimmkraft standen die Ankertrossen unter ständiger Spannung, und diese Spannung bewirkte, daß die Plattform nicht schwankte und rollte. Deshalb konnte die Arbeit selbst bei schweren Stürmen fortgesetzt werden, bei denen auf jeder anderen Bohrinsel die Arbeit eingestellt werden mußte.

Außerdem war die TLP auch noch immun gegen Seebeben. Und sie war beweglich – sie mußte nur die Anker lichten und konnte zu mehr Ertrag versprechenden Gebieten fahren. Hinzu kam, daß, verglichen mit den üblichen Bohrinseln, die Kosten für die jeweilige Verankerung so gering waren, daß sie kaum einer Erwähnung bedurften.

Der Name der TLP war *Meerhexe*.

1

An manchen Orten wurde von manchen Leuten in übelster Weise über die *Meerhexe* hergezogen. Aber das meiste Gift versprühten sie über einen gewissen Lord Worth. Er war Multimillionär – manche behaupteten sogar Milliardär –, Aufsichtsratsvorsitzender und alleiniger Eigentümer der *North Hudson Oil Company*, und Besitzer der *Meerhexe*. Die zehn Männer, die in dem Haus am Lake Tahoe zusammengekommen waren, sprachen seinen Namen mit deutlich erkennbarem Abscheu aus.

Ihre Zusammenkunft wurde weder in der überregionalen noch in der lokalen Presse erwähnt, und das hatte zwei Gründe. Die Männer kamen und gingen entweder einzeln oder zu zweit, so daß sie im Gewirr der Sommergäste am Lake Tahoe nicht im mindesten auffielen. Das war gut so, denn sie legten keinerlei Wert darauf, daß ihre Zusammenkunft publik wurde. Es war Freitag der dreizehnte – ein Datum, das nichts Gutes verhieß.

Neun Delegierte waren anwesend, mit dem Gastgeber also zehn Konferenzteilnehmer. Vier von ihnen waren wichtig, aber nur zwei zählten wirklich: Corral, der Öl- und Mineralölgesellschaften in Florida repräsentierte, und Benson, der die Interessen der Ölförderer von der Küste Südkaliforniens vertrat.

Von den übrigen sechs Männern zählten wiederum nur zwei. Der eine war Patinos aus Venezuela, der andere Borosoff aus Rußland, wobei das Interesse des letzteren an der amerikanischen Ölversorgung nur als minimal bezeichnet werden konnte. Seine Gesprächspartner waren größtenteils der Ansicht, daß er nur an dieser Besprechung teilnahm, um möglichst viel Unruhe zu stiften, und diese Vermutung war sicherlich nicht falsch.

Alle zehn Männer versorgten die Vereinigten Staaten – wenn auch in unterschiedlichem Umfang – mit Öl und hatten ein gemeinsames Interesse: daß die Ölpreise nicht sanken.

Benson, in dessen Ferienhaus die Besprechung stattfand, eröffnete als Gastgeber die Konferenz.

»Meine Herren, hat jemand etwas dagegen, daß ich noch eine dritte Partei – also einen Mann, der weder unsere Interessen noch die von Lord Worth vertritt – hinzubitte?«

Sie hatten alle etwas dagegen. Ganz entschieden sogar.

Borosoff sagte: »Das ist viel zu gefährlich.« Er beäugte die anderen neun Männer im Raum mit deutlichem Mißtrauen. »Es sind schon viel zu viele eingeweiht.«

Benson, der nicht deshalb der Chef einer der größten Ölgesellschaften Europas mit Sitz in England geworden war, weil ihm jemand diesen Posten als Geburtstagsgeschenk offeriert hatte, konnte erfrischend grob sein.

»Sie, mein lieber Borosoff, haben doch wohl die allergeringste Berechtigung, an diesem Treffen teilzunehmen. Es wäre gut, wenn Sie sich das klarmachten. Und jetzt teilen Sie uns bitte mit, gegen wen sich Ihr Mißtrauen richtet.« Borosoff schwieg.

»Meine Herren, halten Sie sich alle den Gegenstand dieses Gesprächs vor Augen«, fuhr Benson fort. »Es geht um die Beibehaltung der derzeitigen Ölpreise. Die OPEC beschäftigt sich eingehend mit der Frage einer Preisanhebung. Das tut uns hier in den Staaten nicht besonders weh – wir erhöhen dann eben einfach unsererseits und geben so den Mehrpreis an den Verbraucher weiter.«

Patinos sagte: »Sie sind selbst so skrupellos und rücksichtslos, wie Sie es von uns immer behaupten.«

»Realitätssinn ist nicht dasselbe wie Rücksichtslosigkeit. Solange es die *North Hudson* gibt, werden nirgendwo Preise angehoben. Die Gesellschaft unterbietet uns, die Größeren, bereits jetzt. Nur wenig, aber wir spüren es. Wenn wir unsere Preise weiter anheben und Lord Worth nicht, dann wird der Unterschied auffälliger. Und falls der Lord noch ein paar TLPs in Betrieb nimmt, könnte die Sache ausgesprochen unangenehm werden. Nicht nur für uns, sondern auch für die OPEC, denn dann wird die Nachfrage nach ihren Produkten unzweifelhaft zurückgehen.

Wir alle halten uns an das Gentleman's Agreement zwischen den großen Ölgesellschaften, daß nicht in internationalen Gewässern nach Öl gebohrt wird, das heißt, nicht außerhalb des jeweiligen gesetzlichen und international anerkannten Hoheitsbereichs. Eine Mißachtung dieser Übereinkunft würde allerlei rechtlichen, diplomatischen und internationalen Streitigkeiten, angefangen von politischen Gewaltakten bis hin zum regelrechten Krieg, Tür und Tor öffnen. Nehmen wir doch einmal an, Land A beanspruche – wie es einige Länder schon getan haben – alle Wasserrechte bis hundert Meilen vor seiner Küste. Nehmen wir weiterhin an, daß nun Land B daherkäme und dreißig Meilen außerhalb dieser Grenzen nach Öl zu bohren begänne. Und nehmen wir dann den Fall an,

Land A käme auf die Idee, eine Hundertfünfzig-Meilen-Zone für sich zu beanspruchen – Peru hat immerhin zweihundert Meilen gefordert: die möglichen Folgen wären zu furchtbar, um sich darüber den Kopf zu zerbrechen.

Nicht alle Männer sind Gentlemen. Der ehrenwerte Lord Worth und seine Direktorenbande von der *North Hudson Oil Company* würden die Bezeichnung Gentlemen für sich sogar strikt ablehnen, und wir als ihre Konkurrenten im Ölgeschäft können das nur unterschreiben. Aber sie würden es auch weit von sich weisen, als Kriminelle bezeichnet zu werden, was vielleicht früher auch nicht zutreffend gewesen wäre, jetzt jedoch den Tatsachen entspricht.

Lord Worth hat in zwei Fällen etwas getan, was als kriminelle Handlung bezeichnet werden sollte. Ich sage ›sollte‹, denn das erste ist nicht zu beweisen, und das zweite ist zwar moralisch gesehen ein Verbrechen, aber nicht direkt gesetzeswidrig.

Im ersten Fall – den ich für den weitaus unerheblicheren halte – geht es um den Bau von Lord Worths TLP in Houston. Es ist in Industriekreisen kein Geheimnis, daß die Pläne dafür gestohlen wurden – die für die Plattform bei der *Mobil Oil Company*, die für die Beine und das Verankerungssystem bei der *Chevron Oilfield Research Company*. Aber das ist, wie gesagt, nicht zu beweisen. Es ist ja durchaus nicht ungewöhnlich, daß neue Erfindungen oder Entwicklungen an mehreren Orten gleichzeitig gemacht werden, und Lord Worth kann jederzeit behaupten, daß sein Team in geheimer Arbeit die TLP selbst entwickelt hat.«

Mit seinem Verdacht hatte Benson völlig recht. Der Lord hatte sich bei der Konstruktion der *Meerhexe* gewisser abkürzender Möglichkeiten bedient, die engstirnige Menschen sicherlich als skrupellos, wenn nicht sogar ungesetzlich bezeichnen würden. Wie alle Ölgesellschaften, hatte zwar auch Lord Worth seinen eigenen Stab von Planern und Konstrukteuren, aber bei allen Angehörigen dieses Teams handelte es sich um Busenfreunde des Lords, die nur aus Gründen der Steuerabschreibung angestellt worden waren und die nicht einmal ein Ruderboot hätten konstruieren können.

Das störte Lord Worth jedoch nicht im geringsten. Er brauchte keine Konstrukteure. Er war ein schwerreicher Mann, hatte mächtige Freunde – allerdings nicht in Ölkreisen –, und er war ein Meister der Industriespionage. Mit den Hilfsmitteln, die ihm zur Verfügung standen, hatte es ihm kaum Schwierigkeiten bereitet, die beiden betreffenden geheimen Pläne in die Hand zu bekommen. Er brauchte sie dann nur noch einer Firma vorzulegen, die die geeigneten Konstrukteure beschäftigte und deren ungeheuerliche Honorarforderungen nur noch von ihrer Diskretion übertroffen wurden. Diese Konstrukteure hatten die beiden Pläne miteinander kombiniert und gerade so viele Änderungen und Verbesserungen vorgenommen, daß etwaige Patentrechtsstreitigkeiten ausgeschlossen waren.

Benson fuhr fort: »Aber was mir wirklich Sorgen bereitet, und was auch Ihnen, meine Herren, nicht gleichgültig sein sollte, ist Lord Worths Mißachtung der stillschweigenden Übereinkunft, auf keinen Fall in internationalen Gewässern zu bohren.« Er machte eine Kunstpause und sah die Anwesenden der Reihe nach an. »Ich sage es in vollem Ernst, meine Herren: Lord Worths Verrücktheit und Geldgier kann sich durchaus als der Funke erweisen, an dem sich ein Dritter Weltkrieg entzündet. Abgesehen davon, daß es natürlich auch um die Wahrung unserer Interessen geht, bin ich der Meinung, daß es unsere Pflicht ist, einzugreifen, wenn die Regierungen der Welt es nicht tun. Schließlich geht es um das Wohl der Menschheit. Wie es scheint, haben die Regierungen nicht vor, etwas zu unternehmen – also müssen *wir* handeln. Dieser Wahnsinnige muß aufgehalten werden. Ich denke, Sie stimmen mir zu, meine Herren, wenn ich sage, daß nur wir die Sache in ihrer ganzen Tragweite übersehen und daß nur wir die technischen Erfahrungen haben, etwas gegen Lord Worth zu unternehmen.«

Zustimmendes Gemurmel klang auf – ein selbstloses Handeln zum Wohle der Menschheit war moralisch viel besser zu rechtfertigen, als ein Vorgehen im ausschließlich eigenen Interesse. Patinos, der Mann aus Venezuela, betrachtete Benson mit einem leicht zynischen Lächeln. Aber dieses Lächeln besagte nichts – Patinos war ein gläubiger Katholik, und er hatte diesen Gesichtsausdruck auch, wenn er die Kirche betrat, um der Messe beizuwohnen.

»Sie scheinen sich Ihrer Sache sehr sicher zu sein, Mr. Benson.«

»Ich habe auch lange genug darüber nachgedacht.«

Borosoff fragte: »Und wie sollen wir Ihrer Meinung nach diesen Verrückten aufhalten, Mr. Benson?«

»Ich weiß es nicht.«

»Sie *wissen* es nicht?« Einer der anderen um den Tisch Versammelten hob die Augenbrauen etwa einen Millimeter, was bei ihm tiefste Mißbilligung ausdrückte. »Weshalb haben Sie uns dann alle von so weit herkommen lassen?«

»Ich habe Sie nicht kommen lassen – ich habe Sie eingeladen. Damit Sie alle dem zustimmen könnten, was wir ins Auge fassen wollen.«

»Und was fassen wir ins Auge?«

»Ich sagte schon, ich weiß es nicht.«

Die Augenbrauen sanken wieder herab. Ein Zucken der Mundwinkel deutete an, daß der Mann lächelte.

»Und was ist mit dieser dritten Partei? Hat sie einen Namen?«

»Cronkite. John Cronkite.«

Schweigen senkte sich über die Runde. Die offenen Proteste wichen einem nachdenklichen Zögern, das sich allmählich in Zustimmung verwandelte. Außer Benson hatte keiner der Männer Cronkite jemals gesehen, aber sein Name war ihnen allen bekannt. In Kreisen der Ölindustrie war er schon zu Lebzeiten Legende geworden, allerdings keine sehr positive. Sie wußten alle, daß sie jederzeit in die Verlegenheit kommen konnten, seine Dienste in Anspruch nehmen zu müssen, aber sie hofften, daß dieser Tag niemals käme.

Wenn es darum ging, brennende Ölquellen zu löschen, war er unübertroffen. Wo immer auf der Welt eine Ölquelle zu brennen anfing, dachte keiner daran, die Sache selbst anzugehen – man holte Cronkite. Wer ihm zusah, zuckte angesichts seiner drakonischen Arbeitsmethoden unwillkürlich zusammen, aber Cronkite duldete keine Einmischung. Trotz seiner horrenden Honorarforderungen war es durchaus nicht unüblich, daß man ihm einen viermotorigen Jet zur Verfügung stellte, der ihn an den Ort des Geschehens brachte. Cronkite löschte jedes Ölfeuer. Er wußte auch alles, was es im Ölgeschäft zu wissen gab. Und er war ausgesprochen hart und rücksichtslos.

Henderson, der die Ölinteressen in Honduras vertrat, fragte: »Warum sollte ein Mann mit so außergewöhnlichen Fähigkeiten, die absolute Nummer eins auf diesem Gebiet, sich für ein solches Unternehmen interessieren? Seinem Ruf nach ist er wohl kaum ein Mann, dem das Wohl der Menschheit am Herzen liegt.«

»Da haben Sie recht. Der Grund ist ganz einfach: Geld! Und außerdem ist diese Sache eine Herausforderung für ihn – der Mann ist der geborene Abenteurer. Der wahre Grund aber ist der, daß er Lord Worth haßt wie die Pest.«

»Das scheint einer ganzen Menge Leuten so zu gehen. Warum haßt er ihn?«

»Lord Worth hat ihn einmal mit seiner eigenen Boeing holen lassen, um einen Ölbrand im Mittleren Osten zu löschen. Als Cronkite dort ankam, hatten die Männer des Lords den Brand bereits gelöscht. Das allein betrachtete Cronkite schon als tödliche Beleidigung. Und dann beging er den Fehler, sein volles Honorar zu fordern. Lord Worth ist berühmt für seinen schottischen Geiz. Er weigerte sich und sagte, er würde Cronkite nur für seinen Zeitaufwand entschädigen, worauf Cronkite ihn vor Gericht brachte. Aber gegen die Anwälte, die Lord Worth sich leisten kann, hatte er nicht die geringste Chance. Er verlor nicht nur den Prozeß, er mußte auch noch die Gerichtskosten berappen.«

»Die sicherlich nicht gering waren«, meinte Henderson.

»Mittel bis horrend. Ich weiß es nicht. Aber ich weiß, daß es seither in Cronkite brodelt.«

»Ein Mann kann hundert verschiedene Eide leisten und sie alle brechen. Aber seine ungeheueren Honorarforderungen, seine Einstellung zu Lord Worth sowie die Tatsache, daß er vielleicht die Grenzen des Gesetzes übertreten muß, sind die Garantie für sein Schweigen.«

Jetzt zog ein anderer Mann am Tisch die Augenbrauen hoch. »Die Grenzen des Gesetzes übertreten? Wir können es nicht riskieren...«

»Ich sagte ›vielleicht‹. Und der Begriff Risiko existiert für uns nicht.«

»Können wir uns den Mann einmal ansehen?«

Benson nickte, stand auf, ging zur Tür und ließ Cronkite herein. Cronkite war Texaner. In Größe, Statur und Gesichtszügen hatte er große Ähnlichkeit mit John Wayne, aber im Gegensatz zu Wayne lächelte er niemals. Seine Gesichtsfarbe war merkwürdig gelb – typisch für Menschen, die zu viele Tabletten gegen Malaria genommen haben, denn Mepacrine verleiht nicht gerade einen rosigen Pfirsichteint, aber den hatte Cronkite auch vorher nicht gehabt. Jetzt kam er gerade aus Indonesien zurück, wo er wieder einmal einen Auftrag zur vollsten Zufriedenheit der Auftraggeber erledigt hatte.

»Mr. Cronkite«, sagte Benson, »Mr. Cronkite, dies ist...«

»Ich will die Namen gar nicht wissen«, unterbrach Cronkite ihn unfreundlich.

Trotz seiner brüsken Ablehnung erschien auf den Gesichtern einiger Ölmanager am Tisch ein Leuchten. Hier hatten sie einen Mann von äußerster Diskretion vor sich, einen Mann so recht nach ihrem Herzen.

Cronkite fuhr fort: »Wenn ich Mr. Benson richtig verstanden habe, soll ich mich um eine Angelegenheit kümmern, die Lord Worth und die *Meerhexe* betrifft. Mr. Benson hat mich ziemlich umfassend informiert. Ich kenne die Geschichte. Zuallererst würde ich gern Ihre Vorschläge hören, falls Sie welche zu machen haben.« Cronkite setzte sich, zündete sich eine – wie sich gleich darauf herausstellte – bestialisch stinkende Zigarre an und sah die Herren am Tisch erwartungsvoll an.

Während der anschließenden halbstündigen Diskussion hüllte er sich völlig in Schweigen. Wenn man bedachte, daß hier zehn Spitzenmanager zusammensaßen, so konnte man nur staunen, was für ein außerordentlich unfähiger Haufen sie waren.

Ihr Gespräch bewegte sich in immer enger werdenden konzentrischen Kreisen.

Henderson meldete sich zu Wort: »Zuerst müssen wir uns darauf einigen, daß keine Gewalt angewendet werden darf. Sind wir darin einer Meinung?«

Alle nickten zustimmend. Jeder dieser Männer war eine Säule der Rechtschaffenheit, und keiner von ihnen konnte es sich leisten, seinen Ruf zu riskieren. Cronkite saß reglos wie ein Denkmal da – abgesehen davon, daß er ab und zu die Hand hob, um seine Zigarre zum Mund zu führen.

Nach dieser Übereinstimmung hinsichtlich der Nichtanwendung von Gewalt erzielten die zehn Männer in nichts mehr Übereinstimmung. Schließlich meinte Patinos: »Warum wenden Sie – ich meine die vier Amerikaner hier am Tisch – sich nicht an Ihren Kongreß, damit er ein Notgesetz erläßt, das das Bohren nach Öl in internationalen Gewässern verbietet?«

Benson sah ihn an, und der Ausdruck auf seinem Gesicht hatte ziemlich viel Ähnlichkeit mit Mitleid. »Ich fürchte, Sir, Sie wissen nicht über das Verhältnis zwischen den amerikanischen Konzernen und dem Kongreß Bescheid. Ein paarmal sind wir mit den Leuten zusammengekommen – es ging da um zuviel Profit und zuwenig Steuern. Wir haben sie so überheblich behandelt, daß es ihnen bestimmt ein ausgesprochenes Vergnügen wäre, jede Bitte abzuschlagen, die wir an sie herantrügen.«

Einer der anderen, schlicht als ›Mr. A‹ bekannt, sagte: »Wie wäre es, wenn man sich an den Internationalen Gerichtshof in Den Haag wendete? Schließlich handelt es sich hier doch um ein internationales Problem.«

»Keine Chance«, winkte Henderson ab. »Vergessen Sie's. Die

Entschlußfreudigkeit dieser erhabenen Institution ist sprichwörtlich – bis von dort eine Entscheidung käme, wären alle hier am Tisch mindestens schon im Ruhestand. Und außerdem wäre sie höchstwahrscheinlich sowieso negativ.«

»Und wie wär's mit der UNO?« fragte Mr. A.

»Dieser Schwätzerverein!« Benson hatte offensichtlich keine gute und damit eine verbreitete Meinung von den Vereinten Nationen. »Die haben nicht mal soviel zu sagen, daß sie die Stadt New York veranlassen können, vor ihrer Tür eine neue Parkuhr zu installieren.«

Die nächste revolutionäre Idee kam von einem der Amerikaner: »Warum einigen wir uns nicht darauf, für eine nicht festgesetzte Zeit – je nachdem wie es funktioniert – unsere Ölpreise unter die von Lord Worth zu senken? Dann würde doch keiner sein Öl kaufen.«

Dieser Vorschlag hatte fassungsloses Schweigen zur Folge, das schließlich von Corral gebrochen wurde, der sehr liebenswürdig sagte: »Das würde nicht nur zu riesigen Verlusten der großen Ölgesellschaften führen, es würde Lord Worth augenblicklich dazu veranlassen, seine Preise so weit zu senken, daß sie wieder unter unseren lägen. Der Mann hat soviel Arbeitskapital, daß er auch hundert Jahre mit Verlust kalkulieren kann – falls er überhaupt ein Minusgeschäft macht.«

Eine längere Stille folgte. Cronkite saß nicht mehr so unbeweglich wie vorher. Sein Gesicht war zwar immer noch ausdruckslos, aber die Finger der Hand, in der er keine Zigarre hielt, trommelten leicht auf die Armlehne seines Stuhls. Für Cronkites Verhältnisse war das schon ein hysterischer Anfall.

Und dann vergaßen die zehn Männer am Tisch all ihre edlen Ansichten über das Unterlassen von Ölbohrungen in internationalen Gewässern.

»Warum«, sagte Mr. A., »kaufen wir ihn nicht einfach raus aus dem Geschäft?« Zur Ehrenrettung von Mr. A. muß gesagt werden, daß er nicht über Lord Worths Vermögensverhältnisse Bescheid wußte, sonst wäre ihm klar gewesen, daß Lord Worth ihn und alles, was ihm gehörte, aus seiner linken Tasche hätte aufkaufen können. »Wir könnten ihm doch die Rechte an der *Meerhexe* mit sagen wir hundert Millionen Dollar bezahlen. Nein, seien wir großzügig: mit zweihundert Millionen. Was spricht dagegen?«

Corral sah ausgesprochen deprimiert aus: »Das ist leicht zu beantworten. Nach letzten Schätzungen ist Lord Worth einer der fünf reichsten Männer der Welt, und auch zweihundert Millionen Dollar wären für ihn nur ein paar Pennys.«

Jetzt sah auch Mr. A. deprimiert aus.

»Aber er würde sie ganz sicher verkaufen«, meinte Benson.

Mr. A.s Miene hellte sich sichtlich auf.

»Und zwar aus zwei Gründen. Erstens würde er einen schnellen und großen Gewinn machen. Und zweitens könnte er für weniger als die Hälfte des Verkaufspreises eine zweite *Meerhexe* bauen, sie ein paar Meilen von der alten entfernt verankern lassen – in internationalen Gewässern gibt es keine Pachtrechte – und dann von dort sein Öl zum alten Preis an Land bringen lassen.«

Mr. A. sank vernichtet in sich zusammen.

»Wie wär's dann mit einer Partnerschaft«, schlug Mr. B. vor. Aber er sprach mit stiller Verzweiflung in der Stimme.

»Ganz ausgeschlossen«, erklärte Henderson entschieden. »Wie alle superreichen Männer ist Lord Worth ein Einzelgänger. Er würde sich nicht einmal auf eine Partnerschaft mit dem König von Saudi-Arabien oder dem Schah von Persien einlassen, wenn sie ihm angeboten würde.«

Die zehn Männer schwiegen entmutigt. John Cronkite hatte sich lange genug gelangweilt. Jetzt stand er auf und sagte ohne Einleitung: »Mein Honorar beträgt eine Million Dollar. Für Spesen verlange ich zehn Millionen. Ich werde über jeden Cent Buch führen und den eventuell verbleibenden Rest zurückerstatten. Ich verlange vollkommen freie Hand und lehne jede Einmischung von Ihrer Seite ab. Falls sich doch jemand einmischen sollte, werde ich den noch vorhandenen Spesenrest zurückgeben und die Arbeit niederlegen. Ich bin nicht bereit, Ihnen meine Pläne zu erläutern. Und es wäre mir am liebsten, wenn ich in Zukunft keinerlei Kontakt mehr mit Ihnen hätte.«

Die Sicherheit und das Selbstvertrauen dieses Mannes waren erstaunlich. Die zehn Männer am Tisch fühlten sich so erleichtert, daß sie seine Bedingungen geradezu überstürzt akzeptierten. Die zehn Millionen Dollar – ein Bagatelle für Leute, die einen solchen Betrag jeden Monat für Bestechungen ausgaben – würden innerhalb von vierundzwanzig, spätestens nach achtundvierzig Stunden auf ein kubanisches Nummernkonto in Miami überwiesen – Miami war der einzige Ort in den Vereinigten Staaten, in dem Nummernkonten nach Schweizer Muster zugelassen waren. Aus steuerlichen Gründen würde das Geld natürlich nicht aus einem der Länder kommen, die die Männer am Tisch repräsentierten, sondern ironischerweise aus dem Kapital aus den Ölbohrungen gezogen werden.

2

Lord Worth war groß, schlank und hielt sich sehr gerade. Sein Gesicht hatte die tiefe Bräune eines millionenschweren Playboys, der den ganzen Tag in der Sonne verbringt, aber Lord Worth arbeitete nur an wenigen Tagen weniger als sechzehn Stunden. Seine üppige Mähne und sein Schnurrbart waren schneeweiß. Nach seiner Haltung und seinem Gesichtsausdruck hätte er ein biblischer Patriarch sein können, ein römischer Senator von erstklassigem Format oder auch ein galanter Pirat des siebzehnten Jahrhunderts – wenn man einmal davon absah, daß wohl keiner von diesen jemals schneeweiße Alpaka-Anzüge getragen hat.

Er war jeder Zoll ein Aristokrat. Im Gegensatz zu vielen Amerikanern, die Adelsprädikate wie Duke oder Earl als Vornamen tragen, war Lord Worth ein echter Lord, der fünfzehnte Sproß einer hochangesehenen Familie von schottischen Peers mit Sitz im Oberhaus des britischen Parlaments. Die Tatsache, daß ihre Betätigung sich hauptsächlich auf Morde, endlose Clankriege, Frauen- und Viehdiebstahl sowie Verrat an ihren Verwandten beschränkte, fiel nicht sonderlich ins Gewicht – die früheren schottischen Peers hatten eben nicht so viel für die mehr kulturellen Aspekte des Lebens übriggehabt. Das blaue Blut, das durch ihre Adern gelaufen war, zirkulierte jetzt jedenfalls in denen von Lord Worth. Obwohl er die familieneigene Rücksichtslosigkeit, den Besitzhunger und den Mut geerbt hatte, führte Lord Worth seine Geschäfte mit einer taktischen Vollendung, die seine Vorfahren niemals begriffen hätten.

Lord Worth hatte den Trend der Kanadier, nach England zu gehen, dort ihr Glück zu machen und vielleicht sogar geadelt zu werden, genau umgedreht. Er war bereits adlig, dazu ausgesprochen vermögend, und er wanderte nach Kanada aus. Seine Auswanderung, die in aller Heimlichkeit und sehr überstürzt vonstatten ging, war nicht ganz freiwillig gewesen. Er hatte in London ein Vermögen mit Immobilien gemacht, bevor die Steuerfahndung auf seine Tätigkeit aufmerksam geworden war. Aber was auch immer gegen ihn vorgelegen haben mag – keine der Anklagen war so schwerwiegend gewesen, daß sie eine Auslieferung nach sich gezogen hätte.

Er verbrachte mehrere Jahre in Kanada, investierte seine Millionen in die *North Hudson Oil Company* und bewies, daß er im Ölgeschäft noch mehr leisten konnte als auf dem Immobiliensektor. Als er zu der Überzeugung gelangte, daß Kanada auf die Dauer zu kalt für ihn sei, und deshalb nach Florida übersiedelte, umspannten seine Tankerflotten und Raffinerien bereits den Globus. Sein prachtvolles Haus war ein Gegenstand mißgünstiger Bewunderung für viele Millionäre, deren Vermögen sich allerdings in weit tieferen Regionen bewegte und die in der Gegend von Fort Lauderdale buchstäblich um Raum für ihre Ellbogen kämpften.

Der Speiseraum des Hauses war eine echte Sehenswürdigkeit. Obwohl Mönche eigentlich allen irdischen Genüssen abhold sein sollten, hätte kein Mönch der Vergangenheit oder Gegenwart den schimmernden, eichenen Refektoriumstisch betrachten können, ohne vor Neid zu erblassen. Die Stühle waren natürlich Louis XIV. Der kunstvoll gewebte Seidenteppich, in dessen Flor sich eine Maus von durchschnittlicher Größe ohne weiteres hätte verstecken können, stammte aus Damaskus und war ein Vermögen wert. Die mit bestickter Seide bespannten Wände waren zartgrau wie die schweren Vorhänge und wurden durch Originalgemälde berühmter Impressionisten verschönt – es hingen nicht weniger als drei Werke von Matisse da und die gleiche Anzahl Renoirs. Lord Worth war kein Dilettant und versuchte ganz offensichtlich, die Versäumnisse seiner Vorfahren auf kulturellem Gebiet etwas auszugleichen.

In dieser einem Prinzen würdigen Umgebung genoß Lord Worth gerade seinen zweiten Brandy und die Gesellschaft der beiden Menschen, die er über alles liebte – wenn man das Geld einmal aus dem Spiel ließ. Es waren Marina und Melinda, seine beiden Töchter, die ihre Namen von ihrer inzwischen von Lord Worth geschiedenen, spanischen Mutter bekommen hatten. Beide waren jung, beide waren schön, und man hätte sie für Zwillinge halten können – was sie nicht waren –, nur daß Marina blauschwarzes Haar hatte, während das von Melinda tizianrot leuchtete.

Zwei Gäste saßen an dem wundervollen Tisch. Mancher ortsansässige Millionär hätte einen beträchtlichen Teil seines auf nicht ganz einwandfreie Weise erworbenen Vermögens dafür gegeben, an Lord Worths Tisch sitzen zu dürfen. Es wurden nur sehr wenige eingeladen, und die auch nur selten. Nur diese beiden jungen Männer, die vergleichsweise arm wie Kirchenmäuse waren, hatten das unglaubliche Recht, in Lord Worths Haus zu kommen, so oft es ihnen gefiel, und es gefiel ihnen ziemlich häufig.

Mitchell und Roomer waren zwei nette Burschen von Anfang dreißig, die Lord Worth insgeheim bewunderte, denn sie waren die beiden einzigen wirklich ehrlichen Menschen, die er in seinem Leben kennengelernt hatte. Nicht daß Lord Worth sich je auf die falsche Seite des Gesetzes begeben hätte – auch wenn er einen sehr guten Ausblick auf das hatte, was sich auf jener Seite tat –, es war einfach so, daß er es nicht gewöhnt war, mit ehrlichen Menschen umzugehen. Die beiden waren zwei außerordentlich tüchtige Polizeisergeanten gewesen, die leider immer wieder die falschen Leute verhaftet hatten, wie zum Beispiel unlautere Politiker und ebenso unlautere, wohlhabende Geschäftsleute, die bis dahin der Meinung gewesen waren, daß die Gesetze nicht für sie galten. Und so wurden die beiden Polizeisergeanten eines Tages wegen ihrer absoluten Unbestechlichkeit gefeuert.

Michael Mitchell war der größere, der breitere und der weniger gutaussehende von beiden. Mit seinen unregelmäßigen Zügen, seinen ungebärdigen, dunklen Haaren und seinem blauschimmernden Kinn hatte er ganz gewiß nicht das Zeug zum Filmidol. John Roomer sah mit seinen braunen Haaren und seinem sorgfältig gestutzten Schnurrbart entschieden besser aus. Beide Männer waren gerissen, intelligent und äußerst erfahren auf ihrem Gebiet. Roomer arbeitete mehr intuitiv, Mitchell war ein Mann der Tat. Beide waren charmant, scharfsinnig und ausgesprochen erfinderisch. Und sie hatten auch noch eine andere nicht unwichtige Fähigkeit: beide waren hervorragende Scharfschützen. Zwei Jahre zuvor hatten sie eine Privatdetektei aufgemacht und sich in der kurzen Zeit einen solchen Ruf erworben, daß Leute, die in großen Schwierigkeiten steckten, zu ihnen kamen, anstatt zur Polizei zu gehen – eine Tatsache, die sie dort nicht gerade beliebt machte. Ihre Häuser lagen nur zwei Meilen von Lord Worths Besitz entfernt, wo sie, wie gesagt, oft und gern gesehene Besucher waren. Dabei war sich Lord Worth durchaus darüber klar, daß sie nicht ausschließlich seinetwegen so oft kamen. Und er wußte auch ganz genau, daß sie nicht das geringste Interesse an seinem Geld hatten, was ihn außerordentlich erstaunte, denn er hatte vorher noch nie jemanden getroffen, der nicht daran interessiert gewesen wäre. Aber dafür waren die beiden an Marina und Melinda interessiert, und zwar sehr intensiv.

Die Tür öffnete sich, und Jenkins, der Butler – natürlich Engländer wie auch die beiden Diener –, betrat wie immer geräuschlos den Raum, kam zum Kopf der Tafel und murmelte etwas in Lord Worths Ohr, worauf dieser nickte und aufstand.

»Entschuldigt mich, Mädchen. Meine Herren. Ich bin sicher, ihr unterhaltet euch auch ohne mich ausgezeichnet.«

Er ging in sein Arbeitszimmer und schloß die Tür hinter sich, die den Raum vollkommen schalldicht abschloß.

Das Arbeitszimmer konnte es an kostbarer Ausstattung durchaus mit dem Speiseraum aufnehmen: Eichenholz, Leder, ein völlig unnötig brennendes Kaminfeuer in einer Ecke, alles wie im Landhaus eines englischen Barons. Die Wände wurden von Tausenden von Büchern verdeckt, von denen Lord Worth tatsächlich eine ganze Menge gelesen hatte. Seine analphabetischen Vorfahren wären bestimmt entsetzt gewesen, denn Dekadenz hatten sie zutiefst verabscheut.

Ein hochgewachsener, braungebrannter Mann mit einem Adlergesicht und grauen Haaren erhob sich aus dem Sessel. Die beiden Männer lächelten sich herzlich an und schüttelten sich die Hände.

»Corral, mein lieber Freund«, sagte Lord Worth, »wie schön, Sie zu sehen. Es ist schon eine ganze Weile her seit dem letzten Mal.«

»Ich freue mich auch, Lord Worth. In letzter Zeit hatte sich nichts getan, was Sie interessiert hätte.«

»Aber jetzt schon?«

»Ja, jetzt schon.«

Mr. Corral, der jetzt vor Lord Worth stand, war besagter Corral, der als Repräsentant für die Sektion Florida an dem Treffen am Lake Tahoe teilgenommen hatte. Es hatte einige Jahre gedauert, bis er und Lord Worth zu einer für beide Teile befriedigenden Übereinkunft gekommen waren. Corral, der allgemein als Lord Worths erbittertster Feind und ätzendster Kritiker betrachtet wurde, erstattete eben diesem Lord regelmäßig Bericht über die Tätigkeit und Pläne der großen Gesellschaften. Für diesen Dienst erhielt Corral ein jährliches, steuerfreies Taschengeld von zweihunderttausend Dollar.

Lord Worth drückte auf einen Klingelknopf. Sekunden später erschien Jenkins und brachte zwei große Brandys. Er hatte nichts mit Telepathie zu tun – jahrelange Erfahrung und geschultes Erahnen von Lord Worths Wünschen waren das ganze Geheimnis. Als er den Raum wieder verlassen hatte, setzten die beiden Männer sich hin.

»Na«, sagte Lord Worth, »was gibt's also Neues aus dem Westen?«

»Ich fürchte, die Cherokees sind hinter Ihnen her.«

Lord Worth seufzte. »Irgendwann mußte das ja mal kommen. Erzählen Sie.«

Und Corral erzählte. Er hatte ein fast photographisches Gedächtnis und die Fähigkeit der absolut präzisen Wiedergabe. Fünf Minuten später kannte Lord Worth alle wissenswerten Einzelheiten der Konferenz am Lake Tahoe.

Lord Worth, dem Cronkite ja durch die alte Geschichte zwischen ihnen nur zu gut bekannt war, fragte: »Hat sich Cronkite bereit erklärt, die Abmachung über die Nichtanwendung von Gewalt einzuhalten?«

»Nein.«

»Das dachte ich mir. Zehn Millionen Dollar Spesen hat er also verlangt.«

»Es schien wirklich ein wenig überhöht.«

»Sehen Sie eine Möglichkeit, wie er seinen Auftrag ohne Gewaltanwendung ausführen könnte?«

»Nein.«

»Und?«

»Ich will es mal so ausdrücken, Sir: Jede Gruppe von Leuten, die es fertig bringt, zu behaupten, daß ein Vorgehen gegen Sie zum Wohle der Menschheit notwendig sei, bringt es auch fertig, davon überzeugt zu sein, daß der Name Cronkite gleichbedeutend mit Friede auf Erden ist.«

»Sie haben also ein reines Gewissen. Wenn Cronkite über die Stränge schlägt und das große Morden beginnt, können sie jederzeit die Hände heben und entsetzt beteuern, daß sie es nie für möglich gehalten hätten, daß es so ausgehen würde. Allerdings wird es dazu nie kommen, da sie ja nicht mit Cronkite in Verbindung gebracht würden. Was für ein Haufen hinterhältiger Heuchler!«

Er schwieg einen Moment.

»Ich nehme an, Cronkite hat sich geweigert, seine Pläne darzulegen.«

»Richtig. Aber es gibt noch eine Kleinigkeit, die ich mir für den Schluß aufgehoben habe: Als die Konferenz sich auflöste, nahm Cronkite zwei der zehn Männer beiseite und sprach mit ihnen. Es wäre doch sehr interessant herauszufinden, worüber.«

»Haben Sie eine Möglichkeit, das herauszufinden?«

»Eine ganz gute sogar. Garantieren kann ich zwar nichts, aber ich bin sicher, Benson könnte es herauskriegen – schließlich hat er uns ja auch alle am Lake Tahoe zusammengerufen.«

»Und Sie glauben, Sie könnten Benson dazu bringen, Ihnen zu sagen, was er erfahren hat?«

»Es könnte immerhin sein.«

Lord Worths Gesicht nahm einen resignierten Ausdruck an. »Na schön, wieviel?«

»Nichts. Mit Geld ist bei Benson nichts zu machen.« Corral schüttelte verwundert den Kopf. »Es erscheint zwar unglaublich, aber Benson ist nicht käuflich. Er schuldet mir jedoch einen Gefallen, denn ohne mich wäre er heute nicht Präsident der Ölgesellschaft.« Corral machte eine Pause. »Es überrascht mich, daß Sie mich nicht gefragt haben, welche beiden Männer Cronkite beiseite genommen hat.«

»Mich auch.«

»Borosoff aus der Sowjetunion und Patinos aus Venezuela.« Lord Worth schien in Trance zu verfallen. »Sagt Ihnen das etwas?«

Lord Worth kam wieder zu sich. »Ja. Einheiten der russischen Marine machen eine sogenannte ›Goodwill-Tour‹ durch die Karibik. Ihre Basis haben sie natürlich auf Kuba – wie könnte es anders sein. Von den zehn Männern am Lake Tahoe sind die beiden Männer die einzigen, die auf die Schnelle eine Attacke der Marine gegen die *Meerhexe* organisieren könnten.« Er schüttelte den Kopf. »Das ist doch wirklich teuflisch.«

»Das finde ich auch, Sir. Aber wir wissen ja nichts. Ich werde mich darum kümmern und hoffe, von Benson die gewünschte Auskunft zu bekommen.«

»Und ich werde sofort Sicherheitsvorkehrungen treffen.« Die beiden Männer erhoben sich. »Corral«, sagte Lord Worth, »wir werden uns eingehend Gedanken über die Erhöhung Ihres kärglichen Honorars machen müssen.«

Lord Worths privater Funkraum hatte viel Ähnlichkeit mit dem Cockpit seiner eigenen Boeing 707. Die Vielzahl von Schaltern, Knöpfen und Wählscheiben war verwirrend. Aber nicht für Lord Worth. Er führte einige Gespräche. Zunächst mit seinen vier Hubschrauberpiloten, die er anwies, seine beiden größten Helikopter – da er nicht für halbe Sachen war, besaß er nicht weniger als sechs – kurz vor Tagesanbruch auf seinem Privatflughafen startbereit zu halten. Die anschließenden vier Gespräche führte er mit Leuten, von deren Existenz seine Mitdirektoren nicht die geringste Ahnung hatten. Das erste mit Kuba, das zweite mit Venezuela. Lord Worths Verbindungen waren ausgesprochen weitreichend. Die Instruktionen für seine beiden Gesprächspartner waren klar und einfach. Die Marinebasen in beiden Ländern sollten unter ständige Beobachtung gestellt und alle auslaufenden Kriegsschiffe unter Angabe der Typenbezeichnung sofort gemeldet werden.

Der dritte Anruf galt einem Mann, der gar nicht weit entfernt wohnte – Guiseppe Palermo. Sein Name verleitete zu der Annahme, daß er der Mafia angehörte, was aber absolut nicht den Tatsachen entsprach – er betrachtete die Mafia vielmehr als einen Verein von Muttersöhnchen, der in seinen Überredungsmethoden so sanft geworden war, daß er schon Gefahr lief, respektabel zu werden. Der nächste Anruf ging nach Baton Rouge in Louisiana, wo ein Mann lebte, der sich nur ›Conde‹ nannte und dessen Berühmtheit hauptsächlich darin bestand, daß er seit dem Zweiten Weltkrieg der höchstrangige Marineoffizier war, der vor Gericht gestellt und in Unehren entlassen worden war. Auch er erhielt sehr präzise Instruktionen. Lord Worths Fähigkeiten als Organisator wurden nur noch von der Schnelligkeit seines Handelns übertroffen.

Der noble Lord, der immer darauf beharrt hatte, kein Krimineller zu sein – bislang hatte aber niemand die Kühnheit besessen, ihn dessen anzuklagen –, war auf dem Wege, genau das zu werden.

Selbstverständlich hätte er das strikt von sich gewiesen, und zwar aus drei Gründen. Die Verfassung garantierte jedem Menschen das Recht, Waffen zu tragen; jeder Mensch hatte das Recht, sich und seinen Besitz, mit welchen Mitteln auch immer, gegen kriminelle Angriffe zu verteidigen, und der einzige Weg, Feuer zu bekämpfen, war wiederum Feuer.

Das letzte Gespräch galt seinem erprobten und zuverlässigen Adjutanten, Commander Larsen.

Commander Larsen war der Kapitän der *Meerhexe*.

Larsen, von dem keiner wußte, weshalb er sich ›Commander‹ nannte, war nicht der Typ, den man nach so etwas fragte. Er kam aus einem ganz anderen Stall als sein Arbeitgeber. Außer vor Gericht oder in Gegenwart eines Gesetzeshüters gab er jederzeit unbekümmert zu, sowohl ein Rüpel als auch ein Krimineller zu sein. Er hatte wirklich nicht die geringste Ähnlichkeit mit einem Aristokraten. Aber das bedeutete nicht, daß zwischen ihm und Lord Worth nicht ein Verhältnis gegenseitigen Respekts und wortlosen Verstehens bestand. Im Grunde waren sie einander ausgesprochen ähnlich.

Sein Aussehen entsprach durchaus den Vorstellungen, die man sich von einem Kriminellen und grobschlächtigen Menschen macht. Er war wie ein Schwergewichtsringer gebaut und sah aus, als würde er nur faule Tricks anwenden. Seine tiefliegenden, schwarzen Augen spähten unter überhängenden buschigen Augenbrauen hervor, sein Bart war schwarz und struppig, und das Gesicht mit der Hakennase sah aus, als sei es ziemlich häufig in Kontakt mit schweren Gegenständen gekommen. Niemand – außer vielleicht Lord Worth – wußte, wer er war, was er gemacht hatte und wo er herkam. Seine Stimme war ein echter Schock: hinter der Fassade des Neandertalers verbargen sich die Sprache und der Verstand eines gebildeten Mannes. Aber eigentlich hätte das gar nicht so sehr zu erstaunen brauchen – schließlich stellte man umgekehrt oft genug fest, daß durchgeistigt wirkende Leute ein Spatzenhirn hatten.

Larsen befand sich gerade im Funkraum, hörte aufmerksam zu, nickte von Zeit zu Zeit und betätigte schließlich einen Schalter, der das Gespräch auf den Lautsprecher umschaltete.

»Alles klar, Sir«, sagte er. »Alles verstanden. Wir werden die Vorbereitungen treffen. Aber haben Sie nicht etwas übersehen, Sir?«

»Was sollte ich übersehen haben?« Die Stimme, die aus dem Lautsprecher klang, war die eines Mannes, der grundsätzlich nichts übersah.

»Sie ziehen in Betracht, daß bewaffnete Schiffe auf uns losgehen könnten. Aber wenn sie schon bereit sind, so weit zu gehen, muß man nicht annehmen, daß sie bis zum Letzten gehen würden?«

»Machen Sie's nicht so spannend, Mann.«

»Ich meine, daß es leicht ist, ein paar Marinestützpunkte im Auge zu behalten, aber ich nehme an, daß es erheblich schwieriger sein dürfte, ein Dutzend oder noch mehr Flugplätze zu überwachen.«

»Guter Gott!« In der nachfolgenden Pause konnte man deutlich hören, wie Lord Worths Gehirn arbeitete. »Glauben Sie wirklich ...?«

»Wenn ich die *Meerhexe* wäre, Lord Worth, dann wäre es mir völlig egal, wovon ich in Stücke gerissen würde. Und Flugzeuge könnten den Ort des Geschehens viel schneller verlassen als Schiffe. Angreifende Schiffe könnten von der US-Marine oder von auf dem Land stationierten Bombern jedoch mit Leichtigkeit gestellt werden. Aber man kann auch noch eine andere Möglichkeit in Betracht ziehen. Ein Schiff könnte in einer Entfernung von hundert Meilen stoppen. Das ist überhaupt kein Problem für ein ferngelenktes Geschütz – ich glaube, die Dinger haben heutzutage eine Reichweite von viertausend Meilen. Wenn das Geschütz beispielsweise noch zwanzig Meilen von uns entfernt wäre, könnten sie den hitzeempfindlichen Sucher einschalten. Und wir sind weiß Gott der einzige Punkt im Umkreis von hundert Meilen, der Wärme abgibt.«

Nach einer zweiten längeren Pause fragte Lord Worth: »Haben Sie sonst noch irgendwelche ermutigenden Gedanken zu dem Thema, Commander Larsen?«

»Einen noch, Sir. Wenn ich der Feind wäre – ich darf die Leute doch so nennen...«

»Nennen Sie die Teufel, wie Sie wollen.«

»Wenn ich der Feind wäre, würde ich ein U-Boot benutzen. Das müßte nicht einmal auftauchen, um sein Geschoß abzufeuern. Puff! Und aus wär's mit der *Meerhexe*. Keine Spur von irgendwelchen Angreifern. Man könnte das Ganze als massive Explosion auf der *Meerhexe* deklarieren. Auch diese Möglichkeit ist alles andere als unwahrscheinlich, Sir.«

»Als nächstes werden Sie mir erzählen, daß sie Atom-Sprengköpfe auf die Geschosse setzen werden.«

»Damit sie von einem Dutzend seismologischer Stationen geortet werden? Nein, das halte ich für ziemlich ausgeschlossen, Sir. Aber vielleicht will ich es auch nur nicht in Betracht ziehen. Wer möchte schon gern pulverisiert werden?«

»Wir sehen uns morgen«, sagte Lord Worth, und der Lautsprecher verstummte.

Larsen legte den Hörer auf und grinste breit. Unwillkürlich rechnete man damit, daß dabei gelbe Zahnstummel entblößt würden, aber statt dessen wurde der Blick von zwei Reihen makelloser, weißschimmernder Zähne gefangen genommen. Larsen wandte sich an Scoffield, seinen Adjutanten, der die Bohrungen überwachte.

Scoffield war ein gutmütig wirkender Mann mit einem selbst für seine beachtliche Größe eindrucksvollen Bauchumfang. Aber daß der gutmütige Eindruck täuschte, davon konnten seine Untergebenen ein Lied singen. Scoffield war ein ausgesprochen harter Bursche, und es war sicherlich nicht Bescheidenheit, die ihn dazu veranlaßte, es zu verbergen. Es lag wahrscheinlich viel mehr daran, daß sein Gesicht durch jeweils zwei lange senkrechte Narben auf seinen Wangen ständig zu einem Pseudolächeln verzerrt war.

Ganz offensichtlich war er ebensowenig ein Anhänger plastischer Chirurgie wie Larsen. Jetzt sah er Larsen mit verständlicher Neugier an.

»Was sollte denn das alles?«

»Die Abrechnung steht bevor. Wir müssen uns auf den Jüngsten Tag vorbereiten. Genauer gesagt: Seine Lordschaft wird von Feinden bedrängt.«

Larsen erläuterte Lord Worths Anordnungen. »Er schickt morgen in aller Früh ein regelrechtes Bataillon von harten Burschen zu uns heraus, die auch mit den entsprechenden Waffen ausgerüstet sind. Nachmittags kommt dann irgendein Boot mit noch schwereren Waffen.«

»Ich frage mich, wo er die ganzen harten Jungs und die Waffen herbekommt.«

»Man wundert sich, aber man fragt nicht.«

»Dieses ganze Gerede über Bomber und U-Boote und ferngelenkte Geschosse – glauben Sie denn wirklich, daß das passieren könnte?«

»Natürlich nicht. Aber es ist schwer, eine solche Gelegenheit, die gräflichen Nerven etwas zu strapazieren, ungenutzt vorübergehen zu lassen.« Er schwieg und sagte nach kurzem Nachdenken: »Ich hoffe jedenfalls, daß ich es nicht zu glauben brauche. Kommen Sie, wir wollen uns unsere Verteidigungsmöglichkeiten ansehen.«

»Sie haben eine Pistole, und ich habe eine. Sind das Verteidigungsmöglichkeiten?«

»Nein, ich meinte, wir müssen uns ansehen, wo wir die Verteidigungswaffen aufbauen, wenn sie kommen. Ich nehme an, es werden großkalibrige Geschütze sein.«

»Wenn sie kommen.«

»Darauf können Sie Gift nehmen – schließlich organisiert der Lord die Sache.«

»Wahrscheinlich holt er die Dinger aus seiner privaten Waffenkammer.«

»Es würde mich nicht überraschen.«

»Was denken Sie wirklich, Commander?«

»Ich weiß nicht, was ich denken soll. Ich weiß nur, daß das Leben hier an Bord, wenn Lord Worth auch nur annähernd recht hat, in den nächsten Tagen bedeutend weniger monoton sein wird.«

Die beiden Männer traten auf die Plattform hinaus, über die sich allmählich die Dämmerung senkte. Die *Meerhexe* war in zweihundertsiebzig Meter tiefem Wasser verankert – südlich und in sicherer

Entfernung vom Fördergebiet der USA und der großen Ost-West-Wasserstraße, genau über dem größten Erdölreservoir, das bisher im Golf von Mexiko entdeckt worden war. Die beiden Männer blieben neben dem Bohrturm stehen, wo mit einem Bohrer versucht wurde, die Ausdehnung des Ölfeldes festzustellen. Die Männer, die dort arbeiteten, sahen die beiden zwar nicht gerade mit Feindseligkeit, aber auch nicht mit Sympathie an. Und es gab Gründe für die mangelnde Herzlichkeit in ihren Blicken.

Lord Worth wollte den Boden dieses gigantischen Ölfasses unter dem Meeresboden erreicht haben, bevor irgendwelche Gesetze erlassen wurden, die seinen Bohrungen an dieser Stelle einen Riegel vorschoben. Er war zwar nicht übertrieben besorgt, weil Regierungsstellen sich nicht gerade durch rasante Arbeit auszeichneten, aber es war immerhin möglich, daß sie sich dieses eine Mal beeilten. Außerdem konnte sich seine Goldgrube als viel größer erweisen als angenommen. Daher der derzeitige Versuch, die Grenzen des Ölfeldes abzuschätzen, und daher der Mangel an Herzlichkeit bei den Männern, denn Larsen und Scoffield – in früheren Zeiten hätten sie hervorragende Sklaventreiber abgegeben – standen bildlich gesprochen immer mit der Peitsche hinter ihnen. Obwohl das den Männern nicht paßte, reichte es nicht aus, sie zum offenen Meutern zu treiben. Immerhin wurden sie hoch bezahlt, waren gut untergebracht und wurden hervorragend verpflegt. Was Wein, Weib und Gesang betraf, war zwar nichts los, aber nach einer erschöpfenden Zwölf-Stunden-Schicht hätten derartige Späße sowieso keine Chance gegen eine Riesenmahlzeit und einen langen, tiefen Schlaf gehabt. Zusätzlich zu ihrem normalen Lohn bekamen die Männer noch einen Bonus für jeweils tausend Fässer geförderten Öls.

Larsen und Scoffield gingen zum westlichen Rand der Plattform und blickten auf den riesigen Vorratstank hinaus, dessen oberer Rand mit Warnleuchten versehen war. Nach einer Weile drehten sie sich um und gingen zu den Quartieren zurück.

»Haben Sie schon entschieden, wo die Geschütze aufgebaut werden sollen, Commander«, fragte Scoffield, »wenn sie wirklich kommen.«

»Sie kommen bestimmt«, sagte Larsen überzeugt. »Aber hier werden wir keine brauchen.«

»Warum nicht?«

»Überlegen Sie sich das selbst. Und was die übrige *Meerhexe* betrifft, bin ich mir noch nicht schlüssig. Die Erleuchtung wird mir im

Schlaf kommen. Heute bin ich früh mit Schlafengehen dran. Bis um vier.«

Das Öl wurde nicht an Bord der Bohrinsel gelagert – es war gesetzlich verboten und widersprach zudem gesundem Menschenverstand, Kohlenwasserstoffe auf oder in der Nähe einer Arbeitsplattform zu speichern. Statt dessen hatte Lord Worth nach Anweisungen Larsens, die dieser klugerweise in Form von Vorschlägen vorgebracht hatte, einen riesigen, schwimmenden Tank bauen lassen, der dreihundert Meter von der *Meerhexe* entfernt verankert worden war. Nachdem das Öl vom Meeresboden gefördert war, wurde es gereinigt in diesen riesigen Tank gepumpt.

Einmal, manchmal zweimal am Tag, kam ein Tanker und holte das Öl ab. Drei Tanker fuhren die Strecke zwischen der *Meerhexe* und dem Süden der Vereinigten Staaten. Die *North Hudson Oil Company* besaß auch Supertanker, aber die hätten in diesem Fall nicht dem Zweck entsprochen. Sogar der volle Speicher könnte den Tank eines der Supertanker nicht einmal zu einem Viertel füllen, und der Gedanke, einen Supertanker mit Verlust fahren zu lassen, hätte Lord Worth schlaflose Nächte beschert. Aber ein noch wichtigerer Gesichtspunkt war der, daß die Häfen, in die Lord Worth sein Öl bringen ließ, nicht die nötige Wassertiefe hatten.

Lord Worth hatte die Häfen nicht willkürlich ausgesucht. Einige seiner schärfsten Gegner, die an der Übereinkunft gegen das Bohren in internationalen Gewässern mitgestrickt hatten und die ihn aus tiefster Seele verurteilten, gehörten zu seinen besten Kunden. Es waren die kleineren Gesellschaften, die hart an der Rentabilitätsgrenze entlang lavierten. Sie hatten nicht die Möglichkeit, Untersuchungen zur Erforschung neuer Quellen anzustellen, wie es die größeren Gesellschaften taten, die riesige Summen in diese Projekte steckten und dabei zum Unwillen der Steuerbehörde und zahlreicher Untersuchungsausschüsse des Kongresses Steuerbefreiung im großen Stil forderten.

Aber für die kleineren Gesellschaften war die Verlockung, billigeres Öl bekommen zu können, unwiderstehlich. Die *Meerhexe*, die wahrscheinlich genausoviel Öl förderte wie alle offiziellen Pachtgebiete der Regierung zusammen, schien eine sichere und nicht versiegende Quelle billigen Öls zu sein – jedenfalls so lange, bis die Regierung einschritt. Das konnte im Laufe der nächsten zehn Jahre passieren oder auch nicht. Die großen Gesellschaften hatten schon ihre Fähigkeit demonstriert, mit unfähigen Kommissionen des Kongresses fertig zu werden, und solange die Energiekrise andauerte, machte sich niemand groß Gedanken, woher das Öl kam. Hauptsache, es kam überhaupt. Und außerdem fragten sich die kleineren Gesellschaften, warum sie nicht auch mit den Preisen herumjonglieren sollten, wenn es die OPEC konnte.

Nicht einmal drei Kilometer von Lord Worths Besitz entfernt lagen die Häuser und das gemeinsame Büro von Michael Mitchell und John Roomer. Als es klingelte, ging Mitchell zur Tür.

Der Besucher war von mittlerer Größe, rundlich, trug eine Nikkelbrille und litt augenscheinlich unter rapidem Haarausfall.

»Darf ich hereinkommen?« fragte er kurz, aber höflich.

»Natürlich.« Mitchell trat beiseite, um ihn einzulassen. »So spät empfangen wir eigentlich keine Klienten mehr«, erklärte er.

»Ich danke Ihnen, daß Sie bei mir eine Ausnahme machen. Ich komme in einer ungewöhnlichen Angelegenheit. Mein Name ist James Bentley.« Mit der Handbewegung eines Taschenspielers brachte er eine Karte zum Vorschein. »FBI.«

Mitchell würdigte den Dienstausweis keines Blickes. »Diese Dinger kann man in jedem Scherzartikelladen kaufen. Wo sind Sie her?«

»Aus Miami.«

»Wie ist die Telefonnummer?«

Bentley drehte die Karte um; Mitchell nahm sie und gab sie Roomer. »Er ist mein Gedächtnis. So kann ich mir ein eigenes sparen«, erklärte er.

Auch Roomer sah sich die Karte nicht an. »Es ist in Ordnung. Ich kenne ihn. Sie sind der Boß da oben, nicht wahr?« Bentley nickte. »Bitte setzen Sie sich. Mr. Bentley.«

»Bevor wir weiterreden, möchte ich erst eines klären«, sagte Mitchell, »befaßt sich das FBI mit uns?«

»Ganz im Gegenteil. Das State Department hat mich beauftragt, Sie um Ihre Hilfe zu bitten.«

»Jetzt haben wir es endlich geschafft, John«, frohlockte Mitchell ironisch.

»Aber nur, weil die im State Department nicht wissen, wer wir sind.«

»*Ich* weiß es«, sagte Bentley, und damit war die Diskussion beendet. »Soviel ich weiß, stehen Sie beide auf freundschaftlichem Fuß mit Lord Worth.«

Roomer war auf der Hut: »Wir kennen ihn flüchtig – so wie Sie uns.«

»Oh, ich kenne Sie ganz gut. Ich weiß eine Menge über Sie – auch, daß Sie zwei ehemalige Polizisten sind, die es nie gelernt haben, im richtigen Augenblick wegzuschauen. So was vermasselt die Karriere. Ich möchte, daß Sie ein paar Nachforschungen über Lord Worth anstellen.«

»Ausgeschlossen«, sagte Mitchell, »dazu kennen wir ihn dann doch zu gut.«

»Hören wir uns doch erst mal die ganze Geschichte an, Mike«, schlug Roomer vor, aber auch sein Gesicht hatte jegliche Freundlichkeit verloren.

»Lord Worth hat beim State Department angerufen. Er scheint unter Verfolgungswahn zu leiden, und das interessiert das State Department, denn dort sieht man ihn eigentlich eher als den Verfolger und nicht als den Verfolgten.«

»Sie meinen, das FBI tut das«, sagte Roomer. »Sie haben ihn doch seit Jahren in Ihren Akten. Lord Worth vermittelt eigentlich den Eindruck, als könne er sich fabelhaft selber um seine Angelegenheiten kümmern.«

»Und genau das interessiert das State Department.«

»Was hat er dem State Department denn erzählt?«

»Vollendeten Unsinn. Sie wissen, daß er eine Bohrinsel im Golf von Mexiko hat?«

»Ja, die *Meerhexe*.«

»Er scheint den Eindruck zu haben, daß die Existenz der Bohrinsel bedroht ist. Und deshalb hat er Schutz verlangt. Und wie es sich für einen Milliardär gehört, hat er auch ganz bescheidene Wünsche geäußert: eine Lenkwaffenfregatte und ein paar startbereite Kampfflugzeuge – für alle Fälle.«

»Für was für Fälle?«

»Das ist ja das Tolle: er hat sich geweigert, sich darüber zu äußern. Er sagte nur, er habe geheime Informationen bekommen – was ich durchaus für möglich halte. Leute vom Schlage Lord Worths haben ihre Spürhunde überall in der Welt.«

»Sie sollten uns alles sagen, was Sie wissen«, fand Mitchell.

»Das habe ich getan. Alles übrige sind Mutmaßungen. Wenn das State Department eingeschaltet wird, bedeutet das, daß fremde Länder in die Sache verwickelt sind, und im Augenblick liegen russische Kriegsschiffe in der Karibik. Das State Department riecht einen internationalen Zwischenfall – oder Schlimmeres.«

»Und was sollen wir tun?«

»Nicht viel. Nur herausfinden, was Lord Worth in den nächsten ein zwei Tagen vor hat.«

»Und wenn wir uns weigern?« fragte Mitchell. »Werden wir dann unsere Lizenzen los?«

»Ich bin kein korrupter Polizeichef. Wenn Sie nicht wollen, vergessen Sie einfach, daß ich hier war. Ich dachte nur, Sie hätten Lord Worth gern genug, um dazu beizutragen, ihn vor sich selbst oder den Folgen irgendwelcher unüberlegter Handlungen zu schützen. Und ich dachte, daß Ihnen seine Töchter wichtig wären – für den Fall, daß ihm etwas passieren sollte.«

Mitchell stand auf und streckte den Arm aus: »Da ist die Tür. Sie wissen mir zuviel.«

»Setzen Sie sich wieder hin.« Bentleys Stimme klang plötzlich eisig. »Seien Sie nicht albern. Es ist schließlich mein Job, gut informiert zu sein. Aber abgesehen von Lord Worth und seiner Familie dachte ich auch, daß Ihnen das Wohl Ihres Vaterlandes vielleicht ein wenig am Herzen läge.«

»Übertreiben Sie jetzt nicht ein bißchen?« fragte Roomer.

»Das kann schon sein. Aber es ist die Pflicht sowohl des State Department als auch des FBI, nichts zu riskieren.«

»Sie bringen uns da in eine ganz schön unangenehme Lage«, sagte Roomer.

»Jaja, ich verstehe das schon: Sie fürchten, sich damit unloyal zu verhalten. Ich weiß, daß Sie in einer Zwickmühle stecken, und es tut mir leid, aber lösen müssen Sie das Dilemma schon allein.«

»Was erwarten Sie von uns?« fragte Mitchell. »Sollen wir zu Lord Worth gehen und ihn fragen, warum er beim State Department die Pferde scheu gemacht hat und was er in naher und ferner Zukunft zu tun gedenkt?«

Bentley lächelte. »So brutal hatte ich mir die Sache eigentlich nicht vorgestellt. Sie haben – natürlich von Ihrer Tätigkeit bei der Polizei abgesehen – den Ruf, Ihr Handwerk ausgezeichnet zu verstehen. Ich überlasse Ihnen, wie Sie die Sache angehen.« Er stand auf. »Behalten Sie meine Karte und lassen Sie mich wissen, wenn Sie etwas herausgefunden haben. Wie lange kann das dauern?«

»Ein paar Stunden«, meinte Roomer.

»Ein paar *Stunden*?« Bentley war fassungslos. »Brauchen Sie denn keine offizielle Einladung?«

»Nein.«

»Millionäre brauchen eine.«

»Wir haben nicht einmal ein paar Tausender.«

»Wahrscheinlich liegt es daran. Ich danke Ihnen sehr, meine Herren. Gute Nacht.«

Nachdem Bentley gegangen war, saßen die beiden Männer ein paar Minuten schweigend da; dann sagte Mitchell: »Na?«

»Okay«, nickte Roomer, griff nach dem Telefon, wählte eine Nummer und fragte nach Lord Worth.

Als er ihn am Apparat hatte, sagte er: »Lord Worth? Hier sind Mitchell und Roomer. Wir haben etwas mit Ihnen zu besprechen, das vielleicht ganz wichtig ist. Und wir würden es lieber nicht am Telefon besprechen.« Er lauschte ein paar Sekunden, bedankte sich dann und hängte ein.

»Wir können gleich kommen«, informierte er Mitchell. »Wir sollen in der Seitenstraße parken und den Seiteneingang benutzen. Er erwartet uns im Arbeitszimmer. Die Mädchen sind schon in ihren Zimmern.«

»Glaubst du, daß Freund Bentley unser Telefon schon hat anzapfen lassen?«

»Wenn nicht, sollte man ihm sein Lehrgeld wiedergeben.«

Fünf Minuten später gingen sie zwischen Bäumen hindurch auf den Seiteneingang von Lord Worths Haus zu. Marina, die in ihrem Schlafzimmer im ersten Stock am Fenster stand, beobachtete sie voll Interesse. Als sie die beiden aus den Augen verlor, schaute sie ein paar Sekunden nachdenklich vor sich hin und verließ dann ohne Hast ihr Zimmer.

Lord Worth empfing die beiden Besucher in seinem Arbeitszimmer und schloß sorgfältig die Tür mit der Spezialpolsterung. Dann öffnete er mit Schwung die Türen einer versteckten Bar und goß drei Brandys ein. Es gab Zeiten, da ließ er Jenkins diese Arbeit tun, und es gab Zeiten, da tat er sie selbst. Er hob sein Glas.

»Auf Ihr Wohl. Es ist mir ein unerwartetes Vergnügen.«

»Für uns ist es kein Vergnügen«, sagte Roomer düster.

»Dann sind Sie also nicht gekommen, um mich um die Hände meiner Töchter zu bitten?«

»Nein, Sir«, sagte Mitchell. »Es geht um etwas ganz anderes. Roomer kann Ihnen das besser erklären als ich.«

»Was?«

»Wir hatten gerade Besuch von einem hohen FBI-Beamten.« Er reichte Lord Worth Bentleys Karte. »Auf der Rückseite steht eine Telefonnummer, und die sollen wir wählen, wenn wir Ihnen ein paar Informationen entlockt haben.«

»Das ist ja hochinteressant.« In der folgenden, langen Pause blickte der Lord abwechselnd von einem zum anderen.

»Was für Informationen?«

»Nach Bentleys Worten haben Sie beim State Department angerufen, weil Sie angeblich befürchten, daß die *Meerhexe* in Gefahr ist. Und nun will man wissen, woher Sie diese geheimen Informationen haben und was Sie zu tun gedenken.«

»Warum ist das FBI nicht direkt zu mir gekommen?«

»Weil Sie denen auch nicht mehr gesagt hätten als dem State Department – wenn Sie sie überhaupt hereingelassen hätten. Aber die wissen, daß wir ab und zu hier zu Gast sind, und so haben sie wohl angenommen, daß Sie uns gegenüber unvorsichtiger wären.«

»Bentley nimmt also an, daß Sie mir Informationen entlocken könnten, ohne daß ich es bemerke?«

»So was in der Art, ja.«

»Bringt Sie das nicht in eine etwas mißliche Situation?«

»Nicht wirklich.«

»Sie sollen sich doch an die Gesetze halten, oder?«

»Ja«, sagte Mitchell. »Aber nicht an frisierte Gesetze. Oder haben Sie vergessen, Lord Worth, daß wir deshalb keine Polizisten mehr sind, weil wir mit der hiesigen Handhabung des Rechts nicht einverstanden waren? Jetzt sind wir nur unseren Klienten verantwortlich.«

»Ich bin nicht Ihr Klient.«

»Nein.«

»Hätten Sie mich gern als Klienten?«

»Aus welchem Grund denn, um Himmels willen?« fragte Roomer verdutzt.

»Nichts auf der Welt ist gratis, John. Dienste müssen belohnt werden.«

»Auftrag mißlungen«, konstatierte Mitchell. Er stand auf. »Es war sehr freundlich von Ihnen, uns zu empfangen, Lord Worth«, sagte er steif.

»Entschuldigen Sie.« Der Lord klang ehrlich betroffen. »Ich fürchte, ich habe mich daneben benommen.« Er dachte kurz nach und lächelte dann: »Ich habe gerade versucht, mich daran zu erinnern, wann ich mich das letzte Mal bei jemandem entschuldigt habe – mein Gedächtnis scheint nicht weit genug zurückzureichen. Aber jetzt zu den gewünschten Informationen für das FBI. Was die erste Frage betrifft: meine Informationen erhielt ich in Verbindung mit mehreren anonymen telefonischen Drohungen, die das Leben meiner Töchter betrafen. Nein, es war eigentlich eine zweifache Drohung: erstens gegen meine Töchter – wie man mir sagte, könne ich sie schließlich nicht für alle Zeiten versteckt halten, und schließlich gäbe es nichts, was man gegen die Kugel eines Heckenschützen tun könne – und zweitens gegen die *Meerhexe*. Sie soll in die Luft gesprengt werden, falls ich nicht die Ölförderung einstelle. Was nun meine Pläne betrifft, so werde ich morgen nachmittag zur *Meerhexe* fliegen und vierundzwanzig, vielleicht auch achtundvierzig Stunden dort bleiben.«

»Entspricht irgend etwas an diesen beiden Aussagen den Tatsachen?« fragte Roomer.

»Seien Sie nicht albern. Natürlich nicht. Ich werde zwar tatsächlich zur *Meerhexe* hinausfliegen, aber schon vor Tagesanbruch. Ich möchte nicht, daß diese Spürhunde mich bei meinem Start mit dem Hubschrauber beobachten.«

»Meinen Sie damit die Leute vom FBI, Sir?«

»Wen sonst? Genügt das fürs erste?«

»Vollkommen.«

Sie gingen schweigend zu ihrem Wagen zurück. Roomer setzte sich hinters Steuer, Mitchell daneben.

»Sieh mal an, sieh mal an«, sagte Roomer schließlich.

»Ein gerissener alter Teufel, was?«

»Er ist vielleicht gerissen, aber...«, kam Marinas Stimme vom Rücksitz.

Sie brach ab und schnappte nach Luft, als Mitchell herumfuhr und Roomer die Innenbeleuchtung einschaltete: Die Mündung von Mitchells Achtunddreißiger zielte genau zwischen ihre Augen, die im Augenblick vor Entsetzen weit aufgerissen waren.

»Mach das ja nie wieder mit mir«, riet Mitchell ihr, »beim nächsten Mal würde ich vielleicht nicht so langsam reagieren, und dann wäre es zu spät für Erklärungen.«

Sie fuhr sich mit der Zunge über die Lippen. Eigentlich war sie ein intelligentes und selbstsicheres Mädchen, aber wenn man zum ersten Mal in die Mündung einer Pistole schaut, kann das die Selbstsicherheit ganz schön beeinträchtigen. »Ich wollte sagen, daß er vielleicht gerissen ist, aber weder alt noch ein Teufel. Nimmst du jetzt bitte die Waffe weg? Man zielt nicht auf Menschen, die man liebt.«

Mitchell steckte die Pistole ein. »Ich neige nicht dazu, mich in junge Verrückte zu verlieben«, konstatierte er.

»Oder in Spione«, ergänzte Roomer mit einem Blick auf Melinda. »Was macht ihr beiden hier?«

Melinda war gelassener als ihre Schwester. Aber schließlich hatte ja auf sie auch niemand eine Waffe gerichtet. »Du bist jedenfalls ein gerissener, junger Teufel, John Roomer. Du versuchst nur, Zeit zu schinden.« Womit sie durchaus recht hatte.

»Was soll das heißen?«

»Das soll heißen, daß du dir verzweifelt eine Antwort auf die Frage überlegst, die wir euch stellen werden: Was macht ihr beide hier?«

»Das geht euch nichts an.« Roomers normalerweise sanfte Stimme klang ungewöhnlich unfreundlich.

Die beiden Mädchen auf dem Rücksitz schwiegen. Insgeheim mußten sie sich eingestehen, daß sie die Männer unterschätzt hatten. Daß die beiden so streng zwischen Privatleben und Beruf trennen würden, wäre ihnen nie in den Sinn gekommen.

Mitchell seufzte. »Warum geht ihr nicht zu eurem Vater und fragt ihn?« schlug er vor. »Ich bin sicher, er wird es euch sagen – allerdings werdet ihr bestimmt die saftigste Tracht Prügel eures Lebens dafür einstecken, daß ihr euch in seine Privatangelegenheiten mischt.« Er stieg aus dem Wagen, öffnete die Tür, wartete, bis die Schwestern ausgestiegen waren, sagte »gute Nacht«, stieg wieder ein und fuhr los. Die beiden Mädchen standen unsicher am Straßenrand und schauten dem Wagen nach.

»Das habe ich fabelhaft gemacht – aber nicht gern«, sagte Roomer.

»Sie haben es sicher nicht böse gemeint. Auf jeden Fall wird es uns für die Zukunft gut zustatten kommen.«

»Es wird uns noch besser zustatten kommen, wenn du bei der nächsten Telefonzelle hältst.«

Fünfzehn Sekunden später kamen sie bei der Zelle an, und eine Minute später kam Mitchell wieder heraus. »Und was sollte das jetzt?« wollte Roomer wissen.

»Tut mir leid, reine Privatsache.« Mitchell gab Roomer ein Stück Papier. Der schaltete die Innenbeleuchtung ein und las: ›Ist der Wagen verwanzt?‹

»Schon gut«, sagte Roomer, und die beiden Männer schwiegen, bis sie zu Hause ankamen. Als sie noch in der Garage standen, fragte Roomer: »Wie kommst du darauf, daß eine Wanze im Wagen sein könnte?«

»Ich weiß es nicht. Wie weit traust du Bentley über den Weg?«

»Das ist doch wohl eine rhetorische Frage. Aber er – oder einer seiner Männer – hätten gar nicht die Zeit dazu gehabt, etwas einzubauen.«

»Man braucht nur fünf Sekunden, um eine magnetische Wanze zu befestigen.«

Sie durchsuchten zuerst Roomers Wagen und dann Mitchells. Beide waren sauber. In Mitchells Küche angekommen, fragte Roomer: »Wen hast du eigentlich angerufen?«

»Den alten Knaben natürlich. Ich habe ihn noch erwischt, bevor die Mädchen mit ihm sprechen konnten, ihm erzählt, was passiert war, und ihm geraten, er solle ihnen erklären, daß er gegen sie gerichtete Drohungen erhalten hätte, daß er die Quelle kenne, daß er der hiesigen Polizei nicht traue und deshalb uns beauftragt hätte, die Sache in die Hand zu nehmen. Er biß sofort an. Und dann sagte ich ihm noch, er solle ihnen den Marsch blasen, weil sie sich in seine Angelegenheiten mischen.«

»Er wird sie schon überzeugen«, meinte Roomer zuversichtlich.

»Was viel wichtiger ist: hat er *dich* überzeugt?«

»Nein. Er denkt schnell und lügt noch schneller. Er wollte testen, wie ernst man ihn im Falle eines echten Notfalls nehmen würde. Und jetzt hat er den Beweis, daß er ernst genommen wird. Ich denke, wir sagen Bentley genau das, was wir ihm auf Wunsch des Lords sagen sollen.«

»Was sonst?«

»Glaubst du, es stimmt, was er uns gesagt hat?«

»Daß er einen eigenen Geheimdienst unterhält? Das glaube ich sofort. Daß er zur *Meerhexe* hinausfliegt? Auch das glaube ich. Allerdings bin ich mir nicht ganz sicher, ob auch die Zeitangaben korrekt waren. Wir sollen Bentley sagen, daß er am Nachmittag fliegt, und uns hat er gesagt, daß er bei Tagesanbruch startet. Wenn er Bentley anlügen kann, dann kann er uns auch anlügen. Auch wenn ich nicht weiß, weshalb er es für nötig halten sollte, uns anzulügen – wahrscheinlich kann er einfach nicht anders. Ich glaube, daß er viel früher aufbricht.«

»Ich auch«, sagte Roomer. »Wenn ich die Absicht hätte, bei Tagesanbruch abzufliegen, wäre ich um diese Zeit mindestens auf dem Weg ins Bett, wenn nicht schon im Tiefschlaf. Aber er machte nicht den Eindruck, als ob er die Absicht hatte, bald zu Bett zu gehen. Daraus schließe ich messerscharf, daß es sich auch gar nicht mehr lohnen würde.« Er dachte kurz nach. »Wie machen wir's – marschieren wir getrennt?«

»Ich denke, ja. Du fährst zum Hubschrauberstartplatz, und ich hefte mich an die Fersen Seiner Lordschaft.«

»Genau.« Mitchell sah hervorragend im Dunkeln. Wenn es nicht gerade pechschwarze Nacht war, konnte er ohne Beleuchtung Auto fahren – eine Fähigkeit, die Generäle in Kriegszeiten besonders bei ihren Chauffeuren schätzten und deshalb ganze Armeen nach solchen Leuten zu durchkämmen pflegten.

»Ich werde mich im Gebüsch auf der Westseite verstecken, weißt du, welches ich meine?«

»Ja. Wie wär's, wenn du Bentley jetzt deinen Bericht durchgeben würdest? Ich mache in der Zwischenzeit ein paar Thermosflaschen Kaffee und ein paar belegte Brote zurecht.«

»Okay.« Roomer, der nach dem Telefon griff, hielt plötzlich in der Bewegung inne. »Kannst du mir sagen, warum wir das eigentlich alles machen? Wir schulden dem FBI nicht das geringste. Wir sind von niemandem beauftragt, irgend etwas zu unternehmen. Wie du schon sagtest, gehen wir und die hiesigen Gesetzesvertreter in verschiedene Richtungen. Ich fühle mich nicht verpflichtet, mein Vaterland vor einer nicht-existenten Bedrohung zu schützen. Wir haben keine Klienten, keine Vollmachten und keine Aussicht auf ein Honorar. Warum kümmert es uns, ob Lord Worth in eine Falle geht?«

Mitchell hörte auf, Brot zu schneiden. »Was das betrifft, so würde ich dir vorschlagen, Melinda anzurufen und ihr diese Frage zu stellen.«

Roomer schnitt eine Grimasse und nahm den Hörer von der Gabel.

3

Scoffield hatte sich geirrt – Lord Worth besaß kein eigenes Waffenarsenal. Aber die Streitkräfte der Vereinigten Staaten hatten jede Menge davon.

Die beiden Einbrüche wurden mit einer Perfektion durchgeführt, die auf langer Übung basiert und jeden Fehler von vornherein ausschließt. Sie hatten Arsenale der Regierung zum Ziel – eines von der Armee und eines von der Marine. Beide waren natürlich rund um die Uhr bewacht, und keine der Wachen wurde getötet oder verletzt, wenn man von kleineren Blessuren absah, die betäubende Schläge notwendigerweise mit sich bringen. Aber auch diese waren kaum der Rede wert – Lord Worth hatte ganz klar ein Minimum an Gewalttätigkeit angeordnet.

Guiseppe Palermo, der aussah wie ein Börsenmakler, mußte die schwerere der beiden Aufgaben lösen. Ihm selbst schien es jedoch kindisch einfach. Begleitet von neun dem Anschein nach respektablen Männern – drei trugen Majorsuniformen – kam er eine Viertelstunde vor Mitternacht bei dem Arsenal in Florida an. Die sechs jungen Wachposten, von denen keiner bisher einen ernsthaften Schußwechsel erlebt hatte, waren schläfrig und erwarteten von dieser Nacht nichts anderes mehr als ihre Ablösung um Mitternacht. Nur zwei von ihnen waren noch nicht eingenickt – und diese beiden, die auf das laute, energische Hämmern die Haupttür öffneten, sahen sich plötzlich höchst alarmiert drei Offizieren der Armee gegenüber, die verkündeten, sie wollten eine Stichprobe in Sachen Sicherheit und Wachsamkeit machen. Fünf Minuten später waren alle sechs gefesselt, geknebelt und in einem der vielen sogenannten sicheren Räume des Arsenals eingesperrt. Zwei lagen bewußtlos am Boden und würden todsicher beim Erwachen unter heftigen Kopfschmerzen leiden, weil sie versucht hatten, Helden zu spielen.

Unterdessen und während der folgenden zwanzig Minuten veranstaltete einer von Palermos Männern, ein Experte für Elektronik namens Jamieson, eine gründliche und durchaus berechtigte Suche nach allen möglichen Alarmanlagen, die im Falle eines Falles die Polizei und das nächste Militärhauptquartier benachrichtigen würden, und unterbrach die Verbindungen.

Er war noch damit beschäftigt, als die Wachablösung – fast genauso schläfrig wie die Schicht, die auf sie gewartet hatte – auf der Bildfläche erschien und höchst verwirrt in die Mündungen von drei Maschinenpistolen schaute. Minuten später lagen sie gefesselt, aber nicht geknebelt neben ihren Kameraden, denen man jetzt die Knebel wieder herausnahm. Sie konnten getrost schreien – das nächste bewohnte Haus war über eine Meile entfernt. Sie waren zuerst nur geknebelt worden, um die Ablösung nicht durch Geschrei warnen zu können.

Es würde fast acht Stunden dauern, bis jemand den Einbruch entdeckte.

Palermo schickte Watkins, einen seiner Männer, den Kleinbus, in dem sie gekommen waren, aus dem Versteck zu holen. Alle außer Watkins tauschten ihre Straßenanzüge oder Uniformen gegen grobe Arbeitskleidung, was ihre Erscheinung grundlegend veränderte. Während sie sich umzogen, ging Watkins zur Garage des Arsenals, brach das überraschend simple Schloß auf, wählte einen

Zweitonner aus, schloß die Zündung kurz und fuhr den Laster vor die bereits geöffneten Ladetore des Arsenals. Zu Palermos Mannschaft gehörte unter anderem auch ein Mann namens Jacobson, der es zwischen seinen verschiedenen Gefängnisaufenthalten zu einer bemerkenswerten Fertigkeit im Öffnen von Schlössern jeder Art gebracht hatte. Er mußte jedoch gar nicht in Aktion treten, denn seltsamerweise hatte sich niemand die Mühe gemacht, die vielen Schlüssel wenigstens ansatzweise zu verstecken. Sie hingen für jedermann gut sichtbar im Hauptbüro an der Wand.

Es dauerte keine halbe Stunde, da war der Lastwagen, den Watkins wegen seiner geschlossenen Ladefläche ausgesucht hatte, mit einem eindrucksvollen Waffensortiment beladen, das von Bazookas bis zu Maschinenpistolen reichte. Zusätzlich ließen Palermo und seine Männer Munition für ein ganzes Bataillon und eine beträchtliche Menge Sprengstoff mitgehen. Nachdem sie fertig waren, verschlossen sie sorgfältig alle Türen wieder. Die Schlüssel nahmen sie mit – wenn morgen um acht die nächste Wachablösung käme, würde sie noch länger brauchen, um festzustellen, was passiert war.

Watkins brachte den Kleinbus, in dem die jetzt nicht mehr benötigten Kleidungsstücke lagen, wieder in sein Versteck, kehrte zu dem Lastwagen zurück und fuhr los. Die anderen neun Männer saßen oder lagen in unterschiedlich unbequemer Stellung zwischen den Waffen – ein Glück für sie, daß die Fahrt bis zu Lord Worths einsam gelegenem Hubschrauberplatz nur zwanzig Minuten dauerte. Der Laster passierte das Tor – er hatte nur das Standlicht an – und rollte vor einem der beiden Hubschrauber aus. Tragbare Lampen wurden eingeschaltet, die zwar kaum mehr als einen schwachen Lichtschimmer abgaben, aber hell genug waren, daß Roomer, der achtzig Meter weit entfernt mit einem Nachtglas ausgerüstet bäuchlings im Gebüsch lag, alles deutlich erkennen konnte. Man hatte keinerlei Versuch gemacht, die Fracht in irgendeiner Weise zu tarnen oder zu verpacken. Es dauerte nur zwanzig Minuten, den Laster zu entladen und die Fracht unter dem wachsamen Auge des Piloten, der für die richtige Gewichtsverteilung sorgte, im Hubschrauber zu verstauen.

Palermo und seine Männer bestiegen, mit Ausnahme von Watkins, den zweiten Hubschrauber, lehnten sich bequem zurück und warteten auf die versprochene Verstärkung. Der Pilot ihres Hubschraubers hatte, wie es üblich war, seinen Flugplan bereits an den nächstgelegenen Flugplatz durchgegeben und das Ziel korrekt mit

Meerhexe angegeben. Etwas anderes zu tun, wäre ausgesprochen dumm gewesen. Die Radarüberwachung entlang der Golfküste ist genauso gut wie überall sonst auf der Welt, und jede Abweichung von einem einmal angegebenen Kurs hätte sofort zwei höchst mißtrauische Piloten in Überschallflugzeugen auf den Plan gerufen.

Watkins fuhr den Laster zum Arsenal zurück, brachte die Zündung wieder in Ordnung, verschloß die Garagentür und holte den Kleinbus aus dem Versteck. Noch vor Tagesanbruch würden die Anzüge seiner Freunde wieder in deren Schränken hängen und der natürlich gestohlene Kleinbus auf seinem angestammten Parkplatz stehen.

Roomer fing an sich zu langweilen, und seine Ellbogen begannen allmählich zu schmerzen. Seit der Kleinbus vor einer halben Stunde weggefahren war, hatte er unentwegt auf dem Bauch gelegen und das Nachtglas nur selten von den Augen genommen. Die belegten Brote waren aufgegessen, der Kaffee getrunken, und er hätte gern eine Zigarette geraucht, ließ es aber dann doch lieber bleiben. Ganz offensichtlich warteten die Leute in dem Helikopter auf etwas, und das konnte nur die Ankunft des Lords sein. Plötzlich hörte er ein rasch lauter werdendes Motorbrummen, und gleich darauf fuhr ein Minibus, der nur das Standlicht eingeschaltet hatte, durch das Tor. Wer immer auch darin sitzen mochte – jedenfalls war es nicht der Lord, denn der pflegte nicht in solchen Vehikeln zu reisen. Das Fahrzeug hielt neben dem Passagierhubschrauber, die Insassen stiegen aus und kletterten in den Helikopter. Roomer zählte zwölf Männer. Der letzte war gerade im Hubschrauber verschwunden, als ein weiterer Wagen ankam, der leise mit abgeblendeten Scheinwerfern durch das Tor glitt. Es war ein Rolls-Royce – der Lord war endlich da. Plötzlich hörte Roomer in seiner Nähe das leise Geräusch von Autoreifen. Er drehte sich um und sah, wie ein Wagen mit abgeschaltetem Motor und ohne Licht neben seinem zum Stehen kam.

»Hier drüben«, rief Roomer leise. Mitchell kam zu ihm herüber und dann beobachteten beide, wie die weißgekleidete Gestalt den Rolls verließ und im Hubschrauber verschwand. »Ich denke, damit ist die Fuhre komplett.«

»Und woraus besteht sie?«

»Aus weiteren einundzwanzig Personen. Ich kann es nicht beschwören, aber mein Instinkt sagt mir, daß es sich nicht um ehrliche, aufrechte Bürger handelt. Es heißt doch allgemein, daß jeder

Multimillionär seine eigene Privatarmee hat, und ich habe das Gefühl, daß ich gerade Lord Worths Mannen besichtigen durfte.«

»Der zweite Hubschrauber hat mit der ganzen Sache nichts zu tun?«

»Ganz im Gegenteil – er ist der Star der Show: er ist bis unter den Rotor mit Waffen vollgestopft.«

»Das allein ist noch kein Verbrechen. Es könnte sich um einen Teil der privaten Sammlung des Lords handeln – immerhin besitzt er eine der größten Sammlungen der Vereinigten Staaten.«

»Es ist Privatleuten nicht gestattet, Bazookas, Maschinenpistolen und hochexplosiven Sprengstoff zu sammeln.«

»Glaubst du, er hat sie sich ausgeliehen?«

»Ja – aber nicht gegen Quittung.«

»Im nächsten Regierungsarsenal?«

»Ich würde es fast annehmen.«

»Da drüben rührt sich noch nichts. Vielleicht wollen die zu einer ganz bestimmten Zeit starten. Das kann also noch eine Weile dauern. Gehen wir doch zu einem unserer Wagen und rufen die Gesetzeshüter her.«

»Der nächste Armeeposten liegt sieben Meilen von hier.«

»Richtig.«

Die Männer hatten erst zwei Schritte in Richtung auf ihre Wagen gemacht, als die Motoren der beiden Helikopter fast gleichzeitig losdonnerten. Sekunden später hoben beide Hubschrauber vom Boden ab.

»Na, es war ja auch nur so ein Gedanke«, sagte Mitchell.

»Schau dir das an«, sagte Roomer, »die ehrlichen, gottesfürchtigen Bürger haben alle erforderlichen Positionslichter gesetzt.«

»Klar – damit niemand in sie reinkracht.« Mitchell dachte nach. »Wir könnten den nächsten Luftwaffenstützpunkt anrufen und die beiden Hubschrauber zur Landung zwingen lassen.«

»Mit welcher Begründung?«

»Wegen Diebstahls von Eigentum der Regierung.«

»Wir haben doch keine Beweise – nur unsere Behauptung. Und wenn sie hören, daß der Lord an Bord ist – denkst du, sie werden zwei verkrachten Polizisten, wie wir es sind, mehr glauben als ihm?«

»Stimmt – ein ernüchternder Gedanke. Hast du dich schon jemals wie ein Paria gefühlt?«

»Bis zu diesem Moment nicht. Ich komme mir so verdammt hilflos vor. Komm, wir wollen versuchen, ein paar Beweise aufzutreiben. Wo ist das nächste Arsenal?«

»Ungefähr eine Meile von der Garnison entfernt.«

»Warum richten die bloß ihre Arsenale nicht auf dem Garnisonsgelände ein?«

»Es kann vorkommen, daß mal ein Arsenal in die Luft fliegt – wie würde es dir gefallen, in einer überfüllten Kaserne zu sitzen, wenn unmittelbar neben dir alles explodiert?«

Roomer richtete sich aus der gebückten Stellung auf, in der er an dem Schloß des Haupttors herummanipuliert hatte, und steckte den riesigen Schlüsselbund wieder ein, für dessen Besitz ihn jeder schlechtgelaunte Polizist ohne Haftbefehl hinter Gitter hätte bringen können.

»Ich dachte, ich könnte die Tür mit einem der Schlüssel aufkriegen, aber es geht nicht. Wo der passende Schlüssel sich im Augenblick befindet, ist nicht schwer zu erraten.«

»Wahrscheinlich hat er schon eine Flugreise vom Helikopter zum Wasser des Golfs angetreten.«

»Anzunehmen. Die Tür zum Laderaum ist durch das gleiche Schloß gesichert. Und die Fenster sind alle vergittert. Du hast nicht zufällig eine Stahlsäge dabei?«

»Das nächste Mal bringe ich bestimmt eine mit, ich verspreche es dir.« Mitchell leuchtete mit seiner Taschenlampe in eines der Fenster hinein, aber alles, was er sah, war sein Spiegelbild. Er nahm seine Pistole und schlug mit dem schweren Griff mehrere Male gegen das Glas, aber ohne nennenswerten Erfolg. Denn das Fenster lag ein gutes Stück hinter dem Gitter, und so kamen die Schläge sehr gedämpft an.

»Was machst du da bloß?« fragte Roomer.

»Ich versuche, das Glas zu zerschlagen«, antwortete Mitchell geduldig.

»Auch wenn du es kaputt kriegst – hinein kommst du trotzdem nicht.«

»Das nicht, aber ich kann dann besser sehen und auch etwas hören, falls es etwas zu hören gibt. Ich möchte wissen, ob das normales oder Panzerglas ist.«

»Woher soll ich das wissen?«

»Da hast du auch wieder recht. Paß auf, ich teste es. Wenn es Panzerglas ist, wird die Kugel abprallen. Geh in Deckung.« Beide Männer kauerten sich auf den Boden, und Mitchell feuerte schräg nach oben einen Schuß ab. Die Kugel prallte nicht ab – sie durchschlug das Glas und hinterließ ein gezacktes Loch in der Scheibe.

Mitchell begann, es mit dem Griff seiner Waffe zu vergrößern, hörte jedoch auf, als Roomer den schweren Schraubenschlüssel aus dem Wagen brachte. Nach ein paar kräftigen Schlägen hatte das Loch bereits einen Durchmesser von etwa dreißig Zentimetern. Mitchell leuchtete mit seiner Taschenlampe in den dahinter liegenden Raum: es war ein Büro voller Aktenschränke. Die Tür am hinteren Ende stand offen. Mitchell hielt sein Ohr so dicht wie möglich an das Loch und hörte es sofort: Metall wurde auf Metall geschlagen, und heisere Stimmen brüllten. Er zog seinen Kopf zurück und nickte Roomer zu, der sich bückte und seinerseits horchte. Gleich darauf richtete er sich wieder auf: »Es scheint eine Menge frustrierter Leute in diesem Arsenal zu geben.«

Etwa eine Meile von der Garnison entfernt, hielten sie bei einer Telefonzelle an. Mitchell rief die Kommandantur an und teilte mit, daß das Befinden des Wachpersonals einer Überprüfung bedürfe und es ratsam sei, einen Nachschlüssel für den Haupteingang mitzubringen. Dann legte er den Hörer auf und kehrte zu Roomers Wagen zurück.

»Ich nehme an, jetzt ist es zu spät, die Luftwaffe zu alarmieren.«

»Du sagst es – die sind inzwischen längst über internationalem Gewässer. Und es ist ja nicht Krieg. Noch nicht.« Er seufzte. »Warum hatte ich bloß vorhin keine Infrarot-Kamera zur Verfügung?«

Drüben in Mississippi erwies sich Condes Einbruch ins Marine-Arsenal als geradezu kindisch einfach. Er hatte nur sechs Männer dabei – allerdings warteten sechzehn weitere als Reserve an Bord eines Sechsunddreißig-Meter-Schiffs namens *Roamer*, das keine zehn Meter vom Arsenal entfernt vertäut lag. Diese Männer hatten bereits in aller Stille die drei Wachtposten außer Gefecht gesetzt, die nachts im Dockgebiet patrouillierten. Das Arsenal selbst wurde nur von zwei Marineoffizieren im Ruhestand bewacht, die ihren Job nicht nur als nutzlos, sondern als geradezu idiotisch betrachteten, denn wer in aller Welt sollte schließlich auf die Idee kommen, Wasserbomben und Schiffsgeschütze zu stehlen? Sie pflegten stets unmittelbar nach Dienstantritt in Tiefschlaf zu versinken, und sie wachten auch nicht auf, als Conde mit seinen Männern durch die Tür hereinkam, die die beiden Wächter nicht einmal abgeschlossen hatten.

Sie benutzten zwei Gabelstapler, um Wasserbomben, leichte, zweifach verwendbare Flugabwehrgeschütze und eine beträchtliche Menge von Granaten zum Dock hinunterzubringen, und bedienten sich dann eines der am Dock zu Dutzenden herumstehenden Kräne, um die gestohlenen Waffen im Laderaum der *Roamer* zu verstauen, der anschließend zugenagelt wurde. Die Zollformalitäten waren wirklich nur Formalitäten. Der Beamte hatte die *Roamer* schon so oft ein- und auslaufen sehen, daß er es längst nicht mehr zählen konnte. Und außerdem hätte niemand die Kühnheit besessen, den Besitz eines der reichsten Männer der Welt zu filzen – die *Roamer* war Lord Worths seismologisches Überwachungsschiff.

Nicht weit von Havanna verließ ein kleines, mit konventionellem Antrieb versehenes Unterseeboot russischer Bauart seinen Ankerplatz und glitt lautlos in die See hinaus. Die eilig, aber dennoch sorgfältig zusammengestellte Crew wurde dahingehend informiert, daß sie zu einer Übungsfahrt aufbräche, um die Seetüchtigkeit von Castros winziger Flotte zu testen. Nicht einer der Männer an Bord glaubte auch nur ein Wort davon.

Auch Ceronkite war in der Zwischenzeit nicht untätig gewesen. Im Gegensatz zu den anderen mußte er nirgends einbrechen, um sich Sprengstoff zu beschaffen. Er brauchte lediglich seinen eigenen Schlüssel zu benutzen. Als Nummer eins auf dem Gebiet der Ölbrandbekämpfung hatte er Zugang zu unbegrenzten Mengen von Sprengstoff jeder Art. Er suchte sich aus, was er brauchte, und ließ das Ganze dann per Lastwagen nach Houston schaffen, wo er wohnte. Abgesehen von der Tatsache, daß dort das Ölbohrzentrum des Südens lag, war es für seinen Beruf auch unerläßlich, in nächster Nähe eines Flugplatzes mit internationalen Verbindungen zu leben. Von Houston wurde der Sprengstoff dann weiter nach Galveston transportiert.

Zur gleichen Zeit, als der Lastwagen sich Galveston näherte, nahm auch ein weiteres seismologisches Überwachungsschiff Kurs auf Galveston. Dieses Wasserfahrzeug, das früher einmal ein Kutter der Küstenwache gewesen war, hatte Cronkite ohne Angabe von Erklärungen oder Gründen durch Vermittlung von Durant bekommen, der bei dem Treffen am Lake Tahoe die Gesellschaften des Galveston-Gebietes repräsentiert hatte. Der Heimathafen des Kutters, der den Namenszug *Questar* am Bug trug, war Freeport. Cronkite hätte die Ladung auch ohne Schwierigkeiten dorthin bringen lassen können, aber das hätte nicht seinen Absichten entsprochen, denn in Galveston löschte die *Crusader* ihre Ladung. Sie war einer der drei Tanker, die regelmäßig zwischen der *Meerhexe* und den Golfhäfen hin und her pendelten.

Die *Questar* und Cronkite kamen fast zur gleichen Zeit an. Mulhooney, der die *Questar* kommandierte, steuerte sein Schiff zu einem Ankerplatz, der in der Nähe der *Crusader* lag. Mulhooney war eigentlich gar nicht der Kapitän der *Questar*. Den echten hatte der Anblick von zwei Tausenddollarnoten so überwältigt, daß er umgehend krank geworden war und es auch noch ein paar Tage bleiben würde. Cronkite begab sich nicht sofort an Bord der *Questar*, sondern unterhielt sich erst noch eine Weile mit dem obersten Zollinspektor, der nur mit einem Auge die Verladung des Sprengstoffes an Bord der *Questar* beobachtete. Die beiden Männer kannten sich schon seit vielen Jahren. Und abgesehen von der Bemerkung, daß draußen im Golf wohl wieder mal einer mit Streichhölzern gespielt habe, hatte der Inspektor weiter nichts zu sagen.

So ganz nebenbei brachte Cronkite in Erfahrung, daß die Ladung der *Crusader* gerade fertig gelöscht sei und der Tanker in etwa einer Stunde wieder auslaufen werde. Er ging an Bord der *Questar*, begrüßte Mulhooney und begab sich geradewegs in die Mannschaftsmesse, wo er unter anderem auch drei Männer in Tauchanzügen vorfand, die bereits die Atemgeräte auf dem Rücken hatten. Er gab ihnen kurze Instruktionen, und die drei Taucher traten auf das Deck hinaus. Vom Dock her waren sie nicht zu sehen, weil die Aufbauten des Schiffes sie verdeckten. Sie kletterten eine Strickleiter hinunter und glitten lautlos ins Wasser. Dann wurden sechs Gegenstände zu ihnen hinuntergelassen – Magnetminen, die mit Metallklammern und einem über Funk steuerbaren Auslösemechanismus versehen waren. Sie waren so konstruiert, daß sie eine ganz leichte Schwimmkraft hatten und man sie mühelos unter Wasser hinter sich herziehen konnte.

In der tiefen Dunkelheit warfen die riesigen Schiffskörper gegen die strahlendhellen Scheinwerfer am Ufer solche Schatten, daß die drei Taucher ruhig an der Oberfläche hätten schwimmen können, ohne gesehen zu werden. Aber Cronkite war kein Mann, der auch nur das kleinste Risiko einging. Die Minen wurden am hinteren Teil der *Crusader* angebracht – in etwa neun Meter Entfernung voneinander und in ungefähr drei Meter Tiefe. Fünf Minuten nach ihrem Eintauchen neben der *Questar* waren die drei Taucher wieder zurück. Und weitere fünf Minuten später nahm die *Questar* Kurs aufs offene Meer.

Obwohl er den gegenteiligen Ruf genoß, war auch Cronkite noch menschlicher Regungen fähig. Bei ihm von angeborener Gutartigkeit zu sprechen, wäre zwar eine beachtliche Verdrehung gewesen, denn er war vor allem ein harter Realist, aber er hatte von Natur aus keinen Mörderinstinkt. Und doch gab es zwei Dinge, die ihm im Augenblick beträchtliche Befriedigung bereitet hätten.

Erstens hätte er die *Crusader* lieber auf offener See gesehen, wenn er den Knopf vor sich auf der Brücke drückte. Er war nicht scharf darauf, daß in Galveston unschuldige Menschen getötet wurden, aber diese Möglichkeit mußte man eben mit einkalkulieren. Haftminen konnten – wie italienische Taucher im Zweiten Weltkrieg in Alexandria hinreichend bewiesen hatten – ausgesprochene Verheerungen bei den vor Anker liegenden Schiffen anrichten. Was aber mit schwimmfähigen Haftminen passierte, wenn ein Schiff losfuhr und nach einiger Zeit seine Höchstgeschwindigkeit erreicht, war unmöglich vorherzusagen. Diesen Fall hatte es bislang noch nie gegeben. Es war auf jeden Fall denkbar, daß der Wasserdruck bei voller Fahrt ausreichte, die Magnethalter der Minen loszureißen – und die würden dann losschwimmen.

Zweitens mußte Cronkite gegen die Versuchung ankämpfen, den Hubschrauber zu besteigen, der auf dem Achterdeck der *Questar* stand – viele Schiffe dieser Art sind mit einem Helikopter ausgerüstet, um nach einem bestimmten Muster Sprengladungen abwerfen zu können, die dann vom seismologischen Computer registriert werden. Cronkite hätte sich die Auswirkungen der Haftminen gar zu gern aus nächster Nähe angesehen.

Nachdem er beide Vorstellungen aus seinem Kopf verbannt hatte, schraubte er acht Meilen vor Galveston die Abdeckung von dem bewußten Knopf ab und drückte mit seinem ganzen Gewicht darauf. Zunächst schien gar nichts zu geschehen, und Cronkite fürchtete schon, daß sie zu weit entfernt seien und der Auslösemechanismus nicht mehr funktionierte. Aber diejenigen, die sich im Hafen von Galveston aufhielten, bekamen ein eindrucksvolles Schauspiel geboten. Fast gleichzeitig krachten sechs Explosionen, und zwanzig Sekunden später neigte sich die *Crusader*, deren hintere Hälfte mitten durchgerissen war, nach Steuerbord und Tausende Tonnen Wasser strömten durch das Leck in den Bauch des Schiffes. Weitere zwanzig Sekunden später – also vierzig Sekunden nach der Explosion – erreichte das Krachen der Detonationen in stark abgeschwächter Form auch die Ohren der angestrengt horchenden Männer auf der *Questar*. Cronkite und Mulhooney, die allein auf der Brücke standen – das Schiff war auf Automatiksteuerung geschaltet –, sahen sich mit grimmiger Zufriedenheit an. Mulhooney, ein Ire mit dem typisch irischen Sinn fürs Feiern, brachte eine schon geöffnete Flasche Champagner zum Vorschein und goß zwei Gläser bis zum Rand voll. Cronkite, der sich normalerweise nicht das geringste aus dem Zeug machte, leerte sein Glas mit sichtlichem Genuß, und genau in dem Augenblick, als er es wegstellte, brach an Bord der *Crusader* Feuer aus.

Die Öltanks waren zwar leer, nicht aber die Benzintanks des Dieselmotors. Dieseltreibstoff explodiert zwar normalerweise nicht, wenn er Feuer fängt, aber dafür brennt er um so intensiver. Innerhalb von Sekunden hatten die Flammen eine Höhe von sechzig Metern erreicht, und sie wurden mit jeder Sekunde höher, bis die ganze Stadt in purpurnes Licht gehüllt war – ein Phänomen, das den Bewohnern von Galveston sicherlich nur einmal im Leben zu sehen vergönnt war. Sogar von der *Questar* aus hatte der Anblick etwas Unwirkliches. Und dann verschwand das Feuer so plötzlich wie es begonnen hatte – die *Crusader* legte sich ganz auf die Seite, und das Wasser des Hafenbeckens löschte die Flammen. Nur ein paar kleine brennende Öllachen trieben noch auf dem Wasser, das war alles.

Es stand außer Frage, daß Lord Worth einen neuen Tanker brauchen würde. Und der würde nicht so leicht zu beschaffen sein. Riesige Supertanker konnte man in dieser Gegend dutzendweise bekommen und mußte dafür nicht mehr tun, als den Telefonhörer in die Hand zu nehmen, aber Tanker wie die *Crusader* mit fünfzigtausend Bruttoregistertonnen waren kaum zu kriegen, vor allem deshalb, weil die Produktion von Schiffen dieser Größe auf der ganzen Welt vorübergehend eingestellt worden war. Jetzt bauten die Reedereien sie zwar wieder, aber bis zu ihrer Fertigstellung konnten gut und gerne noch ein oder zwei Jahre vergehen. Der Grund für die plötzliche Nachfrage nach kleineren Schiffen war denkbar einfach: Supertanker, die vom arabischen Golf nach Europa und zurück fuhren, mußten den Riesenumweg um das Kap der Guten Hoffnung machen, denn der neuerlich wiedereröffnete Suezkanal war für Schiffe mit solchem Tiefgang nicht passierbar – ein Problem, das sich bei kleineren Tankern nicht stellte. Es hieß, daß die von Haus aus cleveren griechischen Schiffseigner sich einen nicht unbeträchtlichen Anteil an der Schließung dieser Marktlücke gesichert hätten.

An Bord der *Meerhexe* und in ihrer Umgebung herrschte reges Treiben. Der Tanker *Torbello*, der unter panamanesischer Flagge fuhr, hatte gerade Öl aus dem schwimmenden Vorratstank entnommen, als am nordöstlichen Horizont zwei Hubschrauber auftauchten. Es waren sehr große Sikorskis, die der sparsame Lord Worth für einen Apfel und ein Ei bekommen hatte – nicht etwa, weil sie schrottreif waren, sondern weil es zwei von Dutzenden von Maschinen waren, die seit Beendigung des Vietnam-Krieges ungenutzt herumstanden, und die Armee glücklich war, sie loszuwerden – normalerweise ist die Nachfrage nach ehemaligen Kampfflugzeugen nicht sonderlich groß.

Nachdem der erste der Helikopter gelandet war, entstiegen ihm zweiundzwanzig Männer, angeführt von Lord Worth und Guiseppe Palermo. Die restlichen zwanzig, die nicht so aussahen, als hätten sie ein Herz für Witwen und Waisen, waren allesamt im Besitz einwandfreier Papiere, die sie als irgendwelche Ölexperten auswiesen. Daß sie Experten waren, stand außer Frage. Aber ebenso stand außer Frage, daß keiner von ihnen Erdöl von Salatöl unterscheiden konnte. Sie waren Experten im Tauchen, in Unterwassersabotage sowie im Umgang mit hochexplosiven Sprengstoffen und Waffen aller Art.

Unmittelbar nachdem der erste Helikopter wieder gestartet war, landete der zweite. Abgesehen vom Piloten und Copiloten waren keine Personen an Bord. Dafür aber eine große Auswahl von Verteidigungswaffen aus dem Arsenal in Florida, deren Diebstahl bis jetzt noch in keiner Zeitung gestanden hatte. Die Mannschaft der Bohrinsel beobachtete die Ankunft der zwanzig Männer und der Waffen ohne große Verwunderung. Sie waren das Ungewöhnliche gewöhnt – unerklärliche, überraschende Dinge gehörten zu ihrem täglichen Leben. Menschen, die auf Bohrinseln arbeiten, gehören einer besonderen Rasse an, und die Männer des Lords bildeten wiederum eine spezielle Untergruppe dieser Rasse.

Lord Worth rief alle zusammen und berichtete von der Drohung gegen die *Meerhexe* und den Verteidigungsmaßnahmen. Seine Pläne wurden von der Crew einhellig gutgeheißen, denn jedem einzelnen war sein Leben genauso teuer wie anderen Menschen auch. Lord Worth beendete seine Ansprache mit den Worten, er wisse, daß es unnötig sei, ihnen extra das Versprechen abzunehmen, absolutes Stillschweigen zu bewahren.

In dieser Hinsicht konnte er wirklich vollkommen sicher sein. Obwohl alle Männer erfahrene Ölleute waren, gab es kaum einen in der Gruppe, der nicht schon unliebsame Bekanntschaft mit der

Polizei gemacht hatte. Es waren ehemalige oder auch geflohene Sträflinge unter ihnen, dann solche, mit denen die Gesetzeshüter gern einmal ein paar Worte gewechselt hätten, oder wieder andere, die auf Bewährung entlassen worden waren und gegen die Auflagen verstoßen hatten. Für all diese Männer konnte es kein sichereres Versteck geben als die *Meerhexe* und Lord Worths privates Motel, in dem sie ihre Freizeit zubrachten. Kein Gesetzeshüter, der seine Sinne beisammen hatte, würde es je wagen, die Achtbarkeit und Integrität eines der größten Ölbosse der Welt in Frage zu stellen, und ganz automatisch bezog man in diese Vorstellung von Unantastbarkeit auch diejenigen mit ein, die für ihn arbeiteten. Mit anderen Worten: dank der Hilfe von Commander Larsen hatte Lord Worth immer eine aufs sorgfältigste ausgesuchte Mannschaft.

Die Unterbringung der zwanzig Neuankömmlinge und der Waffen stellte kein Problem dar. Wie viele Bohrinseln hatte auch die *Meerhexe* zwei Quartierzonen und Messen: einmal für Mitarbeiter aus der westlichen Welt, zum anderen für Orientalen – und im Augenblick waren keine Orientalen an Bord.

Lord Worth, Commander Larsen und Palermo hielten Kriegsrat in dem luxuriös ausgestatteten Wohnraum, der ständig für den Lord reserviert war. Sie waren in allen Punkten einer Meinung: Sie stimmten darin überein, daß Cronkites Angriff sich durch einen entscheidenden Mangel an Subtilität auszeichnen würde – Gewalt war die einzige Möglichkeit, die er hatte. Wenn das Öl erst einmal an Land war, konnte Cronkite nichts mehr tun. Er würde nicht versuchen, einen Tanker mit voller Ladung anzugreifen und zu versenken, genausowenig wie er versuchen würde, den Vorratstank zu zerstören, denn beides hätte eine riesige Öllache zur Folge – ähnlich der, die ein paar Jahre zuvor bei dem Torrey-Canyon-Unglück vor der Südwestküste Englands das Wasser verpestete. Wie damals würde eine internationale Empörung und eine Untersuchung des Vorfalls sicherlich nicht ausbleiben, denn Ökologie und Umweltschutz waren immer noch die Parolen der Stunde. Und Cronkite würde, falls man ihn attackierte, seinerseits ganz sicher die großen Ölgesellschaften anschwärzen, was man ihm nicht einmal übelnehmen könnte.

Vielleicht wollte Cronkite die flexible Ölleitung zerstören, die die Bohrinsel mit dem Tank verband. Aber die drei Männer waren sich einig, daß man das verhindern konnte. Nachdem Conde mit der *Roamer* angekommen und die für ihn bestimmte Ladung an Bord gebracht worden wäre, sollte das Schiff rund um die Uhr zwischen dem Tank und der *Meerhexe* pendeln. Die Bohrinsel war mit einer Menge von Sensoren ausgerüstet; auf der Spitze des Bohrturmes drehte sich ununterbrochen ein Radarschirm, und an den drei riesigen Standbeinen der *Meerhexe* waren in einer Tiefe von etwa sechs Metern Sonare angebracht. Der Radarschirm konnte jede feindliche Annäherung zu Wasser oder aus der Luft orten, und für die Luftabwehrgeschütze wäre es überhaupt keine Schwierigkeit, dieses kleine Problem zu beseitigen. Für den ziemlich unwahrscheinlichen Fall eines Unterwasserangriffs würden die Sonare den Feind aufspüren und von der *Roamer* aus gut plazierte Wasserbomben dann auch diese Schwierigkeit aus dem Weg räumen.

Was Lord Worth natürlich nicht wußte: Während er mit seinen beiden Mitarbeitern beratschlagte, stach ein weiteres Wasserfahrzeug mit hoher Geschwindigkeit in See, um sich der *Questar* und Cronkite anzuschließen. Dieses Gefährt wurde nicht wie andere Schiffe durch eine Schraube angetrieben. Es bewegte sich dadurch vorwärts, daß es das Wasser vorn ansaugte und hinten wieder ausstieß. Gewöhnlich wurden solche Schiffe in Küstennähe oder in sumpfigen Gewässern eingesetzt. Der einzige Unterschied zwischem diesem Fahrzeug, das den klangvollen Namen *Starlight* am Bug trug, und anderen seiner Art bestand darin, daß es mit einer Reihe von Blausäurebatterien ausgestattet war und auf Elektroantrieb umgestellt werden konnte – und darauf kam es an. Sonare konnten Schiffsmotoren und Schraubenvibrationen ganz genau orten, aber ein Schiff wie die *Starlight* bot ihnen nicht den geringsten Anhaltspunkt.

Lord Worth und die anderen berieten über die Möglichkeit eines direkten Angriffs auf die *Meerhexe*. Bei ihrer starken Unterteilung in verschiedene Decks und Plattformen und ihrer hohen Schwimmkraft müßte schon fast eine Atombombe eingesetzt werden, um diesen Koloß zu zerstören – eine konventionelle Waffe könnte nichts ausrichten. Wenn der Angriff kam, würde er ein bestimmtes Ziel haben. Der Bohrturm bot sich an, aber Lord Worth konnte sich absolut nicht vorstellen, wie Cronkite ungesehen an ihn herankommen sollte.

In der nächsten halben Stunde erwies sich gleich zweimal, wie sehr selbst der Lord sich irren konnte. Den ersten Hinweis darauf, daß Cronkite seine Arbeit aufgenommen hatte, erhielt er, als er gerade der vollbeladenen *Torbello* nachsah, die am nördlichen Horizont verschwand. Für den späten Nachmittag erwartete er die *Crusader* beim Tank. In diesem Augenblick trat Larsen mit zornrotem

Gesicht zu Lord Worth und reichte ihm einen Funkspruch, der soeben eingetroffen war. Die Reaktion auf diese Nachricht hätte den Lord – wären seine Worte in den entsprechenden Kreisen publik geworden, den Sitz im House of Lords gekostet. Der Funkspruch übermittelte in grausamer Nüchternheit die Fakten über das spektakuläre Ende der *Crusader* in Galveston.

Beide Männer eilten in den Funkraum. Larsen setzte sich mit der *Jupiter*, dem dritten Tanker, in Verbindung, die gerade in einem obskuren Hafen in Louisiana ihre Ladung löschte. Er berichtete dem Kapitän von dem unrühmlichen Untergang der *Crusader* und schärfte ihm ein, jeder Mann an Bord solle die Augen offenhalten, bis das Schiff aus dem Hafen ausgelaufen sei.

Dann rief der Lord den Polizeichef von Galveston an und forderte weitere Einzelheiten über den Untergang seines Tankers. Sie hoben seine Stimmung nicht im mindesten. Einer Eingebung folgend fragte er, ob zur Zeit des Unglücks ein Mann namens John Cronkite oder ein Schiff, das einem Mann dieses Namens gehörte, in der Nähe gewesen sei. Man versprach ihm, bei der Zollbehörde nachzufragen. Zwei Minuten später erfuhr er, daß ein John Cronkite auf einem Schiff namens *Questar* gewesen sei, das direkt neben der *Crusader* gelegen hätte. Ob Cronkite der Eigentümer war, konnte man ihm nicht sagen. Aber es wurde ihm noch mitgeteilt, daß die *Questar* eine halbe Stunde vor den Explosionen auf der *Crusader* in See gestochen sei.

Lord Worth verlangte, die *Questar* aufzuhalten, zum Hafen zurückzubringen und Cronkite zu verhaften. Aber der Polizeichef machte ihn freundlich darauf aufmerksam, daß es gesetzlich verboten sei, Schiffe auf hoher See zu stoppen – außer im Krieg. Und was Cronkite beträfe, so gäbe es doch noch nicht einmal den kleinsten Hinweis darauf, daß er etwas mit dem Untergang der *Crusader* zu tun habe. Immerhin erklärte sich der Polizeichef bereit, für Lord Worth den Eigentümer der *Questar* herauszufinden, obwohl das – wie er gleich vorbaute – eine ganze Weile dauern könne, da zu diesem Zweck eine beträchtliche Anzahl von Registern überprüft werden müßten.

Inzwischen war das kubanische Unterseeboot, das augenblicklich mit voller Kraft an der Wasseroberfläche fuhr, in der Nähe von Key West angekommen und steuerte direkt auf die *Meerhexe* zu. Fast zur gleichen Zeit stach von Havanna aus ein mit Lenkwaffen ausgerüsteter russischer Zerstörer in See, der den gleichen Kurs einschlug wie das U-Boot. Und nur kurze Zeit später lichtete ein weiterer Zerstörer in Venezuela den Anker.

Die *Roamer*, Lord Worths Überwachungsschiff unter dem Kommando von Conde, hatte die Hälfte ihres Weges zurückgelegt.

Die *Starlight* unter ihrem Kapitän Easton begann sich gerade von der *Questar* zu lösen, die ihre Maschinen gestoppt hatte. Mit Hilfe von Pappschablonen war ein neuer Name auf den Bug gemalt worden: *Georgia*. Cronkite hatte kein Interesse daran, daß irgendein Schiff, mit dem sie Kontakt aufnahmen, über Funk die Existenz eines Kutters namens *Questar* bestätigen konnte. Vom Achterdeck stieg mit dem charakteristischen Rotorgeknatter ein Helikopter auf, flog einen Kreis und nahm dann Kurs nach Südosten, um der *Questar* über Funk die Position und den Kurs der *Torbello* durchzugeben, sobald er sie gefunden hatte. Minuten später nahm die *Questar* wieder ihre Fahrt auf, und auch sie bewegte sich in südöstlicher Richtung.

4

Lord Worth saß mit Larsen und Palermo bei einer Tasse Tee in seinem Salon, als der Funker anklopfte und mit einer Nachricht in der Hand eintrat. Er gab sie Lord Worth und sagte: »Für Sie, Sir. Aber die Botschaft ist irgendwie verschlüsselt. Haben Sie ein Codebuch?«

»Brauche ich nicht«, winkte der Lord ab und lächelte mit einem Anflug von Selbstzufriedenheit – es war das erste Lächeln seit längerer Zeit. »Ich habe den Code selbst erfunden.« Er tippte sich an die Stirn: »Mein Codebuch ist da drin.«

Der Funker verließ den Raum. Die beiden anderen Männer sahen erwartungsvoll zu, wie der Lord die Nachricht zu entschlüsseln begann. Als das Lächeln von seinem Gesicht verschwand, schlug ihre Neugier in leichte Beunruhigung um, die sich in echte Besorgnis verwandelte, als auf beiden Wangen des Lords pfenniggroße, dunkelrote Flecken erschienen. Er legte das Blatt Papier auf den Tisch, atmete zweimal tief durch und stieß dann wie schon bei der Nachricht vom Untergang der *Crusader* eine Flut von nicht wiederholbaren Flüchen aus, die diesmal allerdings noch eindrucksvoller waren. Nach einiger Zeit brach der Wortschwall ab – nicht, weil dem Lord nichts mehr eingefallen wäre, sondern weil ihm schlicht die Luft ausging.

Larsen war nicht so dumm, Lord Worth zu fragen, ob etwas passiert sei. Statt dessen fragte er mit ruhiger Stimme: »Wollen Sie uns nicht erzählen, was los ist?«

Lord Worth faßte sich mit sichtlicher Anstrengung wieder und sagte: »Es scheint, daß...« Er brach ab und korrigierte sich – es war einer seiner Grundsätze, daß die rechte Hand nicht wissen sollte, was die linke tat: »Ich wurde informiert – und ganz zu Recht, wie es jetzt scheint –, daß eine Anzahl von Ländern, die uns feindlich gesonnen sind, durchaus in Erwägung ziehen, Marinestreitkräfte gegen uns einzusetzen. Eines dieser Länder hat diese Erwägung anscheinend schon in die Tat umgesetzt – ein Zerstörer hat soeben seinen Heimathafen in Venezuela verlassen und einen Kurs eingeschlagen, auf dem er irgendwann zwangsläufig auf uns treffen muß.«

»Das würden sie doch nicht wagen«, sagte Palermo ungläubig.

»Menschen im Macht- und Geldrausch machen vor nichts halt.« Es schien Lord Worth nicht aufzufallen, daß diese Beschreibung ganz besonders auf ihn zutraf.

»Wer sind die anderen?« fragte Larsen.

»Russen.«

»Ach nein.« Larsen schien nicht sonderlich erschüttert. »Das gefällt mir aber nicht sehr.«

»Wir könnten es gut ohne sie aushalten«, stimmte der Lord zu, der seine Gelassenheit wiedererlangt hatte. Er zog ein Notizbuch aus der Tasche, das Telefonnummern enthielt, und blätterte es durch. »Ich glaube, ich muß mich mal mit Washington unterhalten.« Er hatte die Hand schon nach dem Hörer ausgestreckt, als das Telefon klingelte. Er nahm den Hörer ab und schaltete gleichzeitig das hereinkommende Gespräch auf Lautsprecher um.

»Worth?«

Eine volle Stimme erfüllte den Raum: »Sie wissen, wer ich bin?« Worth wußte es – die Stimme gehörte Corral.

»Ja.«

»Ich habe meine Informationen nochmals überprüft, Sir. Ich fürchte, unsere Annahmen waren nur allzu richtig. Sowohl X als auch Y sind entschlossen, die Unterstützung der Kriegsmarine in Anspruch zu nehmen.«

»Ich weiß. Eines der Schiffe hat bereits Kurs auf uns genommen.«

»Welches?«

»Das im Süden. Sind auch Luftangriffe im Gespräch?«

»Bis jetzt habe ich noch nichts Derartiges gehört, aber ich brauche Ihnen nicht zu sagen, daß das die Möglichkeit nicht ausschließt.«

»Lassen Sie es mich sofort wissen, wenn Sie wieder ein paar gute Neuigkeiten haben.«

»Natürlich. Auf Wiedersehen, Sir.«

Lord Worth legte den Hörer auf, nahm ihn aber gleich darauf wieder von der Gabel.

»Ich möchte eine Nummer in Washington.«

»Können Sie bitte einen Moment warten, Sir?«

»Warum?«

»Weil gerade wieder eine verschlüsselte Nachricht kommt. Es scheint derselbe Code zu sein wie beim letztenmal, Sir.«

»Das sollte mich nicht überraschen«, sagte Lord Worth mit düsterer Miene. »Bringen Sie sie so schnell wie möglich herüber.«

Er legte den Hörer auf die Gabel, drückte einen Knopf in dem kleinen Schaltpult, das er vor sich hatte, und hob den Hörer wieder ans Ohr.

»Chambers?« Chambers war sein langjähriger Pilot. »Ist Ihr Hubschrauber aufgetankt?«

»Jederzeit startbereit, Sir.«

»Bleiben Sie in der Nähe des Telefons.« Er legte den Hörer wieder auf.

»Wollen Sie nach Washington, Sir?«

»Ich trage mich mit dem Gedanken. Es gibt manche Dinge, die man persönlich besser erledigen kann als per Telefon. Es hängt von der nächsten Nachricht ab.«

»Falls Sie fliegen – haben Sie irgendwelche Anordnungen für die Zeit Ihrer Abwesenheit?«

»Es kommen heute nachmittag mit der *Roamer* zweifach anwendbare Luftabwehrwaffen an. Lassen Sie sie auf der Plattform installieren.«

»Und in welche Himmelsrichtung sollen sie zeigen?«

»Das überlasse ich Ihnen.«

»Also muß nur der Westen ausgespart werden – schließlich wollen wir ja nicht noch unseren eigenen Öltank durchlöchern.«

»Es kommen auch Minen – schichten Sie sie jeweils in der Mitte zwischen zwei Beinen auf.«

»Würde denn eine Unterwasserexplosion nicht die Beine zerstören?«

»Ich glaube nicht. Aber wie auch immer, wir müssen es eben darauf ankommen lassen. Setzen Sie sich alle halbe Stunde mit der *Tor-*

bello und der *Jupiter* in Verbindung und sorgen Sie dafür, daß die Radar- und Sonargeräte ständig beobachtet werden. Wachsamkeit rund um die Uhr ist das Gebot der Stunde. Ach, zum Teufel, Commander, Sie wissen doch selbst am besten, was zu tun ist.« Er schrieb ein paar Zahlen auf einen Zettel. »Wenn ich wirklich weg muß, rufen Sie diese Nummer in Washington an, und sagen Sie Bescheid, daß ich fünf Stunden später dort sein werde.«

»Ist das das State Department?«

»Ja. Und sagen Sie, daß mindestens der stellvertretende Außenminister da sein muß. Weisen Sie am besten dezent auf zukünftige Unterstützung von Wahlkampagnen hin. Und dann setzen Sie sich mit Dawson, meinem Piloten, in Verbindung und sagen Sie ihm, er soll sich mit einem ausgearbeiteten Flugplan für Washington bereithalten.«

Der Funker klopfte, trat ein, gab Lord Worth eine Nachricht und ging wieder. Der Lord entschlüsselte sie, griff nach dem Telefonhörer und sagte Chambers, er solle sich unverzüglich zum Hubschrauber begeben.

Und zu den beiden Männern sagte er: »Ein von Russen gebautes, kubanisches U-Boot hat sich von Havanna aus auf den Weg hierher gemacht. Ihm folgt ein russischer Zerstörer, der mit Lenkwaffen ausgerüstet ist.«

»Jetzt scheint ein Besuch beim State Department oder im Pentagon wirklich angebracht«, meinte Larsen. »Gegen Lenkwaffen können wir nicht viel ausrichten. Es sieht so aus, als würde hier bald ein reges Treiben herrschen – insgesamt fahren jetzt fünf Schiffe auf uns zu – drei feindliche, dazu die *Roamer* und die *Jupiter*.« Larsens Besorgnis wäre sicherlich noch bedeutend größer gewesen, wenn er gewußt hätte, daß es sich nicht um drei, sondern um fünf feindliche Schiffe handelte, aber er konnte ja nicht wissen, daß die *Questar* und die *Starlight* ebenfalls auf die *Meerhexe* zusteuerten.

Lord Worth stand auf. »Also dann, kümmern Sie sich um alles. Ich bin irgendwann heute abend wieder zurück. Ich werde mich ab und zu über Funk melden.«

Lord Worth mußte an diesem Tag seine Reise in vier Etappen machen: per Hubschrauber zum Festland, mit seiner privaten Boeing nach Washington, zurück nach Florida und zum Schluß wieder per Helikopter zurück zur *Meerhexe*. Und auf jeder dieser vier Etappen würde etwas sehr Unangenehmes passieren – unangenehm für den Lord, aber das wußte er nicht, denn obwohl er Schotte war, fehlte ihm die diesem Volk nachgesagte Fähigkeit, in die Zukunft zu schauen.

Der erste unangenehme Vorfall ereignete sich, während Lord Worth auf dem Weg zum Festland war. Ein großer Kombiwagen hielt vor dem Portal seines Hauses. Ihm entstiegen fünf ziemlich große und kräftig gebaute Männer mit Strumpfmasken. Einer von ihnen trug meterweise Wäscheleine über dem Arm, und ein anderer eine große Rolle Klebeband. Alle waren bewaffnet. MacPherson, der ältliche Obergärtner, machte gerade seine übliche frühmorgendliche Runde, um nachzuschauen, ob seine geliebten Pflanzen und Blumen während der Nacht irgendwelche Schäden erlitten hatten, als er plötzlich die Männer auf sich zukommen sah. Selbst wenn der Schreck ihm nicht die Glieder gelähmt und die Sprache verschlagen hätte – seine Chance wäre gleich null gewesen. Innerhalb einer Minute lag er verschnürt und mit Klebeband über dem Mund im Gebüsch. Der Anführer der Gruppe, ein gewisser Durand, drückte auf die Klingel. Durand, der sich immer wieder unwiderstehlich von Geldinstituten angezogen fühlte, war bereits dreimal verurteilt worden und genoß einen zweifelhaften Ruf, der durch die Tatsache, daß er seit langer Zeit ein Freund und Mitarbeiter von John Cronkite war, nicht gerade verbessert wurde. Als sich nach einer halben Minute im Haus noch immer nichts rührte, klingelte er ein zweites Mal. Schließlich öffnete sich langsam die Tür: Jenkins stand da im Morgenrock, mit vom Schlaf zerrauften Haaren und blinzelte verschlafen. Beim Anblick der Pistole in Durands Hand wurde er jedoch schlagartig hellwach. Als Durand auf den Schalldämpfer tippte, den er auf seine Waffe geschraubt hatte, wußte Jenkins als alter Fernsehhase und Krimispezialist sofort Bescheid.

»Sie wissen, was das ist?« fragte Durand.

Jenkins nickte schweigend.

»Wir wollen niemandem in diesem Haus etwas tun. Es wird Ihnen nichts passieren, wenn Sie genau das tun, was man Ihnen sagt. Unter anderem schließt das mit ein, daß wir es nicht mögen, angelogen zu werden. Haben Sie das verstanden?«

Jenkis hatte verstanden.

»Wieviel Personal ist im Haus?«

Jenkins' Stimme zitterte merklich. »Nun, ich bin da – ich bin der Butler...«

»Daß Sie da sind, sehen wir«, sagte Durand geduldig.

»Dann sind noch zwei Diener da, ein Chauffeur, ein Funker, eine Sekretärin, eine Köchin und zwei Dienstmädchen. Und dann haben wir auch noch eine Putzfrau, aber die kommt erst um acht.«

»Kleb ihm den Mund zu«, befahl Durand seinem Nebenmann. Der Befehl wurde postwendend ausgeführt.

»Tut mir leid, aber wir wollen nicht riskieren, daß Sie auf komische Ideen kommen. Und jetzt zeigen Sie uns die acht Schlafzimmer.«

Widerwillig ging Jenkins voraus. Zehn Minuten später waren alle acht Bediensteten außer Gefecht gesetzt. »Und jetzt«, kommandierte Durand, »zu den beiden jungen Damen.«

Jenkins führte sie zu einer Tür. Durand wählte drei seiner Männer aus und sagte leise: »Der Butler wird euch zu dem anderen Mädchen bringen. Paßt auf, was sie einpackt – achtet vor allem auf ihre Handtasche.«

Gefolgt von einem seiner Männer trat Durand in das Zimmer. Die Pistole hatte er in das versteckte Halfter geschoben, um nicht zuviel Aufregung zu verursachen. Daß das Bett nicht leer war, konnte man deutlich an der schwarzen Haarmähne erkennen, die unter der Bettdecke hervorlugte. Durand trat neben das Bett und sagte im Konversationston: »Bitte stehen Sie auf, Ma'am.« Normalerweise war Sanftheit nicht sein Fall, aber er wollte keinen hysterischen Ausbruch provozieren.

Und Marina wurde nicht hysterisch. Sie drehte sich im Bett herum, sah ihn mit halbgeschlossenen Augen verschlafen an, um sie gleich darauf weit aufzureißen und ihn einen Augenblick lang entsetzt anzustarren. Aber sie faßte sich sofort wieder, angelte nach ihrem Morgenrock, setzte sich kerzengerade auf und wikkelte sich geschickt hinein.

»Wer sind Sie und was wollen Sie hier?« fragte sie, aber ihre Stimme war nicht ganz so entschieden, wie sie es gern gehabt hätte – sie zitterte ein ganz klein wenig.

»Nun hör sich das mal einer an«, sagte Durand bewundernd. »Man könnte glatt denken, sie wäre daran gewöhnt, in aller Herrgottsfrühe entführt zu werden.«

»Dann ist das also hier eine Entführung?«

»Ich fürchte, ja.« Durand blickte sie aufrichtig entschuldigend an.

»Wohin bringen Sie mich?«

»Zu einer kleinen Sonneninsel.« Durand lächelte. »Aber Sie

brauchen keinen Badeanzug einzupacken. Bitte stehen Sie jetzt auf und ziehen Sie sich an.«

»Und was ist, wenn ich mich weigere?«

»Dann ziehen *wir* Sie an.«

»Ich bin aber nicht bereit, mich vor Ihren Augen anzuziehen.«

»Mein Freund wird draußen im Korridor warten«, beruhigte Durand sie, »und ich gehe ins Bad und lasse die Tür nur einen ganz kleinen Spalt offen – nicht um Sie zu beobachten, sondern nur, um das Fenster im Auge zu behalten, damit Sie nicht etwa hinausklettern. Rufen Sie mich, wenn Sie fertig sind, und beeilen Sie sich bitte.«

Bereits drei Minuten später war sie fertig. Sie trug eine blaue Bluse, blaue Hosen und war ordentlich frisiert.

Durand nickte lobend.

»Packen Sie eine Reisetasche – nur das, was Sie für ein paar Tage brauchen.«

Er sah ihr zu, wie sie packte. Schließlich zog sie den Reißverschluß der Tasche zu, nahm ihre Handtasche und sagte: »Ich bin soweit.«

Er nahm ihr die Handtasche ab und schüttelte den Inhalt aufs Bett. Aus dem Wirrwarr fischte er eine kleine Pistole mit Perlmuttgriff heraus und steckte sie in die Tasche.

»So, und jetzt wollen wir die Handtasche wieder schön einpakken, okay?«

Marina gehorchte mit zornrotem Gesicht.

Zur gleichen Zeit spielte sich eine ähnliche Szene in Melindas Zimmer ab.

Vom Eintreffen Durands und seiner Männer bis zum Verlassen des Hauses mit den beiden Mädchen vergingen knapp fünfundzwanzig Minuten. Niemand war verletzt worden – wenn man den Stolz einmal außer acht ließ –, und die Herren waren sogar so freundlich gewesen, Jenkins in einen tiefen Sessel in der Eingangshalle zu setzen, bevor sie ihn an Händen und Füßen fesselten, was der Butler allerdings nicht gebührend honorierte.

Etwa zehn Minuten nach dem Abflug landete Lord Worths Hubschrauber neben seiner Boeing. Es gab keine Zoll- oder sonstigen Abfertigungsformalitäten. Lord Worth hatte ein paar Jahre zuvor erklärt, daß er derartige Gepflogenheiten nicht schätze, und wenn Lord Worth seinen Standpunkt klarmachte, so handelten die Leute im allgemeinen auch entsprechend.

Während der zweiten Reiseetappe ereignete sich der zweite unglückliche Vorfall, und wieder hatte der Lord keine Ahnung davon.

Der Hubschrauber der *Questar*, die jetzt *Georgia* hieß, hatte die *Torbello* ausgemacht. Der Pilot meldete, daß er das Schiff zwei Minuten zuvor gesichtet habe. Er schätzte seine Länge und Breite, so gut es eben mit bloßem Auge ging. Und dann gab er, was noch wichtiger war, ihren Kurs mit annähernd dreihundertfünfzehn Grad an, was bedeutete, daß sie sich tatsächlich auf Kollisionskurs mit der *Georgia* befand. Die beiden Schiffe waren ungefähr fünfundvierzig Meilen voneinander entfernt. Cronkite gratulierte dem Piloten und beorderte ihn zur *Georgia* zurück. Dann lächelte er Mulhooney, der neben ihm auf der Brücke stand, hochzufrieden an – zwischen Planung und Ausführung einer Unternehmung klafft nur allzu oft eine unüberbrückbare Kluft, aber in diesem Fall schien alles genau nach Plan abzulaufen.

»Ich glaube«, sagte Cronkite zu Mulhooney, »es ist Zeit, daß wir uns etwas Respektableres anziehen. Und vergessen Sie nicht, sich die Nase zu pudern.«

Mulhooney grinste und verließ die Brücke. Cronkite gab dem Steuermann noch ein paar Instruktionen und verließ dann ebenfalls die Brücke.

Weniger als eine Stunde später war die *Torbello* klar am Horizont zu erkennen. Die *Georgia*, die zunächst geradewegs auf sie zufuhr, änderte, als sie bis auf drei Meilen an das andere Schiff heran war, ihren Kurs um dreißig Grad nach Steuerbord und kam dann in einem weiten Bogen zur Backbordseite hinüber. Zwei Minuten später lag die *Georgia* auf parallelem Kurs zur *Torbello* und hielt sich in einem Abstand von nicht mehr als dreißig Metern auf der Höhe der Brücke – bei Tankern liegt sie sehr weit hinten – neben ihr. Cronkite trat auf die Nock der Kommandobrücke der *Georgia* hinaus und hob ein Megaphon an den Mund.

»Hier spricht die Küstenwache. Halten Sie bitte an. Dies ist eine Bitte, kein Befehl. Ich glaube, Ihr Schiff ist in großer Gefahr. Ich bitte um Ihre Erlaubnis, einen ausgebildeten Suchtrupp an Bord schicken zu dürfen. Wenn Ihnen die Sicherheit Ihrer Mannschaft und des Schiffes am Herzen liegt, brechen Sie bitte auf keinen Fall die Funkstille.«

Kapitän Thompson, ein ehrlicher Seemann ohne die geringsten

kriminellen Neigungen, hob seinerseits ein Megaphon an die Lippen.

»Was ist los? Warum muß jemand von Ihnen an Bord kommen?«

»Es muß niemand an Bord kommen, ich bitte Sie lediglich höflich, es zu gestatten – zu Ihrem eigenen Besten. Mir wäre es lieber, wenn zwischen unseren beiden Schiffen mindestens fünf Meilen Abstand lägen. Aber Sie brauchen Hilfe – bitte lassen Sie mich mit meinem Adjutanten an Bord kommen und Ihnen die Sache erklären. Denken Sie daran, was Ihrem Schwesterschiff, der *Crusader*, gestern abend im Hafen von Galveston passiert ist.«

Kapitän Thompson wußte sehr gut, was mit der *Crusader* passiert war, aber er wußte natürlich nicht, daß er gerade mit dem Mann sprach, der dafür verantwortlich war. Klingelsignale ertönten, und drei Minuten später lag die *Torbello* regungslos im Wasser. Die *Georgia* schob sich so weit nach vorne, daß Cronkite und Mulhooney von ihrem Deck auf das Deck des vollbeladenen Tankers treten konnten. Sie warteten, bis die *Georgia* vorn und hinten sicher an dem Tanker vertäut war, und kletterten dann über eine Reihe von Leitern nach oben zur Brücke der *Torbello*.

Beide Männer waren nicht wiederzuerkennen: Cronkite hatte sich einen buschigen, schwarzen Vollbart und einen sorgfältig gestutzten Schnurrbart angeklebt. Mit der dunklen Brille, der gutgeschnittenen Uniform und dem leicht schief sitzenden, spitzen Käppi sah er wie der Prototyp des fähigen Küstenwachboot-Kapitäns aus. Mulhooneys Verkleidung war ähnlich.

Auf der Brücke waren nur Kapitän Thompson und ein momentan arbeitsloser Steuermann. Cronkite schüttelte dem Kapitän die Hand. »Guten Morgen. Es tut mir leid, daß wir Sie bei der Erfüllung Ihrer Pflicht unterbrechen müssen, aber Sie werden noch froh darüber sein, daß wir Sie aufgehalten haben. Wo ist Ihr Funkraum?« Kapitän Thompson zeigte auf eine Tür am Ende der Brücke. »Ich möchte, daß mein Adjutant die Funkstille überprüft. Es ist unbedingt erforderlich.« Man sah dem Kapitän an, daß er sich ausgesprochen unbehaglich fühlte, aber er nickte, und Cronkite wandte sich an Mulhooney: »Gehen Sie, Dixon.«

Mulhooney verschwand im Funkraum. Als er die Tür hinter sich zumachte, hob der Mann am Funkgerät den Kopf und sah ihn einigermaßen überrascht an.

»Entschuldigen Sie die Störung«, sagte Mulhooney freundlich – eine beträchtliche Leistung für einen Mann, dem Freundlichkeit völlig fremd war. »Ich bin von dem Küstenwachboot, das draußen längsseits liegt. Der Kapitän hat Ihnen gesagt, daß Sie Funkstille halten sollen?«

»Ja, und ich halte mich auch daran.«

»Haben Sie seit dem Verlassen der *Meerhexe* irgendwelche Funksprüche losgelassen?«

»Nur alle halbe Stunde die routinemäßige Meldung.«

»Werden diese Meldungen bestätigt? Ich habe meine Gründe für diese Frage.« Aber er hütete sich, sie zu verraten.

»Nein. Na ja, das übliche ›roger‹ – und – ›over‹ eben.«

»Auf welcher Frequenz?«

Der Funker deutete auf die Konsole: »Ist eingestellt.«

Mulhooney nickte und trat hinter den Funker. Und dann schlug er ihm, um sicher zu gehen, daß er die Funkstille auch bestimmt einhielt, den Griff seiner Pistole über den Kopf. Gleich darauf war er wieder auf der Brücke, wo Kapitän Thompson sich in einem Zustand beträchtlicher und verständlicher Besorgnis befand. Er versuchte, seine Angst durch forcierte Ungläubigkeit zu überspielen: »Sie wollen mir also einreden, daß die *Torbello* eine schwimmende Zeitbombe ist?«

»Es handelt sich wahrscheinlich nicht nur um eine Bombe, sondern um mehrere. Unsere Informationsquellen – die ich leider nicht preisgeben darf – sind absolut zuverlässig.«

»Mein Gott, es kann doch kein normaler Mensch so verrückt sein, einen so großen Ölfleck im Golf zu verursachen.«

»Es ist *Ihre* Annahme, daß wir es hier mit normalen Menschen zu tun haben, nicht meine«, sagte Cronkite. »Welcher normale Mensch hätte es fertiggebracht, die ganze Stadt Galveston in Gefahr zu bringen, indem er Ihr Schwesterschiff in die Luft sprengte?«

Der Kapitän überdachte diese Frage mit ständig düsterer werdender Miene.

»Ich möchte jedenfalls – natürlich mit Ihrer Einwilligung – das ganze Schiff gründlichst untersuchen. Mit den Leuten, die ich für diese Aufgabe zur Verfügung habe, sollte das Ganze nicht länger als eine halbe Stunde in Anspruch nehmen.«

»Mit was für einer Art von Zeitbombe rechnen Sie?«

»Ich nehme nicht an, daß wir eine Zeitbombe finden – oder überhaupt eine Bombe. Ich denke vielmehr, daß die Sprengsätze per Funk zu aktivieren sind und von jedem Schiff, Flugzeug oder Hubschrauber in der Nähe gezündet werden können. Aber ich glaube nicht, daß etwas passiert, solange Sie noch so weit von der amerikanischen Küste entfernt sind.«

»Warum nicht?«

»Weil eine Ölpest in Küstennähe am schlimmsten ist. Es wird einen nationalen Aufstand gegen Lord Worth und die Sicherheitsvorrichtungen an Bord dieses – wenn Sie mir verzeihen wollen – ziemlich veralteten Tankers geben. Das kann zur Folge haben, daß die *Meerhexe* stillgelegt oder jeder Tanker des Lords kassiert wird, der sich in amerikanischen Gewässern sehen läßt.«

Zusätzlich zu seinen anderen Qualitäten war Cronkite auch noch ein großartiger Lügner. »Sind Sie einverstanden, daß ich jetzt meine Leute an Bord kommen lasse?« Kapitän Thompson nickte gottergeben.

Cronkite hob sein Megaphon und rief den ›Suchtrupp‹ herüber. Es waren vierzehn Mann: alle trugen Strumpfmasken und hatten Maschinenpistolen in der Hand. Kapitän Thompson starrte erst sie, dann Cronkite und Mulhooney fassungslos an, die beide ihre Pistolen auf ihn richteten. Mag sein, daß Cronkite zufrieden oder sogar triumphierend aussah – die üppige Gesichtsbehaarung ließ keinen Schluß auf seinen Gesichtsausdruck zu.

Kapitän Thompsons Fassungslosigkeit verwandelte sich allmählich in Wut: »Was zum Teufel geht hier vor?«

»Das sehen Sie doch: wir entführen Sie. Entführungen sind heutzutage ein sehr populärer Zeitvertreib. Ich gebe zu, daß bis jetzt noch niemand einen Tanker entführt hat, aber irgend jemand muß immer den Anfang machen. Und außerdem ist es wirklich nichts Neues – schließlich gibt es Piraten, seit es Schiffe gibt. Noch etwas: Versuchen Sie nicht, den Helden zu spielen, Kapitän. Wenn sich alle manierlich benehmen, wird keinem etwas passieren. Aber ich glaube, da können wir jetzt ganz beruhigt sein – was sollten Sie schon gegen vierzehn Maschinenpistolen ausrichten?«

Fünf Minuten später befand sich die gesamte Mannschaft – mit einer Ausnahme – unter strenger Bewachung in der Mannschaftsmesse. Keiner der Männer hatte auch nur mit dem Gedanken gespielt, aufzumucken. Der einzige, der nicht gefangen gehalten wurde, war ein ziemlich unglücklich dreinschauender Maschinist – aber wer hätte nicht unglücklich dreingeschaut, wenn er aus einem Abstand von nur anderthalb Metern in die Mündung einer Schmeisser geblickt hätte.

Cronkite war mit Mulhooney auf der Brücke und erteilte ihm letzte Instruktionen.

»Geben Sie weiter die halbstündigen Meldungen an die *Meerhexe* durch. In zwei oder drei Stunden melden Sie dann einen kleinen Schaden – eine gebrochene Benzinleitung oder so was, jedenfalls etwas, das die *Torbello* für ein paar Stunden lahmlegen würde. Sie werden sonst heute abend in Galveston erwartet, und ich brauche Zeit und Raum zum Manövrieren, besser gesagt, *Sie* brauchen das. Wenn es dunkel wird, setzen Sie bitte kein einziges Positionslicht. Wir wollen nicht den Fehler machen, Lord Worth zu unterschätzen.«

Cronkite hörte sich ausgesprochen verbittert an – zweifellos erinnerte er sich an den Tag, an dem er den Prozeß gegen Lord Worth verloren hatte. »Er ist ein ungeheuer mächtiger Mann, und es steht außer Frage, daß er eine Suchaktion zu Wasser und aus der Luft nach seinem verschwundenen Tanker auf die Beine stellen kann.«

Cronkite kehrte auf die *Georgia* zurück, legte ab und fuhr los. Auch Mulhooney startete, drehte das Schiff jedoch um neunzig Grad nach Backbord und nahm jetzt Kurs auf Südwesten statt auf Nordwesten. Nach einer halben Stunde meldete er an die *Meerhexe*: »Wir sind auf Kurs und innerhalb des Zeitplanes.«

Cronkite wartete auf die *Starlight*. Als die die *Georgia* erreicht hatte, fuhren beide Schiffe gemeinsam in südöstlicher Richtung. Ungefähr fünfunddreißig Seemeilen von der *Meerhexe* entfernt, von ihr aus nicht zu sehen und außerhalb der Reichweite ihres Radars und Sonars, wurden die Maschinen gestoppt, und die beiden Schiffe lagen wartend da.

Die große Boeing hatte die Entfernung zwischen Florida und Washington fast zur Hälfte zurückgelegt. Lord Worth holte in seinem luxuriösen Salon, der direkt hinter dem Cockpit lag, den Schlaf nach, auf den er in der letzten Nacht hatte verzichten müssen.

Mitchell war am Morgen unüblicherweise, aber nicht unerwarteterweise erst spät aufgewacht. Er duschte, rasierte sich und zog sich an, während der Kaffee durch die Maschine lief. Die ganze Zeit über saß ihm ein unbehagliches Gefühl im Nacken. Er marschierte mit seiner Kaffeetasse in der Hand unaufhörlich in der Küche auf und ab, bis es ihm schließlich zu dumm wurde und er beschloß, durch ein Telefongespräch seine Seelenruhe wieder herzustellen. Er hob den Hörer ab, wählte die Nummer von Lord Worth und hörte dann mit wachsender Unruhe, wie es am anderen Ende der Leitung läutete und läutete, ohne daß jemand an den Apparat ging. Mitchell legte den Hörer auf, um ihn sofort wieder abzunehmen und dieselbe Nummer noch einmal zu wählen – mit dem gleichen Ergebnis. Er trank seinen Kaffee aus, ging zu Roomers Haus hinüber und schloß mit seinem Schlüssel die Tür auf. Als er ins Schlafzimmer kam, fand er Roomer noch im Tiefschlaf vor. Er weckte ihn. Roomer blinzelte ihn mißbilligend an: »Was fällt dir ein, mich mitten in der Nacht zu wecken?«

»Es ist nicht mitten in der Nacht.« Mitchell zog die Vorhänge auf, und strahlendes Sommersonnenlicht flutete in den Raum. »Es ist heller Tag, wie du unschwer erkennen würdest, wenn du dich dazu entschließen könntest, deine Augen ganz aufzumachen.«

»Brennt dein Haus gerade ab, oder was ist los?«

»Wenn es nur so harmlos wäre. Ich mache mir Sorgen, John. Schon beim Aufwachen hatte ich so ein ungutes Gefühl, und seitdem ist es immer schlimmer geworden. Vor fünf Minuten habe ich Lord Worth angerufen. Ich habe es zweimal versucht, aber es ging niemand an den Apparat. Dabei müssen mindestens acht bis zehn Leute im Haus sein.«

»Was vermutest du denn, um Himmels willen?«

»*Du* bist doch der Mann mit der großen Intuition. Mach dich fertig, ich setz' dir inzwischen Kaffee auf.«

Bereits neunzig Sekunden später war Roomer in der Küche – lange bevor der Kaffee fertig war. Duschen und Rasieren hatte er sich gespart, aber er war sich zumindest mit dem Kamm durch die Haare gefahren. Er sah so aus, wie Mitchell sich fühlte.

»Ich will jetzt keinen Kaffee«, sagte Roomer mit wütendem Gesicht, aber Mitchell wußte, daß sich die Wut nicht gegen ihn richtete. »Machen wir, daß wir hinkommen.«

»Wir sind wirklich ein paar helle Köpfe«, sagte Mitchell im Wagen. »Wenn man uns oft genug eins über den Schädel haut, fangen wir vielleicht an, das Offensichtliche zu sehen. Aber wir sind ja viel zu klug, um das Offensichtliche zu sehen, nicht wahr?« Er klammerte sich krampfhaft an seinem Sitz fest, als Roomer mit kreischenden Reifen in eine unübersichtliche Kurve ging. »Langsam, Junge, langsam, wenn die Pferde schon draußen sind, braucht man die Stalltür nicht mehr zu verriegeln.«

Widerwillig drosselte Roomer die Geschwindigkeit. »Ja, wir sind wirklich clever. Lord Worth nannte als Entschuldigung für seine Pläne die Drohung, daß seine Töchter entführt würden. Und du hast ihm auch noch gesagt, er solle unsere Anwesenheit gestern abend mit dieser Drohung erklären. Und trotzdem kam es uns beiden nicht in den Sinn, daß die Entführung sowohl logisch wie auch unvermeidlich war. Lord Worth hat nicht übertrieben – er hat Feinde, tückische Feinde, die ihn vernichten wollen, komme was da wolle. Und jetzt haben sie zwei Trumpfkarten in der Hand, gegen die er völlig machtlos ist. Lord Worth liebt seine Töchter. Er wird die Hälfte seines Geldes opfern, um sie zurückzubekommen. Und die andere Hälfte wird er dazu verwenden, die Kidnapper zu fassen. Mit Geld kann man sich die besten Leute der Welt für eine solche Sache holen, und der Lord hat mehr als genug davon.«

Mitchell schien jetzt ganz entspannt und ruhig. »Aber wir werden sie vor ihm schnappen«, sagte er genüßlich.

Roomer rutschte unbehaglich auf seinem Sitz hin und her, als er in die Auffahrt einbog, die zum Haus führte. »Ich bin genauso wütend und beunruhigt wie du, aber es gefällt mir nicht, wenn du so zu reden anfängst, das weißt du.«

»Ich würde sagen, ich wollte eine Absicht oder wenigstens eine Hoffnung damit ausdrücken«, erklärte Mitchell und lächelte. »Wir werden ja sehen.«

Roomer brachte den Wagen vor dem Haus auf eine Weise zum Stehen, die das Bild des sorgfältig geharkten Kieses umbarmherzig zerstörte. Das erste, was Mitchell beim Aussteigen bemerkte, war eine seltsame Bewegung im Gebüsch neben der Zufahrt. Er nahm seine Waffe in die Hand und ging nachschauen. Aber er steckte seine Waffe gleich wieder ein, zog statt dessen sein Taschenmesser heraus und durchtrennte MacPhersons Fessel. Obwohl er schon vierzig Jahre in Florida lebte, hatte der Obergärtner seinen schottischen Akzent immer noch nicht verloren. Je größerem Streß er ausgesetzt war, um so stärker wurde der Akzent, und der Wortschwall, der aus seinem Munde kam, nachdem Mitchell das Klebeband entfernt hatte, war völlig unverständlich – was aber in Anbetracht dessen, was er sehr wahrscheinlich sagte, kein großes Unglück war.

Sie traten durch die Vordertür ins Haus, Jenkins, der aussah, als säße er gemütlich im Sessel und ruhe sich aus, sah ihnen wütend entgegen, auch wenn seine Wut nicht ihnen galt. Seine Laune wurde allerdings keineswegs besser, als Mitchell ihm mit einem schmerzhaften Ruck das Klebeband vom Mund riß. Er holte tief Luft, um zu protestieren, aber Mitchell ließ ihn gar nicht zu Wort kommen.

»Wo schläft Jim?« fragte er.

Jim war der Funker.

Jenkins starrte ihn fassungslos an. War das eine Begrüßung für einen Mann, der durch die Hölle gegangen war? Wo blieben da Mitgefühl und besorgte Fragen? Mitchell packte ihn bei den Schultern und schüttelte ihn.

»Sind Sie taub? Wo ist Jims Zimmer?«

Jenkins schaute in das zornige Gesicht dicht vor dem seinen und beschloß, klein beizugeben. »Hinten, im ersten Stock, das erste rechts.«

Mitchell stürzte davon, und ein paar Sekunden später machte auch Roomer sich auf den Weg. »Sie lassen mich doch nicht etwa allein, Mr. Roomer«, rief Jenkins weinerlich hinter ihm her.

Roomer drehte sich um und sagte beruhigend: »Ich gehe in die Küche und hole ein schönes scharfes Messer, um Sie dann endlich zu befreien. Mr. Mitchell hat das einzige Messer, das wir haben, mitgenommen.«

Jim Robertson war jung, hatte ein frisches Gesicht und kam gerade vom College, wo er eine Ausbildung als Elektroingenieur abgeschlossen hatte. Er saß auf seinem Bett, massierte sich die jetzt von den Fesseln befreiten Handgelenke und zuckte leicht zusammen, als das Blut allmählich wieder zu zirkulieren begann. Durands Männer hatten die Knoten mit echter Begeisterung geknüpft.

»Wie geht es Ihnen jetzt?« fragte Mitchell.

»Ich bin sauwütend.«

»Das wundert mich nicht. Sind Sie in der Lage, Ihre Geräte zu bedienen?«

»Ich bin zu allem in der Lage, wenn es dazu beiträgt, diese verdammten Mistkerle zu schnappen.«

»Haben Sie sich die Kidnapper genau ansehen können?« fragte Mitchell.

»Ich kann Ihnen eine allgemeine Beschreibung geben.« Er hielt inne und starrte Mitchell an: »Sagten Sie eben Kidnapper?«

»Es sieht so aus, als ob die Töchter von Lord Worth entführt worden seien.«

»Guter Gott!« Es dauerte eine Weile, bis Robertson diese Neuigkeit verdaut hatte. »Da wird ja die Hölle los sein.«

»Es wird sicher einen ganz schönen Wirbel geben«, stimmte Mitchell zu. »Wissen Sie, wo Marinas Zimmer ist?«

»Ich zeige es Ihnen.«

Das Zimmer sah ganz nach einem hastigen und ungeplanten Aufbruch aus. Schranktüren und Kommodenschubladen standen offen, und auf dem Boden lagen einige achtlos hingeworfene Kleider. Aber das alles interessierte Mitchell nicht. Er untersuchte die

Schubladen ihres Nachttisches, und in der zweiten fand er, was er zu finden gehofft hatte – einen Paß der Vereinigten Staaten. Er schlug ihn auf und sah, daß er noch gültig war. Insgeheim vermerkte er, daß sie ihn in bezug auf ihr Alter angeschwindelt hatte – sie war zwei Jahre älter, als sie immer behauptete. Mitchell legte den Paß in die Schublade zurück und lief mit Robertson zum Funkraum hinunter. Der Funker sah Mitchell fragend an.

»Wir brauchen den Polizeichef des County. Sein Name ist McGarrity. Ich will nur mit ihm sprechen, mit niemandem sonst. Sagen Sie, es geht um Lord Worth, das müßte eigentlich wirken. Und wenn Sie ihn dran haben, geben Sie das Gespräch an mich weiter.«

Während Robertson sich um die Verbindung bemühte, betrat Roomer den Raum. »Ich habe noch sieben Leute vom Personal gefunden – alle sorgfältig verschnürt. Das macht neun im ganzen. Ich habe es Jenkins überlassen, sie zu befreien. Seine Hände zittern zwar so, daß er sicherlich ein oder zwei Arterien ankratzt, aber die Befreiung von ältlichen Köchinnen und jungen Dienstmädchen gehört nun mal nicht zu meinen Pflichten.«

»Die müssen ja ein paar Kilometer Seil dabei gehabt haben«, sagte Mitchell geistesabwesend. Er dachte gerade darüber nach, wieviel er dem Polizeichef verschweigen sollte.

Roomer fragte mit einem Blick auf den Funker: »Wen versucht er denn zu erreichen?«

»McGarrity.«

»Diesen heuchlerischen, alten Gauner?«

»Auch wenn die meisten diese Bezeichnung als geradezu wohlwollend betrachten würden, ist nicht zu leugnen, daß er auch nützliche Seiten hat.«

Robertson schaute auf. »Ihr Gespräch, Mr. Mitchell. Auf dem Apparat da.« Er machte Anstalten, seinen Hörer diskret aufzulegen, aber Roomer nahm ihn ihm aus der Hand und hob ihn ans Ohr.

»Polizeichef McGarrity?«

»Am Apparat.«

»Hören Sie genau zu. Was ich Ihnen zu sagen habe, ist außerordentlich wichtig und dringend und die größte Sache, mit der Sie je zu tun hatten. Sind Sie allein?«

»Ja, ich bin allein«, antwortete McGarrity mit einer Mischung aus Mißtrauen und Neugier.

»Hört niemand zu und läuft auch kein Tonband?«

»Nein, verdammt noch mal, kommen Sie zur Sache.«
»Wir sprechen vom Haus Lord Worths. Kennen Sie ihn?«
»Seien Sie nicht albern. Wer ist ›wir‹?«
»Mein Name ist Mitchell, und mein Partner heißt John Roomer. Wir sind lizensierte Privatdetektive.«
»Ich habe schon von Ihnen gehört – Sie sind die beiden, die den zuständigen Gesetzesvertretern soviel Schwierigkeiten machen.«
»Ich würde zwar sagen, die Sache verhält sich umgekehrt, aber das ist jetzt nicht wichtig. Wichtig ist, daß die beiden Töchter von Lord Worth gekidnappt worden sind.«
»Gütiger Gott im Himmel!« Das war alles, was McGarrity in seiner Fassungslosigkeit hervorbringen konnte, dann folgte tiefes Schweigen.
Roomer lächelte boshaft und legte die Hand über die Sprechmuschel: »Siehst du es auch vor dir, wie das alte Schlitzohr sich an seinem Stuhl festklammert und mit vorquellenden Augen auf die große Tafel starrt, auf der in Leuchtschrift immer wieder das Wort ›Beförderung‹ erscheint?«
»Gekidnappt sagen Sie?« McGarrity klang heiser.
»Gekidnappt, entführt, geschnappt, ganz wie Sie wollen.«
»Ist das sicher?«
»Absolut. Die Zimmer der Mädchen sehen einwandfrei nach einem hastigen und nicht geplanten Aufbruch aus. Neun Mitglieder des Personals wurden gefesselt und mit Klebeband zum Schweigen gebracht. Was würden denn *Sie* daraus schließen?«
»Entführung.« McGarrity sprach das Wort aus, als habe er den Tatbestand gerade selbst entdeckt.
»Können Sie alle Fluchtwege sperren lassen? Die Mädchen haben ihre Pässe nicht mitgenommen, damit scheiden Auslandsflüge also aus. Und ich glaube nicht, daß die Kidnapper im Inland mit einem Flugzeug herumfliegen. Oder können Sie sich vorstellen, daß die beiden Mädchen auf einem Flugplatz erscheinen könnten, ohne sofort erkannt zu werden? Ich schlage vor, sofortiges Startverbot und strenge Kontrollen auf jedem Privatflugplatz im südlichen Teil des Staates anzuordnen.«
»Aber dazu wären Hunderte von Polizisten notwendig«, wandte McGarrity ein. Er schien nicht gerade begeistert zu sein.
Mitchell seufzte, legte die Hand über die Sprechmuschel und sagte zu Roomer: »Das ist doch nicht zu fassen. Meinst du, ich darf einmal Schwachkopf zu ihm sagen?« Er nahm die Hand wieder weg und sagte: »Hören Sie, McGarrity, ich habe den Eindruck, Sie

wissen nicht, worum es sich handelt. Wir sprechen von den Töchtern von Lord Worth. Sie könnten sogar die Nationalgarde anfordern – ich bin sicher, daß Lord Worth jeden Cent der entstehenden Kosten erstatten wird. Großer Gott, Mann, das ist das tollste Ding seit der Entführung des Lindbergh-Babys.«

»Da haben Sie recht, ja, da haben Sie ganz recht.« Man konnte sich richtig vorstellen, wie McGarrity sich genüßlich die Lippen leckte. »Wie steht es mit Beschreibungen?«

»Ich fürchte, da ist nichts zu holen. Die Kerle trugen allesamt Strumpfmasken. Der Anführer hatte Handschuhe an, was auf Vorstrafen hindeuten kann, aber nicht muß. Alle waren groß, muskulös und mit dunklen Straßenanzügen bekleidet. Ich nehme an, die Beschreibung der beiden Mädchen kann ich mir sparen?«

»Von Lady Marina und Lady Melinda?« McGarrity war ein klassischer Snob größten Ausmaßes, der mit regem Interesse das Leben und Treiben des internationalen Jet-set und der Möchtegerns in seinem Umkreis verfolgte. »Großer Gott, natürlich brauche ich von den beiden keine Beschreibung, sie müssen die meistfotografierten Mädchen im Staat sein.«

»Bitte behandeln Sie die Sache vorläufig absolut vertraulich.«

»Selbstverständlich, selbstverständlich.« McGarrity würde es nicht in den Sinn kommen, diesen dicken Brocken mit jemandem zu teilen.

»Lord Worth muß als erster benachrichtigt werden. Ich werde ihn dahingehend informieren, daß Sie den Fall bearbeiten.«

»Sie haben ihm noch gar nichts gesagt?« McGarrity konnte sein Glück kaum fassen.

»Nein.«

»Sagen Sie ihm, er soll ganz ruhig sein – na, jedenfalls so ruhig, wie es unter den gegebenen Umständen möglich ist. Ich werde mein Bestes tun.«

»Ich richte es aus, Chef.«

Roomer zuckte zusammen und kniff die Augen zu.

McGarritys Stimme klang ausgesprochen souverän. »Und jetzt zu den lokalen Gesetzesvertretern.«

»Ich glaube, wir müssen sie einweihen. Allerdings bin ich nicht gerade glücklich darüber – sie sind gegen uns eingenommen. Wenn sie sich nun weigern, die Sache geheim zu halten...«

»Falls das passieren sollte«, sagte McGarrity mit unheilvoller Stimme, »verweisen Sie denjenigen bitte direkt an mich. Weiß sonst noch irgend jemand Bescheid?«

»Natürlich nicht. Sie sind der einzige, der eine Sperrung der Fluchtwege anordnen kann – also war es doch klar, daß wir uns zuallererst mit Ihnen in Verbindung setzen.«

»Das war auch das einzig Richtige«, stimmte McGarrity wohlwollend zu. Er hatte allen Grund, sich zu freuen, denn bisher war seine Wiederwahl durchaus nicht sicher gewesen, aber diese Entführung würde ganz bestimmt dafür sorgen, daß er in seinem Amt bestätigt wurde. »Ich werde die Sache in die Hand nehmen. Halten Sie mich auf dem laufenden.«

»Klar, Chef.« Mitchell legte auf.

Roomer sah ihn bewundernd an. »Du bist ein noch größerer Heuchler als McGarrity.«

»Reine Übungssache. Jedenfalls haben wir erreicht, was wir wollten.« Mitchells Miene verdüsterte sich. »Ist dir schon der Gedanke gekommen, daß die Gangster vielleicht bereits über alle Berge sind?«

Auch Roomer sah nicht sonderlich fröhlich aus. »Er ist. Aber jetzt schön der Reihe nach. Zuerst kommt doch Lord Worth dran, oder?« Mitchell nickte. »Dieses Gespräch überlasse ich dir. Es heißt, daß er, wenn man ihn provoziert, über einen unheimlich reichen Wortschatz verfügt, der nicht die geringste Ähnlichkeit mit aristokratischer Ausdrucksweise hat. Ich unterhalte mich lieber mit dem Personal und werde ihnen eine Stärkung verabreichen – am besten den für Lord Worth reservierten Brandy –, damit sie vergessen, was sie durchgemacht haben. Vielleicht lösen sich dann ihre Zungen, und ich kriege was aus ihnen raus. Allerdings kann ich sie ja nur nach Beschreibungen der Stimmen fragen oder ob die Gangster etwas angefaßt und darauf vielleicht Fingerabdrücke hinterlassen haben. Wobei letzteres natürlich auch nur nützt, wenn ein Vorstrafenregister existiert.«

»Von dem, was du mir da erzählst, scheint mir der Brandy der beste Teil zu sein. Würdest du Jenkins freundlicherweise bitten, einen großen, nein *zwei* große zu bringen«, sagte er mit einem Blick auf Robertson.

Roomer war schon an der Tür, als er sich noch einmal umdrehte: »Weißt du, was in alten Zeiten mit den Überbringern schlechter Nachrichten passierte?«

»Ja. Man machte sie einen Kopf kleiner.«

»Er wird uns wahrscheinlich mangelnde Vorsicht und Voraussicht vorwerfen – und damit hat er recht, wenn ihn auch mindestens ebensoviel Schuld trifft wie uns.« Roomer verließ den Raum.

»Verbinden Sie mich mit Lord Worth, Jim.«

»Das würde ich sofort tun, wenn ich wüßte, wo ich ihn erreichen kann. Als ich gestern abend ging, war er noch hier. Wo er jetzt ist, weiß ich nicht.«

»Er ist auf der *Meerhexe*.«

Robertson hob eine Augenbraue und wandte sich schweigend seinen Geräten zu. Fünfzehn Sekunden später war die Verbindung hergestellt. Mitchell nahm den Hörer. »Lord Worth, bitte.«

»Bleiben Sie dran.«

Gleich darauf war eine andere, heisere und bei weitem nicht so freundliche Stimme zu hören.

»Was wollen Sie?«

»Lord Worth, bitte.«

»Woher wissen Sie, daß er hier ist?«

»Woher ich ... was spielt denn das für eine Rolle? Kann ich ihn jetzt bitte sprechen?«

»Hören Sie zu, Mister, es ist meine Aufgabe, dafür zu sorgen, daß Lord Worth nicht unnötig gestört wird. Wir bekommen eine Menge merkwürdige Anrufe von merkwürdigen Leuten. Woher wollen Sie überhaupt wissen, daß er hier ist?«

»Weil er es mir gesagt hat.«

»Wann?«

»Gestern abend. Gegen Mitternacht.«

»Wie heißen Sie?«

»Mitchell, Michael Mitchell.«

»Mitchell.« Larsens Ton änderte sich merklich. »Warum haben Sie das nicht gleich gesagt?«

»Weil ich kein Gestapo-Verhör erwartet habe. Sie müssen Commander Larsen sein.«

»Richtig.«

»Sie sind nicht gerade umgänglich, was?«

»Ich muß meine Arbeit tun.«

»Geben Sie mir jetzt bitte Lord Worth.«

»Er ist nicht hier.«

»Er würde mich nie anlügen.« Mitchell fand es unklug, hinzuzusetzen, daß er den Lord sogar hatte abfliegen sehen.

»Er hat sie nicht angelogen. Er war hier. Aber vor ein paar Stunden ist er nach Washington geflogen.«

Mitchell überlegte einen Augenblick und fragte dann:

»Kann man ihn irgendwie erreichen?«

»Ja. Warum?«

»Es handelt sich um eine dringende, private Angelegenheit. Nach allem, was Lord Worth mir über Sie erzählt hat – und das ist eine ganze Menge –, war es nicht anders zu erwarten, daß Sie auf eigene Faust keine Informationen weitergeben würden. Aber geben Sie mir die Nummer, und ich werde Ihnen sagen, was los ist, sobald Lord Worth mir grünes Licht dafür gibt.«

»Wirklich?«

»Wirklich.«

Larsen gab ihm die Telefonnummer.

Mitchell legte den Hörer auf und wandte sich an Robertson: »Lord Worth hat die *Meerhexe* verlassen und ist auf dem Weg nach Washington.«

»Der kommt ja ganz schön rum. Ist er mit seiner Boeing unterwegs?«

»Ich habe nicht gefragt, aber ich bin eigentlich sicher. Glauben Sie, Sie können ihn für mich an die Strippe kriegen?«

Robertson sah nicht gerade zuversichtlich aus. »Wann ist er von der *Meerhexe* abgeflogen?«

»Weiß ich nicht. Ich hätte fragen sollen, was? Larsen sagte, vor ein paar Stunden.«

Robertsons ohnehin schon zweifelnde Miene wurde noch zweifelnder. »Ich kann Ihnen keine große Hoffnung machen, Mr. Mitchell. Mein Gerät hat eine Reichweite von mehreren tausend Meilen, aber der Empfänger an Bord der Boeing ist nicht dafür eingerichtet, Long-Distance-Funksprüche von diesem Gerät aus zu empfangen, und die Boeing ist ganz sicher schon außerhalb der Reichweite.«

»Wie ist das Wetter?«

»Auch nicht gerade ideal.«

»Versuchen Sie's trotzdem, Jim.«

Er versuchte es fünf Minuten lang, und während dieser erfolglosen Versuche wurde immer klarer, daß dem Lord noch eine Galgenfrist bis zu einem Herzinfarkt beschieden war. Schließlich zuckte Robertson die Achseln und sah zu Mitchell auf.

»Vielen Dank, daß Sie es versucht haben, Jim.« Er gab ihm ein Stück Papier, auf dem eine Telefonnummer stand. »Washington. Können Sie mich damit verbinden?«

»Das kann ich sogar garantieren.«

»Versuchen Sie's in einer halben Stunde. Fragen Sie nach Lord Worth, und machen Sie's dringend. Wenn Sie ihn nicht erreichen, versuchen Sie es in Abständen von jeweils zwanzig Minuten immer wieder. Gibt es eine direkte Leitung ins Arbeitszimmer?«

»Ja.«

»Ich werde dort warten. Ich muß die Gesetzesvertreter empfangen.«

Lord Worth schlief immer noch und hatte keine Ahnung, daß inzwischen seine Welt in Stücke ging. Die Boeing sank aus einer Höhe von neuntausendneunhundert Metern langsam der Erde entgegen, um auf dem Dulles-Flughafen zu landen.

5

Lord Worth saß mit einem Whiskyglas in der einen und einer Havanna in der anderen Hand in einem tiefen Lehnsessel im überladenen Büro des stellvertretenden Außenministers. Eigentlich hätte er zufrieden und entspannt sein sollen, aber tatsächlich war er im höchsten Maße unzufrieden und ganz und gar nicht entspannt. Er wurde mit großer Geschwindigkeit immer wütender auf die Welt im allgemeinen und auf die vier anderen Personen im Raum im besonderen. Es waren dies: Howell, der Stellvertreter des Außenministers, ein hochgewachsener, dünner Mann mit einem eifrigen Gesichtsausdruck und einer Nickelbrille, der aussah wie ein Yale-Professor, was er auch tatsächlich war, des weiteren sein Assistent, dessen Namen Lord Worth sich nicht die Mühe gemacht hatte zu behalten, denn er war so nichtssagend wie ein Etagenkellner, außerdem Lieutenant-General Zweicker, über den sich nichts weiter sagen ließ, als daß er jeder Zoll ein General war, und schließlich eine Sekretärin, die immer nur dann mitzuschreiben schien, wenn sie gerade Lust dazu hatte, was nicht sehr oft der Fall war – wahrscheinlich hatte die Erfahrung sie gelehrt, daß das meiste, was in einer Konferenz gesagt wurde, sowieso nicht mitschreibenswert war.

»Ich bin ein sehr müder Mann, der gerade vom Golf von Mexico heraufgeflogen ist«, sagte Lord Worth. »Ich bin jetzt schon fünfundzwanzig Minuten hier und kann mich des Eindrucks nicht erwehren, daß es fünfundzwanzig vergeudete Minuten waren. Nun, meine Herren, ich habe nicht die Absicht, noch weitere zu vergeuden. Meine Zeit ist ebenso kostbar wie die Ihre, nein, ich muß mich korrigieren: sie ist viel kostbarer. Sie wollen mich abspeisen, und das mache ich nicht mit.«

»Wie können Sie so etwas sagen! Sie sitzen in meinem Büro, und General Zweicker ist anwesend. Wie vielen anderen Bürgern wird dieser Vorzug schon zuteil?«

»Je größer die Fassade, um so größer die Abfuhr. Ich bin es nicht gewöhnt, mit irgendwelchen subalternen Leuten zu verhandeln. Ich unterhalte mich üblicherweise mit der absoluten Spitze, zu der ich bisher noch nicht vorgedrungen bin, was mir aber ganz sicher noch gelingen wird. Ihre diplomatische Tiefkühltaktik funktioniert bei mir nicht. Ich bin kein Mensch, der um jeden Preis Schwierigkeiten macht, aber ich werde alles tun, um zu erreichen, daß mir Unterstützung gewährt wird. Sie können mich nicht unter Ihren diplomatischen Teppich kehren, Mr. Howell. Ich habe Ihnen erst kürzlich berichtet, daß internationale Drohungen gegen die *Meerhexe* vorliegen, und Sie hatten es vorgezogen, das entweder nicht zu glauben oder einfach zu ignorieren. Und jetzt komme ich zu Ihnen, um Ihnen als Beweis für die Drohungen zu berichten, daß drei Kriegsschiffe auf dem Weg zu der Bohrinsel sind, aber Sie zeigen immer noch keine Bereitschaft, etwas zu unternehmen. Ich möchte Ihnen übrigens raten, sich einen neuen Geheimdienst zuzulegen, falls Sie tatsächlich vor meiner diesbezüglichen Information noch nichts von den drei Schiffen gewußt haben sollten.«

»Wir wissen über die Schiffe Bescheid«, sagte General Zweicker. »Aber bis jetzt sehen wir noch keine Veranlassung, irgend etwas zu unternehmen. Sie haben keinen Beweis dafür, daß Ihre Behauptungen wirklich der Wahrheit entsprechen. Sie stützen sich nur auf Vermutungen, auf sonst nichts. Erwarten Sie tatsächlich allen Ernstes von uns, daß wir auf Mutmaßungen einer Privatperson hin Marineeinheiten und ein Geschwader von Jagdbombern mobilisieren?«

»Und ich möchte Sie daran erinnern«, fiel Howell ein, »daß Sie nicht einmal amerikanischer Staatsbürger sind.«

Lord Worth wiederholte leise: »Nicht einmal amerikanischer Staatsbürger!« Er wandte sich an die Sekretärin: »Ich hoffe, Sie haben das mitgeschrieben.« Howell wollte etwas sagen, aber Lord Worth hob gebieterisch die Hand. »Zu spät, Howell, zu spät, um Ihren Lapsus zurückzunehmen, einen Lapsus von wirklich beachtlicher Größe. Was soll das heißen, daß ich kein amerikanischer Staatsbürger bin? Ich habe an dieses Land im letzten Jahr mehr Steuern gezahlt als alle großen Ölgesellschaften der Vereinigten

Staaten zusammen – ganz abgesehen davon, daß ich die Staaten mit dem billigsten Öl versorgt habe. Wenn die Handlungsweise des Außenministeriums Rückschlüsse darauf zuläßt, wie dieses Land regiert wird, dann kann ich mich allerdings nur dazu beglückwünschen, immer noch einen britischen Paß zu besitzen. Sie haben wohl zweierlei Gesetze: eins für Amerikaner und eins für Barbaren. Eine schöne Gerechtigkeit ist das! Nicht einmal amerikanischer Staatsbürger! Das wird ein Leckerbissen für die Journalisten, die zu meiner nächsten Pressekonferenz kommen. Und die wird sofort nach meinem Weggang von hier stattfinden!«

»Eine Pressekonferenz?« Howell zeigte eindeutige Anzeichen von Unruhe.

»Aber natürlich«, Lord Worths Stimme war ebenso grimmig wie seine Miene. »Wenn Sie mich nicht schützen wollen, mein Lieber, dann werde ich mich eben selbst schützen.«

Howell sah den General an und dann wieder den Lord. Er bemühte sich, seiner Stimme einen offiziellen und einschüchternden Klang zu verleihen: »Ich möchte Sie daran erinnern, daß alle Gespräche, die in diesem Raum stattfinden, streng vertraulich sind.«

Lord Worth musterte ihn kalt: »Es ist immer traurig, wenn man sehen muß, daß ein Mann seinen wahren Beruf verfehlt hat – Sie hätten wirklich Schauspieler werden sollen, mein Bester, und kein hoher Regierungsbeamter. Vertraulich! Das ist gut! Wie können Sie mich an etwas erinnern, das Sie mir gegenüber noch gar nicht erwähnt haben? Wenn keine Dame anwesend wäre, würde ich Ihnen deutlich erklären, was ich von dieser idiotischen Bemerkung halte. Guter Gott, es ist wirklich köstlich, einen solchen Hinweis von der Nummer zwei einer Regierung zu hören, bei der es an der Tagesordnung ist, daß strenggeheime Staatsangelegenheiten in die Hände von Journalisten gelangen – zweifellos als Gegenleistung für ein passendes ›quid pro quo‹. Ich kann Heuchelei nicht ertragen. Und das wird ein zweiter Leckerbissen für meine Pressekonferenz: das Außenministerium wollte mich zum Schweigen verdonnern. Das ist der zweite Riesenlapsus, Howell.«

Howell schwieg und starrte auf seine Hände, als überlegte er, ob es etwas nützen könne, sie zu ringen.

»Ich werde die Presseleute über die Unentschlossenheit, die Widerwilligkeit, die Tatenlosigkeit und die Unfähigkeit des Außenministeriums unterrichten, das für den Verlust einer Hundert-Millionen-Dollar-Bohrinsel verantwortlich sein wird und darüber hinaus für das Versiegen des Stroms von Billigst-Treibstoff für die amerikanischen Bürger, für die schlimmste Ölpest der Geschichte und für den möglichen – nein, besser wahrscheinlichen – Beginn eines dritten großen Krieges. Zusätzlich zu dieser Pressekonferenz werde ich Sendezeiten bei Fernsehen und Rundfunk kaufen, die Situation erklären und außerdem deutlich machen, daß ich zu solchen Mitteln greifen muß, weil das Außenministerium sich weigert und nicht in der Lage ist, mich zu schützen.« Er hielt einen Augenblick inne, um gleich darauf fortzufahren: »Das war ziemlich dumm von mir – ich habe ja meine eigenen Fernseh- und Rundfunkstationen. Die Sache ist so sensationell, daß die drei großen Gesellschaften sich darauf stürzen werden und die ganze Sache mich keinen Cent kosten wird. Bis heute abend werde ich das Außenministerium und Ihren Namen sowie den Ihres Chefs ganz schön in Mißkredit gebracht haben. Ich bin ein verzweifelter Mann, meine Herren, und ich bin bereit, verzweifelte Mittel anzuwenden.«

Er schwieg, um die Wirkung seiner Worte zu beobachten. Den Gesichtern nach zu urteilen, war die Reaktion so, wie er es sich nur wünschen konnte. Man sah den drei Männern an, daß sie keinen Zweifel hegten, daß Lord Worth jedes seiner Worte ernst gemeint hatte. Und wenn sie ihn gewähren ließen, waren die Folgen gar nicht auszudenken. Aber keiner sagte etwas, und so ergriff Lord Worth schließlich wieder das Wort.

»Sie begründen Ihre hanebüchene Weigerung damit, daß ich keinen Beweis für das Komplott gegen mich habe. Aber ich habe einen Beweis, und der ist todsicher. Ich werde ihn vor Ihnen jedoch nicht preisgeben, denn es ist offensichtlich, daß ich hier nichts erreichen kann. Ich brauche einen Mann, der in der Lage ist, Entscheidungen zu fällen, und der Außenminister steht im Ruf, es zu sein. Ich schlage vor, Sie holen ihn her.«

»Wir sollen den Außenminister *holen*?« fragte Howell, fassungslos ob dieses Ansinnens. »Den Außenminister *holt* man nicht! Man bittet Tage, ja sogar Wochen vorher um einen Termin. Außerdem ist er gerade in einer sehr wichtigen Konferenz.«

Lord Worth zeigte sich völlig unbeeindruckt. »Holen Sie ihn – die Konferenz mit mir wird die wichtigste seines Lebens sein. Wenn er beschließt nicht zu kommen, wird das sehr wahrscheinlich das Ende seiner politischen Karriere bedeuten. Ich weiß, daß er sich nicht einmal zwanzig Meter von hier entfernt aufhält. Holen Sie ihn.«

»Ich... ich glaube wirklich nicht...«

Lord Worth erhob sich. »Ich hoffe, daß Ihr unmittelbarer Nachfolger – und die Betonung liegt auf ›unmittelbarer‹ – im Interesse des Landes mehr gesunden Menschenverstand und mehr Zivilcourage an den Tag legen wird als Sie. Sagen Sie dem Mann, der – aufgrund Ihrer haarsträubenden Ignoranz und Ihrer Weigerung, den Tatsachen ins Gesicht zu sehen – für den Ausbruch des nächsten Krieges verantwortlich gemacht werden wird, er solle heute abend fernsehen. Sie hatten Ihre Chance – wie der Stenogrammblock der Sekretärin jederzeit beweisen kann –, und Sie haben sie nicht genutzt.« Lord Worth schüttelte den Kopf und sagte fast traurig: »Niemand ist so blind wie der, der nicht sehen will – in diesem Fall nicht die brennende Zündschnur, die zu einem Berg von Dynamit führt. Guten Tag, meine Herren.«

»Nein! Nein!« Howell war jetzt völlig hektisch. »Setzen Sie sich! Setzen Sie sich! Ich werde sehen, was ich tun kann!« Er rannte regelrecht aus dem Zimmer.

Während seiner ziemlich langen Abwesenheit – es dauerte genau dreizehn Minuten, bis er wiederkam – wurde kaum gesprochen. Zweicker fragte: »Sie meinen wirklich, was Sie sagen, nicht wahr?«

Und der Lord fragte zurück: »Zweifeln Sie etwa daran, General?«

»Nein, jetzt nicht mehr«, antwortete Zweicker. »Sie haben wirklich vor, diese Drohungen wahrzumachen?«

»Ich glaube, das Wort, das Sie suchten, war ›Versprechungen‹.« Nachdem der Lord mit diesem effektvollen Satz die Konversation abgewürgt hatte, senkte sich tiefes Schweigen über den Raum, was den Lord jedoch in keiner Weise zu stören schien – er machte einen ruhigen, entspannten Eindruck. Diese Ruhe war allerdings eine hervorragende schauspielerische Leistung, denn Lord Worth wußte genau, wieviel für ihn davon abhing, ob der Außenminister erschien oder nicht.

Er erschien. John Belton sah nicht im entferntesten wie der Mann aus, als der er bekannt war – als hartgesottener Verhandlungspartner, der auch rücksichtslos sein konnte, wenn die Situation es erforderte, und der nicht dazu neigte, seine Kollegen vom Kabinett zu Rate zu ziehen, wenn es um Entscheidungen ging. Er sah vielmehr aus wie ein wohlhabender Farmer und strahlte Herzlichkeit und Freundlichkeit aus, womit er Lord Worth, der auf Herzlichkeit und Freundlichkeit spezialisiert war, allerdings keinen Augenblick täuschen konnte. John Belton war aus anderem Holz geschnitzt als Howell – ein würdiger Gesprächspartner für

Lord Worth. Er stand auf, und Belton schüttelte ihm ausgiebig die Hand. »Lord Worth! Welch außerordentliche Ehre, daß der mächtigste Ölbaron der Vereinigten Staaten sich um Hilfe an uns wendet!«

Lord Worth war höflich, aber nicht unterwürfig. »Ich wünschte, wir würden uns unter glücklicheren Umständen kennenlernen. Es ist sehr entgegenkommend von Ihnen, mir ein paar Augenblicke Ihrer Zeit zu schenken. Fünf Minuten werden reichen. Ich verspreche es.«

»Verfügen Sie über mich – solange Sie wollen.« Belton lächelte. »Sie stehen in dem Ruf, nicht um den heißen Brei herum zu reden. Zufällig sagt man das gleiche von mir.«

»Ich danke Ihnen.« Der Lord warf Howell einen vernichtenden Blick zu: »Dreizehn Minuten, um vierzig Meter zurückzulegen.« Dann wandte er sich wieder an den Außenminister: »Mr. Howell hat Sie sicherlich schon vorbereitet?«

»Ja ich weiß einigermaßen Bescheid. Was haben Sie für Wünsche?«

Lord Worth mußte sich beherrschen, um seine Genugtuung nicht zu deutlich zu zeigen – dieser Mann war so recht nach seinem Herzen. John Belton fuhr fort: »Wir könnten uns natürlich an die sowjetischen und venezolanischen Botschafter wenden, aber das ist, als ob man mit Puderquasten spricht. Sie können nicht mehr tun, als unsere Verdächtigungen und verschleierten Drohungen an ihre Regierung weiterzugeben. Sie selbst sind völlig machtlos. Noch vor zehn Jahren hatten Botschafter etwas zu sagen. Sie konnten verhandeln und Entscheidungen fällen, aber das ist vorbei. Sie sind ohne eigenes Verschulden zu gesichtslosen Niemanden geworden, die bei Verhandlungen zwischen den Ländern konstant übergangen werden. Sogar die Chauffeure, die üblicherweise ausgebildete Agenten sind, haben mehr Macht als ihre Herren.

Wir könnten uns natürlich auch direkt an die betreffenden Regierungen wenden. Aber dazu bräuchten wir handfeste Beweise. Es würde zwar niemand Ihr Wort anzweifeln, aber es reicht nicht aus. Wir müssen einwandfreie Beweise für üble Absichten haben.«

»Diese Beweise habe ich«, fiel ihm Lord Worth ins Wort. »Und ich kann sie Ihnen auch gleich andeuten. Es widerstrebt mir außerordentlich, Namen zu nennen, weil es für einen meiner Freunde das Ende seiner Karriere bedeuten würde, aber wenn es nicht anders geht... Ob ich Ihnen diese Namen preisgebe oder der Öffentlichkeit, wird ausschließlich von der Reaktion des Ministeriums abhängen. Wenn man mir nicht zusichert, daß seitens der Regierung etwas unternommen wird, habe ich keine andere Wahl, als mich an die Öffentlichkeit zu wenden. Ich möchte Sie nicht erpressen. Ich sehe mich lediglich in eine Ecke gedrängt, und um aus ihr herauszukommen, muß ich kämpfen. Wenn Sie jedoch in meinem Sinne entscheiden, werde ich Ihnen eine Liste von Namen geben, die, wie ich hoffe, nicht von Ihrem Ministerium veröffentlicht wird. Geheimhaltung ist das Gebot der Stunde. Aber ich kann Sie natürlich nicht davon abhalten, das FBI von der Kette zu lassen, sobald ich da draußen in meinen Hubschrauber steige.«

»Das große, warme Herz des amerikanischen Volkes gegen den unfähigen Haufen von einem Außenministerium.« Belton lächelte. »Allmählich verstehe ich, wie Sie Millionär geworden sind – Verzeihung, ich meine natürlich Milliardär.«

»Anfang dieser Woche fand an einem See im Westen eine geheime Konferenz statt. Zehn Leute, alles große Ölbosse, nahmen daran teil. Vier davon waren Amerikaner: sie repräsentierten große Ölgesellschaften der Vereinigten Staaten. Ein fünfter war aus Honduras, ein sechster aus Venezuela, ein siebter aus Nigeria. Nummer acht und neun waren Ölscheichs aus dem Golfgebiet. Und Nummer zehn kam aus der Sowjetunion. Da er als einziger nicht das geringste Interesse an der Kontrolle des amerikanischen Ölmarktes hatte, kann man nur zu dem Schluß kommen, daß er lediglich dort war, um Unruhe zu stiften.« Lord Worth sah die fünf Leute, die mit ihm im Zimmer waren, der Reihe nach an: alle hingen buchstäblich an seinen Lippen. Hochzufrieden fuhr er fort: »Die Konferenz wurde nur aus einem einzigen Grund abgehalten: um den Ölstrom von der *Meerhexe* – das ist der Name meiner Bohrinsel – zu unterbinden, weil ich sie alle beträchtlich unterbot und demzufolge alle möglichen fiskalischen Probleme verursachte. Sollte es im Ölgeschäft irgendwelche Anstandsregeln geben, so müßte ich sie erst noch entdecken – ich glaube, in dieser Hinsicht würde Ihre Steuerfahndung mir rückhaltlos zustimmen. Die *North Hudson Oil Company* – das ist der offizielle Name meiner Gesellschaft – ist übrigens noch nie überprüft worden.

Der einzige Weg, den Ölstrom für immer zum Versiegen zu bringen, ist die Zerstörung der *Meerhexe*. Als die zehn mit ihrem Latein am Ende waren, riefen sie einen professionellen Unruhestifter herein – einen Mann, den ich persönlich gut kenne und der ein außerordentlich gefährlicher Bursche ist. Aus Gründen, die ich nicht darlegen werde, bevor ich von Ihrer Seite das Versprechen habe, daß

Sie mir helfen, hegt er einen tiefen Groll gegen mich. Und er ist einer der besten Sprengstoffexperten der Welt – wenn nicht überhaupt der beste.

Nach Beendigung der Konferenz nahm besagter Unruhestifter die Abgesandten Venezuelas und der Sowjetunion beiseite und bat sie um die Unterstützung ihrer Marine. Sie wurde ihm zugesagt.« Lord Worth machte wieder eine Pause und sah von einem zum anderen. »Vielleicht werden Sie mir jetzt glauben, daß ich nicht fantasiere.

Ich möchte noch hinzusetzen, daß dieser Mann mich so haßt, daß er den Auftrag wahrscheinlich auch ohne Bezahlung übernommen hätte. Aber tatsächlich hat er eine Million Dollar verlangt – und auch bekommen. Und außerdem noch die geforderten zehn Millionen Dollar Spesen. Und wozu braucht er zehn Millionen Dollar, wenn nicht dazu, alle Möglichkeiten von Gewaltakten ausschöpfen zu können?«

»Das ist ja ungeheuerlich!« Der Außenminister schüttelte fassungslos den Kopf. »Sie sind außerordentlich gut informiert, Lord Worth. Ihr Geheimdienst scheint es mit unserem aufnehmen zu können.«

»Er ist bedeutend besser – ich zahle den Leuten mehr. Die Ölbranche ist mit einem Dschungel zu vergleichen, in dem nur der Gerissenste überlebt.«

»Sprechen Sie von Industriespionage?«

»Aber natürlich nicht.« Es war durchaus möglich, daß Lord Worth tatsächlich glaubte, was er da im Brustton der Überzeugung sagte.

»Dieser Freund, für den es vielleicht das Ende seiner Karriere . . .«

»Genau.«

»Geben Sie mir alle Einzelheiten und die Namensliste. Kreuzen Sie den Namen Ihres Freundes an. Ich werde dafür sorgen, daß nur ich diese Liste zu sehen bekomme, und daß er nicht in die Sache hineingezogen wird.«

»Das ist sehr freundlich, Herr Außenminister.«

»Als Gegenleistung werde ich mich mit dem Verteidigungsministerium und dem Pentagon beraten.« Er machte eine Pause. »Aber das wird nicht einmal nötig sein. Ich kann selbst dafür garantieren, daß Sie ausreichenden Schutz zu Wasser und aus der Luft erhalten.«

Lord Worth zweifelte keinen Augenblick an seinen Worten. Belton stand in dem Ruf, absolut integer zu sein. Und außerdem hieß es zu Recht, daß er die unersetzliche rechte Hand des Präsidenten war. Auf Belton war unbedingt Verlaß. Lord Worth beschloß, seine Erleichterung nicht allzu überschwenglich zu zeigen. »Ich bin Ihnen sehr dankbar«, sagte er deshalb nur. Dann sah er zu der Sekretärin hinüber und dann zu Howell: »Wenn ich die Dienste der Dame kurz in Anspruch nehmen dürfte...«

»Aber selbstverständlich.« Die Sekretärin blätterte um und sah Lord Worth erwartungsvoll an.

»Der Ort: Lake Tahoe, Kalifornien. Die Adresse:...«

Lord Worth brach ab, als das Telefon klingelte. Die Sekretärin lächelte ihn entschuldigend an und hob den Hörer ab. »Verdammt noch mal«, sagte Howell zu Belton, »ich habe doch strikte Anweisung gegeben, uns...«

»Es ist für Lord Worth.« Die Sekretärin sah Belton an. »Ein Mr. Michael Mitchell aus Florida. Er sagt, es sei sehr dringend.« Der Außenminister nickte. Sie stand auf und gab den Hörer an Lord Worth weiter.

»Hallo, Michael! Woher wissen Sie, daß ich hier bin? Ja, ich höre zu.«

Das tat er auch wirklich, ohne seinen Gesprächspartner nur einmal zu unterbrechen. Und während er zuhörte, beobachteten die anderen im Raum Anwesenden mit wachsender Besorgnis, wie er allmählich aschfahl wurde. Schließlich stand Belton auf, goß höchstpersönlich einen Brandy in ein Glas und brachte es Lord Worth, der es ohne hinzuschauen entgegennahm und in einem Zug leerte. Belton nahm es ihm wieder ab, um es erneut zu füllen. Der Lord nahm es zwar, trank jedoch diesmal keinen Tropfen. Stattdessen gab er Belton – ohne ein Wort zu sagen – den Hörer und bedeckte seine Augen mit der Hand.

»Außenministerium«, sagte Belton, »wer ist da?«

Mitchells Stimme war zwar leise, aber klar zu verstehen. »Hier spricht Michael Mitchell. Ich rufe aus Lord Worths Haus an. Spreche ich mit Mr. Belton?«

»Ja. Lord Worth scheint einen schweren Schock erlitten zu haben.«

»Das glaube ich, Sir. Ich mußte ihm gerade mitteilen, daß seine beiden Töchter entführt worden sind.«

»Gütiger Herrgott!« Beltons sprichwörtliche Gelassenheit war auf eine zu harte Probe gestellt worden – noch nie zuvor hatte jemand eine derartige emotionale Reaktion bei ihm erlebt. Vielleicht lag es an der nüchternen Art, auf die er die Neuigkeit erfuhr. »Sind Sie sicher?«

»Ich wünschte, ich wäre es nicht, Sir.«

»Wir – mein Partner John Roomer und ich – sind Privatdetektive, aber wir sind nicht hier, um Nachforschungen anzustellen, sondern weil wir Nachbarn und Freunde von Lord Worth und seinen Töchtern sind.«

»Haben Sie schon die Polizei verständigt?«

»Ja.«

»Und was ist unternommen worden?«

»Wir haben dafür gesorgt, daß alle Fluchtwege zu Luft und zu Wasser abgeriegelt worden sind.«

»Haben Sie Beschreibungen der Täter?«

»Nur sehr ungenügende: Es waren fünf Männer, schwer bewaffnet und mit Strumpfmasken unkenntlich gemacht.«

»Was halten Sie von Ihrer örtlichen Polizei?«

»Nicht viel.«

»Ich werde das FBI einschalten.«

»Gut, Sir. Aber da man noch keine Spur von den Gangstern hat, ist es auch nicht gesagt, daß sie die Staatsgrenze bereits überschritten haben.«

»Zum Teufel mit Staatsgrenzen und Vorschriften. Wenn ich sage, das FBI soll sich einschalten, dann schaltet es sich ein, basta. Bleiben Sie dran – ich glaube, Lord Worth will noch einmal mit Ihnen sprechen.« Er gab den Hörer wieder ab. Die Gesichtsfarbe des Lords normalisierte sich allmählich wieder.

»Ich fliege gleich los. In knapp vier Stunden bin ich da. Ich melde mich eine halbe Stunde nach dem Start aus der Boeing. Holen Sie mich am Flugplatz ab.«

»Gut, Sir, Commander Larsen würde gern wissen...«

»Informieren Sie ihn.« Lord Worth legte den Hörer auf und nahm jetzt doch einen Schluck aus dem Glas. »Nur ein alter Narr konnte einen sich so offensichtlich anbietenden Schachzug übersehen – und ich bin ein alter Narr. Wir befinden uns im Krieg, und im Krieg ist bekanntlich alles erlaubt. Es ist absolut unverzeihlich, daß ich meine Töchter ohne Bewachung zurückgelassen habe. Warum hatte ich nicht soviel Verstand, Mitchell und Roomer als Leibgarde zu verpflichten?« Er warf einen Blick auf sein leeres Glas, und die Sekretärin folgte der stummen Aufforderung.

Belton sah leicht skeptisch drein: »Gegen fünf bewaffnete Männer?«

»Ich vergaß, daß Sie die beiden nicht kennen«, sagte Lord Worth, »Mitchell wäre sogar allein mit ihnen fertig geworden.«

»Die beiden sind also Ihre Freunde, und Sie schätzen sie. Bitte verstehen Sie das nicht falsch, aber wäre es nicht möglich, daß sie in der Sache verwickelt sind?«

»Sie müssen den Verstand verloren haben!« Mit immer noch düsterem Gesicht nippte Lord Worth an seinem dritten Brandy. »Bitte entschuldigen Sie – ich bin im Augenblick nicht ganz zurechnungsfähig. In gewisser Weise haben Sie sogar recht: die beiden würden meine Töchter nur zu gern entführen – und meine Töchter hätten absolut nichts dagegen.«

»Tatsächlich?« Belton war ziemlich überrascht – seiner Erfahrung nach gaben sich die Töchter von Milliardären nicht mit Angehörigen der unteren Schichten ab.

»Ja, tatsächlich. Und um Ihre nächsten beiden Fragen gleich im vornhinein zu beantworten: ja, ich bin einverstanden, nein, mein Geld interessiert sie nicht im mindesten.« Er schüttelte verwundert den Kopf. »Es ist wirklich sehr merkwürdig. Und ich sage Ihnen noch etwas: wenn Marina und Melinda mir zurückgebracht werden, so wird das nicht der Verdienst der örtlichen Polizei oder Ihres so geschätzten FBI sein – Mitchell und Roomer werden sie zurückbringen. Es mag melodramatisch klingen, aber die beiden würden buchstäblich ihr Leben für meine Töchter geben.«

»Und logischerweise jeden umbringen, der sich ihnen in den Weg stellt?«

Zum ersten Mal seit Mitchells Anruf erschien ein schwaches Lächeln auf dem Gesicht des Lords. »Darauf können Sie Gift nehmen.«

»Ich muß diese beiden Wunderknaben unbedingt einmal kennenlernen.«

»Dagegen ist durchaus nichts einzuwenden – solange Sie nicht ihre Zielscheibe sind.« Er stand auf. »Ich muß gehen. Ich danke Ihnen für Ihre Freundlichkeit und Ihr Entgegenkommen.«

Er verließ gemeinsam mit Belton den Raum.

Zweicker goß sich einen Brandy ein und sagte zu Howell: »Es mag ja die Entführung des Jahrhunderts sein, aber sie ist nichts gegen die Aussicht, daß die Russen uns mit irgendwelchen unschönen Dingen bewerfen.« Er trank einen Schluck. »Sagen Sie mir bloß nicht, daß ich der einzige bin, der sieht, welches Hexengebräu Lord Worth da für uns angerührt hat.«

An den Gesichtern seiner Zuhörer war eindeutig abzulesen, daß sie die Situation richtig einschätzten. Howell sagte: »Wir wollen aber Lord Worth nicht unrecht tun. Vielleicht hat er sogar recht damit, wenn er sich darüber freut, daß er einen britischen Paß hat. Die Hexenköche sind in Wahrheit unsere eigenen Landsleute – die selbstgerechten großen Ölgesellschaften, die darauf aus sind, Lord Worth zu vernichten, und in ihrer grenzenlosen Dummheit ihr eigenes Land gefährden.«

»Mir ist es gleich, wer verantwortlich ist«, sagte die Sekretärin weinerlich. »Kann mir keiner von Ihnen sagen, wo ich billig einen Atombunker herkriege?«

Belton begleitete Lord Worth die Treppe hinunter und hinaus zu dem wartenden Hubschrauber.

»Haben Sie schon mal versucht, jemandem mit den richtigen Worten zu sagen, wie sehr man mit ihm fühlt?« fragte Belton.

»Ja. Versuchen Sie's erst gar nicht. Trotzdem vielen Dank.«

»Ich möchte veranlassen, daß unser Hausarzt mit Ihnen nach Florida fliegt.«

»Vielen Dank, aber ich bin jetzt wieder ganz in Ordnung.«

»Sie haben ja noch gar nicht zu Mittag gegessen.« Belton ließ nichts unversucht, das Gespräch in Gang zu halten.

»Da ich Plastikmahlzeiten, die auf Plastiktabletts serviert werden, nicht ausstehen kann, habe ich einen exzellenten französischen Koch an Bord meines Flugzeugs.« Wieder lächelte er leicht. »Und zwei Stewardessen, die ausschließlich nach ästhetischen Gesichtspunkten ausgesucht wurden. Aber ich werde sicher nichts essen.«

Sie erreichten den Hubschrauber. »Sie hatten jetzt weder die Zeit noch die Gelegenheit, mir die Namensliste zu geben, aber meine Zusage, Ihren Schutz zu garantieren, bleibt bestehen.«

Lord Worth schüttelte ihm schweigend die Hand und stieg in den Hubschrauber.

Inzwischen war Conde mit der *Roamer* bei der *Meerhexe* eingetroffen, und die gestohlenen Waffen aus dem Arsenal in Florida wurden mit Hilfe des großen Krans, der auf der Plattform installiert war, von Bord gehievt. Es war ein langwieriges mühsames Geschäft, denn die Spitze des Kranauslegers befand sich sechzig Meter über der Wasseroberfläche, und alles in allem würde die Prozedur sicher drei Stunden dauern. Larsen suchte die geeigneten Standplätze für die Luftabwehrwaffen aus und sorgte dafür, daß Palermo und ein paar seiner Männer die Geschütze sicher verankerten. Zu diesem Zweck bohrten sie Löcher in die Betonoberfläche der Plattform, in die mit Hilfe von Vorschlaghämmern Stahlnägel getrieben wurden. Die Waffen waren zwar angeblich rückstoßfrei, aber weder Palermo noch Larsen wollten ein unnötiges Risiko eingehen.

Die Wasserbomben wurden jeweils an den Seiten der dreieckigen Plattform aufgestapelt. Larsen war sich durchaus bewußt, daß das mit einer Gefahr verbunden war: eine verirrte Kugel – oder auch eine gezielte – konnte den Zündmechanismus einer der Bomben auslösen, und unweigerlich würden alle anderen auch mit hochgehen. Aber dieses Risiko mußte man in Kauf nehmen, denn es gab keinen anderen Platz, wenn man die Bomben jederzeit griffbereit haben wollte. Und letzteres war unbedingt erforderlich.

Die Bohrmannschaft beobachtete Palermo und seine Männer bei der Arbeit – ihre Gesichter spiegelten entweder Gleichgültigkeit oder Zustimmung wider. Die beiden Gruppen wechselten kein einziges Wort miteinander – Larsen hatte nichts übrig für Verbrüderung.

Alles lief wie am Schnürchen. Das Verteidigungssystem wurde systematisch aufgebaut. Der ›Weihnachtsbaum‹ – das Ventil, das den Ölfluß aus dem bereits angezapften Reservoir kontrollierte – war weit geöffnet, und unaufhörlich wurde Öl in den riesigen Vorratstank gepumpt, während der Bohrer, so weit wie möglich ausgelegt, tief unter dem Meeresboden nach neuen Ölvorräten suchte. Wie gesagt, es lief alles wie am Schnürchen, und nirgends war ein Anzeichen für einen Angriff aus der Luft oder vom Wasser her zu entdecken. Trotzdem war Larsen nicht so zufrieden, wie er hätte sein können, und das, obwohl immer noch pünktlich jede halbe Stunde die Routinedurchsage von der *Torbello* einging.

Ein Teil seines Unbehagens war auf die Nichtexistenz der *Questar* zurückzuführen. Er hatte aus Galveston erfahren, daß ein Schiff dieses Namens weder bei der Marine noch bei der Küstenwache registriert war. Seine Bitte, auch die Listen der privaten Schiffseigner durchzuchecken, war abgelehnt worden – das sei ein hoffnungsloses Unterfangen: es würde viele Stunden, vielleicht sogar Tage dauern, eine derartige Untersuchung durchzuführen, und private Schiffe würden, wenn sie nicht voll versichert wären, weder in offiziellen Registern noch in denen der größeren Versicherungsgesellschaften geführt. Es gab kein Gesetz, das Schiffseigner dazu zwang, ihre Schiffe zu versichern, und die Besitzer von älteren und nicht mehr ganz seetüchtigen Kähnen machten sich erst gar nicht die Mühe, es zu tun – schließlich gibt es solche Dinge wie Steuerabschreibungen.

Larsen konnte nicht wissen, daß seine Nachforschungen auf keinen Fall Erfolg gehabt hätten. Als Mulhooney auf die *Questar* gekommen war, hatte an ihrem Bug noch der Name *Hammond* gestanden, den er auf dem Weg nach Galveston weitsichtigerweise hatte übermalen und durch den Namen *Questar* ersetzen lassen. Und nachdem das Schiff von Cronkite in *Georgia* umbenannt worden war, hatten sowohl die *Hammond* als auch die *Questar* aufgehört zu existieren.

Aber was Larson noch weit mehr irritierte, war das unbestimmte Gefühl, daß irgend etwas nicht in Ordnung war. Er war zwar in erster Linie Pragmatiker, aber er gab auch eine Menge auf Instinkt und Intuition. Gelegentlich wurde er von massiven Vorahnungen heimgesucht, und meistens bewahrheiteten sie sich. Und als es jetzt aus dem Lautsprecher dröhnte: »Commander Larsen in den Funkraum, Commander Larsen in den Funkraum«, wußte er genau, daß ihn sein sechster Sinn auch diesmal nicht getrogen hatte.

Er machte sich gemächlich auf den Weg, teils, weil es unpassend gewesen wäre, wenn man Commander Larsen hätte rennen sehen, und teils, weil er es nicht besonders eilig hatte, die schlechte Nachricht zu hören, die er zu hören erwartete. Er sagte dem Funker, er wolle diesen Funkspruch allein entgegennehmen, wartete, bis der Funker die Tür hinter sich zugemacht hatte und nahm erst dann den Hörer ab.

»Hier Commander Larsen.«

»Hier spricht Mitchell. Ich hatte doch versprochen, Sie anzurufen.«

»Vielen Dank. Haben Sie was von Lord Worth gehört? Er wollte sich melden, hat aber bis jetzt nichts von sich hören lassen.«

»Kein Wunder. Seine beiden Töchter sind entführt worden!«

Darauf sagte Larsen zunächst gar nichts. Nach der Färbung der Fingerknöchel der Hand, die den Hörer hielt, zu schließen, war derselbe in akuter Gefahr, zerquetscht zu werden. Obwohl Larsen sich im Grunde nur für sich selbst interessierte, hatte er im Lauf der Zeit eine onkelhafte Einstellung zu den beiden Mädchen entwikkelt, aber echte Sorgen machte er sich nur wegen der Folgen, die diese Entführung für die Sicherheit der *Meerhexe* haben konnte. Als er schließlich sprach, war seine Stimme klar und fest.

»Wann ist das passiert?«

»Heute früh. Und wir haben nicht die geringste Spur. Wir haben alle möglichen Fluchtwege im Südteil des Staates absperren lassen. Und uns liegt auch keine Meldung von irgendeinem Hafen, Flughafen oder Hubschrauberplatz über einen außerplanmäßigen Start vor.«

»Sie haben sich also in Luft aufgelöst?«

»Jedenfalls sind sie verschwunden. Aber nicht via Luft, eher auf festem Boden. Wir glauben, daß sie sich hier irgendwo in der Nähe verkrochen haben. Aber das alles sind nur Annahmen.«

»Haben die Kidnapper denn bisher noch keine Verbindung aufgenommen, noch keine Forderungen gestellt?«

»Nein, das macht die ganze Sache ja so seltsam.«

»Glauben Sie denn überhaupt, daß es um Lösegeld geht?«

»Nein.«

»Um die *Meerhexe*?«

»Ja.«

»Wissen Sie, weshalb Lord Worth nach Washington geflogen ist?«

»Nein, aber ich wüßte es gern.«

»Um Schutz durch die Marine anzufordern. Heute morgen in aller Frühe haben ein russischer Zerstörer und ein kubanisches U-Boot Havanna verlassen, während ein zweiter Zerstörer in Venezuela die Anker lichtete. Sie fahren aufeinander zu, und wie es scheint, ist der Schnittpunkt ihrer Routen die *Meerhexe*.«

Mitchell brauchte eine Weile, um das Gehörte zu verdauen. Dann fragte er: »Ist das sicher?«

»Ja. Diesmal sieht es ziemlich böse für den Lord aus. Das einzig Tröstliche ist, daß ihm nach dieser Sache nicht mehr viel passieren kann. Bitte halten Sie mich auf dem laufenden.«

In Lord Worths Funkraum legten Roomer und Mitchell gleichzeitig die Hörer auf.

Mitchell erging sich eine Weile in Kraftausdrücken und sagte schließlich: »Guter Gott, ich hätte nie gedacht, daß seine Feinde so weit gehen würden.«

»Ich auch nicht«, sagte Roomer. »Und ich weiß auch gar nicht, ob ich es jetzt denke.«

»Du meinst, Uncle Sam wird nicht zulassen, daß sich fremde Marineeinheiten in seinen Hoheitsgewässern tummeln?«

»So was in der Art, ja. Ich glaube nicht, daß die Sowjets wirklich eine Konfrontation riskieren würden. Vielleicht ist es nur ein Bluff und der tatsächliche Angriff kommt von einer völlig anderen Seite.«

»Vielleicht. Vielleicht auch nicht. Aber eins ist sicher: Larsen hat recht, wenn er sagt, daß es diesmal ziemlich böse für den Lord aussieht. Ich würde sogar sagen, es könnte kaum böser aussehen.«

»Scheint so«, murmelte Roomer geistesabwesend – er war mit seinen Gedanken offensichtlich ganz woanders.

»Sag bloß nicht, du wurdest wieder mal von deiner Intuition heimgesucht«, sagte Mitchell.

»Ich bin nicht sicher. Als du mit Larsen sprachst, sagtest du etwas von ›festem Boden‹. Festes Land – trockenes Land. Was wäre, wenn sie sich nicht auf trockenem Boden aufhielten, nicht auf festem Land?«

Mitchell wartete höflich auf die Fortsetzung.

»Wenn du dich in Florida verstecken, wirklich unauffindbar sein wolltest, wo würdest du dann hingehen?« fragte Roomer.

Mitchell brauchte nicht lange nachzudenken: »Wir sind doch die Hellsten! Sie sind in den Sümpfen! Na klar! Da draußen kann man sich einen Monat lang verstecken, und nicht einmal ein Armeebataillon würde einen aufspüren. Das erklärt auch, warum die Polizei den Kombi nicht gefunden hat.« (MacPherson und Jenkins hatten eine ziemlich gute Beschreibung des Wagens geben können.) »Sie haben die Highways und Nebenstraßen überprüft. Aber ich wette – auf die Idee, auch die Straßen zu checken, die in die Sümpfe führen, sind die nicht gekommen.«

»Aber wir!«

»Na, wir sind ja auch helle – wie ich schon sagte. Es gibt Dutzende von Wegen in die Sümpfe, aber die meisten sind so kurz, daß man schon nach ganz kurzer Zeit an einen Punkt kommt, an dem Vehikel mit Rädern nicht mehr weiter können. Wenn ein paar Dutzend Polizeiwagen eingesetzt würden, könnte man die nächstgelegenen Sümpfe in einer Stunde durchgekämmt haben.«

Mitchell wandte sich an Robertson: »Holen Sie mir Chef McGarrity an die Strippe.«

Es klopfte an die halb offenstehende Tür, und Louise, eines der jungen Dienstmädchen, erschien auf der Schwelle. Sie hatte eine Karte in der Hand. »Das da habe ich beim Bettenmachen in Miß Marinas Zimmer gefunden.«

Mitchell nahm ihr die Karte aus der Hand. Es war eine vorgedruckte Visitenkarte mit Marinas Namen und Adresse.

»Sie müssen sie umdrehen«, sagte Louise.

Mitchell tat es und hielt die Karte so, daß Roomer es auch sehen konnte: mit Kugelschreiber hatte jemand darauf geschrieben: »Ferien. Kleine Sonneninsel. Kein Badeanzug.«

»Kennen Sie Miß Marinas Handschrift?« fragte Mitchell Louise. Ihm war plötzlich bewußt geworden, daß *er* sie nicht kannte.

»Ja, Sir«, nickte das Mädchen und schaute ebenfalls auf die Karte: »Ich bin sicher, daß sie das geschrieben hatte.«

»Ich danke Ihnen, Louise. Diese Zeilen können sehr wichtig sein.« Louise lächelte und ging. »Was für ein lausiger Detektiv bist du eigentlich«, wandte sich Mitchell an Roomer. »Warum bist *du* nicht darauf gekommen, die Schlafzimmer zu durchsuchen?«

»Ja ja, ist ja schon gut. Es kann nur so sein, daß sie die Männer gebeten hat, ihr Zimmer zu verlassen, während sie sich anzog.«

»Ich hätte ihr nie die Courage zugetraut, einen Hinweis zu hinterlassen.«

»Die Schrift ist kein bißchen zittrig. Außerdem ist sie sowieso nicht gerade von der ängstlichen Sorte – es sei denn, man zielt mit einer Pistole genau zwischen ihre Augen.«

»Ich wünschte, ich könnte jetzt und hier bei jemand anderem genau zwischen die Augen zielen. Eine kleine Sonneninsel, von der aus man nicht schwimmen gehen kann. Da hat doch ein zu selbstsicherer Kidnapper zuviel geredet. Denkst du auch, was ich denke?«

Roomer nickte. »Die *Meerhexe*.«

In einer Höhe von neuntausendneunhundert Metern hatte Lord Worth schließlich doch eine leichte, aber köstliche Mahlzeit zu sich genommen, zu der er sich einen hervorragenden Bordeaux bringen ließ, der auf einem Rothschild-Weingut speziell für ihn abgefüllt wurde. Er hatte seine Gelassenheit wiedergefunden. Er war sogar in der Lage, die Sache philosophisch zu betrachten: alles, was ihm passieren konnte, war ihm schon passiert. Übereinstimmend mit Larsen, Mitchell und Roomer war er der Ansicht, daß ihn jetzt kein Schicksalsschlag mehr treffen konnte. Schlimm war nur, daß sich alle vier Männer in dieser Hinsicht ganz schrecklich irrten. Das Schlimmste sollte erst noch kommen – nein, es geschah genau in diesem Augenblick.

Colonel Farquharson, Lieutenant-Colonel Dewings und Major Breckley waren nicht die, die sie laut ihren Ausweisen zu sein schienen – es gab in der ganzen US-Armee keine Offiziere mit diesen Namen und diesen Rängen. Aber das fiel in keiner Weise auf, denn in einer so großen Armee kannten selbst die Offiziere nur einen kleinen Bruchteil ihrer Kollegen. Vorsichtshalber hatten die drei jedoch ihre Gesichter etwas verändert bzw. verändern lassen.

Der Mann, der das besorgt hatte, war ein Maskenbildner aus Hollywood mit einer ausgeprägten Vorliebe für falsche Bärte. Alle drei Männer trugen schlichte, gutgeschnittene Straßenanzüge. Farquharson gab dem Corporal im Vorzimmer seine Karte. »Colonel Farquharson für Colonel Pryce.«

»Ich fürchte, das wird nicht gehen – er ist nicht hier.«

»Dann spreche ich eben mit dem diensthabenden Offizier.«

»Sehr wohl, Sir.«

Eine Minute später saßen die drei vor einem jungen und ziemlich aufgeregten Captain namens Martin, der nur einen flüchtigen Blick auf ihre Ausweise geworfen hatte.

»Colonel Pryce ist also nach Washington gerufen worden. Ich kann mir schon denken, weshalb«, sagte Farquharson.

Diese Vermutung war allerdings keine große Glanzleistung, denn er selbst hatte den Anruf getätigt, der zur überstürzten Abreise des Colonels geführt hatte. »Und was ist mit seinem Stellvertreter?«

»Der hat Grippe«, gab Martin mit einer entschuldigenden Grimasse Auskunft.

»Zu dieser Jahreszeit? Wie dumm. Ausgerechnet heute. Sie können sich sicher denken, weshalb wir hier sind.«

»Ja, Sir.« Martin sah ziemlich unbehaglich drein. »Überprüfung der Sicherheitsmaßnahmen. Ich habe einen Anruf bekommen, durch den ich über die beiden Einbrüche in die Waffenarsenale in Louisiana und Florida in Kenntnis gesetzt wurde.« Dieser Anruf ging auf Dewings' Konto. »Ich bin sicher, daß Sie alles in Ordnung finden werden.«

»Wohl kaum – ich habe schon jetzt etwas festgestellt, das nicht in Ordnung ist.«

»Sir?« Martins Nervosität wurde immer deutlicher.

»Mangelndes Mißtrauen. Wissen Sie eigentlich, daß es buchstäblich Dutzende von Läden gibt, in denen ich völlig legal eine Generalsuniform kaufen könnte? Das sind die Kostümgeschäfte, die hauptsächlich die Film- und Theaterindustrie als Kunden haben. Wenn ich in einer solchen Generalsuniform hier herein käme, würden Sie mich doch sicher für einen General halten?«

»Ich glaube schon.«

»Tun Sie's nicht. Nie wieder!« Er warf einen Blick auf seinen Ausweis, der auf dem Tisch lag. »Sich einen solchen Ausweis zu beschaffen, ist auch kein Problem. Wenn ein Fremder an einem Ort wie diesem erscheint, müssen Sie immer, unbedingt immer, seine angegebene Identität beim Militärbereich überprüfen. Und sprechen Sie in einem solchen Fall unbedingt nur mit dem befehlshabenden Offizier.«

»Jawohl, Sir. Wissen Sie zufällig seinen Namen – ich bin nämlich neu hier.«

»Major-General Harsworth.«

Martin gab dem Corporal im Sekretariat den Auftrag, die Verbindung herzustellen. Es wurde bereits beim ersten Klingelzeichen abgehoben: »Militärbereich.«

Aber Martin hatte mitnichten den Militärbereich am Apparat – er sprach mit einem Mann, der weniger als eine halbe Meile entfernt am Fuß eines Telegrafenmastens saß. Das Gerät, mit dessen Hilfe er telefonierte, war batteriebetrieben und durch eine Kupferleitung mit einer der Leitungen verbunden.

»Hier spricht Captain Martin vom ›Netley Rowan Arsenal‹. Ich möchte mit General Harsworth sprechen.«

»Einen Moment.« Es folgte eine Reihe von klickenden Geräuschen, und nach einer Pause von ein paar Sekunden sagte dieselbe Stimme: »Sprechen Sie jetzt.«

»General Harsworth?«

Der Mann am Fuße des Telegrafenmastes verlegte seine Stimmlage um eine Oktave nach unten: »Am Apparat. Haben Sie Probleme, Captain?«

»Colonel Farquharson sitzt bei mir, und er besteht darauf, daß ich mich bei Ihnen über seine Identität vergewissere.«

In der Stimme am anderen Ende der Leitung klang Mitgefühl an: »Haben Sie gerade eine Vorlesung über das Thema Sicherheit bekommen?«

»Ich fürchte, ja, Sir.«

»Sicherheit ist ein Lieblingsthema des Colonels. Er hat wahrscheinlich Lieutenant-Colonel Dewings und Major Breckley dabei.«

»Jawohl, Sir.«

»Nun, es wird wohl kaum das Ende Ihrer Karriere sein. Aber er hat recht, wissen Sie.«

Während der drei Meilen langen Fahrt saß Farquharson selbst am Steuer, während Captain Martin regelrecht geknickt neben ihm saß. Ein viereinhalb Meter hoher, elektrisch geladener Drahtzaun umgab das Arsenal, ein niedriges, fensterloses Gebäude, dessen Grundfläche fast einen halben Morgen bedeckte. Ein mit einer Maschinenpistole bewaffneter Wachposten versperrte den Zugang zum Gelände. Als er Captain Martin erkannte, trat er zur Seite und salutierte. Farquharson fuhr bis zu der einzigen Tür, die in das Arsenal führte, und hielt. Die vier Männer stiegen aus. »Major Breckley ist noch nie in einem TNW-Arsenal gewesen«, erklärte Farquharson dem Captain. »Könnten Sie vielleicht ein paar erklärende Kommentare geben?« Diese Kommentare würden gleichfalls für Farquharson sehr interessant sein, denn auch er war in seinem ganzen Leben noch in keinem einzigen Arsenal gewesen, gleich welcher Art.

»Sehr wohl, Sir. Zunächst einmal: TNW heißt Taktische Nuklear-Waffen. Die Wände sind sechsundsechzig Zentimeter dick und bestehen aus Schichten von Stahl und Eisenbeton. Die zwanzig Zentimeter dicke Tür besteht aus Wolframstahl. Sowohl die Tür als auch die Wände sind stark genug, um einem Druck zu widerstehen, der dem Aufprall eines Achtundzwanzig-Zentimeter-Panzersprenggeschützes der Marine entspricht. Diese Glasscheibe hier zeichnet uns auf ein Videoband auf. Dieses feinmaschige Gitter ist ein Lautsprecher, der in zwei Richtungen geht und außerdem unsere Stimmen aufzeichnet.« Er drückte auf einen Knopf, der in den Beton eingebettet war.

Eine Stimme kam aus dem Gitter: »Identifizierung, bitte.«

»Captain Martin mit Colonel Farquharson und Sicherheitsinspektoren.«

»Codewort?«

»Geronimo.«

Die massive Tür öffnete sich, und sie hörten das Brummen eines starken Elektromotors. Es dauerte geschlagene zehn Sekunden, bis die Tür ganz geöffnet war. Captain Martin ging voran.

Ein Corporal salutierte bei ihrem Eintreten. »Sicherheitsinspektion«, erklärte Martin.

»Jawohl, Sir.« Der Corporal schien nicht gerade glücklich darüber zu sein.

»Sie scheinen ein schlechtes Gewissen zu haben, Corporal«, sagte Farquharson.

»Aber nein, Sir.«

»Sollten Sie aber.«

»Stimmt was nicht, Sir?« Martins Nervosität steigerte sich immer mehr.

»Vier Dinge.« Martin senkte den Kopf, damit Farquharson nicht sehen konnte, wie er schluckte – eine einzige Sache wäre schon mehr als genug gewesen.

»Erstens: das Tor, an dem der Posten steht, sollte ständig verschlossen sein. Es sollte nur nach Rücksprache mit Ihrem Hauptquartier geöffnet werden, und außerdem sollte ein elektronischer Öffnungsmechanismus für das Tor in Ihrem Büro installiert werden. Was könnte eine oder mehrere Personen daran hindern, die Wache am Tor mit einer schallgedämpften Automatik außer Gefecht zu setzen und hier vorzufahren? Und was könnte diese Leute davon abhalten, durch die offene Tür hereinzuspazieren und uns alle mit Maschinenpistolen zu durchlöchern? Und damit komme ich zum zweiten Punkt: die Tür sollte sich eigentlich unmittelbar nach unserem Eintritt geschlossen haben.« Der Corporal wollte etwas sagen, aber Farquharson hob gebieterisch die Hand.

»Drittens: von allen Leuten, die nicht zum Basispersonal gehören – wie wir zum Beispiel – sollten bei ihrer Ankunft die Fingerabdrücke genommen werden. Ich werde dafür sorgen, daß Ihre Wachtposten entsprechend ausgebildet werden. Und viertens möchte ich – und das ist der wichtigste Punkt – die Kontrollen für diese Türen sehen.«

»Hier entlang, Sir.« Der Corporal ging voraus zu einer kleinen Konsole. »Der rote Knopf ist zum Öffnen der Tür bestimmt, der grüne zum Schließen.«

Farquharson drückte auf den grünen Knopf. Die massive Tür schloß sich langsam mit einem leisen Zischen. »Unbefriedigend. Sind das die einzigen Möglichkeiten, die Tür zu bewegen?«

»Jawohl, Sir.« Martin sah ausgesprochen unglücklich aus.

»Wir werden eine weitere elektronische Verbindung mit Ihrem Hauptquartier einrichten, die diese Knöpfe lahmlegt, bis ein vereinbartes Signal gesendet worden ist.« Farquharson zeigte Anzeichen von Verärgerung. »Ich hätte eigentlich gedacht, daß sich derartige Dinge von selbst verstünden.«

»Jetzt tun sie es, Sir.« Martin versuchte zu lächeln.

»Welcher Prozentsatz der Vorräte, die hier aufbewahrt werden, ist konventioneller Art?«

»Fast fünfundneunzig Prozent, Sir.«

»Ich möchte zuerst die nuklearen Waffen sehen.«

»Natürlich, Sir. Sofort, Sir.« Martin war am Boden zerstört.

Die TNW-Abteilung war zwar abgeteilt, aber nicht verschlossen. Auf der einen Seite waren Gegenstände in Regalen gestapelt, die wie Granaten aussahen, an der anderen Wand standen birnenförmige Metallkanister von ungefähr sechzig Zentimetern Höhe, die mit Knöpfen, einem Zifferblatt und einer großen Rändelschraube versehen waren. Darunter befanden sich Kästen, die wie sehr merkwürdig geformte Fiberglaskoffer aussahen und mit zwei Ledergriffen versehen waren.

Breckley deutete auf die birnenförmigen Kanister: »Sind das Bomben?«

»Sowohl Bomben als auch Landminen.« Martin schien froh zu sein, sich durch Reden von seinen Sorgen ablenken zu können. »Die Kontrollvorrichtung obendrauf ist sehr einfach konstruiert. Bevor man an die beiden roten Schalter herankann, muß man die beiden durchsichtigen Plastikabdeckungen abschrauben. Die Knöpfe müssen um neunzig Grad nach rechts gedreht werden, sind dann aber immer noch gesichert. Erst wenn man sie dann um neunzig Grad nach links dreht, sind die Bomben scharf.

Bevor man das tut, muß man auf der Uhr die Zeit einstellen – mit Hilfe dieser Rändelschraube hier. Eine komplette Drehung stellt den Zeitzünder auf eine Minute, die hier auf dem Zifferblatt, das in Sekunden eingeteilt ist, angezeigt wird. Die größtmögliche Zeitspanne überhaupt sind dreißig Minuten, wofür man also dreißig Mal drehen muß.«

»Und wozu ist dieser schwarze Knopf?«

»Das ist der wichtigste von allen. Er hat keine Abdeckung und muß nicht gedreht werden – es ist nämlich durchaus möglich, daß man ihn in großer Eile betätigen muß: wenn man darauf drückt, bleibt die Uhr stehen und die Bombe wird entschärft.«

»Wie groß ist der Wirkungskreis?«

»Verglichen mit einer konventionellen Atombombe geradezu winzig: das Zentrum der Explosion umfaßt höchstens eine Viertelmeile im Durchmesser, aber die Druckwelle und die Strahlenverseuchung würden natürlich ein viel größeres Gebiet betreffen.«

»Sie sagten, man könne die Bombe auch als Mine einsetzen.«

»Statt Mine hätte ich vielleicht lieber ›Explosionskörper für den Gebrauch an Land‹ sagen sollen. Als Bomben würden sie nach ungefähr sechs Sekunden hochgehen – im Krieg würden sie von tieffliegenden Überschallbombern abgeworfen, die bei der Explosion bereits etwa zwei Meilen weiter weg wären und zu schnell fliegen, um von den Druckwellen eingeholt zu werden. Was die Verwendung an Land betrifft – nun, sagen wir mal, Sie wollten sich in ein Munitionsdepot einschleichen; Sie würden auskundschaften, wie lange Sie brauchen, um hineinzukommen, berechnen, wie lange Sie brauchen, um wieder herauszukommen und sichere Deckung zu erreichen, und Sie würden die Zeitschaltuhr entsprechend einstellen. Diese Lenkwaffen hier...«

»Wir haben bereits genug gesehen und gehört«, unterbrach ihn Farquharson. »Seien Sie doch bitte so freundlich und nehmen Sie die Hände hoch.«

Fünf Minuten später hatten sie mit der sehr widerstrebenden Hilfe des Captains zwei von den Bomben in die dafür vorgesehenen Koffer gepackt, diese im Kofferraum ihres Wagens verstaut und dabei den Sinn der beiden ledernen Tragegriffe begriffen: jede der Bomben mußte mindestens neunzig Pfund wiegen.

Farquharson ging wieder hinein, warf einen gleichgültigen Blick auf die beiden gefesselten Männer, drückte auf den grünen Knopf und trat schnell nach draußen, bevor die Tür sich ganz schloß. Dann setzte er sich neben Martin, der diesmal chauffierte. »Vergessen Sie nicht«, mahnte ihn Farquharson, »eine falsche Bewegung, und Sie sind ein toter Mann. Die Wache muß dann natürlich auch dran glauben.«

Martin hütete sich, den Helden zu spielen. Etwa eine Meile vom Arsenal entfernt ließ Farquharson anhalten, Martin wurde in ein Gebüsch gebracht, gefesselt, geknebelt und an einen niedrigen Baum gebunden, damit er nicht die Möglichkeit hatte, irgendwie bis zum Straßenrand zu gelangen. Farquharson sah auf ihn hinunter: »Ihre Sicherheitsmaßnahmen waren wirklich lausig. Wir werden Ihr Hauptquartier anrufen und Bescheid sagen, wo man Sie finden kann. Ich hoffe für Sie, daß es in dieser Gegend nicht zu viele Klapperschlangen gibt.«

6

Robertson sah auf: »Chef McGarrity.«

Mitchell nahm den Hörer. »Mitchell? Wir haben den Kombi der Kidnapper gefunden. Unten beim Wyanee-Sumpf.« McGarrity klang geradezu übermütig. »Ich fahre gleich selbst hin. Wir setzen Suchhunde ein. Ich warte an der Walnut-Tree-Kreuzung auf Sie.«

Mitchell legte auf und sagte zu Roomer: »McGarrity hat den Kombi gefunden. Natürlich nicht er selbst, aber er wird die Lorbeeren dafür ernten.«

»Und er war natürlich leer. Sieht denn dieser alte Idiot nicht, daß das die Sache nur noch schwieriger macht? Bis jetzt wußten wir wenigstens, mit was für einem Transportmittel sie unterwegs waren, aber jetzt wissen wir gar nichts mehr. Hat er nicht etwas von einem Zeitungsreporter erwähnt, der ihm zufällig über den Weg lief?«

»Nein, er hat nur was von Suchhunden erzählt.«

»Hat er nicht gesagt, daß er Orientierungsmaterial für die Hunde braucht, damit sie wissen, wonach sie suchen sollen?« Mitchell schüttelte den Kopf. Roomer schüttelte ebenfalls den Kopf und klingelte, worauf Jenkins erschien. »Holen Sie bitte Louise.«

Das Mädchen kam sehr schnell. »Wir brauchen irgendein Kleidungsstück, das die beiden Damen sehr oft angehabt haben.«

Louise sah ihn fragend an: »Ich verstehe nicht...«

»Irgend etwas für die Suchhunde, damit sie die Spur aufnehmen können.«

»Ach so.« Sie brauchte nicht lange zu überlegen: »Natürlich die Morgenröcke.« Sie sagte es mit einem Unterton, der den Eindruck erweckte, als lägen die beiden jungen Damen den ganzen Tag in diesen Kleidungsstücken müßig in der Gegend herum.

»Fassen Sie sie bitte nur an einer Ecke an und stecken Sie sie in zwei Plastiktüten.«

Ein Polizeiwagen und ein kleiner, geschlossener Polizeilaster warteten an der Walnut-Tree-Kreuzung. McGarrity stand neben dem Polizeiwagen. Er war ein kleiner, kräftiger Mann, der Gutmütigkeit ausstrahlte und nur aufhörte zu lächeln, wenn er gegen die Korruption in der Politik wetterte. Er war ein Polizeichef von einzigartiger Unfähigkeit und ein bis ins Mark korrupter Politiker, was wiederum der Grund dafür war, daß er das Amt des Polizeichefs bekleidete. Er schüttelte Mitchell und Roomer mit einer Herzlichkeit die Hand, wie sie jemand, der seinen Wahlsieg noch nicht in der Tasche hat, glaubt unbedingt aufwenden zu müssen.

»Ich freue mich, Sie beide endlich kennenzulernen. Ich habe sehr viel Gutes über Sie gehört.« Er schien seine Bemerkung, daß sie den örtlichen Gesetzesvertretern eine Menge Schwierigkeiten machten, völlig vergessen zu haben. »Ich weiß Ihre Bereitschaft, mit mir zusammenzuarbeiten, sehr zu schätzen, und auch, daß Sie jetzt hierher gekommen sind. Das da ist Ron Stewart vom *Herald*.« Er zeigte auf einen Wagen, auf dessen Rücksitz ein Mann saß, der vor lauter Kameras kaum zu sehen war. »Ich traf ihn ganz zufällig.«

Mitchell hatte alle Mühe, sein Losprusten mit Husten zu kaschieren. »Ich rauche zuviel«, erklärte er, als er wieder Luft bekam.

»Ich habe das gleiche Laster. Der Fahrer hier ist einer der Männer, die mit den Hunden losgehen. Der Fahrer von dem Kleinlaster da drüben ist der andere. Bitte fahren Sie hinter uns her.«

Nach fünf Meilen kamen sie zu der Abzweigung – einer von vielen –, die in den Wyanee-Sumpf führte. Das dichte Blattwerk der Bäume ließ nur soviel Licht durch, daß man den Eindruck hatte, bei fortgeschrittener Abenddämmerung zu fahren. Das Ansteigen der Luftfeuchtigkeit war fast unmittelbar zu spüren, ebenso der saure Geruch, der immer stärker wurde, je näher sie an den Sumpf herankamen. Der erste Eindruck war, daß man sich hier in einer ausgesprochen ungesunden Gegend befand, aber viele Menschen, die eine entschiedene Abneigung gegen das hatten, was man gemeinhin als Zivilisation bezeichnete, verbrachten ihr ganzes Leben in den Sümpfen und schienen sich – für viele Städter völlig unverständlich – auch noch wohlzufühlen.

Die Straße wurde von Meter zu Meter schlechter. Nach einer unübersichtlichen Kurve sahen sie plötzlich den verlassenen Kombi vor sich.

Das wichtigste war augenscheinlich, daß Fotos gemacht wurden, und das zweitwichtigste, daß McGarrity darauf eine gute Figur machte: auf jeden Fall stellte er sich in Positur und legte eine Hand in Siegerpose auf die Kühlerhaube. Nachdem er diese Position eingenommen hatte, montierte der Fotograf ein Blitzlicht auf seine Kamera und wollte gerade die hintere Tür des Wagens aufmachen, als Roomer ihn am Handgelenk erwischte: »Tun Sie das nicht!«

»Warum denn nicht?«

»Haben Sie noch nie bei einem Kriminalfall mitgearbeitet? Sie könnten Fingerabdrücke zerstören!« Er wandte sich an McGarrity. »Kommen sie bald?«

»Ich nehme es an. Sie sind bei einer anderen Sache. Fragen Sie mal nach, wie lange es noch dauert, Don.« Letzteres war für den Fahrer bestimmt, der sich sofort an sein Funkgerät setzte. Es war offensichtlich, daß McGarrity von allein niemals auf die Idee gekommen wäre, Fingerabdruckexperten kommen zu lassen.

Die Hunde wurden aus dem Laster gelassen. Roomer und Mitchell öffneten die Plastiktüten und ließen die Hunde an den Morgenmänteln schnuppern. »Was haben Sie denn da?« fragte McGarrity.

»Die Morgenröcke der Mädchen. Damit die Hunde einen Anhaltspunkt haben. Wir wußten, daß Sie von uns erwarteten, daß wir etwas mitbringen.«

»Natürlich, das schon. Aber Morgenröcke!« McGarrity war ein

Meister im Benutzen hilfreich für ihn gebauter Brücken – natürlich hatte er nicht im Traum daran gedacht, daß die Hunde etwas brauchten, wonach sie sich bei ihrer Suche richten konnten. Die Hunde nahmen die Witterung auf und zerrten ungeduldig an ihren Leinen, aber nach hundert Metern mußten sie bereits stehen bleiben, weil Wasser ihnen den Weg versperrte. Es war noch nicht der eigentliche Sumpf, aber ein langsam fließender Bach von vielleicht sechs Metern Breite. Ganz in der Nähe war ein Pfosten in den Boden gerammt worden und am gegenüberliegenden Ufer ein zweiter. Und dort drüben lag auch ein altersschwaches Gefährt im Wasser, das man nicht einmal mit allergrößtem Wohlwollen als Boot hätte bezeichnen können. Es sah aus wie ein überdimensionaler Sarg. Die Fähre – als solche war das seltsame Ding zweifellos gedacht – war mit einem dicken Seil, das über eine Rolle lief, an den beiden Pfosten vertäut.

Die beiden Hundeführer holten das Boot herüber, bestiegen es mit verständlicher Vorsicht und hatten alle Mühe, ihre aufgeregten Hunde stillzuhalten. Die Aufregung der Tiere legte sich jedoch schlagartig, als sie am anderen Ufer an Land gingen. Sie gingen nur ein paarmal mit den Nasen am Boden im Kreis und legten sich dann gelangweilt nieder.

»Na, ist das nicht ein Jammer«, sagte da eine Stimme, »jetzt haben sie die Spur verloren.«

Die vier Männer, die gerade noch die Hunde am anderen Ufer beobachtet hatten, drehten sich um. Der Mann, dem die Stimme gehörte, war eine bizarre Erscheinung. Er trug einen nagelneuen Panamahut auf dem Kopf, glänzende, schenkelhohe Lederstiefel – wahrscheinlich zum Schutz gegen Schlangenbisse – und Kleider, die aussahen, als habe er sie einer Vogelscheuche abgenommen. »Jagen Sie jemand?« fragte er.

»Wir suchen jemanden«, drückte McGarrity es vorsichtig aus.

»Gesetzeshüter, was?«

»Polizeichef McGarrity«, stellte er sich vor.

»Ich fühle mich sehr geehrt, wirklich. Nun, Chef, Sie vergeuden Ihre Zeit. Hier drüben ist die Spur heiß und auf der anderen Seite kalt, was bedeutet, daß die Leute, die Sie suchen, in der Mitte ausgestiegen sind.«

»Sie haben sie gesehen?« fragte McGarrity mißtrauisch.

»Nein, habe ich nicht, Sir. Ich komme gerade jetzt erst zufällig hier vorbei. Aber wenn ich auf der Flucht wäre, dann würde ich genau das tun – es ist auch schon x-mal getan worden. Man kann ganz leicht in der Mitte des Baches aussteigen und eine halbe Meile oder sogar eine ganze flußaufwärts oder -abwärts gehen. Dutzende von kleinen Rinnsalen münden in diesen Bach, und man kann ohne weiteres in einem von ihnen eine Meile weit in den Sumpf hineinwaten, ohne einen Fuß auf trockenen Boden zu setzen. Wenn die das gemacht haben, dann finden Sie sie vor Weihnachten ganz bestimmt nicht mehr, Chief.«

»Wie tief ist der Bach?«

»Höchstens dreißig Zentimeter.«

»Wozu gibt es dann eine Fähre? Ich meine, mit solchen Stiefeln wie den Ihren könnte man doch durch das Wasser waten, ohne naß zu werden.«

Der Fremde sah regelrecht schockiert aus. »Das fehlte noch! Ich brauche jeden Morgen eine geschlagene Stunde, um die Dinger auf Hochglanz zu bringen. Und außerdem gibt es haufenweise Wasserschlangen.« Er schien eine ausgesprochene Abneigung gegen diese Spezies zu haben. »Wozu die Fähre da ist? In der Regenzeit steigt der Bach so hoch.« Er legte eine Handkante an seine Brust.

McGarrity rief den Hundeführern zu, sie sollten zurückkommen. »Gibt es irgendwo in den Sümpfen eine Stelle, an der ein Hubschrauber landen könnte?« fragte Mitchell den Fremden.

»Aber sicher. Da draußen gibt es mehr festen Boden als Sumpf. Aber ich habe noch nie einen Helikopter hier gesehen.«

Die Hundeführer und die Hunde verließen die Fähre, und dann machten sich alle zusammen auf den Rückweg zu dem verlassenen Fahrzeug der Entführer, während der Fremde sich bückte und ein paar unsichtbare Stäubchen von seinen Stiefeln schnippte. Plötzlich blieb Mitchell stehen. »Einen Moment, bitte«, sagte er, »ich habe eine Idee.« Er öffnete die beiden Plastiktüten mit den Morgenröcken, hielt sie den Hunden noch einmal vor die Nase und bat die beiden Hundeführer, ihm zu folgen. Sie gingen an den beiden Wagen und Kombis vorbei – die Hunde ließen sich zunächst nur äußerst widerwillig hinterherzerren.

Nach etwa zwanzig Metern aber verschwand ihr Widerwillen: sie bellten und drängten vorwärts. Die nächsten zwanzig Meter zogen sie die beiden Männer hinter sich her, blieben dann plötzlich stehen, schnupperten ein paarmal im Kreis und setzten sich schließlich mutlos auf die Hinterfüße. Mitchell hockte sich hin und untersuchte die Oberfläche des Weges. »Was gibt es?« fragte McGarrity, der ihnen gefolgt war.

»Das da!« Mitchell deutete auf den Boden. »Es war noch ein Fahrzeug hier. Man sieht ganz deutlich, wo die Hinterräder durchgedreht haben, als der Wagen zurückstieß. Die Kidnapper haben damit gerechnet, daß wir Suchhunde einsetzen würden – es war ja auch naheliegend –, und deshalb trugen sie die Mädchen ungefähr zwanzig Meter, um die Spur zu unterbrechen, bevor sie sie wieder laufen ließen.«

»Sehr scharfsinnig, Mr. Mitchell, wirklich sehr scharfsinnig.« McGarrity sah nicht halb so begeistert aus wie seine Worte klangen. »Die Burschen sind uns also entwischt. Und wir haben nicht die leiseste Ahnung, wie das Fluchtfahrzeug aussieht.«

»Vielleicht ist es gar kein Fahrzeug – vielleicht haben sie sich einen Hubschrauber geliehen.«

»Einen Hubschrauber?« Polizeichef McGarrity war wirklich leicht zu verblüffen.

Mitchells Geduld neigte sich dem Ende zu. »Vielleicht ist das Ganze aber auch ein doppelter Bluff. Möglicherweise haben sie die Mädchen auch zu dem Kombiwagen zurückgebracht und warten jetzt an einer verabredeten Stelle im Sumpf darauf, daß sie ein Hubschrauber abholt. Sie haben ja gehört, was der Bursche vorhin gesagt hat – es gibt im Sumpf jede Menge Möglichkeiten, mit einem Hubschrauber zu landen.«

McGarrity nickte gewichtig und schien ernsthaft nachzudenken. Er hatte das Gefühl, daß es für ihn an der Zeit war, auch mal etwas Positives zur Lösung des Problems beizutragen. »Den Sumpf können wir vergessen – das ist hoffnungslos. Also muß ich mich auf den Hubschrauber konzentrieren.«

»Und wie wollen Sie das machen?« fragte Mitchell.

»Überlassen Sie das nur mir.«

»Das ist aber nicht gerade fair, Mr. McGarrity«, protestierte Roomer. »Wir haben Ihnen vollstes Vertrauen geschenkt. Finden Sie nicht, daß wir da das gleiche von Ihnen erwarten dürfen?«

»Also gut.« McGarrity schien noch mit sich zu kämpfen, in Wahrheit freute er sich jedoch über diese Frage – was Roomer vorhergesehen hatte. »Wenn der Helikopter nicht hinkommt, kann er sie nicht aus dem Sumpf holen, oder?«

»Das ist wahr«, nickte Roomer ernsthaft.

»Ich werde also auf dieser Seite des Sumpfes Scharfschützen postieren. Es ist keine Affäre, einen tieffliegenden Hubschrauber abzuschießen.«

»Das ließe ich aber schön bleiben, wenn ich Sie wäre«, sagte Mitchell.

»Ja, ich auch«, stimmte Roomer ihm zu. »Es sollen schon Leute wegen Mordes vor Gericht gekommen sein.«

»Wegen Mordes?« McGarrity starrte die beiden verständnislos an. »Wer hat denn etwas von Mord gesagt?«

»Wir«, sagte Mitchell. »Die Schüsse könnten sehr leicht einen Insassen des Hubschraubers treffen. Wenn es tatsächlich gelänge, den Helikopter abzuschießen, würden wahrscheinlich alle Insassen ums Leben kommen. Mag sein, daß Kriminelle an Bord sind, aber sie haben das Recht auf eine faire Gerichtsverhandlung. Und ist Ihnen schon der Gedanke gekommen, daß der Pilot fast mit Sicherheit ein unbescholtener Mann ist, den man mit vorgehaltener Pistole zu diesem Flug gezwungen hat?« Es war ganz offensichtlich, daß McGarrity dieser Gedanke noch nicht gekommen war. »Ihr Vorgehen würde uns jedenfalls nicht gerade beliebt machen, oder?«

McGarrity zuckte zusammen – der bloße Gedanke, er könne sich unbeliebt machen, ließ ihn im Hinblick auf die bevorstehende Wahl innerlich erbleichen.

»Was zum Teufel machen wir dann?«

»Ich habe keine Ahnung«, gab Roomer zu. »Sie können Beobachter postieren. Sie können auch einen Hubschrauber in ständiger Alarmbereitschaft halten, der den anderen im Falle eines Falles verfolgt – falls überhaupt ein Hubschrauber kommt. Wir dürfen nicht vergessen, daß wir ja nur Mutmaßungen anstellen.«

»Hier können wir jedenfalls nichts mehr tun«, sagte Mitchell. »Gehen wir – wir haben heute schon zu viele Termine sausen lassen. Wir bleiben in Verbindung.«

Als sie den Highway entlangfuhren, fragte Roomer: »Was meinst du, wie würde er sich als Hundefänger bewähren?«

»Es würde innerhalb weniger Monate nur so von streunenden Hunden wimmeln. Für wie wahrscheinlich hältst du eigentlich die Idee, daß die Burschen einen Hubschrauber benutzen?«

»Für sehr wahrscheinlich. Nur um den Wagen zu wechseln, hätten sie sich nicht soviel Mühe gemacht. Sie hätten ihren Kombi fast überall verstecken können. Indem sie so offensichtlich in den Sumpf gingen, wollten sie den Eindruck erwecken, daß sie beabsichtigten, dort für längere Zeit unterzutauchen. Aber sie haben natürlich nicht damit gerechnet, daß du ihr kompliziertes Spurenverwischmanöver entdecken würdest.«

»Wir sind ziemlich sicher, daß sie zur *Meerhexe* wollen, und wir sind ziemlich sicher, daß sie dazu einen Hubschrauber benutzen werden. Aber welchen Hubschrauber und welchen Piloten?«

»Natürlich den von Lord Worth. Nicht nur, daß seine Piloten wahrscheinlich die einzigen sind, die die genaue Position der *Meerhexe* kennen – die Hubschrauber mit der deutlich lesbaren Aufschrift *North Hudson* sind auch die einzigen, die die Bohrinsel anfliegen können, ohne Mißtrauen zu erregen.« Roomer griff nach dem Telefon und rief in Lord Worths Haus an.

»Jim?«

»Immer auf Posten, Mr. Roomer.«

»Wir kommen jetzt zurück. Suchen Sie bitte Lord Worths Adreßbuch. Wahrscheinlich liegt es bei Ihnen im Funkraum. Stellen Sie uns eine Liste der Namen und Adressen seiner Hubschrauberpiloten auf. Ist der Wachtposten am Hubschrauberplatz auch über Funktelefon zu erreichen?«

»Ja.«

»Dann brauchen wir ihn auch.«

»Wird erledigt.«

»Meinst du nicht«, sagte Roomer, »daß wir Larsen jetzt von unserem Verdacht berichten sollten?«

»Nein, das meine ich nicht«, sagte Mitchell sehr entschieden. »Die *Meerhexe* ist Larsens ein und alles, und der Empfang, den er dem Hubschrauber bereiten würde, könnte leicht zu stürmisch ausfallen. Oder bist du scharf darauf, Lord Worth zu erklären, wie es möglich war und wie wir es zulassen konnten, daß seine Töchter in einem Kreuzfeuer ums Leben kamen?«

»Wohl kaum«, sagte Roomer.

»Oder vor dir selbst eine Erklärung dafür finden, weshalb Melinda einen Lungenschuß abbekam?«

Roomer ignorierte diese Frage. »Und was ist, wenn wir uns in bezug auf die Piloten seiner Lordschaft irren?«

»Dann übergeben wir den Fall in Gänze dem Stardetektiv McGarrity.«

»In diesem Falle wäre es doch wohl besser, wenn wir uns nicht irrten.«

Sie irrten sich nicht. Aber sie kamen zu spät.

John Campbell war sowohl ein leidenschaftlicher Angler als auch ein leidenschaftlicher Leser, und es war ihm schon vor langer Zeit gelungen, diese beiden Beschäftigungen miteinander zu verbinden. Sechs Meter vor seiner rückwärtigen Veranda entfernt floß ein recht fischreicher Bach an seinem Haus vorbei. John Campbell saß gerade unter einem Sonnenschirm in einem Segeltuchstuhl und warf jedes Mal, wenn er eine Seite umblätterte, seine Angel aus, als plötzlich Durand und einer seiner Männer, beide mit Strumpfmasken über dem Gesicht und gezückten Waffen, in sein Blickfeld kamen. Campbell stand auf. Das Buch hatte er immer noch in der Hand.

»Wer sind Sie und was wollen Sie?«

»Sie sind doch Campbell, oder?«

»Und wenn ich es bin?«

»Wollen Sie uns vielleicht einen kleinen Gefallen tun?«

»Was für einen Gefallen?«

»Einen Hubschrauber für uns fliegen.«

»Den Teufel werde ich tun.«

»Er wird Sie holen, wenn Sie es nicht tun. Los, kommen Sie schon.«

Campbell trat gehorsam zwischen die beiden Männer. Etwa dreißig Zentimeter trennten ihn von der Waffe in Durands Hand, als er seine Handkante auf dessen Handgelenk hinuntersausen ließ. Durand stieß einen Schmerzenslaut aus, die Waffe fiel zu Boden, und eine Sekunde später hingen die beiden Männer in einem kombinierten Ring-Box-Kampf aneinander, bei dem keine der üblichen Regeln beachtet wurde. Sie rollten so schnell hin und her, daß Durands Komplice, der seine Waffe jetzt am Lauf hielt, um damit zuschlagen zu können – das letzte, was er wollte, war, Campbell zu erschießen –, zunächst keine Möglichkeit sah, sich einzumischen, wenn er nicht riskieren wollte, seinen Boß zu treffen. Aber dann kam die Gelegenheit plötzlich doch: der unsportliche, aber sehr wirkungsvolle Einsatz von Campbells rechtem Knie ließ Durand vor Schmerz nach Luft schnappend hintüberfallen. Dabei bewies er jedoch noch genug Instinkt, um sich an Campbells Hemd festzukrallen – und das war Campbells Verhängnis, denn sein Hinterkopf bot sich geradezu zum Zuschlagen an.

Nachdem Campbell bewußtlos geschlagen und von Durand weggezerrt worden war, kam dieser zwar auf die Füße, schaffte es jedoch nicht, sich gerade aufzurichten. Er zog sich die Strumpfmaske vom Kopf, um besser atmen zu können. Durand war Lateinamerikaner, was man bei seinem Namen eigentlich nicht vermutet hätte. Sein milchkaffeebraunes Gesicht war jetzt blaß; er trug dichte, schwarze Locken, einen bleistiftdünnen Schnurrbart und war normalerweise ein recht gutaussehender Mann. Momentan allerdings ließ sich davon nichts feststellen, da sein Gesicht vom Schmerz entstellt war. Durand richtete sich Zentimeter für Zentimeter auf und hatte schließlich genug Luft in die Lungen gepumpt, um seinem Kumpan mitteilen zu können, was er gern mit Campbell täte.

»Das müssen Sie verschieben, Mr. Durand. Wenn er im Krankenhaus liegt, kann er keinen Hubschrauber fliegen.«

Durand mußte sich wohl oder übel beherrschen. »Ich hoffe, Ihr Schlag war nicht zu hart.«

»Nur ein Antippen.«

»Fesseln Sie ihn, kleben Sie ihm den Mund zu und verbinden Sie ihm die Augen.« Durand hatte es jetzt fast geschafft, sich ganz aufzurichten. Sein Helfer ging zum Auto und kam ein paar Sekunden später mit einem Stück Schnur, einer Rolle Klebeband und einem Tuch zurück. Drei Minuten später waren sie bereits unterwegs – der immer noch bewußtlose Campbell lag, mit einem Teppich zugedeckt, hinten im Wagen auf dem Boden. Durand hatte seine Füße bequem auf dem Teppich plaziert – er fühlte sich noch nicht so recht in der Lage, selbst zu fahren. Auch sein Komplice hatte inzwischen seine Maske abgenommen – sogar im Staat Florida mußte man damit rechnen, daß man Aufmerksamkeit erregte, wenn man mit einem Strumpf über dem Kopf hinter dem Steuer saß.

Mitchell überflog die Liste von Namen und Adressen, die Robertson zusammengestellt hatte. »Wunderbar. Aber was bedeuten die Häkchen hinter fünf von den Namen?«

»Ich hoffe, Sie nehmen es mir nicht übel«, sagte Robertson entschuldigend, »ich möchte mich ja nicht einmischen, aber ich habe mir die Freiheit genommen, diese fünf Herren anzurufen, um festzustellen, ob sie zu Hause wären, wenn Sie anrufen würden – Sie wollen sie doch anrufen, oder?«

Mitchell wandte sich anklagend an Roomer: »Warum zum Teufel hast du nicht daran gedacht?«

Roomer beschränkte sich auf einen vernichtenden Blick und sagte zu Robertson: »Vielleicht sollte ich *Sie* als Partner haben. Was haben die Telefonate erbracht?«

»Einer der Piloten ist am Flugplatz und vier von den übrigen sind zu Hause. Den Mann, hinter dessen Name ich kein Häkchen gemacht habe – John Campbell – habe ich nicht erreicht. Ich fragte einen der anderen Piloten nach ihm, und er schien recht überrascht. Er sagte, daß Campbell seine Nachmittage für gewöhnlich hinter seinem Haus beim Angeln verbringt. Er ist Junggeselle und wohnt ziemlich abgelegen.«

»Das bietet sich doch geradezu an«, sagte Roomer. »Ein Junggeselle, der noch dazu abgelegen wohnt. Die Kidnapper scheinen einen ausgezeichneten Geheimdienst zu haben. Die Tatsache, daß er nicht ans Telefon geht, muß zwar nicht unbedingt etwas bedeuten – er kann schließlich spazieren sein oder beim Einkaufen oder zu Besuch bei Freunden, aber andererseits ...«

»Ja, sehr wahrscheinlich andererseits.« Mitchell wandte sich zum Gehen, drehte sich dann noch einmal um und sagte zu Robertson: »Hat der Wachposten außer der Funktelefonnummer auch eine reguläre Nummer?«

»Ich habe sie auf die Liste geschrieben.«

»Vielleicht sollten wir *beide* Sie als Partner haben.«

Mitchell und Roomer standen hinter Campbells Haus und betrachteten das Bild, das sich ihnen darbot: Der Segeltuchstuhl war umgekippt, und ein Bein fehlte. Der Sonnenschirm lag auf der Wiese und hatte ein aufgeschlagenes Buch unter sich begraben. Die Angel war bis zum Griff ins Wasser gerutscht und wäre schon längst davongeschwommen, wenn sich die Leine nicht an einer Wurzel verfangen hätte. Roomer zog sie aus dem Wasser, während Mitchell zum Telefon lief. Die Hintertür stand ebenso wie die Vordertür sperrangelweit offen. Er wählte eine Nummer. Nach dem ersten Klingelzeichen wurde der Hörer abgenommen: »Lord Worths Hubschrauberplatz. Gorrie am Apparat.«

»Mein Name ist Mitchell. Haben Sie Polizisten da?«

»Mr. Mitchell? Sind Sie Lord Worths Freund?«

»Ja.«

»Sergeant Roper ist hier.«

»Nur er? Bitte geben Sie ihn mir mal.« Sekunden später war Roper dran.

»Mike? Schön, wieder von Ihnen zu hören.«

»Hören Sie zu, Sergeant, es ist dringend. Ich bin im Haus von John Campbell, einem der Piloten von Lord Worth. Er ist entführt worden – höchstwahrscheinlich von den Leuten, die die Töchter des Lords gekidnappt haben. Ich habe Grund zu der Annahme, daß sie auf dem Weg zu Ihnen sind, um sich einen der Hubschrauber zu schnappen, und daß sie Campbell zwingen wollen, ihn zu fliegen. Es sind mindestens zwei Männer, vielleicht auch drei, und sie sind bewaffnet und außerordentlich gefährlich. Ich schlage vor, daß Sie sofort Verstärkung anfordern. Wenn wir sie erwischen, werden wir sie uns vornehmen – Roomer und ich jedenfalls; Ihnen sind als Polizeibeamten ja die Hände gebunden. Wir werden herauskriegen, wo die Mädchen sind, und sie nach Hause zurückbringen.«

»Ich werde Verstärkung besorgen. Und dann werde ich beide Augen zudrücken.«

Mitchell legte auf. Roomer stand neben ihm und sah ihn erwartungsvoll an: »Bist du bereit, Foltermethoden anzuwenden, um die Informationen zu bekommen, die du haben willst?«

»Ich freue mich sogar schon darauf«, antwortete Mitchell. »Du etwa nicht?«

»Nein, aber ich komme trotzdem mit.«

Wieder einmal waren die Vermutungen von Mitchell und Roomer richtig. Und wieder einmal kamen sie zu spät.

Mitchell hatte den Weg zu Lord Worths Hubschrauberplatz ohne jede Rücksicht auf Verkehrsregeln oder Geschwindigkeitsbeschränkungen zurückgelegt und mußte jetzt, nachdem er angekommen war, verbittert feststellen, daß die ganze Hetzerei umsonst gewesen war.

Sie wurden von fünf Männern empfangen – von Gorrie und vier Polizisten –, aber es war kein fröhliches Willkommen, das man ihnen entbot. Gorrie und Sergeant Roper massierten vorsichtig ihre Handgelenke. Mitchell wandte sich an Roper: »Lassen Sie mich raten: sie überwältigten Sie, bevor die Verstärkung eintraf.« Mitchell sah müde aus.

»Genau so ist es.« Ropers Gesicht war dunkel vor Wut. »Ich weiß, es ist keine besonders originelle Entschuldigung, aber wir hatten wirklich nicht die geringste Chance. Der Wagen kam an und hielt am Wachhäuschen. Der Fahrer – er war allein im Wagen – schien Schnupfen zu haben, denn er hielt sich unentwegt einen ganzen Ballen Kleenextücher fest vors Gesicht.«

»Damit Sie ihn nicht erkennen konnten«, sagte Roomer.

»So ist es. Nun, wir sahen uns den Typen gerade noch an, als plötzlich eine Stimme hinter uns – das Rückfenster war offen – uns anrief, uns nicht zu rühren. Wir gehorchten. Dann sagte die Stimme, ich solle meine Waffe fallen lassen. Der Knabe war nicht mehr als anderthalb Meter von mir entfernt, und ich stand mit dem Rücken zu ihm – also ließ ich meine Waffe fallen. Tote Helden haben noch nie jemandem nützen können. Daraufhin wurde uns befohlen, uns umzudrehen, was wir auch brav taten. Der Mann trug eine Strumpfmaske. Dann kam der Fahrer herein und band uns die

Hände auf dem Rücken zusammen, und als wir uns zu ihm umdrehten, hatte er sich auch eine Strumpfmaske übergezogen.«

»Schließlich fesselte er noch Ihre Füße und band Sie beide zusammen, damit Sie nicht irgendwie an eines der Telefone herankämen.«

»Ersteres ist richtig, aber die Telefone haben sie zerschlagen, bevor sie starteten.«

»Sind sie sofort gestartet?«

»Nein«, sagte Gorrie, »erst fünf Minuten später. Die Piloten geben immer erst den Flugplan durch, bevor sie losfliegen. Ich nehme an, die Kidnapper zwangen Campbell, das auch diesmal zu tun – damit niemand Verdacht schöpfte.«

»Das heißt gar nichts«, sagte Mitchell. »Man kann einen Flugplan doch jederzeit ändern. Wie steht es mit dem Treibstoff?«

»Die Helikopter sind immer voll aufgetankt. Es ist meine Aufgabe, dafür zu sorgen. Lord Worth hat es angeordnet.«

»In welche Richtung flogen die Kidnapper?«

»Da lang«, sagte Gorrie und steckte den Arm aus.

»Nun, die Vögel sind ausgeflogen. Dann können wir ja nach Hause fahren.«

»Einfach so?« fragte Roper überrascht.

»Was erwarten Sie denn von mir?«

»Nun, als erstes könnten wir die Luftwaffe alarmieren.«

»Warum?«

»Die könnten sie doch zur Landung zwingen.«

Mitchell seufzte. »Immer dieses Geschwätz darüber, daß man Flugzeuge so einfach zur Landung zwingen kann. Und was ist, bitteschön, wenn sie sich weigern, zu landen?«

»Dann werden sie eben abgeschossen.«

»Dieser Vorschlag würde Lord Worth sicherlich begeistern. Schließlich sind seine Töchter an Bord.«

»Lord Worths Töchter!«

»Das kommt von dieser sturen Routinearbeit bei der Polizei«, seufzte Roomer. »Da trocknet das Gehirn ein. Was glauben Sie denn, wen dieser Hubschrauber abholen soll?«

Als sie außer Sichtweite des Hubschrauberplatzes waren, streckte Roomer einen Arm aus: »Da lang, hat der Mann gesagt. Und ›da lang‹ ist Nordwesten. Der Wyanee-Sumpf.«

»Auch wenn sie zuerst nach Südosten gestartet wären, wären sie schließlich zum Wyanee geflogen.« Mitchell hielt neben einer Telefonzelle. »Wie gut kannst du McGarritys Stimme nachmachen?« Roomer war ein ausgezeichneter Stimmenimitator.

»Die Stimme macht mir keine Sorgen – nur, ob ich seine Gedankengänge hinkriege ... Ich werde es versuchen.« Nach zwei Minuten war er wieder im Wagen.

»Laut Campbells angegebenem Flugplan ist der Hubschrauber auf dem Weg zur *Meerhexe*.«

»Bist du was gefragt worden?«

»Nein, Ich sagte ihnen, daß irgendein Idiot einen Fehler gemacht hat, und jeder, der McGarrity kennt, wird wissen, wer mit dem Idioten gemeint war, der den Fehler gemacht hat.«

Mitchell ließ den Motor an, schaltete ihn jedoch sofort wieder aus, weil das Telefon klingelte. Er hob den Hörer ab.

»Hier ist Jim. Ich habe Sie schon ein paarmal zu erreichen versucht. Vor fünfzehn Minuten, und vor fünf Minuten noch mal.«

»Wir waren beide Male nicht im Wagen. Haben Sie noch mehr schlechte Nachrichten?«

»Nein – außer Sie halten es für eine schlechte Nachricht, daß Lord Worth in fünfzehn Minuten landet.«

»Wir fahren gleich los.«

»Es sieht übrigens so aus, als wolle er eine Weile wegfahren – er hat angeordnet, daß ein Koffer für eine Woche gepackt werden soll.«

»Sieben weiße Anzüge.« Mitchell legte auf.

»Es scheint, als müßten wir auch unser Köfferchen packen«, sagte Roomer. Mitchell nickte zustimmend, startete den Motor und fuhr los.

Als Lord Worth sich im Fond ihres Wagens zurechtsetzte, war er wieder ganz der alte – vielleicht nicht ganz so fröhlich, aber ruhig und, wie es schien, völlig entspannt. Er erzählte von seinem Erfolg in Washington, zu dem er angemessen beglückwünscht wurde. Dann berichtete ihm Roomer, was während seiner Abwesenheit vorgefallen war.

»Sie haben Commander Larsen natürlich über Ihre Vermutungen unterrichtet?«

»Keine Vermutungen«, korrigierte ihn Mitchell, »Gewißheiten. Und wir haben ihn natürlich *nicht* unterrichtet. Dafür bin ich verantwortlich.«

»Sie arbeiten wohl völlig auf eigene Faust, was? Darf ich fragen weshalb?«

»Sie kennen Larsen am besten. Sie wissen, wie sehr sein Herz an der *Meerhexe* hängt. Und Sie haben uns selbst von seiner Wut erzählt. Glauben Sie nicht auch, daß er den Kidnappern, wenn er vorgewarnt wäre, einen entsprechenden Empfang bereiten würde? Die Folge wäre ein Kugelhagel, in dem nur zu leicht die falschen Leute getroffen werden könnten. Möchten Sie riskieren, daß eine Ihrer Töchter vielleicht zum Krüppel geschossen wird? Uns ist es lieber, die Kidnapper können sicher landen.«

»Na schön, na schön«, grollte der Lord. »Aber von jetzt an halten Sie mich bitte über Ihre Absichten und Entscheidungen auf dem laufenden.« Roomer registrierte mit einem Anflug von Amüsement, daß Lord Worth nicht die Absicht hatte, auf ihre unentgeltlichen Dienste zu verzichten. »Sie arbeiten ab sofort nicht mehr auf eigene Faust, ist das klar?«

Mitchell hielt an und schaltete den Motor aus. Roomers Amüsement verwandelte sich in Besorgnis. Mitchell drehte sich nach hinten um und musterte Lord Worth mit kühlem Blick. »Sie haben es gerade nötig.«

»Was meinen Sie damit?« Fünfzehn Generationen Hochlandaristokratie schwangen in der eisigen Stimme mit, aber Mitchell ließ sich nicht einschüchtern. »Damit meine ich, daß der Einbruch in das Waffenarsenal letzte Nacht und der Diebstahl der Waffen ja wohl auch damit umschrieben werden kann, daß jemand auf eigene Faust gehandelt hat. Wenn Roomer und ich brave Bürger und rechtschaffene Detektive wären, dann hätten wir Sie letze Nacht einsperren lassen. Nicht einmal ein Milliardär kann sich ungestraft solche Sachen leisten, und besonders deshalb nicht, weil dabei Menschen angegriffen und eingesperrt wurden. John und ich waren dort – wir hatten einen Logenplatz.«

Wenn es einem guten Zweck diente, war Mitchell durchaus bereit, die Wahrheit ein bißchen zu frisieren.

»Sie waren dort!« Es war einer der seltenen Augenblicke, in denen Lord Worth die Worte fehlten. Er erholte sich jedoch rasch. »Aber *ich* war nicht dort!«

»Das wissen wir. Wir wissen allerdings auch, daß Sie den Einbruch billigten, oder besser gesagt anordneten.«

»Geschwätz. Aber wenn Sie dort waren, weshalb haben Sie den Einbruch dann nicht verhindert?«

»John und ich riskieren schon mal was, aber nicht gegen neun Männer mit neun Maschinenpistolen.«

Lord Worth mußte nachdenken. Die Zahlen und die Tatsachen stimmten – sie waren offensichtlich wirklich dort gewesen. »Wenn wir mal annehmen«, sagte er schließlich, »daß diese ganze Räubergeschichte der Wahrheit entspricht, wie wollen Sie mich damit in Verbindung bringen?«

»Jetzt zeichnen Sie sich aber nicht gerade durch Intelligenz aus. Wir waren auch bei Ihrem Hubschrauberplatz. Wir sahen den Lastwagen ankommen. Wir sahen, wie neun Männer eine beträchtliche Anzahl von absolut tödlichen Waffen in dem Helikopter verstauten. Und dann fuhr ein Mann den Lastwagen zum Arsenal zurück, wo er ihn ausgeliehen hatte. Die anderen acht Männer steigen in einen zweiten Hubschrauber. Dann kam ein Kleinbus an, aus dem zwölf schwerbewaffnete Männer stiegen, die sich zu den anderen acht gesellten. John und ich haben nicht weniger als fünf von ihnen wiedererkannt – zwei davon haben wir höchstpersönlich hinter Gitter gebracht.« Roomer sah seinen Partner bewundernd an, aber Mitchell bemerkte es nicht, da er Lord Worth fixierte. »Es war für uns beide ein ganz schöner Schock, als wir begriffen, daß Lord Worth mit ganz gewöhnlichen Kriminellen zusammenarbeitet. Sie haben eine ganz feuchte Stirn, Lord Worth. Wie kommt denn das?«

Lord Worth zog es vor, auf diese Frage nicht zu antworten.

»Und dann kamen Sie in Ihrem Rolls angefahren. Ihr Auftritt ist eine der besten Sequenzen, die wir mit unserer Infrarotkamera aufgenommen haben.« Roomer prustete, aber Lord Worth nahm keine Notiz von dem merkwürdigen Husten. Ihm standen jetzt große Schweißperlen auf der Stirn. Roomer zweifelte keinen Augenblick daran, daß Lord Worth Mitchell jedes Wort glaubte – alles, was Mitchell gesagt hatte, wußte Lord Worth entweder selbst oder hielt es für wahr, und so hatte er keinen Grund, an der Geschichte mit der Filmkamera zu zweifeln.

»Wir haben darüber diskutiert, ob wir das nächste Armeehauptquartier anrufen sollten, damit von dort ein paar gepanzerte Fahrzeuge und ein Panzer geschickt würden, denn dagegen hätten selbst Ihre mörderischen Spitzbuben keine Chance gehabt. Wir spielten mit dem Gedanken, Sie bis zum Eintreffen der Armee festzuhalten – es war klar, daß der Hubschrauber nicht ohne Sie starten würde. Wenn Sie verhaftet worden wären, hätten bestimmt die meisten Strolche nichts Eiligeres zu tun gehabt, als alle Schuld auf Sie abzuwälzen. Wissen Sie, es stimmt wirklich – es gibt keinen Ehrenkodex unter Dieben.« Wenn Lord Worth etwas dagegen hatte, als Dieb kategorisiert zu werden, so ließ er es sich jedenfalls nicht anmerken. »Aber schließlich entschieden wir uns dann doch dagegen.«

»Und warum?«

»Sie geben also alles zu.« Mitchell seufzte. »Warum konnten Sie das nicht schon am Anfang tun – dann hätte ich mir den ganzen Vortrag sparen können.«

»Warum?« fragte Lord Worth noch einmal.

Es war Roomer, der antwortete: »Teils, weil wir, obwohl Sie ein geständiger Gesetzesbrecher sind, eine gewisse Achtung vor Ihnen haben, aber hauptsächlich, weil wir es Ihren Töchtern ersparen wollten, Sie hinter Gittern zu sehen. Rückblickend sind wir natürlich außerordentlich froh, daß wir uns so entschieden haben, denn im Vergleich mit der Entführung Ihrer Töchter verblassen Ihre gesetzeswidrigen Machenschaften zu einer verzeihlichen Sünde.«

Mitchell ließ den Wagen wieder an und sagte: »Allerdings ist es Ihnen hoffentlich klar, daß es in Zukunft keine solchen kleinen Sünden mehr geben wird. Und Sie werden uns auch keine Vorschriften mehr zu machen versuchen, ob wir auf eigene Faust handeln sollen oder nicht.«

Lord Worth lehnte sich in seinem Arbeitszimmer bequem in seinem Sessel zurück. Sein zweiter Brandy schmeckte genausogut wie der erste – es schien sein Tag für Brandys zu sein. Für den Rest der Fahrt hatte er geschwiegen. Sie war Gott sei Dank nur kurz gewesen, denn er hatte ein dringendes Bedürfnis nach einer Stärkung verspürt.

Er räusperte sich und sagte: »Ich nehme an, Sie wollen mit mir zur Bohrinsel hinaus?«

Mitchell betrachtete interessiert sein Glas. »Wir haben uns zwar noch nicht dazu geäußert, aber ich habe den Eindruck, daß sich irgend jemand um Sie und Ihre Töchter kümmern muß.«

Lord Worth runzelte die Stirn. Es wurde ihm klar, daß sich ihre Beziehung ziemlich auffällig verändert hatte. Vielleicht ließ sich das dadurch korrigieren, daß er die beiden engagierte.

Er sagte: »Ich habe das Gefühl, es ist Zeit, daß wir Ihre Arbeit für mich auch als solche behandeln. Ich schlage also vor, Ihre Dienste als Detektiv für mich in Anspruch zu nehmen, mit anderen Worten, Ihr Klient zu werden. Und ich werde nicht um das Honorar feilschen.« Er hatte noch nicht ganz zu Ende gesprochen, als ihm auch schon klar wurde, daß er einen Fehler gemacht hatte.

»Man kann nicht alles mit Geld kaufen«, sagte Roomer mit sehr unterkühlter Stimme. »Vor allem aber nicht uns, Lord Worth. Sie wollen uns nur bezahlen, damit Sie befehlen können, was wir zu tun haben, aber da spielen wir nicht mit – unsere Freiheit bedeutet uns mehr. Und was Ihre Großzügigkeit in Hinsicht auf unser Honorar betrifft – die können Sie sich an den Hut stecken. Wie oft müssen wir das eigentlich noch erklären: wir nehmen kein Geld dafür, daß wir versuchen, Ihre Töchter zu retten?«

Mitchell nickte zustimmend: »Ich hätte es nicht besser formulieren können.«

Lord Worth begriff, daß die Veränderung ihrer Beziehung noch tiefgreifender war, als er gedacht hatte. »Ganz wie Sie wollen. Ich nehme an, Sie werden sich verkleiden?«

»Warum?« fragte Mitchell.

Lord Worth zeigte Anzeichen von Ungeduld: »Sie haben mir doch erzählt, daß Sie in einigen der Leute, die an Bord des Hubschraubers gingen, ehemalige Sträflinge erkannt haben – die würden Sie doch ganz sicher auch erkennen, wenn sie Sie sähen.«

»Wir haben noch keinen der Männer jemals zuvor gesehen.«

Lord Worths Reaktion war voll zufriedenstellend. Völlig fassungslos stotterte er: »Aber Sie haben mir doch...«

»Sie haben uns faustdicke Lügen aufgetischt – was ist dagegen schon so eine kleine Schwindelei? Wir gehen als Ihre technischen Berater an Bord. Ob als Geologen oder Seismologen, ist uns egal – wir verstehen von beiden Gebieten nichts. Wir brauchen lediglich ein paar gutgeschnittene Straßenanzüge, Panamahüte, Hornbrillen mit Fensterglas – wegen des gelehrten Aussehens – und Aktenkoffer.« Er machte eine kurze Pause und ergänzte: »Und dann brauchen wir noch einen Arzt mit einem gutbestückten Arztkoffer und einem großen Vorrat an Verbänden.«

»Einen Arzt?«

»Irgend jemand muß doch die Kugeln aus den Leuten herausholen und die Schußwunden zunähen. Oder sind Sie vielleicht so naiv, anzunehmen, daß an Bord der *Meerhexe* kein Schuß fallen wird?«

»Ich verabscheue Gewalttätigkeiten.«

»Das glaube ich Ihnen aufs Wort – deshalb haben Sie auch zwanzig schwerbewaffnete Spitzbuben auf der Bohrinsel absetzen lassen. Also, *Sie* verabscheuen Gewalttätigkeiten – andere stehen ihnen durchaus positiv gegenüber. Können Sie einen Arzt beschaffen?«

Lord Worth nickte: »Er heißt Greenshaw. Nach sieben Jahren Vietnam sollte er den Anforderungen gewachsen sein.«

»Und sagen Sie ihm, er soll außer seinem Arztkittel noch zwei weitere mitbringen«, sagte Roomer.

»Warum denn das?« fragte Mitchell.

»Wir wollen doch als Wissenschaftler auftreten, oder?« entgegnete Mitchell.

Lord Worth nahm den Telefonhörer ab, traf alle nötigen Vorbereitungen, legte wieder auf und sagte: »Sie müssen mich entschuldigen – ich muß vom Funkraum aus ein Privatgespräch führen.« Es gab nur einen einzigen Grund, weshalb Lord Worth nach Hause gekommen war: Er wollte Corral, seinen Kontaktmann, veranlassen, Benson – bei dem Treffen am Lake Tahoe der Gastgeber – zu informieren, daß die Regierung beabsichtigte, jedes ausländische Kriegsschiff, das sich der *Meerhexe* näherte, in die Luft zu jagen. Das war zwar eine Übertreibung, aber Lord Worth hielt sie für durchaus entschuldbar.

»Wer von uns soll Sie begleiten?« fragte Mitchell.

»Was meinen Sie damit? Ich habe ausdrücklich betont, daß es sich um ein Privatgespräch handelt.« Sein Gesicht wurde dunkel vor Zorn. »Soll ich mich etwa in meinem eigenen Haus herumkommandieren lassen wie ein unmündiges Kind?«

»Haben Sie letzte Nacht vielleicht besonders ›mündig‹ gehandelt? Hören Sie, Lord Worth, wenn Sie keinen von uns dabei haben wollen, dann liegt es doch auf der Hand, daß wir nicht hören sollen, was Sie sprechen.« Mitchell sah ihn nachdenklich an. »Und das gefällt mir nicht. Entweder haben Sie etwas vor, mit dem wir nicht einverstanden wären, oder Ihr Verhalten ist als Mißtrauensvotum uns gegenüber zu verstehen.«

»Es handelt sich um ein persönliches und ausgesprochen wichtiges geschäftliches Gespräch, und ich sehe nicht ein, was Sie meine Geschäfte angehen.«

»Damit haben Sie zweifellos recht. Es ist nur so, daß wir Ihnen nicht glauben, daß es sich um ein geschäftliches Gespräch handelt, weil wir nämlich der Ansicht sind, daß Geschäfte im Augenblick das letzte wären, woran Sie denken würden.« Mitchell und Roomer standen auf. »Grüßen Sie die Mädchen – falls Sie sie jemals wiedersehen.«

»Das ist Erpressung! Verdammte Erpressung!« Lord Worth wog blitzschnell die Wichtigkeit seines Anrufs bei Corral gegen die Wichtigkeit ab, Mitchell und Roomer weiterhin in seiner Nähe zu wissen. Es dauerte ganze zwei Sekunden, bis er sich entschieden hatte. Er war sicher, daß die beiden Männer blufften, aber er konnte es nicht prüfen, denn sonst riskierte er, daß sie tatsächlich gingen.

Er setzte seine steinerne Miene auf und sagte: »Ich nehme an, ich habe keine andere Wahl, als klein beizugeben. Ich schlage vor, Sie beide gehen jetzt nach Hause und packen Ihre Sachen. Ich hole Sie dann mit dem Rolls ab.«

»Wir brauchen nur ein paar Minuten zum Packen«, erklärte Mitchell, »ich finde es viel höflicher, wenn wir hier warten, bis Sie fertig sind.«

Lord Worth starrte ihn feindselig an: »Sie denken wohl, ich würde zum Telefon stürzen, sobald Sie mir den Rücken gekehrt haben?«

Mitchell lächelte: »Ist es nicht seltsam, daß uns dreien im gleichen Augenblick der gleiche Gedanke gekommen ist?«

7

Commander Larsen und Scoffield sahen den North-Hodson-Hubschrauber zwar mit Verwunderung, aber ohne Besorgnis näherkommen. Normalerweise kündigte Lord Worth seine Ankunft vorher an, aber es kam auch manchmal vor, daß er es vergaß. Auf jeden Fall war es sein Hubschrauber, und er kam ungefähr um die gleiche Zeit wie sonst auch. Sie schlenderten gemächlich über die Pattform und erreichten gerade den nordöstlichen Landeplatz, als der Hubschrauber aufsetzte. Überraschenderweise stieg nicht sofort jemand aus. Larsen und Scoffield sahen einander verblüfft an, und diese Verblüffung verstärkte sich noch, als der Ausstieg geöffnet wurde und Durand mit einer Maschinenpistole in den Händen in der Öffnung auftauchte. Dicht hinter ihm stand ein ebenso ausgerüsteter Mann. Von ihrem Standplatz aus waren sie für die Bohrmannschaft, die gerade Dienst hatte, nicht zu sehen.

»Larsen und Scoffield?« fragte Durand. »Falls Sie Waffen bei sich tragen, seien Sie bitte nicht so dumm, Sie benutzen zu wollen.« Die Leiter schwang herunter. »Kommen Sie rauf.«

Die beiden Männer hatten keine Wahl. Als sie an Bord waren, sagte Durand, der sie keine Sekunde aus den Augen ließ: »Kowenski, Rindler – sehen Sie nach, ob sie bewaffnet sind.«

Sowohl Larsen als auch Scoffield trugen Pistolen. Aber es schien sie nicht im geringsten zu stören, sie hergeben zu müssen – ihre Aufmerksamkeit war völlig auf Lord Worths Töchter konzentriert. Marina lächelte, aber sie sah nicht sehr fröhlich aus.

»Wir hätten uns weiß Gott unter günstigeren Umständen wiedersehen können, Commander.«

Larsen nickte. »Sie sind Kidnapper. Das kann Sie den Kopf kosten.« Er wandte sich an Campbell: »Warum haben Sie diese Verbrecher hier herausgeflogen?«

»Weil mein ganzer Mut flötengeht, wenn man mir vom Start bis zur Landung eine Pistolenmündung in den Nacken hält.« Campbells Ton war verständlicherweise bitter.

Larsen sah Melinda an: »Sind Sie in irgendeiner Weise mißhandelt worden?«

»Nein.«

»Und das werden sie auch nicht«, sagte Durand. »Vorausgesetzt natürlich, daß Sie tun, was wir Ihnen sagen.«

»Und das wäre?«

»Sie schließen den Weihnachtsbaum.« Das bedeutete, daß aller Ölnachschub vom Meeresboden abgewürgt wurde.

»Ich denke gar nicht daran.« Larsens dunkles Piratengesicht war wutverzerrt. Durand erkannte, daß er hier einen Mann vor sich hatte, der auch ohne Waffe ausgesprochen gefährlich werden konnte. Er warf Rindler einen kurzen Blick zu – dieser führte den stummen Befehl sofort aus und schlug Larsen den Griff seiner Maschinenpistole über den Hinterkopf, wobei er den Schlag so genau berechnete, daß Larsen zwar betäubt, aber nicht tief bewußtlos war. Als Larsen wieder zu sich kam, fand er sich mit Armbändern versehen. Seine Aufmerksamkeit konzentrierte sich auf eine glänzende Schere aus rostfreiem Stahl von der Sorte, wie sie Chirurgen benutzen, um beispielsweise Rippen durchzuschneiden. Sie lag in Durands Hand, und ihre beiden Backen umschlossen leicht den kleinen Finger von Melindas rechter Hand.

»Ich glaube nicht, daß Sie sich damit sehr beliebt bei Lord Worth machen, Larsen«, sagte Durand.

Es war leicht zu erkennen, daß Larsen diese Meinung teilte. »Nehmen Sie die verdammte Schere weg und meine Handschellen ab. Ich werde den Weihnachtsbaum schließen.«

»Ich werde Sie begleiten, um mich zu vergewissern, daß Sie auch wirklich das richtige Ventil zudrehen. Ich werde den Weihnachtsbaum zwar nicht erkennen können, aber ich weiß, daß es so was wie Ölflußanzeiger gibt. Ich werde ein Walkie-talkie mitnehmen. Aaron hier neben mir hat auch eins. Ich werde ständig mit ihm in Verbindung bleiben. Falls mir irgend etwas zustoßen sollte ...« Durand sah bedeutungsvoll auf die Chirurgenschere hinunter und gab sie dann an Heffer weiter, den fünften Mann seiner Bande. Er befahl Campbell, seine Hände hinter seiner Rückenlehne zu verschränken und legte ihm Handschellen an.

»Sie denken an alles, was?« Larsens Stimme zitterte vor Wut.

»Ach, Sie wissen doch selbst, wie das ist – es gibt so viele Strolche heutzutage. Kommen Sie, gehen wir.«

Die beiden Männer gingen über die Plattform auf den Bohrturm zu. Nach ein paar Schritten blieb Durand stehen und sah sich bewundernd um.

»Na, wie finde ich denn das! Doppelt verwendbare Luftabwehrwaffen! Haufenweise Wasserbomben. Man könnte fast annehmen, daß Sie sich darauf eingerichtet haben, einer Belagerung standzuhalten. Mein lieber Jolly, sogar Lord Worth wird dafür mindestens zehn Jahre in den Knast müssen.«

»Wovon sprechen Sie eigentlich?«

»Na, was hier alles rumsteht und -liegt, gehört doch wohl nicht zur Standardausrüstung einer Bohrinsel. Ich glaube kaum, daß das Zeug vor vierundzwanzig Stunden schon hier war. Ich glaube, es befand sich gestern noch in dem Arsenal in Mississippi, in das letzte Nacht eingebrochen wurde – die Regierung hat Leute nicht besonders gern, die ihre militärische Ausrüstung klauen. Außerdem müssen Spezialisten hier sein, die mit derartigen Waffen umgehen können, denn das gehört ja wohl kaum zur normalen Ausbildung einer Bohrmannschaft. Ich frage mich, ob diese Leute auch eine spezielle Ausrüstung tragen – zum Beispiel etwas in der Art, wie es letzte Nacht aus einem Arsenal in Florida verschwand. Ich meine, zwei Einbrüche in Arsenale innerhalb einer Nacht, die nichts miteinander zu tun haben – das gibt's doch wohl nicht. Und Sie – als einer, der hier einen verantwortlichen Posten bekleidet und der Sache Vorschub leistet –, Sie erwarten zwanzig Jahre ohne Aussicht auf Straferlaß. Und uns schimpfen die Leute Verbrecher!«

Larsen hatte ein paar Antworten parat, von denen keine selbst durch die großzügigste Zensur gerutscht wäre.

Der ›Weihnachtsbaum‹ wurde wunschgemäß zugedreht. Die Druckmesser standen auf Null. Durand wandte seine Aufmerksamkeit der *Roamer* und ihren kurzen Pendelfahrten zwischen der Bohrinsel und dem riesigen schwimmenden Vorratstank zu.

»Was macht denn unser Freund da?«

»Sogar eine Landratte wie Sie sollte darauf kommen: er kontrolliert die Pipeline.«

»Wozu denn um Himmels willen? Sie könnten eine beschädigte

Leitung in einem Tag ersetzen, damit wäre doch nichts gewonnen.«

»Man kann nie wissen.«

»Sind Worths Meuchelmörder hier? Wer ist ihr Anführer?«

»Guiseppe Palermo.«

»Dieser Gangster! Der noble Lord inszeniert also nicht nur größere Einbrüche, er arbeitet auch noch ganz ungeniert mit Verbrechern und ehemaligen Sträflingen zusammen.«

»Sie kennen ihn?«

»Ja.« Durand sah allerdings keine Veranlassung zu erzählen, daß er und Palermo zweimal gemeinsam im Gefängnis gesessen hatten. »Ich will mit ihm sprechen.«

Das Gespräch war kurz und einseitig. Durand sagte: »Wir haben Lord Worths Töchter in unserer Gewalt. Falls ihr den Versuch machen solltet, sie zu befreien, wird es nicht nur euch schlecht bekommen – die jungen Damen werden Stück für Stück ihre zarten Finger verlieren. Ich hoffe in eurem eigenen Interesse, ihr habt mich verstanden.«

Palermo und seine Männer hatten. Palermo stand in dem Ruf, ebenso rücksichtslos zu sein wie Durand, aber in puncto Sadismus konnte er ihm nicht das Wasser reichen. Durand war nicht nur fähig, seine Drohung wahrzumachen, er würde auch noch eine ausgesprochene Befriedigung dabei empfinden.

»Und jetzt«, sagte Durand, »verschwindet ihr in euer Quartier und bleibt dort.«

Die Männer zogen ab. Durand rief Rindler über sein Walkie-talkie und sagte ihm, daß alle zu ihm herüber kommen sollten – einschließlich Campbell, denn der Pilot war ein zäher Bursche und verfügte über viel Phantasie; wenn man ihn allein im Hubschrauber zurückließ, war es durchaus denkbar, daß er sich befreite. Allerdings war es fraglich, ob er im Falle dieses Falles genügend Treibstoff hätte, selbst wenn er nicht nach Florida fliegen, sondern den nächsten Landeplatz auf dem Festland ansteuern würde, der südlich von New Orleans lag.

Als die Gefangenen und ihre Wachen aus dem Hubschrauber kletterten, fragte Durand: »Wie steht's mit Unterbringungsmöglichkeiten?«

»Platz haben wir mehr als genug«, antwortete Larsen. »Im orientalischen Quartier gibt es einige leerstehende Räume.«

»Und was ist mit Zellen?«

»Wie meinen Sie das? Wir haben hier doch kein Gefängnis.«

»Haben Sie vielleicht Vorratsräume oder so was, die man von außen abschließen kann?«

»Ja.«

»Sie sind außerordentlich hilfsbereit«, stellte Durand fest und sah ihn nachdenklich an. »Das entspricht aber ganz und gar nicht dem Ruf, den Sie haben, Larsen.«

»Wenn Sie mißtrauisch sind – es kostet Sie ganze zwei Minuten, meine Angaben zu überprüfen.«

»Sie würden mich gerne umbringen, nicht wahr, Larsen?«

»Wenn die Zeit reif ist, ja. Aber jetzt noch nicht.«

»Trotzdem halten Sie besser drei Meter Abstand von mir«, sagte Durand und zog eine Pistole heraus. »Sie könnten sich sonst dazu hinreißen lassen, mich zu überfallen und meinen Männern mitteilen, daß Sie mich in Stücke reißen würden, wenn sie die Mädchen nicht freiließen. Es ist doch eine große Versuchung, oder nicht?«

Larsens Augen sprachen eine deutliche Sprache, aber er sagte nichts. Die Mädchen, die Piloten und ihre vier Bewacher kamen bei ihnen an. »Na, dann wollen wir Ihnen mal eine passende Unterkunft für die Nacht suchen«, sagte Durand. Er ging auf die erste von mehreren Vorratshütten zu, öffnete die Tür und sah sich einer Mauer von Konservenbüchsen gegenüber. Er schob Campbell in den schmalen Zwischenraum zwischen Dosen und Tür, sperrte ab und steckte den Schlüssel ein. Die nächste Vorratshütte enthielt mehrere Seilrollen und zeichnete sich durch einen durchdringenden Gestank nach ranzigem Öl sowie eine beträchtliche Anzahl von äußerst lebhaften Küchenschaben aus. »Los, rein«, befahl Durand den beiden Mädchen. Sie warfen einen Blick in den Raum und wandten sich dann schaudernd ab. »Wir werden nicht in diese ekelhafte Hütte gehen«, erklärte Marina.

Kowenski sagte mit sanfter, schmeichelnder Stimme, die so gar nicht zu dem Colt passen wollte, den er in der Hand hielt: »Wissen Sie denn nicht, was das ist?« Rindler hatte die gleiche Waffe auf Melinda gerichtet.

Die Mädchen wechselten einen kurzen Blick, marschierten dann wie auf Kommando auf die Männer zu, die die Waffen in den Händen hielten, griffen mit der rechten Hand nach den Läufen, hakten ihre rechten Daumen hinter die Zeigefinger der Männer, die am Abzug lagen, und zogen die Pistolen mit einem harten Ruck zu sich heran.

»Ich kann mit meinem Daumen schneller abdrücken, als Sie

die Waffe zur Seite reißen können«, sagte Marina. »Möchten Sie es ausprobieren?«

»Großer Gott!« Durand war fasungslos. Bisher hatte er die meisten Situationen gemeistert, aber diesmal war er völlig überrumpelt. »Wollen Sie Selbstmord begehen?«

»Genau«, antwortete Melinda. Sie blickte Rindler unverwandt in die Augen. »Sie sind noch ekelhafter als die Küchenschaben da drin. Sie sind Strolche, die versuchen, meinen Vater zu vernichten. Aber wenn wir tot sind, haben Sie keine Trumpfkarten mehr, die Sie gegen ihn ausspielen können.«

»Sie sind verrückt! Total übergeschnappt!«

»Schon möglich«, sagte Marina. »Aber für Verrückte können wir noch ganz logisch denken. Sie können sich vorstellen, wie mein Vater reagieren wird, wenn ihm nicht mehr die Hände gebunden sind – vor allem, da er ja wie alle Welt glauben wird, daß Sie uns umgebracht haben. Er wird natürlich nicht zu gesetzlichen Mitteln greifen – Sie haben ja keine Ahnung, was man mit ein paar Milliarden Dollar alles erreichen kann. Er wird Sie und Ihre ganze verbrecherische Kumpanei bis zum letzten Mann ausrotten.« Sie sah Kowenski voller Verachtung an. »Warum drücken Sie denn nicht ab? Trauen Sie sich nicht? Dann lassen Sie die Waffe fallen.« Kowenski und Rindler gehorchten.

»Meine Schwester und ich werden einen kleinen Spaziergang machen«, verkündete Melinda. »Und wenn wir zurückkommen, haben Sie hoffentlich ein Quartier hergerichtet, das den Töchtern von Lord Worth angemessen ist.«

Durand war gelblich-blaß; seine Stimme klang heiser und alles andere als fest, als er jetzt versuchte, ein Quentchen Autorität zurückzugewinnen: »Gehen Sie spazieren, wenn es unbedingt sein muß. Heffer, Sie begleiten die beiden. Wenn sie krumme Touren versuchen, schießen Sie ihnen in die Beine.«

Marina bückte sich, hob Kowenskis Waffe auf, ging zu Heffer hinüber und rammte ihm den Lauf in sein linkes Auge. Heffer heulte vor Schmerz laut auf. »Ich mache Ihnen ein faires Angebot«, sagte sie, »wenn Sie mich ins Bein schießen – jetzt, meine ich – , blase ich Ihnen das Hirn aus dem Kopf.«

»Großer Gott!« sagte Durand wieder. Sein Tonfall war fast flehend. Er sah aus, als würde er jeden Augenblick die Hände ringen.

»Irgend jemand muß doch mit Ihnen gehen. Wenn Sie allein herumspazieren und nicht in Gefahr sind, werden uns Palermo und seine Männer zu Gulasch verarbeiten.«

»Na, das ist doch eine großartige Idee.« Marina zog den Lauf der Pistole von Heffers Auge zurück, das bereits dunkelblau anschwoll, und sah ihn voller Abscheu an – er sah aus wie eine Ratte. »Wir können Ihren Standpunkt ja durchaus verstehen. Aber wir bestehen darauf, daß dieses – dieses Untier sich uns unter keinen Umständen auf mehr als zehn Meter nähert. Ist das klar?«

»Ja, ja, natürlich.« Wenn sie von ihm verlangt hätten, ihnen den Mond zu holen, hätte er es auch getan. Nachdem sie in überzeugender Weise demonstriert hatten, aus welchem Holz man geschnitzt war, wenn man auf siebzehn Generationen schottischer Hochlandaristokratie zurückblicken konnte, schlenderten die beiden Mädchen auf den Rand der Plattform zu. Sie waren bereits zwanzig Meter gegangen, als sie plötzlich heftig zu zittern begannen. Es gelang ihnen nicht, das Zittern unter Kontrolle zu bekommen, und sie hofften nur inständig, daß Heffer nichts bemerkte.

»Würdest du es noch mal tun?« fragte Marina flüsternd, und auch ihre Stimme zitterte.

»Nie, nie, nie. Bevor ich so etwas noch mal tu', würde ich lieber sterben.«

»Na, davon waren wir ja nicht weit entfernt. Glaubst du, daß Michael und John nach so einer Sache auch so zittern würden wie wir?«

»Nein. Wenn von den Andeutungen, die Dad ab und zu fallen läßt, auch nur die Hälfte stimmt, müßten sie jetzt bereits ihren nächsten Schritt planen – und der liefe sicherlich auf ein Gemetzel hinaus.« Marinas Zittern verwandelte sich in Schaudern. »Ich wünschte, sie wären jetzt hier.«

Drei Meter vor dem Rand der Plattform blieben sie stehen, denn sie waren beide nicht schwindelfrei. Sie drehten sich um und schauten nach Nordosten, von wo plötzlich das charakteristische Knattern von Hubschraubermotoren zu hören war.

Durand und Larsen hörten es zur gleichen Zeit. Sehen konnten sie nichts, weil es schon ziemlich dunkel war, aber keiner der beiden Mäner zweifelte daran, wessen Hubschrauber da kam und wer drin saß. »Wir bekommen Gesellschaft«, sagte Durand erfreut, »das muß Lord Worth sein. Wo wird er landen?«

»Auf dem südöstlichen Landeplatz.«

Durand schaute zu den Mädchen hinüber, die von Heffer bewacht wurden, der seine Waffe locker in der rechten Hand hatte und nicht daran dachte, die geforderten zehn Meter Abstand zu halten. Zufrieden griff Durand nach seiner Maschinenpistole und sagte: »Kommen Sie, wir wollen Seine Lordschaft willkommen heißen. Aaron, Sie kommen mit.«

»Es ist Ihnen wirklich zu wünschen, daß Sie mit Lord Worth ein leichteres Spiel haben werden als mit seinen Töchtern«, sagte Larsen.

»Was meinen Sie damit?«

Larsen lächelte nur hinterhältig.

Durand runzelte die Stirn und marschierte los, gefolgt von Larsen und Mortenson, der ebenso bewaffnet war wie Durand. Sie kamen gerade in dem Augenblick beim südöstlichen Landeplatz an, als der Hubschrauber der North Hudson aufsetzte. Lord Worth stieg als erster aus. Er blieb am Fuß der Leiter stehen und starrte ungläubig auf die bewaffneten Männer. »Was um alles in der Welt geht hier vor?« wandte er sich an Larsen.

»Willkommen an Bord der *Meerhexe*, Lord Worth«, sagte Durand an seiner Stelle. »Sie dürfen mich als den Gastgeber und sich selbst als den Gast betrachten – als Ehrengast natürlich. Die Besitzverhältnisse haben sich inzwischen etwas geändert.«

»Ich befürchte, dieser Mann hier – er heißt Durand, und es ist anzunehmen, daß es sich bei ihm um einen von Cronkites Mitarbeitern handelt...«

»Cronkite!« Durand war verblüfft. »Was wissen Sie von Cronkite?«

»Ich kann ihn zu der Wahl seiner Mitarbeiter kaum beglückwünschen.« Lord Worths Stimme war voller Verachtung. »Halten Sie uns für so einfältig, daß wir nicht wissen, wer Ihr Arbeitgeber ist? Aber er wird es nicht mehr lange sein, denn er wird nicht mehr lange leben – ebenso wie Sie.«

Durand trat unbehaglich von einem Fuß auf den anderen – der Lord war ein ebenso harter Brocken wie seine beiden Töchter. Lord Worth wandte sich jetzt wieder an Larsen. »Es ist ja anzunehmen, daß dieser Strolch mit Komplizen hier angekommen ist. Wie viele sind es?«

»Vier!«

»Vier? Aber mit Palermo und seinen Männern haben Sie doch über zwanzig Mann zur Verfügung. Wie ist es möglich, daß...«

Durand hatte seine Selbstsicherheit wiedergefunden, und als er sprach, schwang deutliche Genugtuung in seiner Stimme mit: »Wir haben etwas, was Larsen nicht hat – wir haben Ihre Töchter!«

Der Schock raubte Lord Worth vorübergehend die Sprache, aber schließlich hatte er sich soweit erholt, daß er, allerdings mit sehr heiserer Stimme, sagen konnte: »Allmächtiger Gott! Meine Töchter!« Nur für diese paar Worte allein hätte man ihm einen Oscar verleihen müssen. »Sie – Sie sind die Entführer?«

»Kriegsglück, Sir.« Es sprach für Lord Worths aristokratische Ausstrahlung, daß sogar ein übler Patron wie Durand in respektvollem Ton mit ihm sprach. »Wenn Sie uns jetzt bitte die übrigen Passagiere vorstellen würden.«

Mitchell und Roomer stiegen die Leiter herunter. In ihren gutgeschnittenen Alpakaanzügen, mit den Hornbrillen und den schlichten Panamahüten sahen sie wie die personifizierte Harmlosigkeit aus. Lord Worth drehte sich zu ihnen um und erklärte ihnen mit tonloser Stimme: »Sie halten meine Töchter an Bord der *Meerhexe* gefangen.«

»Gütiger Himmel!« Mitchell spielte den Entsetzten ausgesprochen glaubhaft. »Aber dies ist doch sicherlich der letzte Ort...«

»Natürlich. Überraschungen sichern einem den nötigen Vorteil gegenüber der Gegenpartei«, grinste Durand selbstzufrieden. »Warum kommen Sie hierher?«

»Um neue Ölvorkommen zu finden. Wir haben ein perfekt ausgestattetes Labor hier...«

»Die Reise hätten Sie sich sparen können. Dürfen wir Ihre Tasche und die Ihres Freundes durchsuchen?«

»Habe ich eine Wahl?«

»Nein.«

»Dann lassen Sie sich nicht aufhalten.«

»Aaron.«

Aaron untersuchte Mitchells Reisetasche: »Kleidungsstücke, wisenschaftliche Bücher und Instrumente. Das ist alles.«

Als nächster kletterte Dr. Greenshaw die Leiter herunter. Unten angekommen, streckte er die Hände nach oben und nahm aus der Hand des Piloten verschiedene Taschen und Schachteln entgegen. Durand musterte den Arzt und fragte: »Wer zum Teufel ist denn das?«

»Dr. Greenshaw«, erklärte Lord Worth. »Ein sehr angesehener Arzt und Chirurg. Ich habe ihn mitgebracht, weil ich mit einigen blutigen Zwischenfällen auf der *Meerhexe* rechne. Wir haben eine Apotheke und ein kleines Krankenrevier hier.«

»Der hat seine Reise auch umsonst gemacht. Wir haben alle Trümpfe in der Hand, und es wird keine Gewalttätigkeiten geben. Dürfen wir uns auch Ihr Gepäck ansehen, Doktor?«

»Wenn Sie unbedingt wollen. Als Arzt ist es meine Aufgabe, Leben zu erhalten und nicht zu zerstören – ich habe keine Waffen bei mir. Das verbietet mir schon die Berufsethik.« Greenshaw seufzte. »Durchsuchen Sie meinetwegen alles, aber machen Sie bitte nichts kaputt.«

Durand nahm sein Walkie-talkie zur Hand: »Schicken Sie einen von Palermos Männern mit einem Elektrowagen hier herüber – es ist eine ganze Menge Gepäck zu transportieren.« Er steckte das Walkie-talkie wieder ein und wandte sich an Mitchell: »Warum zittern Ihre Hände?«

»Ich bin ein Mann des Friedens«, erklärte Mitchell und versteckte seine Hände hinter dem Rücken.

Roomer, der als einziger die Signale verstand, fuhr sich mit der Zunge über die Lippen und sah Mitchell mit übertriebener Besorgnis an. Durand sagte: »Ich verabscheue Feiglinge.«

Mitchell nahm die Hände wieder nach vorn. Sie zitterten immer noch. Durand machte einen Schritt auf ihn zu und holte aus, als wollte er ihn mit der flachen Hand ins Gesicht schlagen, aber dann ließ er sie angewidert sinken. Das war das klügste, was er tun konnte – nur wußte er es nicht. Durands Verstand war so von Brutalität beherrscht, daß er nicht in der Lage war, psychische Signale aufzufangen – wäre es anders gewesen, so hätte er das Rauschen der Schwingen des Todesvogels hören müssen, der über seinem Kopf kreiste. Der einzige, dem die Szene eine gut verborgene Befriedigung bereitete, war Larsen. Zwar kannte er Mitchell bisher nicht persönlich, sondern nur von ihrem Telefongespräch her, aber er hatte von Lord Worth schon viel über ihn gehört – jedenfalls genug, um zu wissen, daß Mitchell liebend gerne Hackfleisch aus Durand gemacht hätte, statt vor ihm zu kuschen. Mitchell hatte nur Sekunden gebraucht, um den Eindruck von sich zu vermitteln, den er vermitteln wollte – den eines feigen Niemand, den man getrost ignorieren konnte.

Lord Worth fragte: »Darf ich meine Töchter sehen?«

Durand dachte nach und nickte schließlich. »Durchsuchen Sie ihn, Aaron.«

Aaron gehorchte, wobei er es tunlichst vermied, Lord Worths eisigem Blick zu begegnen. »Er ist sauber, Mr. Durand.«

»Sie sind da drüben«, sagte Durand und streckte den Arm aus. »Am Rand der Plattform.«

Lord Worth ging ohne ein weiteres Wort davon. Die anderen machten sich auf den Weg zu ihren Unterkünften. Als Lord Worth in die Nähe seiner Töchter kam, verstellte Heffer ihm den Weg. »Wo wollen Sie hin, Mister?«

»Was fällt Ihnen eigentlich ein? Für Sie immer noch Lord Worth, Sie Flegel.«

Heffer zog sein Walkie-talkie heraus: »Mr. Durand, da ist ein Bursche …«

Unterbrochen von krachenden Störungen sagte Durand: »Das ist Lord Worth. Er ist durchsucht worden und hat meine Erlaubnis, mit seinen Töchtern zu sprechen.«

Lord Worth riß Heffer das Walkie-talkie aus der Hand: »Würden Sie dieses Individuum freundlichst anweisen, außer Hörweite zu bleiben?«

»Sie haben es gehört, Heffer.« Das Walkie-talkie verstummte.

Das Wiedersehen des Vaters mit seinen Töchtern war tränenreich – jedenfalls auf seiten der Mädchen. Lord Worth war zwar überglücklich, sie wohlbehalten wiederzusehen, aber er hatte seine Gefühlsregungen gut unter Kontrolle. Marina störte sich als erste daran: »Freust du dich denn nicht, uns wiederzusehen, Dad?«

Lord Worth drückte die beiden Mädchen an sich und sagte schlicht: »Ihr seid mein Leben. Wenn ihr das noch immer nicht wißt, dann werdet ihr es niemals wissen.«

»Du hast es uns noch nie gesagt.« Sogar in der fast völligen Dunkelheit konnte man erkennen, daß in Melindas Augen Tränen standen.

»Ich hielt es nicht für notwendig. Ich dachte, ihr wüßtet es. Vielleicht bin ich ein nachlässiger Vater, vielleicht auch zu sehr introvertierter Hochländer. Aber all meine Milliarden bedeuten mir nicht soviel wie eine Locke von eurem Haar.«

Melinda weinte jetzt richtig. Es war Marina, die gewitztere von beiden, die als erste begriff: »Du bist nicht überrascht, uns hier vorzufinden, nicht wahr, Dad? Du wußtest, daß wir hier sein würden.«

»Natürlich wußte ich es.«

»Woher?«

»Ich habe meine Informanten überall«, erklärte Lord Worth vage.

»Und was soll jetzt geschehen?«

»Ich habe keine Ahnung«, gab Lord Worth offen zu.

»Mit dir sind noch drei andere Männer angekommen, aber wir konnten sie nicht erkennen, es war schon zu dunkel.«

»Einer von ihnen ist Dr. Greenshaw, ein exzellenter Chirurg.«

»Wozu brauchst du einen Chirurgen?« fragte Melinda.

»Sei nicht albern – glaubst du, wir werden den Gangstern die *Meerhexe* auf einem Silbertablett servieren?«

»Und die anderen beiden?«

»Wenn ihr sie nachher seht, werdet ihr bitte durch nichts zu erkennen geben, daß ihr sie schon je in eurem Leben gesehen habt.«

»Dann können es nur Michael und John sein«, sagte Marina.

»Richtig. Aber vergeßt nicht – ihr habt sie noch nie zuvor gesehen.«

»Wir werden es nicht vergessen«, versprachen die Mädchen im Chor. Sie strahlten, aber dann trat ein angstvoller Ausdruck in Marinas Gesicht: »Aber es kann gefährlich für sie werden. Warum sind sie hier?«

»Soviel ich verstanden habe, ist es ihre Absicht, euch wohlbehalten nach Hause zurückzubringen.«

»Und wie wollen sie das machen?«

Wieder gab Lord Worth ehrlich zu: »Ich weiß es nicht. Und wenn sie es wissen, so haben sie es mir jedenfalls nicht anvertraut. Sie spielen sich seit neuestem als die großen Bosse auf. Beobachten mich mit Argusaugen und lassen mich kein einziges Telefonat allein führen.« Die Mädchen verbissen sich ein Lächeln. »Vor allem Mitchell sticht der Hafer«, sagte Lord Worth. »Er war vorhin nahe daran, Durand schon in der ersten Minute zu erledigen, und er hätte es auch getan, wenn ihr nicht als Geiseln festgehalten würdet. So, und jetzt gehen wir in meine Suite. Ich bin heute schon in Washington gewesen. Es war ein langer, ermüdender Tag – ich brauche dringend eine Stärkung.«

Durand ging in den Funkraum. Er teilte dem Funker mit, daß seine Dienste vorläufig nicht mehr benötigt würden und daß er sich in seine Unterkunft begeben und dort bleiben solle. Der Funker ging. Durand, der selbst ausgebildeter Funker war, stellte innerhalb einer Minute den Kontakt mit der *Georgia* her und sprach weitere dreißig Sekunden später mit Cronkite.

»Wir haben alles unter Kontrolle. Die beiden Mädchen sind hier, und Lord Worth auch.«

»Ausgezeichnet.« Cronkite war hörbar erfreut. Es ging alles nach Wunsch, aber er hatte auch nichts anderes erwartet. »Hat Lord Worth jemanden mitgebracht?«

»Abgesehen vom Piloten noch drei Männer. Einen Arzt, besser gesagt, einen Chirurgen – Lord Worth hat sich anscheinend auf größeres Blutvergießen eingerichtet. Er macht zwar einen echten Eindruck, aber ich werde ihn trotzdem noch überprüfen. Und außerdem kamen noch zwei Wissenschaftler mit, Seismologen oder so was ähnliches. Die sind auch harmlos – schon der bloße Anblick einer Maschinenpistole ließ ihnen den Angstschweiß ausbrechen. Keiner von ihnen hatte eine Waffe dabei.«

»Es gibt also keine Gründe zur Besorgnis?«

»Doch. Sogar drei. Lord Worth hat eine Bande von etwa zwanzig Mann hier, die aussehen wie staatlich geprüfte Mörder – ich bin ziemlich sicher, daß es sich um ehemalige Soldaten handelt. Diese Vermutung stützt sich auf den zweiten Grund zur Besorgnis: Lord Worth hat acht zweifach verwendbare Luftabwehrgeschütze auf der Plattform verankern lassen.«

»Das ist doch nicht möglich!«

»Ich fürchte doch. Außerdem liegen haufenweise Minen am Rand der Plattform – jetzt wissen wir, wer letzte Nacht in das Arsenal in Mississippi eingebrochen hat. Und der dritte Grund zur Besorgnis ist, daß wir viel zuwenig Leute sind. Wir sind im ganzen nur fünf Mann, sollen aber alle im Auge behalten. Wir brauchen schnellstens Verstärkung.«

»Morgen bei Tagesanbruch bekommen Sie über zwanzig Mann. Dann ist nämlich die Ablösung für die Bohrmannschaft fällig. Der Anführer heißt Gregson – Sie erkennen ihn an seinem eindrucksvollen roten Bart.«

»So lange kann ich nicht warten. Ich brauche die Verstärkung jetzt gleich. Sie haben doch Ihren Hubschrauber auf der Georgia.«

»Und was glauben Sie, habe ich an Bord – eine Ersatzarmee?«

Cronkite machte eine Pause und sagte schließlich widerwillig: »Ich kann acht Mann entbehren, aber nicht mehr.«

»Die haben Radar hier.«

»Das habe ich schon gehört. Aber was macht das – schließlich sind Sie doch jetzt der Chef dort.«

»Ja, Mr. Cronkite. Aber Ihre eigene goldene Regel lautet: Gehe nie ein Risiko ein.«

»Wenn Sie hören, daß der Hubschrauber unterwegs ist, setzen Sie das Ding außer Gefecht.«

»Ich soll das Radargerät zerstören?«

»Nein. Wir werden es ganz bestimmt brauchen, wenn wir die *Meerhexe* erst einmal übernommen haben. Der Schirm ist doch sicherlich oben auf dem Bohrturm installiert.«

»Stimmt.«

»Nun, es ist doch keine Schwierigkeit, ihn anzuhalten – dazu braucht man nur einen schwindelfreien Mann mit einem Schraubenschlüssel. Und jetzt erklären Sie mir genau, wo Lord Worths

Privatarmee untergebracht ist – ich brauche die Angaben für Gregson.«

Durand gab die gewünschte Auskunft und legte auf.

Das Krankenrevier und das Labor lagen nebeneinander. Mitchell und Roomer halfen Dr. Greenshaw dabei, seine ziemlich umfangreiche medizinische Ausrüstung auszupacken. Sie wurden natürlich bewacht, aber Aaron stand mit seiner Schmeisser draußen vor der Tür. Man konnte nicht gerade behaupten, daß er sich in alarmiertem Zustand befand. Genaugenommen betrachtete er es als völlig witzlos, hier Wache zu schieben – er war dabei gewesen, als die drei Männer aus dem Hubschrauber geklettert waren, und hatte von ihnen den gleichen Eindruck wie sein Boß. Im Krankenrevier stellte Dr. Greenshaw einen der Kästen mit den Arztutensilien auf den Kopf und entfernte den falschen Boden. Vorsichtig holte er zwei Pistolenhalfter, zwei Achtunddreißiger Smith & Wesson, zwei Schalldämpfer und zweimal Ersatzmunition aus dem Versteck. Mitchell und Roomer bedienten sich wortlos. Dr. Greenshaw, der, wie sie feststellten, in der Lage war, sich im Rekordtempo einer Sitution anzupassen, sagte: »Ich hoffe nur, daß niemand bemerkt, daß Sie diese Waffen tragen.«

»Wir danken Ihnen für Ihre Anteilnahme, Doktor«, sagte Roomer, »aber Sie brauchen sich wirklich keine Sorgen um uns zu machen.«

»Ich mache mir keine Sorgen um Sie«, erklärte Dr. Greenshaw mit düsterer Miene. »Als guter Christ muß ich auch für die Seelen der Gottlosen beten.«

Weit von der *Meerhexe* entfernt hatte sich der ›Bund der Zehn‹ wieder am Lake Tahoe versammelt. Beim ersten Treffen war die Stimmung von Hoffnung, Unternehmungsgeist, Entschlossenheit und der Zuversicht bestimmt gewesen, daß sich die Dinge in ihrem Sinne entwickeln würden, den sie offiziell darin sahen, einen Dritten Weltkrieg zu verhindern. Aber an diesem Abend war das Stimmungsbarometer weit unter den Nullpunkt gesunken. Die Männer waren deprimiert, unsicher und ohne jedes Selbstvertrauen, denn ihre angeblichen Bemühungen, einen Krieg zu verhindern, hatten offensichtlich die entgegengesetzte Wirkung.

Wieder fand das Treffen in Bensons Ferienhaus statt. Aber diesmal war Benson nicht nur der Gastgeber, sondern auch der Wortführer. »Meine Herren«, leitete er die Konferenz ein, »wir haben

Schwierigkeiten. Nicht nur gewöhnliche Schwierigkeiten, sondern ganz enorme Schwierigkeiten, die uns allen zum Verhängnis werden können. Sie resultieren aus zwei Irrtümern: wir unterschätzten Lord Worths Macht und überschätzten Cronkites Fähigkeit, die Situation mit der erforderlichen Diskretion zu meistern. Ich gebe zu, daß es meine Idee war, Cronkite hinzuzuziehen, andererseits waren Sie alle einhellig der Meinung, daß Cronkite der Sache als einziger gewachsen wäre. Aber wir alle wußten nicht, daß Cronkites Abneigung gegen Lord Worth in Wahrheit ungezügelter Haß ist.

Ich habe Freunde im Pentagon – keine wichtigen Männer, aber solche, auf die es ankommt. Beim Pentagon sickern, wie bei jedem anderen Außenministerium, Geheimnisse durch wie durch ein großmaschiges Sieb. Diesmal mußte ich einer Tippse zwanzigtausend Dollar zahlen und die gleiche Summe einem Codeentschlüsseler – ein ganz schönes Taschengeld für ein paar ziemlich schlecht bezahlte Regierungsangestellte!

Erstens muß ich Ihnen leider mitteilen, daß man genauestens über unser erstes Treffen hier informiert ist – über alles, was wir gesagt haben und auch über unsere Identität.«

Mr. A., einer der mächtigen Potentaten aus dem Golfgebiet, sagte: »Ich dachte, wir wären hier hundertprozentig sicher davor, ausspioniert zu werden. Wie ist es möglich, daß jemand von unserem Zusammentreffen erfahren konnte?«

»Es steht fest, daß keine Agenten im Spiel waren. Ich habe gute Freunde beim kalifornischen Geheimdienst – ihr Interese an uns ist gleich null. Und das FBI hat ebenfalls nicht die Finger drin.

Um diese Leute auf den Plan zu rufen, hätten wir irgendein Verbrechen begehen und dann die Staatsgrenze überschreiten müssen. Wir haben aber weder das eine noch das andere getan. Und vor unserem ersten Treffen hier habe ich das ganze Haus von einem Elektronikexperten auf Abhörgeräte untersuchen lassen. Es waren keine da.«

»Vielleicht hat *er* eine Wanze installiert«, warf Mr. A. ein.

»Unmöglich. Abgesehen davon, daß er ein alter Freund und von untadeligem Ruf ist, war ich die ganze Zeit mit ihm zusammen – was mich allerdings nicht davon abhielt, einen zweiten Experten zu bemühen.«

»Wir glauben, daß Sie alles getan haben, um unsere Sicherheit zu gewährleisten«, erklärte Patinos, der Venezolaner. »Es gibt also nur eine Möglichkeit: einer von uns ist ein Verräter.«

»Richtig.«

»Und wer?«

»Ich habe keine Ahnung. Wahrscheinlich werden wir es auch nie erfahren.«

Mr. A. strich sich gedankenvoll den Bart. »Mr. Corral hat doch viel mit Lord Worth zu tun, oder?«

»Ich danke Ihnen sehr«, sagte Corral sarkastisch.

»Das wäre doch wohl ein bißchen zu offensichtlich«, meinte Benson.

»Wie Sie bei unserem ersten Treffen feststellten, bin ich der einzige, der kein direktes Interesse an der ganzen Sache hat«, meldete sich Borosoff zu Wort. »Vielleicht bin ich Ihr Mann.«

»Es könnte zwar sein, aber ich glaube es nicht – auch das wäre zu offensichtlich. Sie könnten ein sowjetischer Agent sein, sehr wahrscheinlich sind Sie es auch, aber Topagenten werden nie in der Rolle des ›agent provocateur‹ ertappt.« Benson, der eine neue Reife und Autorität erlangt zu haben schien, sah wieder in die Runde. »Zweifellos wird auch diesmal jedes Wort, das hier gesprochen wird, entweder Lord Worth oder dem Außenministerium gemeldet, aber das ist jetzt gleichgültig. Wir sind hier, um das Unrecht, dem wir vielleicht – wenn auch ohne es zu wissen – Vorschub geleistet haben, wieder gutzumachen.

Wir wissen, daß ein russisches Kriegsschiff und ein kubanisches Unterseeboot russischer Bauart Kurs auf die *Meerhexe* genommen haben. Wir wissen auch, daß ein venezolanischer Zerstörer das gleiche Ziel hat. Aber Sie wissen noch nicht, daß bereits Gegenmaßnahmen getroffen worden sind. Meinen Informationen zufolge – und sie sind absolut verläßlich – führte Lord Worth heute in Washington ein vertrauliches Gespräch mit Belton, dem Außenminister. Weiter wurde ich informiert, daß Belton Lord Worths Behauptungen zunächst nur zum Teil Glauben schenkte. Das änderte sich allerdings schlagartig, als er erfuhr, daß Cronkite die Töchter des Lords hatte entführen lassen. Daraufhin veranlaßte er, daß ein Kreuzer und ein Zerstörer der Vereinigten Staaten, beide mit den modernsten Waffen ausgestattet, in den Golf von Mexiko geschickt wurden, wo sie inzwischen auch angekommen sind. Ein amerikanisches Atom-U-Boot patrouilliert dort bereits in den Gewässern, und ein weiteres amerikanisches Schiff beschattet Ihren Zerstörer, Mr. Patinos, wovon dessen Besatzung allerdings noch nichts gemerkt hat – zweifellos eine Folge der mangelhaften Ortungsgeräte. Außerdem steht auf einem Luftwaffenstützpunkt in Louisiana ein Geschwader Überschallbomber in ständiger Alarmbereitschaft. Die

Amerikaner sind nicht in Stimmung für neckische Spiele. Meiner Information nach sind sie zu einer Kraftprobe und einer Konfrontation bereit, wie sie John F. Kennedy damals mit Chruschtschow wegen Kuba riskierte – die Russen würden sich natürlich nie auf eine nukleare Konfrontation in einem Gebiet einlassen, wo der Heimvorteil so einwandfrei bei den Amerikanern liegt. Keine Seite würde einen Präventivschlag in Betracht ziehen, wenn es um eine lächerliche Schwankung der Ölpreise um ein paar Pennys ginge. Aber wenn der heiße Draht zwischen Washington und Moskau zu glühen beginnt, wird das Nationalprestige es für beide Seiten schwierig machen, zurückzustecken und trotzdem nicht das Gesicht zu verlieren. Erstens würde dieses diplomatische Manöver viel Zeit kosten und zweitens, was noch schlimmer wäre, weltweite Aufmerksamkeit erregen. Und wir wären unvermeidlich auch betroffen. Ich möchte Sie, Mr. Borosoff und Mr. Patinos, also ersuchen, Ihre Bluthunde zurückzupfeifen, bevor der heiße Draht zu glühen beginnt. Nur so können wir erreichen, daß unser guter Ruf erhalten bleibt. Ich gebe keinem von Ihnen die Schuld an der Situation, meine Herren. Sie haben zwar zugestimmt, daß Cronkite die Sache übernahm, aber weder Sie noch ich konnten wissen, wie weit Cronkite gehen würde. Bitte, Sie müssen mir glauben, daß die Amerikaner nicht zögern werden, Ihre Schiffe in die Luft zu jagen.«

Ölminister werden nicht Ölminister, weil sie geistig zurückgeblieben sind. Patinos lächelte resigniert: »Der Gedanke, ruiniert zu werden, gefällt mir nicht besonders. Und der Gedanke, den Sündenbock für meine Regierung zu spielen, ebenso wenig.« Er sah Borosoff an, der ihm gegenübersaß: »Was meinen Sie, pfeifen wir unsere Bluthunde zurück?«

Borosoff nickte: »Zurück in den Zwinger, und zwar schleunigst. Ich möchte gerne in meine russische Heimat zurückkehren, und diese Tat wird mir dort zu großem Ansehen verhelfen, weil sie verhindert, daß mein Volk vor der Welt sein Gesicht verliert.«

Mr. A. lehnte sich bequem in seinem Stuhl zurück. Seine Erleichterung war nicht zu übersehen. »Nun, damit wäre das schon mal erledigt.«

»Aber das ist noch nicht alles«, sagte Benson. »Heute nachmittag ist ein Verbrechen verübt worden, das unter Umständen entsetzliche Folgen haben kann. Ich habe erst vor einer Stunde davon erfahren, und heute abend wird es das Thema Nummer eins im ganzen Land sein. Heute nachmittag wurde ins ›Netley Rowan Arsenal‹ eingebrochen. Für die Öffentlichkeit ist es ein Arsenal wie jedes andere, aber das ist es nur zum Teil. Dort werden nämlich auch TNWs aufbewahrt, und TNW heißt Taktische Nuklearwaffen. Bei dem Einbruch wurden zwei davon gestohlen, und von den Tätern und den Waffen fehlt bisher jede Spur.«

»Gütiger Himmel!« Der Gesichtsausdruck und der Ton des Mannes aus Honduras drückten deutlich die Empfindungen aller aus, die an dem großen Tisch saßen.

»War das Cronkite?«

»Darauf können Sie Gift nehmen. Ich habe natürlich keinen Beweis, aber wer sollte es sonst gewesen sein?«

»Ich möchte Mr. Borosoff nicht zu nahetreten«, sagte Corral, »aber wäre es nicht möglich, daß die Russen vielleicht auf der Suche nach einem Prototyp waren?«

Benson sah genauso müde aus wie seine Stimme kang: »Die Russen haben schon wer weiß wie viele von diesen Dingern. Es ist allgemein bekannt, daß sie die Grenze zwischen den Warschauer-Pakt-Staaten und den NATO-Ländern mit solchen Waffen bepflastert haben, und es wird vermutet, daß ihre noch besser sind als unsere. Die Russen brauchen unsere TNWs so nötig wie Pfeil und Bogen.« Obwohl Borosoff ebenso beunruhigt war wie die anderen Konferenzteilnehmer, gestattete er sich den Anflug eines Lächelns. »Es sieht so aus, als ob Cronkite allmählich regelrecht durchdreht.«

Mr. A. fragte: »Sie meinen, daß er so verrückt sein könnte, eine nukleare Waffe gegen die *Meerhexe* einsetzen zu wollen?«

»Ich behaupte nicht, nachvollziehen zu können, was ein offensichtlich gestörter Verstand für Ideen hervorbringen kann«, sagte Benson, »aber man muß mit allem rechnen.«

»Wie funktioniert denn die Waffe?« fragte Patinos.

»Ich weiß es nicht. Ich habe einen sehr hohen Beamten im Pentagon angerufen, aber obwohl er ein alter Freund von mir ist, hat er sich geweigert, diese streng geheime Information preiszugeben. Ich weiß nur, daß man das Ding auf dem Land – und ich nehme an, auch im Wasser – als Zeitbombe einsetzen, aber auch von einem Flugzeug abwerfen kann. Die zweite Möglichkeit können wir vergessen – dazu würde er einen der nur in sehr begrenzter Zahl verfügbaren Überschallbomber brauchen, die inzwischen sicherlich schon unter schwerster Bewachung stehen, was ich allerdings für überflüssig halte. Selbst wenn man Cronkites offensichtlich sehr weitreichende Beziehungen in Betracht zieht, halte ich es für ausgeschlossen, daß er jemanden kennt, der eine dieser Maschinen fliegen könnte.«

»Was wird also passieren?«

»Ich glaube, diese Frage sollten wir besser einem Astrologen stellen. Ich weiß nur, daß Cronkite offensichtlich den Verstand verloren hat.«

Cronkite hätte umgekehrt dasselbe von ihnen geglaubt – er hatte einen Auftrag bekommen und führte ihn nun nach bestem Wissen aus. Hätte er gewußt, daß die Kriegssschiffe, die aus Kuba und Venezuela kamen, zurückbeordert wurden, wäre er nicht sonderlich beunruhigt gewesen – sie waren von ihm hauptsächlich als Deckung und Täuschungsmanöver eingeplant gewesen. Cronkite verstand diesen Rachefeldzug gegen Lord Worth als eine höchst persönliche Angelegenheit, und er wollte unter keinen Umständen, daß nach seiner erfolgreichen Beendigung vielleicht jemand anderem die Lorbeeren gebührten.

Zur Zeit war er ausgesprochen zufrieden. Er war überzeugt, daß er die *Meerhexe* in der Tasche hatte und daß dieser Zustand bei Tagesanbruch noch gefestigt würde. Er wußte über die getroffenen Verteidigungsmaßnahmen und über die Radarüberwachung Bescheid. Die *Starlight* unter Kapitän Easton würde warten, bis es völlig dunkel war, bevor sie zum Angriff überging. Und da es jetzt bereits seit einiger Zeit ziemlich stark regnete und die niedrighängenden Wolken den Viertelmond verdeckten, versprach es so dunkel zu werden, wie es auf dem Meer überhaupt sein konnte – dort wird es nämlich niemals so dunkel wie an Land.

Aus dem Funkraum wurde ihm eine Nachricht gebracht. Cronkite überflog sie, griff zum Telefon und fragte den Piloten, der sich neben dem Hubschrauber untergestellt hatte: »Sind Sie fertig, Wilson?«

»Ich kann jederzeit starten, Mr. Cronkite.«

»Sehr gut. Dann mal los.« Er drehte an einer Lichtorgel, und gedämpftes Licht leuchtete rund um den Hubschrauberstartplatz auf. Der Helikopter stieg auf und flog einen Halbkreis, dann schaltete Wilson die Landescheinwerfer ein und setzte weich auf dem ruhigen Wasser auf – keine hundert Meter von der reglos daliegenden *Georgia* entfernt.

Cronkite rief den Radarraum an: »Haben Sie ihn auf dem Schirm?«

»Ja, Sir.«

»Lassen Sie es mich wissen, wenn er noch ungefähr drei Meilen weit entfernt ist.«

Keine drei Minuten später kam die Meldung durch. Cronkite drehte die Lichtorgel voll auf, so daß der Hubschrauberplatz jetzt hell erleuchtet war.

Eine Minute später kam der Helikopter von Norden durch den dichten Regenschleier heran. Wieder eine Minute später setzte er leicht wie ein Schmetterling auf – verständlicherweise, wenn man bedachte, was er an Bord hatte. Die Tür öffnete sich, und drei Männer erschienen – der angebliche Colonel Fahrquharson, der ebenso angebliche Lieutenant-Colonel Dewings und der gleichfalls unechte Major Breckley, die für den Einbruch in das ›Netley Rowan Arsenal‹ verantwortlich gewesen waren. Sie halfen dabei, zwei große, offensichtlich sehr schwere und mit zwei Ledertragriemen versehene Koffer auszuladen. Cronkite zeigte der Mannschaft, wo sie die beiden Kästen verstauen sollte, nicht ohne ihnen eindringlich einzuschärfen, vorsichtig damit umzugehen.

Zehn Minuten später war der Hubschrauber auf dem Rückweg zum Festland, weitere fünf Minuten später stand der Helikopter der *Georgia* wieder auf seinem angestammten Platz, und der Landeplatz lag in tiefer Dunkelheit.

8

Es war teils ausgesprochenes Pech, teils die Schuld von Durands schlechter nervlicher Verfassung, daß John Roomer und Melinda Worth die ersten Patienten in Dr. Greenshaws Reich wurden.

Durand befand sich in einem Zustand hochgradiger Nervosität, die sich natürlich auch auf seine vier Untergebenen übertrug. Obwohl er die *Meerhexe* unter Kontrolle hatte, wußte er genau, daß kein Grund vorlag, sich auf seinem Erfolg auszuruhen, denn das Blatt konnte sich jederzeit wenden. Er hatte nicht damit gerechnet, Palermo und seine Kumpane auf der Bohrinsel vorzufinden, und obwohl der Hauptschlüssel zu den Quartieren in seiner Tasche steckte, waren ihm zwei Dinge völlig klar: es gab eine Menge unbewachter Fenster, und seine Leute reichten nicht aus, um alle Ausgänge zuverlässig bewachen zu lassen. Er hatte über Lautsprecher durchgegeben, daß auf jeden, der sich auf der Plattform sehen ließe, sofort geschossen würde, und er hatte zwei seiner Männer zur konstanten Bewachung der orientalischen Quartiere abkommandiert – von der unbewaffneten Bohrmannschaft, die sich in den anderen Quartieren aufhielt, hatte er nichts zu befürchten. Die beiden anderen patrouillierten auf der Plattform. Lord Worth, die Seismologen und die beiden Mädchen waren nicht in die Vorsichtsmaßnahmen einbezogen – verächtlich dachte Palermo, daß ihm von dort keine Gefahr drohe. Außerdem waren sie unbewaffnet. Dennoch hatte er die beiden Wachen auf der Plattform dahingehend instruiert, daß zumindest einer von ihnen ein Auge auf die Türen zu Lord Worths Suite, dem Labor und der Krankenstation haben sollte, die innen durch Verbindungstüren miteinander verbunden waren.

Unglücklicherweise hatte niemand in den drei Räumen die Lautsprecherdurchsage gehört, weil Lord Worth für das gesorgt hatte, was er als Minimum an Komfort betrachtete: da es auf Bohrinseln unter Umständen recht laut zugeht, waren die drei Räume mit schalldämmenden Wänden versehen worden. Mitchell hatte sich zur Zeit der Durchsage in dem winzigen Labor aufgehalten und immer wieder den Grundriß der *Meerhexe* studiert, bis er sicher war, daß er sich auch mit verbundenen Augen zurechtfinden würde. Dazu hatte er etwa zwanzig Minuten gebraucht. Fünf Minuten nach Beginn seiner Studien waren die Schüsse gefallen, aber er hatte sie natürlich nicht gehört. Er war gerade dabei gewesen, die Pläne in eine Schublade zu legen, als die Tür aufging und Marina hereinkam. Sie war leichenblaß und zitterte; ihr Gesicht war tränenüberströmt. Er nahm sie in die Arme, und sie klammerte sich an ihn wie eine Ertrinkende an einem Strohhalm.

»Warum warst du nicht da?« schluchzte sie. »Warum warst du nicht da? Du hättest es verhindern können. Du hättest sie retten können!«

»Was verhindern? Wen retten?« fragte Mitchell.

»Melinda und John. Sie sind schwer verletzt.«

»Wie?«

»Es ist auf sie geschossen worden.«

»Geschossen? Ich habe nichts gehört.«

»Natürlich nicht. Diese Räume hier sind schalldicht. Deshalb haben Melinda und John ja auch die Lautsprecherdurchsage nicht hören können.«

»Lautsprecherdurchsage? Jetzt erzähl mal alles der Reihe nach.«

Sie berichtete ihm alles so langsam und zusammenhängend, wie sie es fertigbrachte. Es war eine Warnung durchgegeben worden, die aber aufgrund der schalldichten Wände in der Suite nicht gehört worden war. Als der Regen vorübergehend aufhörte und Mitchell sich mit den Plänen ins Labor zurückzog, hatten Melinda und John beschlossen, einen kleinen Spaziergang zu machen. Sie waren am Fuß des Bohrturms herumgeschlendert, wo kaum Lampen brannten, weil auf Durands Anordnung die Arbeit niedergelegt worden war. Dort hatte man sie ohne Vorwarnung niedergeschossen.

»Du sagtest, sie seien schwer verletzt. Wie schwer?«

»Ich weiß es nicht genau. Dr. Greenshaw operiert gerade. Ich bin zwar kein Feigling, das weißt du, aber es war überall soviel Blut, daß ich gar nicht richtig hinschauen konnte.«

Als er im Krankenrevier ankam, konnte er es ihr nicht verübeln. Melinda und Roomer lagen nebeneinander auf zwei Feldbetten und waren blutüberströmt. Melindas linke Schulter war dick verbunden. Roomer hatte einen Verband um den Hals, und Dr. Greenshaw verarztete gerade eine Wunde in seiner Brust. Lord Worth saß mit wutverzerrtem Gesicht auf einem Stuhl. Durand stand in der Tür – seine Miene verriet keine Gefühlsregung. Mitchell sah die beiden Männer nachdenklich an und wandte sich dann an Dr. Greenshaw: »Wie sieht's denn aus, Doktor?«

»Man höre sich das an!« Roomers Stimme war nur ein heiseres Flüstern, und sein Gesicht ließ deutlich seine Schmerzen erkennen. »Auf die Idee, uns zu fragen, wie es uns geht, kommst du wohl nicht.«

»Gleich. Also, Doktor?«

»Lady Melindas linkes Schulterblatt ist ziemlich schwer angeschlagen. Ich habe die Kugel entfernt, aber sie braucht trotzdem sofort chirurgische Hilfe. Ich bin zwar auch Chirurg, aber kein orthopädischer, und einen solchen braucht sie. Roomer hatte noch weniger Glück – ihn hat's gleich zweimal erwischt. Die Kugel, die den Hals durchschlagen hat, ging um Haaresbreite an der Schlagader vorbei, aber es ist ein glatter Durchschuß und also nicht so tragisch. Die Brustwunde dagegen ist ernst. Nicht lebensgefährlich, aber ernst. Die Kugel hat den linken Lungenflügel erwischt, das ist ganz sicher. Da die innere Blutung aber nicht sehr stark ist, nehme ich an, daß sie ihn nur gestreift hat. Was viel schlimmer ist – ich habe den Verdacht, daß die Kugel an der Wirbelsäule steckt.«

»Kann er seine Zehen bewegen?«

»Mein Gott, wie mitfühlend du bist.« Roomer stöhnte.

»Er kann. Aber die Kugel sollte so schnell wie möglich entfernt werden. Ich könnte es selbst tun – wenn ich ein Röntgengerät hier hätte. Ich werde den beiden jetzt erst mal eine Bluttransfusion machen.«

»Sollten sie nicht so bald wie möglich in ein Krankenhaus geflogen werden?«

»Selbstverständlich sollten sie das.«

»Also?« Mitchell sah Durand an.

»Nein.«

»Aber es war nicht ihre Schuld. Sie haben die Durchsage nicht gehört.«

»Wir müssen alle mal sterben.« Durand drehte sich um und knallte die Tür hinter sich zu.

»Also wirklich.« Roomer versuchte, tadelnd seinen Kopf zu schütteln, ließ es jedoch tunlichst bei dem Versuch bewenden. »Das hätte er nicht sagen sollen.«

Mitchell wandte sich an Lord Worth: »Sie können uns helfen, Lord Worth. In Ihrer Suite gibt es eine direkte Verbindung mit dem Funkraum – können Sie alles hören, was dort gesprochen wird?«

»Kein Problem. Ich muß nur zwei Schalter betätigen, und dann kann ich jedes Gespräch, das rausgeht oder reinkommt, mithören – ob es per Telefon, über Kopfhörer oder über den Wandapparat geht.«

»Dann gehen Sie bitte hinüber, betätigen Sie die besagten Schalter und hören Sie aufmerksam zu.« Er schaute auf die beiden Patienten hinunter. »In einer halben Stunde sind sie unterwegs zum Krankenhaus.«

»Wie soll das funktionieren?«

»Ich weiß es nicht«, sagte Mitchell unbestimmt. »Aber es wird uns schon was einfallen.«

Lord Worth machte sich auf dem Weg zu seiner Suite. Mitchell zog eine bleistiftdünne Taschenlampe hervor und begann, sie scheinbar planlos an- und auszuknipsen. Sein Gesicht war blaß geworden und seine Hände zitterten leicht. Marina sah ihn zuerst verständnislos, dann mißbilligend und schließlich voller Verachtung an. »Du hast ja Angst«, stellte sie fassungslos fest.

»Wo ist deine Waffe?« fragte er Roomer.

»Als sie davonliefen, um Hilfe zu holen, schaffte ich es, ein bißchen näher an den Rand der Plattform zu rutschen. Ich schnallte den Halfter ab und warf ihn samt Revolver hinunter.«

»Guter Junge. Dann sind wir also immer noch außer Verdacht.« Er schien plötzlich zu bemerken, daß seine Hände zitterten, steckte die Taschenlampe wieder ein und schob die Hände in die Taschen. »Wer hat auf euch geschossen?« fragte er Melinda.

»Ein paar sehr unangenehme Typen namens Kowenski und Rindler. Wir hatten schon vorher Ärger mit ihnen.«

»Kowenski und Rindler«, wiederholte Mitchell und verließ die Krankenstation.

Mit Bitterkeit und Traurigkeit in der Stimme sagte Marina: »Mein Idol ist vom Sockel gestürzt.«

Roomer sagte heiser: »Mach das Licht aus und dann mach das Licht aus.«

»Was hast du gesagt?«

»Das stammt nicht von mir. Ein Bursche namens Othello hat es gesagt. Das ist das Dumme bei euch Millionärstöchtern – ihr seid völlig ungebildet. Zuerst macht Mitchell das Licht aus. Er sieht im Dunkeln genausogut wie eine Katze. Wußtest du das?«

»Nein.«

»Das verschafft ihm einen ungeheueren Vorteil gegenüber den anderen.Und dann macht er eine andere Art von Licht aus.«

»Ich weiß, was du meinst, aber ich glaube es nicht – ich habe ihn schließlich zittern gesehen.«

»Du Schwachkopf. Du verdienst ihn ja gar nicht.«

Sie starrte ihn ungläubig an: »Was hast du gesagt?«

»Du hast mich bestimmt genau verstanden.« Roomers Stimme klang müde. Er fuhr mit unheilschwangerem Ton fort: »Kowenski und Rindler haben nur noch ein paar Minuten zu leben. Er liebt deine Schwester fast genauso sehr wie dich, und ich bin seit unserer Kinderzeit sein engster Freund. Mitchell wird es schon machen.« Er lächelte schwach: »Ich fürchte nur, daß er in diesem Fall nicht zu Kompromissen bereit ist.«

»Aber er hat gezittert, und nur Feiglinge zittern.« Aber sie war sehr unsicher geworden.

»Mitchell hat in seinem ganzen Leben noch vor nichts Angst gehabt. Und gezittert hat er vor Wut. Gewöhnlich lächelt er, um seinen Zorn zu kaschieren, aber diesmal war er zu stark. Und was deine Verdächtigung betrifft, daß er ein Feigling sei – viele Menschen haben ihn schon dafür gehalten und ihren Irrtum erst erkannt, als es zu spät war.« Er lächelte. »Jetzt zitterst du.«

Sie schwieg.

»Im Vorraum ist ein Schränkchen«, sagte er. »Bring her, was du dort findest.«

Sie sah ihn unsicher an, ging dann aber doch und kam ein paar

Minuten später mit einem Paar Schuhe zurück, die sie mit so entsetztem Gesicht auf Armeslänge von sich weghielt, daß man hätte denken können, es handle sich um eine Giftschlange.

»Mitchells?« fragte Roomer.

»Ja.«

»Bring sie lieber wieder zurück. Er wird sie sehr bald brauchen.«

Als sie zurückkam, fragte Melinda sie: »Glaubst du wirklich, du könntest einen Mann heiraten, der andere Menschen umbringt?«

Marina schauderte und schwieg.

»Immer noch besser als einen Feigling, oder?« meinte Roomer sarkastisch.

Im Generatorraum fand Mitchell sofort, was er suchte – einen Unterbrecher mit der Aufschrift ›Deckbeleuchtung‹. Er zog den Hebel herunter und trat dann auf die jetzt in völliger Dunkelheit liegende Plattform hinaus. Er wartete eine halbe Minute, bis seine Augen sich an das Dunkel gewöhnt hatten, und bewegte sich dann geräuschlos auf den Kran zu, an dessen Fuß zwei Männer deutlich hörbar saftige Flüche ausstießen. Er schlich näher heran, bis er nur noch etwa zwanzig Meter von ihnen entfernt war. Immer noch geräuschlos legte er seine Taschenlampe auf den Lauf seiner Smith & Wesson und schaltete sie ein.

Die beiden Männer fuhren gleichzeitig herum und griffen nach ihren Waffen.

»Sie wissen doch sicher, was das hier ist?« fragte Mitchell.

Sie wußten es offensichtlich – man konnte die blauschimmernde und mit einem Schalldämpfer versehene Achtunddreißiger schwerlich für eine Spielzeugpistole halten. Ihre Hände hielten mitten in der Bewegung inne – es war ziemlich enervierend, sich einer angeleuchteten Waffe gegenüber zu sehen und ansonsten von undurchdringlicher Dunkelheit umgeben zu sein.

»Verschränken Sie die Hände im Nacken, drehen Sie sich um und marschieren Sie los.«

Sie marschierten gehorsam los und blieben erst stehen, als es nicht mehr weiter ging – am Rand der Plattform. Noch einen Schritt und sie wären sechzig Meter tief in den Golf von Mexiko gestürzt.

»Lassen Sie die Hände schön zusammen und drehen Sie sich zu mir um«, kommandierte Mitchell.

Sie gehorchten. »Sind Sie Kowenski und Rindler?«

Sie antworteten nicht.

»Sind Sie die beiden, die Lady Melinda und Mr. Roomer niedergeschossen haben?«

Wieder bekam er keine Antwort – bei manchen Leuten tritt eine Stimmbandlähmung ein, wenn sie wissen, daß sie eine Sekunde später tot sein werden. Mitchell drückte zweimal ab und war bereits wieder auf dem Rückweg, als die Körper der toten Männer auf dem Wasser aufschlugen. Aber er war erst vier Schritte gegangen, als ihn der Strahl einer Taschenlampe ins Gesicht traf.

»Na so was, wenn das nicht Mitchell ist, der ach so harmlose Hasenfuß.« Mitchell konnte den Mann hinter der Taschenlampe und die Waffe, die er sicherlich in der Hand hielt, nicht sehen, aber er erkannte Heffer sofort an der Stimme. »Und er hat sogar eine Waffe dabei. Was hatten Sie denn vor, Mr. Mitchell?«

Aber Heffer hatte bereits einen großen Fehler gemacht – er hätte Mitchell sofort erschießen müssen und nicht erst Fragen stellen.

Mitchell knipste seine Taschenlampe an, dann warf er sie in die Luft, wo sie herumtorkelte wie ein betrunkenes Glühwürmchen. Es war nur allzu menschlich, daß Heffer automatisch nach oben schaute. Zwar wunderte er sich dabei noch, was Mitchell damit bezweckte, aber es war ihm nicht mehr vergönnt, diese Überlegung zu Ende zu führen, denn als die Taschenlampe auf dem Boden aufschlug, war er bereits tot.

Mitchell hob die Lampe auf, die überraschenderweise noch funktionierte, zerrte Heffer an den Füßen zum Rand der Plattform und stieß ihn hinunter. Dann kehrte er zum Krankenrevier zurück, zog seine Schuhe wieder an und öffnete die Tür zur eigentlichen Krankenstation. Dr. Greenshaw hatte seine beiden Patienten an Blutkonserven gehängt.

Roomer schaute auf die Uhr: »Sechs Minuten. Wo warst du denn so lange?«

Marina, die offensichtlich am Rande ihrer Nervenkraft war, starrte ihn halb ungläubig und halb verdutzt an.

»Es tut mir wirklich leid«, sagte Mitchell mit echtem Bedauern in der Stimme, »ich hatte das Pech, auf dem Rückweg Heffer in die Arme zu laufen.«

»Du meinst, *er* hatte das Pech *dir* in die Arme zu laufen. Und wo sind unsere Freunde?«

»Das kann ich dir nicht exakt beantworten.«

»Verstehe«, nickte Roomer, »man kann die Wassertiefe in dieser Gegend wirklich nur sehr schwer schätzen.«

»Ich könnte es ja feststellen, aber ich glaube kaum, daß es wichtig ist. Dr. Greenshaw, haben Sie Tragbahren – so mit Riemen und allem, was dazugehört?« Greenshaw nickte. »Dann machen Sie sie bitte zurecht. Können Sie auch während des Fluges Transfusionen machen?«

»Das ist kein Problem. Ich nehme an, Sie wünschen, daß ich die Patienten begleite.«

»Wenn Sie so freundlich wären. Ich weiß, daß es viel verlangt ist, aber ich möchte gern, daß Sie hierher zurückkommen, wenn die beiden in den richtigen Händen sind.«

»Es wird mir ein Vergnügen sein. Ich bin jetzt neunundsechzig und hatte eigentlich angenommen, daß ich nichts mehr erleben würde – ich habe mich geirrt.«

Marina starrte sie ungläubig an. Die drei Männer machten einen völlig ruhigen und gelassenen Eindruck. Melinda schien in ein Koma verfallen zu sein, aber in Wahrheit stand sie nur unter schweren Beruhigungsmitteln. »Ihr seid alle verrückt«, sagte Marina voller Überzeugung.

»Das ist das, was die Insassen der Irrenanstalten von denen behaupten, die draußen leben. Und vielleicht haben sie sogar recht«, sagte Mitchell. »Aber jetzt ist keine Zeit, sich über derartige Fragen den Kopf zu zerbrechen. Du, Marina, fliegst mit zurück nach Florida. Dort bist du in Sicherheit – dein Vater wird dafür sorgen, daß du rund um die Uhr bewacht wirst. Kein Präsident der Vereinigten Staaten ist je so beschützt worden, wie du es sein wirst.«

»Das ist ja fabelhaft. Ich liebe es, wenn viel Theater um mich gemacht wird, wenn ich im Mittelpunkt des allgemeinen Interesses stehe. Dein Plan hat nur eine schwache Stelle – ich fliege nicht mit. Ich bleibe bei meinem Vater.«

»Genau darüber werde ich jetzt mit ihm sprechen.«

»Willst du auf dem Weg zu ihm nicht vielleicht wieder jemanden umbringen?«

Mitchell streckte die Hände aus und spreizte die Finger – sie zitterten kein bißchen.

»Später«, schloß Roomer daraus. »Er scheint im Augenblick andere Dinge im Kopf zu haben.«

Mitchell verließ den Raum, und Marina fuhr Roomer wütend an: »Du bist genauso schlimm wie er.«

»Ich bin ein kranker Mann – du darfst mich nicht aufregen.«

»Du und deine Erklärungen von wegen Wut kaschieren und so. Er ist einfach ein Killer, weiter nichts.«

Roomers Gesicht verschloß sich. »Ich kann nicht behaupten, daß ich mich über die Aussicht freue, eine geistig zurückgebliebene Schwägerin zu bekommen.«

Sie war schockiert, und sie zeigte es auch. »Ich kenne euch eigentlich gar nicht, nicht wahr?« Ihre Stimme war zu einem Flüstern herabgesunken.

»Nein. Weißt du übrigens, wieviel uns euer Vater geboten hat, damit wir euch nach Hause bringen?« Roomer lächelte.

»Ich kann ja im Moment nicht viel dazu beitragen, aber Mike wird es auch allein schaffen.«

»Wieviel hat er euch geboten?«

»Er hat uns freigestellt, den Preis zu bestimmen. Eine Million oder hundert Millionen – er war bereit, zu zahlen.«

»Und wieviel habt ihr verlangt?« Ihr Gesicht war ausdruckslos.

Roomer seufzte. »Armer Mike – wenn ich daran denke, daß er dich für das Nonplusultra hält! Und ich bin auch arm dran, denn schließlich muß ich ja auch mit dir leben – wenn auch nur mittelbar. Aber um deine Frage mit einem Klischee zu beantworten: es gibt Dinge, die man nicht mit Geld kaufen kann. Ich wäre dir also sehr dankbar, wenn du uns in Zukunft nicht mehr derartig beleidigen würdest. Aber da wir schließlich von irgend etwas leben müssen, werden wir ihm natürlich doch eine Rechnung schicken.«

»Worüber?«

»Über verbrauchte Muniton.«

Sie kam zu ihm herüber, kniete sich hin und küßte ihn. Roomer schien zu schwach, um sich zu wehren. Dr. Greenshaw mischte sich ein: »Lady Marina, der Patient hängt nicht nur an einer Bluttransfusion, wir müssen auch auf seinen Blutdruck achten.«

»Mein Blutdruck gibt keinerlei Anlaß zu Beschwerden«, sagte Roomer.

Sie küßte ihn noch einmal. »Habe ich mich jetzt ausreichend entschuldigt?« Roomer lächelte und schwieg. »Du hast gesagt, er habe vor Wut gezittert. Kann ihn irgend jemand aufhalten, wenn er in einer solchen Verfassung ist? Könnte ich es?«

»Nein. Vielleicht später einmal.«

»Der einzige, der es könnte, wärst du, stimmt's?«

»Ja.«

»Aber du hast es nicht getan.«

»Nein.«

»Und warum nicht?«

»Weil sie Waffen hatten.«

»Ihr habt doch auch Waffen.«

»Ja. Aber wir sind keine Strolche, die ihre Waffen für üble Zwecke benutzen.«

»Ist das der einzige Grund?«

»Nein.« Er sah zu Melinda hinüber: »Da liegt ein weiterer Grund. Wenn Kowenski und Rindler nicht solche lausigen Schützen gewesen wären, wäre sie jetzt tot.«

»Und deshalb hast du Michael losziehen lassen.«

»Ja.«

»Wirst du sie heiraten?«

»Ja.«

»Hast du ihr schon einen Antrag gemacht?«

»Nein.«

»Mußt du auch nicht – Schwestern unterhalten sich.«

»Und wie steht es mit dir und Mike?«

»Ich weiß es nicht – ich bin ein Feigling, und ich fürchte mich.«

»Warum?«

»Er bringt Leute um.«

»Das habe ich auch schon getan.«

»Wird er es wieder tun?«

»Ich weiß es nicht.«

»Ich muß sehen, was er macht.« Sie streifte ihre hochhackigen Pumps ab.

»Du mußt noch viel lernen. Setz dich hin.«

Sie setzte sich auf sein Bett. Dr. Greenshaw verdrehte die Augen. Sie trug Blue Jeans und eine weiße Bluse. Roomer hob eine Hand und öffnete den ersten Knopf der Bluse. Sie sah ihn an, sagte aber nichts. »Den Rest machst du selbst«, sagte Roomer. »Zieh einen dunkelblauen oder schwarzen Pullover an.«

Dreißig Sekunden später war sie wieder zurück – in einem dunkelblauen Polohemd. Sie sah Roomer fragend an. Der nickte. Daraufhin drehte sie sich um und verließ die Krankenstation.

In Lord Worths Wohnraum saßen der Lord und Mitchell in zwei nebeneinander stehenden Sesseln. Die Lautsprecher waren eingeschaltet. Als Marina eintrat, bedeutet Mitchell ihr energisch, zu schweigen.

Durands Stimme erfüllte den Raum, und sie klang reichlich nervös. »Ich weiß nur, daß die Beleuchtung auf der Plattform vor ein paar Minuten aus- und vor einer Minute wieder anging.« Marina schaute zu Mitchell hinüber. Er nickte. »Jetzt ist wieder genug Licht zum Landen da.«

»Haben Sie den Radarschirm schon außer Betrieb gesetzt?« Marina hatte diese Stimme noch nie gehört. An Lord Worths zusammengepreßten Lippen dagegen konnte man erkennen, daß ihm Cronkites Stimme nicht unbekannt war.

»Das erscheint mir jetzt nicht nötig.«

»Tun Sie es trotzdem. Wir werden in zehn Minuten starten und für den Flug ungefähr fünfzehn Minuten brauchen.«

»›Wir werden starten‹! Heißt das, daß Sie mitkommen?«

»Nein. Ich habe Wichtigeres zu tun.« Es klickte – Cronkite hatte aufgelegt.

»Ich möchte wissen, was dieser hinterlistige Strolch damit meint«, sagte Lord Worth unbehaglich.

»Wir werden es früh genug erfahren.« Mitchell schaute auf Marinas Füße hinunter. »Wo sind deine Schuhe?«

Sie lächelte süß: »Ich bin eine gelehrige Schülerin: Schuhe machen draußen auf der Plattform zuviel Krach.«

»Du wirst aber gar nicht hinausgehen.«

»Das werde ich wohl. Meine Allgemeinbildung weist doch diverse Lücken auf – unter anderem habe ich noch nie einen Killer bei der Arbeit beobachtet.«

»Ich werde niemanden umbringen«, sagte Mitchell verärgert. »Geh und pack deine Sachen – du fliegst bald los.«

»Ich fliege nicht.«

»Warum nicht?«

»Weil ich bei Dad bleiben will – und bei dir. Findest du das nicht auch natürlich?«

»Du fliegst – und wenn ich dich zu diesem Zweck fesseln muß«, mischte sich Lord Worth ein.

»Meine Zunge kannst du nicht fesseln. Was meinst du – würden gewisse Gesetzeshüter nicht regelrechte Luftsprünge machen, wenn sie erführen, wo die Waffen sind, die man aus dem Arsenal in Mississippi gestohlen hat?«

Lord Worth schaute sie verdattert an: »*Das* würdest du fertigbringen? *Das* könntest du deinem eigenen Vater antun?«

»Und *du* würdest es fertigbringen, mich fesseln und gegen meinen Willen an Bord eines Hubschraubers bringen zu lassen – *mich*, deine eigene Tochter?«

»Logik ist doch wirklich was Schönes.« Mitchell schüttelte den Kopf.

»Ohne Lord Worth zu nahe treten zu wollen – es sieht ganz so aus, als hätte er einen Schwachkopf gezeugt. Wenn du glaubst …«

Die Lautsprecher erwachten wieder zum Leben. »Lungern Sie

nicht tatenlos in der Gegend herum«, sagte Durand. »Halten Sie den Radarschirm an.«

»Und wie?« Aarons Stimme klang ausgesprochen aufsässig. »Erwarten Sie vielleicht von mir, daß ich diesen verdammten Bohrturm hinaufklettere ...«

»Stellen Sie sich doch nicht gar so idiotisch an. Gehen Sie in den Radarraum. Über der Schaltkonsole ist ein roter Hebel, den müssen Sie nach unten drücken.«

»Wenn's weiter nichts ist.« Aaron war sichtlich erleichtert. Sie hörten, wie sich eine Tür schloß. Mitchell streifte die Schuhe von den Füßen, löschte alle Lichter im Wohnraum und öffnete die Tür einen schmalen Spalt breit: Aaron war bereits auf dem Weg zum Radarraum. Nachdem er ihn betreten und die Tür hinter sich zugemacht hatte, trat Mitchell geräuschlos in den Gang hinaus, zog seine Waffe mit dem Schalldämpfer heraus und nahm sie in die linke Hand.

»Ich dachte, du wärst Rechtshänder«, sagte eine sanfte Stimme hinter ihm.

Mitchell machte sich nicht einmal die Mühe, zu fluchen. Er antwortete nur ebenso leise, aber dennoch hörbar resigniert: »Bin ich auch.«

Aaron hatte die Hand bereits an dem roten Hebel, als Mitchell lautlos eintrat. »Nicht umdrehen«, kommandierte er.

Aaron gehorchte.

»Verschränken Sie die Hände im Nacken, drehen Sie sich um und kommen Sie her.«

Aaron drehte sich um. »Mitchell!«

»Bitte keine Mätzchen. Ich mußte heute abend bereits drei Ihrer Freunde umbringen – Sie werden mir also sicher glauben, daß es mir auf einen vierten nicht mehr ankommt. Bleiben Sie da stehen und drehen Sie sich wieder um.«

Aaron tat wie befohlen. Mitchell zog seine rechte Hand aus der Jackentasche. Der mit Leder umhüllte Totschläger, der mit einer Schlaufe an seinem Handgelenk befestigt war, war nicht länger als zehn Zentimeter, aber an der Wirkung, die sein Auftreffen auf einer bestimmten Stelle über Aarons Ohr hatte, ersah man, daß diese zehn Zentimeter durchaus genug waren. Mitchell fing Aaron auf und legte ihn auf den Boden.

»War das nötig ...« Marina würgte und schwieg augenblicklich, als sich Mitchells Hand fest über ihren Mund legte.

»Sprich leise!« flüsterte er absichtlich grob. Er kniete sich neben Aaron hin und nahm ihm die Waffe ab.

»War das nötig?« wiederholte sie, diesmal ganz leise. »Du hättest ihn doch auch nur fesseln und knebeln können.«

»Wenn ich mal Anregungen von ignoranten Amateuren brauchen sollte, werde ich mich vertrauensvoll an dich wenden. Ich habe keine Zeit für solche Scherze. Er wird jetzt eine halbe Stunde friedlich schlafen und danach lediglich ein Aspirin benötigen.«

»Und was jetzt?«

»Durand.«

»Warum?«

»Schwachkopf.«

»Allmählich bin ich es leid, mit Schwachkopf tituliert zu werden – erst vor ein paar Minuten durfte ich mir die gleiche charmante Bezeichnung von John anhören.«

»Es gibt doch keinen besseren Menschenkenner als unseren guten John«, sagte Mitchell bewundernd. »Wenn Aaron nicht zurück kommt, wird Durand ihn suchen. Und dann wird er zum Funkgerät gehen und den Hubschrauber aufhalten.«

»Na, das ist doch genau das, was du willst, oder?«

»Nein.«

Er machte das Licht aus und verließ den Radarraum, dicht gefolgt von Marina. Vor der Tür zu Lord Worths Wohnraum blieb er stehen. »Geh rein. Du bist irritierend und eine Belastung für mich. Ich kann nicht richtig arbeiten, wenn ich dich um mich herum habe. Ich kann sehr gut ohne die Unterstützung von Heldinnen auskommen.«

»Ich verspreche dir, ich werde kein einziges Wort sagen. Ich verspreche ...«

Er öffnete die Tür, packte Marina am Arm und stieß sie in den Raum. Lord Worth blickte leicht erstaunt auf. »Ich mache Sie persönlich dafür verantwortlich, Lord Worth«, sagte Mitchell, »daß diese lästige junge Dame dieses Zimmer nicht wieder verläßt. Außerdem werde ich die Beleuchtung auf der Plattform ausschalten. Jeder Unbefugte, der draußen erwischt wird, muß damit rechnen, erschossen zu werden. Ich meine, was ich sage! Dies hier ist kein Kinderspielplatz!« Die Tür schloß sich hinter ihm.

Marina setzte sich und verschränkte die Finger ineinander. »Was würde der bloß für einen Ehemann abgeben!«

»Einen ganz hervorragenden, denke ich. Sieh mal, mein Schatz, eine von Mitchells hervorstechenden Eigenschaften ist blitzschnelle Reaktionsfähigkeit. Und die behinderst du. Und du weißt verdammt genau, was er für dich empfindet – deine Gegenwart bedeutet für ihn nur eine zusätzliche Sorge, und das zu einem Zeitpunkt, wo er ohnehin schon genügend Sorgen hat. Es ist nun mal nicht üblich, daß eine Frau ihren Mann in die Kohlengrube oder im Krieg bei einem Bomberflug begleitet. Und Mitchell ist ein noch ausgeprägterer Einzelgänger als die von mir als Beispiel angeführten Männer.«

Sie saß eine Weile schmollend da, stand dann auf und goß sich mit einem resignierten Lächeln einen Drink ein.

Mitchell nahm die Waffe und zwei große Schlüssel aus den Taschen des bewußtlosen Durand, ging auf den Haupteingang des orientalischen Quartiers zu, öffnete die Tür und schaltete die Flurbeleuchtung ein.

»Commander Larsen«, rief er, »Palermo.«

Türen öffneten sich, und gleich darauf standen die beiden Männer vor ihm. »Mitchell!« sagte Larsen verblüfft. »Was zum Teufel machen Sie hier?«

»Ich bin nur ein harmloser Seismologe auf seinem Verdauungsspaziergang.«

»Aber haben Sie denn nicht die Lautsprecherdurchsage gehört – jeder, der sich auf der Plattform sehen läßt, wird sofort erschossen?«

»Das war einmal. Ich habe eine schlechte Neuigkeit und zwei gute. Nehmen wir zuerst die schlechte: Roomer und Miß Melinda hörten die Warnung nicht, weil Lord Worths Suite und die angrenzenden Räume schallisoliert sind. Also machten sie einen Spaziergang. Beide wurden schwer verletzt. Lady Melinda hat eine zerschmetterte linke Schulter und Roomer einen Durchschuß durch den Hals und eine Kugel in der Brust. Der Arzt meint, daß sie in der Wirbelsäule steckengeblieben ist. Wir müssen die beiden so schnell wie möglich in ein Krankenhaus schaffen. Wer ist Lord Worths Privatpilot?«

»Chambers«, sagte Larsen.

»Veranlassen Sie, daß er seine Maschine auftankt. Jetzt zu den guten Neuigkeiten: Durand ist im Funkraum, und seine rechte Hand, ein Kerl namens Aaron, im Radarraum – beide sind bewußtlos.« Er sah Palermo an: »Wenn sie zu sich kommen – das wird allerdings noch eine Weile dauern – wollen Sie dann bitte so freundlich sein, sich ihrer anzunehmen?«

»Mit Vergnügen.«

»Durand hatte aber noch drei andere Helfer«, sagte Larsen.

»Die sind tot.«

»Geht das auf Ihr Konto?«

»Ja.«

»Wir haben gar keine Schüsse gehört.«

Mitchell ließ sie einen kurzen Blick auf seine schallgedämpfte Achtunddreißiger werfen. Larsen sah nachdenklich drein. »Lord Worth hat eine ganze Menge von Ihnen erzählt – ich habe immer gedacht, er übertreibt.«

»Jetzt zur zweiten Neuigkeit: Cronkite schickt per Hubschrauber Verstärkung her – nur acht oder neun Mann, glaube ich – und die müßten ungefähr jetzt starten. Cronkite sagte, daß der Flug etwa fünfzehn Minuten dauern würde. Daraus schließe ich, daß sein Schiff gleich hinter dem Horizont, also außerhalb unseres Radarbereichs liegt.«

Palermos Gesicht leuchtete auf: »Jagen wir den Hubschrauber in die Luft?«

»Das war ursprünglich mein Plan. Aber nach nochmaliger Überlegung finde ich es besser, die Burschen in Sicherheit zu wiegen und landen zu lassen. Dann kassieren wir sie und lassen ihren Anführer an Cronkite durchgeben, daß alles in Ordnung sei.«

»Und wenn er sich weigert? Oder Cronkite zu warnen versucht?«

»Wir werden ihm aufschreiben, was er zu sagen hat, und wenn er ein Wort von dem vorgegebenen Text abweicht, erschieße ich ihn. Ich habe ja den Schalldämpfer, Cronkite würde also nichts hören.«

»Er könnte den Mann schreien hören.«

»Wenn eine Achtunddreißiger-Kugel die Schädeldecke durchschlägt und in einem Aufwärtswinkel von fünfundvierzig Grad ins Gehirn dringt, schreit man nicht.«

»Sie würden ihn also wirklich umbringen?« Larsen sah zwar nicht gerade ungläubig, aber verwundert aus.

»Ja. Und dann würden wir eben den nächsten drannehmen – ich glaube kaum, daß der danach noch Lust hätte, Schwierigkeiten zu machen.«

»Lord Worth hat bei den Berichten über Sie mindestens die Hälfte weggelassen«, sagte Larsen.

»Und noch was: ich will den Hubschrauber haben. Wir werden die Story in Umlauf bringen, daß die Maschine bei der Landung Bruch machte und es einige Stunden dauern würde, bis sie repariert sei. Es ist immer gut, wenn man einen zweiten Hubschrauber da hat, aber hauptsächlich will ich verhindern, daß Cronkite weiterhin über ihn verfügen kann.« Er sah Palermo an: »Ich nehme an, daß ich die Instruktion des Begrüßungskomitees getrost Ihnen überlassen kann.«

»Das können Sie. Haben Sie irgendwelche Vorschläge?«

»Ich habe gewisse Hemmungen, einem Experten wie Ihnen Vorschriften zu machen.«

»Sie kennen mich?«

»Ich war früher mal Polizist. Es gibt jede Menge tragbare Suchscheinwerfer auf der Bohrinsel. Die Burschen werden auf die Verwaltungsgebäude zusteuern. Ich würde mich verstecken, die Plattformbeleuchtung aus und die Suchscheinwerfer einschalten, wenn sie, sagen wir mal, noch dreißig Meter entfernt sind. Sie sind dann völlig geblendet und können Sie nicht sehen.« Mitchell wandte sich an Larsen: »Ich habe das Gefühl, Lord Worth würde sich gerne mit dem Boß der Bohrinsel unterhalten.«

Sie gingen davon, während Palermo seine Männer bereits in aller Eile instruierte. »Weiß Lord Worth, was Sie vorhaben?«

»Ich hatte noch keine Zeit, es ihm zu sagen. Aber ich finde sowieso, daß jeder bei seinem Job bleiben sollte – ich mische mich ja auch nicht in seine Geschäfte.«

»Da haben Sie auch wieder recht.« Sie machten kurz beim Funkraum halt, und Larsen schaute halb befriedigt und halb bedauernd auf Durand hinunter, der immer noch bewußtlos am Boden lag. »Was für ein schöner Anblick. Aber es wäre mir lieber, *ich* hätte ihn erledigt.«

»Ich glaube nicht, daß Durand dieser Gedanke besonders sympathisch wäre – Schönheitschirurgen kosten eine Menge Geld.«

Die nächste Zwischenstation machten sie im Krankenrevier. Larsen sah die nach wie vor scheinbar im Koma liegende Melinda und den hellwachen Roomer an, und seine riesigen Hände ballten sich zu Fäusten. Roomer lächelte. »Ich weiß, ich weiß, aber Sie kommen spät. Wie tief ist das Wasser um die Bohrinsel herum?«

»Zweihundertsiebzig Meter.«

»Dann brauchen Sie eine Taucherglocke, wenn Sie Ihre Hände um die Hälse der Verantwortlichen legen wollen. Nun, Mr. Larsen, wie es *uns* geht, sehen Sie ja jetzt, aber wie steht es draußen bei Ihnen?«

»Ich habe auf der faulen Haut gelegen, aber Mr. Mitchell war dafür um so aktiver. Abgesehen von den drei Männern, die jetzt auf dem Grund des Golfs liegen, hat er mich um das Vergnügen gebracht, mir Durand vorzunehmen, und auch Aaron fühlt sich nicht besonders.«

»Mein Freund hält in solchen Fällen nicht viel von Diplomatie«, erklärte Roomer entschuldigend. »Die *Meerhexe* ist also in unserer Hand?«

»Für den Augenblick, ja.«

»Wieso nur für den Augenblick?«

»Können Sie sich vorstellen, daß ein Mann wie Cronkite aufgibt? Er hat fünf Männer verloren und wird wahrscheinlich weitere acht oder neun verlieren. Aber was bedeutet das schon für einen Mann, der zehn Millionen Dollar zur Verfügung hat? Und vergessen Sie vor allem nicht seinen privaten Rachefeldzug gegen Lord Worth. Wenn er sein Ziel nur dadurch erreichen kann, daß er die Bohrinsel teilweise oder völlig zerstört und damit auch alle Menschen tötet, die sich darauf befinden, dann wird er es ganz sicher tun, ohne sich vor anschließenden schlaflosen Nächten zu fürchten.«

Mitchell wandte sich an Dr. Greenshaw: »Ich glaube, Sie sollten jetzt die Tragbahren fertig machen. Könnten Sie ein paar Mann von Ihrer Bohrmannschaft entbehren, Commander, damit sie dabei helfen, die beiden Patienten auf die Tragen zu legen und zum Helikopter hinauszutragen? Ich fürchte, John, ihr werdet keine besonders netten Mitreisenden haben – Aaron und Durand müssen mit. Aber natürlich fachgerecht verschnürt.«

»Na, da danke ich dir aber sehr.«

»Manchmal – nur manchmal – schaffe ich es, genauso clever zu sein wie du. Ich würde es nicht ausschließen, daß Cronkite sich irgendwie Zugang zur *Meerhexe* verschafft. Ich habe zwar nicht die leiseste Ahnung, wie er das zuwege bringen sollte, aber ein aufgebrachter Mann, der noch dazu ausgesprochen gerissen ist, kann fast alles schaffen. Und falls es ihm gelingen sollte, möchte ich nicht, daß Durand und Aaron mit anklagenden Fingern auf mich zeigen. Ich ziehe es vor, ein unauffälliger und harmloser Seismologe zu bleiben.«

Larsen gab per Telefon einige Befehle und ging dann mit Mitchell zu Lord Worths Wohnraum. Lord Worth hatte den Telefonhörer in der Hand. Seinem finsteren Gesichtsausdruck nach zu urteilen, waren es keine angenehmen Neuigkeiten, die er geliefert bekam. Marinas Miene war nicht viel fröhlicher. »Ich nehme an, du hast die Plattform inzwischen mit Leichen gepflastert.«

»Du tust mir bitter Unrecht – es war niemand mehr da, den ich hätte umbringen können.« Marina zuckte zusammen und senkte den Blick.

»Die *Meerhexe* ist in unserer Hand, Lady Marina«, sagte Larsen. »Wir erwarten in zehn Minuten zwar noch einmal etwas Ärger, aber mit dem werden wir schon fertig.«

Lord Worth legte den Hörer auf und fragte: »Was ist los?«

»Cronkite schickt per Hubschrauber Verstärkung – acht oder neun Mann. Aber die haben nicht die geringste Chance. Cronkite nimmt natürlich an, daß Durand noch den Oberbefehl hier hat.«

»Also hat er ihn nicht mehr?«

»Er ist bewußtlos und gut verschnürt. Und Aaron desgleichen.«

Ein sehnsuchtsvoller Ausdruck trat in Lord Worths Augen: »Kommt Cronkite auch mit?«

»Nein.«

»Wie schade. Ich habe übrigens gerade schlechte Nachrichten bekommen: die *Torbello* mußte ihre Fahrt unterbrechen.«

»Sabotage?«

»Nein. Die Haupttreibstoffleitung ist gebrochen. Es ist nicht tragisch, aber die Reparatur wird immerhin ein paar Stunden in Anspruch nehmen. Wir bekommen in halbstündigen Abständen einen Bericht über den Stand der Reparaturarbeiten.«

Es hatte sich noch ein weiterer, irritierender Punkt ergeben – keine größere Schiffsversicherungsgesellschaft oder Lloyd's of London hatte jemals etwas von einem Schiff namens *Questar* gehört – kein Wunder, wenn man bedenkt, daß das Schiff, das ursprünglich *Hammond* hieß, inzwischen schon den dritten Namen, nämlich *Georgia,* trug. Das Schiff hatte buchstäblich zu existieren aufgehört. Noch mehr irritierte Lord Worth jedoch die Tatsache, daß die *Marine Gulf Corporation* das Verschwinden eines seismologischen Überwachungsschiffes aus Freeport gemeldet hatte. Und der Name dieses Schiffes war *Hammond* gewesen.

Die US-Marine hatte zwei Punkte zur Beruhigung anzubieten. Die Vereinigten Staaten verschrotteten ihre alten U-Boote entweder oder verkauften sie ins Ausland – keines von ihnen war jemals in den Besitz von Handelsgesellschaften oder Privatpersonen übergegangen. Und es waren auch keine Unterwasserfahrzeuge an der Golfküste unterwegs, wie sie Cousteau benutzte.

Das Telefon klingelte. Lord Worth schaltete den Wandapparat ein. Der Funkoffizier faßte sich ganz kurz: »Hubschrauber, tieffliegend, Kurs nordwest, fünf Meilen entfernt.«

»Nun«, sagte Larsen, »das wird uns ein wenig die Langeweile vertreiben. Kommen Sie mit, Mitchell?«

»Sofort. Ich muß nur noch einen kleinen Zettel schreiben. Erinnern Sie sich noch?«

»Natürlich, den Zettel.« Larsen ging. Mitchell schrieb eine kurze Nachricht in Druckschrift, die keine Mißverständnisse zuließ, faltete den Zettel zusammen, steckte ihn in die Tasche und ging zur Tür. Lord Worth fragte: »Macht es Ihnen etwas aus, wenn ich mitkomme?«

»Nun, es wird zwar kaum gefährlich werden, aber ich glaube, Sie sollten sich lieber die Neuigkeiten anhören, die Radar, Sonar und Funkgerät liefern – und die von den Sensoren, die an den Verankerungskabeln befestigt sind.«

»Einverstanden. Und dann werde ich noch den Minister anrufen und ihn fragen, ob es ihm gelungen ist, diese verdammten Kriegsschiffe von hier abzuziehen.«

»Wenn es nicht gefährlich wird, dann komme ich mit«, sagte Marina in süßem Ton.

»Nein.«

»Sie haben aber wirklich einen sehr begrenzten Wortschatz, Mr. Mitchell.«

»Anstatt unbedingt die Heldin spielen zu wollen, könntest du ein wenig auf Florence Nightingales Spuren wandeln – nebenan liegen zwei schwerkranke Leute, denen unbedingt jemand die Hand halten sollte.«

»Du befiehlst mir zu gern, Mitchell.«

»Um eine moderne Redewendung zu gebrauchen: ich bin ein verdammtes Chauvinistenschwein, stimmt's?«

»Könntest du dir vorstellen, daß ich jemanden wie dich heiraten könnte?«

»Ich habe dir nie einen Antrag gemacht.« Damit verließ er den Raum.

»Also so was!« Sie schaute mißtrauisch zu ihrem Vater hinüber, aber Lord Worth hatte seine Lachmuskeln gut unter Kontrolle. Er hob einen Telefonhörer ab und ordnete an, den Weihnachtsbaum wieder zu öffnen und die Bohrung wieder aufzunehmen.

Der Hubschrauber setzte gerade zur Landung an, als Mitchell sich zu Larsen, Palermo und seinen Männern gesellte, die im tiefen Schatten standen, den die Unterkünfte als Deckung boten. Die Beleuchtung der Plattform war ausgeschaltet worden, der Landeplatz jedoch hell erleuchtet. Palermo hatte sechs tragbare Suchscheinwerfer aufstellen lassen. Er nickte Mitchell zu und ging dann gemächlich auf den Landeplatz zu. Er hatte einen Briefumschlag in der Hand.

Der Helikopter setzte auf, die Tür öffnete sich und Männer mit einem entmutigenden Waffenarsenal stiegen aus. »Ich heiße Marino«, stellte Palermo sich vor. »Wer ist der Boß?«

»Ich. Ich heiße Mortenson.« Er war ein muskulöser, junger Mann und sah eher aus wie ein intelligenter junger Offizier als wie ein Strolch, obwohl er zweifellos letzteres war. »Ich dachte, Durand wäre hier der Chef.«

»Das ist er auch. Aber im Augenblick hat er gerade eine kurze und für Lord Worth etwas schmerzhafte Unterhaltung mit demselben. Er erwartet Sie in Lord Worths Quartier.«

»Warum um alles in der Welt ist die Deckenbeleuchtung nur so spärlich?«

»Die Stromstärke hat nachgelassen, aber die Sache wird schon repariert.« Er streckte den Arm aus: »Da geht's lang.«

Mortenson nickte und ging mit seinen acht Männern in die angegebene Richtung. »Ich komme gleich nach«, sagte Palermo, »ich muß dem Piloten nur noch eine persönliche Nachricht von Cronkite übergeben.«

Palermo kletterte in den Hubschrauber, begrüßte den Piloten und sagte: »Ich habe eine Nachricht für Sie – von Cronkite.« Der Pilot sah ihn überrascht an: »Ich hatte den Befehl, sofort zurückzufliegen.«

»Ich werde Sie nicht lange aufhalten. Es scheint, daß Cronkite es nicht erwarten kann, Lord Worth und seine Töchter zu sehen.« Der Pilot grinste und nahm Palermo den Umschlag aus der Hand. Er öffnete ihn, betrachtete verwundert die beiden leeren Seiten des darinliegenden Blattes und sagte: »Was soll das?«

»Das«, erklärte Palermo und hielt ihm eine Waffe, die die Größe einer kleinen Kanone hatte, unter die Nase. »Ich habe nichts übrig für tote Helden.«

Die Plattformbeleuchtung ging ganz aus, und die sechs Suchscheinwerfer flammten auf. Larsens Stentorstimme hallte gut hörbar über den Platz: »Lassen Sie Ihre Waffen fallen. Sie haben keine Chance.«

Einer von Mortensons Männern wollte es nicht glauben. Er warf sich auf den Boden, feuerte eine Salve aus seiner Maschinenpistole ab und schaffte es tatsächlich, damit einen der Scheinwerfer außer

Gefecht zu setzen. Wenn er Befriedigung über seinen Erfolg empfand, so war ihm dieses Gefühl jedenfalls nicht lange vergönnt, denn er war bereits tot, bevor alle Glasscherben aus dem Scheinwerfer gefallen waren. Die anderen acht Männer ließen daraufhin auf der Stelle gehorsam ihre Waffen fallen.

Palermo seufzte und sagte zu dem Piloten: »Sehen Sie? Tote Helden können niemandem nützen. Kommen Sie.«

Acht von den neun Männern, der Pilot eingeschlossen, wurden in einen fensterlosen Vorratsraum getrieben und eingesperrt. Der neunte, Mortenson, wurde in den Funkraum gebracht, wo sich gleich darauf Mitchell einfand, der für diese Begegnung einen Overall angezogen und eine provisorische Kapuze über den Kopf gestülpt hatte, die nicht nur sein Gesicht verbarg, sondern auch seine Stimme veränderte – er legte Wert darauf, nicht erkannt zu werden.

Er zog den Zettel mit dem Text aus der Tasche, den er vorher geschrieben hatte, und drückte Mortenson die Mündung seiner Achtunddreißiger in den Nacken. Er befahl ihm, Cronkite anzurufen und die Nachricht Wort für Wort abzulesen, und erklärte ihm, daß die geringste Abweichung vom vorgegebenen Text seinen sofortigen Tod zur Folge hätte. Mortenson kannte sich aus – im Laufe seines Lebens hatte er, was seine Art des Broterwerbs so mit sich brachte, dem Tod schon mehr als einmal ins Gesicht geblickt. Er rief Cronkite an, sagte ihm, daß alles in Ordnung und die *Meerhexe* fest in seiner und Durands Hand sei, daß es jedoch ein paar Stunden dauern würde, bis der Hubschrauber zurückkommen könne, denn im letzten Moment habe der Motor gestreikt und sie hätten eine Bruchlandung gemacht. Cronkite schien mit der Nachricht zufrieden zu sein.

Als Larsen und Mitchell in Lord Worths Wohnraum zurückkamen, machte der Lord einen bedeutend fröhlicheren Eindruck als vorher. Das Pentagon hatte die Nachricht durchgegeben, daß die beiden Schiffe aus Kuba und das eine aus Venezuela angehalten hätten und auf neue Instruktionen zu warten schienen. Die *Torbello* war schon wieder unterwegs und wurde in neunzig Minuten in Galveston erwartet. Lord Worth wäre weit weniger erfreut gewesen, wenn er gewußt hätte, daß die *Torbello* mehrere hundert Meilen von Galveston entfernt war und mit voller Kraft in südwestlicher Richtung fuhr.

»Ihr habt sie alle eingesperrt, nicht wahr«, sagte Marina.

»Gib Ruhe«, befahl Lord Worth unwirsch. »Der Commander und ich haben wichtige Dinge zu besprechen.«

»Wir gehen«, sagte Mitchell und sah Marina an. »Komm mit, wir wollen uns von den Patienten verabschieden.«

Sie begleiteten die beiden Tragen zum Hubschrauber. Ihnen folgten Durand und Aaron, deren Hände auf dem Rücken gefesselt und deren Füße so eng zusammengebunden waren, daß sie nur ganz winzige Schrittchen machen konnten, außerdem Dr. Greenshaw und einer von Palermos Männern, ein angsteinflößendes Individuum mit einer abgesägten Flinte, oder zur Bewachung der Gefangenen abkommandiert war, bis sie das Festland erreichten.

»Letzte Chance«, erinnerte Mitchell Marina.

»Nein.«

»Wir werden ein fabelhaftes Paar abgeben«, sagte Mitchell düster, »so wortkarg wie wir sind...«

Sie verabschiedeten sich, sahen dem Hubschrauber noch eine Weile nach und gingen dann zurück in Lord Worths Wohnraum. Er und Larsen hielten je einen Telefonhörer in der Hand, und aus ihren Mienen ließ sich unschwer schließen, daß es keine guten Nachrichten waren, die ihnen da übermittelt wurden – beide Männer versuchten ohne jeden Erfolg, ein paar Tanker aufzutreiben. Es gab zwar an der Süd- und Ostküste ein halbes Dutzend ungenutzt daliegender Tanker, aber sie gehörten allesamt den großen Ölgesellschaften, die sie lieber verschrottet hätten, als sie an die *North Hudson* zu vermieten. Die nächsten Tanker der erforderlichen Größe lagen entweder in England, Norwegen oder im Mittelmeerraum, und sie herüberbringen zu lassen, hätte nicht nur einen unzumutbaren Zeitaufwand bedeutet, sondern auch Unsummen gekostet, und vor allem letzteres schmeckte dem Lord ganz und gar nicht. Er und Larsen hatten sogar schon erwogen, einen der Supertanker einzusetzen, sich aber dann doch dagegen entschieden – aufgrund des riesigen Fassungsvermögens dieser Tanker wäre es ein zu großes Verlustgeschäft gewesen. Und außerdem war auch ein Supertanker nicht dagegen gefeit, das gleiche Schicksal zu erleiden wie die *Crusader*. Sicher, sie waren alle bei Lloyd's versichert, aber die Angestellten dieser illustren Firma, die sich mit der Untersuchung von Unfällen auf dem Meer befaßte, waren samt und sonders gescheite und gründliche Arbeiter, und obwohl sie berechtigte Ansprüche ausnahmslos bestätigten, ließen sie sich eine Menge Zeit mit ihrer endgültigen Entscheidung.

Von der *Torbello* kam wieder eine Routinemeldung herein. Sie sollte in einer Stunde in Galveston einlaufen.

Eine halbe Stunde später erhielten sie eine neue Nachricht von der *Torbello:* noch eine halbe Stunde bis Galveston.

Lord Worth wäre seiner Sache bei weitem nicht so sicher gewesen, wenn er gewußt hätte, daß jetzt, da es dunkel geworden war, die *Starlight* die *Georgia* verlassen hatte und auf die *Meerhexe* zufuhr. Da sie auf Elektroantrieb umgeschaltet war, würde sie von den Sonaren der *Meerhexe* wohl kaum entdeckt werden. Sie hatte hervorragende Taucher an Bord und ein eindrucksvolles Sortiment von Minen, die alle durch Fernsteuerung ausgelöst werden konnten.

Wiederum eine halbe Stunde später traf die Nachricht ein, daß die *Torbello* wohlbehalten in Galveston angekommen sei. Lord Worth sagte zu Larsen, er wolle sich sofort mit den Verantwortlichen im Hafen in Verbindung setzen, damit die *Torbello* so schnell wie möglich wieder auslaufen könne.

Eine Minute später war das Gespräch da – die Lord Worths dieser Welt läßt man eben nicht warten. Als er seinen Wunsch vorgebracht hatte, entgegnete der Hafenmeister reichlich überrascht: »Tut mir leid, aber ich weiß wirklich nicht, wovon Sie sprechen, Sir.«

»Ich habe mich doch wohl deutlich genug ausgedrückt, verdammt noch mal«, wetterte Lord Worth.

»Ich kann Ihnen wirklich nicht folgen, Sir. Ich fürchte, man hat Sie falsch informiert oder auf den Arm genommen – die *Torbello* ist nicht hier.«

»Aber, verdammt noch mal, ich habe doch gerade erst die Nachricht...«

»Eine Sekunde, bitte.«

Aus der einen Sekunde wurden dreißig. Währenddessen brachte Mitchell dem Lord ein Glas Scotch, das dieser in einem Zug bis zur Hälfte leerte. Dann meldete sich der Hafenmeister wieder.

»Ich habe höchst irritierende Neuigkeiten: Ihr Tanker ist nicht nur nicht hier, es ist auch in einem Umkreis von vierzig Meilen kein Schiff von der Größe der *Torbello* auf dem Radarschirm zu sehen.«

»Was kann denn nur mit ihr passiert sein, zum Teufel? Ich hatte doch erst vor drei Minuten Verbindung mit ihr.«

»Dann kann ihr nichts zugestoßen sein.«

Lord Worth legte auf, ohne sich zu bedanken. Er starrte Larsen und Mitchell so wütend an, als seien sie am Verschwinden des Tankers schuld. Schließlich sagte er: »Ich kann mir die Sache nur so erklären, daß der Kapitän der *Torbello* durchgedreht hat.«

»Und ich«, sagte Mitchell, »kann mir die Sache nur so erklären, daß er auf seinem eigenen Schiff ein Gefangener ist.«

»Zusätzlich zu Ihren anderen Fähigkeiten«, sagte Lord Worth ironisch, »haben Sie jetzt wohl auch noch das Zweite Gesicht, was?«

»Ihre *Torbello* ist entführt worden.«

»Entführt! Entführt? Jetzt drehen *Sie* wohl durch! Wer hat schon mal davon gehört, daß ein Tanker entführt worden ist?«

»Wer hatte je davon gehört, daß ein Jumbo-Jet entführt wurde, bevor es das erste Mal passierte? Nach dem, was mit der *Crusader* geschehen ist, hätte sich der Kapitän der *Torbello* ganz sicher schwer gehütet, ein anderes Schiff auch nur in seine Nähe zu lassen, es sei denn, es handelte sich um eines, dessen Ungefährlichkeit außer Frage stand – und da kommt nur die Marine oder die Küstenwache in Frage. Wir haben gehört, daß ein seismologisches Überwachungsschiff der *Marine Gulf Corporation* verschwunden ist. Viele von diesen Schiffen sind früher für die Küstenwache gefahren und haben einen Hubschrauberlandeplatz. Das verschwundene Schiff hieß *Hammond.* Mit Ihren Verbindungen können Sie in Minuten herausfinden, ob mein Verdacht richtig ist.«

Lord Worth brauchte wirklich nur Minuten. »Sie haben also tatsächlich recht«, sagte er. Er war zu verdattert, um sich bei Mitchell zu entschuldigen. »Und als Cronkite Galveston auf diesem Schiff verließ, lief es unter dem Namen *Questar!* Weiß der Himmel, wie es jetzt heißt. Ich frage mich, was als nächstes kommt.«

»Ich nehme an, ein Anruf von Cronkite«, vermutete Mitchell.

»Warum sollte er mich anrufen?«

»Um irgendwelche horrenden Forderungen zu stellen, denke ich. Ich weiß es nicht.«

Lord Worth war nicht so leicht unterzukriegen. Er hatte mächtige und einflußreiche Freunde. Er rief einen ihm befreundeten Admiral im Marinehauptquartier in Washington an und verlangte, daß sofort eine Einheit losgeschickt würde, um das Meer abzusuchen. Die Marine meinte entschuldigend, daß sie für ein solches Vorhaben die Erlaubnis des Oberbefehlshabers brauchte – in diesem Fall die des Präsidenten selbst. Der Präsident zeigte zwar höflich, doch deutlich sein Desinteresse. Weder er noch der Kongreß hatten Veranlassung, den Ölgesellschaften, die sie schon oft genug verspottet hatten, Sympathie entgegenzubringen – und das mußte nun Lord

Worth ausbaden, obwohl er noch jemandem aus Washington zu nahe getreten war. Abgesehen von allem anderen, so sagte man, läge das abzusuchende Gebiet außerhalb der amerikanischen Hoheitsgewässer. Außerdem regne es im Golfgebiet, und die Nacht sei pechschwarz – demzufolge sei es also unmöglich, die vielleicht hundert verschiedenen Schiffe, die auf dem Radarschirm erschienen, zu identifizieren. Lord Worth wandte sich an den CIA. Hier war das Desinteresse noch größer. Man hatte in den letzten Jahren böse Kritik von der Öffentlichkeit einstecken müssen und verbrachte jetzt jede freie Minute damit, sich die Wunden zu lecken.

Das FBI wies nur kurz darauf hin, daß seine Beamten nur im Inland eingesetzt werden dürften und ohnehin seekrank würden, sobald sie Wasser nur von weitem sähen.

Lord Worth erwog, sich an die UNO zu wenden, wurde jedoch von Larsen und Mitchell davon abgebracht. Nicht nur, daß die Golfstaaten, Venezuela, Nigeria, jedes kommunistische Land und alle Staaten der Dritten Welt – und die machten den größten Stimmenanteil aus – ein Veto gegen einen solchen Wunsch einlegen würden, die UNO hatte auch gar keine legale Berechtigung, eine solche Aktion in die Wege zu leiten. Und abgesehen davon waren wahrscheinlich alle Verantwortlichen um diese Zeit sowieso im Bett.

Zum ersten Mal in seinem Leben wußte Lord Worth nicht weiter. Ganz plötzlich kam ihm zu Bewußtsein, daß auch er nur ein ganz normaler Sterblicher war.

Er glaubte, es könne ihm nichts mehr passieren, aber kurz darauf sollte er feststellen, daß er sich genauso irren konnte wie jeder andere Mensch.

Ein Anruf kam durch. Es war, wie Mitchell vorausgesagt hatte, Cronkite, der sagte, er freue sich, Lord Worth mitteilen zu können, daß kein Grund zur Besorgnis bestehe – die *Torbello* sei in seiner Hand. »Wo?« fragte Lord Worth nur. Wäre seine Tochter nicht anwesend gewesen, wäre seine Frage wohl nicht so kurz ausgefallen.

»Ich ziehe es vor, Ihnen darüber keine genauen Angaben zu machen. Es muß Ihnen genügen, wenn ich Ihnen sage, daß sie in den Hoheitsgewässern eines mittelamerikanischen Landes vor Anker liegt. Ich habe die Absicht, das Öl diesem armen Land zu überlassen.« Allerdings erwähnte er nicht, daß er plante, es zum halben Preis zu verkaufen und sich dadurch ein paar hunderttausend Dollar zu verdienen. »Dann lasse ich den Tanker aufs offene Meer hinausbringen und versenken. Wenn Sie nicht...«

»Wenn ich nicht was?« fragte Lord Worth. Seine Stimme war merkwürdig heiser.

»Wenn Sie nicht augenblicklich den Weihnachtsbaum schließen und die Pump- und Bohrarbeiten einstellen.«

»Idiot.«

»Was meinten Sie?«

»Ihre Bande von Strolchen hat das bereits veranlaßt. Wurde Ihnen das denn nicht mitgeteilt?«

»Ich will einen Beweis. Ich möchte Mortenson sprechen.«

»Bleiben Sie dran«, sagte Lord Worth müde, »ich lasse ihn holen.«

Mitchell stand auf. Als er zurückkam, wieder mit Overall und Kapuze, war Mortenson bereits gründlich instruiert worden. Er bestätigte Cronkite gegenüber, daß alle Arbeiten auf der *Meerhexe* eingestellt seien. Cronkite drückte seine Zufriedenheit darüber aus und legte auf. Mitchell nahm die Achtunddreißiger von Mortensons Nacken, und zwei von Palermos Männern brachten ihn hinaus. Mitchell zog seine Kapuze vom Kopf, und Marina sah ihn mit einer Mischung aus Entsetzen und Ungläubigkeit an. »Du warst bereit, ihn umzubringen«, flüsterte sie.

»Aber nicht im geringsten – ich wollte ihm ein bißchen auf den Kopf klopfen und ihm sagen, was er für ein guter Junge ist. Ich hatte dir doch gesagt, du solltest mit dem Hubschrauber fliegen.«

9

Lord Worth hatte gerade ein Taschentuch herausgeholt, um sich den Schweiß von der Stirn zu wischen, als zwei Männer ins Zimmer gestürmt kamen. Einer war Palermo und der andere ein Mitglied der Bohrmannschaft namens Simpson, dessen Aufgabe die Kontrolle der Sensoren war, die an den Beinen der Plattform und an den Verankerungskabeln befestigt waren. Er befand sich im Zustand höchster Erregung.

»Welche Hiobsbotschaft haben Sie mir zu bringen?« fragte Lord Worth.

»Irgend jemand ist unter der Bohrinsel, Sir. Meine Instrumente spielen total verrückt. Irgendein Gegenstand – aller Wahrscheinlichkeit nach ein metallischer – kommt immer wieder in Berührung mit dem westlichen Bein.«

»Ist das ganz sicher?« Simpson nickte heftig. »Ich kann nicht glauben, daß Cronkite versucht, die Bohrinsel in die Luft zu jagen, solange seine Männer hier sind.«

»Vielleicht will er sie nicht völlig zerstören«, sagte Mitchell, »sondern nur ein Bein so weit beschädigen, daß die Bohrinsel sich zu einer Seite neigt und die Pumpe und der Bohrer nicht mehr arbeiten können – vielleicht ist er aber auch bereit, seine Männer zu opfern.« Er wandte sich an Palermo: »Ich weiß, daß Taucherausrüstungen an Bord sind. Zeigen Sie sie mir bitte.« Die beiden Männer verließen den Raum.

»Ich nehme an, er ist wieder mal unterwegs, um jemanden umzubringen«, sagte Marina. »Er ist in Wirklichkeit gar kein Mensch, nicht wahr?«

Lord Worth sah sie tadelnd an: »Wenn du es als unmenschlich bezeichnest, daß er dich vor dem Tod bewahren will, dann ist er unmenschlich. Es gibt auf dieser verdammten Bohrinsel nur einen einzigen Menschen, für den er wirklich etwas empfindet, und das weißt du auch ganz genau. Ich hätte es nie für möglich gehalten, daß ich mich einmal einer meiner Töchter schämen muß.«

Palermo hatte zwei ausgebildete Taucher unter seinen Kumpanen, aber Mitchell beschloß, nur einen von ihnen mit hinunter zu nehmen. Palermo war nicht leicht zu beeindrucken, aber das Bild, das er sich von Mitchell hatte machen können, veranlaßte ihn dazu, Mitchells Entschluß nicht in Frage zu stellen. In ganz kurzer Zeit hatten Mitchell und sein Begleiter, ein Mann namens Sawyers, die Tauchausrüstungen angelegt und sich mit wiederaufladbaren Druckluft-Harpunengewehren und Messern bewaffnet. Sie wurden auf die einzige Art zum Wasser hinunter befördert, die man auf einer so riesigen TLP hatte – in einem Drahtkäfig, der am Ausleger des Krans befestigt war. Als der Käfig die Wasseroberfläche berührte, öffneten sie die Tür, tauchten und schwammen zu dem riesigen, westlichen Bein. Simpson hatte sich nicht geirrt – es wurde tatsächlich daran gearbeitet. Zwei Männer waren es, durch Leinen und Luftschläuche mit einem Schiff verbunden, das von hier unten nur als Schatten zu erkennen war. Beide Männer trugen starke Kopfscheinwerfer. Sie waren eifrig damit beschäftigt, Haftminen, konventionelle Minen und mit Amatol gefüllte Streifen an dem riesigen Bein zu befestigen. Mitchell schätzte, daß sie genügend Sprengstoff dabei hatten, um den Eiffelturm zum Einsturz zu bringen.

Die beiden Saboteure waren so in ihre Arbeit vertieft, daß sie Mitchells und Sawyers Näherkommen gar nicht bemerkten. Die beiden Taucher preßten ihre Masken gegeneinander, sahen einander in die Augen – die Scheinwerfer der Saboteure reflektierten genügend Licht – und nickten gleichzeitig. Da sie gegenüber potentiellen Killern keine Skrupel hatten, jagten sie ihnen die Harpunen kurzerhand in den Rücken. Der Tod mußte in beiden Fällen augenblicklich eingetreten sein. Mitchell und Sawyers luden ihre Gewehre erneut und zerschnitten dann die Luftschläuche der beiden Opfer, die auch die Kabel für die Sprechverbindung enthielten.

Auf der *Starlight* merkten Easton und seine Leute sofort, daß da unten etwas ganz entschieden im argen lag. Die toten Männer wurden geborgen – die Harpunen steckten noch in ihrem Rücken –, und als sie über die Reling hereingezogen wurden, schrien zwei Mannschaftsangehörige vor Schmerz laut auf. Mitchell und Sawyers waren aufgetaucht und hatten zwei weitere Ziele gesucht und gefunden. Es war ihnen nicht möglich zu erkennen, ob die beiden tödlich oder nur schwer verwundet waren, denn Easton war der Ansicht, daß genug passiert sei. Er beeilte sich, schnell wegzukommen, und schaltete dazu auf die viel stärkeren Dieselmotoren um. Sie machten zwar einen gehörigen Lärm, aber die Dunkelheit war so undurchdringlich, daß es den alarmierten Scharfschützen auf der Plattform nicht möglich war, ein Ziel anzuvisieren.

Mitchell und Sawyers, die nun ihrerseits ihre Kopfscheinwerfer eingeschaltet hatten, schwammen zu der Stelle, wo die Minen und der Sprengstoff angebracht worden waren. Alle Minen und Sprengstoffpakete waren mit Zeitschaltuhren versehen, die die beiden Männer entfernten und auf den Meeresboden sinken ließen. Für alle Fälle montierten sie auch noch die Zünder ab. Dann wickelten sie die Sprengstoffgürtel vom Bein der Bohrinsel ab und übergaben sie ebenfalls dem Meer. Die Minen ließen sie klugerweise da, wo sie waren – zwar kannten sie sich beide mit normalem Sprengstoff aus, nicht aber mit Unterwassersprengstoff. Minen können sehr hinterlistig sein – ihre Hauptladung setzt sich aus TNT, Amatol oder anderem konventionellen Sprengstoff zusammen, aber in der Mitte haben sie eine Sprengkapsel, die aus allen möglichen, langsam brennenden Sprengstoffen bestehen kann. Oben auf der Sprengkapsel ist ein schwimmender Zünder befestigt, der durch Wasserdruck aktiviert wird und für gewöhnlich aus siebenundsiebzig Gran Knallquecksilber besteht. Selbst wenn man diesen Zünder entfernt, kann die Sprengkapsel unter großem Druck trotzdem explodieren. Keiner der beiden Taucher verspürte den Wunsch, die in den Meeresboden gerammten Anker oder die Kabel zu sprengen, die an den Ankern befestigt waren. Sie tauchten auf, kletterten in den Drahtkäfig, der sie zur Plattform brachte, und gingen direkt zum Funkraum. Sie mußten eine Weile warten, bevor sie ihren Bericht machen konnten, denn Lord Worth führte gerade ein alles andere als liebenswürdiges Gespräch mit Cronkite. Marina saß in einer Ecke. Ihre Hände lagen verkrampft im Schoß, und ihr Gesicht sah regelrecht grau aus. Sie schaute Mitchell an, wandte sich jedoch sofort wieder ab, als wolle sie nie wieder etwas mit ihm zu tun haben – und im Augenblick entsprach das ganz sicher auch ihrer ehrlichen Überzeugung.

Cronkite war außer sich. »Sie gottverdammter Mörder!« schrie er Lord Worth am Telefon an. »Drei von meinen besten Männern sind tot – alle haben eine Harpune im Rücken!« Unwillkürlich sah Marina zu Mitchell hinüber, und ihr Blick sagte deutlich, daß sie ihn für ein Ungeheuer hielt.

Lord Worth war nicht weniger aufgebracht als Cronkite. »Es wäre mir ein Vergnügen, den Vorgang wiederholen zu lassen – nur diesmal mit Ihnen als Zielscheibe.«

Cronkite schluckte hörbar und sagte dann: »Ich hatte lediglich vor, die *Meerhexe* vorübergehend lahmzulegen, ich wollte nicht, daß jemandem an Bord etwas passiert. Aber wenn Sie durchaus mit harten Bandagen kämpfen wollen – an mir soll's nicht liegen. Allerdings müssen Sie sich dann in vierundzwanzig Stunden nach einer neuen Bohrinsel umsehen – natürlich nur, wenn Sie das Glück haben sollten, die bevorstehende Katastrophe zu überleben. Ich werde das gute Stück nämlich in die Luft jagen.«

Lord Worth wurde allmählich wieder ruhiger. »Es wäre interessant, zu erfahren, wie Sie das machen wollen. Meinen Informationen zufolge sind Ihre Kriegsschiffe zu ihren Stützpunkten zurückbeordert worden.«

»Es gibt mehrere Möglichkeiten, die *Meerhexe* zu vernichten.« Cronkite schien seiner Sache sehr sicher zu sein. »Inzwischen werde ich erst mal die *Torbello* entladen und versenken lassen.« In Wahrheit hatte er jedoch ganz und gar nicht vor, sie zu versenken: die *Torbello* war ein in Panama registrierter Tanker, und Cronkite hatte eine ganze Menge Freunde in Panama – es würde also nicht schwierig für ihn sein, den Tanker dort für eine erhebliche Summe zu verkaufen. Das Gespräch – wenn man einen derart heftigen Wortwechsel überhaupt so nennen konnte – endete abrupt.

»Eins steht jedenfalls fest«, sagte Mitchell, »Cronkite lügt wie gedruckt. Er ist nicht einmal in der Nähe von Südamerika, sonst wäre die Verbindung nämlich bedeutend schlechter gewesen. Und außerdem konnten wir ja hören, wie er seinem Freund Durand mitteilte, daß er nicht mit dem Hubschrauber herkommen würde – und der Flug dauerte nur ganze fünfzehn Minuten. Er treibt sich irgendwo da hinten herum – knapp hinter dem Horizont.«

»Wie ist's da unten gegangen?« fragte Lord Worth.

»Sie haben es ja von Cronkite gehört. Wir hatten keine Schwierigkeiten.«

»Erwarten Sie jetzt noch welche?«

»Allerdings. Cronkite war verdammt selbstsicher.«

»Und von wo müssen wir die Ihrer Meinung nach erwarten?«

»Da kann ich auch nur raten. Es ist sogar möglich, daß er das gleiche noch mal versucht.«

Lord Worth sah ihn ungläubig an: »Nach dem, was passiert ist?«

»Er könnte auf das Überraschungsmoment bauen. Aber wenn er das gleiche noch mal versucht, wird er sich einer anderen Taktik bedienen, dessen bin ich sicher. Ich bin überzeugt, daß er nicht mit einem Flugzeug oder einem Unterseeboot arbeiten wird, und wenn auch nur aus dem einen Grund, daß er keine Männer dafür hat – und die kann er gar nicht haben. Ich glaube also nicht, daß der Radarschirm oder die Sonare heute nacht etwas aufspüren werden. Und da wir gerade dabei sind: Ihr Funker könnte sicher ein paar Stunden Schlaf gebrauchen – für den Notfall hat er ja eine Alarm-Rufschaltung in seiner Kabine. Simpson dagegen würde ich noch nicht ins Bett schicken – es könnte wie gesagt durchaus sein, daß unsere Freunde sich noch mal an einem der Beine zu schaffen machen.«

»Aber diesmal würden sie doch mit uns rechnen«, sagte Palermo. »Sie würden nah an der Oberfläche arbeiten und bewaffnete Posten zur Bewachung der Taucher aufstellen und vielleicht sogar infrarote Suchscheinwerfer einsetzen, die wir von der Plattform aus nicht erkennen könnten. Sie und Sawyers hatten beim ersten Mal Glück, und Glück hängt eng mit dem Überraschungseffekt zusammen – diesmal hätten Sie keins, weil es keine Überraschung mehr wäre.«

»Wir brauchen kein Glück. Lord Worth hätte nicht all die Wasserbomben stehlen und hierher bringen lassen, wenn nicht einer Ihrer Männer Spezialist auf diesem Gebiet wäre. Wer ist es?«

Palermo sah ihn nachdenklich an. »Cronin«, sagte er schließlich. »Ehemaliger Unteroffizier. Warum wollen Sie das wissen?«

»Er könnte die Sprengzünder so anbringen, daß die Wasserbombe sofort beim Auftreffen auf das Wasser oder kurz danach explodieren würde?«

»Ich nehme es an. Warum?«

»Wir legen jeweils drei Wasserbomben vielleicht fünfundzwanzig Meter von jedem Bein entfernt am Rand der Plattform aus – Ihr Freund Cronin könnte uns da hilfreich unter die Arme greifen, denn möglicherweise täusche ich mich ja auch mit der Entfernung. Wenn Simpson irgend etwas auf seinen Instrumenten sieht, stoßen wir einfach eine der Wasserbomben über den Rand der Plattform. Die Explosion dürfte eigentlich den Beinen der *Meerhexe* nichts ausmachen, und auch das Boot der Taucher wird kaum mehr als ein paar unsanfte Stöße abbekommen, aber für die Taucher im Wasser wäre die Explosion ganz sicher tödlich.«

Palermo sah ihn bewundernd an: »Für einen Mann, von dem man annimmt, daß er sich auf der richtigen Seite des Gesetzes bewegt, sind Sie ein ganz schön kaltblütiger Bursche, Mitchell.«

»Wenn Sie gerne sterben wollen, dann brauchen Sie es nur zu sagen. Ich könnte mir allerdings vorstellen, daß Sie es zweihundertsiebzig Meter unter der Meeresoberfläche ziemlich ungemütlich finden würden. Ich schlage vor, Sie holen Cronin und ein paar von Ihren Männern, damit die Wasserbomben richtig arrangiert werden.«

Mitchell ging mit, um Palermo, Cronin und zwei von ihren Kumpanen bei der Arbeit zu beobachten. Cronin hatte der von Mitchell vorgeschlagenen Entfernung von den Beinen zugestimmt. Als Mitchell noch dastand und zuschaute, kam Marina auf ihn zu: »Es müssen noch mehr Männer sterben, nicht wahr?«

»Ich hoffe nicht.«

»Aber hier werden doch gerade die Vorbereitungen für weitere Morde getroffen, oder?«

»Hier werden Vorbereitungen für unser Überleben getroffen.«

Sie packte ihn am Arm: »Tötest du gern?«

»Nein.«

»Wieso kannst du es dann so gut?«

»Irgend jemand muß es doch tun.«

»Zum Wohle der Menschheit, was?«

»Du mußt ja nicht mit mir sprechen.« Er hielt einen Augenblick inne und fuhr dann fort: »Polizisten töten, Soldaten töten. Aber es ist nicht gesagt, daß sie es gern tun. Im Ersten Weltkrieg wurde ein Bursche namens Marschall Foch der höchstdekorierte Soldat des

Krieges, weil er für den Tod von einer Million Männern verantwortlich war. Die Tatsache, daß die meisten davon seine eigenen Leute waren, spielte keine Rolle. Ich gehe nicht auf die Jagd, ich schieße nicht auf Rummelplätzen, ich angle nicht einmal. Ich esse zwar auch gern Lamm wie viele andere Leute, aber ich würde wegen eines Bratens keinem Tier einen Haken in die Kehle treiben und es eine halbe Stunde durch die Gegend schleifen, bis es vor Schmerz und Erschöpfung stürbe. Ich vernichte lediglich Ungeziefer.«

»Ist das der Grund, warum du und John aus dem Polizeidienst entlassen wurden?«

»Muß ich dir das sagen?«

»Hast du schon mal jemanden umgebracht, den man gemeinhin als guten Menschen bezeichnen könnte?«

»Nein. Aber wenn du nicht aufhörst, mich zu löchern...«

»Ich glaube, ich könnte mir trotz allem vorstellen, deine Frau zu werden.«

»Wie ich schon sagte – ich habe dir nie einen Antrag gemacht.«

»Und worauf wartest du?«

Mitchell seufzte und lächelte dann. »Lady Marina Worth, würden Sie mir die Ehre erweisen...«

Hinter ihnen hustete jemand. Marina fuhr herum, und ihr Gesichtsausdruck ließ deutlich erkennen, daß nur ihre vornehme Erziehung sie davon abhielt, mit dem Fuß aufzustampfen. »Dad, du hast wirklich eine große Begabung, im unrechten Moment aufzukreuzen.«

»Ich finde, es ist der richtige Moment«, widersprach Lord Worth. »Meine herzlichsten Glückwünsche.« Er sah Mitchell an: »Sie haben sich aber wirklich Zeit gelassen, was? Ist alles für die Nacht vorbereitet?«

»Ja – jedenfalls dann, wenn es mir gelungen ist, mich in Cronkite hineinzudenken.«

»Ich setze volles Vertrauen in Sie, mein Junge. Ich für meinen Teil muß jetzt schlafen gehen – ich bin, vielleicht nicht ganz ohne Grund, todmüde.«

»Ich auch«, sagte Marina. »Na, dann gute Nacht, mein Verlobter.« Sie küßte ihn leicht und ging mit ihrem Vater davon.

Dieses eine Mal war Lord Worths Vertrauen nicht gerechtfertigt – Mitchell hatte einen großen Fehler gemacht, als er den Funkoffizier ins Bett schickte. Wäre nämlich der Funker auf seinem Platz gewesen, dann hätte er zweifellos die Nachricht von dem Einbruch im ›Netley Rowan Arsenal‹ und dem Diebstahl von Nuklearwaffen aufgefangen, und es wäre ein leichtes für Mitchell gewesen, sich darauf einen Reim zu machen.

Während Lord Worth die dritte Stunde seiner wohlverdienten Nachtruhe genoß, war Mulhooney schon außerordentlich aktiv gewesen: Er hatte 50000 Tonnen Öl gelöscht und die *Torbello* wieder weit aufs Meer hinausgebracht. Eine Stunde später war er mit zwei Kumpanen und dem einzigen motorisierten Rettungsboot mit der traurigen Nachricht zurückgekehrt, daß es beim Versenken des Tankers eine Explosion gegeben hätte, die nur er und die beiden anderen überlebten. Die auf so tragische Weise umgekommene Mannschaft war im Augenblick gerade dabei, die *Torbello* nach Panama zu bringen. Die offiziellen Beileidsbezeugungen waren zahlreich und heuchlerisch – wenn ein Tanker in die Luft fliegt, ist es unmöglich, daß sein motorisiertes Rettungsboot die Katastrophe unbeschadet übersteht. Die Republik unterhielt keine diplomatischen Beziehungen zu den Vereinigten Staaten, und die einzigen Dinge, die sie gerne in diesem Land ausgeführt hätten, wären die Cholera und die Beulenpest gewesen. Die drei wurden auf dem winzigen Flugplatz von einem Privatjet erwartet. Nachdem ihre Pässe ordnungsgemäß gestempelt worden waren, flogen Mulhooney und seine Freunde los – angeblich nach Guatemala. Ein paar Stunden später landeten sie jedoch auf dem Internationalen Flughafen von Houston. Cronkite hatte den größten Teil der zehn Millionen Dollar Spesen noch zur Verfügung und machte sich wegen kleinerer Ausgaben kein Kopfzerbrechen – Mulhooney und seine Kumpane mieteten einen Hubschrauber und machten sich auf den Weg zum Golf.

Während der vierten Stunde von Lord Worths Tiefschlaf, der selbst durch eine beträchtliche Unterwasserexplosion nicht zu unterbrechen gewesen war, wurde Lord Worth unangenehmerweise von dem vor Wut schäumenden Cronkite geweckt, der ihn telefonisch beschuldigte, zwei weitere seiner Männer auf dem Gewissen zu haben, und ihm ankündigte, daß er sich entsprechend rächen werde. Lord Worth legte den Hörer auf, ohne sich die Mühe zu machen, überhaupt zu antworten, schickte nach Mitchell und erfuhr, daß Cronkite tatsächlich einen zweiten Versuch gemacht hatte, das westliche Bein zerstören zu lassen. Die Wasserbombe hatte offenbar genau das bewirkt, was von ihr erwartet worden war – im Licht der Suchscheinwerfer hatte man zwei tote Taucher auf dem Wasser treiben sehen. Das Boot, mit dem sie hergekommen waren, schien nicht ernstlich beschädigt zu sein, denn sie hatten deutlich das Geräusch von aufdrehenden Dieselmotoren gehört. Anstatt sich geradewegs aus dem Staub zu machen, war es unter der Bohrinsel verschwunden. Als sie aber auf der anderen Seite der Plattform ankamen, hatten es bereits die Dunkelheit und der Regen verschluckt. Lord Worth lächelte glücklich und ging zurück ins Bett. Wenn er gewußt hätte, was sich in der fünften Stunde seines Schlafs in dem abgelegenen Motel in Louisiana ereignete, das ihm gehörte und unter seiner persönlichen Kontrolle stand, hätte er ganz sicher nicht so ruhig geschlafen. In besagtem Motel verbrachten die Ablösungsmannschaften der *Meerhexe* in striktester Abgeschiedenheit ihre wöchentlichen Ferien. Zusätzlich zu dem Überfluß an Essen und Trinken, Filmen und einem erstklassigen Bordell, bot es jede Annehmlichkeit, die dienstfreie Ölleute sich nur träumen lassen. Aber sie wären auch unter weniger günstigen Umständen kaum auf die Idee gekommen, das Gebäude verlassen zu wollen – wenn neun von zehn Männern von der Polizei gesucht werden, dann ist völlige Isolierung eine Grundvoraussetzung für unbeschwerte Tage.

Die Eindringlinge, etwa zwanzig im ganzen, kamen um Mitternacht. Sie wurden von einem Mann angeführt – treffender gesagt einem ›Humanoiden‹ –, der auf den Namen Gregson hörte. Von allen Mitarbeitern Cronkites war er bei weitem der gefährlichste und besaß die Moralbegriffe und Instinkte einer Lanzenschlange mit Zahnschmerzen. Das Personal schlief und war samt und sonders chloroformiert, bevor es die Gelegenheit gehabt hatte, aufzuwachen.

Die Bohrmannschaft schlief ebenfalls, aber auf andere Art und aus ganz anderen Gründen. Alkohol ist auf Bohrinseln verboten, und am letzten Abend, bevor sie zur Ablösung antreten mußten, gossen sich die Ölleute für gewöhnlich den Kragen voll, bis nichts mehr hineinging. Und so schliefen sie teilweise wie Tote. Die Runde durch die Quartiere – die meisten der hochgescheuchten Männer schliefen sogar im Stehen weiter – dauerte keine fünf Minuten. Der Versuch der beiden einzigen halbwegs nüchternen Bohrleute, aufzumucken, wurde von Gregson mit seiner schallgedämpften Beretta sofort und für immer unterbunden.

Die Gefangenen wurden in einem unverändert belassenen vorübergehend ausgeborgten Möbelwagen abtransportiert und zu einem verlassenen und sehr abseits gelegenen Lagerhaus am Rande der Stadt gebracht. Es war keine besonders luxuriöse Unterkunft, aber für Gregsons Zwecke wie geschaffen. Die Gefangenen wurden weder gefesselt noch geknebelt – es wäre auch völlig überflüssig gewesen, denn der Anblick der beiden mit Maschinenpistolen bewaffneten Wachen ermutigte nicht gerade zu einem Aufstand. Aber selbst die Maschinenpistolen waren eigentlich überflüssig, denn die betrunkenen Gefangenen waren schon wieder in einen traumlosen Schlaf gesunken.

In der sechsten Stunde von Lord Worths ebenfalls traumlosem Schlaf starteten Gregson und seine Männer in einem der Hubschrauber des Lords. Die beiden Piloten hatten sich widerwillig bereit gefunden, sie als Passagiere zu akzeptieren – Schmeisser-Pistolen sind wahre Überredungskünstler.

In der siebenten Stunde von Lord Worths Schlaf landeten Mulhooney und seine beiden Kumpane auf dem leeren Landeplatz der *Georgia*. Da Cronkites eigener Hubschrauber momentan auf der *Meerhexe* festsaß, belegte er ohne Gewissensbisse den Hubschrauber und seine glücklosen Piloten mit Beschlag.

Fast im gleichen Augenblick landete ein weiterer Helikopter auf der *Meerhexe*, aus dem außer dem Piloten nur ein einzelner Passagier stieg. Es war Dr. Greenshaw, und er sah wie das aus, was er war – ein älterer und sehr müder Mann. Er begab sich geradewegs zum Krankenrevier, legte sich, ohne sich auszuziehen, auf eines der Feldbetten und war eine Sekunde später fest eingeschlafen. Unmittelbar davor war ihm noch eingefallen, eigentlich hätte er Lord Worth berichten sollen, daß seine Tochter Melinda und John Roomer in guten Händen und in guter Verfassung seien, aber dann war er zu dem Schluß gekommen, daß gute Nachrichten nie so eilten wie schlechte.

In der achten Stunde, als die Morgendämmerung den Himmel bereits erhellte, erwachte Lord Worth, streckte sich ausgiebig, schlüpfte in seinen herrlich bestickten Morgenmantel und schlenderte auf die Plattform hinaus. Der Regen hatte aufgehört, und die Sonne erschien am Horizont – es versprach, ein schöner Tag zu werden. Zufrieden zog er sich in seine Suite zurück, um seine ausführliche Morgentoilette zu zelebrieren.

Lord Worths Zufriedenheit war völlig fehl am Platz. Fünfzehn Minuten vorher hatte der Funker, nachdem er sich gerade wieder vor das Gerät gesetzt hatte, eine Nachricht aufgefangen, die ihm ganz und gar nicht gefiel und die ihn veranlaßte, sofort Mitchell aufzusuchen. Wie jeder andere an Bord, Palermo und Larsen eingeschlossen, wußte er, daß der Mann, an den man sich im Notfall wenden mußte, Mitchell war – der Gedanke, Lord Worth zu belästigen, war ihm überhaupt nicht gekommen. Mitchell war gerade beim Rasieren. Er sah müde aus – kein Wunder, denn immerhin war er den größten Teil der Nacht aufgewesen.

Er sah den Funker an und sagte: »Ich hoffe, es gibt nicht schon wieder Schwierigkeiten?«

»Ich weiß es nicht.« Der Funker überreichte Mitchell die Nachricht: »Zwei taktische Nuklearwaffen gestern nachmittag aus dem ›Netley Rowan Arsenal‹ entwendet. Geheimdienst vermutet, sie wurden per Flugzeug oder Hubschrauber in südlicher Richtung über den Golf zu einem unbekannten Ziel geflogen. Ein weltweiter Aufruf ist ergangen. Jeder, der in der Lage ist, Informationen...«

»Großer Gott! Setzen Sie sich sofort mit diesem Arsenal in Verbindung. Benutzen Sie Lord Worths Namen. Ich bin in einer Minute bei Ihnen.«

Er war schon eine halbe Minute später da. »Ich habe schon Verbindung«, berichtete der Funker, »aber die sind nicht besonders kooperationsfreudig.«

»Geben Sie mir den Hörer. Mein Name ist Mitchell. Mit wem spreche ich bitte?«

»Hier ist Colonel Pryce.« Der Ton war nicht ausgesprochen hochnäsig, nur eben so, wie ein hoher Offizier mit einem Zivilisten zu sprechen pflegt.

»Ich arbeite für Lord Worth. Das kann Ihnen die Polizei in Lauderdale, das Pentagon oder der Außenminister bestätigen.« Er wandte sich an den Funker, sprach jedoch so laut, daß Pryce es verstehen konnte: »Holen Sie Lord Worth her. Es ist mir egal, ob er in seiner verdammten Badewanne sitzt – holen Sie ihn.« Dann sprach er wieder in die Sprechmuschel: »Colonel Pryce, Sie wissen sicher, daß Lord Worths Töchter entführt worden sind. Ich bin engagiert worden, um sie zu finden, und das habe ich getan. Was noch wichtiger ist: die Bohrinsel, auf der ich mich befinde, die *Meerhexe*, soll zerstört werden. Zwei Versuche sind bereits unternommen worden, jedoch ohne Erfolg. Sie können außerdem beim Pentagon erfahren, daß von dort interveniert wurde, um drei Kriegsschiffe zu stoppen, die die *Meerhexe* zerstören sollten. Ich glaube, daß die gestohlenen Nuklearwaffen auf dem Weg hierher sind. Ich möchte Informationen über diese taktischen Waffen, und ich muß Sie darauf hinweisen, daß Lord Worth eine Weigerung, dieser Bitte zu entsprechen, als schwerwiegende Pflichtvergessenheit interpretieren würde – und Sie kennen doch wohl die Macht, über die Lord Worth verfügt.«

Colonel Pryces Ton änderte sich merklich: »Es ist völlig unnötig, mir zu drohen.«

»Einen Augenblick – Lord Worth ist gerade gekommen.« Mitchell faßte das bisher Gesagte kurz zusammen, wobei er darauf achtete, daß Colonel Pryce jedes Wort mithören konnte, das gesprochen wurde.

»Nuklearwaffen! Verdammte Schweinerei! Deshalb war Cronkite seiner Sache so sicher!« Lord Worth riß Mitchell den Hörer aus der Hand. »Hier spricht Lord Worth. Ich habe einen heißen Draht zu Mr. Belton, dem Außenminister – es kostet mich fünfzehn Sekunden, ihn an den Apparat zu bekommen. Soll ich ihn anrufen?«

»Das wird nicht nötig sein, Lord Worth.«

»Dann geben Sie uns eine detaillierte Beschreibung dieser verdammten Dinger und sagen Sie uns, wie sie funktionieren.«

Pryce beeilte sich, dieser Aufforderung nachzukommen. Seine Ausführungen deckten sich genau mit der, die Captain Martin dem angeblichen Colonel Farquharson gegeben hatte – bis auf zwei Punkte: »Martin war neu hier und kannte sich noch nicht so genau aus. Diese nuklearen Sprengsätze – man kann sie eigentlich nicht direkt als Bomben bezeichnen – sind etwa doppelt so wirkungsvoll, wie er gesagt hat. Die Diebe haben den falschen Typ gestohlen – diese Sprengsätze haben keinen schwarzen Knopf, mit dessen Hilfe man sie im Notfall desaktivieren kann. Und die Zeitspanne bis zur Explosion beträgt neunzig Minuten und nicht sechzig. Und sie können über Funk aktiviert werden.«

»Mit einer VHF-Nummer oder so?«

»Ganz unkompliziert. Man kann nicht von einem Soldaten erwarten, daß er sich im wildesten Schlachtgetümmel an irgendwelche Zahlen erinnert. Es ist einfach ein birnenförmiges Ding mit einem Plastiksiegel. Das muß man im Bedarfsfall abreißen und einen schwarzen Schalter um dreihundertsechzig Grad herumdrehen. Es ist wichtig, daran zu denken, daß der Zündmechanismus in dem nuklearen Sprengsatz desaktiviert wird, wenn man den schwarzen Schalter ausschaltet. Er kann jederzeit wieder eingeschaltet werden.«

»Wir haben einen riesigen Öl-Vorratstank ganz in der Nähe.

Würde eine solche Explosion nicht einen großen Ölfleck zur Folge haben?«

»Mein Lieber, Öl ist leicht brennbar und viel leichter zu vernichten als Stahl.«

»Danke.«

»Es scheint mir, als hätten Sie am liebsten ein Geschwader Überschallbomber da draußen. Aber ich muß mir erst beim Pentagon die Erlaubnis holen.«

»Danke.«

Lord Worth und Mitchell machten sich auf den Weg zur Suite des Lords. »Zwei Dinge«, sagte Lord Worth. »Erstens nehmen wir nur an – es wäre jedoch gefährlich, nicht damit zu rechnen –, daß diese verdammten Dinger gestohlen wurden, um gegen uns eingesetzt zu werden. Zweitens kann ich mir nicht vorstellen, wie es Cronkite schaffen sollte, die Dinger wirkungsvoll gegen uns zu benutzen, wenn die Radarschirme, die Sonare und die Sensoren ständig überwacht werden.«

»Nein, ich kann es mir eigentlich auch nicht vorstellen – aber ich kann mir überhaupt schlecht vorstellen, was in Cronkites Kopf vor sich geht.«

Gregson nahm von Lord Worths Hubschrauber aus Kontakt mit der *Georgia* auf: »Wir sind noch fünfzehn Meilen entfernt.« Cronkite antwortete persönlich: »Wir steigen in zehn Minuten auf.« In Lord Worths Wohnraum erwachte ein Wandlautsprecher knakkend zum Leben: »Hubschrauber nähert sich von Nordwesten.«

»Kein Grund zur Beunruhigung – das ist die Ablösung der Bohrmannschaft.«

Als der Helikopter aufsetzte, stand Lord Worth gerade unter der Dusche. Mitchell war im Labor und sah mit seinem weißen Mantel und der Brille ganz wie ein Wissenschaftler aus. Dr. Greenshaw schlief noch.

Abgesehen davon, daß sie geknebelt und gefesselt worden waren, war den Piloten weiter nichts geschehen. Die ungebetenen Passagiere verließen den Hubschrauber schweigend. Die Bohrmannschaft, deren Dienst noch nicht zu Ende war, beobachtete ihre Ankunft ohne besonderes Interesse. Man hatte sie darauf trainiert, sich um ihre eigenen Angelegenheiten zu kümmern. Außerdem hatten sie gute persönliche Gründe, sich nicht bei Unbekannten anzubiedern – und die Neuankömmlinge waren Unbekannte. Lord Worth besaß vor der Küste nicht weniger als neun Bohrinseln und legte aus Gründen, die nur er kannte, Wert darauf, daß die Mannschaften immer wieder auf einer anderen Bohrinsel eingesetzt wurden. Die Neuankömmlinge trugen die üblichen Kleidersäcke über der Schulter, die aber in diesem Fall nur ein Minimum an Kleidungsstücken enthielten. Und auch diese waren nicht zum Tragen gedacht, sondern dienten einzig und allein dem Zweck, die Formen der Maschinenpistolen und der anderen, noch tödlicheren Waffen zu verbergen, für deren Transport die Kleidersäcke zweckentfremdet worden waren.

Dank der Instruktionen, die Gregson via Durand von Cronkite erhalten hatte, wußte er genau, wo er hinmußte. Er bemerkte die beiden lässig dahinschlendernden Wachtposten und sah sie für ein baldiges Ende vor.

Er führte seine Männer zu den orientalischen Quartieren, wo sie ihre Säcke auf der Plattform abstellten und öffneten. Fenster zersplitterten, und was dann folgte, war nur als wildes Massaker zu beschreiben. Nach sechs Sekunden Maschinenpistolenfeuer, Bazookafeuer und Feuer aus Flammenwerfern – zuvor waren Tränengasbomben geworfen worden – war von drinnen kein Laut mehr zu hören. Die beiden Wachtposten waren tot, bevor sie Zeit hatten, zu ihren Waffen zu greifen. Der einzige Überlebende war Larsen, der hinten in seinem Zimmer gewesen war – Palermo und seine Männer waren samt und sonders tot.

Unmittelbar darauf erschienen aus den Quartieren am Ende des Blocks vier Menschen: der Lärm war so gewaltig gewesen, daß er selbst in Lord Worths schalldichte Räume gedrungen war. Zwei der Männer hatten weiße Mäntel an, der dritte einen japanischen Kimono und der vierte einen Morgenmantel. Einer von Gregsons Männern schoß zweimal, und Mitchell stolperte rückwärts und fiel zu Boden. Gregson ließ den Lauf seiner Waffe auf das Handgelenk des Mannes sausen, der geschossen hatte. Der Mann schrie auf, und die Waffe fiel ihm aus der zerschmetterten Hand.

»Verdammter Idiot!« Gregsons brutale Stimme paßte zu seinem Aussehen. »Cronkite hat gesagt, wir sollen uns nur die harten Kerle vornehmen.«

Gregson war ein guter Organisator. Er teilte seine Männer in fünf Gruppen ein. Eine der Gruppen scheuchte die Bohrmannschaft in die Quartiere für die westlichen Arbeiter. Die zweite, dritte und vierte Gruppe begab sich jeweils zum Radar-, Sonar- und Sensorraum, die diensttuenden Beobachter wurden gefesselt, blieben aber ansonsten ungeschoren, und dann zersplitterten sämtliche

Apparaturen unter dem Trommelfeuer der Maschinenpistolen. Damit war die *Meerhexe* blind, taub und betäubt. Die fünfte Gruppe ging in den Funkraum, wo sie zwar den Funker fesselten, die Geräte jedoch intakt ließ.

Dr. Greshaw trat zu Gregson: »Sie sind der Anführer?«

»Ja.«

»Ich bin Arzt.« Er deutete auf Mitchell, dessen weißer Mantel blutbefleckt war und der sich in sehr überzeugender Weise am Boden krümmte, während Marina sich bitterlich weinend über ihn beugte. »Er ist schwer verletzt. Kann ich ihn ins Krankenrevier bringen und verarzten?«

»Mit Ihnen haben wir keinen Streit«, sagte Gregson und traf damit die falscheste Feststellung seines Lebens.

Greenshaw half dem schwachen und sich schwer auf ihn stützenden Mitchell ins Krankenrevier, wo er sich, nachdem sich die Tür hinter ihm geschlossen hatte, in Rekordzeit erholte. Marina starrte ihn zunächst erstaunt, gleich darauf jedoch zornig an.

»Du hinterlistiger, falscher, betrügerischer...«

»Aber, aber so spricht man doch nicht mit einem Kranken!« Er zog seinen weißen Mantel, sein Jackett und sein Hemd aus. »Ich habe dich noch nie weinen gesehen – es macht dich noch schöner. Und das hier ist echtes Blut.« Er wandte sich an Dr. Greenshaw. »Streifschuß an der linken Schulter, Kratzer am rechten Unterarm. Verarzten Sie mich gut, Doc. Der rechte Unterarm muß vom Ellbogen bis zum Handgelenk verbunden werden, der linke Arm von der Schulter bis zum Ellbogen – und den trage ich dann in einer schönen, großen Schlinge. Marina, sogar hinreißende Schönheiten wie du pflegen Talkumpuder zu benutzen – ich hoffe, du bist keine Ausnahme.«

Noch immer nicht ganz besänftigt, sagte sie unfreundlich: »Ich habe welchen. Babypuder«, setzte sie aufsässig hinzu.

»Dann hol ihn bitte.«

Fünf Minuten später war Mitchell in den Prototyp des tapferen Schwerverletzten verwandelt. Sein rechter Arm war dick verbunden, und sein linker Arm hing in einer riesigen Schlinge. Sein Gesicht war leichenblaß. Er verschwand und kam ein paar Sekunden später wieder.

»Was hast du gemacht?« fragte sie mißtrauisch.

Er griff in die Schlinge und zog eine schallgedämpfte Achtunddreißiger heraus. »Die Trommel ist voll.« Er schob sie wieder in ihr Versteck.

»Du gibst nie auf, nicht wahr?« Sie sagte es mit einer Mischung aus Ehrfurcht und Bitterkeit.

»Nicht, wenn ich die Aussicht habe, pulverisiert zu werden.«

Dr. Greenshaw starrte ihn an: »Was meinen Sie denn damit, um Himmels willen?«

»Unser Freund Cronkite hat ein paar taktische Nuklearwaffen geklaut, mit denen er die *Meerhexe* zerstören will. Er müßte eigentlich bald hier sein. Doc, ich möchte, daß Sie etwas für mich tun. Nehmen Sie Ihre größte Arzttasche, gehen Sie zu Gregson und sagen Sie ihm, es sei Ihre Pflicht als Mensch und Arzt, sich in den orientalischen Quartieren umzusehen und den vielleicht noch Lebenden zu helfen oder sie von ihren Qualen zu erlösen – es ist ein ganz schönes Lager von Handgranaten da drin, und von denen hätte ich gerne ein paar.«

»Aber mit dem größten Vergnügen. Mein Gott, Sie sehen fürchterlich aus! Wenn ich Sie so anschaue, könnte ich glatt an meinen ärztlichen Fähigkeiten zweifeln.«

Sie verließen die Krankenstation. Cronkites Hubschrauber setzte gerade zur Landung an. Cronkite stieg als erster aus, gefolgt von Mulhooney, den drei angeblichen Offizieren, die die Nuklearwaffen gestohlen hatten, dem Piloten und Easton. Easton war eine unbekannte Größe. Mitchell wußte es nicht, aber Eastons *Starlight* war durch die Wasserbombe so schwer beschädigt worden, daß sie nicht mehr einzusetzen war. In weniger als vier Meilen Entfernung steuerte ein Boot auf die *Meerhexe* zu, das aussah wie ein Küstenwachboot – die verschwundene *Hammond,* die ehemalige *Questar* und die derzeitige *Georgia.*

Dr. Greenshaw trat erneut zu Gregson: »Ich möchte mich gern in den Überresten der Quartiere da drüben umsehen. Vielleicht ist noch irgend jemand am Leben – viel wahrscheinlicher ist allerdings, daß ich ein paar Leute vorfinde, die eine kleine Sterbehilfe begrüßen werden.«

Gregson deutete auf eine Eisentür: »Ich bin mehr daran interessiert, wer da drin ist. Spicer«, sagte er zu einem seiner Männer, »einen Bazookaschuß auf das Schloß.«

»Das wird kaum nötig sein«, sagte Dr. Greenshaw. »Ein Klopfen von mir ist völlig ausreichend. Da drin ist Commander Larsen – er ist kein Feind von Ihnen. Er schläft nur da drin, weil er gerne seine Ruhe hat.« Dr. Greenshaw klopfte. »Commander Larsen. Ich bin's, Dr. Greenshaw. Es ist alles okay, kommen Sie heraus. Wenn Sie es nicht tun – hier sind ein paar Leute, die die Tür und alles, was dahinter ist, mit einem Feuerstoß vernichten. Ich spreche nicht unter Zwang. Kommen Sie heraus.«

Ein schwerer Schlüssel wurde im Schloß herumgedreht, und dann öffnete sich die Tür. Commander Larsen sah aus, als leide er unter einer frisch erworbenen Bombenneurose, was durchaus auch der Fall sein konnte. »Was ist los?« fragte er.

»Wir haben euch kassiert, mein Freund«, sagte Gregson. Greenshaw konstatierte mit Zufriedenheit, daß Larsen eine voluminöse Jacke trug, die einen Reißverschluß in der Taille hatte. »Durchsuchen«, ordnete Gregson an. Larsen wurde durchsucht – ohne positives Ergebnis. »Wo ist Scoffield?« fragte er.

»In dem anderen Quartier«, sagte Greenshaw. »Es geht ihm gut.«

»Palermo?«

»Tot. Und alle seine Männer auch. Wenigstens glaube ich es. Ich werde mich gleich davon überzeugen.« Er beugte die Schultern, um eher wie achtzig als wie siebzig auszusehen und ging den Korridor hinunter. Aber er hätte sich die Mühe sparen können, den gebrechlichen Alten zu spielen: Gregson war vor der Tür gerade mit Cronkite zusammengetroffen, und die beiden Männer überschütteten einander und sich selbst mit Gratulationen. Schon nach den ersten Schritten in die ehemalige Unterkunft erkannte Greenshaw, daß für die hier liegenden Männer jede Hilfe zu spät kam. Die meisten der Toten waren bis zur Unkenntlichkeit verstümmelt – was die Maschinenpistolen und die Bazookas nicht vernichtet hatten, war ein Opfer der Flammenwerfer geworden. Aber dann wurde er an den wahren Grund seines Hierseins erinnert: vor ihm lagen eine Kiste mit Handgranaten, die völlig in Ordnung waren, und ein paar Schmeisser mit vollen Magazinen. Einige der Granaten verstaute er ganz unten in seiner Arzttasche. Dann spähte er aus einem der zerbrochenen Fenster und stellte fest, daß der Platz darunter in tiefem Schatten lag. Er ließ ein paar Granaten vorsichtig auf die Plattform hinunter, legte die beiden Schmeisser daneben und machte sich auf den Rückweg.

Offensichtlich waren Cronkite und Lord Worth bereits aufeinander getroffen – Lord Worth lag bewußtlos auf dem Rücken, Blut strömte aus seinen aufgeplatzten Lippen und aus der offenbar gebrochenen Nase, und seine Wangen waren blutunterlaufen. Marina kniete neben ihm und betupfte seine Wunden mit einem winzigen Taschentuch. Cronkite, dessen Gesicht keinerlei Kampfspuren aufwies, dessen Fingerknöchel jedoch bluteten, schien zumindest für den Augenblick jedes Interesse an Lord Worth verloren zu haben – er wollte wohl warten, bis der Lord wieder zu sich kam, bevor er ihn sich erneut vorknöpfte.

»Es tut mir leid«, flüsterte Lord Worth mühsam, »es tut mir so leid, mein Liebling. Es ist alles meine Schuld, nur meine Schuld. Das ist das Ende.«

»Ja«, bestätigte sie, ebenso flüsternd wie er, aber seltsamerweise standen keine Tränen in ihren Augen, »aber nicht für uns – nicht, solange Michael am Leben ist.«

Lord Worth schaute mit schnell zuschwellenden Augen zu Mitchell hinüber. »Was kann ein Krüppel uns schon helfen?«

»Er wird Cronkite und seine üblen Freunde umbringen«, sagte sie leise und voller Überzeugung.

Er versuchte zu lächeln, aber seine wunden Lippen ließen es nicht zu. »Ich dachte, du billigst es nicht, daß er tötet.«

»Das gilt nicht für solches Ungeziefer – nicht für Leute, die meinem Vater so etwas antun.«

Mitchell sprach leise mit Dr. Greenshaw. Dann gingen beide auf Cronkite und Gregson zu, die ihre hitzige Unterhaltung sofort abbrachen. Dr. Greenshaw sagte: »Ich mußte leider feststellen, daß Sie ganze Arbeit geleistet haben, Gregson – man kann nur noch ahnen, daß das da drin einmal menschliche Wesen waren.«

»Wer ist das?« fragte Cronkite.

»Ein Arzt.«

Cronkite sah Mitchell an, der von Sekunde zu Sekunde elender aussah: »Und das?«

»Ein Wissenschaftler. Wurde aus Versehen angeschossen.«

»Er hat sehr große Schmerzen«, sagte Dr. Greenshaw. »Ich habe keine Röntgenausrüstung hier, aber ich vermute, daß der Arm direkt unter der Schulter gebrochen ist.«

Cronkite sagte launig: »In einer Stunde wird er überhaupt nichts mehr spüren.«

»Ich weiß nicht, was Sie damit meinen«, sagte Dr. Greenshaw. »Ich möchte ihn nur ins Krankenrevier bringen, um ihm eine schmerzstillende Injektion zu machen.«

»Tun Sie das, tun Sie das. Ich möchte, daß alle genau mitkriegen, was ihnen passiert.«

»Und was ist das?«

»Später, später.«

Greenshaw und der leicht schwankende Mitchell entfernten

sich. Sie kamen zum Krankenrevier, verließen es durch die Tür auf der anderen Seite wieder und gelangten unbemerkt in den Funkraum. Greenshaw hielt innen an der Tür Wache, während Mitchell, ohne sich um den gefesselten Funker zu kümmern, geradewegs zum Funkgerät ging. Nach zwanzig Sekunden hatte er die Verbindung mit der *Roamer* hergestellt.

»Kapitän Conde, bitte.«

»Am Apparat.«

»Bei der nächsten Fahrt zum Öltank fahren Sie bitte von hinten heran und nehmen dann mit voller Kraft voraus Kurs nach Süden. Die *Meerhexe* ist übernommen worden. Halten Sie nach zwanzig Meilen an und geben Sie eine Warnung an alle Schiffe und Flugzeuge durch, nicht näher als zwanzig Meilen an die *Meerhexe* heranzukommen. Die Koordinaten haben Sie ja.«

»Ja. Aber warum...«

»Weil es einen Riesenknall geben wird. Tun Sie, was ich Ihnen gesagt habe und fangen Sie keine Diskussion an.«

»Diskussionen worüber?« fragte eine Stimme hinter Mitchell. Er drehte sich langsam um. Der Mann, der die Pistole auf ihn gerichtet hielt, lächelte, aber es war kein herzliches Lächeln. Greenshaw war zur Seite gestoßen worden, und die Waffe beschrieb langsam einen Bogen, so daß der Mann ihn und Mitchell gleichzeitig in Schach halten konnte. »Ich nehme an, Gregson würde Sie beide gern sprechen.«

Mitchell stand auf, drehte sich um, knickte in die Kniekehlen ein und umklammerte den Arm, der in der Schlinge lag. Greenshaw sagte scharf: »Um Gottes willen, Mann, sehen Sie denn nicht, daß er krank ist?«

Der Mann sah Greenshaw nur eine Sekunde an, aber diese Sekunde reichte Mitchell. Die Kugel aus seiner schallgedämpften Achtunddreißiger traf ihn genau ins Herz. Mitchell spähte vorsichtig hinaus. Es war ziemlich dunkel draußen, niemand zu sehen und der Rand der Plattform etwa sechs Meter entfernt. Ein paar Sekunden später war der Tote in der Tiefe verschwunden. Mitchell und Greenshaw kehrten über die Krankenstation zu den anderen zurück. Cronkite und Gregson diskutierten immer noch sehr intensiv. Larsen stand ein wenig abseits – er befand sich offensichtlich in einem Zustand tiefster Niedergeschlagenheit. Greenshaw trat zu ihm und fragte: »Wie geht es Ihnen?«

»Wie würde es Ihnen gehen, wenn Sie wüßten, daß die Strolche vorhaben, uns alle umzubringen?«

»Ich glaube, ich habe ein ganz gutes Mittel gegen Ihre Depression: wenn Sie die Möglichkeit haben, gehen Sie hinter das Gebäude – Sie werden dort ein paar Handgranaten vorfinden, die gut in Ihrer weiten Jacke unterzubringen sein müßten, außerdem zwei geladene Schmeisser. Ich habe auch ein paar Granaten hier – unten in meiner Arzttasche. Und Mitchell hat seine schallgedämpfte Achtunddreißiger in seiner Armschlinge.«

Larsen hatte Mühe, seine trübsinnige Miene beizubehalten. »Junge, Junge, Junge«, sagte er verblüfft.

Lord Worth stand wieder auf den Beinen, stützte sich aber noch schwer auf seine Tochter. Mitchell ging zu den beiden hin und fragte: »Wie geht es Ihnen?«

Lord Worths Antwort fiel verständlicherweise etwas undeutlich und verbittert aus: »Großartig.«

»Es wird Ihnen sehr bald viel besser gehen.« Er senkte die Stimme und wandte sich an Marina: »Wenn ich dir ein Zeichen gebe, sage, daß du auf die Toilette mußt. Geh aber nicht wirklich hin, sondern statt dessen zum Generatorraum. Dort findest du einen roten Hebel vor, der die Aufschrift ›Deckbeleuchtung‹ trägt. Den ziehst du bitte herunter, zählst bis zwanzig und schiebst ihn dann wieder hoch.«

Cronkite und Gregson schienen ihre Diskussion beendet zu haben. Nach Cronkites Lächeln zu urteilen, hatte er sich wieder einmal durchgesetzt. Lord Worth, Marina, Larsen, Greenshaw und Mitchell standen mit hängenden Köpfen beieinander, ihnen gegenüber Cronkite, Mulhooney, Easton, die angeblichen Offiziere Colonel Farquharson, Lieutenant-Colonel Dewings und Major Breckley, sowie Gregson und seine Mörderbande – ein gefährlicher Haufen, der bis an die Zähne bewaffnet war.

Cronkite wandte sich an den Mann, der neben ihm stand: »Überprüfung.«

Der Mann nahm sein Walkie-talkie, sprach hinein und nickte dann. »Alle Ladungen sind angebracht«, erstattete er Bericht.

»Ausgezeichnet«, sagte Cronkite. »Sagen Sie ihnen, sie sollen zwanzig Meilen nach Norden dampfen und dort warten.« Der Mann gehorchte. Es war Pech für Cronkite, daß ihm die Sicht nach Westen durch den recht mitgenommenen Unterkunftsbau versperrt war und er deshalb nicht sehen konnte, daß die *Roamer* mit voller Kraft voraus nach Süden dampfte. Aber es hätte auch keinen Unterschied gemacht, wenn seine Sicht nicht behindert gewesen wäre – Conde hatte klugerweise alle Lichter auf seinem Schiff gelöscht.

Cronkite lächelte. »Nun, Lord Worth, das Ende für Sie und Ihre *Meerhexe* ist gekommen. Sogar ein Milliardär muß eines Tages sterben. Am westlichen Standbein der Bohrinsel sind zwei nukleare Sprengsätze angebracht worden.« Er griff in seine Tasche und brachte einen schwarzen, birnenförmigen Metallbehälter zum Vorschein. »Das hier ist der Auslösemechanismus. Sie sehen sicher diesen kleinen Schalter hier. Die Zeitschaltuhr läuft neunzig Minuten, aber ich habe sie um vierzig Minuten vorgestellt. Noch fünfzig Minuten und dann – puff! – werden die *Meerhexe*, Sie, Lord Worth, und alle anderen an Bord der Bohrinsel pulverisiert. Ich versichere Ihnen, daß Sie alle nicht das geringste spüren.«

»Sie wollen alle meine unschuldigen Angestellten hier umbringen? Sie haben den Verstand verloren, Cronkite, kein Zweifel, Sie sind krank.«

»Ich habe mich nie gesünder gefühlt. Aber Sie glauben doch wohl nicht im Ernst, daß ich einen Zeugen am Leben lasse, der uns identifizieren kann. Wir werden zwei der Hubschrauber zerstören, den Kran abstellen, den Funkraum unbrauchbar machen und mit den beiden noch verbliebenen Helikoptern abfliegen. Was Sie angeht, so können Sie natürlich auch in den Golf springen, aber das würde ebenso Ihren sicheren Tod bedeuten wie ein Sprung von der Golden-Gate-Brücke.«

Mitchell gab Marina einen leichten Stoß. Sie sagte mit schwacher Stimme: »Darf ich bitte auf die Toilette gehen?«

Cronkite war die Freundlichkeit selbst: »Natürlich dürfen Sie das. Aber beeilen Sie sich.«

Fünfzehn Sekunden später ging die Deckbeleuchtung aus. Mitchell, der sich dank seiner Katzenaugen hervorragend in der nun herrschenden Finsternis zurechtfand, lief hinter den Unterkunftsbau, holte die beiden Schmeisser – die Granaten ließ er liegen –, kehrte zu seinem kleinen Grüppchen zurück und drückte eine der Waffen Larsen in die Hand. Zwölf Sekunden waren bereits vergangen, aber zwei Männer mit Maschinenpistolen können in acht Sekunden ein ganz eindruckvolles Blutbad anrichten. Larsen sah im Dunklen nicht so gut wie Mitchell und feuerte auf gut Glück, aber Mitchell zielte genau. Sie wurden von Dr. Greenshaw ›unterstützt‹, der die Granaten aufs Geratewohl in die Dunkelheit warf, wodurch er dem ohnehin schon arg beschädigten Unterkunftsbau noch weitere Wunden zufügte, aber niemanden verletzte.

Und dann ging das Licht wieder an.

Es waren immer noch sieben Feinde am Leben – Cronkite, Mulhooney, Easton, Gregson und drei seiner Männer – und zu diesen sieben sagte Mitchell jetzt: »Werfen Sie die Waffen weg.«

Sie waren völlig verdattert und gehorchten sofort.

Marina kehrte zurück und wurde augenblicklich auf nicht sehr damenhafte Weise von akuter Übelkeit heimgesucht.

Mitchell legte seine Schmeisser aus der Hand und ging auf Cronkite zu: »Geben Sie mir den Auslöser.«

Cronkite zog den Behälter langsam aus der Tasche, drehte plötzlich den Schalter herum und hob den Arm, um den Auslöser in die Tiefe zu werfen. Das hätte das Ende der *Meerhexe* bedeutet. Cronkite schrie vor Schmerz laut auf – eine Kugel aus der schallgedämpften Achtunddreißiger hatte seinen rechten Ellbogen zerschmettert. Mitchell fing den Metallbehälter auf, bevor er auf dem Boden aufschlug. Dann wandte er sich an Larsen: »Gibt es hier absolut sichere Räume ohne Fenster und mit Eisentüren, die man zwar von außen abschließen, von innen jedoch nicht öffnen kann?«

»Nur zwei. Aber die sind so sicher wie die Gewölbe von Fort Knox. Hier lang, bitte.«

»Durchsuchen Sie sie, und zwar gründlich. Sie dürfen ihnen nicht einmal ein Taschenmesser lassen.«

Larsen durchsuchte sie. »Keine Taschenmesser.« Er ging voran zu einem stahlverstärkten, zellenartigen Bau und scheuchte die Gefangenen mit Mitchells Hilfe hinein. Cronkite hatte seine Schmerzen inzwischen soweit unter Kontrolle, daß er mit einigermaßen verständlicher Stimme fragen konnte: »Aber Sie werden uns doch um Himmels willen nicht hierlassen?«

»Aber sicher doch – das hatten Sie ja schließlich mit uns auch vor.« Mitchell überlegte einen Augenblick und setzte dann tröstend hinzu: »Aber wie Sie ja auch schon sagten: man spürt nicht das geringste.« Er machte die Tür zu, sperrte sie zweimal ab und steckte den Schlüssel in die Tasche. »Und wo ist die andere Zelle?« fragte er Larson.

»Hier entlang.«

»Das ist doch Irrsinn!« Lord Worth schrie beinahe. »Wir haben die Gangster in unserer Gewalt. Warum soll die *Meerhexe* jetzt zerstört werden?«

Mitchell ignorierte ihn. Er warf einen Blick auf die Zeitschaltuhr: »Noch neunundzwanzig Minuten, wir sollten lieber machen, daß wir hier wegkommen.« Er legte den Metallbehälter auf den Boden der zweiten Zelle, schloß die Tür ab und warf den Schlüssel in die Tiefe. »Holen Sie die Leute aus dem Quartier, befreien Sie die Männer aus dem Sensor-, Radar-, Sonar- und Funkraum und überzeugen Sie sich, daß alle Hubschrauberpiloten in Sicherheit sind. Er schaute auf die Uhr: »Noch fünfundzwanzig Minuten.«

Alle bewegten sich mit erstaunlicher Schnelligkeit – nur Lord Worth stand wie betäubt in der Gegend herum. »Gibt es einen Grund für diese verrückte Hast?« wollte Larsen wissen.

»Woher sollen wir denn wissen, daß die Einstellung der Zeitschaltuhr korrekt ist?« sagte Mitchell freundlich.

Daraufhin überschlugen sich alle beinahe vor Eile. Dreizehn Minuten vor dem angenommenen Zeitpunkt der Explosion war der letzte Hubschrauber bereits gestartet und auf dem Weg nach Süden. Der erste, der auf dem Landeplatz der *Roamer* niederging, hatte Mitchell, Larsen, Lord Worth, seine Tochter, den Doktor und ein paar Mitglieder der Bohrmannschaft an Bord. Die Passagiere verließen eilends den Hubschrauber, während die anderen Helikopter noch über ihnen in der Luft warteten. Das Schiff war erst vierzehn Meilen von der *Meerhexe* entfernt – mehr hatte es in der kurzen Zeit nicht geschafft –, aber Mitchell hielt den Abstand für völlig ausreichend. Er sprach mit Conde, der ihm versicherte, daß alle Schiffe und Flugzeuge angewiesen waren, sich so weit wie möglich von der Gefahrenzone fernzuhalten. Als die *Meerhexe* in die Luft flog – auf die Sekunde genau –, tat sie das auf so spektakuläre Weise, daß selbst der anspruchsvollste Zuschauer zufriedengestellt sein mußte. Es entstand sogar ein kleiner Rauchpilz, wie man ihn in größerem Ausmaß von den Fotografien kennt, die bei den Explosionen regulärer Atombomben gemacht werden. Siebzehn Sekunden nach der Explosion hörte man auf der *Roamer* den Donnerschlag der Detonation, und kurz danach kamen ein paar kleine Flutwellen, die dem Schiff jedoch nicht gefährlich werden konnten. Nachdem Mitchell Conde angewiesen hatte, die Neuigkeit an alle Schiffe und Flugzeuge durchzugeben, drehte er sich um und sah sich unvermittelt Marina gegenüber, die ihn mit steinernem Gesicht anstarrte.

»Nun, du hast also dafür gesorgt, daß Dad die *Meerhexe* los ist – ich hoffe, du bist zufrieden mit dir.«

»Aber, aber was ist denn das für ein verbitterter Ton! Ich muß zugeben, ich bin recht zufrieden mit mir – was bleibt mir auch schon übrig, wenn sonst niemand mit mir zufrieden ist!«

»Aber warum das alles ? Warum mußte das sein?«

»Jeder, der dabei umgekommen ist, war ein Mörder – ein paar davon waren sogar Massenmörder. Es wäre ihnen vielleicht gelungen, in Länder zu entkommen, die keine Auslieferungsverträge mit den Vereinigten Staaten haben, und selbst wenn sie gefaßt worden wären, hätten sich ihre Prozesse vielleicht über Jahre hingezogen. Es wäre sehr schwierig gewesen, schlüssige Beweise beizubringen. Und natürlich wären sie nach ein paar Jahren begnadigt worden. So, wie ich die Sache gelöst habe, können wir sicher sein, daß sie nie wieder jemanden umbringen werden.«

»Und diese Lösung war es wert, meinem Vater sein Lieblingsspielzeug kaputt zu machen?«

»Hör einmal zu, Dummkopf, mein zukünftiger Schwiegervater...«

»Das wird er niemals.«

»Na, auch gut. Dein alter Herr ist fast ein genauso großer Strolch wie die anderen Typen. Er hat für seine Pläne verurteilte Kriminelle engagiert. Er hat in zwei Waffenarsenalen der Regierung einbrechen und die Beute auf der *Meerhexe* installieren lassen. Wenn die Bohrinsel nicht in die Luft geflogen wäre, hätte es dort eine Stunde später nur so von Polizei gewimmelt. Dein Herr Papa wäre für mindestens fünfzehn oder zwanzig Jahre hinter Gittern verschwunden und dort wahrscheinlich auch gestorben.« Ihre Augen waren weit aufgerissen – teils aus Furcht und teils aus beginnendem Verstehen. »Aber jetzt liegen alle Beweise gegen ihn samt und sonders in Pulverform im Golf – vielleicht hängen auch noch ein paar in den Strahlenwolken, aber das schadet nichts. Man kann ihm jetzt auf keinen Fall mehr an den Karren fahren.«

»Ist das wirklich der Grund, weshalb du die *Meerhexe* hast hochgehen lassen?«

»Warum sollte ich einer Exverlobten gegenüber irgendwelche Geständnisse machen?«

»Mrs. Michael Mitchell«, sagte sie versuchsweise und setzte nach ein paar Sekunden hinzu: »Ich glaube, ich könnte auch einen schlimmeren Namen erwischt haben.«

Alistair MacLean
ein Meister der Spannung

Mit einer Gesamtauflage von inzwischen mehr als 26 Millionen Exemplaren ist Alistair MacLean einer der gefragtesten internationalen Thriller-Autoren. Tapfere Agenten, rauhe Soldaten und edle Spione stehen im Mittelpunkt der Romane des ehemaligen Marineoffiziers.

MacLean wurde 1922 im schottischen Hochland geboren, diente 1941 bis 1946 als Offizier und studierte dann bis 1953 an der Universität von Glasgow. Sein erster großer Bucherfolg, der Seekriegsroman »H. M. S. Ulysses« (1955; dt. »Die Männer der Ulysses«), erlaubte es ihm, die Stelle als Kunsterzieher aufzugeben und als freier Schriftsteller zu arbeiten.

Seitdem ist Alistair MacLean auf griffige Action-Thriller mit Bestseller-Auflage spezialisiert. Die Details stimmen: Er beherrscht den Agenten-Jargon, er kennt die Arbeit der Geheimdienste. Seine visuelle Art zu schreiben ist der Grund dafür, daß so viele seiner Bücher verfilmt worden sind.

Nach dem Erfolgsrezept seiner Bücher befragt, sagt MacLean: »Ich glaube, man muß die Handlung so schnell anlegen, daß der Leser niemals Zeit hat, über die Wahrscheinlichkeit oder Unglaubwürdigkeit irgendeiner Begebenheit nachzudenken.« Tatsächlich sind seine Bücher so packend geschrieben, daß derjenige, der Entspannung durch Spannung sucht, voll auf seine Kosten kommt.

Alistair MacLean starb 1987 in München.

Alistair MacLean
Verzeichnis lieferbarer Titel

(Stand November 1988)

Agenten sterben einsam (01/956)
Angst ist der Schlüssel (01/642)
Circus (01/5535)
Einsame See (01/6772)
Eisstation Zebra (01/685)
Die Erpressung (01/6731)
Fluß des Grauens (01/6515)
Geheimkommando Zenica (01/5120)
Geheimkommando Zenica/ Angst ist der Schlüssel/ Die Überlebenden der Kerry Dancer (23/1)
Das Geheimnis der San Andreas (01/6916)
Golden Gate (01/5454)
Goodbye Kalifornien (01/5921)
Die Hölle von Athabasca (01/6144)
Die Insel (01/5280)
Jenseits der Grenze (01/576)
Die Kanonen von Navarone (01/411)
Die Männer der Ulysses (01/6931)
Meerhexe (01/5657)
Das Mörderschiff
Nacht ohne Ende (01/433)
Nacht ohne Ende/Dem Sieger eine Handvoll Erde/ Jenseits der Grenze (23/17)
Nevada Pass (01/5330)
Partisanen (01/6592)
Rendezvous mit dem Tod
Der Santorin-Schock
Der Satanskäfer (01/5034)
Die schwarze Hornisse (01/944)
Dem Sieger eine Handvoll Erde (01/5245)
Souvenirs (01/5158)
Tobendes Meer (01/7690)
Tödliche Fiesta (01/5192)
Der Traum vom Südland (01/7013)
Die Überlebenden der Kerry Dancer (01/504)
Geiseldrama in Paris (01/6032)
Höllenflug der Air Force I (01/6332)

Die Bandnummern der Heyne-Taschenbücher sind jeweils in Klammern angegeben.